市川桃子　編著

幕末漢詩人杉浦誠『梅潭詩鈔』の研究

汲古書院

目次

序

杉浦誠（一八二四―一九〇〇）は、字《あざな》を求之《きゅうし》、号を梅潭《ばいたん》といい、初名を勝静、通称を正一郎、静、のちに兵庫頭《ひょうごのかみ》という。江戸幕府の幕臣として、鉄砲玉薬奉行、開成所頭取、目付、箱館奉行を歴任、明治政府の役人として、開拓使権判官、開拓使判官となった。

関連の資料としては、文久二年（一八六二）から明治三十三年までの日記類、公務に関する意見書や建白書の類、多くの人々からの手紙類などが豊富に残っている。本書が扱うのは漢詩集で、『晩翠書屋詩稿』と『梅潭詩鈔』の二種がある。漢詩では、安政六年（一八五九）二月に小野湖山の門下に入り、安政の大獄に関連して湖山が帰郷したため、同年四月に大沼枕山の門下に転じている。安政五年（一八五八）から明治三十三年（一九〇〇）までの作品が残っている。『晩翠書屋詩稿』は、五冊の手写本で、「晩翠書屋」刷の罫紙に筆で書かれ、作品数は二千三百首余りあり、干支と年号によって年代ごとに整理されている。朱の批点や評語が書き込まれ、評語には、大沼枕山、小野湖山、依田学海、成島柳北など多数の名前が見られる。梅潭が所属していた晩翠吟社の課題詩などは、そのことが注記されている。子孫から寄贈されて、現在は国文学研究資料館の所蔵となっている。表紙には『梅潭詩鈔』とあるが、原稿の最初に『晩翠書屋詩稿』と書かれているので、本書ではこれを『晩翠書屋詩稿』と呼ぶこととする。晩翠とは、冬になっても色をかえない草木の翠《みどり》を意味する。

『梅潭詩鈔』は、明治三十五年（一九〇二）に刊行されたもので、上・下巻の二冊本である。岡崎壮太郎（春石）と田辺新之助（松坡）によって編集され、『晩翠書屋詩稿』の中から六百一首の作品が選ばれている。批点や評語は書かれていない。選ばれている作品はほとんどが明治に入ってからのもので、晩年の作品が多い。時事に関わる作品や応酬詩もあるが、晩翠吟社の課題詩やその場で韻字を選んで作成した詩が多く見られる。両書の作品を比較すると、同題の詩の内容はほぼ同じであるが、中には文字や詩句が異なるものもある。『梅潭詩鈔』には依田学海による「杉浦梅潭先生傳」（明治三十四年九月）が載っている。本書にその原文、訓読、訳を収める。

本書には、『晩翠書屋詩稿』から、江戸時代及び明治初期に書かれた作品を選んで収録した。『梅潭詩鈔』から、主に時事や交友関係、また旧幕臣としての感慨に関わる作品を選んで収録した。

附録のＤＶＤには、『梅潭詩鈔』の画像データ全ての作品の訳注を収録する。

先に述べたように、杉浦誠は明治期の漢詩人として知られており、諸橋轍次『大漢和辞典』にも杉浦梅潭の名が載っている。また一方で、江戸幕府の旗本であり、さらに明治政府の官僚として活躍した有能な役人でもあった。江戸幕府に忠誠を誓い、武士としての価値観に生きていた杉浦誠は、明治維新をどのように迎え、乗り越えたのだろうか。幕末に、京都で新撰組（浪士組）を監督し、函館でロシアとの交渉に当たり、日本を守るべく力を尽くしていたとき、何を考えていたのか。箱館奉行として大政奉還を知ったとき、何を感じたのか。社会の価値観が大きく転換したときに、幕臣たちはほとんど声を発していない。それは、将軍より高位に立つ明治天皇の世に、幕府の遺臣として無念を語ることが許されなかったからである。ただ、漢詩のなかには、時にその心情が漏れあふれてくる。彼らはやがて、その葛藤を克服し、新しい日本を形成するべく明治政府の官僚となる。そのような幕臣たちは、杉浦誠のみならず、彼の周囲に多くいた。何が彼らをそうさせたのか。その時の彼らの心情はどうだったのか。何を感じて晩年を送ったのか。そうしたことを知る資料は非常に少ないが、当時文化人の間で盛んに作られ、高い水準を持っていた漢詩の中に、それを垣間見ることができる。

杉浦誠研究の利点は、資料が豊富にあることである。子孫が資料を保存していたために、現在、多くの資料が国文学研究資料館、北海道立文書館、函館市立函館博物館やいくつかの大学図書館に残っている。さらに杉浦誠の几帳面な性格から、日記や覚え書き、公文書の形で、具体的な行動が細かく残されている。その一部は小野正雄、稲垣敏子によって解読され、『杉浦梅潭目付日記』『杉浦梅潭箱館奉行日記』（みずうみ書房、一九九一）として出版されている。杉浦誠「浪士一件」は新撰組に関する一次資料として利用されている。今後、幕末や明治初期について研究をするとき、また、当時の人々の様子を知りたいという要請があったときに、これらの豊富な資料と本書とを照らし合わせて読めば、非常に有益であろう。

本書が幕末と明治維新に生きた人々の世界を知りたいと思う多くの人々に役立つことを願っている。

平成二十七年二月二日

市川　桃子 記

凡例

一、本書は「第一章　作品篇」と「第二章　論考篇」から成る。作品篇には、杉浦梅潭の漢詩を収録した手稿本『晩翠書屋詩稿』から四十二首、活字本『梅潭詩鈔』上・下巻から百八十一首をそれぞれ採録し、各詩に訓読と【訳】および【語釈】を施し、必要に応じて【補説】を附した。論考篇には、杉浦梅潭に関連する六本の論考を収める。なお、凡例の後に、『梅潭詩鈔』の冒頭に収録されている依田学海著「杉浦梅潭先生傳」の原文・訓読・訳注を載せた。

一、『晩翠書屋詩稿』からは、幕末から明治初頭に作られた詩を選んで収録した。『梅潭詩鈔』からは、杉浦梅潭の交友関係が窺える詩や時事に言及した詩、旧幕臣としての感慨が率直に述べられた詩を積極的に採録した。なお、本書附録のＤＶＤには、『梅潭詩鈔』の画像（複写）及び全ての作品の訳注をＰＤＦにして収録している。

一、『梅潭詩鈔』所収の作品には、便宜的に「上〇〇三」「下二七五」といった三桁の作品番号をつけた。「上」は上巻に所収、「下」は下巻に所収の作品であることを示す。ただし、『晩翠書屋詩稿』の作品には番号は附していない。なお、作品篇に採録した詩については、本書の末尾に「詩題一覧」がある。

一、漢字は、原文（用例として引く作品の出典名を含む）には正字（旧字体）を、それ以外には原則として常用漢字（新字体）を用いた。また、明治期の文献（『學海日録』など）を引用する場合も、本文は旧字とした。

一、訓読文は、振り仮名も含めて現代仮名遣いを用いた。

一、作品篇では、各詩題の下部に、当該詩の制作年（年号および西暦）と杉浦梅潭の年齢（数え年）を記す。月日まで判明している場合はそれを含めている。制作年月日の特定は、主として『梅潭詩鈔』と『晩翠書屋詩稿』によるが、それ以外の資料に拠った場合もある。なお、改元があった年に作られた作品は、制作された月日が明らかな場合はその時点の元号を、制作時不明の場合は「万延二年・文久元年（一八六一）」のように二つの元号を併記した。ただし、九月八日に慶応から明治に改元された一八六八年に関しては、改元前にも遡及的に明治元年が適用されるため、一月一日から九月七日の間の作品であっても、例外的に「慶応四年（明治元年・一八六八）」と表記することとする。なお、これらの原則は作品篇の【語釈】や【補説】、および論考篇で言及される年月日についても適用される。

一、作品篇および論考篇で言及される月日については、旧暦から新暦への改暦（明治五年十二月二日の翌日に実施）以前の場合は旧暦で記し、改暦以後の場合は新暦で記すこととする。

一、連作詩について、全部で何首あるのか詩題に明記されている場合は「次韻川田甕江罷職二律（其一）」のように、明記されていない場合は「品川竹枝（三首其二）」のように、それぞれ区別して記した。なお『梅潭詩鈔』には、詩題の末尾に「録二」等と書かれた作品が散見するが、これは『晩翠書屋詩稿』所収の当該連作詩の中から二首を採録した、という意味である。

一、『梅潭詩鈔』本文に明らかな誤植と見られる箇所がある場合は、『晩翠書屋詩稿』によって当該の文字を適宜改め、その旨を【語釈】内に明記した。

一、『晩翠書屋詩稿』および『梅潭詩鈔』に時おり見られる梅潭の自注については、注が附された箇所をアスタリスク「＊」によって示した上で、詩の末尾にその本文および訓読を、訳文の末尾にその訳をそれぞれ載せた。

一、【語釈】で引く用例には、原則として訓読か大意、もしくは両方を附した。また【語釈】内で二句以上をまとめて立項する場合は、「〇「昌世」二句…」のように当該句の冒頭二字で立項した。

一、『梅潭詩鈔』所収の作品のうち、詩会の課題詩であること、もしくは詩会の席上で作られた詩であることなどが『晩翠書屋詩稿』における当該詩の題下注に明記されているものについては、各訳注の末尾に「◎三月晩翠吟社課題」のような形式で転記した。

一、各詩の訳注の末尾に、それぞれの訳注の担当者の名を示す。当該訳注の文責はその担当者にある。

一、「函館（箱館）」に言及する場合、明治二年（一八六九）九月の改称前は「箱館」、改称後は「函館」とそれぞれ表記した。ただし、『晩翠書屋詩稿』をはじめとして、資料の原文に「函館」とある場合は、たとえ改称前であったとしてもその表記に従っている。

一、訳注において、杉浦梅潭の在世中には用いられなかった、もしくは一般に使用されるようになった時期が定かでない表現については、読者の利便性に鑑みて、現在通行している表現を適宜使用することとした。たとえば、天皇・将軍・新政府などがそれに当たる。

伝

杉浦梅潭先生傳　（依田學海著）

先生、名誠、字求之、号梅潭。杉浦氏、本姓久須美。

王父曰佐渡守祐明。初爲德川幕府吏員。吏事明鍊、遷爲祠曹屬。淡路守脇阪安敬爲長、官斷普化宗僧友鷲獄。事連出石藩主世臣仙石左京、摘發姦邪、洗雪冤屈。祐明與有力焉、廉幹之名大著、累遷爲大阪市尹。無幾越前水野忠邦、爲閣老上座、痛除積弊、俄行新法。聞祐明名、擢爲司計。祐明、廉潔而果斷、不阿諛權貴、大忤忠邦。罷爲西城留守、歿。

有二子。長曰祐政、嗣。次曰祐義、稱順三郎。出嗣小林氏、有故離別、歸父家。生一子。卽先生也。祐義、号采石。好學、善文詩。又妙擊刺。然不出仕。

王父祐明、愛先生、嘗曰、予使汝父冒他姓、將以謀出身也。而不幸不成其志。予悔之。吾使汝繼焉。乃裝多金、出嗣杉浦氏。杉浦、幕府世臣、祿五百石、負債山積。先生冒其姓、例分祿資義父。不以足自給、仍寄宿妻父豐田氏、氣不少屈。

好學及劒法。就名儒大橋訥庵、聽其講經。學劒法於男谷氏、問詩法於大沼氏。久之擢爲大番衞士。未幾補玉藥奉行、轉開成所頭取。

當是時、大將軍昭德公、勵精圖治。一日、延先生、問以職事。先生極言利弊、周悉剴切、無所忌憚。公動色嘆賞。

文久二年、板倉侯勝靜爲閣老。素識先生爲人。俄薦爲監察、專掌外國事。先生日夜竭力、侯亦傾意委任。

萬延三年、敘從五位下、稱兵庫頭。從大將軍入朝京師。時朝廷、逼幕府以攘夷。侯及先生、知其不可、勢不可辭。暫奉其旨、不輙行。人多咎以因循姑息。

然當時、浮浪游士、闢說朝紳、左右廷議。廟狐社鼠、難以理解也。先生意謂、曠日彌久、調停其間、自然冰釋。若急之、內訌外艱、一時叢出、何以濟之。因循姑息之謗、固所甘受也。其苦心、蓋如此。元治元年、侯罷、先生亦引病辭免。慶應元年、侯復入、欲復先生職、以事例不得。

二年、補函館奉行。函館爲外國貿易市場、事務叢脞。加以朝廷屢逼攘夷、事傳外人、皆憤怨不已、極難処置、先生委曲調劑、內外貼然。

及幕府還政、王室中興、將軍命諸鎭納賦於朝廷。先生聽命、戒飭吏卒、封鎖府庫。待王人至、按籍致之、歸靜岡藩。

朝廷、置集議院於東京、徵諸藩參事爲議員。靜岡藩以先生補之。居未幾、擢爲開拓使判官。蓋藉其聲望以鎭北陲也。先生益留意民事、善待外人。土地日闢、產業日興。已而黑田清隆、爲開拓使長官。新進爭起、侮蔑老成。先生怏怏不樂、無幾罷歸。自是無復意仕進矣。先是藩廢。先生移居東京泉橋側。後三崎街、最後居駒籠林街。

治園栽花、吟咏自娛、如不解世事者。初作詩專倣宋人、晚年好讀明詩。最長律絕、高華遒逸、翛然絕俗。書宗顏魯公、雄勁沈著、一畫不苟作。性篤交友、與勝海舟、向山黃邨、河田貫堂、田邊蓮舟善。皆幕府遺老也。

以明治卅三年五月卅日歿於家。享年七十有五。先歿一日、進從四位。蓋特旨也。

妻豐田氏先歿。後娶林氏。爲鶴梁先生義女。性婉柔有貞操、善和歌。先生之在函館也、伏見敗報至、訛言沸騰、諸藩戍兵將作變。吏卒大懼、勸先生逃去。先生不肯曰、一朝事起、吾將死職耳。因諭氏避之。氏不動曰、良人死於國。

妾豈不能死於夫乎。生一男一女、又先歿。後不再娶。有侍姫曰仙蝶。初陷狹斜。先生憫而救之。性敏慧、奉仕終身。男夭。養高橋氏子讓三爲嗣、娶以第二女。今從事住友氏所有別子銅壙。孫曰儉一、今爲法學士。曰恭二、曰良、曰溫。孫女曰三崎。

依田百川曰。先生廉潔篤實君子也。爲開拓使判官、或勸多購土地、獲利數倍。先生曰、爲官圖利、吾不爲也。其在幕朝、処危疑之間、在邊陲、善擾亂之後、豈非其效耶。蓋乃祖以明鍊聞、有遺訓在焉。

若夫晚年刻苦作詩、老而愈厚。特以此名著天下、與黃村貫堂蓮舟諸人並稱。蓋幕府雖衰、三百年之遺澤、亦能生此等人耶。余與先生相識二十餘年、頗熟其爲人。自信無謬也、爲之傳。

明治三十四年九月　東京　依田百川撰

【訓読】杉浦梅潭先生伝　（依田学海著）

先生、名は誠《まこと》、字《あざな》は求之《きゅうし》、号は梅潭《ばいたん》。杉浦氏、本《もと》との姓は久須美《くすみ》なり。

王父《おうふ》は佐渡守《さどのかみ》祐明《すけあきら》と曰《い》う。初め徳川幕府の吏員為《た》り。吏事明錬にして、遷《うつ》りて祠曹《しそう》の属と為《な》る。淡路守《あわじのかみ》脇坂安敬［安董《やすただ》］長と為《な》り、普化宗《ふけしゅう》の僧友鵝《ゆうが》の獄を官断す。事は出石《いづし》藩主の世臣仙石左京《せんごくさきょう》に連《つら》なり、姦邪を摘発し、冤屈を洗雪す。祐明与《あずか》りて焉《こ》れに力有り、廉幹《れんかん》の名大いに著《あらわ》れ、累遷して大阪市尹《しいん》と為る。幾《いくばく》も無くして越前の水野忠邦《みずのただくに》、閣老の上座と為《な》り、積弊を痛除し、俄《にわか》に新法を行う。祐明の名を聞き、擢《ぬき》んでて司計と為《な》す。祐明、廉潔にして果断、権貴に阿諛《あゆ》せず、大いに忠邦に忤《さから》う。罷《や》めて西城の留守《りゅうしゅ》と為り、歿す。

二子有り。長は祐政《すけまさ》と曰《い》い、嗣たり。次は祐義《すけよし》と曰い、順三郎と称す。出でて小林氏を嗣《つ》ぐも、故《ゆえ》有りて離別し、父の家に帰る。一子を生む。即ち先生なり。祐義、号は采石。学を好み、文詩を善くす。又た撃刺に妙たり。然れども出でて仕えず。

王父祐明、先生を愛し、嘗《かつ》て曰く、予汝《なんじ》の父をして他姓を冒《おか》さしめ、将《まさ》に以《もっ》て出身を謀《はか》らんとするなり。而《しか》るに不幸にして其の志成らず。予之《こ》れを悔《くや》む。吾れ汝をして焉《こ》れを継がしめん、と。乃ち多金を装《そう》し、出《い》でて杉浦氏を嗣《つ》ぐ。杉浦、幕府の世臣にして、禄は五百石なるも、負債山積す。先生其の姓を冒《おか》し、例として禄を分かちて義父に資す。以て自ら給するに足らず、仍《な》お妻の父豊田《とよだ》氏に寄宿し、気少しも屈せず。

学及び剣法を好む。名儒大橋訥庵《おおはしとつあん》に就《つ》きて、其の講経《こうけい》を聴く。剣法を男谷《おたに》氏に学び、詩法を大沼氏に問う。之《こ》れを久しくして擢《ぬき》んでられて大番衛士《おおばんえいし》と為る。未だ幾《いくばく》ならずして玉薬《たまぐすり》奉行に補せられ、開成所頭取《かいせいじょとうどり》に転ず。

是《こ》の時に当たり、大将軍昭徳公、図治《とち》に励精す。一日《いちじつ》、先生を延き、問うに職事を以てす。先生、利弊を極言し、周悉剴切《しゅうしつがいせつ》にして、忌憚《きたん》する所無し。公色を動かし嘆賞す。

文久二年、板倉《いたくら》侯勝静《かつきよ》閣老と為る。素《もと》より先生の人と為《な》りを識《し》る。俄《にわか》に薦めて監察と為し、専《もっぱ》ら外国の事を掌《つかさど》らしむ。先生日夜力を竭《つ》くし、侯も亦た意を傾けて委任す。万延三年（一八六三）、従五位下に叙せられ、兵庫頭《ひょうごのかみ》と称す。大将軍の京師に入朝するに従う。時に朝廷、幕府に逼《せま》るに攘夷《じょうい》を以《もっ》てす。侯及び先生、其の可ならざるを知るも、勢い辞す可《べ》からず。暫く其の旨《むね》を奉じて輙行《ちょうこう》せず。人多く咎《とが》むるに因循姑息《いんじゅんこそく》を以てす。

然れども当時、浮浪の遊士、朝紳を関説し、廷議を左右す。廟狐社鼠《びょうこしゃそ》、以て理解し難きなり。先生意《こころ》に謂《おも》えらく、日を曠《むな》しくすること久しきに弥《わた》り、其の間に調停せば、自然に氷釈《こおりと》けん。若《も》し之《こ》れを急ぎ、内訌外艱《ないこうがいかん》、一時に叢《むらが》り出《い》づれば、何を以てか之《こ》れを済《すく》わん。因循姑息の謗《そし》りは、固《もと》より甘受する所なり、と。其の苦心、蓋《けだ》し此《か》くの如し。

元治元年（一八六四）、侯罷《や》め、先生も亦《ま》た病《やまい》を引きて辞免す。慶応元年（一八六五）、侯復《ま》た入り、先生の職を復せんと欲するも、事例を以て得ず。

二年、函館奉行に補せらる。函館は外国貿易の市場為《た》りて、事務叢脞《そうざ》す。加うるに朝廷屢〻《しばしば》攘夷を逼《せま》り、事は外人に伝わり、皆憤怒して已まざるを以て、極めて処置し難きも、先生委曲調剤し、内外貼然《ちょうぜん》たり。

幕府　政《まつりごと》を還《かえ》し、王室中興するに及び、将軍諸鎮に命じて賦を朝廷に納めしむ。先生命を聴き、吏卒を戒飭《かいちょく》し、府庫を封鎖す。王人の至るを待ち、籍を按《あん》じて之《こ》れに致し、静岡藩に帰る。

朝廷、集議院を東京に置き、諸藩の参事を徴《め》して議員と為《な》す。静岡藩は先生を以て之《こ》れに補す。居《お》ること未だ幾《いくばく》ならずして、擢《ぬき》んでられて開拓使判官と為る。蓋し其の声望に藉《よ》りて以て北陲《ほくすい》を鎮《しず》めんとするなり。先生益〻《ますます》民事に留意し、善《よ》く外人に待《たい》す。土地は日〻《ひび》に闢《ひら》け、産業は日〻《ひび》に興《おこ》る。已にして黒田清隆《くろだきよたか》、開拓使長官と為る。新進争いて起こり、老成を侮蔑す。先生怏怏《おうおう》として楽しまず、幾《いくばく》も無くして罷《や》めて帰る。是れ自《よ》り復た仕進に意無し。是れに先んじて藩は廃せらる。先生居《きょ》を東京泉橋の側《かたわら》に移す。後に三崎街、最後に駒籠《こまごめ》林街に居す。

園を治め花を栽《う》え、吟詠して自ら娯《たの》しみ、世事を解せざる者の如し。初め詩を作るに専《もっぱ》ら宋人《そうひと》に倣《なら》い、晩年好みて明詩《みんし》を読む。最も律絶《りつぜつ》に長じ、高華遒逸《こうかしゅういつ》、翛然《しょうぜん》として俗を絶つ。書は顔魯公を宗《むね》とし、雄勁沈著《ゆうけいちんちゃく》にして、一画として苟《かりそめ》には作らず。性篤《あつ》く友と交わり、勝海舟《かつかいしゅう》、向山黄村《むこうやまこうそん》、河田貫堂《かわだかんどう》、田辺蓮舟《たなべれんしゅう》と善し。皆幕府の遺老なり。

明治卅三《そうさん》年五月卅日を以て家に歿す。享年七十有五。歿するに先だつこと一日、従四位に進む。蓋し特旨なり。

妻の豊田《とよだ》氏先に歿す。後に林《はやし》氏を娶《めと》る。鶴梁《かくりょう》先生の義女為《た》り。性婉柔《えんじゅう》にして貞操有り、和歌を善くす。先生の函館に在るや、伏見の敗報至り、訛言《かげん》沸騰し、諸藩の戍兵《じゅへい》将に変を作《な》さんとす。吏卒大いに懼《おそ》れ、先生に逃げ去ることを勧《すす》む。先生肯《がえん》ぜずして曰く、一朝事《こと》起こらば、吾《わ》れ将に職に死せんとするのみ、と。因《よ》りて氏を諭《さと》して之れを避けしむ。氏動ぜずして曰く、良人《おっと》国に死す。妾《しょう》豈に夫に死すること能《あた》わざるか、と。一男一女を生むも、又た先に歿す。後に再びは娶《めと》らず。侍姫《じき》の仙蝶と曰《い》う有り。初め狭斜《きょうしゃ》に陥《お》つ。先生憫《あわ》れみて之《こ》れを救う。性敏慧《びんけい》にして、奉仕して身を終う。

男《むすこ》は夭《わかじに》す。高橋氏の子譲三《じょうぞう》を養いて嗣《あとつぎ》と為し、娶らすに第二の女《むすめ》を以《もっ》てす。今住友氏所有の別子銅壙《べっしどうこう》に従事す。孫は倹一《けんいち》と曰《い》い、今法学士為たり。恭二《きょうじ》と曰い、良《りょう》と曰い、温《おん》と曰う。孫女は三崎《みさき》と曰う。

依田《よだ》百川《ひゃくせん》曰《い》う。先生廉潔篤実の君子なり。開拓使判官為《た》りしとき、或《ある》ひと勧む、多く土地を購《あがな》えば、利を獲《う》ること数倍ならん、と。先生曰く、官と為《な》り利を図《はか》るは、吾《わ》れ為《な》さざるなり、と。其の幕朝に在りては、危疑の間に処し、辺陲《へんすい》に在りては、擾乱《じょうらん》の後を善くするは、豈に其の効に非ざらんや。蓋《けだ》し乃祖《だいそ》明錬を以て聞こえ、遺訓の在る有らん。若《も》し夫《そ》れ晩年刻苦して詩を作り、老いて愈〻《いよいよ》厚し。特に此《こ》の名を以て天下に著《あらわ》れ、黄村、貫堂、蓮舟の諸人と並び称せらる。蓋《けだ》し幕府衰うと雖《いえど》も、三百年の遺沢《いたく》、亦《ま》た能《よ》く此れ等の人を生まんや。余は先生と相い識《し》ること二十余年、頗《すこぶ》る其の人と為《な》りに熟す。自《みずか》ら謬《あやま》り無きを信ずるや、之《こ》れが伝を為す。

明治三十四年九月　東京　依田百川撰

【訳】杉浦梅潭先生伝　（依田学海著　市川桃子訳）

先生は、名前は誠、字《あざな》は求之、号は梅潭《ばいたん》といいます。姓は杉浦氏で、もとの姓は久須美《くすみ》といいます。

祖父は佐渡守祐明《さどのかみすけあきら》です。祐明は、初め徳川幕府の役人でした。仕事ぶりが公正で熟練していたので、祠曹の属［寺社奉行吟味物調役］となりました。淡路守《あわじのかみ》の脇坂安敬［安董《やすただ》］が寺社奉行となり、普化宗《ふけしゅう》の僧、友鵝《ゆうが》の訴えによる裁判を行いました。この事件は出石《いづし》藩の藩主に代々仕えていた家臣である仙石左京に関わるものであり、首謀者を摘発し、罪のない者の濡れ衣を晴らしました。祐明はこの事件の解決に関わって力があり、潔癖で有能であるという名声が広く知られ、重ねて出世して大阪の市尹［町奉行］となりました。ほどなくして越前の水野忠邦が老中の首座につき、長年の弊害を取り除こうとして、急激な改革を行いました。祐明の名声を聞いて、司計［勘定奉行］に抜擢しました。祐明は私欲がなく決断力があり、身分が高い権力者にも媚びることがなく、忠邦に対しても遠慮なくさからいました。辞任し西城留守［大阪の西町奉行］となり、亡くなりました。

祐明には二人の息子がいました。長男は祐政《すけまさ》といい、家を継ぎました。次男は祐義《すけよし》といい、順三郎と呼ばれていました。祐義は家を出て小林氏を継ぎましたが、わけあって離縁され、父の家に戻りました。祐義には息子が一人いました。それが梅潭先生です。父に当たる祐義は、号を采石といいます。学問を好み、詩文に優れていました。また剣術も巧みでした。けれども役人になろうとはしませんでした。

祖父の祐明は、梅潭先生をかわいがり、ある時このようにおっしゃったそうです。

「私はお前の父に他家の姓を名乗らせて、出世をさせようとした。けれども運悪くその望みは果たせなかった。私はこれを残念に思っている。お前にその望みを継がせよう。」

そこで大金を持参金として先生は久須美家を出て杉浦氏を嗣いだのです。杉浦氏は幕府の代々の家臣で、禄高は五百石でしたが、山のような負債がありました。先生は養子となってその姓を継いだので、しきたり通りに給料をさいて義父に渡していました。そのため自活するには不十分でしたので、なお妻の父の豊田《とよだ》氏の家に寄宿していました。それでも先生は少しも気持ちがふさいだりしていませんでした。

先生は学問と剣法を好んでいました。高名な儒学者の大橋訥庵《おおはしとつあん》に師事してその経学の講義を聴きました。剣法を男《お》谷《たに》氏に学び、詩作を大沼《おおぬま》氏に学びました。しばらくして大番衛士に抜擢されました。また間もなく鉄砲玉薬《たまぐすり》奉行となり、さらに開成所頭取に転任しました。

ちょうどこのころ、大将軍徳川昭徳［家茂《いえもち》］公は、国家経営に励んでおられました。ある日、将軍昭徳［家茂］公は先生を招き、職務の内容について御下問をなさいました。先生は利益と弊害について存分に話し、あらゆることについて適切に、また遠慮することなくお答えになりました。昭徳［家茂］公はおおいに感心して賞賛なさいました。

文久二年（一八六二）、板倉勝静《いたくらかつきよ》侯が老中となりました。常日頃から先生の人柄をご存じでした。そこで突然でしたが先生を推薦して監察［目付］とし、専ら外国のことを託しました。先生は日夜力を尽くして任に当たり、板倉侯もまた熱心に支持して職務をお任せになりました。

万延［文久］三年（一八六三）、従五位下に叙せられ、兵庫頭《ひょうごのかみ》と呼ばれるようになりました。大将軍徳川家茂公に随行し、京都に入りました。時あたかも朝廷は、幕府に攘夷を迫り外国を排撃するよう命じていました。板倉侯も先生も、攘夷はできないとわかっていましたが、その勢いに逆らうことはできませんでした。そこでひとまずは朝廷の命を承り、すぐに手だてを講じようとはしませんでした。そのため人々からはその場しのぎをするばかりで役に立たない者だと非難されました。

しかし当時は、所属を持たない遊説の士が、朝廷の公家たちの意見を妨げ、朝廷の議論を支配していました。また天子に仕える、狐や鼠のように狡猾な奸臣たちは、全く理解に苦しむ存在でした。そこで先生は心中で次のように考えていらっしゃいました。

「何もせず日を送って一日延ばしにし、その間に和解をはかれば、氷が融けるように自然に和解するであろう。もしことを急ぎ、国内からも国外からも、多くの問題が一斉に吹き出したならば、収拾がつかなくなるだろう。その場しのぎをするばかりで役に立たない者だという非難は、もとより甘んじて受ける覚悟である。」

先生の苦心は、つまりはこのようなものでした。元治元年（一八六四）、板倉侯は老中を辞任なさり、先生もまた病気を理由に辞任なさいました。慶応元年（一八六五）、板倉侯が再び入閣なさり、先生の官職をもとに戻そうとなさいましたが、先例によってかないませんでした。

慶応二年（一八六六）、先生は箱館奉行に任ぜられました。箱館は外国貿易の市場となっており、事務的な事柄が多く煩雑でした。その上に朝廷がたびたび外国の排撃を迫っており、そのことが外国人に伝わって、皆を怒らせていたため、舵取りが極めて難しい状況にありましたが、先生は行き届いた配慮によって様々な事柄を調整し、その結果国内も国外も共に静まり落ち着きました。

幕府が大政を奉還し、天皇中心の政治に戻ると、将軍は諸方の鎮［幕府の直轄地］に対して税金を朝廷に納めるよう命じました。先生はその命令を聴き、役人の綱紀を引き締め、役所の保管庫を封鎖しました。朝廷からの使者が来るのを待ち、書類を整えて引き渡し、静岡藩に帰りました。

朝廷は、東京に集議員を設置し、諸藩から参事を召集して議員としました。静岡藩は先生をその議員に充てました。議員となって間もなく、先生は抜擢されて開拓使判官となりました。思うにそれは先生の名声と人望とによって北の辺境の地を抑えようとしたものです。先生はいっそう民衆の生活に心を配り、適切に外国人に対応しました。土地は日を追って開墾され、産業も日を追って興りました。ほどなくして黒田清隆が開拓使長官となりました。新しく来た人々が競うように台頭し、老練の者を侮《あなど》るようになりました。先生は心中に不満が溜まって鬱屈し、間もなく辞任して内地に帰りました。このあとはもう仕官しようとの気持ちを持つことはありませんでした。それより前に藩は廃止されていました。そこで、先生は住まいを東京泉橋（現在の千代田区神田佐久間町付近）の近くに移しました。その後は三崎（現在の千代田区三崎町）に、晩年には駒込林町（現在の文京区千駄木の一部）に住みました。

先生は庭を整備して花を栽培し、詩を詠《うた》って楽しみ、世の中のことは知らない者のように暮らしていらっしゃいました。詩作については初めのうちは宋詩を手本とし、晩年は明詩《みんし》を好んで読んでおいででした。とりわけ律詩と絶句に優れ、その作品は高雅で雄壮であり、物事にとらわれず悠然として世俗を超越していらっしゃいました。書については顔真卿を重んじ、その字は雄々しく落ち着いていて、一画としてなおざりに書かれたものはありませんでした。もとから友人を大切にして、勝海舟・向山黄村・河田貫堂・田辺蓮舟と特に親しく交際しました。この方々は皆《みな》江戸幕府の遺臣です。

明治三十三年（一九〇〇）五月三十日に自宅で亡くなりました。享年七十五でした。亡くなる前日に、従四位となりました。思うにこれは特別の思し召しでした。

妻の豊田《とよだ》氏は先生より前に亡くなりました。後添えを林《はやし》氏から娶りました。この方は鶴梁《かくりょう》先生の養女です。性格はおだやかで、節操がかたく、和歌が得意でした。先生が函館に在住している時、伏見の戦いで幕府軍が敗れたという報《しら》せが入り、根拠のない噂が行き交い、諸藩の兵はまさに事変を起こそうとしていました。役人たちは大いに恐れ、先生に逃げるように勧めました。先生は承知せず、

「ひとたび事が起これば、私は殉職するのみだ」

と言われました。

そして奥方を説得して避難させようとなさいました。しかし奥方は動揺せず、

「夫が国に殉ずるのです。私が夫のために死ぬことは許されないのでしょうか」

とおっしゃったということです。一男一女をもうけましたが、林《はやし》氏はやはり先生より前に亡くなりました。その後

先生は再婚をなさいませんでした。先生には仙蝶という名の側妻《そばめ》がいます。もとは遊里にいました。先生はその境遇を憐れんで救ったのです。仙蝶は賢くて機転がきき、生涯先生に仕えました。

子息は若くして亡くなりました。そこで高橋氏の子息である譲三《じょうぞう》を養子にし、次女と結婚させて後継ぎとしました。現在は住友家の所有する別子銅山に勤めています。孫は長男を倹一《けんいち》といい、現在は法学士です。次男を恭二《きょうじ》といい、三男を良《りょう》といい、四男を温《おん》といいます。孫娘《まごむすめ》は三崎《みさき》といいます。

依田百川は次のように申します。先生は清廉で誠実な情に篤《あつ》い君子です。開拓使判官であった時に、ある者が、土地をたくさん購入しておけば、数倍の利益を得られるだろうと勧めてきましたが、先生は「官職にあって利を得ようともくろむようなことは、私はしない」とおっしゃった、ということです。目付を務めていた時には幕府と朝廷の間で懐疑の目で見られながらも事に対処し、奉行であったときには辺境の箱館で幕末の混乱の後始末をきちんとなさいました。これらは先生の清廉で誠実な人柄によるものではないでしょうか。恐らくは公正をもって知られた祖父上が遺した家訓があるのでしょう。

さて晩年には刻苦して詩作に励まれ、老いてますます熱心に取り組まれました。そこで特に詩人としての名声が天下に伝わり、向山黄村・河田貫堂・田辺蓮舟といった人々と並び称されるようになりました。思うに幕府が衰えたといっても、江戸時代の三百年間に培われた文化の恩恵が残されているからこそ、これらの人々が生まれ得たというべきではないでしょうか。私は先生とは二十数年来の知り合いですので、先生の人となりを非常によく存じ上げています。ですから誤ったことは書いていないという自負を持って、先生のために伝を書きました。

明治三十四年（一九〇一）九月　東京　依田百川撰

［　］及び（　）内は訳者補う。

幕末漢詩人杉浦誠

『梅潭詩鈔』の研究

第一章　作品篇

『晩翠書屋詩稿』

安政五年（一八五八）―明治七年（一八七四）

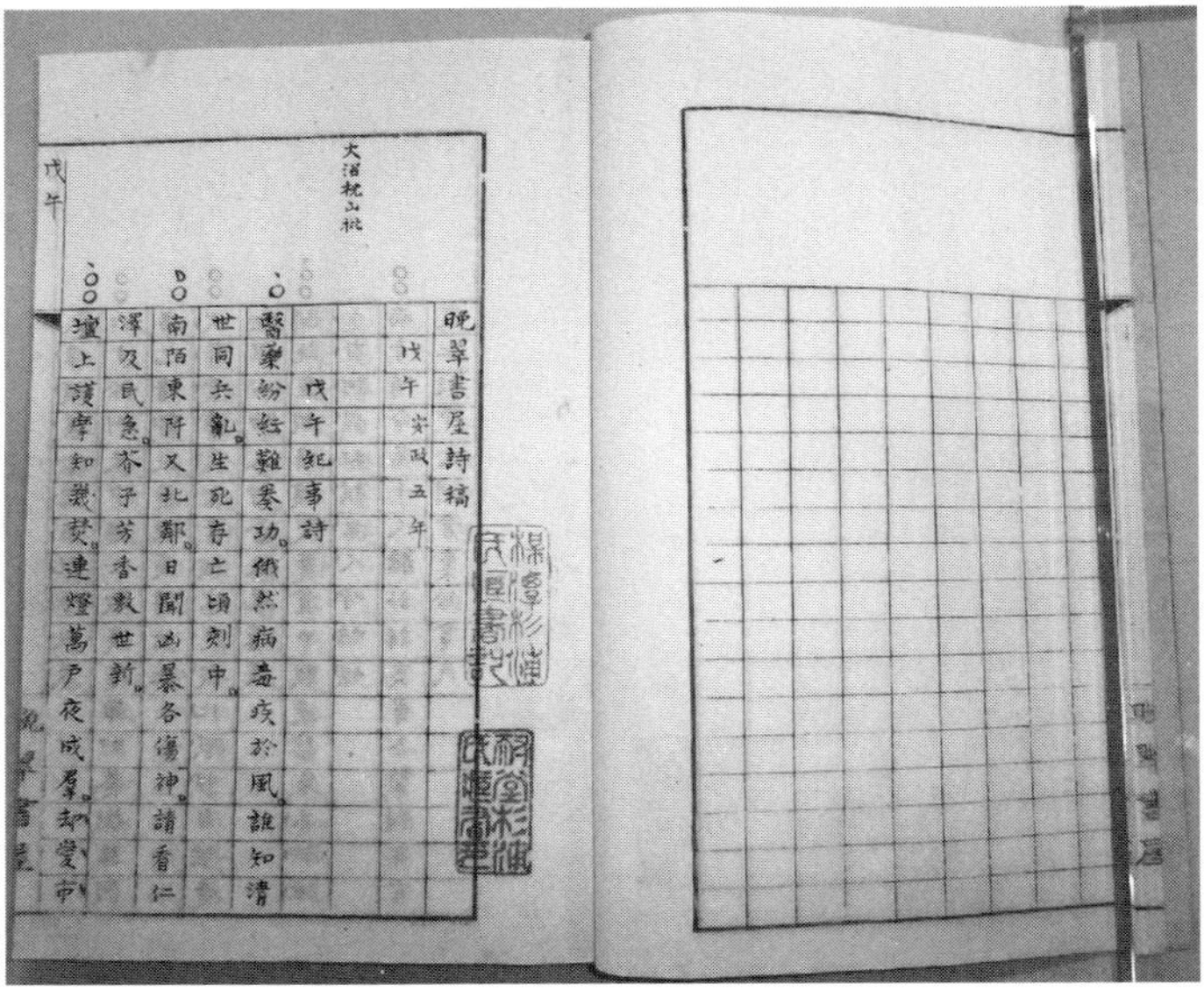

『晩翠書屋詩稿』第一葉
（国文学研究資料館所蔵）

［戊午　安政五年（一八五八）　三十三歳］

戊午紀事詩（七首其五）

火葬纍纍鬼火青
破窗夜寂北風腥
自嘔憂世婆心切
又仰蒼天見篲星

戊午《ぼご》事を紀《しる》す詩（七首其の五）

火葬《かそう》　累累《るいるい》として鬼火《きか》青く
破窓《はそう》　夜寂《せき》として北風　腥《なまぐさ》し
自ら世を憂《うれ》うる婆心《ばしん》の切なるを嘔《わら》うも
又た蒼天を仰ぎて篲星《すいせい》を見る

【訳】

安政五年に時事を述べる詩（七首その五）

火葬を待つご遺体が累々《るいるい》と重なり合い鬼火が青く光り、荒れて破れた窓辺には、もの寂しい夜になまぐさい風が吹いてくる。この世を何とかしたいと切実に願う我が老婆心の無力さをあざ笑いつつ、さらに凶兆とされる彗星が現れている空を眺める。

【語釈】

○火葬：江戸時代は基本的に土葬だが、火葬もかなり一般的な方法になっていた。ここでは伝染病の流行を抑えるために火葬が行われていたことを詠ったものか。○鬼火：墓地などに現れるとされる青白い光。人体が分解されるときに人骨中のリン酸が発光したものとされるが、定かではない。『楚辞』九思「哀歳」に「神光兮熲熲、鬼火兮熒熒（神光は熲熲《けいけい》、鬼火は熒熒《けいけい》）」とある。○婆心：仏教語。慈悲の心。○篲星：彗星。ここでは一八五八年十月に地球に最も接近したドナチ彗星をいうと思われる。古来、彗星はしばしば凶兆と見なされていた。

【補説】

安政五年（一八五八）、長崎から日本に入ったコレラ（暴瀉病《ぼうしゃびょう》）の流行が、七月ごろに江戸にまで広がったとされる。「戊午紀事詩」七首はいずれもこのコレラ流行を描いたもので、この作品はその第五首。『經年紀畧』安政五年八月三日に「此時暴瀉病　甚《はなはだ》流行シ死人山ノ如シ」、同年九月に「朔日頃ヨリ彗星西北ニ出ル」とある。

（高芝麻子）

“Bilder-Atlas der Sternwelt”よりドナチ彗星

春日遊墨堤　［己未　安政六年（一八五九）三十四歳］

綺羅幾隊簇江濱
謝席劉筵各占春
如此風光吾領畧
看花併看看花人

春日墨堤《ぼくてい》に遊ぶ
綺羅《きら》の幾隊《いくたい》　江浜《こうひん》に簇《むら》がる
謝席劉筵《しゃせきりゅうえん》　各《おのおの》、春を占《し》む
此《か》くの如き風光　吾れ領略す
花を看て　併《あわ》せて看花の人を看る

【訳】

春の日に隅田川の堤に遊ぶ
美しく着かざった人々が幾組も川端に集まって、謝家の宴や劉家の宴のように華やかにそれぞれ春を満喫している。このような春の風情を私もすっかり楽しんでいる。花を眺めるだけでなく、花を見る人をも眺めて。

【語釈】

○謝席劉筵：謝氏や劉氏の宴席。彼らの催した盛んな宴席に花見客をなぞらえている。謝・劉はすぐれた文人として併称される劉宋の謝霊運と後漢の劉楨《りゅうてい》をいうか。劉氏はあるいは晋の劉伶《りゅうれい》か。劉伶は大酒飲みで知られ、竹林の七賢の一人。○簇：集まる。唐・黄滔「江州夜宴獻陳員外」詩（『全唐詩』巻七百五）に「多少歡娯簇眼前、潯陽江上夜開筵（多少の歓娯眼前に簇《むら》がる、潯陽《じんよう》の江上夜筵《えん》を開く）」とある。○領畧：欣賞する。賞玩する。

（高芝麻子）

頃者余病喉痒飲食不下語言不發凡三晝夜苦辛殆極旬餘少愈枕上戯賦

［己未　安政六年（一八五九）三十四歳］

頃者《さきごろ》、余喉痒を病みて、飲食下《くだ》らず、語言発せざること凡そ三昼夜、苦辛殆《ほとん》ど極まるも、旬余にして少しく愈《い》え、枕上にて戯れに賦す

人生百事厭頻煩　　人生　百事　厭うこと頻煩《ひんぱん》なり
今是昨非休且論　　今は是か　昨は非か　且《しばら》く論ずるを休《や》めん
病臥笑吾三日唖　　病臥して笑う　吾《わ》れ三日唖《さんじつおし》なれど
無言畢竟勝多言　　無言　畢竟　多言に勝るを

【訳】

近ごろ、私は喉が腫れて、食べ物や飲み物を飲み下すことができず、言葉も発せない状態が凡そ三昼夜も続き、この上なく苦しんだが、十日余り経って少し回復し、寝床で戯れに詩を詠んだ

人生ではさまざまなことが起こり、嫌なこともたくさんあった。現在が正しいのか、過去は誤りだったのか、しばし論じることをやめよう。病に臥せって笑ってしまったのは、ここ三日ばかり口をきけなかったが、その無言は結局普段の饒舌よりも勝っていたということだ。

【語釈】

○喉痒：喉が腫れ上がることか。○頻煩：何度も。繰り返し。○今是昨非：今が正しく、過去は誤りだったという意。

晋・陶淵明「歸去來兮辭」(『陶淵明集』巻五)に「實迷途其未遠、覺今是而昨非(実に途に迷うも其れ未だ遠からず、今は是にして昨は非なるを覚ゆ)」とある。

(加納留美子)

暮春有感

花未開時待暖風
花方開後恨狂風
愛憎只趁人情變
元是東皇一樣風

暮春感有り
花の未だ開かざる時　暖風を待ち
花の方《はじ》めて開く後　狂風を恨む
愛憎　只だ人情の変わるを趁《お》う
元是《こ》れ　東皇　一様の風

［己未　安政六年（一八五九）三月　三十四歳］

【訳】
晩春に感じること有り
花がまだ咲かないときには、人は暖かな春風を待ち望み、花がやっと咲いたら、人は激しく吹きすさぶ風を恨めしく思う。風に心寄せたり憎んだりするのは単に人の気持ちの変化によるのだ。もとは春の神が御す、変わらぬ風だというのに。

【語釈】
〇方‥やっと～する。〇趁‥追う。

（加納留美子）

騎馬遊小金井　　　　［己未　安政六年（一八五九）三十四歳］

馬に騎《の》りて小金井に遊ぶ

欲蹈煙霞探景奇　　煙霞を蹈《ふ》み景の奇なるを探さんと欲し
垂鞭先到玉川湄　　鞭を垂れ　先《ま》ず到る　玉川《たまがわ》の湄《ほとり》
吟魂却被物華壓　　吟魂　却《かえっ》て物華に圧せられ
二十里程無一詩　　二十里程　一詩無し

【訳】

馬に乗って小金井で遊ぶ

花霞の中、馬を進ませてすばらしい景色を追い求め、鞭を下げてまずは玉川の水辺にやって来た。自然の美しい風景に逆に詩心が圧倒されてしまい、二十里もの間、一首も詩が作れなかった。

【語釈】

○小金井：現在の東京都小金井市。江戸時代、幕府の直轄領に属した。領内には江戸幕府の新田開発の一環として開鑿された玉川上水が流れ、上水沿いには多くの桜が植えられ一大名所となった。梅潭が遊んだ場所も、やはり上水沿いの桜道のことだろう。○煙霞：ここでは花霞のこと。遠方に咲き広がる桜の木々が、一面に白い霞のように見えるさま。○垂鞭：鞭を下げた状態。馬に鞭を当てない。唐・李白「陌上贈美人」詩（『李太白集注』巻二十五）に「駿馬驕行踏落花、垂鞭直拂五雲車（駿馬驕行して落花を踏む、鞭を垂れて直《ただ》ちに払う五雲の車）」とある。○湄：水辺、岸辺。

○吟魂：詩を詠もうとする思い。詩興。唐・李咸用「雪」詩（『全唐詩』巻六百四十六）に「高楼四望吟魂斂、卻憶明皇月殿帰（高楼より四望すれば吟魂斂《おさ》む、却《かえっ》て憶《おも》う明皇の月殿に帰るを）」とある。○二十里程：江戸時代、一里は約四キロメートル。

（加納留美子）

歌川広重「冨士三十六景　武蔵小金井」

端午戯賦

［己未　安政六年（一八五九）五月五日　三十四歳］

也無祭屈擲筠筒
俗禮唯云賀小童
表瑞時懸金簳矢
掃妖先擁綠沈弓
青龍噬劒窺晨旭
赤鯉拍竿跳晩風
堪笑鍾馗偏得意
怒髯瞋目氣衝空

端午に戯れに賦す
也《ま》た屈を祭りて筠筒《いんとう》を擲《なげう》つこと無く
俗礼　唯だ小童を賀すと云うのみ
瑞を表さんと　時に金簳《きんかん》の矢を懸け
妖を掃わんと　先《ま》ず緑沈の弓を擁す
青龍　剣を噬《か》みて　晨旭を窺い
赤鯉　竿を拍《う》ちて　晩風に跳ぶ
笑うに堪う　鍾馗《しょうき》の偏《ひとえ》に意を得て
髯《ひげ》を怒らせ　目を瞋《いか》らせ　気　空を衝くを

【訳】

端午の節句に戯れに詠む

屈原を弔《とむら》おうと米を入れた竹筒を水中に投げ入れた古代の風習はすっかり無くなり、世間の風俗は単に子供を祝う節句だと言うばかり。縁起を担ごうとこの時金のやがらの矢を懸け、不吉を払うためにまずは濃緑の弓を手に握る。青龍は剣を嚙みしめて朝日を狙い、赤鯉は竿に身を打ちつけながら夕暮れの風に飛び跳ねる。笑ってしまうのは、のぼりの鍾馗様が我が意を得たりとばかりに、ひげを逆立て、眼光鋭く、意気が空高くまで上っていくその様子。

【語釈】

○也無：「也」は、否定を強調する副詞。まったく〜でない。○祭屈：古代中国では、端午の日に、汨羅江《べきらこう》に身投げした戦国楚の屈原を弔う祭りを行っていたことを指す。○筠筒：竹筒のこと。伝説によると、楚の人々は屈原を弔うために竹筒に米を入れて汨羅江に投じたという。梁・呉均『續齊諧記』五花絲粽（『説郛』巻百十五下収載）に「屈原五月五日投汨羅水、楚人哀之、至此日、以竹筒子貯米、投水以祭之」（屈原は五月五日に汨羅江《べきらこう》に身を投げ、楚の人々は死を悼んで毎年この日に米を入れた竹筒を江に投じて祭った）とあり、これが今日のちまきの起源だとも言われる。

○懸金簳矢：「金簳矢」は金色のやがらの矢。唐・李賀「長平箭頭歌」（『昌谷集』巻四）に「白翎金簳雨中盡、直餘三脊殘狼牙」（白翎金簳《はくれいきんかん》雨中に尽き、直《た》だ余す三脊の残狼牙《ざんろうが》）とある。「懸矢」は、矢を門に掛けること。魔を払い吉祥を願った。○綠沈弓：濃い緑色の漆塗りの弓。唐・杜甫「重過何氏五首」其四（『杜詩詳註』巻三）に「雨抛金鎖甲、苔臥綠沈槍」（雨に金鎖の甲を抛ち、苔に綠沈の槍を臥す）」とあり、清・仇兆鰲は「綠沈、以調綠漆之、其色深沈如漆。調雌黄之類」（綠沈は、漆のように深い色合いの緑の顔料で、黄色の顔料を合わせてある）という。○青龍噬劍窺晨旭：一句は端午の節句に立てた、いわゆる武者のぼりに描かれた青龍の絵を指すか。○赤鯉：鯉のぼりのこと。江戸時代の絵では真鯉一匹だけで描かれることがあるが（下図を参照）、ここでは緋鯉。なお、『晩翠書屋詩稿』万延元年（一八六〇）に「庚申端午賀馨齋雅兄令郎新節乃倣俗禮掲紗製隻鯉於竿頭而贈焉以一律（庚申端午、馨斎雅兄令郎の新節を賀し、乃ち俗礼に倣い紗製の隻鯉を竿頭に掲げ、而《しか》して焉《こ》れに贈るに一律を以てす）」という題の詩がある。

歌川広重「名所江戸百景」
水道橋駿河台

○鍾馗：唐・玄宗の時代の人物。死後、玄宗の夢に現れてその病を癒したことから、古来中国では鍾馗の絵を飾ると病除け・厄除けになると信じられて来た。日本にもその信仰は伝播し、端午の節句には鍾馗の絵を描いたのぼりを飾る習慣があった。

（加納留美子）

除夜贈窮鬼

［己未　安政六年（一八六〇）十二月三十日　三十四歳］

除夜窮鬼に贈る

欲酌殘樽餞暮年　残樽を酌みて年の暮るるを餞《おく》らんと欲す
五窮有鬼互相憐　五窮　鬼有りて　互いに相《あ》い憐れむ
暗中問汝能知否　暗中　汝に問う　能く知るや否や
與我三生訂宿緣　我れと三生　宿縁を訂するを

【訳】

大晦日《おおみそか》の夜に貧乏神に贈る

僅かに残った酒を酌んで尽きようとする今年への餞別にしよう、五人の貧乏神と互いに同情しあいながら。暗闇の中でお前たちにたずねる、知っているかい、私とお前たちとは前世・現世・来世の三世にわたって深い因縁で結ばれていることを。

【語釈】

○窮鬼：貧乏神のこと。中国では古来、正月の晦日《みそか》に各家庭で貧乏神を追い払うという年中行事があり、これを「送窮」と呼んだ。日本では中国と異なり、この詩からも窺えるように旧年十二月の大晦日に行ったようである。○殘樽：酒器に残った僅かな酒。○餞：去っていく人や季節などを見送ること。ここで見送る対象は旧年である。○暮年：年暮と同じ。ここでは押韻の関係で倒置させている。○五窮：「智窮（知恵の貧乏）」「学窮（学問の貧乏）」「文窮（文学の貧乏）」「命窮（運命の貧乏）」「交窮（交際の貧乏）」を招く五人の貧乏神のこと。生半可の知識があったり、学問好きが高じたり、独創的な文学的営為を好んだり、運命にめぐまれなかったり、交際が下手だったりするために招いた貧乏の形容。○三生：仏教の教えにいうところの、前世・現世・来世のこと。○訂：約束などを結ぶ。○宿縁：前世からの因縁。

（遠藤星希）

元日

［庚申　安政七年（一八六〇）一月一日　三十五歳］

舊稿殘篇机上堆
春風卅五忽然來
今朝未醒去年醉
繼得屠蘇三兩杯

元日

旧稿　残篇　机上に堆《うずたか》し
春風　卅五《そうご》　忽然《こつぜん》として来《き》たる
今朝《こんちょう》　未だ醒《さ》めず　去年の酔い
継いで得ん　屠蘇《とそ》　三両杯《さんりょうはい》

【訳】

元日

以前書いたものや書きかけの詩篇を机の上に積み上げたままで、春風とともに気づいたら三十五歳になっていた。今朝はまだ去年の酒が抜けきっていないけれど、つづけてお屠蘇《とそ》を二、三杯飲むことにしよう。

【語釈】

○屠蘇‥屠蘇酒。正月に一年じゅうの邪気を払うために飲む、肉桂《にっけい》、山椒《さんしょう》など七種の薬草を入れた酒。唐代にはじまったとされる。○春風卅五忽然來‥この年、梅潭は数えで三十五歳になる。ここでは「春風」「卅五」ともに新年の訪れを指す。なお、万延への改元は三月であるので、この詩が作られた一月一日の時点では安政七年。

（高芝麻子）

撒豆　［庚申　万延元年（一八六一）十二月　三十五歳］

福者内兮鬼者外兮
日暮萬家萬聲齊
此時占福茶已熟
一室團欒兒與妻
試茶算庚對明燭
誰呼拂阨投海西
君不見先王於此存深意
撒豆一掬壓妖魅

豆を撒く
福は内　鬼は外
日暮れて　万家　万声斉《ひと》し
此の時　福を占《うらな》いて　茶は已《すで》に熟し
一室にて児と妻と団欒す
茶を試みて庚を算《かぞ》え　明燭に対す
誰か呼ぶ　阨《やく》を払いて海西に投ぜんと
君見ずや　先王　此《こ》こに深意を存し
豆を撒くこと一掬《いっきく》にして妖魅を圧するを

【訳】
豆まきをする
福は内、鬼は外と、日が沈みあらゆる家々から一斉に豆まきの声がわきおこる。このとき一年の福を占い終わりお茶はすでに煮立っていて、一つの部屋で妻子との団欒の時を楽しんでいる。明るい灯火の前で茶の味を見ながら歳の数だけ豆を数えていると、外から「おん厄払いましょう、西の海にさらり」と叫ぶ声がする。君は知らないのか、平安の御代よりこの行事には深い意味が込められており、叫ばなくてもひとすくいの豆をまくだけで、あやかしを退けることが出来るのだよ。

【語釈】
○撒豆：節分の豆まきのこと。立春の前日に行われる。江戸時代、江戸の街では立春の前日だけではなく、年末年始にかけて豆まきを三回やったという。梅潭のこの詩は、『晩翠書屋詩稿』では年が変わる直前に置かれているので、年末に行われた豆まきの様子を詠じたものである。○占福：これからの一年の福を占う。節分の日には、炉端《ろばた》などに豆を並べその焼き加減を見ることで、これからの一年の福や月々の天候を占う「豆占《まめうら》」（別名「豆焼《まめやき》」）という風習があった。○茶：ここでは福茶のこと。豆やこんぶ・梅干し・山椒などを加えた煎茶。節分の日には長寿や幸福を祈って福茶を飲んだ。○拂阨投海西：当時の節分には、各家庭が豆と一緒に一銭、または十二銭を紙や古い褌に包んで家の外に捨て、これを物乞いたちが「おん厄払いましょう、西の海にさらり」と言いながら拾い歩くという風習があった。厄を西の最果ての海に流してしまおう、という意味。藤森《ふじもり》弘庵《こうあん》（一七九九―一八六二）「撒豆」詩（『春雨楼詩鈔』巻九）の序に「立春前夜、亦名除夕。人家撒豆遍屋宅、必大叫曰、福内鬼外。或卽季冬大儺之遺意歟。兒女收拾撒豆、筭生年數、以施丐者、禳厄災曰年豆」（立春の前夜を「除夕」ともいう。家々では家中で豆をまき、その際に必ず「福は内、鬼は外」と大声で叫ぶ。あるいは旧暦十二月の冬の大儺《たいな》のなごりであろうか。子供たちが年の数だけ豆を拾い、物乞いに施して厄払いをすることを「年豆」と呼ぶ）とある。○先王於此存深意：節分の豆まきの始まりは、平安時代の初期頃から行われている鬼払いの儀式「追儺《ついな》」で

節分の豆まき
（シーボルトのニッポンより川原慶賀の絵）

あるとされる。また、平安初期の宇多天皇の頃、鞍馬山の奥の僧正谷というところにすんでいた鬼神が都に乱入しようとしたので、三石《こく》三斗の豆を煎って鬼の目をつぶし、災厄を逃れたのが始まりだともいう。

（遠藤星希）

元旦登營恭賦　［辛酉　万延二年（一八六一）一月一日　三十六歳］

萬壽無疆昭代光
衣冠仰拜聖恩長
一滴御盃春露遍
暖涵臣庶舊枯腸

元旦に登営して恭《つつし》みて賦す
万寿無疆《ばんじゅむきょう》　昭代の光
衣冠もて仰拝すれば聖恩長《とこし》えなり
一滴の御盃　春露遍《あまね》く
暖かく涵《ひた》す　臣庶の旧《ふる》き枯腸

【訳】

元旦に幕府に参内して謹んで賦す

太平の世を照らす光なる我が主君が一万年も長生きなさいますように。礼服を整えてお姿を拝したてまつれば主君の恩恵は永遠のものとなる。賜った御酒《ぎょしゅ》をひとしずく口に含めば春の露がすみずみまで行き渡り、元より非才の臣民の身すら、温かく潤される。

【語釈】

○登營：幕府に出仕すること。○萬壽無疆：寿命が限りない。『詩經』小雅「天保」の「萬壽無疆」による。○昭代：優れた統治者による治世。○枯腸：飢えた腸。転じて、文才が枯渇したことをいう。

【補説】

○原文では詩題は「元旦登　營恭賦」、第二句は「衣冠仰拜　聖恩長」となっており、徳川将軍への敬意を表して「營」「聖」の前にそれぞれ一文字分の空きがある。この後の作品でも同様の書き方が見られる。
○文久元年（一八六一）は二月に改元されているので、この詩が作られた一月一日の時点では万延二年。このとき梅潭は鉄砲玉薬奉行であった。

（高芝麻子）

元朝［辛酉　万延二年（一八六一）一月一日　三十六歳］

宵殘紅燭爛書房
整頓朝衣手把觴
歳律人心此時改
一鶏叫落萬星光

元朝

宵《よい》は殘《ざん》して　紅燭　書房に爛たり
朝衣を整頓して手に觴《しょう》を把《と》る
歳律　人心　此の時改む
一鶏　叫びて落つ　万星の光

【訳】

元日の朝

夜が終わりに近づき蠟燭《ろうそく》の赤い炎が書斎に輝いている。出仕のために礼服を整えて屠蘇の盃を手にする。歳の節目にあって、いま、人々の心は新しくなり、鶏の声が響くと夜空のすべての星の光が消えた。

【語釈】

○爛‥光があふれんばかりに輝く。○歳律‥歳時。時節。

（市川桃子）

夏日退朝途中自嘲　［辛酉　文久元年（一八六一）三十六歳］

夏日、朝《ちょう》より退く途中自ら嘲《あざけ》る

東走西馳昏復晨　東に走り西に馳す　昏《くれ》に復た晨《あさ》に
自哂褦襶趁紅塵　自ら哂《わら》う　褦襶《だいたい》して紅塵《こうじん》を趁《お》うを
退朝觸熱遙遙路　朝《ちょう》より退き熱に触《ふ》る　遥遥たる路《みち》
不向人家到廄津　人家に向かわずして廄津《きゅうしん》に到る

【訳】

夏の日、朝廷から帰る途中に自分を哂《わら》う

朝に晩に東奔西走し、暑い中に日除けの笠をかぶり車馬を追いかけるような生活が我ながらおかしい。役所を退いて長い道を暑さを冒して歩き、家には向かわず御廄《おうまや》の渡しにやってきた。

【語釈】

○褦襶：炎暑の候に日除けの笠をかぶる。また、炎暑に歩き回る所から、分別のない愚かな者の意味がある。南宋・陸游「夏日」詩（『劒南詩稿』巻二十一）「赤日黄塵褦襶忙、放翁湖上獨相羊（赤日黄塵褦襶忙《だいたいせわ》し、放翁《ほうおう》湖上に独り相羊《しょうよう》す）」とある。○紅塵：車馬が巻き上げる塵。○觸熱：炎暑をおかして。○廄津：元禄年間ごろから隅田川に作られていた「御廄の渡し」。この名は西岸にあった蔵前の米蔵の荷駄馬用の廄「御廄河岸」による。転覆事故が多く「三途の渡し」と呼ばれていて、明治七年（一八七四）に架橋された。現在の廄橋《うまやばし》は架け直されて位置が少し異なる。

（市川桃子）

元旦口占［壬戌　文久二年（一八六二）一月一日　三十七歳］

正見勾芒表瑞春
鵝毛雪拂舊年塵
天公弄手非凡術
裝飾乾坤一段新

元旦口占

正に勾芒《こうぼう》の瑞春を表すを見
鵝毛《がもう》の雪は旧年の塵を払う
天公　手に弄ぶ　非凡の術
乾坤《けんこん》を装飾して一段と新たなり

【訳】

元旦に口ずさみ作った詩

萌え出る新芽にめでたい春の訪れを感じたと思ったら、ガチョウの羽のように軽やかに散る雪が去年までの塵を清めてくれる。天の神はこのように非凡な術をもてあそんで、新芽や雪で天地を一段と新しく飾ってくださるのだ。

【語釈】

○勾芒‥草木の生長を司る神の名。あるいは草木の新芽。

（高芝麻子）

元旦　［癸亥　文久三年（一八六三）一月一日　三十八歳］

元旦

微言自擬補經綸　微言もて自ら経綸を補わんと擬《はか》る
況是春來羇旅人＊　況《いわん》や是れ春より来《このかた》羇旅の人たるをや
從今須誦湯盤字　今従《よ》り須く湯盤《とうばん》の字を誦《とな》うるべし
要與梅花日日新　梅花と与《とも》に日日に新たならんと要《もと》む

＊頃者、官有隨春嶽上公赴京師之命（頃者《さきごろ》、官に春嶽上公に随いて京師に赴くの命有り）

【訳】

元旦

諫言によって政治を補佐したいと思っている。まして私はこの春からは役目として京に向かうのだからなおさらだ＊。今日から必ず戒めの言葉をとなえることとしよう。梅の花とともに日々新たでありたい、と。

＊さき頃、松平春嶽公に随行して上洛するようにとの官命があった。

【語釈】

○微言・隠微で婉曲的な諷諫の言葉。○擬・～しようとする。○經綸・制度・計画をもって天下を治める。また、その制度や計画。唐・王昌齢「裴六書堂」詩（『全唐詩』巻百四十一）に「經綸精微言、兼濟當獨往（経綸精微の言、兼済当に独り往くべし）」とある。○羇旅人‥旅に出る人。○湯盤‥殷の湯王が沐浴の盤に刻んで自らの戒めとした言葉。『禮記』大學に「湯之盤銘曰、苟日新、日日新、又日新（湯《とう》の盤《ばん》の銘に曰く、苟《まこと》に日に新たに、日日に新たに、又た日に新たなりと）」とある。○春嶽上公‥松平春嶽のこと。【補説】参照。

【補説】

○松平春嶽（一八二八―一八九〇）は江戸時代後期の大名。名は慶永《よしなが》。春嶽《しゅんがく》は号である。松平斉善《なりさわ》の養子となり、天保九年（一八三八）越前福井藩主松平家を継いで十六代当主となる。文久二年（一八六二）、政事総裁職に就き公武合体につとめた。明治二年（一八六九）に民部卿兼大蔵卿になったが、翌年すべての公職を辞した。なお、「春嶽」は「春岳」とも書く。原詩に「春岳」とある時はその記述を用いた。

○梅潭は文久二年八月に目付に登用されている。目付は、江戸幕府では若年寄の支配下にあって、旗本・御家人を監察する役目であり、将軍に直接意見を具申することができた。また梅潭は同年十二月十五日に松平春嶽の随行として上京の用意をするように申し渡されており、その決意をこの詩に詠んだと思われる。

（山崎藍）

發浦賀恭奉呈春岳上公　［癸亥　文久三年（一八六三）一月　三十八歳］

浦賀を発して恭《つつし》みて春岳上公に呈し奉《たてまつ》る

眼界蒼茫豆遠間　　眼界蒼茫たり　豆遠《とうえん》の間
衝天激浪大於山　　天を衝《つ》く激浪　山よりも大なり
驚君神色如平日　　驚く　君の神色　平日の如く
數首詩成筆自閒　　数首の詩成りて　筆　自《おのずか》ら閑《しず》かなり

松平慶永

【訳】

浦賀港を出発して松平慶永《よしなが》公に謹んでご覧に入れる

目に入るのは遠州（遠江《とおとうみ》）と豆州（伊豆）の間に悠々と広がる海で、天を突く大波は山よりも大きかった。ところが松平慶永公は普段通りの態度で、自若とした筆遣いで詩を幾つかお作りになった。

【語釈】

○春岳上公：松平慶永（一八二八—一八九〇）、号は春嶽。「岳」は「嶽」と同じ。前作【補説】参照。

【補説】

文久二年（一八六二）、松平慶永は新設の政事総裁職に就任し、徳川慶喜とともに公武合体政策を推進して文久の改革を行った。この作品は、梅潭が目付として松平慶永に随行して船で京都に赴くところである。

（市川桃子）

正月扈従大駕航遠州洋乃作長歌　［甲子　文久四年（一八六四）一月　三十九歳］

正月、大駕に扈従《こじゅう》して遠州洋を航し乃ち長歌を作る

壮哉翔鶴也＊
有如大鵬搏
火輪數轉回
似龍捲銀瀾
今日好順風
帆腹孕風團
一瞬數十里
捷速鐵肝寒
諸臣垢面鬢如蓬
護駕丹心一段酸
豆州經過遠州水
已認志摩小如丸
北風轉戌帆不便
海水亂立夕陽殘
我立艦頭告海神
我君英武四海冠

壮なるかな　翔鶴《しょうかく》や
大鵬の搏《の》るが如き有り
火輪　数転回《めぐ》れば
龍の銀瀾を捲《ま》くに似たり
今日　順風好《よ》く
帆腹　風を孕みて団《まる》し
一瞬　数十里
捷速《しょうそく》　鉄肝寒し
諸臣　垢面《こうめん》　鬢は蓬《ほう》の如く
駕を護る丹心　一段と酸《さん》たり
豆州より　遠州の水を経過せんとし
已に認む　志摩の小さきこと丸《がん》の如きを
北風　戌《じゅつ》に転じ　帆に便ならず
海水　乱立し　夕陽《せきよう》　残《ざん》す
我れ　艦頭に立ちて海神に告ぐ
我が君《きみ》の英武四海に冠たり

欲再入京洛定事業
海神風伯盍奉君歡
此時風濤俄然罷
七十五里如淺灘
吁我從來樗散質
在公自慚類冗官
況亦不諳航海
臥狹棚意不安
一室偪仄我不厭
艦窗只覓眼界寬
始信滄海風濤險
甚勝人間行路難

再び京洛に入りて事業を定めんと欲す
海神風伯　盍《なん》ぞ君が歓を奉ぜざらんやと
此の時　風濤　俄然として罷《や》む
七十五里　浅灘《せんたん》の如し
吁《ああ》　我れ　従来　樗散《ちょさん》の質にして
公に在るも自ら冗官に類するを慚《は》づ
況《いわん》や亦た航海にも諳《さと》からず
狭棚に臥して意安らかならざるをや
一室偪仄《ふくそく》なるも我れ厭《いと》わず
艦窓に只だ眼界の寛きを覓《もと》むるのみ
始めて信ず　滄海《そうかい》の風濤《ふうとう》険しきは
甚だ人間行路の難《かた》きに勝ると

＊翔鶴船號（翔鶴は船号なり）

今歳夏、余罷官、棲遲衡門、無客叩柴扉。自入秋以來殊覺寂寞。偶探簏底得此稿。誦讀再四回、思往事恍如隔世。嗚呼、人世一大夢場。夢中記夢、未免達人之笑耳。甲子秋日秉筆於不如學齋北窗下。

今歳夏、余官を罷《や》め、衡門《こうもん》に棲遅《せいち》し、客の柴扉《さいひ》を叩く無し。秋に入りて自《よ》り以来殊に寂寞を覚ゆ。偶ゝ《たまたま》簏底《ろくてい》を探し此の稿を得《う》。誦読《しょうどく》すること再四回、往事を思えば恍《こう》として隔世の如し。嗚呼、人世は一大の夢場なり。夢中に夢を記し、未だ達人の笑いを免れざらんのみ。甲子秋日筆《ふで》を不如学斎《ふじょがくさい》の北窓の下に秉《と》る。

【訳】

正月、徳川将軍に付き従って遠州灘を航行しそこで長歌を作る

翔鶴丸はなんと雄壮なことだろう＊、大鵬が風に乗って行くかのようだ。蒸気船である翔鶴丸の外輪が幾度か回転すると、龍が銀色の波を巻き上げるかのようだ。今日は追い風にうまくのり、帆は風をはらんで膨らんでいる。あっという間に数十里も進んで、そのあまりの速さに鋼《はがね》のように剛胆な肝《きも》ですら冷えてしまう。家臣達は垢じみた顔をし鬢はぼさぼさで、上様を護らんとする誠心には一段と悲壮感が増す。船はといえば伊豆の国から遠州灘を過ぎようとしており、弾丸のような小さな大きさの志摩半島がすでに見えた。すると北風が戌《いぬ》の方角である西北西に変わって帆が風を受けられず、海水は逆巻き夕日が沈んでいく。私は船の先頭に立って海神に告げた。「我が君の英明と武勇は天下にとどろき、再び上洛して国家の安定を図ろうとなさっている。海神よ風神よ、どうして我が君の意にかなうようにしてさしあげないのか」と。この時風波が突然やみ、遠州灘の七十五里はまるで浅瀬のように穏やかになった。ああ、私はもともと役に立たない人間で、公職にあっても無能な役人であることを自ら恥じている。まして航海には慣れておらず、狭い寝台に横になって落ち着くこともできないでいる。部屋が狭いことは私は構わない、船の窓から広く四方を見渡せることを望むばかりだ。ようやくわかった、大海原の風波の激しさは、世渡りよりも困難なのだと。

＊翔鶴とは船の名前である。

今年の夏に、私は官職を辞して、小さな家に隠棲しており、粗末な戸をたたく客もいなくなった。秋になってからことさら寂しさを感じていた。たまたま竹の文箱の底からこの詩稿を見つけた。幾回か口ずさむと、当時のことが遥か昔のように思いだされた。ああ、人の世とはひとつの夢のようだ。この詩は夢の中で見た夢を書き付けたようにとりとめないものだから、道理に通じた方々に笑われることは避けられないだろう。元治元年甲子の秋の日に不如学斎の北側の窓辺で書き付けた。

【語釈】

○扈従：付き従うこと。○大駕：皇帝の外出で最も大がかりなもの。ここでは将軍家茂が文久四年（一八六四）一月に行った上洛を指す。○翔鶴：翔鶴丸のこと。文久三年（一八六四）に江戸幕府がイギリス商人から購入した外輪式の蒸気船。同年参与会議に出席するために将軍徳川家茂が乗船した際暴風雨に遭遇し、犠牲者を出したものの、勝海舟の指揮のもと上洛を果たした。慶応四年（一八六八）に明治政府に上納され、同年十一月に沈没した。○搏：頼る。鳥が風などに乗る。○火輪：汽船のこと。船体の両側または船尾に水車のような推進器をつけた船。スクリューを用いる以前の初期の蒸気船に見られた。○帆腹：風をはらんでふくらんだ帆のこと。○如蓬：蓬は植物の名。乱れているさまをいう。○護駕：天子の行幸に付き従い警護する。○豆州：伊豆。○七十五里：遠州灘のこと。遠州灘を海上七十五里と言う。○樗散：役に立たないもの。無能な人物。○諳：熟達すること。○棲遅衡門：「衡門」は木を横に渡しただけの門。粗末な家。『詩經』陳風「衡門」に「衡門之下、可以棲遅（衡門の下、以て棲遅す可し）」とある。○夢中記夢：仏教語の「夢中説夢」による。万物は実体がなく夢のようにはかないものであることを表す。『大般若波羅蜜多經』巻五百九十六に見える。○不如學齋：未詳。梅潭の書斎の号か。『論語』衛靈公に「子曰、吾嘗終日不食、終夜不寝、以思無益、不如學也（子曰く、吾れ嘗て終日食らわず、終夜寝ねず、以て思うも益無し、学ぶに如かざるなり）」とある。

【補説】

前年の文久三年（一八六三）一月に松平春嶽に随行して順動丸で上洛している。江戸に帰還した後、この年の暮れから正月にかけて、将軍に随行して再び上洛した。元治元年（一八六四）六月十七日、板倉勝静と松平直克との間の確執に巻き込まれ罷免されて、蟄居していた。そのあとで、梅潭は将軍に随行した時の作品を見つけたとあとがきで述べている。

（山崎藍）

［乙丑　元治二年（一八六五）一月一日　四十歳］

元日口號（五首其一）

窗外條風忽報晨
先生舊夢未全新
城中聽否江東好
深巷楊花已賣春

元日口号（五首其の一）
窓外の条風《じょうふう》　忽ち晨《あした》を報ずるも
先生の旧夢　未だ全ては新しからず
城中で聴くや否や　江東好《よ》しと
深巷の楊花　已に春を売る

【訳】

元旦に口ずさんだ詩（五首その一）

窓の外に吹く春風が突然に夜明けを告げたが、年が改まったとはいえ私が見た昨年の夢はまだ全て終わったわけではない。江戸の城中では隅田川の東側が今美しい時期だと聞いているだろうか。奥まった路地の餅花売りが春の気配を売り出している。

【語釈】

○條風：北東から吹いてくる風。春風。○先生：文人や学者が自称や他称に用いる通称。ここでは梅潭自身。○舊夢：旧年に見た夢のこと。転じて、過ぎ去ったはかない事柄。『晩翠書屋詩稿』明治十六年（一八八三）の「北海観風集題辞」詩に「嗟吾舊夢未全覺、毎誦一章千感生（嗟吾《ああ》が旧夢未だ全ては覚めず、一章を誦ずる毎《ごと》に千感生ず）」とある。○江東：ここでは隅田川の東部を言うと考えられる。○深巷楊花已賣春：『晩翠書屋詩稿』万延元年（一八六〇）の

「春曉」詩に「深巷賣花三兩聲（深巷に花を売る三両声）」とある。〇楊花・柳絮。ただし柳絮は正月にはまだない。ここでの楊花は餅花を指すか。餅花は小正月の農耕予祝儀礼に用いられ、柳や榎の枝などに、小さく丸めた餅を花のように飾り付けたもの。

【補説】

梅潭はこの年無職で江戸城の年賀に加わっていない。また江東にある本町大川端埋堀に住んでいたと思われる。

（山崎藍）

元旦

［丙寅　慶応二年（一八六六）一月一日　四十一歳］

紅閃東方春色浮
扶桑六十太平周
只希我武如朝日
赫赫餘光照五洲

元旦

紅《くれない》閃《きらめ》き　東方に春色浮く
扶桑六十　太平周《あまね》し
只だ希《ねが》うは　我が武の朝日の如くにして
赫赫《かくかく》たる余光　五洲を照らさんことを

【訳】

元旦

東の空に紅《あか》く光が射し春の景色が浮かび上がった。日本の六十国は全て太平の世を享受している。ただこいねがうのは、我が日本の武力が朝日のように、輝かしい有り余る光となって世界を照らすことだ。

【語釈】

○扶桑：中国の東方海上の島にあると言われる神木の名前。転じてそれを産する国、日本を指す。○六十：日本全国にある六十余りの国。畿内、七道の六十六国。日本全土を指す。江戸初期の室鳩巣「新年早監城門」詩（『鳩巣文集前編』巻四）に「春歸滄海三千里、日出扶桑六十州（春は帰る滄海三千里、日は出づ扶桑六十州）」とある。○赫赫：光り輝くさま。○五洲：世界。五大陸。亜洲・欧洲・非洲・澳洲・美洲。

（山崎藍）

三月廿六日發江都將赴函館乃賦此詩　［丙寅　慶応二年（一八六六）三月二十六日　四十一歳］

三月廿六日、江都を発して将に函館に赴かんとし、乃ち此の詩を賦す

君恩海嶽一身持　君恩の海岳　一身に持す
豈共女兒悲別離　豈に女児と共に別離を悲しまんや
但有微臣深恨切　但だ微臣の深恨の切なる有り
拜観大駕復何時　大駕を拝観するは復た何れの時ならん

【訳】

三月二十六日、江戸を出発して函館に赴任する旅路につき、そこでこの詩を詠んだ

海より深く山より高い主君の恩命をこの身に帯びているのだから、女子供との別れを悲しむことなどどうしてあろう。ただ卑賤の私が深く恨みに思うのは、次に上様に拝謁できるのは一体いつになるかということだけだ。

【語釈】

○海嶽…果てしなく深い海と高い山。主君の恩の大きさを形容する。『晩翠書屋詩稿』慶応元年（一八六五）「次永井介堂韻却寄兼報近況十首」其十にも「海嶽君恩無所報、恥言清世一閒人（海岳の君恩報ゆる所無く、言うを恥づ清世の一閑人なりと）」とある。○微臣…卑しい身分である私。官職に就いているものが自分自身を呼ぶときの謙遜の辞。○大駕…皇帝の出遊のこと。また、転じて皇帝のことを指す。ここでは主君である将軍を指している。

【補説】

梅潭は慶応二年（一八六六）一月十八日、箱館奉行に任命され、蝦夷地へ赴任、日露和親条約で日本とロシアの雑居地と決められた樺太の内、日本人居住地の南にロシア人が住居を建設する問題が発生、その交渉にあたった。本詩の題によると任命されてから赴任の途につくまで、準備に二か月以上かかっていることが分かる。

（遠藤星希）

仝呈家君　　［丙寅　慶応二年（一八六六）三月二十六日　四十一歳］

驛馬牽來門外喧
別離情切涙痕繁
匆匆辭去君休怪
此際無言勝有言

仝《おな》じく家君《かくん》に呈す
駅馬　牽《ひ》き来たりて門外　喧《かまびす》し
別離　情は切にして涙痕繁《るいこんしげ》し
匆匆《そうそう》にして辞し去るも君《きみ》怪しむを休《や》めよ
此《こ》の際無言《むごん》は有言《ゆうごん》に勝る

【訳】

右の詩とおなじく父君に示す
駅に置かれている馬を引いてくると、門前はにわかに騒がしくなりました。父上とお別れする悲しみは切実で、涙の痕がいくつも付きます。慌ただしく立ち去るのをいぶかしく思わないでください。この別れ際では、饒舌にお話しするよりも無言でいる方が気持を分かっていただけると思うのです。

（市川桃子）

自栗橋到中田途中賦所見　［丙寅　慶応二年（一八六六）三月二十八日　四十一歳］

栗橋《くりはし》自《よ》り中田《なかた》に到る途中に見る所を賦す

纔出栗關江水横
刀寧涉了道寛平
喬松蓊鬱夾官道
人向翠雲堆裏行

纔《わず》かに栗関《くりのせき》を出づれば江水横たう
刀《とう》は寧《やす》らかに渉《わた》り了《お》え道は寛平《かんぺい》
喬松《きょうしょう》　蓊鬱《おううつ》として　官道を　夾《さしはさ》み
人は翠雲堆裏《すいうんたいり》に向《あ》りて行く

【訳】

栗橋から中田に至る途中で見たことを詩にする

栗橋を少し出たところに大河が横たわっていた。舠《こぶね》は安定していて何事もなく渡り終え、道も広く平らで進みやすい。公道の両側には松が高く鬱蒼と茂っていて、私たちは緑の雲のような松並木の中を旅していく。

【語釈】

○栗橋：日光街道にあり、利根川を越える要衝の地として栗橋関所がおかれた宿場町。現在の埼玉県久喜市の一部。
○中田：日光街道の利根川の河畔にあった宿場町。中田宿と栗橋宿は利根川の対岸にあり、両者を渡船が結んでいた。現在の茨城県古河市。○江水：大きな河。ここでは利根川。

（市川桃子）

入奥州

〔丙寅　慶応二年（一八六六）四月一日　四十一歳〕

總山野水路悠悠
二國全過是奥州
應識養蠶敷四海
新畦茁麥稺桑稠

奥州《おうしゅう》に入る
総山野水《そうざんやすい》　路《みち》悠悠
二国《にこく》全て過ぎて是《こ》れ奥州《おうしゅう》
応《まさ》に識《し》るべし　養蚕四海《しかい》に敷《し》くを
新畦《しんけい》に麦茁《い》でて稚《わか》き桑稠《おお》し

【訳】

奥州に入る

まわりは全て山で草原や小川のほとりを道がはるばると続く。国をふたつ通り越えてここは奥州だ。この地が養蚕で有名で特産の絹が世界に行き渡っているのは周知のことだ。今年耕した畑には麦の穂が勢いよく出て小さな若葉をつけた桑の木がたくさんある。

【語釈】

○奥州：陸奥《むつ》の国の唐風の呼び名。代表的な藩として、弘前藩・盛岡藩・仙台藩・米沢藩・会津藩などがあった。現在の青森県・岩手県・宮城県・福島県・秋田県北東部に当たる。

（市川桃子）

四月三日拂曉發須賀川遙望連山問之土人乃奥州界也山頂殘雪承朝輝奇景不可狀乃賦二十八字（二首其一）

〔丙寅　慶応二年（一八六六）四月三日　四十一歳〕

四月三日、払暁《ふつぎょう》に須賀川《すかがわ》を発し、遥かに連山を望む。之《こ》れを土人《どじん》に問えば、乃ち奥州の界《さかい》なり。山頂の残雪朝輝《ちょうき》を承けて、奇景状《じょう》す可からず。乃ち二十八字を賦す（二首其の一）

透迤翠黛淡交濃　透迤《いい》たる翠黛《すいたい》　淡《あわ》きは濃《こ》きに交《まじ》う
奥羽分疆山九重　奥羽の分疆《ぶんきょう》　山　九重《きゅうちょう》
遠近一般如著色　遠近　一般　色を著《つ》くが如し
曉光五彩好儀容　暁光五彩　儀容《ぎょうよ》好し

【訳】

四月三日、夜明けに須賀川を出ると、遠くに連山が見えた。この山について土地の者に尋ねると、それが出羽と陸奥の境界となる山々だという。山頂には雪が残り朝日を承けていて、その美しさは形容しがたいほどであった。そこで七言絶句を作った（二首その一）

うねうねと続く緑の尾根は薄い緑と濃い緑が入り交じっている。陸奥《むつ》と出羽《でわ》の境には山々が幾重にも連なっている。遠くも近くも同じく朝日に染められているようで、五色の暁光のなかで美しく姿を整えている。

【語釈】
○須賀川‥白河藩にあった宿場町。奥州街道屈指の宿場町として栄えた。今の福島県須賀川市。

（市川桃子）

四月三日拂曉發須賀川遙望連山問之土人乃奥州界也山頂殘雪承朝輝奇景不可狀乃賦二十八字（二首其二）

［丙寅　慶応二年（一八六六）四月三日　四十一歳］

四月三日、払暁《ふつぎよう》に須賀川《すかがわ》を発し、遥かに連山を望む。之《こ》れを土人《どじん》に問えば、乃ち奥州の界《さかい》なり。山頂の残雪朝輝《ちようき》を承けて、奇景状《じよう》す可《べ》からず。乃ち二十八字を賦す（二首其の二）

好是青郊四月天
奇觀極目正何邊
連山尙剩去年雪
遍帶朝暾更麗娟

好《よ》し是《こ》れ青郊　四月の天
奇観　極目　正に何ぞ辺《は》てん
連山尚お剰《あま》す　去年の雪
遍《あまね》く朝暾《ちようとん》を帯びて更に麗娟《れいえん》

【訳】

四月三日、夜明けに須賀川を出ると、遠くに連山が見えた。この山について土地の者に尋ねると、それが出羽と陸奥の境界となる山々だという。山頂には雪が残り朝日を承けていて、その美しさは形容しがたいほどであった。そこで七言絶句を作った（二首その二）

初夏四月の空のもと、緑の野は美しい。見渡す限り綺麗な景色が広がっていてまさに果てしがない。連山には去年の雪がまだ残っており、すべて朝日に染められていっそう華麗な姿を見せている。

（市川桃子）

仙臺道中（二首其一）

寸餘稺稻似鋪氈
鋤了田田未引泉
俯仰併奇春夏景
菜花香裏聽新鵑

仙台道中（二首其の一）

寸余《すんよ》の稚稲《ちとう》　氈《せん》を鋪《し》くに似て
田田《でんでん》を鋤《す》き了《お》わりて未だ泉を引かず
俯仰《ふぎょう》すれば奇を併《あわ》す　春夏の景
菜花《さいか》香る裏《うち》に新鵑《しんけん》を聴く

［丙寅　慶応二年（一八六六）四月　四十一歳］

【訳】

仙台の道中（二首その一）

苗代に三センチあまりの幼い稲の苗が毛氈《もうせん》を敷いたように広がり、田ごとに鋤《す》き終わっているがまだ水は入っていない。上や下を眺め見れば春と夏の景色の美しさがひとつとなっており、春の菜の花が香る中に夏のホトトギスの幼い鳴き声が聞こえてきた。

（市川桃子）

仙臺道中（二首其二）　［丙寅　慶応二年（一八六六）四月　四十一歳］

籃輿困坐睡頻生
怳惚時知耳底清
松影倒懸山蓊鬱
杜鵑一叫未分明

仙台道中（二首其の二）
籃輿《らんよ》に困坐《こんざ》して睡《ねむ》り頻《しき》りに生ず
怳惚《こうこつ》として時に知る　耳底《じてい》の清きを
松影《しょうえい》　倒《さかしま》に懸《かか》り　山蓊鬱《おううつ》
杜鵑《とけん》一叫《いっきょう》　未だ分明《ぶんめい》ならず

【訳】

仙台の道中（二首その二）
輿《こし》に揺られて疲れ果ててしきりに眠たくなり、ぼんやりしているとちょうど耳に清らかな音が聞こえてきた。
松の木が影を逆さに落としている鬱蒼とした山の中から、若いホトトギスのまだはっきりしない鳴き声がひと声聞こえてきた。

（市川桃子）

過古茶屋賦所見

［丙寅　慶応二年（一八六六）四月十三日　四十一歳］

莫言陋巷難容轍
幾樹玉梨吾欲折
想見宵宵月上時
滿村花影鋪如雪

古茶屋《ふるちゃや》を過《よ》ぎりて見る所を賦《ふ》す

陋巷《ろうこう》に轍《てつ》を容《い》れ難《がた》しと言う莫かれ
幾樹の玉梨《ぎょくり》か　吾れ折らんと欲す
想見す　宵宵《よよ》　月の上る時
満村の花影　鋪《し》きて雪の如くならん

【訳】

古びた茶屋に立ち寄って見た景色を詠う

せまい村の道は馬車が通りにくいなどと文句を言うことはない。ここには幾本もの梨の木が玉《ぎょく》のような白い花を咲かせており、私は何度折って持って帰りたいと思ったことか。きっと毎夜、月の昇るときには、村いっぱいの梨の花影《はなかげ》が雪を敷き詰めたように輝いて見えることだろう。

（市川桃子）

南部道中　　［丙寅　慶応二年（一八六六）四月十四日　四十一歳］

十里出山還入山
二句跋渉幾重山
此行初慰愛山癖
身在山中尚看山

南部道中
十里山を出《い》でて　還《ま》た山に入る
二句跋渉《ばっしょう》す　幾重《いくえ》の山
此《こ》の行《こう》　初めて慰む　愛山《あいざん》の癖《へき》
身は山中に在《あ》りて尚お山を看る

【訳】
南部を旅して
十里旅し続けた山を脱け出てまた山に入る。この二十日間、幾重の山を越えてきたことか。今回の旅で初めて、かねてから持っていた山を愛する思いを満足させることができた。山の中に身を置いているのにさらに山を眺めているのだから。

【語釈】
○南部：南部地方。青森県南部、岩手県北・中部などを指す地域名。中世以来の旧族である南部氏が近世初頭に盛岡に城を構え、南部藩となった。その南部氏に由来する呼称。

（市川桃子）

到青森（二首其一）　［丙寅　慶応二年（一八六六）四月十八日　四十一歳］

波上函山已作鄰
海湄殊覺峭寒新
江城三月觀花去
也看櫻桃此占春

青森に到る（二首其の一）
波上《はじょう》の函山《かんざん》　已《すで》に隣《となり》と作《な》る
海浜《かいひん》　殊《こと》に峭寒《しょうかん》を覚えて新たなり
江城《こうじょう》三月　花を観《み》て去り
也《ま》た看る　桜桃《おうとう》の此《こ》こに春を占《し》むるを

【訳】

青森に到着する（二首その一）

波のかなたに函館山《はこだてやま》が見え、そこはもうすぐだ。海辺ではことさらに、厳しい寒さをあらためて実感する。江戸で晩春の三月に花見をして出てきたのに、また桜桃《さくらんぼう》がこの地で春を謳歌しているさまを見ている。

【語釈】

○青森‥弘前藩第二代藩主のときにここに港が開かれ、その後江戸時代を通じて弘前藩の商港として栄えた。元治二年（一八六五）には佐井村と共に箱館に渡航する港として定められた。梅潭は当初佐井村から渡航する予定であったが、青森に変更した。○峭寒‥きびしい寒さ。○觀花‥桜の花のことか。

（市川桃子）

到青森（二首其二）　［丙寅　慶応二年（一八六六）四月十八日　四十一歳］

李白桃紅又海棠
山村列錦白花場
武州春盡奥州未
畢竟天公有抑揚

青森に到る（二首其の二）
李《すもも》は白く桃は紅《あか》く又た海棠《かいどう》
山村　錦《にしき》を列《つら》ねて白花《はくか》の場《じょう》
武州《ぶしゅう》　春尽くれども　奥州《おうしゅう》　未だし
畢竟《ひっきょう》　天公に抑揚《よくよう》有り

【訳】

青森に到着する（二首その二）

スモモの花が白く、モモの花があかく、さらに海棠も咲いていて、山村は錦《にしき》をつづったように真っ白な花の世界だ。江戸のある武州では春は終わってしまったが青森のある奥州ではまだ終わっていない。結局、天の神さまは春の進み具合にも緩急を付けていらっしゃるのだ。

（市川桃子）

元旦

［丁卯　慶応三年（一八六七）一月一日　四十二歳］

梅朱含芳草未萌
由來荒域異都城
陽和布處吾先記
檐外堅冰裂有聲

元旦

梅　朱《あか》く　芳《かお》りを含むも　草未だ萌えず
由来　荒域　都城と異なる
陽和　布《し》く処《ところ》　吾れ先《ま》ず記さん
檐《えん》外の堅氷　裂けて声有りと

【訳】

元旦

梅の赤い花が咲き香りを放っているが、まだ草の芽は萌え出ていない。もともと箱館は最果ての地で都《みやこ》とは季節の進み方が異なる。春の気配が届いたところがあったので、私はまずそのことを記そう。のき下に出来た堅い氷が融けてひび割れる音がした、と。

【語釈】

○荒域：中央から遠く離れた地。辺境。○陽和：春ののどかさをもたらす陽の気。

【補説】

梅潭は慶応二年（一八六六）四月に箱館奉行着任。本詩は箱館で初めて迎えた元旦の作である。（山崎藍）

戊辰六月航海將歸江都乃辭龜田官舍寓箱館高龍寺待異舶來港而舶不來悵然賦一絕＊

［戊辰　慶応四年（明治元年・一八六八）六月　四十三歳］

戊辰六月、航海して将に江都に帰らんとす。乃ち亀田の官舎を辞して箱館の高龍寺に寓し、異舶の来港するを待つも舶来たらず。悵然として一絶を賦す

九分了事一身輕　　九分　事を了《お》え　一身軽やかなるも
空撫刀鐶奈此情　　空しく刀鐶を撫す　此の情を奈《いかん》せん
爲待火輪船入港　　火輪の船の入港するを待つが為に
要聞號砲砲臺轟　　聞くを要《もと》む　号砲の砲台に轟くを

＊港則每外國艦入港砲臺發號砲。結句故及（港則に外国の艦の入港する毎《ごと》に砲台号砲を発す。結句故に及ぶ）

【訳】

戊辰の歳の六月、まもなく船で江戸に帰ることになった。そこで亀田の官舎を辞去して箱館の高龍寺に寓居し、外国船が来港するのを待っているのだが一向にやってくる気配がない。うらめしい気持ちになって絶句を一首詠んだ＊

やるべきことは九割がた終えたので肩の重荷は下りたが、空しく刀の鍔《つば》をなでるばかりで、このやるせない気持ちをもてあます。江戸に帰る蒸気船の入港を待っている身なので、砲台から合図として発射される大砲の轟音を早く聞きたくて仕方がない。

＊港の規則として外国の艦船が入港する時はいつも砲台から合図の大砲が発射される。ゆえに結句でそれに言及し

た。

【語釈】

○江都：江戸。慶応四年（明治元年・一八六八）三月、朝廷の使者に奉行所を明け渡すよう江戸から指令が届いたため、梅潭は五月一日、箱館裁判所総督の清水谷公考《しみずだにきんなる》に箱館奉行所を引き渡し、六月二日、英国の商船フ井ルヘートル号に乗って江戸へ戻った。○龜田：北海道（渡島国《おしまのくに》）の地名。北海道南西部の亀田半島に位置し、現在の函館市の一部と北斗市の一部に相当する。○高龍寺：北海道函館市船見町にある曹洞宗の寺院。寛永十年（一六三三）松前の曹洞宗法源寺の末寺として亀田村（現在の市内万代町辺り）に建てられたのが始まりで、市内で最も古い寺院である。宝永三年（一七〇六）箱館の弁天町に移転後、明治十二年（一八七九）現在地に移転した。○異舶：外国の船舶。「異」は異人の異に同じく、外国のこと。「舶」は大型の船舶を指す。○悵然：失意に打たれるさま。失望するさま。○刀鐶：本来は、刀の柄頭《つかがしら》につけられた環状の飾りのこと。ここでは刀の円環状の鍔《つば》を指す。○火輪舩：蒸気船、特に外輪船のこと。幕末から明治にかけてこのように呼ばれた。「舩」は「船」の異体字。

（遠藤星希）

戊辰事變起越五月官置裁判所於五稜廓余時爲函館奉行交付事務於清水谷總督將歸江戸去龜田官舍寓高龍寺霖雨不止書感

［戊辰　慶応四年（明治元年・一八六八）四十三歳］

戊辰の事変起こり、五月《いつつき》を越えて、官は裁判所を五稜廓に置く。余は時に函館奉行たり。事務を清水谷総督に交付し、将に江戸に帰らんとして、亀田の官舎を去り高龍寺に寓す。霖雨止《や》まず、感を書す

鬱鬱又昏昏　　鬱鬱　又《ま》た　昏昏
何時拜天日　　何れの時か天日を拝せん
梵宇徒滞留　　梵宇　徒《いたずら》に滞留し
恨無生翅術　　翅《つばさ》を生やす術無きを恨む
歸程邈難認　　帰程　邈《はる》かにして認め難く
髣髴雲中峯　　髣髴《ほうふつ》たり　雲中の峰
誰憐孤臣憂國涙　　誰か憐れまん　孤臣の憂国の涙
濃於函山烟雨濃　　函山の煙雨の濃やかなるより濃やかなるを

【訳】

戊辰戦争が勃発してから、五ヶ月が過ぎて、新政府は五稜郭に裁判所を設置した。私はその時箱館奉行であった。業務を清水谷総督に引き継ぎ、江戸に帰ろうとして、亀田の官舎を辞去し高龍寺に寓居した。

長雨が降りやまない中、胸中の思いを書きつけた

外は薄暗くて気持ちもふさいでしまう、一体いつになれば太陽を拝めるのだろう。寺院に滞留して無為に時間を過ごし、翼を背中に生やして飛んでいくことができないのを恨みに思う。帰る道のりは遥か遠くてこの目ではとらえられず、見えるのは雲に包まれてぼんやりした山の峰くらいのものだ。寄る辺ない私が国の行く末を憂えて流す涙が、函館山に降りこめる濃やかな霧雨よりも濃やかなことを誰が知って憐れんでくれるものか。

【語釈】

○裁判所：箱館裁判所。慶応四年（明治元年・一八六八）に蝦夷地を統治するため箱館（現在の函館市）に設けられた地方行政機関。箱館奉行所を引き継いだ。設置後まもなくして箱館府と改称。初代総督は清水谷公考《しみずだにきんなる》。○交付：仕事などを引き継ぐこと。○清水谷總督：清水谷公考（一八四五―一八八二）。幕末・明治期の公家。箱館裁判所の初代総督（任命は慶応四年の閏四月五日）。箱館奉行であった杉浦梅潭より業務の引き継ぎを行った。○天日：大空の太陽。ここでは暗に主君である将軍のことをも指す。○函山：函館山のこと。北海道函館市の市街地西端にある山。牛が寝そべるような外観から、臥牛山《がぎゅうざん》とも呼ばれる。

（遠藤星希）

余近日將移住于駿州勉輕裝行李故家什過半分與他人悵然賦此

〔戊辰　明治元年（一八六九）　四十二歳〕

余近日将《まさ》に駿州に移住せんとし、勉《つと》めて軽く行李を装い、故に家什の過半を他人に分与す。悵然として此れを賦す

欲督妻孥便轉移　妻孥《さいど》を督して転移に便ぜんと欲す
掃除家累莫遲遲　家累を掃除すること　遅遅たる莫《な》かれと
唯臻得意古書册　唯だ意を得る古書冊に臻《いた》りてのみ
幾日因循責屬誰　幾日か因循すること　責は誰にか属さん

【訳】

私は近日中に駿河国に移り住むことになっており、なるべく荷物を軽くするため、家の器物の半分以上を人に分け与えた。悲しい気持ちでこの詩を詠む

引っ越しの便を考えて妻子に指示を出そうと思う。家財道具を処分することをためらってはならぬと。ただお気に入りの古書についてだけは、何日もためらって捨てられない責任の所在は誰にあろう（言うまでもなく私だ）。

【語釈】

○駿州‥駿河国の唐風の呼称。○家什‥家にある器物、道具の類。○掃除‥一掃すること。きれいに取り除くこと。

いわゆる「掃除」の義ではない。○臻：「至」と同じ。○因循：躊躇すること。逡巡する。

【補説】

○慶応四年（明治元年・一八六八）五月、徳川本家は駿府藩の藩主となる。

○慶応四年（一八六八）九月八日（陽暦十月二十三日）、一世一元の詔が出て明治に改元。

○明治元年（一八六九）十二月、梅潭は駿府藩の公議人に任命される。それを承けて、移住の準備を始めたのであろう。

（遠藤星希）

答設樂春山次其韻却寄　［戊辰　明治元年（一八六九）四十三歳］

設楽《したら》春山《しゅんざん》に答えて其の韻に次し、却《かえ》て寄す

未甘辭職脱風塵　未だ甘んぜず　職を辞して風塵を脱するを
勤苦唯期了此身　勤苦　唯だ期す　此の身を了《お》うるを
孤客感懷秋冷澹　孤客の感懐　秋冷澹《あわ》し
羨君胸宇別生春＊　羨む　君が胸宇に別に春を生ずるを

＊原詩云、三十年來涴世塵、退休情似再生身。功名勢利皆前夢、雪月風花別有春（原詩に云う、三十年来世塵に涴《そ》まる、退休の情は似たり身を再生するに。功名勢利皆前夢、雪月風花別に春有りと）

【訳】

設楽春山の作品に答えてその詩に次韻し、返事として送る

私はまだ官職をやめて俗世から脱け出す気分になっていません。仕事に励み苦労しながら生涯を終えることを考えています。孤独な仮住まいの思いに薄ら寒い秋の気配が身にしみます。あなたが胸に別世界の春を抱いていると聞いて羨ましく思います＊。

＊設楽春山が送ってきた詩は次のようであった。「三十年来世俗にまみれてきたが、退職したあとの気持ちはまるで生き返ったようだ。功績も名声も権勢も利益もすべては昔の夢、雪月風花の美しい風物を愛《め》でる中に世間とは別世界の春がある。」

【語釈】

○設樂春山：未詳。○次其韻：他人が作った詩の韻字と同じ字を同じ順番で用いて詩を作ること。○涴：汚れる。汚物に触れる。

（市川桃子）

次依田學海議院口占之韻　［己巳　明治二年（一八六九）　四十四歳］

依田学海の議院口占の韻に次す

正氣堂堂大日東
治安廟議古今同
讜言雖屬喧爭際
奇策應存靜默中
已有君王稱聖武
寧無士庶副英雄
昇平在近旋呈象
五色祥雲壓彩虹

正気堂堂たり　大日東
治安の廟議　古今同じ
讜言　喧争の際に属すと雖も
奇策　応《まさ》に静黙の中《うち》に存すべし
已《すで》に君王の聖武と称《たた》えらるる有り
寧《いずくん》ぞ士庶の英雄に副《そ》うこと無からん
昇平　近くに在り　旋《つい》で象を呈し
五色の祥雲　彩虹を圧せん

【訳】

依田学海の「議院での即興詩」に次韻した

日出づる我が国は剛直な気概が盛んであり、民を安んずるための朝廷の議論が今も昔と同じように行われている。率直な意見は騒がしく言い争っている時に出てくるとはいえ、優れた政策というのはきっと静けさの中からこそ生まれるものだろう。英明さと武勇をたたえられる天皇陛下がすでにあらせられる以上、どうして士族も庶民も英雄たる側近を補佐しないでいられよう。太平の世はそう遠くはない。まもなくめでたいしるしが現れ、瑞祥をしめす五色の雲が不祥の虹を押しつぶすであろう。

【語釈】
○依田學海：依田百川《ひゃくせん》（一八三四—一九〇九）。号は学海、柳蔭。官吏、漢学者、劇作家。下総国佐倉藩の藩士で、中小姓を経て代官、江戸留守居役になった。維新後は、佐倉藩権大参事、新政府の集議院幹事、地方官会議書記官などを歴任した。明治十八年（一八八五）に文部省を退官、明治十九年（一八八六）に演劇改良会をおこし、演劇改良運動の促進に功績があった。また『學海日録』と『墨水別墅雜録《ぼくすいべっしょざつろく》』の二種類の日記を書いたことでも知られ、共に活字に起こされて出版されている。『學海日録』には、梅潭との交流が日を追って書かれていて参考になる。○議院：ここでは公議所のこと。【補説】参照。○口占：口をついてできた即興の作。○次韻：他人が作った詩の韻字と同じ字を同じ順番で用いて詩を作ること。○正氣：天地の間に満ちる正直・剛直な気概。元王朝に捕えられた南宋の文天祥が獄中で作った五言古詩「正氣歌」を意識したか。○堂堂：意気の盛んな様子。○日東：日の昇る東方にある国。日本のこと。○治安：人民を安らかに治めること。○廟議：朝議に同じ。朝廷での議論。ここでは公議所で行われる議論のことを指す。○讜言：直言。率直な言葉。○聖武：神聖にして英明かつ武勇に優れている。天子をほめたたえていう言葉。○英雄：明治維新を先導し、当時の政権をにぎっていた薩長出身の政治家たちを指すか。○彩虹：虹のこと。古代中国では、陰と陽の気のバランスが崩れた時に現れる不祥の現象とみなされた。

【補説】

公議所は、明治二年（一八六九）二月に開設された立法機関。同年三月七日に開院式が開かれた。政府の各官や各藩から選出された公議人によって運営された。杉浦梅潭は当時駿府藩の公議人であり、依田学海も佐倉藩の公議人であったことから、二人とも公議所での会議に出席していたものと思われる。なお公議所は、同年の七月八日に集議院と改称されている。梅潭の本詩は、『晩翠書屋詩稿』では明治二年「四月二十七日梅川樓席上次梅津南洋之韻」詩と「五月三日川長樓小酌席上賦此詩似諸彥」詩との間に置かれているため、この間の作品とすればまだ集議院には改称されていないことになる。ゆえに本詩の題にいう「議院」は、公議所であると判断した。依田学海も『學海日錄』明治二年五月二日の項で、公議所のことを「議院」と呼んでいる。

（遠藤星希）

八月廿九日拜命開拓權判官卒然走筆　［己巳　明治二年（一八六九）八月二十九日　四十四歳］

八月廿九日、開拓権判官を拝命し卒然として筆を走らす

堪嗤身世似雲烟　嗤《わら》うに堪う　身世《しんせい》　雲煙《うんえん》に似るを
但把行藏任自然　但だ行蔵を把るに自然に任《まか》す
蠻霧京塵蹤不定　蛮霧と京塵と蹤《あと》定まらず
佗年埋骨果何邊　佗年骨を埋むるは果たして何辺

【訳】
八月二十九日に、開拓使権判官という官職を拝命しにわかに筆を走らせてこの詩を書いた
我が人生が雲か霞のように取り止めないのには失笑してしまう。まあ出処進退は自然にまかせるしかないのだろう。霧のわく僻地と土ぼこりの舞う都とを行ったり来たりして行方《ゆくえ》も定められない。いつの日か骨を埋めるのは果たしてどこになることやら。

【語釈】
○卒然‥にわかに。突然。○身世‥人の一生。○嗤‥わらう。あざわらう。○行藏‥出処進退。

【補説】
梅潭はこの年の八月二日に御所に呼び出され、三条実美らから樺太の境界について尋ねられた。このとき「唐太地

取調御用掛」の辞令をもらっている（『杉浦氏日記寫本』）。北方領土の問題は幕末から引き続き日本にとっての懸案事項であった。七月八日には「開拓使」が設置され、初代長官に鍋島直正が任命されている。八月二十九日に梅潭が命じられた開拓使権判官はその補佐官である。この任命を受けるべきかどうか、梅潭は迷っていたようで、勝海舟が任官を勧める手紙が国立国文学研究資料館にある杉浦文庫に残されている。

（市川桃子）

元旦口號（二首其一）　　［庚午　明治三年（一八七〇）一月一日　四十五歳］

蓬髪星星已作斑
無能自愧列朝班
衣冠拜受王正月
一笑新年換舊顔

元旦の口号（二首其の一）
蓬髪《ほうはつ》星星として已に斑《まだら》と作《な》る
無能　自ら愧づ　朝班に列するを
衣冠　拝受す　王の正月
一笑す　新年に旧顔を換うるを

【訳】
元旦の即興の詩（二首その一）
乱れた髪にはもうぽつぽつと白髪がまじっている。能力もなく政府の役人に加わっているのが我ながら恥ずかしい。天皇の正月となって役人の衣冠を頂戴し、幕臣の顔を新政府の顔に改めて新たな年を迎えるのが面はゆい。

【語釈】
○口號：詩の様式の一つ。文字に書かず、心に思いうかぶままにその場で詠じる詩。○王正月：天子によって定められた暦による正月。『春秋左氏傳』隠公元年に「元年春、王正月」とあり、『春秋公羊傳』に「王とは誰か、文王をいう」とある。原文で「王正月」の前を一字空けているが、それは「王」が天皇を指すからであろう。明治五年（一八七二）に暦法を旧暦から新暦に改めるとの布告が出されるが、このときはまだ旧暦の正月である。○朝班：群臣が天子に朝見するときに官品によって並んだ列。のちに、朝廷の役人となることを言う。○衣冠：衣と冠。官吏の服装。○換舊顔：旧幕臣の顔を改める。唐・白居易「曲江感秋二首」其二（『白氏長慶集』巻十一）に「消沈昔意氣、改換舊容質（消沈す昔の意気、改換す旧《ふる》き容質）」。

【補説】

明治二年（一八六九）八月二十九日、開拓使権判官に命じられた梅潭は、同年暮れ、雪の中を陸路で函館までやってきて、新政府の役人として再び函館で仕事をすることとなった。ここの元旦は、函館に到着したばかりの頃を指す。

（市川桃子）

元旦口號（二首其二）

［庚午　明治三年（一八七〇）一月一日　四十五歳］

元旦の口号（二首其の二）

自笑再來新判官
屠蘇隨例醉顏寛
今朝胸宇春和洽
客舍何妨風雪寒

自ら笑う　再来の新判官《はんかん》
屠蘇《とそ》　例に随いて　酔顔寛《くつろ》ぐ
今朝《こんちょう》の胸宇《きょうう》　春和洽《あまね》し
客舎　何ぞ妨げん　風雪の寒きに

【訳】

元旦の即興の詩（二首その二）

新しい判官としてまたここにやってきたのが我ながら可笑しい。しきたり通りに屠蘇酒を飲んで顔を赤らめくつろいでいる。けさの胸の内は春の暖かさに満ちている。旅館にいるので風雪の寒さに邪魔されることもない。

【語釈】

○判官‥地方官の官名。ここでは開拓使権判官のこと。○隨例‥慣例に従って。○胸宇‥胸の中。心中の思い。○春和‥春の暖かさ。○屠蘇‥肉桂、山椒など七種の薬草を入れた酒。正月三が日に一年中の邪気を払うために飲む。唐代からはじまった習慣といわれる。○客舍‥旅館。宿舍。前年十二月二十九日に船で函館に着き、港の近くにある弁天街の客舎に入った。元旦はその二日後なので、まだ同所に居たと思われる。

（市川桃子）

元旦口號　［壬申　明治五年（一八七二）一月一日　四十七歳］

元旦の口号

頓覺胸間春意生　頓《とみ》に覚ゆ　胸間に春意の生ずるを
御觴一滴灑邊陬　御觴一滴　辺陬《へんすう》に灑《そそ》ぐ
由來仁澤無深淺　由来　仁沢《じんたく》　深浅無く
遍及扶桑大八洲　遍《あまね》く及ぶ　扶桑大八洲《だいはつしゅう》に

【訳】

元旦の即興の詩

にわかに心の内に春の暖かさが生まれてきた。この辺境の地である函館にも天皇陛下恩賜《おんし》の酒一滴がそそがれた。昔から天皇陛下の恵みは分け隔て無く、大日本にあまねく行き渡っている。

【語釈】

○御觴一滴‥さかずきの酒ひとしずく。元旦には役所で酒を飲む習慣があり、それを天皇からの酒と詠んだ。『晩翠書屋詩稿』万延二年（一八六一）の「元旦登營恭賦」詩に「萬壽無疆昭代光、衣冠仰拜聖恩長。一滴御盃春露遍、暖涵臣庶舊枯腸（万寿《ばんじゅ》無疆《むきょう》昭代の光、衣冠もて仰拝すれば聖恩長えなり。一滴の御盃に春露遍《あまね》く、暖かく涵《ひた》す臣庶の旧《ふる》き枯腸）」とあるが、この一滴は徳川将軍からの酒。○仁澤‥仁愛による恵み。○扶桑‥東方にある仙界。日本の別名。○大八州‥大八州国《おおやしまぐに》。日本の別名。本州・四国・九州・淡路・壱岐・対馬・隠岐・佐渡の八島。

（市川桃子）

一月一日試筆

［癸酉　明治六年（一八七三）一月一日　四十八歳］

維新政體逐時遷
改曆令新看豁然
今日未成新禮服
衣冠襲舊拜新年

一月一日に筆を試む

維新の政体　時を逐《お》いて遷《うつ》り
暦《こよみ》を改め令新しく　看《み》て豁然《かつぜん》たり
今日　未だ成さず　新しき礼服
衣冠　旧を襲いて新年を拝す

【訳】

一月一日の書き初《かぞ》め

維新の改革によって政治の態様は日ごとに変わり、暦が陽暦に改められ法令も新しくなり前途が開けるのを見るようだ。今日はまだ新しい礼服ができてこないので、旧来の官服を着て新年の拝礼をした。

【語釈】

○試筆：新年にはじめて筆を取って詩を書いてみる。○維新：政治上の革新。すべてが新たに改まること。明治維新のこと。○改暦：この年から太陽暦が使われるようになった。○令新：前年の明治五年には次々と新しい法制が発布された。東京裁判所設置（日本で最初の裁判所）、郵便制度、学制など。十一月九日にはグレゴリオ暦導入が布告された。従って旧暦の十二月三日に当たる日が、明治六年の一月一日となった。第二句はそのことを言う。○豁然：目の前が突然ひらけるさま。

（市川桃子）

綠竹生筍圖

［甲戌　明治七年（一八七四）四十九歳］

從移園裡掃塵氛
不許寸陰虧此君
預知龍孫現頭早
渭川風致罩祥雲

綠竹に筍生ずるの図
園裡《えんり》に移して従《よ》り　塵氛《じんふん》掃《はら》われ
寸陰　此君《しくん》を虧《か》くを許さず
預《あらかじ》め知る　龍孫　頭現《あらわ》るること早く
渭川《いせん》の風致　祥雲《しょううん》罩《こ》むを

【訳】

緑の竹林に筍《たけのこ》が生《は》えた絵を見て

竹を庭に移し植えてから辺りの俗気が一掃されて、わずかな間も竹林が無くてはならなくなった。移し植えたときには予想していたことだろう、筍がすぐに頭を出して、やがて渭川のほとりに広がる竹林の興趣に瑞雲が立ち籠めたようになるだろうと。

【語釈】

○此君：竹の別名。『晉書』巻八十「王徽之傳」の記事による。○龍孫：たけのこの別名。○渭川：甘粛省から陝西省咸陽市の南、西安市の北を流れて潼関で黄河に合流する河。『史記』巻百二十九「貨殖列傳」に「渭川千畝竹（渭川千《いせんせん》畝《ぼ》の竹）」とあり、渭川のほとりに竹林が広がっていたことが知られる。

（市川桃子）

『梅潭詩鈔』上巻

慶応元年（一八六五）―明治二十三年（一八九〇）

上〇〇三　讀永井介堂所藏猿鶴唱和巻而有感乃押諸彦賡和之韻自遣　［慶応元年（一八六五）四十歳］

永井《なが》《い》介堂《かいどう》所蔵の猿鶴唱和巻を読みて感有り、乃ち諸彦《しょげん》賡《つ》ぎて和するの韻を押し、自ら遣《や》る

才子難恃榮
美人如何老
天意非偶然
有濕必有燥
窮達亦如斯
思之吾心擣
試看閒草木
開落隨時好
隨處樂有餘
杞憂豈可抱
翻笑脱網魚
浮游託萍藻
丈夫重行藏
不同妾婦道

才子　栄を恃《たの》み難し
美人　老いを如何せん
天意にして　偶然に非ず
湿有らば　必ず燥有り
窮達　亦た斯《か》くの如し
之《こ》れを思えば　吾が心擣《う》つ
試みに看よ　閑《しず》かなる草木《そうもく》の
開落　時に随いて好《よ》きを
随処に楽しみ余り有り
杞憂　豈に抱《いだ》く可けんや
翻《ひるがえ》りて笑う　網より脱する魚の
浮游して萍藻に託するを
丈夫　行蔵を重んず
妾婦の道に同じからず

【訳】

永井介堂の所蔵する「猿鶴唱和」の詩巻を読んで感じたことがあり、そこで諸賢が続いて唱和した韻によって詩を作り自らを慰める

才能ある人間もいつまでも栄えてはいないだろう。美人も年を取るのはどうしようもない。これらは天の意志であって偶然のことではない。湿《うるお》っているときがあれば、また必ず乾燥するときがある。出世するもしないもまた同様だ。そう思うとき私は胸を打たれる。見てごらん、閑雅な草木が、季節に従って開いては散っていく心引かれる様を。どこにでも楽しみは有り余るほどある。むだな心配をすることはない。さて我が身をふりかえって見ると可笑《おか》しくなる。網を逃れた魚のような私は、定めなく浮かんで浮き草に身をゆだねているようなものだ。男というものは進退を重んじるもので、女の道とはまた異なるのだから。

【語釈】

○猿鶴唱和：岩瀬忠震と永井尚志の唱和詩。数十編の詩からなる。岩瀬、永井の両者は親友同士で、ともに安政五年（一八五八）の将軍継嗣問題で一橋慶喜を推挙して大老井伊直弼の不興を買い、隠居を命じられていた。○和韻：相手の漢詩と同じ韻によって漢詩をつくる方法。○萍藻：浮き草。池などの水に浮かんで生える草。目的地がなくてさすらうことのたとえ。○行藏：世に用いられた場合には進んで道を行い、用いられなければ退いて身をかくすこと。『論語』述而の「用之則行、舍之則藏（之《こ》れを用いれば則ち行い、之《こ》れを舍《す》つれば則ち藏《かく》る）」による。○妾婦：女性。

【補説】

○慶応元年（一八六五）四十歳、このとき、梅潭は失職していた。前年の元治元年（一八六四）五月、朝廷に横浜鎖港を約束した将軍徳川家茂に随行して江戸に帰還したが、前年三月に退職した松平春嶽の後任として政事総裁職に就任した松平直克が、六月三日に、横浜鎖港問題遂行の為に板倉勝静ら穏健派九人を罷免すべきと家茂に言上し、梅潭は十七日に罷免され、翌十八日に板倉勝静も辞任した。

○永井介堂：永井尚志（一八一六―一八九一）。介堂は号。幕末から明治にかけての政治家。目付を経て、外国奉行、軍艦奉行、若年寄などを歴任し、徳川慶喜の側近として大政奉還を推し進めた。明治政府にも仕え、開拓使御用掛などをつとめた。

（市川桃子）

上〇〇五 偶成

［明治七年（一八七四）四十九歳］

紛紜世事了生涯
随分清娯亦足誇
忙裏得閒殊有味
朝裁新句夕栽花

偶《たま》丶《たま》成る
紛紜《ふんうん》たる世事もて 生涯を了《お》うるも
分《ぶん》に随う清娯 亦た誇るに足る
忙裏に閒《かん》を得るは 殊に味有り
朝に新句を裁《た》ち 夕に花を栽《う》う

【訳】

偶然にできた詩

私はいま混乱する世の中で生涯を終えようとしているが、一方で本性のままに清らかな娯《たの》しみを生きたと思えるのはまた誇らしいことだ。忙しいなかに閑暇な時を見つけるのはことに味わいのあることだ。朝には新しい詩句を作り、夕べには花を植えて楽しむ。

【語釈】

〇紛紜‥複雑な様子。混乱した様子。〇随分‥本性に依り従う。本分に照らす。〇裁‥切る。文章やことばを適切にあんばいする。

【補説】

○『晩翠書屋詩稿』ではこの詩の前にも「偶成」詩が置かれている。その詩は以下の通り。「衰殘耳目日茫茫、問客京華稍得詳。固陋遠官慚退縮、開明廟議喜更張。讀新聞紙知人籟、展地球圖檢國疆。蠻霧蜑烟催我老、誰憐六歳在寒郷（衰残の耳目《じもく》日に茫茫、客に京華《けいか》を問いて稍《やや》詳しきを得《う》。固陋《ころう》の遠官退縮を慚《は》ぢ、開明の廟議《びょうぎ》更張を喜ぶ。新聞の紙を読みて人籟を知り、地球の図を展《の》べて国疆《こっきょう》を検《しら》ぶ。蛮霧と蜑煙《たんえん》我が老いを催《もよお》す、誰か憐れまん六歳寒郷に在《あ》るを）」。

○梅潭は明治元年（一八六九）十二月に駿府藩《すんぷはん》の公議人に任命され、翌年八月二日に新政府の外務省に出仕、二十九日に開拓使権判官に任命されて再び函館に赴任し、明治十年（一八七七）一月二十九日に退官して東京に戻った。

（市川桃子）

上〇〇六　萬里小路公招飲有明樓席上賦呈兼博竹亭東久世公一粲　［明治七年（一八七四）四十九歳］

万里小路《までのこうじ》公に招飲せられ有明楼の席上にて賦して呈し、兼ねて竹亭東久世《ひがしくぜ》公の一《いっ》粲《さん》を博す

六年雪裏泣寒人
偶滯京華經幾旬
尤喜今宵共杯杓
有明樓上暖如春

六年　雪裏　寒に泣く人
偶《たまたま》ヽ京華に滞《とどこお》りて幾旬か経《ふ》
尤も喜ぶ　今宵　杯杓を共にするを
有明楼上　暖かきこと春の如し

【訳】

万里小路《までのこうじ》公に有明楼の宴会に招かれて、席上で詩を作って見せ、あわせて竹亭東久世《ひがしくぜ》公にも見せて一笑に供する

六年間雪の中で寒さに耐えながら過ごしていた私は、たまたま都に滞在することとなって何十日かが過ぎた。とりわけ嬉しかったのは今宵共に酒を楽しんだことだ。有明楼の宴席は春のように暖かい。

【語釈】

○萬里小路公：【補説】参照。○有明樓：隅田川の西側にあった大きな料亭の名。風流人士の交流の場となっていた。
○竹亭東公世公：【補説】参照。○一粲：一笑すること。「粲」は白いことで、白い歯を出してひとしきり笑うこと。
○六年：開拓使権判官としてこれまで北海道に居た期間。このの ちまた函館に戻る。

【補説】

○この詩の作られた明治七年は、開拓使権判官に在官中であるが、『晩翠書屋詩稿』によると、九月三日に東京に出て、翌年一月はじめにまた函館に戻っている。

○萬里小路公：未詳。万里小路《までのこうじ》家は公家。『晩翠書屋詩稿』明治三年（一八七〇）の「送萬里小路公還東京（万里小路公の東京に還るを送る）」詩に「九旬棲息北溟陲、海運圖南君豈差。斥鷃不嗤翻惜別、逍遙相伴又何時（九旬棲息す北溟の陲《ほとり》、海運の図南君豈に差《たが》わんや。斥鷃《せきあん》別れを惜しみて翻《ひるがえ》るを嗤《わら》うことなかれ、逍遥して相い伴うは又た何《いず》れの時ぞ）」とあり、函館で三か月共に過ごしたことが分かる。

○竹亭東久世公：東久世《ひがしくぜ》通禧《みちとみ》（一八三四―一九一二）。竹亭は号。公家。明治以降は伯爵。尊王攘夷派の少壮公家の一人で、文久三年（一八六三）八月十八日の政変後に「七卿落ち」を余儀なくされた。明治二年（一八六九）、第二代開拓使長官に任命された。その後、外国事務総督、神奈川府知事、開拓使長官、侍従長、元老院副議長、貴族院副議長、枢密院副議長を歴任した。

（市川桃子）

上〇〇七　寄有竹碧光在東京兼柬諸同人　［明治八年（一八七五）一月　五十歳］

有竹碧光《ありたけへきこう》の東京に在るに寄せ、兼ねて諸同人に柬《よ》す

鐵爐取暖敵寒威　鉄炉もて暖を取り寒威に敵《てき》す
一巻陶詩讀了時　一巻の陶詩　読了の時
頼有東籬落殘菊　頼《さいわ》いに東籬に落ち残る菊有り
膽瓶猶插兩三枝　胆瓶に　猶《な》お挿す　両三枝

【訳】

有竹碧光が東京に行っているので詩を作って送り、あわせて同人たちに送る
鉄の火鉢で暖を取って冬の寒さに対抗しています。陶淵明の詩を一巻読み終わったとき、うまい具合に東の垣根に菊の花が散り残っていたので、二三本をまるい花瓶に挿して飾ることができました。

【語釈】

〇寄：送り届ける。明治八年一月、函館に帰った頃の作品で、東京にいた有竹碧光に送った。『晩翠書屋詩稿』では六首連作の第五首。〇有竹碧光：有竹裕（一八三八―一八八六）。碧光は号。美濃の出身。明治五年（一八七二）ころ開拓使に出仕。函館県書記官。函館在住の画家として知られる。〇柬：てがみ。手紙を送る。〇頼：～のおかげで。〇陶詩：晋の陶淵明（三六五?―四二七）の詩。陶淵明「飲酒二十首」其五（『陶淵明集』巻三）に「采菊東籬下（菊を采《と》る東《とう》籬《り》の下《もと》）」とある。

（市川桃子）

上〇一五　長命寺逢阿豊追懐小花和玉舟翁用匏菴黄邨二老唱酬韻　［明治十三年（一八八〇）五十五歳］

長命寺にて阿豊《あほう》に逢い、小花和玉舟翁《おばなわぎょくしゅうおう》を追懐す。匏菴黄村《ほうあんこうそん》二老唱酬《しょうしゅう》の韻を用う

相逢長命寺中家　　相い逢う　長命寺《ちょうめいじ》中の家
話到當年歎鬢華　　話は当年に到り　鬢華を歎く
水閣蕭蕭吹暮雨　　水閣　蕭蕭《しょうしょう》　暮雨を吹き
可憐呉二亦殘花　　憐れむ可し　呉二　亦《ま》た残花

【訳】

長命寺で阿豊《おとよ》に逢い、小花和玉舟翁を懐かしく思い出した。匏菴《ほうあん》と黄村《こうそん》の二人の老翁が贈りあった詩の韻を用いて作る

長命寺の中の家で出逢い、話が昔のことにおよんで年を取ったことを嘆きあった。夕暮れになって水辺の楼閣に寂しく雨が吹きつけ、そう歌った呉二娘《ごじじょう》と同じく、憐《あわ》れにも阿豊《おとよ》もまた散り残った花になってしまった。

【語釈】

〇長命寺…隅田川のほとり、墨田区向島にある寺の名。弁財天を祭る。〇阿豊、小花和玉舟、匏菴、黄邨…【補説】参照。〇呉二…中国の歌姫の名。杭州の名妓（明・楊慎『詩話補遺』巻二）。唐・白居易「寄殷協律」詩（『白氏長慶集』巻二十五）の「呉娘暮雨蕭蕭曲」句に附された自注によれば「呉二娘曲」という唐代の歌曲に「暮雨蕭蕭郎不歸（暮雨蕭

蕭として郎帰らず）」（夕暮れに雨が寂しく降り続きあなたは帰ってこない）とある。

【補説】

○阿豊：未詳。『晩翠書屋詩稿』にある本詩の成島柳北注に「玉舟翁、阿豊を拉《ひ》きて余が家に來たりて飲む。回首すれば既に二十餘年」（玉舟翁が阿豊をつれて我が家に来て酒を飲んだことがあった。思い返せばそれからすでに二十数年がたつ）とある。

○小花和玉舟（一八一二―一八七七）：本名未詳。玉舟は号と思われる。向山黄村『景蘇軒詩鈔』巻上に「八月十五夜岡崎撫松大淵棟庵両兄會飲於小花和玉舟翁墨江書樓余小恙不赴有此作（八月十五夜、岡崎撫松、大淵棟庵の両兄、小花和玉舟翁の墨江書楼に会飲す。余小恙《しょうよう》にして赴かず。此の作有り）」詩と「玉舟與先人有同學之舊先人棄世二十有二年于茲而翁年六十五齒徳竝高故余之於翁不啻父視兼師事之翁病中聞余刻先人遺稿喜甚今剞劂告成而翁已逝矣嗚呼哀哉乃以刋本一部殉于葬幷作一絕代哭時丁丑十二月六日卽翁歿二日也（玉舟は先人（訳者注　亡父）と同学の旧有り、先人世を棄てて茲《こ》こに二十有二年、而して翁年六十五にして齒徳並びに高し。故に余の翁に於けるは啻《た》だ父と視るのみならず兼ねて之《こ》れに師事す。翁、病中に余が先人の遺稿を刻すと聞き喜び甚だなり。今剞劂《きけつ》の告成りて翁已に逝くなり。嗚呼《ああ》哀しいかな。乃ち刊本一部を以て葬に殉し、幷せて一絶を作りて哭に代う。時は丁丑十二月六日、即ち翁の歿してより二日なり）」詩の二首がある。

○匏菴：栗本鋤雲（一八二二―一八九七）。名は鯤、通称は瑞見、匏庵は号。幕臣、ジャーナリスト。嘉永五年（一八五二）に箱館に移住。文久三年（一八六三）に江戸に戻り、軍艦奉行、外国奉行を務め、慶応三年（一八六七）フランスに派遣された。明治六年（一八七三）郵便報知新聞に入社、随筆類を寄稿した。『匏庵遺稿』（裳華山房、一九〇〇）がある。

○黄邨：向山黄村（一八二六―一八九七）。本姓は一色、名は栄。黄村は号。昌平坂学問所で学び、教授方出役となった。安政三年（一八五六）、箱館奉行支配調役として召し出され、安政六年（一八五九）には養父の職でもあった箱館奉行支配組頭となる。このときには樺太まで行って測量を行い、ロシア人たちと交渉を行った。文久元年（一八六一）に国奉行支配組頭、文久三年（一八六三）に御目付、慶応二年（一八六六）に外国奉行となった。同年若年寄格・駐仏公使に任命され、徳川昭武に随行してパリに渡った。明治維新後は静岡に赴き、静岡学問所頭取に就任した。後に東京に移り、杉浦梅潭、稲津南洋と共に晩翠吟社を創立した。著作に『景蘇軒詩鈔』『游晃小草』がある。

（市川桃子）

上〇一七　送柳原全權公使赴魯國

［明治十三年（一八八〇）五月七日　五十五歳］

星槎遠指北溟天
雲路茫茫萬八千
觀遍君民同體政
踏翻歐米盡頭邊
敢言采葛如三月
休說佩韋過幾年
鵬翼扶搖棲可擇
不須鵰鶚競騰騫

柳原《やなぎわら》全権公使の魯国に赴くを送る
星槎《せいさ》　遠く指す　北溟《ほくめい》の天
雲路《うんろ》　茫茫《ぼうぼう》として万八千
観ること遍《あまね》し　君民同体の政
踏みて翻《ひるがえ》る　欧米尽頭の辺
敢て言わん　采葛《さいかつ》　三月《みつき》の如しと
説くを休《や》めよ　韋《なめしがわ》を佩《はい》して幾年かを過ごさんと
鵬翼《ほうよく》　扶揺《ふよう》　棲《す》は択《えら》ぶ可し
鵰鶚《ちょうがく》の競いて騰騫《とうけん》するを須《もち》いず

【訳】
柳原全権公使がロシアに赴くのを見送る

星空を航行するような船が遠く北の海を目指して行きます。雲路《くもじ》ははるばると一万八千里。君主と庶民が一体となっているというロシアの政治をすみずみまで見て、欧米の末端に当たるロシアを歩き回ってくるということです。『詩経』の采葛篇に言うように、一日を三月《みつき》のように思ってお帰りを待っています。短気を起こさないようにと戒めの革を身につけて気長に何年もロシアで過ごそうなどとおっしゃらないでください。大鵬が翼を撃ってつむじ風を起こし飛びたつときにもねぐらを選ぶものです。ワシやミサゴのような猛禽が争って飛ぼうとするのをまねることはありません。

【語釈】

○星槎：天の川を行き来するためのいかだ。ここでは広く船を指す。○北溟：北の果ての遠い海。○雲路：はるか遠い旅路。○盡頭：端、終点。○采葛：『詩經』王風「采葛」のこと。「彼采葛兮。一日不見、如三月兮（彼《かしこ》に葛を采《と》る。一日見ざれば、三月の如し）」とある。○佩韋：なめし皮を身につける。戦国・魏の西門豹は非常に気が短かったので、なめし革を身につけて、短気を直そうとしていたことから、ここでは気長に過ごすこと。○扶搖：つむじかぜ。あるいはつむじかぜが吹くときの音。○鵰鶚：オオワシとミサゴなどの猛禽。転じて、才能のある力強いもの。ここではロシアのような強国。

【補説】

○柳原全權公使：柳原前光《やなぎわらさきみつ》（一八五〇—一八九四）。公家の出身で、明治以降は伯爵。外務省に入省、外務大丞として日清修好条規を締結し、のちに駐露公使、元老院議長、枢密顧問官などを歴任した。大正天皇の生母・柳原愛子の兄。
○本作品は全体的に『莊子』逍遙遊を下敷きにしている。以下に関連箇所を挙げる。『莊子』逍遙遊「北溟有魚其名爲鯤、鯤之大、不知其幾千里也。化而爲鳥、其名爲鵬。鵬之背不知其幾千里也。怒而飛、其翼若垂天之雲。是鳥也、海運、則將徙於南溟。（略）水擊三千里、摶扶搖而上者九萬里。（略）蜩與鷽鳩笑之曰、（略）奚以之九萬里而南爲。」

（市川桃子）

上〇一八　移蕉　［明治十三年（一八八〇）五月　五十五歳］

矮屋年年難避炎
豫期盛夏蔽茅檐
移來愛看翠陰好
五尺葉遮三尺簾

蕉《しょう》を移す
矮屋《わいおく》　年年　炎《えん》を避け難し
予《あらかじ》め期す　盛夏　茅檐《ぼうえん》を蔽《おお》うを
移し来《き》たりて　翠陰の好《よ》きを看るを愛す
五尺の葉は三尺の簾《れん》を遮《さえぎ》らん

【訳】
　芭蕉を移植する
小さな我が家では毎年夏になると炎暑を避けるのが難しい。そこで盛夏にそなえて軒端を覆うことを考えた。芭蕉を移してきたので、美しい緑の木陰ができて嬉しい。五尺の大きな葉が三尺の小さな簾をおおって日光をさえぎることだろう。

【語釈】
○蕉‥植物名。芭蕉、香蕉、美人蕉などバショウ科の植物の簡称。○尺‥一尺は約三十センチメートル。○遮‥さえぎる。覆ってまもる。

◎五月晩翠吟社席上分韻　（市川桃子）

上〇二一　雨窗讀淵明集

［明治十三年（一八八〇）八月　五十五歳］

古賢去千歳
此間無匹儔
不窘樊籠裏
北窗睡悠悠
一詩一吟誦
聊得萬慮休
晩風時吹雨
凄凄夏如秋
秋成可期否
開牖望西疇

雨窓《うそう》にて淵明《えんめい》の集を読む

古賢　去りて　千歳
此の間に匹儔《ひっちゅう》無し
樊籠《はんろう》の裏《うち》に窘《くる》しまずして
北窓に睡《ねむ》りて悠悠たり
一詩　一吟誦《ぎんしょう》
聊《いささ》か万慮の休《や》むを得《う》
晩風　時に雨を吹き
凄凄として夏は秋の如し
秋成　期す可きや否や
牖《まど》を開きて西疇《せいちゅう》を望む

【訳】

雨の降る窓辺で陶淵明の文集を読む

古《いにしえ》の賢人である陶淵明が世を去ってから千年、この間にこの人物に匹敵するものはいなかった。鳥かごのような役人の世界で苦しむのをやめて、北の窓辺で悠々と眠っていた。一首ずつ吟詠すれば、心を煩わせるさまざまな思いが少しは軽くなった。夕暮れに時折雨が風に乗ってきて、夏なのに寒々として秋のようだ。秋の収穫は期待できるだろうかと、窓を開けて西の畑を眺める。

【語釈】
○淵明：晋・陶淵明（三六五？―四二七）。○匹儔：匹敵する存在。仲間。○樊籠：鳥かご。転じて、官職など人を縛るものの喩え。晋・陶淵明「歸園田居五首」其一（『陶淵明集』巻二）に「久在樊籠裏、復得返自然（久しく樊籠《はんろう》の裏《うち》に在り、復た自然に返るを得たり）」とある。○秋成：秋になって穀物が成熟すること。○牖：まど。

【補説】
『陶淵明集』巻七「與子儼等疏」に「五六月中北窻下、臥遇涼風暫至（五六月中北窓《ほくそう》の下《もと》、臥《ふ》して涼風の暫く至るに遇《あ》う）」とある。南宋・劉克荘「跋宋吉甫和陶詩」（『後村集』巻三十一）は「淵明一生、惟在彭澤八十餘日涉世故、餘皆高枕北窻之日（淵明の一生、惟《た》だ彭沢《ほうたく》に在《あ》りて八十余日のみ世故に渉《わた》り、余は皆北窓に高枕するの日なり）」という。

（市川桃子）

◎八月晩翠吟社課題

上〇二二　十月十二日開花樓小酌次韻泉處席上作　［明治十三年（一八八〇）十月十二日　五十五歳］

十月十二日、開花楼にて小酌し、泉処の席上の作に次韻す

鄰房絃索不堪聞　隣房の絃索　聞くに堪えず
移座樓西對麴君　座を楼西に移して麹君《きくくん》に対す
酔裏揮毫香迸紙　酔裏に揮毫すれば香は紙に迸《ほとばし》る
一叢秋菊雨紛紛　一叢の秋菊に雨紛紛たり

【訳】

十月十二日、開花楼で少し酒を飲み、泉処の席上の作に次韻する

隣の部屋の音楽が聞くに堪えなかったので、西の座敷に移って飲み始めた。ほろ酔い加減で筆を揮《ふる》うと墨の香りが紙にほとばしる。ひとむらの秋菊に雨がさらさらと降りかかっていた。

【語釈】

○開花楼：明治十年（一八七七）創業。神田明神境内脇にあり、木造三階建の本格会席料亭として文人墨客に親しまれたという。○次韻：他人が作った詩の韻字と同じ字を同じ順番で用いて詩を作ること。○泉處：山口直毅《なおき》（一八三〇―一八九五）。幕末の旗本、明治期の官僚。晩翠吟社の同人の一人。通称は五郎次郎。泉処は号。昌平黌出身。幕府に仕えて外国奉行などを歴任し、維新後は新政府の神祇局に勤務した。○絃索：弦楽器。○麴君：酒のこと。「麴」はこうじ。

（市川桃子）

上〇二五　年除寄友人

［明治十三年（一八八〇）十二月十一日　五十五歳］

年除に友人に寄す

垂老何以療　垂老　何を以てか療《いや》さん
救荒何以論　救荒　何を以てか論ぜん
天下多俊傑　天下に俊傑多し
野老又何言　野老　又た　何をか言わん
艱難奈桂玉　艱難《かんなん》　桂玉を奈《いかん》せん
世事眞消魂　世事《せいじ》　真《まこと》に消魂
廟堂應有策　廟堂　応《まさ》に策有るべし
厭聴衆口喧　衆口の　喧《かまびす》しきを聴くを厭《いと》う
流年疾於水　流年　水より疾《はや》し
暦日幾行存　暦日　幾行か存《そん》す
人情薄於紙　人情　紙よりも薄く
風教何日敦　風教　何《いず》れの日にか敦《あつ》からん
吁我雖迂拙　吁《ああ》　我《わ》れ　迂拙《うせつ》なりと雖も
聊知道義尊　聊か知る　道義の尊きを
閒福天所賜　閑福《かんふく》は天の賜《たま》う所
漫游不辭繁　漫游は繁《はん》を辞せず

新年游可繼
探梅趁晴暄
窮達君莫説
行藏付一樽

新年　游は継ぐ可し
梅を探して晴暄《せいけん》を趁《お》わん
窮達は　君　説《と》く莫《な》かれ
行蔵《こうぞう》は　一樽に付さん

【訳】

歳末に友人に送る

年を取っていく悲しみは何によって癒せるだろうか。飢饉の苦しみをどのような手立てで議論しようか。天下には優れた人々がたくさんいるのだ。田舎親父の私が言うべきことがあるだろうか。困苦と言えば、米や薪の値が高いのをどうすることもできない。世上の事は実に落胆することばかりだ。政府には必ず良い政策があるのだろうが、多くの人々が口うるさく騒ぐのは聞くに堪えない。

年月が流れていくのは、水の流れよりも速く、今年の暦を見れば、あと何日も残されていない。人情は紙よりも薄く、いつになったら国民に十分な教養を与えることができるのだろうか。

ああ、私はぼんやりして愚かだけれど、道義の大切さは知っているつもりだ。平安と福禄は天からのいただきもの。気ままな遊びはめんどうでもかまわない。新年になっても旧年の遊びは続けよう。晴れた暖かい日に乗じて梅を探しに行こう。君、困窮と栄達などについては話さないでくれ。出世とか引退とか、そういうことは、酒を飲めばどうでも良くなるのだから。

【語釈】
○救荒：饑饉などで苦しむ人々を救済する。○桂玉：物価が高騰し、薪が香木の桂《けい》、穀物が玉《ぎょく》のように高価であること。食料や燃料が高騰していること。『戰國策』楚策三に「楚國之食貴於玉、薪貴於桂（楚国の食は玉《ぎょく》よりも貴《たか》く、薪は桂《けい》よりも貴《たか》し）」とある。○廟堂：朝廷。ここでは国会。○暦日：カレンダー。一日一行の暦を使っていたか。○人情薄於紙：宋代からあることわざ。「士大夫間有口傳一兩聯、可喜而莫知其所本者、如人情似紙番番薄（士大夫の間に口伝一両聯の、喜ぶ可くして其の本づく所を知る莫き者有り。『人情紙に似て番番《はは》薄し』の如し）」（南宋・魏慶之『詩人玉屑』巻三「誠齋論警句」）。○漫游：気の向くままにあちこち巡り歩くこと。○閒福：平安で福禄がある。○窮達：窮通と同じ。困窮と栄達。唐・王維「酬張少府」詩（『王右丞集箋注』巻七）に「君問窮通理（君は窮通の理を問う）」とある。○行藏：進むことと退くこと。世に出ることと隠居すること。

【補説】
この作品が作られた一八八〇年当時、大隈重信と松方正義が財政政策をめぐって対立していた。さらに憲法制定の議論の中で、大隈重信と伊藤博文、井上毅らが対立し、大隈重信は政府から追放された。政情は不安定であった。

（市川桃子）

◎十二月十一日鷗雨荘課題

上〇二六　送春濤先輩遊新潟　［明治十四年（一八八一）五十六歳］

春濤先輩の新潟に遊ぶを送る

詩債京城不耐多
炎威暫避北山阿
收將得意香奩體
聽取鍾情子夜歌
木鐸振來功幾許
竹枝吟就感如何
海光一洗三庚熱
披彼綌絺醉翠娥

詩債《しさい》　京城《けいじょう》に　多きに耐えず
炎威《えんい》　暫く北山の阿《くま》に避く
収め将《もち》て　意を得たり　香奩《こうれん》の体
聴き取らば　情を鍾《あつ》む　子夜《しや》の歌
木鐸《ぼくたく》　振り来《き》たれば功は幾許《いくばく》
竹枝《ちくし》　吟ずれば就ち感ぜしむること如何《いかん》
海光　一洗す　三庚《さんこう》の熱を
彼の綌絺《すうち》を披《ひら》き翠娥《すいが》に酔わん

【訳】

春濤先輩が新潟に旅するのを見送る

都では作らねばならない詩が多くて負担になったとみえて、暫く北山の山中に避暑をしようとしていらっしゃる。先輩の作る香奩体の詩は、手にいれれば心に叶《かな》い、その子夜の歌は、耳にすれば感動が湧き起こる。先輩が民度を高めようと木鐸を振れば、その功績ははかりしれない。竹枝詞を吟詠すればいくらでも人を感動させることができる。海の光が真夏の暑さをすべて洗い流すことだろう。あの涼しい縮織《ちぢみおり》の葛《くず》衣をくつろげて美女に酔ってください。

【語釈】
○春濤先輩：森春濤（一八一九―一八八九）。名は魯直。字《あざな》は希黄。美濃尾張の人。鷲津益斎、梁川星巌らの弟子。医者の家系であったが漢詩を作るのを好み、のちに桑三軒吟社などを主催する。○詩債：詩をもらって応酬しなければならないのに答詩を作っていないことを、債務になぞらえて言う。唐・白居易「晩春欲攜酒尋沈四著作先以六韻寄之」詩（『白氏長慶集』巻二十三）に「顧我酒狂久、負君詩債多（我《わ》れを顧《かえり》みれば酒狂久しく、君に負う詩債の多きを）」とある。○阿：くま。山や川の曲がって入りこんだ所。○將：動詞のあとにつけて、動作・過程が一定の方向に進行することを示す。○香奩體：女性の様子や心情をよんだ詩体。○鍾情：感動する。感情が集まる。「鍾」はあつまること。○子夜歌：楽府題の一つ。多く女性の気持ちを歌う。○木鐸：木製の大きな鈴。古代、人々を教化するときに打ち鳴らし、人を集めた。転じて、人々を教え導くこと。○竹枝：楽府の一種。土地の風俗などを歌う。○三庚：夏の酷暑の期間。三伏に同じ。夏至のあとの第三庚の日から始まる。○縐絺：目の細かい、葛《くず》の縮織《ちぢみおり》。『詩經』鄘風「君子偕老」に「蒙彼縐絺（彼の縐絺を蒙る）」。○翠娥：美女。

（市川桃子）

上〇三一　秋日雜感三疊韻　［明治十四年（一八八一）五十六歳］

秋日雑感、三たび韻を畳《かさ》ぬ

翠松金桂影層層
秋爽先欣絕夏蠅
園補疎籬移野菊
書臨古帖似寒藤
珍藏扛鼎一枝筆
長物剸犀三尺冰
笑我少年徒學劍
武場張臂幾回登

翠松　金桂　影は層層
秋は爽やかにして　先《ま》ず夏蠅《なつばえ》の絶ゆるを欣《よろこ》ぶ
園は疎籬《そり》を補いて野菊を移す
書は古帖《こちょう》に臨みて寒藤に似る
珍蔵するは　扛鼎《こうてい》　一枝の筆
長物なるは　剸犀《せんさい》　三尺の氷
笑う　我《わ》れ　少年にして　徒《いたずら》に剣を学び
武場《ぶじょう》に臂《ひじ》を張りて幾回か登るを

【訳】

秋日雑感、同韻五首の第三首

緑の松に金木犀の影がうち重なり、秋は爽やかで、とにかく夏の蠅がいなくなって良かった。庭では垣根を補修して野菊を移し植えた。書は古い時代の手本に倣《なら》って冬枯れた藤蔓《ふじづる》のような字を書く。私が大切に秘蔵しているのは、重い鼎《かなえ》を担ぎ上げるような力強さを発揮できる一本の筆。無駄な物と思うのは、犀《さい》の厚い皮をすっぱりと切るような氷のようにきらめく三尺の剣。笑ってしまうのは、私が若いころ無駄に剣術を学び、何度となく意気揚揚と道場に通ったこと。

【語釈】

○三疊韻：「畳韻」は、原詩と同じ韻の詩を詠むこと。ここでは、同韻を五首に用いて、三畳韻は、その第三首。『晩翠書屋詩稿』には、第一首「植半樓小酌次黃邨韻」、第二首「秋日雜感步前韻似黃邨」、第四首「讀新聞紙有感四疊韻」、第五首「九月十四日記事五疊韻」が載る。○野菊：垣根の野菊は、晋・陶淵明「飲酒二十首」其五（『陶淵明集』巻三）「采菊東籬下（菊を采る東籬の下）」を連想させる。○寒藤：晋・王羲之の草書を連想するか。○扛鼎：かなえをかつぎ上げる。非常に力が強いことのたとえ。「扛」は「挙」と同じ意味。○剸犀：鋭い剣。前漢・王褒「聖主得賢臣頌」（『文選』巻四十七）の「水斷蛟龍、陸剸犀革（水には蛟龍を断《た》ち、陸には犀の革を剸《き》る）」に由来する。○三尺：剣の別名。

（市川桃子）

上〇三三　九月十六日同支陰遊墨陀百花園得四絶句偶逢秋月古香氏第四詩故及　録二四（二首其二）

［明治十四年（一八八一）九月十六日　五十六歳］

九月十六日、支陰《しいん》と同《とも》に墨陀《ぼくだ》百花園に遊び四絶句を得。偶《たまたま》、秋月古香《あきづきここう》氏に逢う。第四詩故《ゆえ》に及ぶ　二と四を録す（二首其の二）

入門愛看帚痕新　門に入りて　帚痕《そうこん》　新たなるを看るを愛す
滿地清芬絶點塵　満地の清芬《せいふん》　点塵を絶つ
秋草不關風伯怒＊　秋草は風伯の怒るに関わらず
嫣然一笑立迎人　嫣然《えんぜん》一笑して立ちて人を迎う

＊十四日曉有暴風雨（十四日 暁《あかつき》に暴風雨有り）

【訳】

九月十六日に、支陰と一緒に墨陀百花園に遊び四首の絶句を作った。このとき偶然に秋月古香氏に逢った。ゆえに第四首はそのことに触れている　第二首と第四首を採録する（二首その二）

庭園の門を入ると箒《ほうき》の掃きあとも清々《すがすが》しくて嬉しい。地には清らかな香りが満ちて少しの塵もない。秋の草は風の神が怒り狂った暴風雨も知らぬ気に＊、あでやかに立って笑いながら我々を迎えてくれた。

＊十四日の明け方に暴風雨があった。

【語釈】

○支陰：佐々木支陰（一八三一—一八八四）。儒者であり詩人でもあった。○墨陀百花園：現在の向島百花園。梅の名所であり、また春の七草、秋の七草でも知られる。文化元年（一八〇四）に佐原鞠塢《さはらきくう》がつくり、文人墨客が思い思いに木を植えたという。園内には亀田鵬斎《かめだぼうさい》の「墨陀梅荘記」の碑がある。○秋月古香：秋月種樹《あきづきたねたつ》（一八三三—一九〇四）。古香はその号。学問所奉行や将軍徳川家茂の侍読などを歴任し、維新後は明治天皇の侍読や貴族院議員などを務めた。漢詩集に『古香公詩鈔』がある。

（市川桃子）

上〇三七　消寒雑詩次湖山先生銷夏絶句之韻　［明治十四年（一八八一）十二月十四日　五十六歳］

消寒雑詩、湖山先生の銷夏絶句の韻に次す

騎鶴腰纏非可求　騎鶴　腰纏　求む可きに非ず
令譽難繼許文休　令誉　継ぎ難し　許文休を
防寒併學神仙術　寒きを防ぎ　併せて学ぶ　神仙の術
不夢揚州夢十洲　揚州を夢みず　十洲を夢む

【訳】

寒さをしのぐ詩、湖山先生の夏をしのぐ絶句に次韻する

腰に大金の入った胴巻きを付けて鶴に乗って仙人になるようなことは期待することもできない。各地の有力者を頼って旅をした許文休のような名声を継ぐことも難しい。寒さを防ぎ、かつ神仙の術を学ぶには、揚州刺史になって夢のような日々を過ごすのではなく、十洲で仙人になることを夢みたほうがよい。

【語釈】

〇湖山：小野長愿（一八一四―一九一〇）。幕末から明治にかけての漢詩人。湖山は号。梁川星巌《やながわせいがん》、藤森弘庵らに師事した。尊皇派として国事に奔走し、安政の大獄で幽閉された。明治維新後はほとんど仕官せず、漢詩人として名を馳せた。『梅潭詩鈔』に題記した人物で、梅潭は大沼枕山に師事する前に小野湖山に漢詩を学んでいた。〇次韻：他人が作った詩の韻字と同じ字を同じ順番で用いて詩を作ること。〇騎鶴腰纏非可求：「騎鶴」は仙人や道士のこと。鶴に

乗って雲間に遊んだとされたことから。「腰纏」は胴巻き。あるいは胴巻きに入れている金。転じて、世俗的な金欲を持ったまま仙人となること。金・元好問「雪後招鄰舍王贇子襄飲」詩（『遺山集』巻三）に「腰金騎鶴非所望（腰金して鶴に騎《の》るは望む所に非ず）」、清・黄遵憲「游箱根」詩（『人境廬詩草』巻三）に「纏腰更騎鶴、辟俗還食肉（纏腰し更に鶴に騎《の》り、俗を辟《さ》けて還《ま》た肉を食す）」とある。○令譽：よい評判。○許文休：許靖（?―二二二年）。後漢末期から三国時代の政治家。文休は字。蜀漢に仕え、劉備に即位を勧め、官は司徒に至った。○夢揚州：揚州で夢のように遊び暮らすこと。次の詩による。唐・杜牧「遣懐」詩（『全唐詩』巻五百二十四）「十年一覺揚州夢、贏得青樓薄倖名（十年一たび覚《さ》む揚州の夢、贏《か》ち得たり青楼薄倖《はくこう》の名）」（十年間の揚州での夢から覚めてみれば、手に入れたのは、妓楼の薄情者という評判）。○十洲：大海にある十ヵ所の仙島。また広く仙境をいう。

（市川桃子）

上〇三八　我昔（五首其一）　［明治十五年（一八八二）二月上旬　五十七歳］

我《わ》れ昔（五首其の一）

我昔念功名　我《わ》れ　昔　功名を念《おも》う
十五就學日　十五　学に就《つ》く日
侵晨叩師門　晨《しん》を侵して　師の門を叩き
風梳又雨櫛　風　梳《くしけず》り　又た雨　櫛《す》く
中年意氣豪　中年にして意気豪《つよ》く
不異駿馬逸　駿馬の逸《はや》きに異ならず
棟梁非其材　棟梁　其の材に非ずして
蒲柳奈此質　蒲柳《ほりゅう》　此の質を奈《いかん》せん
堪笑四十年　笑うに堪《た》う　四十年
顯晦其揆一　顕晦《けんかい》　其の揆《き》は一なり

【訳】

私はその昔（五首その一）

私はその昔手柄を立てて名声を得ようと思っていた。十五歳で学問を始める日のことである。朝早くから師の門をたたき、風にも負けず雨にも負けずに刻苦勉励した。中年になってからは意気込みも高く、まるで駿馬が全速力で駆けているようであった。棟領となる才能はなく、体質も弱く、それはどうしようもないことであった。この四十年を振り返ってみると、笑ってしまうことに、出世も隠遁も、結局は同じ事なのだった。

【語釈】

○十五：志学。孔子が十五歳で学問に志したことにちなむ表現。『論語』為政に見える。○風梳又雨櫛：目的を達するために風雨にさらされるほどの苦労をする。『荘子』天下「沐甚雨、櫛疾風（甚雨《じんう》に沐《もく》し、疾風《しっぷう》に櫛《くしけず》る）」を踏まえた表現。○棟梁：家のむなぎとはり。転じて重要な立場の者。○蒲柳：かわやなぎ。転じて、体質が弱いたとえ。○顯晦：「顯」はあきらかなこと、世に出ること。「晦」は暗いこと、世に隠れること。○揆一：おなじであること。「揆」は全体の過程。『孟子』離婁下「先聖後聖、其揆一也（先聖も後聖も、其の揆《き》は一《いっ》なり）」。

（市川桃子）

上〇三九　我昔（五首其二）　［明治十五年（一八八二）二月上旬　五十七歳］

我昔好撃劒
腰間秋水横
就中傑出者
有辨吉帆平＊
此間我來往
幾回競輸贏
壯士墓木拱
白髪何可驚
一從兵制變
斯道無人評

我《わ》れ昔（五首其の二）

我《わ》れ　昔　撃剣を好む
腰間に秋水横《よこ》たう
就中《なかんずく》　傑出する者に
弁吉　帆平《はんぺい》有り
此の間　我《わ》れ来往し
幾回か輸贏《しゅえい》を競う
壮士の墓の木は拱《きょう》す
白髪　何ぞ驚く可し
一に　兵制の変に従いて
斯《こ》の道　人の評する無し

＊海保帆平、庄司辨吉、當時劒客中絶技者（海保帆平、庄司弁吉、当時の剣客中の絶技なる者なり）

【訳】

私はその昔（五首その二）

私はその昔、剣術を好んでいた。腰には秋水のように澄んだ刀を横たえていた。中でも剣術に傑出した者に、弁吉と帆平がいた＊。そのころ、我々は付き合いがあり、何度か勝負をしたことがあった。二人の壮士が死んでから時が経ち墓では植えた木がすでにひと抱えにも成長しているのだから、私が白髪になったのも驚くことではない。軍制の変革があって、剣の道を論ずる者もいなくなった。

＊海保帆平《かいほはんぺい》・庄司弁吉《しょうじべんきち》は、当時の剣士の中でもこの上ない技を持った者たちだった。

【語釈】

○撃剣…剣術、剣道のこと。○秋水…秋の澄みきった水。転じて、清らかに澄みきったもののたとえ。ここでは刀を言う。○輸贏…「輸」は負けること、「贏」は勝つこと。勝敗。○木拱…植えた木がひとかかえもある大木に成長すること。ここでは墓地に植えた木が成長し、墓が建てられてから時間が経ったこと。○海保帆平…海保芳郷（一八二二―一八六三）。北辰一刀流、千葉周作の門下で、水戸藩に仕え、江戸で海保塾の「振武館」を開いた。○庄司辨吉…庄司秀《ひで》嶽《たけ》（一八一九―一八六四）。水戸藩士。北辰一刀流、千葉周作門下で「玄武館の四天王」と呼ばれた者の一人。

（市川桃子）

上〇四一　我昔（五首其四）　［明治十五年（一八八二）二月上旬　五十七歳］

我《わ》れ昔（五首其の四）

我昔攻青史　我《わ》れ　昔　青史を攻《おさ》む
得意到今諳　意を得て　今に到るまで諳《そら》んず
偉哉磻溪叟　偉《えら》きかな　磻渓《はんけい》の叟《そう》は
待機釣碧潭　機を待ちて　碧潭《へきたん》に釣る
精神老活潑　精神　老いて活潑にして
古鏡藏在函　古鏡　蔵《ぞう》して函《はこ》に在り
此叟蹤可逐　此の叟　蹤《あと》は逐《お》う可し
胡爲素餐慙　胡為《なんす》れぞ　素餐　慙《は》ぢん
一笑誇壯齡　一笑して　壮齢を誇らん
耳順尚餘三　耳順《じじゅん》　尚《な》お三を余す

【訳】

私はその昔（五首その四）

私はその昔、歴史書を学んだ。歴史は心にかない、いまでも暗誦することができる。磻渓で釣りをしていた太公望は偉いものだ。世に出る良い機会を待って青い淵で釣りをしていた。老いてなお活発な精神を持っていて、その志は箱の中にしまわれている古鏡のようであった。こういう老人の生き方を学ばなければならない。無為に食事をしているからといってどうして恥じることがあろうか。大笑いをして私は働き盛りの壮年であることを誇るとしよう。六十歳にはまだ三年あるのだ。

【語釈】
○攻：玉や金属を加工する。転じて深く学ぶ、研究する。○青史：歴史のこと。古代中国で、青竹で作った竹簡に記録を書きつけたことに因る。○磻溪：川の名。今の陝西省宝鶏県の東南を流れ、渭水に注ぐ。太公望呂尚が釣りをしたとされる。○機：機会。○古鏡：古い鏡。ここでは志や才能の比喩か。上二四五「夏日書懐」詩（ＤＶＤ版参照）に「心如古鏡老猶磨（心は古鏡の如く老いて猶お磨かる）」とある。○素餐：功績もないのに禄を受けること。働かずに飯を食らうこと。○耳順：六十歳。『論語』爲政に「六十而耳順（六十にして耳順《したが》う）」とあることから。

（市川桃子）

上〇四二　我昔（五首其五）　［明治十五年（一八八二）二月上旬　五十七歳］

我《わ》れ昔（五首其の五）

我昔學賦詩
自比秋蟬咽
執贄熙熙堂
要窺其祕訣
竭來三十年
窮通不改轍
我已脱冠纓
訂盟詩壇傑
大雅跡寥寥
誰將繼其絶

我《わ》れ　昔　賦詩を学ぶ
自ら比《くら》ぶ　秋蟬の咽《むせ》ぶに
贄《し》を執り　堂に熙熙《きき》として
其の秘訣を窺うを要《もと》む
竭来《けつらい》　三十年
窮通に　轍《てつ》を改めず
我《わ》れ　已に冠纓《かんえい》を脱し
詩壇の傑と訂盟す
大雅　跡は　寥寥《りょうりょう》たり
誰か将《もっ》て其の絶を継がん

【訳】

私はその昔（五首その五）

私はその昔、詩作を学んだ。まるで秋の蟬がむせび鳴くように絶え間なく吟じていた。師のもとに入門し講堂で楽しく過ごし、作詩の秘訣を知ろうと思っていた。せっせと通って三十年、困窮しているときも世にときめいているときも変わらなかった。私はすでに官職を辞めて、詩壇の優れた人々と詩会を作った。

『詩經』の大雅を継ぐ者は少ない。その絶えようとしている伝統を誰が継ぐだろうか。

【語釈】

○執贄：進物をおさめて、先生のもとに入門する。「贄」は礼物、進物のこと。○熙熙：なごやかに喜びあうさま。○堂：表向きの広間。○朅來：来たり去ったり。往来。あるいは爾来の意味。この句は「それ以来三十年」とも解釈できる。○三十年：梅潭は安政四年（一八五七）八月七日大橋訥庵《おおはしとつあん》の門に入る。安政六年（一八五九）二月には横山（小野）湖山、四月には大沼枕山に入門する（杉浦梅潭『經年紀畧』）。○冠纓：冠の紐。官職の象徴。「冠纓を脱す」とは、官職を辞職すること。○訂盟：同盟や条約をむすぶ。○大雅：『詩經』の一部。中国古代の周の王室の祭礼や宴会などのことが詠われる。ここでは大道（人として行うべき根本の道理。当然守るべき正しい道）の意味や、それに基づく詩作の意味も含む。

（市川桃子）

上〇四三　小向井村観梅同竹亭東久世公賦　［明治十五年（一八八二）三月十二日　五十七歳］

小向井村にて梅を観る。竹亭東久世公《ちくていひがしくぜこう》と同《とも》に賦す

徜徉漫擬小神仙　徜徉《しょうよう》して　漫《そぞ》ろに擬《ぎ》す　小神仙に
行過六郷花正妍　六郷《ろくごう》を行き過ぎれば　花　正に妍《けん》たり
車有可乘三里近　車の乗る可き有り　三里近し
梅雖不古萬株連　梅　古《ふる》からずと雖も　万株連《つら》ぬ
美人素服仍牽夢　美人の素服　仍《な》お夢に牽《ひ》く
高士清容或類禪　高士の清容　或いは禅に類す
詞客探春宜此境　詞客　春を探して　此の境に宜《よろ》し
遠尋何必説杉田　遠く尋ねて何ぞ必ずしも杉田《さんでん》を説かん

【訳】

小向井村で梅を観る。竹亭東久世公《ひがしくぜ》と共に詩を詠む

のんびりと歩いて、なんだかちょっとした仙人のようだ。六郷を行き過ぎたころに美しい満開の梅の花が見え始めた。汽車に乗ったので三里の道のりもたいしたことはない。梅の木は古木ではないが一万株も連なっている。その花は白い服をまとう美しい女性に似て夢にも現れそうで、また高潔の士の清らかな姿のようでもあり禅僧にも似ている。詩を書く者が春を訪ねてくるのにこの地はふさわしいところだ。遠く梅を尋ねて、わざわざ杉田《すぎた》の梅を見に行こうと言う必要もなかろう。

【語釈】

○小向井村：今の川崎市幸区あたり。江戸中期に食用の果樹園として始まり、明治になってから、梅見客が多く訪れた。○竹亭東久世公：東久世《ひがしくぜ》通禧《みちとみ》（一八三四―一九一二）。竹亭は号。幕末の朝廷で公家として尊皇攘夷を唱え活躍したが、公武合体派の台頭で失脚。所謂「七卿落ち」の一人。明治維新後は、神奈川県知事、開拓使長官、侍従長、元老院議官、などの要職につき、伯爵を授けられた。詩歌を善くし、書画に巧みであった。○徜徉：徘徊する。のんびり歩き回る。○六郷：現在の東京都大田区の南、多摩川左岸にある地区。東海道が多摩川を横切る交通の要所である。○車有可乗三里近：三里は約十二キロメートル。このときはおそらく【補説】に引く依田学海の日録の記事のように、川崎まで汽車に乗ったと思われる。○牽夢：夢の中にあらわれる。○杉田：今の横浜市磯子区杉田。江戸時代天正年間に間宮信繁が奨励して梅の実を収穫するために梅林が作られ、江戸中期から明治前期にかけて文人墨客でにぎわった。今も梅林の面影が残る。

竹亭東久世公

【補説】

依田学海『學海日録』から。

明治十六年（一八八三）三月十一日、依田学海は、新橋から川崎まで汽車に乗り、そこからは足が悪いので友人たちに先んじて人力車で小向井村に行き、梅林を見る。漢詩一首（『學海日録』巻五）。三月十六日、依田学海は、六、七人で、八時に新橋を出発し、横浜まで汽車に乗り、そこから人力車で杉田に行き、梅林を見る（『學海日録』巻五）。

（市川桃子）

六郷の渡し

上〇四九　題髮毛刺繡大曼陀羅圖　［明治十五年（一八八二）八月二十六日　五十七歳］

莫把奇觀詫絶無
金針換筆繡浮圖
鬢毛雖細大功德
不使衆生迷暗途

髪毛刺繡の大曼陀羅《まんだら》図に題す
奇観を把《と》りて　絶無と詫《いぶか》る莫《な》かれ
金針もて筆に換え　浮図《ふと》を繡《ぬいとり》す
鬢毛《びんもう》　細しと雖も　功徳大きく
衆生をして暗途に迷わしめず

【訳】
　毛髪で刺繡をほどこした大曼陀羅図に書く
この珍しい図を見て、ありえないことだと驚くなかれ。筆の代わりに金の針で仏の姿を刺繡している。毛髪は細いけれども功徳は大きく、あらゆる生き物が暗い道で迷わないように照らしている。

【語釈】
○刺繡大曼陀羅圖：『晩翠書屋詩稿』本詩の題下注に「係延寳二年甲寅新造云。八月廿六日、爲大分縣豐前國宇佐郡南宇佐村、極樂寺住僧國東飜迷囑」（これは延宝二年甲寅（一六七四）に新たに造られたものと言われている。八月二十六日に、大分県豊前国宇佐郡南宇佐村にある極楽寺の住僧である国東翻迷に依頼された）とある。○奇觀：見たこともないような珍しく素晴らしい見もの。

（市川桃子）

上〇五一　歳晩書懐　［明治十五年（一八八二）十二月十五日　五十七歳］

歳晩に懐《おも》いを書す

石火光中歳月徂　石火光中　歳月徂《ゆ》く
傍観世事密而粗　世事を傍観すること　密にして粗
敢容黄口鼓饒舌　敢て容《い》れん　黄口の饒舌を鼓すを
且厭白頭吹濫竽　且つ厭う　白頭の濫竽《らんう》を吹くを
一劒酬恩終止矣　一剣もて恩に酬ゆるは終に止むか
千金買骨亦時乎　千金もて骨を買うは亦《ま》た時か
耳根尤有不平事　耳根《じこん》　尤も不平なる事有り
怕聴市人談畏途　市人の畏途《いと》を談ずるを聴くを怕《おそ》る

【訳】

　年の瀬に思ったことを書く

火打ち石の火花のように歳月は瞬時に過ぎ、世の中のことを、大ざっぱに、しかしまた細かに観察してきた。青二才のおしゃべりを受け入れられるだろうか。白髪頭《しらがあたま》の嘘八百もいやなものだ。一本の剣で君恩に報いるような時代は終わってしまったのか。いまこそ千金を出して人材を募るときではないか。非常に不満に思われることが耳にはいってくる。町の人々が国家の前途について危険なことを平気で話しているのが心配なのだ。

【語釈】

○石火：石を打ち合わせたときの火花。極めて短い時のたとえ。○黄口：黄吻に同じ。黄色の口ばし。鳥のひな。転じて未熟な者。○濫竽：無能の者が能力のあるように見せかける。斉の宣王が楽士三百人を集めて篴《てき》（竹笛の一種）を演奏させていたが、その中に演奏できない男がまじって吹くまねをしていた。王の没後、次の王が位につくと、ひとりひとり吹かせることになってごまかせなくなり、男は逃げ出した（『韓非子』内儲説上）。○千金買骨：『戰國策』燕策一に見える郭隗《かくかい》の故事を踏まえる。死んだ馬の骨を大金で買えば、より高く買ってもらおうと名馬が集まる。同様に、それほど優れていない人物を厚遇することで、より優れた人材が集まってくるという意。○耳根：耳。仏教用語、六根の一。六根は人間の迷いを生ずる六つの根元である眼・鼻・耳・舌・身・意。○畏途：険しくておそろしい道。

（市川桃子）

◎十二月十五日不如学吟社席上分韻

上〇五二　元旦　［明治十六年（一八八三）一月一日　五十八歳］

忽看旭日現城東
人意此時朝野同
儀禮一般欽有始
經營百事怕無終
孤山已放梅邊鶴
渭水何追夢裡熊
松竹門前成一笑
今晨五十八春風

元旦

忽ち看る　旭日　城東に現わるるを
人意　此の時　朝野同じ
儀礼　一般　欽《つつし》みて始まる有り
経営　百事　怕《おそ》らくは終わり無からん
孤山　已に放つ　梅辺の鶴
渭水《いすい》　何ぞ追わん　夢裡の熊
松竹　門前　一笑を成す
今晨　五十八　春風

【訳】

元旦

都の東の空に忽然と朝日が姿を現し、役人も庶民もこのとき気持ちが一つとなった。正月の儀礼はすべて敬虔に始まったが、国家経営のもろもろの仕事に終わりはなかろう。私はというと宋の林逋《りんぽ》によって孤山の梅のほとりに放された鶴のようにのんびりと暮らしており、周の文王が熊を夢に見て渭水に探しに来た太公望呂尚のように政治を補佐したいとはもう思わない。松飾りのある門前でひとしきり笑った。この朝春風の中で五十八歳となった。

【語釈】

○一般…全体にわたっていること。普遍。全般。○經營…国家の事業や日々の仕事などをはかりいとなむこと。○孤山已放梅邊鶴…北宋・林逋《りんぽ》（九六七―一〇二八）は一生官位に就かず、西湖の孤山に住み、梅と鶴を愛した詩人であった。客が来ると下僕が鶴を放って、西湖に遊ぶ林逋に知らせたという。○渭水何追夢裡熊…渭水で夢に現れた熊を追うことはない。周の文王が狩の占いで獲物は熊ではないと言われ、果たして渭水の畔で釣をしている太公望呂尚に出会った。のちに呂尚は周の建国に貢献した（『史記』巻三十二「齊太公世家」）。後世、小説などで、周の文王が熊の夢を見たという話になっているものがある。

（市川桃子）

上〇五五　湖山翁七十壽詞　［明治十六年（一八八三）二月五日　五十八歳］

勤王早已姓名傳
今日風流詩酒仙
樂在烟霞身愈健
苦其心志事終全
百篇容易遡千歳
五斗平生驚四筵
至竟窮通非偶爾
白頭享福有青天

湖山翁七十の寿詞

勤王　早《つと》に已に姓名伝《つた》わる
今日の風流　詩酒の仙
煙霞《えんか》に在《あ》りて楽しみ　身は愈ゝ《いよいよ》健《すこ》やかなり
其の心志を苦しましむれど　事は終《つい》に全《まった》し
百篇　容易なるは　千歳に遡《さかのぼ》り
五斗　平生《へいぜい》より　四筵《しえん》を驚かす
至竟　窮通　偶爾《ぐうじ》に非ず
白頭　福を享《う》くるは　青天に有り

【訳】

小野湖山翁の七十歳を祝う詩

あなたが天皇陛下のために力を尽くされたことでは、早くから世の中に名が知られていました。今では風流な詩酒の仙人となっておいでです。美しい景色を楽しみ体はますます壮健で、胸を痛めたことはありましたがついには全て思い通りになったのです。百篇の作品を苦もなく作るのは千年前の李白と同じで、いつも五斗の酒を飲んで宴席中の人々を驚かせていらっしゃいます。結局、出世するかしないかは偶然のことではないのです。白髪頭になってもこのように幸せでいるのは天の御加護があってこそのことです。

【語釈】
○湖山：小野湖山（一八一四―一九一〇）、幕末から明治にかけて活躍した漢詩人。湖山は号。上〇三七の【語釈】参照。
○勤王：天子のために力を尽くすこと。○詩酒仙：すぐれた詩人。盛唐の詩人李白は詩仙と呼ばれる。○烟霞：山河に恵まれた美しい景色。唐・李白「出妓金陵子呈盧六四首」其三（『李太白文集』巻二十三）に「東道煙霞主、西江詩酒筵。相逢不覺醉、日墮歷陽川（東道煙霞の主、西江詩酒の筵。相い逢いて酔いを覚えず、日は堕《お》つ歴陽の川）」とある。
○百篇：唐・杜甫「飲中八仙歌」詩（『杜詩詳註』巻二）に「李白一斗詩百篇、長安市上酒家眠」（李白は一斗の酒を飲めば詩を百篇書き、長安の町の飲み屋で眠る）とある。○五斗平生驚四筵：唐・杜甫「飲中八仙歌」詩（『杜詩詳註』巻二）に「焦遂五斗方卓然、高談雄辯驚四筵（焦遂は五斗にして方《はじ》めて卓然たり、高談雄弁は四筵を驚かす）」とあるのを踏まえる。○至竟：結局、つまるところ。

（市川桃子）

◎二月五日晩翠吟社席上

上〇六一　壽近藤鐸山翁七十　　　［明治十六年（一八八三）五月十二日　五十八歳］

近藤鐸山翁《こんどうたくざんおう》の七十を寿《ことほ》ぐ

鶴齡松操久支持
當日辛勤我早知
得意有詩誇故友
安心是藥勝良醫
卅年記夢幽囚夕
百歳呈祥壽宴時
鈴鹿山頭風氣白
繞君華髪酒邊吹

鶴齢　松操　久しく支持す
当日の辛勤　我《わ》れ早《つと》に知る
意を得るは詩有りて　故友に誇る
心を安んずるは是れ薬にして　良医に勝る
卅年《そうねん》　夢に記す　幽囚の夕
百歳　祥を呈せん　寿宴の時
鈴鹿《すずか》山頭　風気　白く
君が華髪を繞りて酒辺に吹く

【訳】

近藤鐸山翁の七十歳を祝う

近藤翁は鶴のような長寿と松のような貞操を長く堅持しておいでです。私は当時のあなたの苦労を以前から知っていました。旧友に誇るような詩が書ければ嬉しいことでしょう。良医にまさる薬は安らかな心でしょう。三十年前の捕らわれの夜を夢に思い出すそうですが、百歳の長寿の兆しがこの祝いの宴に見られます。あなたの故郷の鈴鹿山のいただきから吹く澄んだ風の気配が、その白髪をめぐって酒宴の席を吹きめぐるようです。

【語釈】
○近藤鐸山：近藤幸殖《こんどうさきたね》（一八一三―一八九〇）。鐸山は号。江戸から明治にかけての政治家。伊勢亀山藩の家老。蛤《はまぐり》御門《ごもん》の変（元治元年（一八六四））に関与した疑いから幽閉される。そののち復帰して慶応四年（明治元年・一八六八）軍事奉行、明治二年（一八六九）大参事。著書に『鐸山歌集』（近藤鐸山翁頌徳会、一九三九）がある。○鶴齢：鶴のように長い寿命。長寿を祝っていう言葉。○支持：維持する。堅持する。○卅：三十。○幽囚：囚われる。幽閉される。○呈祥：祥瑞が現れる。○鈴鹿山：三重県、岐阜県、滋賀県の県境沿いに位置する山脈。近藤鐸山の故郷を言う。

（市川桃子）

上〇六三　清簟看棋（二首其一）　［明治十六年（一八八三）六月五日　五十八歳］

漢楚盤中力互扛
滎陽圍密未爲降
傍人有策同亭長
笑看重瞳不渡江

清簟《せいてん》にて棋を看る（二首其の一）
漢楚盤中　力互いに扛《あ》ぐ
滎陽《けいよう》　囲み密にして　未だ降《くだ》すを為《な》さず
傍人　策有るは　亭長と同じ
笑いて重瞳《ちょうどう》の江を渡らざるを看る

【訳】

涼しい竹むしろで将棋を見る（二首その一）

漢の劉邦《りゅうほう》と楚の項羽《こうう》が戦うような緊迫した碁盤で、互いに力を競っている。滎陽の包囲網は密であるが、まだ降伏させることはできない。横で見ている者は、項羽を逃がそうとした亭長と同じく良策を考えついてはいるが、笑いながら、英雄の徴《しるし》の二つの瞳を持つ項羽が川を渡ろうとしないのを眺めている。

【語釈】

〇清簟：竹で編んだ涼しいむしろ。唐・杜甫「七月一日題終明府水樓二首」其二（『杜詩詳註』巻十九）に「楚江巫峡半雲雨、清簟疏簾看弈棋（楚江巫峡《ふきょう》半ば雲雨、清簟疏簾に弈棋《えきき》を看る）」。〇棋：ここでは中国将棋のこと。〇漢楚盤：中国将棋の盤のこと。盤に「楚河」・「漢界」と書かれている。詩の内容も、漢の劉邦と楚の項羽の戦いを模している。〇扛：両手で重たい物を持ち上げる。〇滎陽：今の河南省滎陽市の辺り。楚漢の戦いで、項羽は滎陽一帯に劉邦を追い込み包囲したが、結局、劉邦を降伏させることができなかった。〇亭長：宿場を警備する長。最終決戦となった垓《がい》下《か》の戦いで、追い詰められた項羽が手勢八百騎を率いて漢軍の包囲網を突破し、烏江《うこう》（今の安徽省巣湖市和県の烏江鎮）まで逃げてきたところ、烏江の亭長に川を渡って再起を図るよう勧められたが、項羽はその申し出を辞退し、戦死した。〇重瞳：一つの目に二つの瞳があること。聖人や英雄の相。

（市川桃子）

◎六月五日晩翠吟社課題

上〇六五　品川竹枝（三首其一）　［明治十六年（一八八三）五十八歳］

一里潮乾沙一堆
女兒遊戲最佳哉
南渚北汀人蟻集
拾收數箇蛤蜊回

品川竹枝（三首其の一）
一里　潮乾き　沙一堆《いったい》
女児の遊戯　最も佳なるかな
南渚北汀　人　蟻集す
数箇の蛤蜊《こうり》を拾収して回《かえ》る

【訳】
品川の竹枝詞（三首その一）
一里にわたる品川の海岸で潮が引き一続きの砂浜が現れた。女の子たちが遊んでいるのは何ともほほえましい。南の渚、北の水際と、人々が蟻《あり》のように集まって、ハマグリを幾つか拾って帰っていく。

【語釈】
〇竹枝…楽府の一体。土地の風俗などを歌った民謡調の歌詞。唐代末期から宋代にかけて流行した。〇一堆…ひとかたまり。

（市川桃子）

上〇六六　品川竹枝（三首其二）　［明治十六年（一八八三）　五十八歳］

連燈昨日仍今日
撃鼓南川又北川
海潮五尺人三百
洗却神輿擔在肩

品川竹枝（三首其の二）
灯を連ぬ　昨日　仍《な》お今日
鼓を撃つ　南川《なんせん》　又た北川《ほくせん》
海潮五尺　人三百
神輿《しんよ》を洗却し　担《にな》いて肩に在り

【訳】

品川竹枝（三首その二）

昨日も今日も提灯を連ねて、南の川でも北の川でも鼓《つづみ》を撃っている。海の中、五尺の深さのところに三百人もの人が出て、神輿《みこし》を洗い、肩にかついで行く。

【補説】

品川にある荏原《えばら》神社の祭礼を描く。荏原神社の祭礼は江戸時代からの伝統があり、神輿《みこし》の海中渡御で有名である。神輿は洲崎橋から船で目黒川を下り、海の中に入って人々に担がれる。竹の撥《ばち》で太鼓をたたき篠笛《しのぶえ》を吹いて品川拍子を奏で、その拍子に合わせて海中を神輿が渡る。一尺は約三十センチメートル。

（市川桃子）

上〇六八　余家近歳喪一兒一女而老妻患乳癌殆三裘葛頃日愈增衰狀余亦患眼已一年餘因井上名手治療僅得輕快耳長日無聊唯以吟詠自遣乃題句云

〔明治十六年（一八八三）　五十八歳〕

余が家、近歳、一児一女を喪《うしな》い、而して老妻乳癌を患うこと殆んど三裘葛《きゅうかつ》なり。頃日《けいじつ》愈ゝ《いよいよ》衰状を増す。余も亦た眼を患うこと已に一年余。井上名手の治療に因りて、僅かに軽快を得るのみ。長日無聊なれば、唯だ吟詠を以て自ら遣るのみ。乃ち句を題して云う

懶向清風發浩歌
鏡花水月感殊多
天公若憫吾愁切
不拂詩魔拂病魔

懶《ものう》くして清風に向いて浩歌《こうか》を発す
鏡花水月　感ずること殊《こと》に多し
天公　若《も》し吾《わ》が愁いの切なるを憫《あわ》れまば
詩魔を払わずして　病魔を払え

【訳】

我が家では、近年、一男一女を亡くし、また老妻は三年近く乳癌を患っている。最近ではますます衰えた様子である。私もすでに一年あまり眼を患っていて、名医井上先生の治療で、わずかに良くなっただけである。一日中することもなければ、ただ詩を吟じて憂さを晴らすのみである。そこで次のような詩を作った

無聊の中で涼しい風を受けて大きな声で歌を歌う。鏡に映った花や水に映った月のように手に触れられ

ない美しい幻に心動かされることがとりわけ多くなった。天よ、もし私の切なる悲しみを哀れむならば、詩魔を追い払わずに病魔を追い払いたまえ。

【語釈】

○近歳喪一兒一女而老妻患乳癌…上〇七〇自注を参照のこと。○裘葛…皮衣と葛で編んだ服。冬服と夏服の代表であり、そこから転じて一年を指す。○井上名手…「名手」は技芸や文芸に優れた人物。当時の有名な眼科医の井上達也を指すか。井上達也は明治九年（一八七六）に東京医学校の眼科掛となり、明治十四年（一八八一）には神田駿河台に眼科病院を創設した。その後、ドイツとフランスに留学し、当時最新鋭の眼科学を修めて帰国し、無菌手術室、蒸気消毒室、ツァイス製角膜顕微鏡など、画期的な設備を備えた病院を建てた。○無聊…することがなくて、ひまをもてあそぶこと。退屈。○浩歌…大きな声で歌うこと。『楚辭』九歌「少司命」に「望美人兮未來、臨風怳兮浩歌（美人を望むも未だ来たらず、風に臨みて怳として浩歌す）」とある。○鏡花水月…鏡にうつった花と、水にうつった月。見ることはできても手に触れることができない幻のたとえ。○詩魔…人に詩興をもたらし、詩作にふけらせる不思議な力。

（市川桃子）

上〇七〇　秋日雑感（二首其一）＊　　［明治十六年（一八八三）五十八歳］

秋日の雑感（二首其の一）

漠漠凄烟鎖北邙　漠漠《ばくばく》たる凄煙《せいえん》　北邙《ほくぼう》を鎖《と》ざす
悲歡夢覺迹茫茫　悲歓　夢覚めて　迹《あと》茫茫《ぼうぼう》たり
一身以外幾刲肉　一身以外　幾たびか肉を刲《さ》く
九歳之間三斷腸＊＊　九歳の間　三たび断腸す
僻地先秋梧葉冷　僻地　秋に先んじて　梧葉冷ややかなり
曉天殘月桂花香　暁天　月残《そこ》なわれて　桂花《けいか》香る
傷心最是雨晴夕　心を傷ましむるは　最も是れ　雨晴《は》るるの夕べ
堪聽幽蛬鳴近牀　聴くに堪えんや　幽蛬《ゆうきょう》の近床《きんしょう》に鳴くを

＊九月七日、内子中井氏逝矣。喪了後、始賦此詩（九月七日、内子中井氏逝《ゆ》く。喪了《もお》わりて後、始《ようや》く此の詩を賦す）

＊＊九年十月喪一兒、十四年五月喪一女（九年十月に一児を喪《うしな》い、十四年五月に一女を喪《うしな》う）

【訳】

秋の日の雑感（二首その一）＊

立ち籠める冷ややかな霧が墓所を鎖《と》ざしている。一緒に喜んだり悲しんだりした夢が覚《さ》めて、それらの出来事も遥か遠いことになった。これまで何度我が肉を割く思いで看病したことか、我が身だけが残ってしまった。九年の間に三たび悲嘆にくれたことになる＊＊。街の片隅では秋になる前にもう桐の葉が冷たい気配をただよわせ、夜明けの空には月が消え残って、もくせいの花が香っている。どうしようもなく悲しいのは雨上がりの夕べだ。枕元でかすかにコオロギが鳴くのをじっと聞くのは耐えがたい。

＊九月七日に、妻の中井氏が逝去した。喪《も》があけて、ようやくこの詩を作った。

＊＊明治九年（一八七六）十月に息子を亡くし、明治十四年（一八八一）五月に娘を亡くした。

【語釈】

○漠漠：霧などが立ち籠めて薄暗く、はっきりしないさま。○北邙：洛陽の北にある北邙《ほくぼう》山。王侯貴族の墓が多数存在したことから、ここではそれを借りて墓所を指す。○茫茫：果てしなく広々としてとりとめないさま。○封肉：わが肉を割いて切り取る。自身の大腿の肉を切り取って病気の親に食べさせた故事から、親身になって肉親を看病するさまを表す。『明史』巻三百一「列女傳」に「姑疾篤、封肉食之（姑の疾篤く、肉を封《さ》きて之《こ》れに食す）」とある。○桂：モクセイ。月には桂《けい》の木が生えているという伝説がある。○内子：他人に対し自分の妻を謙遜して呼ぶ言葉。○中井氏：中井喜美。梅潭の三人目の妻。実父は中井数馬、養父は林鶴梁。結婚したのは文久三年（一八六三）七月三日。○一児：次男の北二を指す。明治九年（一八七六）十月五日に八歳で逝去。○一女：次女の登美を指す。明治十四年（一八八一）五月二日に二十四歳で逝去。

（市川桃子）

上〇七五　消寒（二首其二）　［明治十六年（一八八三）十二月十六日　五十八歳］

換卻青年聲色娯
煮茶終日擁紅鑪
一枝梅影春非遠
不畫消寒九九圖

寒さを消す（二首其の二）
青年の声色の娯《たの》しみに換却し
茶を煮　終日　紅鑪を擁す
一枝の梅影　春　遠きに非ず
消寒の九九の図を画《えが》かざれど

【訳】

寒さをしのぐ（二首その二）

若い時代の、心浮き立つ歓楽とはうって変わって、ひねもす茶を煮て紅い火鉢を抱いている。一枝の梅の姿を見るに春はそう遠くない。寒さをしのぐ八十一の花の絵はまだ描いていないけれど。

【語釈】

○聲色：音楽と女色。人の心を楽しませるもの。○九九圖：冬至の後にひと枝の梅の絵を窓に貼り、朝化粧をするときにべにで毎日ひとつずつ丸を書く。八十一の丸を書き終えると、杏の花に変わって、その頃には暖かさがもどってくる。元・楊允孚「灤京雜咏一百首」其六十九（『元詩選』初集巻五十四）「試數窗間九九圖（試みに数う窗間九九の図）」の注に「冬至後、貼梅花一枝於窗間、佳人曉妝日、以臙脂日圖一圈。八十一圈既足變作杏花、卽暖回矣（冬至の後、梅花一枝を窓間に貼り、佳人暁に妝《よそお》う日、臙脂《べに》を以て日に一圏を図《えが》く。八十一圏にして既に変わりて杏花と作《な》るに足り、即ち暖回《かえ》るなり）」とある。

◎十二月十六日不如学吟社課題

（市川桃子）

上〇七七　元旦　［明治十七年（一八八四）一月一日　五十九歳］

齢垂耳順健仍康
最後屠蘇隨例嘗
斗柄回來申是歳
梅花遲矣曆爲陽
不今不古開詩境
栽竹栽松護草堂
尤喜幼孫初識字
早朝先誦學而章

元旦

齢《とし》　耳順《じじゅん》に垂《なんな》んとし　健やかにして仍《な》お康《やす》し
最後の屠蘇《とそ》　例に随いて嘗《な》む
斗柄《とへい》　回《めぐ》り来たりて　申《さる》は是の歳
梅花遅きなれども　暦《こよみ》は陽と為る
今《いま》ならず　古《いにしえ》ならずして詩境を開き
竹を栽《う》え　松を栽《う》えて草堂を護《まも》る
尤《もつと》も喜ぶ　幼孫　初めて字を識《し》り
早朝　先《ま》ず誦《しよう》す　学而《がくじ》の章

【訳】

元旦

齢はもうじき耳順と呼ばれる六十歳になろうというころで健康である。年の順の最後に回ってきた屠蘇の杯をしきたり通りに飲んだ。北斗七星の柄《え》がめぐって時が移り今年は申《さる》年である。梅花の開くのは遅いが、暦は陽春となった。今風でもなく古詩に倣《なら》ったものでもない独自の境地の詩をうたい、竹を植え、松を植えて小さな我が家を囲っている。ことに嬉しいのは幼い孫がようやく字をおぼえ、早朝にまず『論語』の学而篇を暗誦してみせたことだ。

【語釈】
○耳順…六十歳。『論語』爲政の「六十而耳順（六十にして耳順《したが》う）」から。○陽…一年の前半である春と夏の季節。陰陽説による。晋・潘岳「閑居賦」（『文選』巻十六）李善注に「春夏爲陽、秋冬爲陰（春夏は陽と為《な》し、秋冬は陰と為《な》す）」。○不今不古…今風でも古風でもない。唐・杜牧「獻詩啓」（『樊川集』巻十三）に「某苦心爲詩、本求高絶、不務奇麗、不拶習俗、不今不古、處於中間（某《それがし》苦心して詩を為すに、本《もと》より高絶を求め、奇麗に務《つと》めず、習俗に拶《わた》らず、今ならず古ならず、中間に処《お》く）」とある。○幼孫…杉浦倹一（一八七七―一九七三）のこと。

（市川桃子）

上〇七八　余老尙健能喫魚肉戯賦此詩解嘲　［明治十七年（一八八四）五十九歳］

余老いて尚お健にして、能く魚肉を喫《きっ》するに、戯《たわむ》れに此の詩を賦し嘲《あざけ》りを解く

歴劫身先悟大乗
禪心匹似玉壺冰
誰知鑱口老居士
一著優佗持戒僧

劫《ごう》を歴て　身は先《ま》ず大乗を悟る
禅心は玉壺の氷に匹《たぐ》い似る
誰か知らん　鑱口《さんこう》の老居士《こじ》
一《ひと》えに優佗持戒《うだじかい》の僧に著《つ》くを

【訳】

私は年老いてなお健康であり、魚や肉をよく食べるので、戯れにこの詩を作って人の謗《そし》りを解《と》きほぐそうと思う

幾多の災難をくぐりぬけてきて、わが身はまず大乗の仏教を悟った。静かに瞑想する私の心は玉壺の氷のように清浄だ。誰も知らないだろう、くいしんぼうのこの年老いた居士が、優陀夷《うだい》のように戒律を守っている僧にひとえに帰依《きえ》していることを。

【語釈】

○歴劫…「劫」は、サンスクリット語「*kalpa*」の音写。仏教思想の一つとして、世界が生成と破壊とを繰り返して循環するという説があり、一つの世界が成立し、継続し、破壊され、次の世界が再び成立するまでの経過を四つの時期に分けたものを「四劫」と呼ぶ。「歴劫」は四劫が一巡すること。そこから転じて、様々な災難を経験してきたことを

指す。○大乗‥仏教の二系統の一。大乗仏教。○禪‥心静かに瞑想すること。仏教における修行法の一つ。○玉壺冰‥玉製の壺に入った氷。非常に清らかなものの比喩に用いる。劉宋・鮑照「白頭吟」（『文選』巻二十八）に「清如玉壺冰（清きこと玉壺の氷の如し）」とあるのを踏まえる。○鑱‥針。或いは針先のように鋭いさま。ただし、ここでは意味をなさないので、同音の「饞」に通じるものとして訳出した。「饞」は、むさぼること。なお、『晩翠書屋詩稿』では「饞」の字になっている。○居士‥在家の仏教信者。○優佗‥優陀夷。釈迦仏の弟子の一人。○持戒‥戒律を遵守する。

（市川桃子）

上〇八〇　寄懐成島柳北在熱海　［明治十七年（一八八四）五十九歳］

懐《おも》いを成島柳北の熱海に在るに寄す

春意先期都鄙融　春意　先ず期す　都鄙の融《と》くるを
墨陀自有夢魂通　墨陀　自《おのずか》ら夢魂の通う有り
白鷗依例牽吟侶　白鷗　例に依りて　吟侶を牽《ひ》き
緑蟻尋盟憶酔翁　緑蟻　盟を尋ねて　酔翁を憶う
奇骨三旬逃熱地　奇骨　三旬　熱地に逃げ
霊泉六度迸晴空　霊泉　六度　晴空に迸《ほとばし》る
知君浴後却生感　君の浴後に却《かえっ》て感を生ずるを知る
景似去年人不同　景は去年に似るも　人は同じからずと

【訳】

熱海にいる成島柳北を思って詩を送る

春の気配が漂い、都も郊外も暖かくなることをまずは期待させる。隅田川にいる私のもとに、君が夢の中で訪ねてきてくれて懐かしく思った。白いかもめは例によって詩作の仲間を求めているし、上等な酒である緑の蟻は仲間をたずねて酒好きのあなたを慕っている。優れた人材であるあなたはひと月のあいだ暖かい土地に逃げ出しているが、そこでは霊妙な間欠泉が一日に六回も晴れた空にほとばしっていることだろう。君は温泉につかって楽しんだ後で、景色は去年に似ていても、人は変わってしまったという悲哀を感じているのではないか。

【語釈】
○成島柳北：成島惟弘（一八三七―一八八四）。柳北は号。幕末から明治初期にかけて活躍した文筆家。二十歳で将軍侍講となるが、文久三年（一八六三）、幕府を狂歌で風刺して解任された。慶応年間に外国奉行になっている。明治七年（一八七四）、「朝野新聞」を創刊した。梅潭と親交があった。亡くなったのは明治十七年（一八八四）の十一月なので、亡くなる少し前の作である。○都鄙：都とその郊外。ここでは「鄙」は成島柳北がいる熱海を指す。○融：冬の気を融和する。或いは氷を融かす。いずれにせよ春の訪れを表す。○墨陀：隅田と同じ。隅田川。梅潭のいるところ。○夢魂通：寝ている時、体から魂が抜け出て、想う相手の夢に現れると考えられていた。○白鷗：白いカモメ。『晩翠書屋詩稿』の題下注に「白鷗吟社席上分韻」とあり、白いカモメと白鷗吟社の二つの意味をかけていることがわかる。○緑蟻：緑色は上質な酒の色。「蟻」は酒の表面に浮かんだ泡の形容。そこから転じて、上質な酒そのものを指す。○奇骨：人とは異なる優れた気骨。転じて、優れた人物。○三旬：一か月。一旬は十日間。○靈泉：霊妙な泉。ここでは熱海の大湯《おおゆ》間欠泉を指すか。今では人工的に噴出させているが、大正初期までは一日に昼夜六回規則正しく自噴していたという。

（市川桃子）

◎白鷗吟社席上分韻

上〇八一　山中大雪　［明治十七年（一八八四）五十九歳］

爲縦奇觀酒量加
淺斟乘醉捲窗紗
有時天地裝珠玉
如此山川勝月花
寸鐵學蘇吾獨賦
銷金傚黨孰空誇
白模糊際聲聲黑
冰樹何邊宿暮鴉

山中大雪
奇観を縦《ほしいまま》にするが為に　酒量加わり
浅斟《せんしん》　酔いに乗じて窓紗《そうさ》を捲く
時有りて　天地　珠玉を装い
此《か》くの如き山川　月花に勝《まさ》る
寸鉄　蘇を学び　吾れ独り賦し
銷金《しょうきん》　党に倣《なら》い　孰《たれ》か空しく誇らん
白き模糊の際　声声　黒し
氷樹　何れの辺《あた》りに暮鴉《ぼあ》宿る

【訳】

山中の大雪

珍しい景色を思う存分楽しんでいる内に酒量が増え、少し飲んでから酔いにまかせて窓のカーテンを開けた。時折天地は真珠や白玉《はくぎょく》を身にまとうが、このような山川の景色は月や花よりも素晴らしい。直接表現する言葉を使わずに雪景色を詠じた蘇軾のように、私も一人で、小さな武器すらも持たずに詩を作ろう。金糸を織り込んだ帳《とばり》からこの景色を楽しんだ党家《とうけ》のように、この楽しみをむやみに自慢しないでいよう。真っ白にかすむ世界の中、あちこちで鳴き声をあげる黒い影が見える。夕べに帰ってきたカラスは凍えた木々のどのあたりで眠るのだろうか。

【語釈】

○寸鐵：小さな武器。北宋の蘇軾が、聚星堂で、雪に関係のあることばを一切用いずに雪の詩を作ったことを、武器を持たずに徒手で戦う白兵戦になぞらえたことを踏まえる。北宋・蘇軾「聚星堂雪」詩序（『東坡全集』巻十）「歐陽文忠公、作守時、雪中約客賦詩、禁體物語。（略）僕以老門生繼公後、（略）輒擧前令、各賦一篇、以爲汝南故事云、（略）當時號令君聽取、白戰不許持寸鐵（欧陽文忠公、守と作《な》る時、雪中に客に約して詩を賦《ふ》し、物を体《たい》する語を禁ず。（略）僕老門生《ろうもんせい》を以《もっ》て公の後を継ぎ、（略）輒《すなわ》ち前令を挙げて、各《おのおの》、一篇を賦し、以《もっ》て汝南故事《じょなんこじ》と為《な》さんと云う、（略）当時の号令君《きみ》聴取せよ、白戦許さず寸鉄を持つを）」。○銷金：金糸を縫い込んだとばりのこと。北宋の陶穀《とうこく》が、雪が降った時に雪を融かして茶を沸かし、妻である党大尉の娘に「党家《とうけ》ではこのような風流事を行うのか」と尋ねたところ、妻は「あの野蛮人たちにそんな風流なことができるわけがありません、ただ金糸のとばりの中で美酒を酌んで歌うだけです」と答えた故事を踏まえる（『緑窓新話』巻下）。南宋・周必大「謝羊羔酒」詩（『文忠集』巻八）に「淺斟未辨銷金帳、快瀉聊憑藥玉船（浅斟未だ弁《わきま》えず銷金《しょうきん》の帳《とばり》、快瀉聊《かいしゃいささ》か憑《よ》る薬玉の船）」とある。

（市川桃子）

◎晩翠吟社席上分韻

上〇八三　次韻賀股野達軒翁七十初度（二首其一）　［明治十七年（一八八四）三月二十五日　五十九歳］

股野《またの》達軒《たつけん》翁七十の初度を賀すに次韻す（二首其の一）

瘦骨稜稜鬢皓然
當時經國杜延年
人中果見百齢壽
世上竝稱三子賢
已占山林閒富貴
更誇花月小神仙
詩情寄在賡酬際
雲水東西未了縁

瘦骨《そうこつ》　稜稜《りょうりょう》　鬢《びん》　皓然《こうぜん》
当時の経国　杜延年《とえんねん》
人中　果たして見ん　百齢の寿
世上　並び称す　三子の賢
已に山林を占めて　富貴を閒《へだ》て
更に花月を誇りて　神仙を小とす
詩情　寄せて賡酬《こうしゅう》の際に在り
雲水　東西　未だ縁を了《お》えず

【訳】

股野達軒翁の七十の誕生日を祝う作品に次韻する（二首その一）

引き締まった骨格はするどく鬢の毛はまっしろで、名宰相である前漢の杜延年《とえんねん》にもなぞらえられる大人物《だいじんぶつ》である。きっと人の世では珍しい百歳の寿命を見ることだろう。世の人々から三人の子息の賢さが称えられている。すでに山林に隠棲の居を構えて富貴な暮らしからは距離をおき、さらにその地の美しい景色を誇らしく思って神仙を軽んじている。ゆたかな詩心は作品を応酬する際に示されており、雲や水によって我々は遠く隔てられているがお互いの縁はまだ終わっていない。

【語釈】
○次韻：他人が作った詩の韻字と同じ字を同じ順番で用いて詩を作ること。長岡護美「賀股野達軒翁七十大慶和其自述詩韻」詩（『雲海詩鈔』巻下）もほぼ同じ韻字で作られている。○股野達軒：股野景質（一八一六―一八九四）。播磨《はりま》（兵庫県）龍野《たつの》藩の藩校敬楽《けいごう》館の教授となり、のち奉行となって藩政に関わった。息子に帝室博物館総長となった股野琢がいる。著作に『観月集』。第二句で杜延年になぞらえているのは、政治家として活躍したことと、優秀な子を持ったことによると思われる。○初度：誕生日。○經國：国家を治める。○杜延年（？―前五二）：前漢後期の政治家。字は幼公。法律に明るく、厳しい法律の適用を嫌って緩やかな統治を行い、次々と業績を上げて最終的には御史大夫（皇帝の側近で実質上の宰相）にまで出世した。七人の息子があったが、いずれも大官に出世した。○花月：花と月。転じて、美しい自然の風景のこと。○小神仙：「小」は軽んずる。北宋・魏野「述懐」詩（『東観集』巻六）「有名間富貴、無事小神仙（名有りて富貴を間《へだ》て、事無くして神仙を小とす）」による。○賡酬：詩歌を作って人と応酬する。○未了縁：縁がまだ切れていない。明・高啓「和遜菴尋舊偶不直效香奩體」詩（『大全集』巻十八）「揚州夢斷十三年、底事猶存未了縁（揚州夢断たれて十三年、底事《なにごと》ぞ猶《な》お存《そん》す未だ了《お》わらざる縁）」。

（市川桃子）

上〇八五　讀呉梅村集　　［明治十七年（一八八四）四月五日　五十九歳］

愧將衰眼閲滄桑
不似虞山意氣揚
當代名流推二老
大家詩格遡三唐
孤城殘日舊歡盡
落木秋風新感長
鷄犬恨無仙術巧
人間爭得見淮王

呉梅村の集を読む
愧《は》づ　衰眼を将《もっ》て　滄桑《そうそう》を閲《よ》むも
虞山《ぐざん》の意気揚がるに似ざるを
当代の名流　二老を推す
大家の詩格　三唐に遡《さかのぼ》ると
孤城　残日　旧歓尽き
落木　秋風　新感長し
鶏犬　仙術の巧《こう》無きを恨む
人間《じんかん》　争《いか》でか淮王《わいおう》に見《まみ》ゆるを得ん

【訳】

呉梅村の別集を読んで

年老いて衰えた目で、明《みん》や清《しん》の世の移り変わりを写《うつ》した呉梅村の詩集を読んでも、虞山の銭謙益のように気を吐く詩を書くことができない我が身を恥じるばかりである。今の世の名士たちは呉梅村と銭謙益の二大家を推重している。大家である二人は唐代までさかのぼる古雅な風格を持っていると。寂しい街に夕日が落ち、友人と楽しんだ古い付き合いも終わってしまい、落ち葉が秋風に舞う中、新たな感慨がいつまでも続く。呉梅村は、もとは淮南王《わいなんおう》が飼っていた鶏や犬であったというが、巧みな仙術がなくて人間界に止まっていて、さぞ残念だったことだろう。人間界にいては、どうやっても仙界にいる主人の淮南王に会うことができないのだから。

【語釈】

○呉梅村‥呉偉業（一六〇九―一六七二）。字は駿公。梅村は号。明末・清初の詩人。明朝《みんちょう》の官吏で、のちに清朝《しんちょう》に仕《つか》えて二年足らずで辞任したが、二朝に仕えた自身の変節を生涯悔いていたという。○滄桑‥「滄海変じて桑田となる」の意。世の中の移り変わり。海が陸地となり畑となるように、世の移り変わりが激しいこと。○虞山‥銭謙益（一五八二―一六六四）のこと。号は牧斎《ぼくさい》。虞山はその出身地。明末・清初の詩人。明と清の二朝に仕えた。晩年自宅に籠もり、詩を賦して清朝を弾劾したために、その著作は全て禁書に指定されたという。清・沈徳潜『清詩別裁集』は銭謙益の作品を収録していない。○三唐‥初唐・盛唐・晩唐の三つの時代区分。唐代。呉梅村は元稹《げんじん》と白居易を学んだと言われる。また李商隠・韓愈・杜甫など唐詩の影響がある。銭謙益は杜甫詩に注釈を付けている。以上から、「三唐に遡る」の句が書かれた。○「孤城」二句‥呉梅村「過淮陰有感二首」其一（『梅村詩』巻十二）に「落木淮南雁影高、孤城残日亂蓬蒿（落木《らくぼく》の淮南《わいなん》に雁影《がんえい》高く、孤城の残日に蓬蒿《ほうこう》乱る）」とあるのを踏まえる。○「鶏犬」二句‥呉梅村「過淮陰有感二首」其二（『梅村詩』巻十二）に「我本淮王舊雞犬、不隨仙去落人間（我《わ》れは本《もと》と淮王《わいおう》の旧鶏犬《けいけん》、仙に随い去《ゆ》かずに人間《じんかん》に落つ）」とあるのを踏まえる。「淮王」は前漢の高祖劉邦の孫、淮南王《わいなん》の劉安。賓客や方術の士を多数招き、諸家の思想・学説をまとめて『淮南子《えなんじ》』を編纂したとされる。

（市川桃子）

◎四月五日晩翠吟社課題

上〇八六　次關澤霞菴春陰之韻　［明治十七年（一八八四）四月八日　五十九歳］
関沢《せきざわ》霞菴《かあん》の春陰の韻に次す

低唱淺斟簾幙垂　低く唱《うた》い　浅く斟《く》む　簾幕《れんばく》垂れ
半陰天似半醒時　半陰の天は似たり　半醒の時に
春雲釀雨鶯情嬾　春の雲　雨を醸《かも》して　鶯《うぐいす》の情は嬾《ものう》く
夕霧籠花蝶夢癡　夕の霧　花に籠《こ》もりて　蝶の夢は痴《おろ》かなり
渉水未尋前度路　水を渉《わた》り　未だ尋ねず　前《さき》に度《わた》る路《みち》
登樓已認舊題詩　楼に登りて　已に認む　旧《ふる》く題《だい》する詩
可無司馬老襟涙　司馬の老いて　襟に涙すること無かる可けんや
魂斷一聲楊柳枝　魂《たましい》断ゆ　一声　楊柳枝《ようりゅうし》

【訳】
関沢霞菴の「春陰」詩に次韻する
カーテンを下ろして、小声で唱《うた》いながら酒をたしなめば、うすぐもりの空は、夢うつつのときに似てぼんやりとしている。春の雲が雨をもよおして鶯がものうく物思いにふけり、夕霧《ゆうぎり》が花にたちこめて蝶が夢に心を迷わせている。川を渡って前に来た道をたずねてはいないが、楼閣に登れば昔書きつけた詩がすぐに目に付く。それを見て老いた司馬《しば》は涙を流さなかったはずがあるまい。断腸の思いに打たれたことだろう、楊柳枝《ようりゅうし》の歌のひとこえに。

【語釈】

○關澤霞菴：関沢清修（一八五四—一九二五）。江戸の人で、霞菴は号。書家、漢詩人。梅潭とともに晩翠吟社に属していた。『霞庵詩鈔』六巻（一九二五）、『詩學金鍼』（一八八三）等の著書がある。○次韻：他人が作った詩の韻字と同じ字を同じ順番で用いて詩を作ること。○鶯情：物思いにふけっているようなウグイスの鳴き声。○「渉水」二句：唐・劉《りゅう》禹《う》錫《しゃく》の故事による。貞元二十一年（八〇五）、劉禹錫は屯田員外郎《とんでんいんがいろう》として長安にいたが、そのとき玄《げん》都《と》観《かん》には桃の花はなかった。そののち連州（広東省連州市）刺史となりさらに朗州《ろうしゅう》（湖南省常徳市）司馬に左遷され、十年後に一度長安に戻った。すると道士が植えた仙桃で玄都観は紅い霞のようだと言われていたので、そのことを「元和十一年自朗州承召至京戯贈看花諸君子」詩に書いたが、その後ただちにまた連州刺史に出て、十四年を経た後に長安に戻った。大和二年（八二八）三月に再び玄都観を尋ねると、すでに桃の木は一本もなくなっていた。そこで「種桃道士歸何處、前度劉郎今又來（桃を種《う》うる道士何処《いずこ》に帰す、前度の劉郎今又た来《き》たる）」と詠じた（『劉賓客文集』巻二十四「再遊玄都觀絶句幷引」）。○司馬：官名。唐代、州の長官を補佐して軍事をつかさどった。ここでは劉禹錫のこと。○楊柳枝：楽府題《がくふだい》の名。劉禹錫に「楊柳枝詞」の連作がある。

（市川桃子）

上〇八七　観煮繭
［明治十七年（一八八四）五月五日　五十九歳］

百沸湯中數箇投
千絲萬縷忽然浮
是經是緯誰爭巧
于暖于寒我擁柔
一死全功甘列鼎
三冬養老勝重裘
後身不似前身小
互市名喧五大洲

繭《まゆ》を煮るを観る
百たび沸《わ》く湯の中　数箇投ぐれば
千糸　万縷《ばんる》　忽然として浮かぶ
是れ経《けい》　是れ緯《い》　誰か巧を争わん
暖に寒に　我《わ》れ柔らかきを擁す
一死　功を全うし　鼎《かなえ》に列するに甘んず
三冬　老いを養いて　裘《きゆう》を重ぬるに勝《まさ》る
後身は前身の小さきに似ず
互市《ごし》　名は五大洲《ごだいしゆう》に喧《かまびす》し

【訳】
繭《まゆ》を煮る様子を見る
煮えたぎった湯の中に繭を数個投げ入れると、たちまち千本万本の絹糸が浮かび上がってくる。これは縦糸に、あれは横糸にして、巧みな技を競うのはどのような者たちだろう。暖かきにつけ寒きにつけ、私はその柔らかな絹物を身につける。繭は死んで手柄を残し、甘んじて釜の中に並ぶ。真冬に老いの身を過ごすには皮衣を重ねるよりも優れている。後ほどできあがった製品は、先にあった小さな繭からは考えられず、交易によってその名声は世界中に喧伝されている。

【語釈】
○三冬：陰暦で冬にあたるとされる三つの月。孟冬（陰暦十月）・仲冬（陰暦十一月）・季冬（陰暦十二月）。○互市：貿易。交易。○五大洲：五大陸。世界全体を指す。

（市川桃子）

◎五月五日晩翠吟社課題

上〇九一　九月七日亡妻中井氏一周忌辰悵然賦五絶句　錄二（其一）

［明治十七年（一八八四）九月七日　五十九歳］

九月七日、亡妻中井氏一周忌の辰、悵然として五絶句を賦す　二を録す（其の一）

自憐人事淡於雲
蕭寺空留三尺墳
泉下幽魂應有喜
幼孫就學日辛勤

自《みずか》ら憐れむ　人事　雲より淡きを
蕭寺《しょうじ》　空しく留む　三尺の墳《はか》
泉下《せんか》の幽魂　応《まさ》に喜び有るべし
幼孫　学に就《つ》き　日ゞ《ひび》に辛勤す

【訳】

九月七日は、亡妻中井氏の一周忌の日に当たり、悲しみの中で絶句を五首を作った　二首を採録する（その一）

人の生涯は雲よりもはかないことだと切なく思う。寺に三尺の墓が残るばかりだ。黄泉《よみ》の国にいる妻の魂もきっと喜んでいることだろう、幼い孫が勉強を始めて、毎日研鑽に励んでいることを。

【語釈】

○亡妻中井氏・上〇七〇の【語釈】参照。○蕭寺・仏教の寺。梁の武帝蕭衍《しょうえん》は寺を造り、蕭子雲に大きく「蕭」という字を書かせ、唐代までその「蕭」の文字が残っていたという故事に基づく（唐・李肇『唐國史補』巻中）。○三尺・一尺はおよそ三十センチメートル。○幼孫・明治十年（一八七七）十一月二十六日に次女登美《とみ》と譲三の間に生まれた倹一。下二八二の【語釈】参照。

（市川桃子）

上〇九六　観競馬（五首其一）　［明治十七年（一八八四）十一月　五十九歳］

五色雲車轣轆鳴
太平樂事洽恩榮
顯官降閣齊迎拜
瀏亮先聞喇叭聲

競馬を観る（五首其の一）
五色の雲車　轣轆《れきろく》と鳴り
太平の楽事《らくじ》　恩栄洽《あまね》し
顕官　閣《たかどの》より降り　斉《そろ》いて迎拝す
瀏亮《りゅうりょう》　先《ま》ず聞く　喇叭《らっぱ》の声

【訳】

競馬を見る（五首その一）
彩り鮮やかな高貴な車がからからと車輪を鳴らしてやってきた。平和な天下の楽しみに、天皇陛下の御恵みが行き渡る。身分の高い官僚が高殿の観覧席から降りてきて、そろって天皇陛下をお迎えして拝礼する。まずは高らかにラッパの音が鳴り響いた。

【語釈】

○雲車‥雲の模様が描かれた華美な車。○轣轆‥擬声語。車輪がからからと鳴る音の形容。○洽‥あまねく行き渡ること。○恩榮‥皇帝からの恩寵と栄誉。○瀏亮‥清らかで明瞭に響くさま。

【補説】

明治八年（一八七五）、皇居西の丸の吹上御苑に馬場が設けられ、競馬大会が行われた。明治十三年（一八八〇）から五年間はここで春と秋に競馬が行われていた。梅潭が観覧したのも、この馬場で行われた競馬であろう。

（市川桃子）

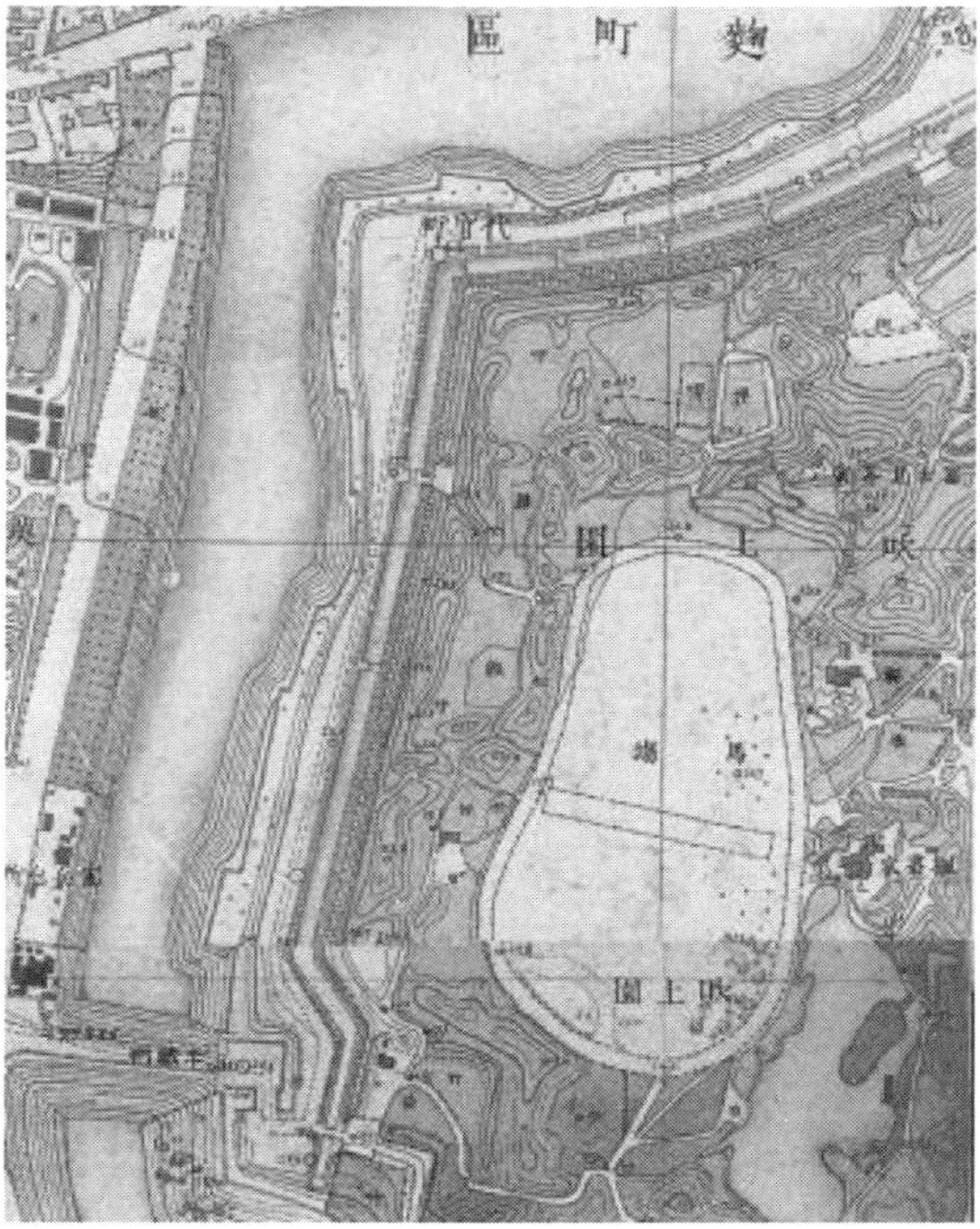

吹上御苑の競馬場

上一〇二　自悔

［明治十七年（一八八四）十二月五日　五十九歳］

文武如兩輪
一車不驅陸
我昔青年時
劒術詫精熟
委心腰間冰
經史擲不讀
結交鄰曲豪
強鯁以爲得
前轍中年改
修身只檢束
浩氣吾可養
鄒魯道可學
苦學三十年
一瓢樂亦足
徒爲回也空
未到苦孔卓*

自ら悔《く》ゆ

文武　兩輪の如し
一車にては　陸を駆けず
我《わ》れ　昔　青年の時
剣術　精熟を詫《ほこ》る
心を委《ゆだ》ぬるは　腰間の氷《こおり》
経史　擲《なげう》ちて読まず
交わりを結ぶは　隣曲の豪
強鯁《きょうこう》　以て得《う》ると為す
前轍《ぜんてつ》　中年に改め
修身　只《た》だ検束《けんそく》するのみ
浩気《こうき》　吾れ養う可し
鄒魯《すうろ》　道は学ぶ可し
苦学　三十年
一瓢《いっぴょう》　楽しみ亦《ま》た足る
徒《いたずら》に回《かい》や空《むな》しを為《な》すも
未だ到らず　孔《こう》の卓《ぬきん》づるに苦しむに

昌世湯盤銘
日新重教育
出藍英才多
寒士或貴族
言語通歐米
蟹行字滿腹
七年遊日都
諳盡彼風俗
學成圖南早
壯也搏羊角
不似悔昨非
老朽同散木
幸免凍餒憂
不乖恩露渥
長持風月權
人稱受清福
人世眞一夢
白頭歳華促

昌世《しようせい》　湯盤《とうばん》の銘《めい》
日新たに　教育を重ぬべし
出藍《しゆつらん》　英才多し
寒士　或いは貴族
言語　欧米に通ず
蟹行《かいこう》　字は腹《はら》に満つ
七年　日都《にちと》に遊び
諳《そら》んじ尽くす　彼の風俗
学成り　南を図《はか》ること早し
壮なり　羊角に搏《たん》するは
昨の非を悔《く》ゆるに似ず
老朽《ろうきゆう》　散木《さんぼく》に同じ
幸いに凍餒《とうだい》の憂いを免がる
恩露の渥《あく》に乖《そむ》かざらん
長く風月《ふうげつ》の権を持すれば
人は清福《せいふく》を受くと称《たた》えん
人世《じんせい》　真《まこと》に一夢《いちむ》
白頭　歳華《さいか》促す

兒孫善勗哉　児孫　善《よ》く勗《つと》むるかな
勿學翁碌碌　学ぶ勿《なか》れ　翁《おう》の碌碌《ろくろく》たるを
*楊子曰、顔苦孔之卓（楊子曰く、顔《がん》は孔《こう》の卓《ぬきん》づるに苦しむと）

【訳】

我が身を悔やむ

文と武は車の両輪のようなものだと言われており、車輪が片方だけでは地面を走ることはできない。しかし私はその昔、青年の時、剣術に熟達していることを誇っていた。腰につけた氷のように冷たい剣を大切にし、経書や史書はうち捨てて読まなかった。近隣の豪傑たちと交際し、剛直をもって良しとしていた。先の誤りは中年になってから改め、身心の修養につとめひたすら我が身を律して行いを慎《つつし》んだ。豊かな気を養い、孔子と孟子による儒教の道を学ぼうと思った。苦学すること三十年、顔回のようにひと椀の飲み物で十分楽しんだ。もっとも顔回のように貧乏な暮らしをしてもただ貧乏なばかりで、孔子の道の卓越ぶりに苦しんだという彼の境地には至っていないが*。

太平の世にも自戒の言葉があり、日々新たに教育が重ねられなければならないという。師をしのぐ英才が多く世に出た、家柄の低い者も高い者も。欧米の言葉にも通じ、体内は横文字で満たされている。七年間外国の都《みやこ》に留学し、その土地の風俗を知り尽くして来た者もいる。学問を成就してすぐに壮大な志を実現させようと、つむじ風にのって舞い上がり飛び立つ姿の何と雄壮なことか。

その昔の自分の過ちを悔いた壮年のころに似ず、老いて無用の人となった。幸せなことに飢えや寒さの苦しみは免《まぬが》れているので、陛下の御恩に背《そむ》くようなことはするまい。いつまでも風月を楽しむことさえできていれば、人々から清福を受けていると称《たた》えられよう。人の世はまことに夢のようなもの、季節が移り変わって頭が白髪となっていく。子や孫たちよ、よくはげみ努めなさい、この老人の平凡で無能な人生をまねてはいけない。

＊揚雄は次のように言う、顔回は孔子の卓越していることに苦しんだ、と。

【語釈】○自悔：自省して後悔する。詩意は、若いころは剣術を、壮年になってからは儒教を修めたが、時代が変わって欧米の文物を学ぶ者が活躍するようになり、無用の者となった人生を後悔する。○精熟：精通熟達。詳しく知って熟練している。○強鯁：「鯁」は魚の骨。まっすぐな魚の骨のように、剛直なさま。○検束：自分の身を律し、行いを慎むこと。○浩氣：浩然の氣。ゆったりとして滞らない気質。『孟子』公孫丑上に「我善養吾浩然之氣（我《わ》れは善《よ》く吾《わ》が浩然の気を養う）」とある。○鄒魯：「鄒」は孟子の故郷で、「魯」は孔子の故郷。そこから転じて孔子と孟子の儒教の教え。○一瓢：「瓢」は、瓢簞《ひょうたん》を割って作った入れ物。孔子の高弟である顔回が用いた器物で、清貧な暮らしの象徴（『論語』雍也）。○回也空：孔子の弟子である顔回は貧乏であった。『論語』先進の「回也其庶乎、屢空（回や其れ庶《ちか》きか、屢《しばしば》空《むな》し）」を踏まえる。○「昌世」二句：「湯盤」は自戒の言葉。殷《いん》の湯王《とうおう》が沐浴に使ったたらいに『禮記』大學の「苟日新、日日新、又日新（苟《まこと》に日に新たに、日日《ひび》に新たに、又た日に新たに）」という一節を刻《きざ》んで自戒としたことによる。○出藍：出藍《しゅつらん》の誉《ほま》れ。師をしのぐ才能を示すこと。『荀子』勸學に「青出之於藍而青於藍（青は藍《あい》より出《い》でて藍より青し）」とある。○蟹行字：カニは横歩きをすることから、横書きで綴られる欧米の言語やその文章のこと。○日都：この語の意味不明。仮に「外国の都」の意味にとる。上一六〇に「七年遊倫敦」の句がある。

○圖南：想像上の巨大な鳥である鵬《ほう》が南方の彼方に向かって飛び立とうとすることから（『莊子』逍遙遊）、遠大な志を抱くこと。○搏羊角：つむじ風に乗る。「搏」は、拠る、乗る。「羊角」は、羊の角が曲がっているように、巻き上がるつむじ風。『莊子』逍遙遊「搏扶搖羊角而上者九萬里」の成玄英の疏に「旋風曲戻、猶如羊角（旋風は曲戻し、猶お羊角の如し）」とある。○散木：世の中の役に立たないため、天寿を全うできる木。転じて、無用の人物。○風月權：風月の楽しみを享受する権利。長寿を祝う詩によく用いられる。安積艮斎「訪菊池五山翁翁年已七十有八甚健」詩（『艮齋詩略』）に「近代詩人多淪謝、騷壇落莫無生色。此翁獨持風月權、巋然靈光魯殿全（近代の詩人多く淪謝《りんしゃ》、騒壇に落莫《らくばく》して生色《せいしょく》なし。此の翁独り風月の権を持《じ》し、巋然《きぜん》として霊光《れいこう》魯殿《ろでん》に全《まつた》し）」。小野湖山「五山菊地翁八十壽詞二首」其二（『湖山樓十種』）に「手執江湖風月權、萬卷只成娯老地（手に江湖風月の権を執《と》り、万巻《ばんかん》只《た》だ娯老の地と成《な》る）」とある。○清福：清らかな幸福。精神的な幸せ。○歳華：歳月。年月。○碌碌：もともとは石がごろごろと転がっているさま。転じて、凡庸で無能なこと。○顏苦孔之卓：前漢・揚雄の『揚子法言』巻一にある言葉。北宋・宋咸の注に「顏之所苦無他焉。惟苦孔子道卓然耳。故曰、仰之彌高、鑽之彌堅」（顔回は他のことでは苦しまなかったが、ただ孔子の道が超越していることにだけ苦しんだ。そこで、孔子の道は仰げばますます高く、研鑽しようとするとますます固くなる、と言った）とある。

（市川桃子）

◎十二月五日晩翠吟社課題

上一〇三　送關口縣令赴任靜岡　［明治十七年（一八八四）十二月十八日　五十九歳］

関口県令の静岡に赴任するを送る

育羣物不倦　群物を育《はぐく》みて　倦《う》まず
生萬物不私　万物を生じて　私《わたくし》せず
借樂山之語　楽山《らくざん》の語を借りて
以爲送行詞　以て送行の詞と為《な》す
十歳歷四縣　十歳　四県を歴《へ》
辛勤君所期　辛勤　君の期する所なり
功成而名遂　功成りて　名遂げ
民望德逾滋　民望　徳逾ゝ《いよいよ》滋《しげ》し
元老院雖重　元老院は重しと雖も
牧民別有爲　民を牧すは別に為すあり
四方丈夫志　四方　丈夫の志
特選君不辭　特選　君辞せず
靜岡況鄕土　静岡は　況《いわん》や　郷土なり
衣錦榮可知　衣錦　栄　知る可し
治國如療病　治国　療病の如し
窮荒何以醫　窮荒　何を以てか医《いや》さん

經濟君所長
豫知事適宜
體認至仁意
敎之又富之
送君望富嶽
巍然天一涯
我雖寓京洛
常有鄕關思
古言眞可貴
一誦有餘師
知君重生育
對嶽不自欺

経済　君の長ずる所
予《あらかじ》め知る　事は適宜ならんと
体認す　至仁の意
之《こ》れを教え　又た　之《こ》れを富ましむ
君を送りて　富岳《ふがく》を望む
巍然《ぎぜん》として　天の一涯《いちがい》にあり
我《わ》れは京洛《けいらく》に寓《ぐう》すと雖も
常に郷関《きょうかん》の思い有り
古言《こげん》　真《まこと》に貴ぶ可く
一誦《いっしょう》　余師有らん
君の生育を重んじ
岳《がく》に対して自ら欺《あざむ》かざるを知る

【訳】

関口県令が静岡に赴任するのを見送る

さまざまな物をたゆまずにはぐくみ、万物を生み出しても自分の物にはしない。そうした「山を楽しむ」を説く言葉を借りて、いま送別の辞としよう。十年の間に四つの県の役人となり、君は懸命に勤めることを己の志とした。その志は遂げられ名声を得て、民の人望厚く君の徳はますます増した。君がこれまでいた元老院は国家を経営する重要な場所ではあるが、地方官として民を直接に養う任務は格別に意義深いものだ。天下の四方を治めんとするのは男子たる者が抱く志である。特に選ばれたからには君は辞退などするまい。静岡はまして君が故郷と思うところで、錦を飾る栄誉はどれほど素晴らしいことか。国を治めるのは病を治療するようなものだ。飢饉に苦しむ土地をどうやって癒《いや》そうというのか。しかし経世済民は君の得意とするところで、君の処置がふさわしいだろうということはもうすでにわかっている。君は至仁の志を身をもって知っており、文化を高め人々を豊かにすることだろう。君を見送って富士山の方角を眺めれば、富士は堂々と天の一角を占めている。私は都に寄寓しているが、常に主君のもとにいたいとの思いがある。古人の言葉は「楽山」の言に見られるように貴重なもので、その中には口ずさむだけで師のように教えを授けてくれるものがたくさんある。君が民草《たみぐさ》を養い育てることを大切にして、富士に対して恥じない政治を執ることを私は知っている。

【語釈】○關口縣令・関口隆吉《せきぐちたかよし》（一八三六―一八八九）。旧幕臣。明治維新後、徳川慶喜がいた遠州（今の静岡県西部）に居を移した。明治五年（一八七二）に三潴県（福岡県南部）県参事、六年に山形県県令、八年に山口県県令、十四年に元老院議官を歴任したのち、この明治十七年（一八八四）に第三代の静岡県県令に就任した。その後、明治十九年（一八八六）に、初代静岡県知事に任命された。

○「育羣」二句：万物を生み育てつつそれを自分だけのものにしない、山という存在の偉大さを表す。『淵鑑類函』巻二十四に引く「韓詩外傳」に「仁者

関口隆吉
（出典『關口隆吉傳』）

何以樂山、山者萬人之所瞻仰、（略）生萬物而不私、育羣物而不倦（仁《じん》なる者何を以てか山を楽しむ、山は万人の瞻仰する所なり、（略）万物を生じて私せず、群物を育《はぐく》みて倦《う》まず）」とあるのを踏まえる。〇元老院…明治八年（一八七五）に設置された明治政府の立法機関。明治二十三年（一八九〇）に国会の開設にともなって廃止された。〇四方丈夫志…男子が天下を治めて安定させようとする志。唐・杜甫「前出塞九首」其九（『杜詩詳註』巻二）に「丈夫四方志、安可辞固窮（丈夫四方の志、安《いずくん》ぞ固窮を辞す可けん）」とある。〇經濟…経世済民の略。世の中を治め、人民を救うこと。〇體認…身をもって深く認識すること。〇至仁…人々を愛する気持ち。思いやり慈《いつく》しむ心。『孟子』盡心下に「仁人無敵於天下、以至仁伐至不仁（仁人《じんにん》は天下に敵無し、至仁《しじん》を以て至不仁《しふじん》を伐《う》つ）」。〇鄉關思…故郷に帰りたいという思い。ここではかつて徳川本家が藩主の静岡藩があった静岡に赴きたいことを言うか。〇餘師…あり余るほどの先生。多くの先生。『孟子』告子下に「子歸而求之、有餘師（子帰りて之《こ》れを求めば、余師有らん）」。

（市川桃子）

上一〇六　避烟楼小飲席上賦呈主人　［明治十八年（一八八五）二月七日　六十歳］

避煙楼にて小飲し、席上に賦して主人に呈す

翰墨光中雑酒光　　翰墨光中《かんぼくこうちゅう》に　酒光雑《まじ》う
交情廿歳亦無量　　交情　廿《じゅう》歳　亦《ま》た無量
故人近日多零落　　故人　近日　零落《れいらく》多し
獨有隆隆老貫堂　　独り隆隆たる老貫堂《かんどう》有り

【訳】

避煙楼で少しく酒を酌み交わし、その宴席で詩を作って主人に見せる

墨で書かれた文字の光と酒の光が混ざり合う中で、友情を暖めつつ二十年経ったとはまた感無量だ。最近亡くなった旧友たちが多いが、ここに一人意気盛んな貫堂《かんどう》老がいる。

【語釈】

○避烟楼：未詳。○無量：一定の分量がない。はかりしることができないほど多い。感慨無量。○貫堂：この頃交際があった人物に岩村貫堂（岩村通俊《いわむらみちとし》（一八四〇―一九一五））と河田貫堂（河田熈《かわだひろむ》（一八三五―一九〇〇））がいる。詩中に「老貫堂」とあるので、ここは河田熈のことか。河田は、字は伯緝。貫堂は号。幕府では外国奉行支配組頭から目付となり、文久三年（一八六三）横浜鎖港談判使節の一員として渡欧した。帰国後、開国を提言して免職となる。維新後、静岡藩少参事。

【補説】

○『晩翠書屋詩稿』の本詩題下注に「二月七日、枕山、蘭芳、雨谷（二月七日、枕山《ちんざん》、蘭芳《らんぽう》、雨谷《うこく》）」（二月七日、枕山、蘭芳、雨谷が同席した）とある。

○枕山：大沼枕山（一八一八―一八九一）。名は厚、字《あざな》は子寿、号が枕山。漢詩人。梁川星巌の玉池吟社に入り、小野湖《おのこ》山《ざん》、鱸《すずき》松塘《しょうとう》などと交流。嘉永二年（一八四九）に下谷吟社を開いた。梅潭は安政六年（一八五九）三十四歳のときに枕山の門下となる。

○蘭芳：宮木蘭芳。生卒年未詳。明治七年（一八七四）以降の梅潭詩にたびたびその名が見える。『晩翠書屋詩稿』明治二十八年（一八九五）に収められる「九月十五日與源無水同荻寺竟至百花園得三絶句」其三の自注に「蘭芳、昔與余同在函館（蘭芳、昔余と同《とも》に函館に在り）」とあることから、梅潭とともに函館にいた人物であることがわかる。

○雨谷：川村応心（一八三八―一九〇六）。号が雨谷。字《あざな》は広卿。幕末に長崎奉行支配定役、明治に入って大審院判事を務めた。文人画をよくし、その名を馳せた。下三一二に「二月十三日杉山三郊長酡亭招飲次韻永井禾原即興同湖山學海古梅鳴鶴雨谷諸老及小蘋女史（二月十三日、杉山三郊に長酡亭にて招飲せられ、永井禾原の即興に次韻し、湖山、学海、古梅、鳴鶴、雨谷の諸老及び小蘋女史と同にす）」詩がある（DVD版参照）。

（市川桃子）

大沼枕山

上一〇八　二月十二日亡妻豐田氏廿三回忌辰詣長延寺悽然賦二絶　錄一

〔明治十八年（一八八五）二月十二日　六十歳〕

二月十二日、亡妻豊田氏の廿三回忌の辰《とし》、長延寺に詣《いた》り、悽然として二絶を賦す
一を録す

莊生昔日鼓盆歌　　莊生　昔日　盆を鼓して歌う
裘葛廿三如我何　　裘葛《きゅうかつ》　廿三《じゅうさん》　我《わ》れを如何《いかん》せん
獨有幼孫纒膝下　　独り幼孫の膝下《しっか》に纏《まと》う有るのみ
憐君餘血竟無多＊　憐れむ　君が余血《よけつ》の竟《つい》に多く無きを

＊氏所擧女阿富、生孫儉一而亡。三四故及（氏の挙ぐる所の女阿富《むすめおとみ》、孫倹一《けんいち》を生《う》みて亡《な》し。三四故《ゆえ》に及ぶ）

【訳】

二月十二日、亡妻豊田氏の二十三回忌の日に、長延寺にゆき、悲しくも絶句を二首賦す　一首を採録する

荘子はその昔、妻を亡くした折に盆をたたいて歌を歌ったという。二十三回、冬が来て夏が過ぎていったが、私はどうしたらいいのだ。幼い孫が一人だけ、私の膝元で戯れている。残念なことにお前の血を引く者はとうとうこの子だけになった＊。

＊妻豊田氏が生育した娘の阿富《おとみ》は、孫の倹一を残して亡くなった。ゆえに第三、四句はそのことに触れている。

【語釈】

○亡妻豊田氏：梅潭の二人目の正妻豊田お多嘉のこと。梅潭は二十六歳の時、正妻豊田氏（お喜多）を亡くし、安政二年（一八五五）、三十歳の時に二人目の正妻豊田氏（お多嘉）と再婚した。文久三年（一八六三）、梅潭三十八歳の時お多嘉が亡くなる。お喜多とお多嘉は姉妹で、梅潭の実父の弟である豊田友直の娘。梅潭には従妹に当たる。梅潭はお喜多と結婚した当初、豊田家に寄寓していた。○莊生昔日鼓盆歌：莊子の妻が亡くなった時、無から生じた生が再び無に帰ったに過ぎないとして、莊子は悲しまず、盆をたたいて歌を歌ったという（『莊子』刻意）。○裘葛：皮の衣と葛の衣。冬服と夏服の代表。そこから転じて、一年を指す。○擧女：娘を産む。

（市川桃子）

上一一一　觀角觝

虎視龍驤兩敵國
後耦強優前耦匹
四十八手奇與正
實實虛虛互得失
東西最後徐登場
忽怪二山成湧出
赤條條以鐵鍛成
睥睨烏獲千鈞力
背敵齊飲盃中水
奮踏試力虎生翼
樓棚上下三千人
刮目相待目歸一
窺虛不衝旋幾回
神乎無聲羣動息
一揮團扇紫電閃
泰山裂矣淮水溢

角觝《すもう》を観《み》る

虎は視《み》　龍は驤《あ》がる　両敵国
後耦《こうぐう》強優にして　前耦《ぜんぐう》匹《たぐ》う
四十八手《しじゅうはっしゅ》　奇と正と
実実　虚虚　互いに得失
東西の最後　徐《おもむ》ろに登場すれば
忽ち怪しむ　二山《にざん》成りて湧き出づるかと
赤条条《せきじょうじょう》にして鉄を以て鍛成《たんせい》し
睥睨《へいげい》する烏獲《うかく》は千鈞《せんきん》の力
敵に背《そむ》きて斉《ひと》しく盃中の水を飲み
奮踏《ふんとう》して力を試せば虎は翼を生ず
楼棚《ろうほう》　上下　三千人
目を刮《む》き相い待ちて目は一に帰《き》す
虚を窺《うかが》うも衝《つ》かずして旋《めぐ》ること幾回
神よ　声無く　群動息《や》む
一たび団扇《だんせん》を揮《ふる》い　紫電閃《ひらめ》く
泰山《たいざん》　裂くるや　淮水溢《わいすいあふ》るるや

[明治十八年（一八八五）三月五日　六十歳]

君不見垂仁天皇第八年
野見足加當麻肋
滄桑二千餘歳過
今日尚見古之式
又不見嘉永六年六月初
浦賀港口煤烟黑
交通卅歳諳國風
公法爲名兵爲實
我向青年寄一語
莫把文弱恃才筆
願如養力相撲強
講武宜談富國術
維時乙酉三月春
銜盃醉觀幾日日
記取一斑示同好
愧我才非趙甌北

君見ずや　垂仁《すいじん》天皇　第八年
野見《のみ》の足は当麻《たいま》の肋《ろく》に加う
滄桑《そうそう》　二千余歳過ぐるも
今日　尚お見る　古《いにしえ》の式
又た見ずや　嘉永《かえい》六年六月の初め
浦賀港口　煤烟《ばいえん》　黒し
交通　卅《そう》歳　国風を諳《そら》んず
公法は名《めい》と為《な》り　兵は実《じつ》と為《な》る
我《わ》れは青年に向かいて一語を寄せん
文弱を把《と》りて才筆を恃《たの》む莫《な》かれ
願わくは　力を養うこと相撲《すもう》の強きが如きを
武を講じては宜《よろ》しく富国の術を談ずべし
維《こ》の時　乙酉《いつゆう》三月の春
盃《さかずき》を銜《ふく》み酔いて観《み》る　幾日日
一斑を記《しる》し取り　同好に示さん
我《わ》が才の趙甌北《ちょうおうほく》に非《あら》ざるを愧《は》づ

【訳】

相撲を観る

互いに威嚇せんと、虎が睨み龍が踊り上がるが如き両勢力。次の一番は強豪同士の取組であり前の一番に匹敵する。四十八手《しじゅうはって》を尽くし正統な手を使うかと思えば奇手もあり、虚々実々の手をつくして互いに勝ち星を取ったり取られたりする。

最後に東西の両横綱が悠然と登場すれば、まるで山が二つ湧き出てきたようだ。赤裸《せきら》の体は鉄を鍛《きた》えたかのようだし、古代の猛者烏獲《うかく》のごときは横目でにらみまわして千鈞《せんきん》も持ち上げる力持ちである。まずは敵に背をむけて共に盃の水を含み、四股《しこ》を踏んで力を誇示すると虎に翼が生じたように勢いはいっそう盛んになる。上から下まで階段席は三千人で埋まり、人々は目をこらし両者が立ち会うのを待って目はひとところに釘付けである。隙《すき》を窺うも突きかかることはせず幾度もやり直せば、神よとばかり人々は声を呑んで静まりかえる。ひとたび行司《ぎょうじ》の扇《おうぎ》が振り下ろされると稲妻が閃《ひらめ》くごとくぶつかり合い、泰山《たいざん》が裂け淮水《わいすい》があふれるような勢いである。

見てごらん。垂仁天皇の八年に、野見宿禰《のみのすくね》が当麻蹴速《たいまのけはや》の肋骨《ろっこつ》を蹴り折った。それから世が移り変わって二千余年が過ぎたが、今日もなお古式に倣《なら》った相撲が見られる。また見てごらん。嘉永六年六月の初め、浦賀港の入り口は煤烟で黒くなった。異国と交通を始めて三十年、各国の国ぶりも覚えて、公法が名目となり軍隊は内実となって名実がそろった。私は青年に向かってひとこと述べよう。文弱の徒となって文才をあてにしていてはいけない。力を付けて相撲取りのように強くなり、武術を鍛錬し国を豊かにする道について議論するよう願っていると。

この時は乙酉《いつゆう》（一八八五）の春三月で、酒を飲み酔いながら幾日も観戦をしていた。その内の一部を記して同好の士に披露しようと思うが、わたしの才能がすぐれた相撲の詩を書いた趙翼《ちょうよく》のようではないのが残念だ。

【語釈】

○角觝：角抵《かくてい》に同じ。角を突き合わせること。転じて、腕くらべや力くらべ。ここでは相撲《すもう》を指す。○虎視龍驤：虎のように睨み龍のように昇る。豪傑が気を吐き威を振るうさま。ここでは力士たちの様子を指す。○耦：二つ（もしくは二人）で一組のものを数える量詞。ここでは、取組をする東西の両力士。○四十八手：相撲で相手を負かす四十八種類の決まり手。○實實虚虚：互いに相手の不意を衝いて攻撃し、堅実に防御するなど、計略をめぐらせ戦うさま。○赤條條：一糸もまとわぬ裸のさま。○烏獲：戦国時代の秦の力士。怪力で名を知られ、百鈞の重さを持ち上げることができた（『孟子』告子下）。○鈞：重量の単位で、周代では一鈞は七・六八キログラム。○虎生翼：猛獣である虎に翼が生えて、より強い力を持つ獣となる。○泰山：山の名。中国五岳の一つ。主峰は山東省泰安市にあり、この頂《いただき》で天子が即位するときに天地を祭る封禅の儀式が行われた。○淮水：川の名。全長は約一一〇〇キロメートルある。河南省桐柏《とうはく》山に源を発し、東流し江蘇《こうそ》省の洪沢湖に注いで長江に入る。○野見足加當麻肋：「野見」は、野見宿禰《のみのすくね》。「当麻」は、当麻蹶速《たいまのけはや》。出雲《いずも》の国の勇士である野見宿禰は、垂仁天皇の命を承けて当麻蹶速と角力《すもう》で勝負をした折、当麻の腰を蹴って肋骨を折り勝利をおさめた。『日本書紀』の垂仁天皇七年の条に見える。○滄桑：滄海《そうかい》変じて桑田《そうでん》となる。海が埋まって陸になりやがて耕されて畑となる。長い間に世の中が転変することのたとえ。○嘉永六年：一八五三年。六月三日にペリーが黒船に乗って浦賀に入港した。○國風：国振《くにぶ》り。その国に特有の風俗。『詩經』に周代各国の民謡を採取した国風の諸篇がある。○講武：武術の訓練をすること。○一斑：事物の一部分。○趙甌北

：清・趙翼《ちょうよく》（一七二七—一八一二）。字は転松。甌北は号。清代を代表する詩人であり、考証学者でもある。相撲の詩「行圍即景・相撲」（『甌北集』巻五）が有名で「技逾蹴毱錬脚力、事異拔河供翫具（技《わざ》は蹴毱《しゅうきく》を逾《こ》えて脚力を錬《きた》え、事は拔河《ばつか》に異なりて翫具《がんぐ》に供《きょう》す）」という句がある。

（市川桃子）

◎三月五日晩翠吟社課題

上一一六　客歳十二月宮本鴨北恵贈二大櫻樹曰當以明年春時共賞觀焉余衰老歩履極艱幸有此賜坐領春色亦何快也因屈指待春之至久矣今茲四月中旬園中新舊櫻花盛開不啻紅雲豔雪朝吟暮酌大娯心目乃卜二十二日設觀花宴於草堂招邀諸同人會者二十餘人是日春陰黯淡不寒不暖日暮微雨席上分韻各賦詩及二更而始散矣嗚呼諸君不棄陋劣車馬來過把臂論心遂成此一大快事也乃賦長句一篇

〔明治十八年（一八八五）四月二十二日　六十歳〕

客歳《かくさい》十二月、宮本鴨北《みやもとおうほく》二大桜樹《おうじゅ》を恵贈《けいぞう》せられて曰く、当《まさ》に明年の春の時を以て共に賞観すべし、と。余は衰老し歩履《ほり》極めて艱《かた》し。幸いに此の賜《たまもの》有り、坐して春色を領《りょう》す。亦《ま》た何ぞ快《かい》なるや。因《よ》りて指を屈して春の至るを待つこと久しきなり。今《こん》茲《じ》四月中旬、園中の新旧桜花盛んに開く。啻《た》だ紅雲艶雪もて朝に吟じ暮に酌みて大いに心目を娯しましむるのみならず、乃ち二十二日を卜して観花の宴を草堂に設け、諸同人を招き邀《むか》う。会する者は二十余人。是の日は春陰黯淡として寒からず暖《あたた》かからず、日暮れて微かに雨ふる。席上韻を分け各《おのおの》、詩を賦し、二更に及びて始《ようや》く散ずるなり。嗚呼《ああ》、諸君陋劣を棄てず、車馬もて来たりて過《よ》ぎり、臂《ひ》を把《と》り心を論じ、遂に此の一大快事を成すなり。乃《すなわ》ち長句一篇を賦す

遮莫春陰班雨師　遮莫《さもあらばあ》れ　春陰　雨師を班《かえ》すを
高軒趁約一無遺　高軒　約を趁《お》いて　一《いつ》として遺《のこ》す無し
盤中勸醉膾羹炙　盤中に勧酔す　膾羹炙《かいこうしゃ》
堂上交歡書畫棋　堂上に交歓す　書画棋《しょがき》

舊雨廿人同酌夕
落花三月亂飛時
主翁忘主客忘客
不亦樂乎心互知

旧雨　廿人《じゆうにん》　同《とも》に酌《く》む夕
落花　三月　乱れ飛ぶ時
主翁は主なるを忘れ　客は客なるを忘る
亦《ま》た楽しからずや　心互いに知るは

【訳】

去年十二月、宮本鴨北が二本の桜の大樹を贈ってくれて、来年の春になったら一緒に観賞しよう、と言った。私は年を取って衰え歩くのが非常につらい。ありがたいことにこの贈り物があって、家に居ながらにして春景色を手に入れることができる。これはまた何と嬉しいことか。そこで指折り数えて長い間春の来るのを待っていた。今年の四月中旬には、庭の新旧の桜が満開になった。その紅《くれない》の雲や艶《つや》やかな雪のような花を見て朝に詩を作り夕べに酒を飲んで大いに我が心と目を楽しませたばかりではなく、二十二日を選んで我が家で花見の宴を開き、気の合う友人たちを招いた。集まったのは二十数人であった。是の日は花曇りで薄暗く暑くも寒くもなく、日暮れになってから少し雨が降った。花見の席で韻を分けて各自が詩を作り、夜の十時頃になってようやく散会となった。ああ、皆が粗野な私を見捨てずに、車馬に乗って訪ねて来てくれて、手を取り合い心から語り合って、この一つの壮快な事業を成し遂げたのであった。そこで七言律詩を一首作った

花曇りに雨の神が引き返して来てもかまわない。立派な車が約束通りに全て集まった。膾《なます》に羹《あつもの》にあぶり肉と皿にごちそうを並べ、杯《さかずき》を勧めて楽しく酔う。書に絵に将棋と清遊をそろえ、部屋の中でともに

楽しむ。旧友たち二十人が一緒に酒を飲む夕べ、花びらが乱れ散る晩春の三月のことである。主人は主人であることを忘れ、客人は客人であることを忘れ、互いに心の底から理解し合うのは、また楽しいことではないか。

【語釈】
○宮本鴨北‥宮本小一《おいち》（一八三六―一九一六）。「小一」は「こいち」「おかず」とも読む。鴨北は号。幕府では神奈川奉行支配組頭。維新後、外国官御用掛。のちに外務大丞など要職を歴任し、樺太境界交渉にも尽力した。功労により元老院議官、のちに貴族院勅選議員となる。「晩翠吟社」に参加している。上一三一「送宮本鴨北漫遊羽陸二州」詩（DVD版参照）などに名が見える。○同人‥志や道を同じくする友人。○春陰‥花曇り。○分韻‥数人で詩を作るとき、いくつかの文字を選んでおき、それぞれがその内の一文字を取って、その文字の韻で詩を作る方法。○陋劣‥粗野。○把臂‥手を取る。親密さを表す。○班雨師‥「雨師」は伝説上の雨の神。「師」は軍隊。「班」は軍隊を引きかえす。雨がまた降ってくるという意味。○高軒‥立派な車。高車。身分が高い者が乗る。○舊雨‥旧友。唐・杜甫「秋述」（『杜詩詳註』巻二十五）に「常時車馬之客、舊雨來、今雨不來（常時車馬の客、旧雨来たりて今雨来たらず）」とある。

（市川桃子）

上一一七　四月二十六日湖亭小酌追懐佐佐木支陰　［明治十八年（一八八五）四月二十六日　六十歳］

四月二十六日、湖亭にて小酌し、佐佐木支陰を追懐す

春遊又是憶前遊
歡醉憑欄暮色幽
但見鶴歸華表上
豈知龍沒碧波頭
落花繞榻偏凝感
明月穿簾最引愁
今夜湖心亭上酒
銜盃恨欠一詩儔

春遊　又た是れ前遊を憶う
歓酔し　欄《おばしま》に憑《よ》れば暮色幽《ゆう》なり
但《た》だ見る　鶴の華表《かひょう》の上に帰るを
豈に知らんや　龍の碧波《へきは》の頭《ほとり》に没するを
落花　榻《とう》を繞《めぐ》り　偏《ひとえ》に感を凝らす
明月　簾《すだれ》を穿《うが》ち　最も愁いを引く
今夜　湖心亭《こしんてい》上の酒
盃《さかずき》を銜《ふく》みて一詩儔《しちゅう》を欠くを恨む

【訳】

四月二十六日に、湖亭で軽く酒を飲み、佐佐木支陰を追悼した

春に遊びに出ればまた以前君と一緒に出かけたことを思い出す。楽しく酔って欄干《らんかん》にもたれ外を眺めると夕暮れの景色がおもむき深い。ただ君が鶴となって墓地に帰っていくのが見えただけで、君が龍となって波間に消えていくのはわからなかった。長いすに花びらが舞い散ってくれれば君への思いが結ぼれる。すだれ越しに月の光が差し込んでくれば君への悲しみがいつまでも続く。今夜湖心亭で仲間と飲む宴で、杯を含むにつけて詩を詠む友が一人欠けているのが悲しい。

【語釈】

○佐佐木支陰…佐佐木顕文（一八三二―一八八四）。静岡藩士。儒者。詩人。明治五年（一八七二）、浅草西福寺境内の公立小学校、新堀小学校（現在の育英小学校）の初代校長となった。著書に『小學講義』（法樹書屋、一八八三）、『蒙求講義』（法木徳兵衛、一八八三）がある。本詩の詠まれる前年に死去した。○華表…墓の入り口に立てる石柱。晋のころ丁令威という者が仙人の修行のため山に籠もり、後に鶴に変化《へんげ》して城門の華表柱の辺りに帰り来て、その後、天に昇ったという故事を踏まえる（『捜神後記』巻一）。佐佐木支陰を鶴になぞらえて、墓に入ったことをいう。金・元好問「癸巳四月二十九日出京」詩（『遺山集』巻八）に「華表鶴來應有語、銅槃人去亦何心（華表に鶴来たるは応に語有るべし、銅槃に人去るは亦た何の心ぞ）」とある。○榻…長いす。寝台。

（市川桃子）

上一一九　永井介堂七十初度壽言　［明治十八年（一八八五）五月五日　六十歳］

永井介堂の七十初度に寿言す

無復慨然鞍上吟　復た慨然《がいぜん》として鞍上《あんじょう》に吟ずる無し
滄桑閲歴感偏深　滄桑《そうそう》　閲歴《えつれき》　感は偏《ひとえ》に深し
風饕雪虐他年夢　風饕雪虐《ふうとうせつぎゃく》　他年の夢
雨讀晴耕太古心　雨読晴耕　太古の心
堆机道書勝藥石　机に堆《つ》む道書　薬石《やくせき》に勝《まさ》り
滿箋墨竹比山林　箋《せん》に満つ墨竹《ぼくちく》　山林に比《くら》ぶ
此間別有長生訣　此の間　別に長生の訣有り
月夕花晨瀲灔斟　月の夕　花の晨《あさ》に　瀲灔《れんえん》を斟《く》む

【訳】

永井介堂の七十歳の誕生日に祝いの言葉を贈る

もう気持ちを高ぶらせて馬上に放吟するようなことはないだろうが、世の激しい移り変わりを経験してきた者としてこの誕生日はなおさら感慨深いことだろう。激しい風雪に苦しめられてきた人生だが、後になって夢のように感じられる。雨の日は本を読み晴れれば畑を耕すという、その生活は太古からの理想である。机に山と積まれた君の道教の書物は長寿の薬にまさる。紙いっぱいに書かれた竹の墨絵は山林のようだ。このような暮らしの中にはそれらとは別に長寿の秘訣がある。それは月の夕べ、花咲く朝に、きらめく酒を酌むことだ。

【語釈】

○永井介堂（一八一六―一八九一）：幕末・明治の政治家。上〇〇三の【補説】参照。○初度：うまれたとき。転じて、誕生日のこと。○壽言：祝福して述べる言葉。○慨然：強く心をふるいおこすようす。○滄桑：滄海変じて桑田となる。海が埋まって陸になりやがて耕されて畑となる。世の中が激しく移り変わることのたとえ。○閲歴：経験すること。○風饕雪虐：激しい風雪に苦しめられること。ここでは、過酷な人生を歩んできたことを表す。唐・韓愈「祭河南張員外文」（『昌黎文集』巻二十二）に「歳弊寒兇、雪虐風饕食」（歳《とし》は残り少なく寒さは恐ろしく、風雪の脅威にさらされる）とある。○瀲灩：さざ波が日の光を受けて輝く様子。ここでは酒が波打ってきらめくさま。北宋・曾協「總司官餞董少卿」詩（『雲莊集』巻二）に「緩歌共有留連意、別酒休辭瀲灩斟（緩《ゆる》く歌いて共に留連の意有り、別れの酒なれば瀲灩を斟《く》むを辞する休《な》かれ）」とある。

（市川桃子）

上一二五　月下思人　［明治十八年（一八八五）六月十五日　六十歳］

月下に人を思う

銀燭無光絃有聲　銀燭　光無く　絃に声《こえ》有り
當樓玉兔更朧明　楼に当たりて　玉兎　更に朧明《ろうめい》
疎簾清簟如殘夢　疎簾《それん》　清簟《せいてん》　残夢の如く
細酌低歌惹舊情＊　細《こま》やかに酌《く》み　低く歌えば　旧情を惹《ひ》く
憂世心於盃裏緩　世を憂い　心は盃裏《はいり》に緩《ゆる》やかに
懷人感自月中生　人を懐《おも》い　感は月中自《よ》り生ず
雪兒能記前遊客　雪児　能く前遊の客を記《き》し
怪問今宵欠一名　怪《あや》しみて問う　今宵《こよい》一名を欠くを

＊余十五年前、墨水納涼。一絶曰、月駕行雲人駕舟、釵尖帽角影如流。江風洗却三庚熱、細酌低歌下二州（余十五年前、墨水に納涼す。一絶に曰く、月は行雲を駕し人は舟を駕して、釵尖帽角《させんぼうかく》影は流るるが如し。江風三庚《さんこう》の熱を洗却し、細やかに酌み低く歌いて二州を下る、と）

【訳】

月の下で人を懐かしむ

銀の燭台に光は消えて、絃の音が響いている。高殿に掛かるかすんだ月がいっそう明るく見える。透き通る簾《すだれ》も汚れのない敷物も夢の名残《なご》りのようで、酒を少し飲み小声で歌うと昔の心持ちが思い出される＊。

世を憂える気持ちは酒を飲むうちになだめられ、人を懐かしむ思いは月を眺めているうちに湧き起こる。芸妓《げいこ》は前に遊びに来たときの客をよく覚えていて、今晩は一人足りないと不思議がる。

＊私は十五年前に、隅田川で夕涼みをした。そのとき作った絶句に次のように言う。「月は行く雲に乗り人は舟を漕いで、二人並んだ釵《かんざし》の先や帽子の角《かど》の水影が川を流れるように付き従う。川面《かわも》の風は真夏の熱を洗い流して、酒を少し飲み小声で歌いながら武州と総州の間を下っていく」。

【語釈】

○雪兒：唐の李密の愛妾。転じて歌妓。○帽角：角帽の角《かど》。梁川星巌「月下效元微之維憶裁五章寄芸閣及校書五首」其二（『星巌集』巻二）に「風筠交戛玉琤瑽、清月流光入綺窗。最憶閒吟竝肩坐、釵尖帽角影成雙（風筠《ふういん》交ゞ《こもごも》戛《う》ちて玉琤《そう》瑽《しょう》たり、清月流光綺窓《きそう》より入る。最も憶《おも》う閑吟し肩を並べて坐れば、釵尖帽角《させんぼうかく》影双つ成るを）」とある。○三庚：夏の暑い時期。夏至《げし》のあとの三番めの庚《かのえ》の日（初伏）と四番めの庚の日（中伏）と立秋後の最初の庚の日（末伏）のこと。○二州：武州（武蔵《むさし》）と総州（下総《しもうさ》）。武州は今の東京都及び埼玉県全部と神奈川県の一部。総州は今の千葉県北部と茨城県南西部。ここでは江戸と千葉の境にある隅田川。

（市川桃子）

◎六月十五日新柳吟社課題

上一二七　乙酉六月十八日白鷗吟社清宴追弔成島柳北翁　［明治十八年（一八八五）六月十八日　六十歳］

乙酉六月十八日、白鷗吟社の清宴にて成島柳北翁を追弔す

江樓薦酒亦凄然　江楼にて酒を薦むるも　亦た凄然たり
一夢怱怱四十年　一夢怱怱たり　四十年
花月流連唐伯虎　花月流連　唐伯虎
詞歌婉曲柳屯田　詞歌婉曲　柳屯田
摩挲何忍古錢幣　摩挲《まさ》　何ぞ忍びん　古銭幣
玩讀仍繙新誌篇　玩読　仍お繙《ひもと》く　新誌篇
梅雨痕和追慕涙　梅雨　痕は和す　追慕の涙
灑從杯裏到鷗邊　灑《そそ》ぎて杯裏従《よ》り鷗辺に到る

【訳】

明治十八年乙酉の歳の六月十八日、白鷗吟社で開かれた雅《みやび》な宴会の席にて成島柳北翁を追悼した川べりの楼閣でお酒の酌をしていても悲しい気分が晴れない。あなたの四十年余りの生涯はまるで一夜《ひとよ》の夢であるかのように慌ただしく過ぎていった。花柳の巷《ちまた》に遊び耽ったさまは唐伯虎のようであり、作った詩歌の艶麗なさまは柳屯田のようであった。遺品の古銭は手でなでるに忍びないが、遺作の『柳橋新誌』はなおも繙《ひもと》いては玩味しながら読んでいる。皆が流す追慕の涙は梅雨の雨と混じり合い、追悼の杯の中から流れて川のカモメの辺りに注ぎこむのだ。

【語釈】
○乙酉：明治十八年（一八八五）。○白鷗吟社：明治時代の詩社の一つ。成島柳北が発足させた。同人に、依田学海や瓜生梅村《うりゆうばいそん》らがいる。『梅潭詩鈔』には、この詩以外に白鷗吟社に言及した作品はない。ただ上〇八〇「寄懐成島柳北在熱海」詩は、『晩翠書屋詩稿』に「白鷗吟社席上分韻」と自注があることから、梅潭が白鷗吟社の詩会に出席していたことが分かる。○清宴：「清晏」と同じ。雅《みやび》な宴会。○成島柳北（一八三七―一八八四）：幕末・明治期のジャーナリスト・文学者。明治七年（一八七四）に『朝野新聞』の初代社長に就任。また、雑誌『花月新誌』を創刊した。『柳橋新誌』『京猫一斑』等の著作がある。○花月：ここでは「花柳」と同じ。遊里。○唐伯虎：明代に活躍した文人唐寅《とういん》（一四七〇―一五二三）を指す。伯虎は字。書画や詩に秀でた風流才子として知られる。祝允明・文徴明・徐禎卿と並んで「呉中の四才」と呼ばれた。○婉曲：ここでは「婉約」「婉転」と同じような意味。歌などの節回しがきれいなさま。滑らかで抑揚があるさま。○柳屯田：北宋の柳永。生没年不詳。字は耆卿。景祐元年（一〇三四）の進士。官が屯田員外郎にいたったため、柳屯田と称される。○摩挲：手でなでる。さする。○銭幣：銭。金属の貨幣を表すことが多い。成島柳北は古銭の収集家としても知られており、明治十五年（一八八二）には、和同開珎にはじまる内外の古銭のカタログ『明治新撰泉譜』を著している。○新誌篇：成島柳北の代表的な著作『柳橋新誌』を指す。『柳橋新誌』は全三編。初編・二編共に明治七年（一八七四）に黄表紙本として刊行され、初編は江戸の柳橋（現在の台東区柳橋）、二編は明治の柳橋を描いている。三編は柳北と依田学海の序だけが伝えられて本文は散逸した。

（遠藤星希）

上一二九　覽遺劒有感　［明治十八年（一八八五）六十歳］

英傑襟懷也可憐
芙蓉秋水劒光鮮
名家至寶眞堪貴
碧血痕腥七百年

遺剣を覧て感有り
英傑の襟懐　也《ま》た憐れむ可し
芙蓉の秋水　剣光鮮やかなり
名家の至宝　真《まこと》に貴ぶに堪う
碧血　痕は腥《なまぐさ》し　七百年

【訳】
遺品の剣を見ての感慨
英雄豪傑であってもその胸中が後世に伝わることは少なく、遺された剣だけが秋の湖水に咲き初めた蓮のように鮮やかで澄んだ輝きを放っている。名族の至宝は珍重するに値し、七百年経って碧玉に化した血は今もなお生々しい臭気を放っている。

【語釈】
○遺劒…死者が遺した宝剣。○芙蓉…蓮の花。剣光の鮮やかさを喩える。『越絶書』巻十一「外傳記寶劒」によると、越王の句践が所有していた宝剣「純鈎」は、振るうと火花が揚がり、咲き初めた蓮の花のように輝いたという。○秋水…秋の湖水。剣が清らかで澄みきっていることの喩え。○碧血…碧玉に化した血。『莊子』外物に「萇弘死於蜀、藏其血三年而化爲碧（萇弘《ちょうこう》蜀に死し、其の血を蔵すること三年にして化して碧と為る）」とあり、忠臣が流した血は年月を経て碧玉《へきぎょく》になるという。〇七百年…この詩が作られた明治十八年（一八八五）のほぼ七百年前（一一八四）は、前の詩（上一二八「弔今井兼平」）に詠まれた今井兼平が自害した歳である。今井兼平は平家討伐で名を挙げた木曾殿（源義仲）の忠臣。『晩翠書屋詩稿』の自注によると、「弔今井兼平」の作詩は、信濃国諏訪郡今井村の今井千尋氏の依頼によるものという。とすれば、この詩にいう「名家の至寳」とは、或いは今井兼平の子孫である今井千尋氏が所蔵している今井兼平ゆかりの宝剣を指す可能性もある。梅潭はそれを見せてもらったか。

（遠藤星希）

上一三二　八月十五日同不如學吟社諸子飲於鮫洲川崎樓賦五絶句求和　録二（其一）

［明治十八年（一八八五）八月十五日　六十歳］

八月十五日、不如学吟社の諸子と同《とも》に鮫洲《さめず》の川崎楼に飲み、五絶句を賦して和するを求む　二を録す（其の一）

不飲此樓三十年　　此の楼に飲まざること　三十年
曾遊如夢舊情牽　　曾遊　夢の如く　旧情牽く
平生湖上尋詩眼　　平生湖上に詩を尋ぬる眼を
移向滄波更豁然　　移して滄波に向かえば　更に豁然《かつぜん》たり

【訳】

八月十五日、不如学吟社の同人たちと一緒に鮫洲の川崎楼で宴会をし、絶句を五首詠んで唱和を求めた二首を採録する（その一）

この楼閣で最後に酒を飲んでからもう三十年になるが、今ここで改めて酒を飲むと、かつての交遊が夢のように感じられ、昔日の友情がふいに呼び起こされる。ふだんは湖のほとりで詩を求めているが、その眼を大海原に向けてみるといっそう広々として気持ちがよい。

【語釈】

○不如學吟社・詩社の名。漢方存続運動の団体「温知社」（明治十二年設立）の幹部であった橘青渓が幹事となってできた詩社で、梅潭・渡辺柳庵・中根半嶺ら、総勢十一名が参加している。『梅潭詩鈔』に「不如學吟社」の名が出てくるのは、この詩と直後の上一二三のみだが、『晩翠書屋詩稿』にはこの二首以外にも不如学吟社の課題詩が多数収録されている。かつて梅潭はこの詩社の同人だった。〇鮫洲：江戸期から現在にかけて用いられている俗称地名。南品川宿南端から北浜川にいたる地域を指す。〇川崎樓：未詳。〇不飲此樓三十年：三十年前は一八五五年。梅潭は江戸で出仕中であった。〇舊情：ありし日の友情。〇平生湖上尋詩眼：梅潭がふだん参加している晩翠吟社の定例詩会は、上野不忍池のほとりにある湖心亭で開かれている。「尋詩」は、詩句を探し求めること。〇移向滄波更豁然：鮫洲と呼ばれた南品川の辺りは明治時代は海のすぐそばにあり、漁師町であった。

（遠藤星希）

上一三六　觀華嚴瀑布泉　［明治十八年（一八八五）六十歳］

華厳の瀑布泉を観る

誰繼當年白也詩　誰か継がん　当年　白也《はくや》の詩
蒼苔一掃讀逾奇　蒼苔一《ひと》たび掃い　読めば逾《いよいよ》奇なり
飛流直下三千尺　飛流直下　三千尺
匹似廬山觀瀑時　匹《たと》えば廬山観瀑の時に似たり

【訳】

華厳の滝を観る

いったい誰が「詩に敵無し」と評された往年の李白の後を継ぐことができるだろうかといえば、それは小野湖山先生であろう。石碑の青い苔を掃って先生の「華厳の瀑布の歌」を読めば、いっそう滝が素晴らしく感じられる。飛ぶような滝の流れが三千尺の高さから真っ直ぐに落下していく様子は、あたかも廬山の瀑布を眺めているかのようだ。

【語釈】

○華嚴瀑布泉：華厳の滝。栃木県日光市にある滝の名。仏教経典の一つである華厳経が名の由来とされる。日本三名瀑の一つ。「瀑布泉」は滝のこと。○當年：往年。○白也詩：唐の李白の詩。唐・杜甫「春日憶李白」詩（『杜詩詳註』巻一）に「白也詩無敵、飄然思不羣（白や詩に敵無し、飄然として思い群ならず）」とある。○蒼苔一掃讀逾奇：華厳の滝の近くにあった「観瀑亭」のほとりには、小野湖山（一八一四—一九一〇）が「華嚴瀑布歌」という七言古詩を自ら書きつけた石碑が建っていた。『晩翠書屋詩稿』には、本詩の題下に「觀瀑亭畔樹小野湖山自書長句之碑（観瀑亭の畔《ほとり》に小野湖山自ら長句を書するの碑を樹《た》つ）」という自注がある。「華嚴瀑布歌」は、小野湖山『湖山近稿』續集巻下に収録されている。〇飛流直下三千尺：唐・李白「望廬山瀑布二首」其二（『李太白文集』巻十八）に「飛流直下三千尺、疑是銀河落九天（飛流直下三千尺、疑うらくは是れ銀河の九天より落つるかと）」とある。〇匹似：まるで〜のようである。〇廬山：江西省九江市の南にある名山の名。廬山の瀑布はとりわけ有名。

（遠藤星希）

上一四一　書随園詩集後

［明治十八年（一八八五）十一月一日　六十歳］

燕釵蟬鬢坐悠悠
想見授詩凭畫樓
吟主性情偏喜實
擬成唐宋却嫌浮
要令宗伯爲低首
未許新城據上頭
一代公評唯七字
其人與筆兩風流

随園《ずいえん》詩集の後に書す
燕釵《えんさ》　蟬鬢《せんびん》　坐して悠悠たり
想見す　詩を授くるに画楼に凭《よ》るを
吟主の性情　偏《ひとえ》に実《じつ》を喜び
擬《なぞら》えて唐宋を成すは　却《かえっ》て浮を嫌《いと》う
宗伯《そうはく》をして低首を為《な》さしむるを要《もと》め
未だ新城の上頭に拠《よ》るを許さず
一代の公評　唯《た》だ七字のみ
其の人と筆と　両つながら風流なりと

【訳】

袁枚の詩集の後ろに書き付ける

美しく髪を結い　簪《かんざし》を挿した女弟子たちに囲まれてゆったりとして坐り、美しい高殿で作詩の法を教えている袁枚《えんばい》の様子が思い浮かべられる。詩人としてはすこぶる真情を喜ぶ性格で、唐や宋の詩をまねした作品については軽薄であるとして嫌っていた。大臣である沈徳潜《しんとくせん》の頭《こうべ》を低く垂れさせようとするほどだし、新城《しんじょう》出身の王士禎《おうしてい》が文壇の上に君臨することを許そうとはしなかった。袁枚の生涯に対しては、次のようなわずか七文字で公正な評価ができるだろう。人物も作品もともに風流である、と。

【語釈】

○随園詩集：袁枚《えんばい》（一七一六—一七九七）の詩集。袁枚は清《しん》の詩人。字《あざな》は子才。「随園」は号。『晩翠書屋詩稿』の末尾に附された「晩翠院殿遺書々目」には「随園三十種　全八十冊完」と見えることから、ここにいう「随園詩集」は、『随園三十種』に収録されている『小倉山房詩集』を指すものと思われる。○燕釵蟬鬢：「燕釵」は女性が髪に挿した燕の形をしたかんざし。「蟬鬢」は蟬の羽のように薄くすいた女性の髪。ともに女性を指す。○宗伯：清・沈徳潜（一六七三—一七六九）のこと。乾隆帝前半期に活躍した詩人。字は確士、号は帰愚。官は礼部侍郎。清代では、俗に礼部侍郎を宗伯と称していた。古文辞派と神韻派の流れをくむ「格調派」に属し、袁枚と対抗した。○新城：清・王士禎（一六三四—一七一一）のこと。字は貽上《いじょう》。号は阮亭、また漁洋山人。新城（山東省）の出身。その詩風は象徴的で華麗な風格と余韻を尊ぶ「神韻派」に属す。○公評：公正な評価。

【補説】

袁枚は女弟子が多く、また『随園女弟子詩選』を公刊したため、放蕩の詩人と呼ばれた。その詩論は「性霊説」と呼ばれ、自然な表現や精神の自由を重視した。江戸時代後期には、袁枚の影響を受けて山本北山らの性霊派が起こった。

（市川桃子）

◎十一月一日晩翠吟社課題

上一四二　金洞山次韻依田學海　［明治十八年（一八八五）十一月十六日　六十歳］

樹上霜華濕未乾
山中黄葉八分殘
雷椎鬼斧劈何易
鯤化鵬飛登未難
鑿石重門城勢合
衝天連嶽劒鋩寒
笑吾結束似僧侶
恰作打包行脚看

金洞山にて依《よ》田学海《だがっかい》に次韻す
樹上の霜華　湿《うるお》いて未だ乾かず
山中の黄葉　八分残《ざん》す
雷《らい》椎《う》ちて　鬼《き》斧《き》れども　劈《さ》くこと何ぞ易《やす》からん
鯤《こん》化して　鵬《ほう》飛べば　登ること未だ難《かた》からず
石を鑿《うが》ち門を重ねて　城勢《じょうせい》合し
天を衝《つ》き岳を連《つら》ねて剣鋩《けんぼう》寒し
吾《わ》が結束《けっそく》の僧侶に似て
恰《あたか》も打包《だほう》の行脚《あんぎゃ》の看を作《な》すがごとしと笑う

【訳】

金洞山にて依田学海の作品に次韻する

梢《こずえ》に降りた霜はまだしっとりとしていて乾いていない。山の中の黄葉は八分が散った。雷が撃ちつけ鬼が叩き割ろうとしてもこの山を切り裂くのは簡単ではないだろう。伝説の鯤《こん》が鵬《ほう》となって飛び立つのならばこの山に登るのも難しくはなかろうが。岩をうがち石門を重ねた城郭のように山の勢いは堅固で、天にそびえる険しい峰々を連ねて剣の切っ先のように冷ややかだ。私の山支度は僧侶のようで、まるで包みを背負って修業に旅立つようだと笑われた。

【語釈】
○金洞山：丹沢山系にある妙義山の一部をいう。妙義山は、白雲山・金洞山・金鶏山・相馬岳・御岳・丁須ノ頭などを合わせた総称で、南側の表妙義と北側の裏妙義に分かれる。中腹を巡る第一石門から第四石門、ロウソク岩、大砲岩といった岩石群があり、美しい山として知られる。○次韻：他人が作った詩の韻字と同じ字を同じ順番で用いて詩を作ること。○霜華：霜の美称。○殘：そこなわれる。○椎：撃つ。重量のある椎《つち》で打ち付ける。○鬼：『梅潭詩鈔』は「兔」の字とするが、『晩翠書屋詩稿』は「鬼」の字。解釈上、「鬼」の文字を採った。○斧：きる。斧でたたき割る。○鯤化鵬飛：鯤が鵬となって飛び立つ。北の海にいた巨大な魚である「鯤」が、巨大な鳥である「鵬」に化し、南に向かって飛び立ったという寓話（『莊子』逍遙遊に見える）を踏まえる。○結束：身支度を整える。○打包：荷造りをする。背負い荷物。○行脚：僧侶が修行するために諸国を巡り歩くこと。

【補説】
○『晩翠書屋詩稿』には最終句の後に「學海曰、石門天燭是金洞第一奇勝、頷聯寫得盡之（学海曰く、石門の天燭は是れ金洞第一の奇勝なり、頷聯は写し得て之《こ》れを尽くす）」とある。また前作の詩題に「乙酉十一月十六日同依田學海將遊金洞山午前九時汽車發上野（乙酉十一月十六日、依田学海と同《とも》に将《まさ》に金洞山に遊ばんとして午前九時の汽車もて上野を発す）」とある。
○依田學海：依田百川《ひゃくせん》（一八三四―一九〇九）。号は学海、柳蔭。官吏、漢学者、劇作家。下総国佐倉藩の藩士で、江戸留守居役。維新後は、佐倉藩権大参事、新政府の集議院幹事、地方官会議書記官などを歴任した。明治十九年に演劇改良会をおこした。また『學海日錄』と『墨水別墅雜錄《ぼくすいべっしょざつろく》』の二種類の日記は、共に活字に起こされて出版されている。とくに『學海日錄』には、梅潭との交流が日を追って書かれていて参考になる。

（市川桃子・三上英司）

上一四四　松　　［明治十八年（一八八五）十一月二十日　六十歳］

不似新篁又老梅
參天翠色是良材
乃知佗日棟梁用
凌轢幾年霜雪來

松
新篁　又た　老梅にも似ず
天に参《まじ》うる翠色　是れ良材
乃ち知る　佗日《たじつ》　棟梁の用
凌轢《りょうれき》す　幾年　霜雪の来《き》たるを

【訳】
松
若い竹とも、年古《ふ》る梅とも異なるその姿、天に届かんばかりの青緑色、これぞ優れた材質よ。いつの日にか、家を支える棟木《むなぎ》や梁《はり》として用いられることだろう、どれほどの年月、霜雪を凌いで来たことか。

【語釈】
○參天…高く聳えること。○良材…優れた才能、またその持ち主。○佗日…他日と同じ。いつの日か。○棟梁…家の棟木《むなぎ》と梁《はり》。○凌轢…ふみつける。押さえつける。元・戴良「愛菊說」（『九靈山房集』巻十八）に、「夫幽姿勁質、凌轢風霜（夫れ幽姿勁質《けいしつ》、風霜に凌轢せらる）」とある。

◎十一月二十日不如学吟社課題　（三上英司）

上一四五　綠竹年久　［明治十八年（一八八五）十二月十三日　六十歳］

挺挺凌霜數十竿
首陽高節到今看
遠孫不改夷齊氣
千畒清風碧玉寒＊

＊伯夷叔齊之後、以竹爲姓、見廣韻

緑竹、年久し
挺挺として霜を凌ぐ数十竿
首陽の高節　今に到るまで看ゆ
遠孫改めず　夷斉《いせい》の気
千畒《ぽ》の清風　碧玉寒し

（伯夷叔斉の後、竹を以て姓と為すと廣韻《こういん》に見ゆ）

【訳】

緑竹、長年変わることなく

高く抜きんでて霜に耐えている数十本の竹、首陽山で伯夷《はくい》と叔斉《しゅくせい》が示した高節は今日なおもここに目にすることができる。はるか後世の子孫たちは彼らの気骨をよく受け継ぎ、広々とした土地に吹き渡る清風の中で、冷ややかな碧玉のように青々と変わることなく聳えている＊。

＊「伯夷叔斉の子孫は竹を姓とした」と『広韻』に見える。

【語釈】

○挺挺：高く抜きんでる様子。○首陽高節：殷の孤竹君の子である伯夷と叔斉とが、周の武王による殷討伐を道徳にもとると批判し、首陽山に隠れて周の禄を食《は》まずに餓死した故事（『史記』巻六十一「伯夷列傳」）を踏まえる。第三句に見える「夷斉」（伯夷と叔斉）の語も、これによる。〇遠孫‥はるか後世の子孫。ここでは竹を指す。『廣韻』巻五に「伯夷叔齊後、以竹爲氏（伯夷叔斉の後、竹を以て氏と為す）」と自注と同じ文言が見え、またそのそばに次句の「千畝」の語も載る。〇畂‥面積の単位。〇碧玉寒‥寒々しい色をした竹を指す。唐・韋応物「櫚蠅拂歌」詩（『韋蘇州集』巻十）に「柄出湘江之竹碧玉寒、上有纖羅縈縷尋未絶（柄《え》は湘江の竹の碧玉の寒きより出で、上に纖羅縈縷《せんらえいる》の尋《つ》いで未だ絶えざる有り）」とある。〇廣韻‥北宋の陳彭年《ちんほうねん》らが勅命によって編集した、同じ韻の字を集める形で漢字を分類配列した字書の一種。全五巻。

【補説】

『晩翠書屋詩稿』には大沼枕山の評として「當今之世、而守古節者、而不變其氣色者、唯爲此君。可謂久矣、可謂久矣」（現代、古い節義を守り、その風格を変えずにいるものは、ただこの竹君のみである。とこしえと言うべきかな、とこしえと言うべきかな）とある。

（三上英司）

◎十二月十三日不如学吟社課題

上一四六　歳晩書懐

歳晩に懐《おも》いを書す

閱歷滄桑六十年　閱歷　滄桑たること六十年
此間甘苦自相憐　此の間の甘苦　自ら相い憐れむ
餘生漸覺毀譽滅　余生　漸く覚ゆ　毀誉滅ずるを
未死敢言名節全　未だ死せずして　敢《あえ》て言う　名節全《まっと》うすと
送鬼文章貧有趣　送鬼の文章　貧なれども趣き有り
聘姫豪擧老無緣　聘姫の豪挙　老いて縁無し
梅花惹起西湖夢　梅花　惹起す　西湖《せいこ》の夢を
好棹林家載鶴船　好し　林家の鶴を載する船に棹ささん

［明治十八年（一八八五）十二月十三日　六十歳］

【訳】

年の暮れに思いを記す

過ぎ去った事柄を思い起こせば、移り変わりの激しい六十年、この間の苦楽は、我ながら感慨深い。年老いたおかげで誉められることも誹られることも次第に少なくなってきた。まだ死んではいないが、名誉と節義は守り抜いたと言っておこう。歳末に書いた鬼を追いだす文の内容は、貧乏を訴えつつも風情があり、新たに妾を迎えるような快挙は、老いた身には縁がない。梅花の香りに導かれて西湖に隠棲する夢を見る、さあ、林逋《りんぽ》先生にならって、鶴を載せた船に掉さして遊ぼう。

【語釈】
○滄桑：滄桑の変のこと。桑畑が大海原になるような大きな変化。転じて、世の変遷の激しいことを指す。○送鬼文章：江戸時代、年末に鬼を追い払って新たに年神を迎える用意をした。その行事に際して作った自作の詩文を指すか。梅潭は安政六年（一八六〇）に「除夜贈窮鬼」を、元治元年（一八六五）に「除夕戯賦贈窮鬼」を賦している（『晩翠書屋詩稿』）。なお、森槐南「除夕戯作」詩（『槐南集』巻二）に「神本可迎沽酒後、鬼先要送祭詩前。可憐一夜悤忙過、酔欲眠時已隔年。送鬼迎神又掃塵、一年陳套一年新（神本《もと》より迎う可し沽酒の後、鬼先ず送るを要す祭詩の前。憐れむ可し一夜忽忙と過ぎ、酔いて眠らんと欲する時已に年を隔つ。鬼を送り神を迎え又た塵を掃う、一年の陳套一年の新）」とある。○聘姫：妾を召し入れること。○豪擧：男気ある振る舞い。○「梅花」二句：北宋の時代に杭州《こうしゅう》の西湖のほとりにある孤山で暮らした隠者、林逋《りんぽ》の故事を踏まえる。生涯独身だった林逋は「梅妻鶴子」と称して梅花と鶴を愛した。「西湖夢」は林逋に倣《なら》って西湖に隠棲する夢を見たの意。「棹林家載鶴船」は、林逋のように鶴を載せた船に乗って水遊びをすること。

（三上英司・加納留美子）

◎十二月十三日不如学吟社課題

上一四七　除夜感時事賦長律

除夜、時事に感じて長律を賦す

［明治十八年（一八八五）十二月三十一日　六十歳］

十年前夢付東流　十年前に夢は東流に付して
老鶴孤飛得自由　老鶴　孤飛して自由を得
厭聴風波生碧海　聴くを厭う　風波の碧海に生ずることを
寧期仙子在丹邱　寧ろ期す　仙子の丹邱に在らんことを
怱忙昨日讀新令　怱忙　昨日　新令を読み
得失今宵思故儔　得失　今宵　故儔《こちゅう》を思う
人事變同時序改　人事　変同し　時序改まる
西鄰歡笑北鄰愁　西隣　歓笑し　北隣　愁う

【訳】

除夜、時事に感ずるところがあって七言律詩を賦す

十年前にそれまで見ていた夢を東へと向かう川の水に流してしまい、老いた鶴の如き私は一人飛び立って自由の身となった。大海原に不穏な波風が立っているような世上のできごとを聴くのは嫌なもので、むしろ仙人たちが暮らす丹丘に住みたいと願っている。慌ただしい中、昨日は新たに交付された法令を拝読し、成功と挫折を巡って、今夜は旧友たちの来し方を思い遣った。世の中は変化し時世は改まった、今は西の人々は喜び笑い合い、北の人々は悲嘆に暮れている。

【語釈】

○「十年」二句：梅潭が明治十年（一八七七）一月二十九日に開拓使判官を退官して東京に戻り、隠居の身となったことを言う。「十年」は概数を挙げたもの。「付東流」は、東へと向かう川の水に、思いを投じて流してしまうこと。唐・薛逢「驚秋」（『全唐詩』巻五百四十八）に「露竹風蟬昨夜秋、百年心事付東流（露竹風蟬昨夜の秋、百年の心事東流に付す）」とある。○風波：風と波、ここでは不穏な情勢を指す。○碧海：青い大海原、ここでは天下・世の中を指す。○丹邱：仙人のすむところ。○怱忙：あわただしいさま。○新令：この詩が作られる直前の明治十八年（一八八五）十二月二十二日、太政官制が廃止されて内閣制が公布されている。新内閣の閣僚は薩長閥にほとんど独占されていた。○故儔：旧友。古くからの仲間。○變同：変化と同義か。幕末明治期の漢詩人、田辺蓮舟「毒龍蟠處記」（『蓮舟遺稿』）に「既而遭世變同、偸生於闤闠間（既にして世の変同に遭い、生を闤闠《かんき》の間に偸《ぬす》む）」とある。○西鄰歡笑北鄰愁：「西鄰」と「北鄰」はそれぞれ東京から見て西方と北方の人々を指す。「西鄰」は維新後に権柄を握った薩摩・長州の人々、「北鄰」は幕末に幕府を擁護し朝敵となった会津など東北の人々。それぞれの心情が「歡笑」であり「愁」なのである。

（三上英司・加納留美子）

上一四八　哭有竹碧光

〔明治十九年（一八八六）六十一歳〕

有竹碧光を哭す

有約新年梅未尋　約有るも　新年　梅未だ尋ねずして
紅絃泣斷壁間琴　紅絃　泣きて断つ　壁間の琴
瓶中火酒終奪命＊　瓶中の火酒　終に命を奪い
盆裏水仙空表心＊＊　盆裏の水仙　空しく心を表す
北海風濤殘夢短　北海の風濤　残夢短く
東京花月舊情深　東京の花月　旧情深し
忍看一幅淋漓墨　忍びて看る　一幅の淋漓たる墨
翠色蕭蕭涙濕襟＊＊＊　翠色蕭蕭として　涙　襟を湿《うるお》す

＊君毎宵、借火酒力就睡（君毎宵、火酒の力を借りて睡りに就く）
＊＊君嘗誇水仙培養（君嘗《つね》に水仙の培養を誇る）
＊＊＊君巧畫竹。余家藏數幀（君竹を画くこと巧みなり。余が家に数幀を蔵す）

【訳】

有竹碧光の死を悼んで泣く

梅を見に行こうとの約束を新年になってまだ果たさぬうちに、壁に立て掛けた琴の紅色の弦を泣きながら絶ち切ってあなたを悼むことになろうとは。瓶の中の強い酒が終には君の命を奪い＊、盆に栽《う》えられた水仙が空しく君の汚れなき心を表している**。北海道での慌ただしい日々は、今や明け方に見るきれぎれの夢のよう、東京では花鳥風月をともに愛《め》でて旧交を深めたものだった。悲しさをこらえながら一幅の勢い溢れるあなたの墨痕を見ていると、そこに描かれた青々とした竹がさわさわと音を立てるようで悲しくてたまらない***。

*君は毎晩、強い酒の力を借りて眠りに就いていた。
**君は常々《つねづね》水仙の栽培を自慢していた。
***君は竹の画《え》がことに巧みであった。私は数幀を所蔵している。

【語釈】
○有竹碧光：明治前期、函館を中心に活躍した日本画家。明治十五年（一八八二）三月二十一日に開催された書画会で最も人気を集めた函館在住の大家として当時の函館新聞（三月二十四日）に記事が載るという（『函館市史』通説編第三巻第二章第七節参照）。○紅絃泣斷壁間琴：「紅絃」は琴に張られた紅色の弦。一句は『列子』湯問に見える楚の伯牙と鍾子期の故事を踏まえる。鍾子期は琴の名人伯牙から自分の音楽の理解者だと信頼され、その死後、伯牙は琴の弦を切って生涯演奏しなかったという。ここでは有竹の死を指す。○盆裏水仙：盆（花器）に栽《う》えられた水仙。○殘夢：明け方、目覚めかけの時に見る断片的な夢。○舊情：昔の心持ち。古くから変わらず続く心。○淋漓墨：勢い溢れた墨痕。有竹碧光の作品を指す。

【補説】

『晩翠書屋詩稿』では自ら題下注として「君名裕、美濃人。爲舊函館縣非職書記官」（君の名は裕、美濃の人である。旧函館県の非職書記官であった）と附している。非職とは地位のみで実際の職務のない官をいう。また第三句では、「君毎宵借火酒力就睡、余屢忠告」（君は毎晩強い酒に頼って眠りについていた。私はしばしば忠告していた）と注し、その健康を憂慮していたことが窺える。

（三上英司）

上一四九　三月七日宇津木靜區五十周忌辰賦一律寄岡本黄石［明治十九年（一八八六）三月七日　六十一歳］

三月七日、宇津木静区《うつぎせいおう》の五十周の忌辰に一律を賦して岡本黄石に寄す

慇懃擧盞酹清醇
五十年前天保春
碧血劒頭欽大義
丹心册子仰深仁
王家學派現名士
謝氏門流標替人
今日英魂應帶笑
老咸矍鑠薦蘋蘩

慇懃として盞《さかずき》を挙げ　清醇を酹《そそ》ぐ
五十年前　天保の春
碧血の剣頭　大義を欽《つつし》み
丹心の冊子　深仁を仰ぐ
王家の学派　名士を現し
謝氏の門流　替人《ていじん》と標《ひょう》せらる
今日　英魂　応《まさ》に笑いを帯ぶべし
老いて咸矍鑠《みなかくしゃく》として　蘋蘩《ひんぱん》を薦《すす》む

【訳】

三月七日、宇津木静区《うつぎせいおう》の五十周忌の命日に律詩を一首作って岡本黄石に送る

ねんごろに杯《さかずき》をかかげて清酒を地にそそぎ、五十年前の天保年間の春に思いを馳せる。忠義の血で剣を濡らして大義を尊重し貫いた、その偽りなき心を綴った詩集を読んでは深い仁愛の心を仰ぎ見るばかり。王陽明の学派から現れ出た立派な人物は、節を守って死んだ謝畳山の一門の跡を継ぐ者として高く称揚されている。今日、英霊たる静区殿はきっと口元に笑いをたたえていることだろう。年老いた我々が皆元気に祭りの供物をそなえているのを目にして。

【語釈】
○宇津木靜區：宇津木靖（一八〇九―一八三七）。静区は号。別号は静斎。江戸時代後期の儒者。彦根藩士。大塩平八郎に師事していたが、大塩の挙兵の際はその不忠を諌め、挙兵に従わなかったため殺された。○忌辰：命日。この詩が作られた一八八六年三月七日は旧暦では二月二日に相当し、正確に言えば命日ではない。宇津木静区の命日は二月十九日である。○岡本黃石：岡本半介（一八一二―一八九八）。黄石は号。宇津木静区の実弟。彦根藩の家老。漢詩人としても著名。明治十五年（一八八二）に、宇津木静区の詩集『浪迹小草』を編纂して刊行した。○殷懃：ねんごろ。懇切丁寧なさま。○酹清醇：清酒を地面にそそぐ。哀悼の意を表す行為。「清醇」は混じり気のない酒。○五十年前：宇津木静区が亡くなったのは一八三七年。梅潭のこの詩が作られたのは一八八六年なので、ほぼ五十年前に当たる。○天保春：宇津木静区が亡くなったのは天保八年（一八三七）二月十九日。旧暦では春である。○碧血：忠臣が流した血。『莊子』外物に「萇弘死於蜀、藏其血三年而化爲碧（萇弘《ちょうこう》蜀に死し、其の血を蔵すること三年にして化して碧と為る）」とあるのにもとづく。○劍頭：剣。「頭」は意味を持たない接尾辞。宇津木静区は刀で首を刎ねられて死んだ。その臨終の様子は、井上哲次郎「宇津木靜區」（『日本陽明學派之哲學』所収、冨山房、一九〇〇）及び原口令成「宇津木矩之丞臨終の實況」（『陽明學』第十五号、一九一〇）に詳しい。○丹心：まごころ。赤心。○册子：四年前に岡本黄石によって刊行された宇津木静区の詩集『浪迹小草』を指す。○王家學派：陽明学派のこと。陽明学は明代に王陽明がおこした儒教の一派で、王学とも呼ばれる。宇津木静区の師である大塩平八郎は陽明学を学んでいた。○謝氏門流：『晩翠書屋詩稿』では「謝疊門流」に作ることから、南宋の謝枋得《しゃぼうとく》（号は畳山）の一門のことを指すと思われる。なお、謝枋得の編著『文章規範』には王陽明が序文を寄せている。○蘋蘩：祭りの供物。蘋と蘩はどちらも食用の水草で、古代では祭祀に用いられていたことから。

【補説】

謝枋得は元朝に仕えることを潔しとせず、宋朝への節を守って死んだが、彼の妻も忠節を守って自ら命を絶った人物として知られる。前田雪子著『偉人の妻』（博文館、一九一二）を参照。また、江戸中期の儒学者、浅見絅斎『靖獻遺言』によると、謝枋得の一族には、彼の妻以外にも、国難に殉じて死んだ者が多くいたことが分かる。『靖獻遺言』は、屈原・諸葛孔明・陶淵明・顔真卿・文天祥・謝枋得・劉因・方孝孺の八人が、君臣の義を絶対視して殉じるさまを紹介したもので、幕末・戦中のベストセラーとなった。梅潭もこの書を通じて謝枋得の事跡を知った可能性が高い。

（遠藤星希）

一六〇 感昔

咄哉造化兒
使人數狂絶
尋舊而觀今
天地全是別
米艦投錨初
國論日百出
幕政紀綱弛
制馭失其術
燕趙悲歌士
仗劒唱激説
公侯總雷同
白晳爲鬼域
或起筑波雲
或飛櫻田雪
獄中或路頭
到處迸碧血

昔に感ず

咄哉《ああ》 造化の児
人をして数ゝ《しばしば》狂絶せしむ
旧を尋ねて今を観れば
天地全く是れ別なり
米艦 投錨の初め
国論 日ゞ《ひび》に百出す
幕政 紀綱 弛《ゆる》み
制馭 其の術を失う
燕趙 悲歌の士
剣に仗《よ》りて激説を唱《とな》う
公侯 総《すべ》て雷同し
白晳 鬼域と為《な》る
或いは筑波に雲を起こし
或いは桜田に雪を飛ばす
獄中 或いは路頭
到る処に碧血を迸《ほとばし》らす

［明治十九年（一八八六）十一月 六十一歳］

外患與內憂
慘淡殺氣逼
霸業三百年
忽失將軍職
激雷一震猛
海溢而山裂
錦旗翻關東
侯伯憂患極
新政百事改
示民以法律
鎖國長夢醒
號令始歸一
結交五大洲
聘師殊俗國
百事總摸擬
上堂要入室
書生皆俊才
文明賤樸質

外患と内憂と
惨淡として殺気逼《せま》る
覇業三百年
忽ち将軍の職を失う
激雷　一たび震いて猛《たけ》り
海溢れて山裂く
錦旗《きんき》　関東に翻り
侯伯　憂患極まれり
新政　百事改まり
民に示すに法律を以てす
鎖国の長き夢醒め
号令　始めて一に帰す
交を五大洲と結び
師を俗を殊にする国より聘す
百事　総《すべ》て模擬し
堂に上り　室に入らんことを要《もと》む
書生　皆　俊才
文明　樸質を賤しむ

七年遊倫敦
十歳歸獨逸
儒生守舊業
家居甘迂拙
所學與時乖
不如戢倦翼
甚哉造物者
施爲多曲折
弄人四十年
果知孰優劣

七年　倫敦《ろんどん》に遊び
十歳　独逸《どいつ》より帰る
儒生　旧業を守り
家居して迂拙に甘んず
学ぶ所　時と乖《そむ》けば
倦翼《けんよく》を戢《おさ》むるに如《し》かず
甚だしきかな　造物者
施為　曲折多し
人を弄ぶこと四十年
果たして知る　孰《いず》れか優劣なるを

【訳】

昔日に感慨を覚えて

何たることだ、創造主という奴は、しばしば人の心をひどく揺り動かす。昔と今を比べてみれば、天と地がひっくり返ったように別物だ。

アメリカの軍艦が初めて浦賀に錨を下ろしたとき、国の進路を語る論が毎日百出した。徳川幕府は支配力が弱まり、国を制御する術《すべ》を失ってしまった。古代中国の燕や趙で悲歌慷慨した士の如き憂国の志士は、刀を手に激しい論説をとなえた。公家や諸藩のお偉い方々はそろって同調し、その結果、若い者達が次々と死んでいった。ある者は筑波山に風雲を巻き起こし、ある者は桜田門外に雪を飛び散らせたのだ。獄中や道ばた、到るところに忠義の血が流れた。開国を迫る諸国の外圧と国策をめぐってぶつかり合う内紛が、惨憺たる状況を生み出して殺気に満ちあふれた世の中であった。徳川幕府の三百年にも及ぶ政権も、にわかに将軍の地位を失ってしまった。激しい雷が突然轟き、海が溢れ、山が裂けるかのように世の中が激動した。薩長を支持する錦の御旗が関東に翻ると、佐幕派の諸大名たちの間ではこの上ない悲壮感が漂った。

明治の新政府の下ですべてが改まり、人々に法律が公示された。鎖国の長い夢から覚め、統治機構がやっと一本化されたのである。世界の国々と誼《よしみ》を通じ、風俗の異なる国から教師を招いた。何から何まで異国を模倣して、より深く完全に学び取ろうとした。学生の方々は俊才ばかり、文明開化では素朴な者が軽蔑される。七年間もロンドンに留学した者もいれば、十年ぶりにドイツから帰国する者もいる。

一方、儒家の徒は昔からの教えを守り、家から出ずに世事に疎く拙《つたな》い生き方に甘んじている。学び鍛えたことが世の流れに合わないのだから、疲れた翼をたたんで世に隠れ住むしかあるまい。何と甚だしいことだ、創造主よ、人にこれほどの波乱を与えるとは。創造主に弄ばれたこの四十年間、文明開化の人びとと素朴な我々と、果たしてどちらが優れているのだろうか。

【語釈】

○造化児‥「造化」は万物を統べる創造主のこと。「造化児」とは、創造主が思うままに振る舞い、翻弄させる様子を気まぐれな子供の遊びに擬えた表現。○狂絶‥思うままに心を動かす。元・戴表元「招子昂飲歌」（『剡源文集』巻二十八）に「狂歌自笑君亦笑、依然狂絶不如君（狂歌し自《みずか》ら笑い君も亦た笑う、依然狂絶君に如《し》かず）」とある。○米艦投錨初：嘉永六年（一八五三）のペリーの浦賀来航による砲艦外交を指すか。これ以前に、アメリカは一八四六年に使節ビットルを派遣して通商を要求しているが、幕府は拒絶している。○仗劒：剣を頼みにする。○白皙：色白の顔立ち。若者の比喩。筑波天狗党事件や桜田門外の変等で死んでいった若者たちを指す。○鬼域：鬼籍に同じ。死者の世界。○起筑波雲：元治元年（一八六四）に、水戸藩の尊王攘夷派でも急進派だった藤田小四郎が水戸町奉行・田丸稲之衛門を主将として担ぎ上げ、攘夷を実現するために筑波山で同志を糾合して挙兵した事件である天狗党の乱を指す。幕府の追討軍に敗れ、乱は鎮圧された。○飛櫻田雪：安政七年（一八六〇）、大老井伊直弼が殺された桜田門外の変を指す。○碧血：忠臣の流した血。上一二九の【語釈】を参照。○一震：雷が突然に激しく轟く様子。○海溢而山裂：世の中をひっくり返すような天変地異。ここでは、世の激動を言う。○錦旗：錦の御旗《みはた》。赤地の錦に日と月が刺繍または描かれた旗で、朝敵に対して官軍であることを示すべく用いられた。鳥羽伏見の戦い以降、官軍の士気を大いに鼓舞すると共に、幕府側に朝敵であると知らしめ、大打撃を与えた。○侯伯：ここでは、幕府側についていた諸大名を指す。○示民以法律：五箇条のご誓文を始めとして、明治新政府は太政官布告や太政官達《たつし》等で法令を国民に公示した。○號令始歸一：幕府と朝廷と異なる命令体系を有していたのが、明治政府に到って一本化されたことを言う。○結交五大洲：福沢諭吉『世界國盡』に、「世界は広し万国は、おほしといへど、大凡《おおよそ》五《いつつ》に分けし、名目《みょうもく》は、亞細亞《あじあ》、阿弗利加《あふりか》、歐羅巴《よーろっぱ》、北と南の亞米利加《あめりか》に、堺《さかい》かぎりて五大洲、太洋洲は別にまた、南の島の名稱《となえ》なり」とある。○聘師殊俗國：明治期のお雇い外国人を指す。幕末から明治にかけて、欧米の先進技術や学問を学ぶ為に雇われた外国人。○上堂要入室：学問や技術が次第に奥深い境地に到達することを求める。○「七年」二句：明治政府による公費留学生たちを指すか。○迂拙：生き方が遠回りで拙いこと。○戢倦翼：疲れた翼をたたむ。

（三上英司・加納留美子）

◎十一月不如学吟社課題

上一六一　詠豆腐　［明治十九年（一八八六）十一月　六十一歳］

不似同根烹太苛
釜中其奈熱心何
方三四寸冰宜伐
碾百千回玉可磨
淡泊休言如酪母
温柔且愛勝湯婆
年年最是春闌夕
炙慰殘牙幾串多

豆腐を詠ず
同根　烹《に》ること太《はなは》だ苛《か》なるに似ざるも
釜中《ふちゅう》　其れ心を熱すること奈何《いかん》せん
方《ほう》すること三四寸　氷も宜しく伐るべく
碾《ひ》くこと百千回　玉も磨く可し
淡泊　言うを休《や》めよ　酪母の如しと
温柔　且《しばら》く愛す　湯婆に勝るを
年年　最も是れ春闌の夕べ
炙りて残牙を慰むること　串《くし》　幾多《いくた》

【訳】

豆腐を詠う

同じ根から採れた豆がらで豆をひどく煮立てるわけではないが、大豆の芯まで熱することはやむを得ない。まるで氷を切るように縦三寸・横四寸の四角にし、まるで玉を磨くように豆を百回も千回もすりつぶした。淡泊な味わいを濃厚な酒粕のようだなどと言わないで欲しい、温かで柔らかな味わいは湯葉以上に愛しいもの。毎年、春の盛りの夜にこそ、残り少ない歯を慰めようと、豆腐の田楽をいったい何本食べてきたことか。

【語釈】

○同根烹太萁：三国魏の文帝・曹丕《そうひ》が弟の曹植《そうしょく》に即興で詩を作るよう命じた「七歩の才」の故事に基づく。『世説新語』文學篇に「文帝嘗令東阿王七歩中作詩、不成者行大法。應聲便爲詩曰、煮豆持作羹、漉菽以爲汁。萁在釜下然、豆在釜中泣。本自同根生、相煎何太急。帝深有慚色」（文帝曹丕はかつて東阿王の曹植に七歩歩くうちに詩を作ることを命じ、詩が作れなければ刑罰を与えるとした。曹植は即座に作った詩の中で、「豆を煮るのに、豆がらを燃やす。同じ根から生まれた者同士なのにどうして豆がらはそれほど勢いよく煎りたてるのか」と述べ、同じ母から生まれた兄弟同士でいがみ合うことの誤りを訴え、曹丕は深く恥じ入った）とある。○熱心：芯まで火が通ること。「心」と「芯」をかけた表現。○百千回：何度も繰り返して。○酪母：酒を絞ったかす。○温柔：ここでは温かく柔らかい豆腐。○春闌：春の盛り。

（三上英司・加納留美子）

◎十一月晩翠吟社課題

上一六三　一疊敷歌　幷引　［明治十九年（一八八六）　六十一歳］

一畳敷の歌　幷《なら》びに引

松浦北海翁今年七十。身體強健、有弔古之癖、無歳不出遊。曠途、絶嶮、名山、舊蹟、探討殆遍。客年、用多年所聚神佛諸堂宇古材、新構書齋。一無凡材。容席一枚、號曰一疊敷室。盖疊者以藺席爲表、以槀薦爲裏、幅三尺餘、長六尺六寸許、厚二寸。邦俗、營室疊數爲規。十疊二十疊、各適所欲。而此室僅容一疊。世間未曾聞者。可以知翁之好事矣。因作此歌。

松浦北海翁《まつうらほっかいおう》は今年七十なり。身体は強健にして、古を弔う癖有り、歳として出遊せざる無し。曠途、絶嶮、名山、旧蹟、探討すること殆ど遍《あまね》し。客年、多年聚《あつ》むる所の神仏の諸堂宇の古材を用い、新たに書斎を構う。一として凡材無し。席一枚を容れ、号して一畳敷室と曰う。蓋《けだ》し畳なる者は藺席《りんせき》を以て表と為し、槀薦《こうせん》を以て裏と為し、幅は三尺余り、長さは六尺六寸許《ばか》り、厚さは二寸。邦俗、室を営むに畳数もて規と為す。十畳二十畳、各〻《おのおの》欲する所に適《かな》う。而るに此の室は僅かに一畳を容るるのみ。世間に未だ曾《かつ》て聞かざる者なり。以て翁の好事を知る可きなり。因りて此の歌を作る。

莫就形観心　　形に就きて心を観る莫《な》かれ
可據性分物　　性に拠りて物を分かつ可し
秋毫與太山　　秋毫と太山と
大小無不一　　大小　一《いつ》ならざる無し
吾言雖淺矣　　吾が言　浅しと雖も
可評翁性質　　翁の性質を評す可し

時而龍蛇伸
時而尺蠖屈
六笏室始成
結構何奇絶
寸木皆千年
如鍛錕鋙鐵
叩之鏘鏘鳴
斧鑿痕不滅
此室天下無
此翁不再出
連甍五層楼
孰優而孰劣
齊物理旨深
愛翁老此室

時にして龍蛇伸び
時にして尺蠖《せきかく》屈す
六笏《ろくこつ》　室始めて成り
結構　何ぞ奇絶なる
寸木　皆　千年
錕鋙《こんご》の鉄を鍛うるが如し
之《こ》れを叩けば　鏘鏘《しょうしょう》として鳴り
斧鑿《ふさく》　痕　滅せず
此の室　天下に無く
此の翁　再びは出でざらん
甍《いらか》を連ぬる五層の楼
孰《いず》れが優れて孰《いず》れが劣る
斉物　理旨深し
翁の此の室に老ゆるを愛《お》しむ

【訳】

一畳敷の書斎の歌　ならびに序

松浦北海翁は今年で七十歳になられる。矍鑠《かくしゃく》として、古跡を尋ねることを好まれ、旅行をされない歳はない。はるか遠い道・極めて険しい路・名山・旧跡など、景勝地はほとんど探訪し尽くしておられる。去年、長年集めてきた神殿や仏閣の廃材を使って、書斎を新築された。ありふれた木材は一つも用いていない。畳《たたみ》一畳が入るだけの大きさで、「一畳敷室」と命名された。思うに畳といえばイグサのむしろを表面にし、ワラのむしろを裏面にして、幅は三尺余り、長さは六尺六寸くらいで、厚さは二寸と決まっている。わが国の習慣では、和室を造るときに畳の数を広さの基準とする。十畳でも二十畳でも、それぞれが好きなだけの広さを取る。ところがこの書斎はたった一畳分しかない。このような書斎は世間で一度も耳にしたことがない。これによって松浦翁の好事家ぶりを知ることができる。そこでこの歌を作った。

外形にもとづいて本質を判断してはならず、本性によって物事を識別するべきだ。秋になって生え変わった獣の細い毛と泰山とでは、万物斉同の観点から見れば大きさに違いなどない。私の言葉は浅薄ではあるけれども、松浦翁の天性を次のように評することはできる。時には龍のように身を伸ばし、時にはシャクトリムシのように身を縮めるのだと。長さ六尺の書斎がようやく完成したが、その構えは何と奇抜なことか。短い建材に至るまでみな樹齢は千年を越えており、古代の名剣錕鋙《こんご》の鉄を鍛えたかのように重厚かつ頑堅な風格が備わっている。叩いてみると硬くしまった金属質の音が鳴り、斧や鑿《のみ》で加工をした痕跡がまだ残っている。このような書斎は世の中に二つと無く、この松浦翁のごとき人物は二度と現れないであろう。甍《いらか》をつらねた五層の楼閣と、一体どちらが優れどちらが劣っていると言い切れるだろうか。荘子の説いた斉物の道理は何とも奥深い、この書斎で老いを養う松浦翁のことを私はいとおしく思うのだ。

【語釈】

○松浦北海翁・松浦武四郎《まつうらたけしろう》（一八一八―一八八八）。幕末から明治にかけて活躍した探検家。雅号は北海道人《ほっかいどうじん》。蝦夷地に「北海道」という名をつけたことで知られる。安政二年（一八五五）に蝦夷御用御雇に抜擢され、蝦夷地を探査。その後、『東西蝦夷山川地理取調圖《とうざいえぞさんせんちりとりしらべず》』を著す。明治二年（一八六九）、開拓使判官となる。この時期に「北海道」という名を提案し、これが採用された。開拓使権判官として赴任してきた梅潭と、短い期間ではあるものの在任時期が重なっている。○強健：身体が壮健で丈夫なこと。○藺：イグサ科の多年草。茎がむしろの材料となる。イグサ。○就：頼る。もとづく。手掛かりにする。○據性分物：本性にもとづいて物事を識別する。「分」は見分ける。弁別する。南宋・褚伯秀『南華眞經義海纂微』巻三「齊物論」に「夫以形相對、則太山大於秋毫。若各據性分物冥其極、則形大未爲有餘、形小不爲不足（夫れ形を以て相い対すれば、則ち太山は秋毫より大なり。若し各ゝ《おのおの》性に拠りて物を分かち其の極を冥とすれば、則ち形は大なるも未だ余り有ると為さず、形は小なるも足らざると為さず）」とある。○「秋毫」二句：『莊子』齊物論に「天下莫大于秋豪之末、而大山爲小（天下に秋豪の末より大なるは莫く、而して大山を小と為す）」とあるのを踏まえる。「秋毫（秋豪）」は秋になって生え変わった獣の細い毛。「太山」は泰山。中国山東省にある名山。○「時而」二句：松浦武四郎が、時には諸国を探検して天下を狭しとする一方、時には一畳敷の小さな書斎に安住したことをいう。○六笏室：「六尺室」に同じ。「笏」は同音の「尺」に通じる。序にあるように、松浦の書斎は畳一枚分、縦六尺しかなかった。一尺は約三十センチメートル。なお、下二四〇にも「六笏草堂塵不侵（六笏草堂塵侵さず）」という句が見える。○錕鋙：古《いにしえ》の名剣。『列子』湯問に「周穆王大征西戎、西戎獻錕鋙之劒（周の穆王大いに西戎を征し、西戎錕鋙の剣を献ず）」とある。○鏘鏘：金属や石などを打った時に生じる澄んだ音。○斧鑿痕：斧で斬ったり鑿《のみ》で削ったりした痕。○齊物：荘子が主張した哲学思想。現実世界における一切の事物を等価値とみなし、生死や得失、有無や彼我といったあらゆる相違を超克する考え方。

（遠藤星希）

上一六四　歳晩雜感次韻朽木錦湖　［明治十九年（一八八六）十二月　六十一歳］

歳晩の雑感、朽木錦湖《くちききんこ》に次韻す

窮陰更覺耳嘈嘈
巨利網來誰是陶
青鼠裘鮮驕野服
紫萄酒美笑村醪
金牌挂臂應人傑
玉閣容身或世豪
一轉雙眸風色慘
西溟雲走怒濤高

窮陰　更に覚ゆ　耳　嘈嘈《そうそう》たるを
巨利　網《あみ》し来《き》たるは　誰か是れ陶たらん
青鼠の　裘《かわごろも》　は鮮やかにして　野服に驕《おご》り
紫萄の酒は美《うま》くして　村醪《そんろう》を笑う
金牌　臂《うで》に挂《か》くるは　応《まさ》に人傑なるべし
玉閣　身を容るるは　或いは世豪ならん
一たび双眸《そうぼう》を転ずれば　風色惨たり
西溟　雲走りて　怒濤高し

【訳】

歳末の雑感をつづり、朽木錦湖の詩に次韻した

歳の暮れになるといっそう耳に騒がしい音が聞こえてくるのだが、陶朱公のように巨利をすくいあげて騒いでいる成金は一体誰であろうか。その者どもは色鮮やかなリスの毛皮の服を着て、野暮ったい服を着た人間にいばりちらし、美味なる紫色の葡萄酒を飲んでは、田舎の濁り酒のことを馬鹿にする。その者どもは黄金の勲章を腕に掛けているのだからきっと英傑なのだろうし、立派な楼閣に身を置いているのだから由緒ある家柄なのであろう。ふと視線を移してみると景色は惨澹としており、薄暗くなった西の空に雲が

流れて大波が荒れ狂っている。

【語釈】
○次韻：他人が作った詩の韻字と同じ字を同じ順番で用いて詩を作ること。○朽木錦湖：未詳。【補説】参照。○窮陰：歳の暮れ。唐・白居易「歳晩旅望」詩（『白氏長慶集』巻十五）に「向晩蒼蒼南北望、窮陰旅思両無邊（晩《くれ》に向《なんな》んとし蒼蒼として南北を望めば、窮陰の旅思両《ふた》つながら辺無し）」とある。○嘈嘈：ざわざわと騒がしい様子。○陶：陶朱公。中国春秋時代の人物、范蠡《はんれい》の異称。越王句践《こうせん》を輔佐して呉を滅ぼした後、越を去って鴟夷子皮《しいしひ》と名前を変え、商売をして巨万の富をたくわえた。その後一旦散財するが、陶（山東省定陶県）の地に移住して陶朱公と称し、再び巨万の富を得たという。○青鼠：リスの一種。毛皮は高級品。○村醪：村落で醸される濁り酒。○金牌：国が授与する勲章のことか。近代日本の叙勲制度は、明治八年（一八七五）に「賞牌従軍牌制定ノ件」（明治八年太政官布告第五十四号）が公布されたことによって定められ、勲等が叙された者に賞牌（メダルの類）が下賜されるようになった。翌年の太政官布告により、賞牌は勲章と改称された。

【補説】
朽木錦湖の名は下一八八の詩題にも見える。また、『晩翠書屋詩稿』の明治十八年（一八八五）には「九月廿三日同稲津南洋有竹碧光發東京將赴日光汽車中次朽木錦湖送別之韻賦所見」詩が収められ、その末尾に「是日新柳吟社二洲樓秋季會」という自注があることから、朽木錦湖は新柳吟社の同人だった可能性がある。向山黄村にも朽木錦湖に次韻した詩があり、また依田学海『學海日錄』（第七巻）明治二十年九月廿三日の項には「朽木錦湖は都築駿州の子也」、同

（第八巻）明治二十三年十月廿三日の項には「この都々木の一子は朽木錦湖とて詩を善くす」とその名が見える。

（遠藤星希）

上一六五　除夜次半嶺之韻　［明治十九年（一八八六）十二月三十一日　六十一歳］

除夜に半嶺の韻に次す

點檢人事煩　点検す　人事の煩わしきを
不免五窮逐　五窮の逐うを免れず
志大而才疎　志は大なれども才は疎く
一笑終碌碌　終《つい》に碌碌たるを一笑す
胸間別有二頃田　胸間　別に二頃の田有り
道義耕耘六十年　道義　耕耘《こううん》すること六十年
功名夢醒一身老　功名　夢醒めて　一身老い
灰心寂寞塵事捐　灰心　寂寞として　塵事捐《す》つ
樗散自古難成用　樗散《ちょさん》　古《いにしえ》自り用を成し難く
白頭餞年慚瓦全　白頭　年を餞《おく》り　瓦全を慚《は》づ

【訳】

大晦日の夜に中根半嶺の詩に次韻した

この一年に起こったわずらわしい世の出来事を振り返ってみたが、つきまとう疫病神からは逃れられなかったようだ。志は遠大なくせに才能は乏しく、結局は無用の長物になってしまった我が身を笑ってしまう。心の中には現実とは別に二頃の広さの田地があり、人の行うべき正しい道の教えをその田地で六十年間耕し追及してきた結果がこれである。手柄を立てる夢からはもう醒めてこの身は老いてしまい、燃えつきて灰になった心はもの寂しく世俗との交わりも絶ってしまった。ニワウルシは昔から役に立たないと言われているが、白髪頭で年越しをしている私も無駄に生きながらえているのが恥ずかしい。

【語釈】

○次韻：他人が作った詩の韻字と同じ字を同じ順番で用いて詩を作ること。○半嶺：中根半嶺（一八三一―一九一四）。幕末・明治期の医師。書家としても名を知られ、特に隷書を得意とした。明治四十年（一九〇七）の日本書道会創設に尽力。○點檢：反省する。振り返ってみる。○人事：人の世の様々な出来事。○五窮：「智窮（知恵貧乏）」・「学窮（学問貧乏）」・「文窮（文学貧乏）」・「命窮（運命貧乏）」・「交窮（交際貧乏）」を招く五人の疫病神のこと。なまじっか知識があったり、学問好きが高じたり、独創的な文学的営為を好んだり、運命にめぐまれなかったり、交際が下手なために招いた疫病の形容。○碌碌：無能で人の役に立たないさま。○二頃田：中国戦国時代の蘇秦が宰相となって故郷に凱旋した際、かつて自分の貧しさをあなどった兄嫁に対して「もし私に洛陽の城に近い田地が二頃もあったなら、宰相の印を腰につけることはできなかったであろう」と語った故事を踏まえる（『史記』巻六十九「蘇秦列傳」）。梅潭も蘇秦と同じく、実際には「二頃の田（広い田地）」を所有してはいないものの、心の中には別に「二頃の田」があってそれを六十年間耕していたからこそ、蘇秦のように出世はできなかったのだ、と言いたいのであろう。○樗散：役に立たない物の喩え。「樗」はニワウルシ。木材として用をなさない。○瓦全：何事も成し遂げないまま、無駄に長生きすること。

（遠藤星希）

一六九　次韻淺野蕉齋新年見寄以答　［明治二十年（一八八七）一月　六十二歳］

浅野蕉斎《あさのしようさい》の新年に寄せらるるに次韻して以て答う

旭日曈曈映紫宸
憶君薄醉祝良辰
新毫古硯爲師弟
白酒青餈孰主賓
老住山村多逸樂
詩逃官海有精神
今年復引當年例
探討紅桃十里春

旭日《きよくじつ》　曈曈《とうとう》として紫宸《ししん》に映じ
君を憶《おも》いて薄《うす》く酔い　良辰を祝う
新毫《しんごう》　古硯《こけん》　師弟と為《な》るも
白酒《はくしゆ》　青餈《せいし》　孰《いず》れか主賓ならん
老いて山村に住めば逸楽多く
詩もて官海を逃《のが》るれば精神有り
今年　復た当年の例を引きて
紅桃を探討せん　十里の春

【訳】

浅野蕉斎から送られた新年の詩に次韻して答える

朝日の最初の光が宮城を徐々に照らしはじめた頃、あなたを思いながらほろ酔い加減で新年を祝った。新しい筆のような君と古い硯《すずり》のような私は弟子と師匠の間柄だが、にごり酒と草餅とが主客定めがたいようにどちらが上というわけでもない。余生を山村で過ごせば楽しみが多く、詩を書いて官僚の世界から抜け出せば気力が湧いてくる。今年もまた以前のように、桃の花を訪ねながら一緒に春景色の中を十里ほど歩こう。

【語釈】
○次韻：他人が作った詩の韻字と同じ字を同じ順番で用いて詩を作ること。○淺野蕉齋：未詳。【補説】参照。○曈曨：朝日が徐々に射し明るくなるさま。○紫宸：宮殿の名。天子がいるところ。○良辰：日がらが良い日。ここでは新年。○白酒：にごり酒。○青餈：もち米に野草などを混ぜ蒸して作ったもの。草餅。○精神：活力、元気。○當年：昔、以前。一昨年、浅野蕉斎の在所に桃の花を見に行った。【補説】参照。

【補説】
浅野蕉斎は粕壁（埼玉県。利根川の近くで、今の春日部《かすかべ》）に住んでいて上一六四に見える朽木錦湖《くちききんこ》と交流があった。『晩翠書屋詩稿』明治十八年（一八八五）の項に「四月廿二日同宮本鴨北中根半嶺朽木錦湖赴粕壁驛訪淺野蕉齋寓居因蕉齋及鹿間金子二生先導棹舟於古刀根川観小淵村桃花其夜宿驛之逆旅俵樓而還矣往來得五絶句（四月廿二日、宮本鴨北《みやもとおうほく》、中根半嶺《なかねはんれい》、朽木錦湖《くちききんこ》と同《とも》に、粕壁《かすかべ》駅に赴き浅野蕉斎の寓居を訪《おとず》れ、蕉斎及び鹿間金子二生の先導に因りて舟に古刀根川に棹《さお》さして小淵村の桃花を観る。其の夜駅の逆旅《げきりょ》俵楼に宿して還るなり。往来にて五絶句を得）」という詩がある。また翌明治十九年の「三月十九日淺野蕉齋見訪席上次韻朽木錦湖絶句以似」詩の「逢君憶起棹桃源」句に「昨春、同鴨北錦湖游糟壁村訪蕉齋寓居、棹艇於小淵村賞桃花」（昨年の春、鴨北と錦湖と共に糟壁村に遊んで蕉斎の寓居を訪ね、舟で小淵村に行き桃の花を楽しんだ）という自注がある。

（市川桃子）

上一七〇　送中澤機堂歸唐津次其留別韻　［明治二十年（一八八七）六十二歳］

中沢機堂の唐津《からつ》に帰るを送り、其の留別の韻に次す

送君暗擬吉人詞　君を送り　暗《ひそ》かに擬《ぎ》す　吉人《きつじん》の詞《ことば》
遠別寡言休恠之　遠別　寡言《かげん》　之《こ》れを怪《あや》しむ休《な》かれ
庭院春風樊素涙＊　庭院の春風　樊素《はんそ》の涙
屋梁落月少陵思　屋梁《おくりょう》の落月　少陵《しょうりょう》の思い
青雲忘了謝京甸　青雲　忘了して京甸《けいでん》より謝《さ》るに
白髪感餘分路岐　白髪　感余りて　路岐《ろき》に分かる
何日早完終老計　何《いず》れの日にか　早く終老の計を完《まっと》うし
焚香靜坐讀韓詩＊＊　香《こう》を焚《た》き静かに坐して韓詩を読まん

＊姫人、留滞東京（姫人、東京に留滞《りゅうたい》す）
＊＊機堂、喜讀韓文公詩（機堂、喜《この》みて韓文公の詩を読む）

【訳】

中沢機堂が唐津に帰るのを見送り、その別れ際に詠んだ詩に次韻する

あなたを見送る時、ひそかに易《えき》の「吉人《きつじん》は辞《ことば》寡《すく》なし」という言葉になぞらえていた。だから、遠く旅立つあなたへ見送りの言葉が少ないといって不思議に思わないでほしい。中庭に春風が吹きぬけて樊素《はんそ》のような娘が悲しんでおり＊、部屋の梁《はり》に沈みゆく月の光が差し込み、杜甫が李白を思うようにこの別れが惜

しまれる。青年のころに抱いた志などすっかり忘れてしまってあなたはいま都の外れから出発しようとしている。白髪頭の私はあふれ出す思いをかかえてあなたとの分かれの道に立つ。いつか君も余生を送る算段を整えて、すぐに香《こう》を焚《た》き静かに坐って韓愈《かんゆ》の詩を読む日が来ることだろう＊＊。

＊愛妾は東京に留まるという。
＊＊機堂は韓愈の詩を好んで読む。

【語釈】

○中澤機堂：中沢見作（一八二二―一八九六）。機堂は号。唐津藩士中沢安僊の子。長崎で蘭学を学び、その後、海軍養成所で英学を修めた。文久元年（一八六一）、藩の西洋砲術教授となる。権大参事、衆議院議員を歴任し、この明治二十年（一八八七）に故郷に帰り、大成校（現在の佐賀県立唐津東高等学校・中学校）の教師となった。○唐津：佐賀県の北西に位置し玄界灘に面する。旧東松浦郡。唐津藩の城下町を前身とする。○次韻：他人が作った詩の韻字と同じ字を同じ順番で用いて詩を作ること。○「送君」二句：「吉人」は、よい人。りっぱな人。『易經』繫辭下傳に「吉人之辭寡、躁人之辭多（吉人の辞《ことば》は寡《すく》なく、躁人の辞《ことば》は多し）」とある。○樊素：唐・白居易の妾の名。白居易「不能忘情吟」序（『白氏長慶集』巻七十一）に「妓有樊素者、年二十餘。綽綽有歌舞態、善唱楊枝（妓に樊素という者有り、年二十余。綽綽として歌舞の態有り、善く楊枝を唱う）」とある。後に歌が上手い芸妓を指すようになった。ここでは、中沢機堂の愛妾を指す。○屋梁落月：友を思う気持ちの深いこと。夜郎《やろう》（今の貴州省西部）に追放されて杜甫には消息がわからなくなっていた李白を夢に見て作った「夢李白二首」其一（『杜詩詳注』巻七）の「落月満屋梁、猶疑照顔色（落月《らくげつ》屋梁《おくりょう》に満《み》ち、猶お疑う顔色《がんしょく》を照らすかと）」という句に基づく。○少陵：唐の詩人、杜甫。長安の南郊にある少陵の出身である所から杜少陵と呼ばれた。〇青雲‥青雲の志。青年が抱く志。唐・張九齢「照鏡見白髪」詩（『唐詩選』巻六）に「宿昔青雲志、蹉跎白髪年（宿昔《しゆくせき》青雲の志《こころざし》、蹉跎《さた》たり白髪の年）」とある。〇京甸‥都の周辺。都の郊外。〇路岐‥岐路。分かれ道。〇終老‥老いを終える。余生を過ごす。〇韓文公‥唐の詩人、韓愈。「文公」は諡《おくりな》。

【補説】

『學海日錄』（第八巻）明治二十五年三月七日の項に「杉浦梅翁より、唐津人田邊新之助、その師が爲に碑文を作らんことを（略）請われた」とあり、同明治二十五年三月二十五日の項に「田邊竹坡《たなべちくは》來たり手、中澤機堂の碑文の謝儀五圓をおくらる」とある。

（市川桃子）

上一七一　観劇五絶句　録一　［明治二十年（一八八七）六十二歳］

劇を観る、五絶句　一を録す

未把形骸入菩提　未だ形骸を把《と》りて菩提に入れず
悲歡觸眼道心迷　悲歓《ひかん》　眼に触るれば　道心迷う
先生今日癡何甚　先生　今日　痴《ち》なること何ぞ甚だし
漫擲多錢買假啼　漫《みだ》りに多銭を擲《なげう》ちて仮啼《かてい》を買うとは

【訳】

観劇、五絶句　一首を採録する

私はまだこの体を悟りの境地に入れていないので、演劇の悲しみや喜びを目にすれば悟っているつもりの気持ちが揺れる。この先生、今日はなんと馬鹿なことをしているのか、無分別に大金を払って仮の世界に流す涙を買うとは。

【語釈】

○形骸…精神の働きのない肉体。○菩提…迷いをたちきって得た悟り。○道心…仏道を信じる心。○漫擲…好き勝手にばらまく。

（市川桃子）

一八〇　鹽原道中次韻依田學海

［明治二十年（一八八七）六十二歳］

塩原道中にて依田学海に次韻す

力闢山靈祕　力は山霊の秘を闢《ひら》き
文章可以鳴　文章は以て鳴る可し
長蛇君横＊掣　長蛇　君　横掣《おうせい》し
雛鶴我攜行＊＊　雛鶴　我《わ》れ　携行す
雨霽雲猶濕　雨霽《は》るるも　雲猶お湿《うるお》い
風涼夏亦清　風涼しくして　夏も亦た清し
置身塵境外　身を塵境の外に置き
唱和有餘情　唱和すれば余情有り

＊上聲（上声）
＊＊余、攜小婢（余、小婢を携《たずさ》う）

【訳】

塩原の旅の途中で依田学海の詩に次韻した

あなたの力は山の神の神秘を明らかにし、文章は世上に鳴り響いている。あなたは好き放題に＊大蛇をひきずり、私はといえば鶴の雛《ひな》のような若い娘を連れて歩いている＊＊。雨はあがったが雲はなおも湿り気を帯びており、風が涼しいので夏なのに清々しい。この身を俗世の外に置き、詩を唱和すれば余韻が残る。

＊上声に読む。

＊＊私は、若い妾《めかけ》を連れていた。

【語釈】

○鹽原：かつての塩原町で、現在の栃木県那須塩原市。塩原温泉郷で有名。○次韻：他人が作った詩の韻字と同じ字を同じ順番で用いて詩を作ること。○依田學海：上一四二の【補説】参照。○力闢：「力」は、ここでは依田学海の筆力を指す。「闢」は閉じられたものを開く。隠されたものを明らかにする。○文章可以鳴：この句は唐・韓愈「送孟東野序」（『五百家注昌黎文集』巻十九）の「唐之有天下、陳子昂、蘇源明、元結、李白、杜甫、李觀、皆以其所能鳴。其存而在下者、孟郊東野始以其詩鳴（唐の天下に有るや、陳子昂、蘇源明、元結、李白、杜甫、李観、皆其の能くする所を以て鳴る。其の存して下に在る者、孟郊東野始めて其の詩を以て鳴る）」を踏まえる。古人が「文章」、すなわち詩によって名声が響き渡った例を挙げ、依田学海の詩才を称揚している。○横：好き放題に。ほしいままに。この意味の時には去声で読む。梅潭の自注に「上聲」とあるのは誤り。○掣：引っ張る。引きずる。○雛鶴：鶴の雛《ひな》。自注にいう「小婢」の比喩。妾《めかけ》の千代のこと。梅潭は明治十九年（一八八六）に「依田學海戲名余小婢爲仙蝶有詩次韻以答（依田学海戯れに余の小婢に名づけて仙蝶と為す。詩有り、次韻して以て答う）」という詩（『晩翠書屋詩稿』所収）を詠んでおり、依田学海が千代に「仙蝶」という愛称を付けたことが分かる。

（遠藤星希）

上一八一　回顧瀑　［明治二十年（一八八七）六十二歳］

在大網。路上有橋可五丈、飾以白漆。瀑自其下瀉入溪中。

回顧《みかえり》の瀑《たき》

大網《おおあみ》に在り。路上に橋の五丈可《ばか》り有り、飾るに白漆を以てす。瀑《たき》は其の下自《よ》り瀉《そそ》ぎて溪中に入る。

下有石　上有橋　下に石有り　上に橋有り
中間水勢如急飆　中間の水勢　急飆《きゅうひょう》の如し
非煙雨　非風霰　煙雨に非ず　風霰《ふうさん》に非ず
山之半腹懸青絹　山の半腹　青絹を懸く
想見九郎逃難時　想見す　九郎　難を逃《のが》れんとする時
鬼武號令如風追　鬼武の号令　風の如く追うを
回顧唯見一道白　回顧すれば唯だ一道の白きを見るのみ
此即伊豆冠者旗＊　此れ即ち伊豆冠者の旗なり

＊伊豆冠者有綱源三位頼政嫡孫而義經女婿也。與鎌倉兵戰不利、匿山中。今有有綱社（伊豆の冠者有綱《ありつな》は、源三位頼政の嫡孫にして義経の女婿なり。鎌倉の兵と戦いて利あらず、山中に匿《かく》る。今有綱の社《やしろ》有り）

【訳】
回顧《みかえり》の滝
大網にある。滝へと続く道には五丈ばかりの長さの橋があり、白い漆で塗ってある。滝がその橋の下から谷川にそそいでいる。

下には岩があり上には橋がかかり、その間を流れる滝の水はつむじ風のように勢いがある。けむる霧雨《きりさめ》でもなく風に舞う霰《あられ》でもなく、さながら山の中腹に掛けられた青い絹のようだ。目に浮かぶのは、難を逃れようと北へ向かった九郎義経を、鬼武者頼朝の号令に従って兵士たちが疾風のように追いかけた、その情景。振り返って見れば一筋《ひとすじ》の白い水があるばかり。これこそ伊豆冠者源有綱の旗に他ならない＊。

＊伊豆冠者の有綱は、源三位頼政の嫡孫であり義経の娘婿である。源頼朝公の兵と争って不利になり、山中に身を隠した。今でも有綱の社《やしろ》が残っている。

【語釈】

○回顧瀑：塩原十名瀑の一つ。景観の美しさのあまり「立ち去る際に振り返らずにはいられない」ため、この名が付いたとされる。○大網：栃木県那須塩原市の地名。大網温泉で知られる。○九郎逃難時：「九郎」は源義経のこと。源義朝の九男として生まれたので、「九郎」と呼ばれる。兄の頼朝の命に従って平家および木曽義仲追討の功をあげたが、後に頼朝の不興を買い、義経捕縛の命令が諸国の武士に出されるに及んで、奥州《おうしゅう》藤原氏を頼って難を逃れようとした。○鬼武：源頼朝のこと。幼名が鬼武者だったことに因《ちな》む。○回顧唯見一道白：白は源氏の旗の色。滝の水の色から白い旗を想起させ、次句を導く。○伊豆冠者：源有綱のこと。祖父は源三位こと源頼政、父は伊豆守源仲綱。頼朝に従って平家追討に参加した際、義経と行動を共にした。そのために有綱は義経の一派とみなされ、後に大和国宇多郡において北条時貞との合戦の末に敗北、後に深山に入って自刃した（『吾妻鏡』文治二年六月二十八日条）。塩原には有綱が再起をかけて潜伏していたという「源三窟」という名の鍾乳洞がある。自注にいう「有綱の社」は、この伝説に由来するものであろう。〇鎌倉‥源頼朝のこと。鎌倉に幕府を開いたことによる。

【補説】

この「回顧瀑」以下、上一八二「天狗巖」・上一八三「高尾碑」・上一八四「妙雲寺」・上一八五「源三洞」の以上五首は、依田学海の「鹽原五觀」という五首の詩を翻案した連作詩であり、以下のような総題がつけられている。「余、同學海翁、浴餘探討古蹟。翁有五古五篇、名云鹽原五觀。余、乃飜作樂府（余、学海翁と同《とも》に、浴余に古蹟を探討す。翁に五古五篇有り、名づけて塩原五観と云う。余、乃ち翻《かえっ》て楽府《がふ》を作る）」（私は、依田学海翁と一緒に、入浴の後に古跡を探訪した。学海翁に五言古詩が五首あり、名づけて「塩原五観」という。私は、そこで翻案して楽府を作ってみた）。

（遠藤星希）

上一八三　高尾碑　［明治二十年（一八八七）六十二歳］

高尾の碑

在鹽竈。名妓高尾、生於此、後爲仙臺公所斬。山本北山、作碑陰記。

塩竈《しおがま》に在《あ》り。名妓《めいぎ》高尾、此《こ》こに生まれ、後に仙台公の斬る所と為る。山本北山《やまもとほくざん》、碑陰の記を作る。

其容美　其質純　　其の容は美にして　其の質は純なり
崑山出玉磨不磷　　崑山《こんざん》　玉《ぎょく》を出《い》だし　磨くも磷《りん》ならず
七十萬　縱情慾　　七十万　情欲を　縦《ほしいまま》にす
風流太守手何毒　　風流太守　手は何ぞ毒ならん
蛾眉忽沒鱗鱗波　　蛾眉《がび》　忽《たちま》ち鱗鱗《りんりん》たる波に没す
三叉遺跡今如何　　三叉《さんさ》の遺跡　今如何《いかん》
一片石古苔紋碧　　一片の石古《ふ》りて苔紋碧《あお》し
嗚呼紅顏薄命多　　嗚呼《ああ》　紅顔　薄命《はくめい》多し

【訳】

高尾の碑

碑は塩釜にある。名妓と謳《うた》われた高尾太夫《たかおだゆう》はここで生まれ、後に仙台公に斬られて死んだ。山本北山が、碑の裏に高尾についての文を書いている。

その容貌は美しく、性質は純粋であった。崑崙山で採れた美玉が、磨いてもまだら石になることはなく純白であるように。七十万石の仙台藩主伊達綱宗《だてつなむね》公は情欲のままに高尾を手に入れようとした。風流な君主といわれながらその手段はなんと乱暴であったことか。美しい人はたちまち打ち寄せる波間に沈んでしまった。隅田川三ツ又での凶事の跡は今どうなっていることか。塩釜に一つの古びた石碑が青く苔むしている。ああ、美人は幸《さち》の薄いもの。

【語釈】

○高尾碑…「高尾」とは江戸時代の遊女、二代目万治高尾《まんじたかお》のこと。才色によって知られたが、彼女を身請けしようとした仙台藩主の伊達綱宗《だてつなむね》の意に背いたために、三ツ又（隅田川の中州）近くで斬殺された、という俗話があり、歌舞伎や落語にもなった。塩原には、文化十三年（一八一六）山本北山撰の「高尾塚の碑」が残される。碑文に依れば、塩原は高尾の生地で、その死を悼んだ子孫が碑を建てた、という。碑文では、その死因は過労による病死とされる。○鹽竃…栃木県那須塩原市にある温泉郷の名。○山本北山…山本信有（一七五二―一八一二）。儒学者。北山は号。竹堤吟社を起こし、清新性霊派の詩人を育てた。○昆山…崑崙山のこと。美玉を産出する。○璘…模様のある玉《ぎょく》。○風流太守…第三代仙台藩主・伊達綱宗のこと。酒色に溺れた暗愚な君主とされる。一族や家臣との対立を招いた為、幕府の命によって二十一歳で隠居させられた。一方で芸術愛好家としても知られ、和歌や書、絵画などに関心を寄せ、自らも創作した。○毒…ひどいこと。悪辣なこと。毒手は凶悪な手段。○鱗鱗…水の波の形容。唐・李群玉「江南」詩（『全唐詩』巻五百七十）に「鱗鱗別浦起微波（鱗鱗たる別浦に微波起こる）」とある。

（市川桃子）

上一八八　夜坐（二首其一）　［明治二十年（一八八七）九月五日　六十二歳］

慷慨還慷慨
秋風拭劍看
此心三十歳
老矣一燈寒

夜に坐す（二首其の一）
慷慨　還《ま》た慷慨
秋風に剣を拭いて看る
此の心　三十歳
老いたるかな　一灯寒し

【訳】
夜に坐して（二首その一）
悲憤慷慨を重ね、秋風の中に剣を拭《ふ》き清めて見つめる。この心を抱え続けてきた三十年。すっかり年老いてしまったことだ、ともしびが一つもの寂しく灯っている。

【語釈】
○拭劍‥剣の曇りや塵を払い清めること。唐・李白「留別賈舍人至二首」其一（『李太白全集』巻十五）に「拂拭倚天劍、西登岳陽樓（払拭す倚天の剣、西に登る岳陽楼）」とある。○此心三十歳‥三十年間、変わらぬ思いを抱き続けること。本詩が作られた歳の凡そ三十年前、嘉永四年（一八五一）に、梅潭は大番衛士を拝命し、幕府に出仕した。第一句の「慷慨」とは当時の幕府の衰退を振り返って述べたか。

◎九月五日晩翠吟社課題

（三上英司）

上一九二 次韻湖山翁京寓十首 錄八(其二) [明治二十年(一八八七) 六十二歳]

諸老前後歿
寂寥三十歳
士人無世祿
人情一般改
以今顧昔日
遺老君獨在

湖山翁の京寓に次韻す十首 八を録す(其の二)

諸老 前後して歿《ぼっ》し
寂寥たり 三十歳
士人 世禄《せいろく》無く
人情 一般に改まる
今を以て昔日を顧《かえり》みれば
遺老 君独り在るのみ

【訳】

小野湖山翁の「京寓」に次韻する十首 八首を採録する(その二)

知り合いの老人たちは相次いで亡くなり、幕末からの三十年のうちにすっかり寂しくなってしまった。武士の世襲の家禄はすでに無くなり、世の人々の心持ちも全体的に変わってしまった。今の世を眺めた上で往昔を振り返ってみると、幕府の遺臣の中で健在なのはもうあなただけだ。

【語釈】

○次韻:他人が作った詩の韻字と同じ字を同じ順番で用いて詩を作ること。○湖山翁:小野湖山(一八一四―一九一〇)。上〇三七の【語釈】を参照。○士人無世祿:明治九年(一八七六)に政府が断行した、秩禄処分《ちつろくしょぶん》を指す。世禄とは、江戸時代、幕府や大名が所属する家臣に与えていた世襲制の俸禄のこと。明治維新後も当初は継続されたが、歳出の三割を占め、深刻な負担となっていた。〇人情：世間の人々の心持ち。〇一般：全体に行きわたっていること。

（遠藤星希）

上二〇〇　除夜書懐（二首其二）

［明治二十年（一八八七）十二月三十一日　六十二歳］

餘齡與墨日相磨
洗硯揮毫竟奈何
仙佛身心應類我
英雄功業總期他
九分人事少成局
三尺劍鋩摧劫魔
只爲胷襟逾不俗
今年詩比去年多

除夜に懐《おも》いを書す（二首其の二）
余齢《よれい》　墨と与《とも》に　日ゞ《ひび》に相《あ》い磨し
硯を洗い毫《ふで》を揮《ふる》うも竟《つい》に奈何《いかん》せん
仙仏の身心　応《まさ》に我《わ》れに類《たぐ》うべし
英雄の功業　総《すべ》て他《た》に期す
九分《きゅうぶ》の人事　成局少《まれ》に
三尺《さんじゃく》の剣鋩《けんぼう》　劫魔《ごうま》を摧《くだ》く
只だ胸襟《きょうきん》の逾《いよいよ》ゝ俗ならざるが為《ため》に
今年の詩　去年に比して多し

【訳】
除夜に思いを記す（二首その二）

我が残りの寿命は墨と同じで日々に磨《す》り減ってきた。硯《すずり》を洗い筆を揮って詩文を書いている内に磨り減っていくのはどうしようもない。仙人や仏の境地とは、きっと私のような心持ちをいうのだろう。英雄のような功業を立てるのは全て他《ほか》の人に期待しよう。世に出て私が行った仕事の九割方はものにならなかった。英雄は三尺の剣によって世の　禍《わざわい》を退治するというが。ただ我が胸の内はとみに俗事から離れてきたので、去年よりも今年の方がたくさんの詩ができた。

【語釈】

○身心…ここでは精神、心もち。○人事…仕官の道。官職に就くこと。○成局…成功した情勢であること。○鋩…刃《やいば》のきっさき。○劫魔…「劫」はおびやかす。「劫魔」は人の世をおびやかす災いのこと。梅潭は下〇五二「雨窗夜坐口占」詩（ＤＶＤ版参照）で、「已将心迹成枯木、不管人間有劫魔（已《すで》に心迹を将《もっ》て枯木と成り、人間《じんかん》に劫魔《ごうま》有るに管《かん》せず）」と詠《よ》んでいる。

（市川桃子）

上二〇二　次秋月古香君韻　［明治二十一年（一八八八）六十三歳］

秋月《あきづき》古香《ここう》君の韻に次す

講經讀史理皆通　講経《こうけい》　読史《どくし》　理《り》は皆《みな》通ず
誰識清娯在此中　誰か識《し》らん　清娯《せいご》　此《こ》の中に在《あ》るを
唐宋文章收掌上　唐宋の文章　掌上《しょうじょう》に収まり
百家併作一家風　百家併《あわ》せて一家の風を作《な》す

【訳】

秋月古香君の詩に次韻する

経典について講義し歴史書を読み、どちらの道理にも精通している。こうしたことの中に高尚な楽しみがあるのだと知るものは少ない。君は唐宋の文章を我がものとし、様々な学派の学問を総合して自分の流派を作り上げた。

【語釈】

○秋月古香：秋月種樹《あきづきたねたつ》（一八三二―一九〇四）。上〇三二の【語釈】参照。○次韻：他人が作った詩の韻字と同じ字を同じ順番で用いて詩を作ること。○清娯：高尚な楽しみ。唐・宋之問「洞庭湖」詩（『全唐詩』巻五十一）に「永言洗氛濁、卒歳爲清娯（永く氛濁《ふんだく》を洗うを言い、卒歳にして清娯を為す）」とある。○唐宋文章：唐・宋代の詩文に表われる風格。○百家：学問における各種学派のこと。

（市川桃子）

上二〇五　塔澤洗心樓次韻依田學海（二首其一）　［明治二十一年（一八八八）六十三歳］

塔《とう》の沢《さわ》洗心楼にて依田学海に次韻す（二首其の一）

此味飜勝百味陳
溪鮮野蔌日嘗新
仙書可讀仙難學
我是山中火食人

此《こ》の味　翻《かえ》って勝《まさ》る　百味陳《つら》ぬるに
渓鮮《けいせん》　野蔌《やそく》　日《ひ》ゞに新しきを嘗《しょう》す
仙書は読む可くも　仙は学び難《がた》し
我《わ》れは是《こ》れ山中《さんちゅう》火食《かしょく》の人

【訳】

箱根の塔ノ沢にある洗心楼で依田学海《よだがっかい》の詩に次韻する（二首その一）

ここの食事は百種の珍味を並べたものよりも寧《むし》ろすぐれていて、渓谷で捕れた鮮魚や山菜の、新鮮な食材を毎日味わえる。神仙の書物を読むことはできても仙人の修行をすることは難しいものだ。私は山中にいても仙人の食べる霞《かすみ》ではなく火で料理した食事を楽しむ俗人である。

【語釈】

○塔澤‥神奈川県箱根町塔ノ沢。温泉郷として古くから知られる。○洗心樓‥『晩翠書屋詩稿』に「玉湯」と自注がある。洗心楼玉の湯は渓流早川《はやかわ》の千歳橋のたもとにあった。現在は福住楼となっている。○次韻‥他人が作った詩の韻字と同じ字を同じ順番で用いて詩を作ること。○依田學海‥依田百川《ひゃくせん》（一八三四―一九〇九）。上一四二の【補説】参照。○陳‥つらねる。あれこれと並べること。○蔌‥野菜の総称。あおもの。原文は「蔌」（馬の飼料）だが、ここでは文義が通じないので、「蔌《そく》」に改めた。○甞・嘗の異体字。味わうこと。賞味。○火食・火で物を煮炊きして食べること。日常の食事。仙道を成就するためには、そうした食事を断つ必要があった。南宋・陸游「梅花」詩（『劒南詩稿』巻四十四）に、「従今斷火食、飲水讀仙書（今従《よ》り火食を断ち、水を飲み仙書を読まん）」とある。

（市川桃子）

上二〇九　次豊田子益之韻＊　［明治二十一年（一八八八年）六十三歳］

豊田子益の韻に次す

不似當年惜寸陰　当年の寸陰を惜しむに似ずして
身如飛鳥倦投林　身は飛鳥の倦みて林に投ずるが如し
神仙之術只閒耳　神仙の術も只《た》だ閑なるのみ
我寫新詩君弄琴　我《わ》れは新詩を写し君は琴を弄ぶ

＊子益攜帶胡琴。結句故及（子益胡琴を携帯す。結句故に及ぶ）

【訳】

豊田子益の詩に次韻する＊

わずかな時間を惜しんで物事に励んだ壮年の自分とは異なり、今やこの体は、飛ぶことに疲れて林の巣に急ぐ鳥のように草臥《くたび》れている。神仙の術などは単なる役に立たない暇つぶしに過ぎない。私は新しい詩を書き、君は胡琴で遊んでいる。

＊子益は胡琴を携えて来た。そこで結句はこれに言及した。

【語釈】

○次韻・他人が作った詩の韻字と同じ字を同じ順番で用いて詩を作ること。○豊田子益・梅潭のいとこである豊田友文。豊田家は、杉浦梅潭の妻の実家。梅潭は叔父である豊田友直の長女を娶り、死別後、次女を継室に迎えている。

長女と次女の間に、長男の友文がいた。○當年：壮年、気力の充実した年頃。○身如飛鳥倦投林：晋・陶淵明「歸去來兮辭」（『陶淵明集』巻五）の「雲無心以出岫、鳥倦飛而知還（雲は無心にして以て岫《しゅう》より出で、鳥は飛ぶに倦みて還るを知る）」に基づいた表現。○只閒：ただの暇つぶしである。○胡琴：中国の楽器の名。二胡・四胡・京胡などの総称。

（三上英司）

上二一一　遊阿彌陀寺林間有殘鶯聲乃以鶯字爲韻同百川子益＊　［明治二十一年（一八八八）六十三歳］

阿弥陀寺の林間に遊ぶに残鶯の声有り。乃ち鶯字を以て韻と為し、百川子益に同ず

探奇何厭踏榛荊　奇を探《たず》ぬるに何ぞ榛荊を踏むを厭わん
石磴盤回入化城　石磴《せきとう》　盤回して化城《けじょう》に入る
机上一經僧不誦　机上の一経　僧　誦せず
把他清梵付殘鶯　他の清梵を把《と》りて残鶯に付す

＊寺在塔峯（寺は塔峰《とうのみね》に在り）

【訳】

阿弥陀寺の境内の林を遊覧していると季節遅れのウグイスの鳴き声が聞こえた。そこで「鶯」の字を韻字にし、依田百川と豊田子益の詩に唱和した＊

景勝の地を探訪するのに茨の茂みを踏み分けることなど厭《いと》いはしない。うねうねと続く石段を登って仏寺の境内へと入っていく。机の上に置かれた経文を僧侶は読誦しておらず、別の読経を季節遅れのウグイスにお任せしている。

＊寺は塔ノ峰にある。

【語釈】

○阿彌陀寺・神奈川県足柄下郡箱根町にある浄土宗の寺院。木食遊行僧こと弾誓《たんぜい》上人の創建。○残鶯・春が過ぎても

まだ鳴いているウグイス。夏ウグイス。○百川：依田学海（一八三四—一九〇九）。上一四二の【補説】参照。○子益：豊田子益《とよだしえき》。上二〇九の【語釈】参照。○榛荆：荆棘と同じ。いばらの茂み。○石磴：磴は石を敷き詰めた坂道。石段の坂道。○盤回：曲がりくねっていること。蛇行。○化城：ここでは、仏寺の意味。唐・王維「登辨覺寺」詩（『王右丞集箋注』巻八）に「竹徑從初地、蓮峯出化城（竹径初地に従い、蓮峰化城より出づ）」とある。○清梵：僧侶が読経する清らかな声。梵は、仏典を口誦すること。唐・王維「遊感化寺」詩（『王右丞集箋注』巻十二）に「誓陪清梵末、端坐學無生（誓いて清梵の末に陪し、端坐して無生を学ぶ）」とある。○付：託す。ゆだねる。○塔峯：塔ノ峰のこと。箱根外輪山の東側にある低い山。その中腹に阿弥陀寺がある。

（遠藤星希）

上二二二　新年五絶句　錄三（其三）　［明治二十二年（一八八九）一月　六十四歳］

老來可愛是溫柔
紅粉青娥伴白頭
笑與女兒環坐久
小牌爭賭亦風流

新年五絶句　三を録す（其の三）
老来　愛《いと》おしむ可きは是れ温柔
紅粉青娥　白頭に伴う
笑いて女児と与《とも》に環坐すること久し
小牌　争い賭くるも亦た風流

【訳】

新年に賦した絶句五首　三首を採録する（その三）
年をとってから大切にしたいのは暖かでなごやかな世界。美しく粧《よそお》った若い女性たちが白髪頭に寄り添ってくれる。笑いながら娘たちとしばらく輪になって座り、カルタ遊びで勝ち負けを競うというのもまた風流だ。

【語釈】

○温柔‥温柔郷の意。本来、温柔郷は魅力的な美人がいる場所を指すが、ここでは正月らしく、着飾った若い娘たちに囲まれた状況と解釈した。○紅粉‥紅《べに》と白粉《おしろい》。美人の形容。○青娥‥若く美しい女性。ここでは梅潭の妾《めかけ》の千代を指すか。唐・杜審言「戯贈趙使君美人」詩（『文苑英華』巻二十三）に「紅粉青娥映楚雲、桃花馬上石榴裙（紅粉青娥楚雲に映じ、桃花の馬上石榴の裙）」とある。○女兒‥梅潭には孫娘が一人いた。あるいは親戚の女児らを指すか。○

小牌：小さな札。ここではカルタのこと。カルタは、ポルトガル語「Carta」による。江戸時代には、様々な形に発展し、「百人一首」「いろはかるた」「花札」等が作られた。

（三上英司）

上二二三　鳳城新年詞（二首其一）　［明治二十二年（一八八九）一月　六十四歳］

鳳城新年の詞（二首其の一）

移殿尤宜恰遇春　殿を移すに尤も宜し　恰《あたか》も春に遇う
瑞雲佳氣滿城新　瑞雲　佳気　城に満ちて新たなり
兩官奏事龍顏美　両官　事を奏して龍顔美し
聖意須知在至仁＊　聖意　須《すべから》く知るべし　至仁に在るを

＊新年、天皇初臨政廳、警視總監東京府知事奏事。故云（新年、天皇初めて政庁に臨み、警視総監東京府知事事《こと》を奏す。故《ゆえ》に云う）

【訳】

みやこの新年のうた（二首その一）

ちょうど新春に当たり陛下が新しい宮殿に移られるにはとりわけふさわしい時期だ。めでたい雲気がこの帝都に満ちあふれてすがすがしい。二人の高官が進み出て奏上すると陛下のお顔は美しくほころばれ、陛下のお心にこの上ない仁徳があふれていることがわかる＊。

＊新年になって、天皇陛下が初めて政庁に臨席され、警視総監と東京府知事が奏上をした。ゆえにここに述べる。

【語釈】

○鳳城‥みやこ。帝都。ここでは東京府のこと。慶応四年（明治元年・一八六八）七月十七日、「江戸ヲ稱シテ東京ト爲スノ詔書」により、江戸府は東京府に改称された。○移殿…「殿」は天皇の住まい。「移殿」は明治天皇が仮の御所から明治宮殿に移ったことを指す。【補説】を参照。○恰…ちょうど。○瑞雲佳氣…吉祥を表す美しい雲気。唐・章八元「題慈恩寺塔」詩（『全唐詩』巻二百八十一）に「落日鳳城佳氣合、滿城春樹雨濛濛（落日の鳳城《ほうじょう》佳気合し、満城の春樹《しゅんじゅ》雨濛濛たり）」とある。○至仁…最も崇高な仁徳。○警視總監東京府知事…この時の警視総監は、折田平内《おりたへいない》。東京府知事は、高崎五六《たかさきごろく》。ともに薩摩藩出身である。

【補説】

江戸城は、慶応四年（明治元年・一八六八）四月四日に明治新政府軍に明け渡された後、同年十月十三日に東京城《とうけいじょう》と改名された。明治二年（一八六九）には東京が帝都に定められ、皇城と呼ばれるようになる。明治六年（一八七三）、失火により西の丸御殿が焼失すると、旧紀州藩邸であった青山御所が仮皇居となった。明治二十一年（一八八八）十月七日、明治宮殿が旧江戸城西の丸に落成する。以後、明治から第二次世界大戦末期にかけて、明治宮殿が皇室の中心的施設であったが、昭和二十年（一九四五）の空襲で焼失した。

（三上英司）

◎晩翠吟社課題

上二二七　賀従二位伊達老公百齡初度　［明治二十二年（一八八九）六十四歳］

従二位の伊達老公の百齢の初度を賀す

富貴能幷華袞裳
丹心當日事勤王
位班二位聖恩渥
齡至百年天壽長
故國山河閒境界
熙朝花月舊詞章
菲才不敢呈歌頌
朗誦歐公晝錦堂

富貴　能く華袞《かこん》の裳《もすそ》を幷《あわ》せ
丹心　当日　勤王を事《こと》とす
位は二位に班せられて　聖恩渥《あつ》く
齢《よわい》は百年に至りて　天寿長し
故国の山河　境界閑《しず》かにして
熙朝の花月　詞章旧《ふる》し
菲才《ひさい》　敢《あえ》て歌頌を呈せず
朗誦せん　欧公の昼錦堂を

【訳】
従二位の伊達御老公の百歳の誕生日を言祝《ことほ》ぐ
富貴《ふうき》の身でさらに高貴な礼服を賜ることができたのは、昔日に真心をもって天皇陛下に忠義を尽くされたためである。今や爵位は従二位を賜るほどに天皇の恩寵は厚く、御歳は百を迎えたほどに天から賜った寿命は長い。貴君の故国にはのどかな山河の情景があり、この太平の御代にあって風流な庭園には伊達政宗公が詠んだ古い詩が名残りを留めている。浅学非才の私にはとても貴君の徳を言祝ぐ詩文など差し出せそうもないので、代わりに欧陽文忠公の名文「相州昼錦堂記」を朗誦することにしよう。

【語釈】

○伊達老公‥伊達《だて》宗紀《むねただ》（一七九二—一八八九）。伊予国宇和島藩の第七代藩主。官位は従四位下（梅潭の本詩が「従二位」としている理由は未詳）。天保十五年（一八四四）、江戸の藩邸に隠居した。○初度‥誕生日。○華衰‥古代の王公貴族の礼服。のちには君王を指す。伊達宗紀は百歳のお祝いに明治天皇と皇后から下賜品を賜っている。その下賜品の中に礼服があったか。○當日‥当時。昔日。○班‥爵位などを叙す。○境界‥境地。情景。唐・白居易「偶題閣下廳」詩（『白氏長慶集』巻十九）に「平生閒境界、盡在五言中（平生境界閑《しず》かにして、尽く五言の中《うち》に在り）」。○熙朝‥勢いが盛んな王朝。よく治まっている御代。○花月‥花と月。転じて、ここでは庭園の美しい自然。○詞章‥詩文の総称。伊達宗紀は宇和島での隠居所として潜淵館を造営し、その邸内に完成させた回遊式庭園を、祖先である伊達政宗の漢詩「醉餘口號」の一節をとって天赦園と名づけた。○歌頌‥功績や徳行などを称揚する詩文。○歐公晝錦堂‥北宋・欧陽脩（諡《おくりな》は文忠公）の散文「相州晝錦堂記」（『文忠集』巻四十）を指す。国が安泰な時も危難の時も変わらず忠節を尽くし、富貴の身になってから錦を着て故郷に帰る栄誉について記したもの。本詩の首聯「富貴能幷華衰裳、丹心當日事勤王」を承ける。

（遠藤星希）

上二三三　天長節有立太子之典恭賦　［明治二十二年（一八八九）十一月三日　六十四歳］

天長節に立太子の典有り、恭《つつし》みて賦す

爰卜天長節
東宮册立時
瑞煙籠紫闕
和氣滿丹墀
明兩無窮祚
元良不拔基
敕書包覆載
御劍表威儀
少海蒼茫濶
前星燦爛滋
微臣恭搦管
賦擬早朝詩

爰《ここ》に天長節に卜《ぼく》す
東宮《とうぐう》　冊立《さくりつ》の時
瑞煙《ずいえん》　紫闕《しけつ》に籠《こも》り
和気《わき》　丹墀《たんち》に満つ
明両《めいりょう》　無窮《むきゅう》の祚《そ》
元良《げんりょう》　不抜《ふばつ》の基《き》
勅書《ちょくしょ》　覆載《ふくさい》を包み
御剣《ぎょけん》　威儀《いぎ》を表す
少海　蒼茫《そうぼう》として濶《ひろ》く
前星　燦爛《さんらん》として滋《しげ》し
微臣　恭《つつし》みて管《ふで》を搦《と》り
賦《ふ》して早《つと》に朝す詩に擬《ぎ》す

【訳】

天長節に立太子の式典が行われたので、謹んで詩を賦した

天皇陛下の誕生日というめでたい日が、立太子の時として選ばれた。宮城《きゅうじょう》は吉兆の雲霞《うんか》に包まれ、宮殿

には瑞祥《ずいしょう》の雲気が満ちている。天皇陛下の位は太陽のように永遠に引き継がれ、皇太子殿下は国政の揺るぎない礎《いしずえ》となられる。陛下の詔《みことのり》がもたらす恩恵は天地に遍《あまね》く行き渡り、剣《つるぎ》は威厳に満ちた儀容を表している。皇太子殿下は青海原《あおうなばら》のように広い心をお持ちになり、さらに星のように燦然と輝いておられる。臣下である私は謹んで筆を取り、「早《つと》に朝《ちょう》す」詩に倣《なら》って詩を作り奉《たてまつ》る。

【語釈】

○天長節：「天皇誕生日」の旧称。慶応四年（明治元年・一八六八）に制定され、昭和二十三年（一九四八）に改称された。明治の天長節は、明治五年までは旧暦の九月二十二日、明治六年の改暦以降は十一月三日とされた。○卜：占いをして良い日取りを選ぶ。○册立：勅命により、皇太子などを正式に定めること。大正天皇の立太子の礼は、明治二十二年（一八八九）の十一月三日（明治天皇の誕生日）に行われた。○和氣：吉瑞の気。○丹墀：宮殿のあかい漆で塗り固められた土間。また、宮殿のこと。○明兩：太陽のこと。転じて、天皇またはその地位を引き継ぐ皇太子を指す。○祚：祖先から伝わる君主の位。○元良：至徳を備えた皇太子を指す。○不抜：堅固で動揺しない様子。○包覆載：天地を包みこむ。唐・王維「華嶽」詩（『王右丞集箋注』巻二）に「大君包覆載、至徳被群生（大君覆載を包み、至徳群生を被《おお》う）」とあるように、天子の恩徳が広く行き渡っていることを表す。○威儀：荘重な儀容。○少海：皇太子の比喩。天子を大海に、皇太子を少海になぞらえる。○前星：天皇を表す大星の前にある星。皇太子の比喩。○搦管：筆を取って詩文を綴ること。○早朝詩：「早」は朝。「朝」は宮廷に参内すること。唐・賈至《かし》に「早朝大明宮呈兩省僚友（早《つと》に大明宮《だいめいきゅう》に朝《ちょう》して両省の僚友に呈す）」詩（『唐詩選』巻五）があり、王維・杜甫・岑参《しんじん》がこの詩に唱和している。

（市川桃子）

上一三四　新年作（三首其一）　［明治二十三年（一八九〇）一月　六十五歳］

去年兒病欠團欒
今日團欒堪盡歡
須識桃源非別地
一家雞犬悉平安

新年の作（三首其の一）
去年　児《こ》病み　団欒《だんらん》を欠くも
今日　団欒　歓を尽くすに堪《た》う
須《すべか》らく識《し》るべし　桃源　別地《べっち》に非《あら》ずと
一家　鶏犬《けいけん》　悉《ことごと》く平安

【訳】

新年の詩（三首その一）

去年は息子が病気になり一家が団欒して新年を祝えなかったが、今日は団欒して思う存分楽しむことができた。桃源《とうげん》の理想郷はこの世の外にあるわけではない、家族も鶏も犬もみな平安なここにこそ桃源郷があるのだ。

【語釈】

○團欒：車座になって座るという意味から、親しい人たちがうちとけて楽しむこと。○須識：何かについて、当然する必要があるという意味。○桃源：桃源郷。俗世間を離れた平和な理想郷。晋・陶淵明「桃花源記」（『陶淵明集』巻五）による。○一家雞犬悉平安：上記の「桃花源記」に桃源郷の描写として「有良田美池桑竹之屬、阡陌交通、雞犬相聞（良田美池桑竹の属有り、阡陌《せんぱく》交〻《こもごも》通じ、鶏犬《けいけん》相い聞こゆ）」とあるのを踏まえる。

（市川桃子）

上二四一　柳島曉煙

東田西皐界清流
裊娜風搖春水柔
老幹猶憑殘敗廟
長條堪繫早歸舟
非雲非靄包斜月
如絮如綿罩小樓
啼鳥落花無賴甚
引人殘夢引人愁

柳島の曉煙

東田西皐　清流界し
裊娜《じょうだ》として風に揺れ　春水に柔らかなり
老幹　猶お憑《よ》る　残敗の廟に
長条　繋ぐに堪えたり　早帰の舟を
雲に非ず　靄《もや》に非ず　斜月を包み
絮《じょ》の如く　綿の如く　小楼を罩《こ》む
啼鳥落花　無頼なること甚だしく
人の残夢を引き　人の愁いを引く

［明治二十三年（一八九〇）　六十五歳］

『江戸名所圖會』「柳島妙見堂」

【訳】

柳島《やなぎしま》の明け方の霞《かすみ》

東の田畑と西の丘陵は清らかな流れで隔てられ、霞はゆらゆらと風にたなびき、春の小川にやさしくたちこめる。老松《おいまつ》の幹は荒れ果てた寺廟になおも寄りかかるように生え、その枝は朝早く帰ってゆく舟を繋いでおくことができるほどに長い。西に沈みかかった月を雲でも靄でもない霞がすっぽり覆い、小さな楼閣を柳絮《りゅうじょ》や綿毛のように柔らかく包みこむ。騒がしく鳴く鳥と散り落ちる花はなんとも無粋なもので、浅い夢を乱して人を悲しませる。

【語釈】

○柳島：かつての葛飾郡柳島村および柳島五か町を指す地名。現在の墨田区業平《なりひら》・横川・太平・錦糸、江東区亀戸に相当する区域。○界：分割する。○清流：柳嶋妙見山法性寺《みょうけんさんほっしょうじ》のすぐそばを南北に流れる横十間川《よこじっけんがわ》を指すと思われる。横十間川は東京都墨田区・江東区を流れる運河。この当時（東京十五区時代）には、東京市と南葛飾郡との市郡の境となっていた。○裊娜：柔らかくたなびくさま。○老幹：柳嶋妙見山法性寺の境内には、妙見大菩薩を奉安した妙見堂があり、この妙見堂のそばに影向松《えこうまつ》という古木があった。『江戸名所圖會』「柳島妙見堂」（前頁の画像参照）には、中央に妙見堂が、左に大きな影向松が描かれている。○殘敗廟：妙見堂を指すか。柳島には、明応元年（一四九二）に法性《ほっしょう》房日遄《ほうにっせん》上人によって開山された、柳嶋妙見山法性寺という日蓮宗の寺院があり、境内には妙見大菩薩を奉安した妙見堂があった。○長條堪繫早歸舟：柳嶋妙見山法性寺は、北十間川と横十間川が交わるあたりに位置しており、川の合流地点には橋本という料亭もあって、舟で来る客も多かったようである。○斜月：落月。明け方の月。○無頼：騒がしくてうっとうしい。陳・徐陵「烏栖曲二首」其二（『樂府詩集』巻四十八）に「唯憎無頼汝南雞、天河未落猶爭啼（惟だ憎む無頼の汝南雞、天河未だ落ちざるに猶お争いて啼くを）」とある。○殘夢：明け方に見る乱れて浅い夢。

（遠藤星希）

◎不如学吟社課題

上二四七　七月五日侍婢仙蝶生兒記喜　［明治二十三年（一八九〇）七月五日　六十五歳］

七月五日侍婢《じひ》仙蝶児《こ》を生み、喜びを記《しる》す

白髪擧兒非偶然　白髪にして児《こ》を挙《あ》ぐるは偶然に非ず
羆熊入夢好因縁　羆熊《ひゆう》　夢に入りて因縁好《よ》し
不將遲字名孺子　遅《ち》の字を将《もっ》て孺子《じゅし》に名づけざるも
敢寫新詩追古賢　敢て新詩を写して古賢を追わん
乳燕育雛巣尚寄　乳燕《にゅうえん》　雛《ひな》を育《はぐく》みて　巣に尚《な》お寄り
老松生蘖影相連　老松　蘖《ひこばえ》を生じて影《かげ》相い連《つら》なる
算來堪喜又堪笑　算《かぞ》え来たりて喜ぶに堪え又た笑うに堪う
我比倉山加五年＊　我《わ》れは倉山《そうざん》に比して五年を加う

＊袁子才六十生兒、余今年六十五（袁子才六十にして児《こ》を生み、余は今年六十五なり）

【訳】

七月五日に側女の仙蝶が男児を生み、その喜びを記す

白髪の私に男子が生まれたのは偶然のことではない。熊と羆《ひぐま》の夢を見るという良い兆しがあった。清朝の袁枚《えんばい》に倣《なら》って「遅」という名を幼子に付けようとは思わないが、賢人である袁枚の詩にしたがって私もこの子のために詩を作ろうと思う。親燕《おやつばめ》は雛《ひな》を育てていつも巣に寄り添っており、老松《おいまつ》に新たな芽が吹いて影を並べている。歳《とし》を計算してみると嬉しくて笑えてきて仕方がない。私は倉山居士《そうざんこじ》の袁枚に子が

生まれたときより五歳も年長なのだ＊。

＊袁枚は男児を儲けたとき六十歳であったが、私は今年六十五歳である。

【語釈】

○仙蝶：梅潭の側女である千代のこと。上一八〇の【語釈】参照。○兒：子。この時生まれた子は良と名付けられた。○羆熊：男子が生まれる予兆。『詩經』小雅「斯干」に「大人占之。維熊維羆、男子之祥」（徳の高い人が占った。それは熊また羆《ひぐま》であって、男子が生まれる吉兆であった）とあるのに拠る。○不將遲字名孺子：袁枚は六十歳を過ぎてから、ようやく若い側室との間に一子を得て、袁遲と名付けた。袁枚「自嘲」詩（『小倉山房詩集』巻五）に「六十生兒太覺遲、即將遲字喚吾兒（六十にして児を生み太《はなは》だ遲きを覚ゆ、即ち遲《ち》の字を将《もっ》て吾が児《こ》を喚《よ》ぶ）」の句がある。○乳燕：雛を育てている燕。側女の千代の喩え。○老松：年を経た松。梅潭自身の喩え。○蘖：ひこばえ。切り株などから出る新芽。生まれた乳児の喩え。○倉山：袁枚（一七一六―一七九七）。字《あざな》は子才《しさい》。銭塘（浙江省杭州市）の出身。晩年小倉山《しょうそうざん》に住み、号を倉山居士《そうざんこじ》といった。

（市川桃子）

上二四八　七月廿日長酡亭觀蓮會枕山先生詩先成同諸友次其韻

［明治二十三年（一八九〇）七月二十日　六十五歳］

七月廿日、長酡亭《ちょうだてい》の観蓮会にて枕山先生の詩先《ま》ず成り、諸友と同《とも》に其の韻に次す

何必誇才競後先
詩爲城郭酒爲天
盃盤依例交歡遍
文字專精氣調全
舊雨共驚多白髪
古池偏愛有紅蓮
醉人盡醉興難盡
莫使暮鐘容易傳

何ぞ必ずしも才を誇らんと後先《ごせん》を競わん
詩は城郭と為《な》り　酒は天と為《な》る
盃盤《はいばん》　例に依《よ》りて　交歓遍《あまね》く
文字　精を専《もっぱ》らにして　気調全《まった》し
旧雨《きゅうう》　共に驚く　白髪の多きを
古池《こち》　偏《ひとえ》に愛す　紅蓮《こうれん》有るを
酔人《すいじん》　酔《よ》いを尽くすも　興尽き難《がた》し
暮鐘をして容易に伝えしむる莫《な》かれ

【訳】

七月二十日、長酡亭の観蓮会で大沼枕山先生の詩が先に出来上がり、友人たちとともにその詩に次韻した

詩を早く作って自分の詩才を誇ろうとすることもない。人々の詩が次々と壁に貼られていく様子は清《しん》の袁枚《えんばい》の詩城のようで壮観だし、万物をおおう大空のように有り難い酒もあるのだから。宴席にはいつものように杯《さかずき》や御馳走《ごちそう》を並べて誰とも打ち解けて楽しく過ごし、応酬される詩は作者の精魂が込められ、気

概に満ちている。旧友たちは互いに白髪が増えたのに驚き、古くからある池には紅《くれない》の蓮の花が何とも美しい。酒を飲んで人々はすっかり酔ったがまだまだ一座の楽しみは尽きることがない。宴の終わりを告げる暮の鐘がなかなか聞こえてこないようにしてほしいものだ。

【語釈】

○長酡亭…上野不忍池の弁財天南岸にあった料亭。三河屋ともいい、のちに笑福亭と改称した。下〇三〇、〇三一「三月十一日長酡亭鱸松塘翁七十壽詩」二首（明治二十五年）もここでの宴会。○枕山先生…大沼枕山（一八一八―一八九二）。漢詩人。嘉永二年（一八四九）に下谷吟社を開いた。梅潭は安政六年（一八五九）三十四歳のときに沈山の門下となる。上一〇六の【補説】参照。○次韻…他人が作った詩の韻字と同じ字を同じ順番で用いて詩を作ること。○詩爲城郭…詩稿が城郭のように四方の壁に貼りめぐらされる。清・袁枚「詩城詩」序（『小倉山房詩集』巻三十七）に「余山居五十年、四方投贈之章幾至萬首。梓其尤者、其底本及餘詩無安置所、乃造長廊百餘尺而盡糊之壁間、號曰詩城」（山に暮らして五十年、諸方に送った詩がほぼ一万首となった。良いものは出版したが、もとの草稿や残りの詩は置くところが無いので、百尺あまりの長い廊下を造ってその壁に貼り尽くし、そこを詩城と呼んでいる）とある。○酒爲天…酒を万物をおおう天のように有り難く思うこと。『漢書』巻四十三「酈食其傳」に「王者以民爲天、而民以食爲天」（王は民を天とみなし、民は食糧を天とみなす）とある。○專精…精魂を込める。○氣調…気概、気韻。○舊雨…旧友。唐・杜甫「秋述」（『杜詩詳註』巻二十五）に「常時車馬之客、舊雨來今雨不來（常時車馬の客、旧雨来たりて今雨来たらず）」とある所による。

（市川桃子）

上二五一　寄祝清人兪曲園七十壽次韻其山中小住四律（四首其一）［明治二十三年（一八九〇）六十五歳］

清人《しんひと》兪曲園《ゆきよくえん》の七十の寿に祝《いわ》いを寄せ、其《そ》の山中小住《さんちゆうしようじゆう》四律《しりつ》に次韻す（四首其の一）

壽域原知有等差
前賢只恨不同時
決然臺閣講經罷
偶爾溪山攜酒移
尊儼幾人門下客
行藏一代卷中詩＊
高齢七十優於陸
顔未曾衰鬢未絲

寿域　原《もと》より知る　等差有るを
前賢　只だ恨む　時を同じくせざるを
決然　台閣に経を講ずるを罷《や》め
偶爾《ぐうじ》　渓山《けいざん》に酒を携《たずさ》えて移る
尊儼《そんげん》　幾人　門下の客
行蔵《こうぞう》　一代　巻中の詩
高齢　七十にして　陸に優《まさ》らん
顔は未だ曾て衰えず　鬢《びん》未だ糸ならず

＊井上子德、頃日刻先生自述詩一卷（井上子徳、頃日《さきごろ》先生の自述詩一巻を刻す）

【訳】

清国の兪曲園公の七十歳の長寿を言祝《ことほ》ぎ、彼の「山中小住四律《さんちゆうしようじゆう》」に次韻する（四首その一）

人によって寿命に差があるものだと分かってはいるが、それでも前代の優れた人々が今まで生きながらえておらず同じ時代にいないことが残念でならなかった。そこで兪曲園先生はきっぱりと朝廷で経書の講義をする地位を退き、たまたま見つけた山中の隠棲の地に、酒を携えて移り住んでしまった。門下からは何人もの立派な人物を輩出しており、その生涯の出処進退は井上子徳氏の手に成る一巻の詩の中に収められている＊。七十の高齢を迎えられたあなたは、このあと陸游より長生きするであろう。顔はまだ老けていないし髪も白くなっていないのだから。

＊井上子徳氏は先ごろ兪曲園先生の『曲園自述詩』一巻を出版した。

【語釈】

○兪曲園…【補説】参照。○次韻…他人が作った詩の韻字と同じ字を同じ順番で用いて詩を作ること。○山中小住四律…清・兪樾の「余既成西湖襍詩四首山中小住旬餘又得七律四首（余既に西湖雑詩四首を成し、山中に小住すること旬余にして、又た七律四首を得たり）」詩（『春在堂詩編』巻十三）を指す。○壽域…寿命。『晩翠書屋詩稿』明治十二年「菊影」詩に「欲酌三盃延壽域、難持一朶飾容華（三盃を酌みて寿域を延ばさんと欲するも、一朶を持して容華を飾り難し）」とある。○等差…等級の違い。○臺閣…朝廷の機関。○偶爾…たまたま。○行藏…出処進退。○陸…南宋の陸游（一一二五―一二一〇）を指す。陸游は八十六歳まで生きており、長寿の詩人として有名。○絲…白髪を糸にたとえる。○井上子德…【補説】参照。○先生自述詩一巻…井上陳政《のぶまさ》によって刊行された清・兪樾『曲園自述詩』一巻（博文館、一八九〇）を指す。

【補説】

○兪曲園…兪樾《ゆえつ》（一八二一―一九〇七）。字《あざな》は蔭甫、曲園は号。清末の考証学者。一八五〇年の進士。翰林院編修、国史館協修となり、一八五五年には河南学政となった。しかし出題した試験の題について弾劾を受けたため、官をやめて二度と出仕しなかった。一八七五年、蘇州に庭園を造り、「曲園」と名付けて住み、曲園居士と号した。「曲園」は『老子道德經』第二十二章の「曲則全（曲なければ則ち全し）」による。

○井上子德：井上陳政《のぶまさ》（一八六二—一九〇〇）。子徳は字《あざな》。明治時代の外務官僚。通訳。幕臣楢原儀兵衛の長男。政府印刷局に勤務し、清国公使館で中国語を学んだ。その後杭州の兪楼で勉強し、さらにエジンバラ大学で学んだ。

（市川桃子）

［晩年の兪樾］

上二五九　哭關根癡堂　［明治二十三年（一八九〇）六十五歳］

得訃今宵思悄然
奇才早被玉樓延
詩風一代麗爲體
墨水十年閒占權
碧柳莊存秋帶雨
白鷗社寂跡如烟
冬郎筆巧寫時態
淚灑東京詞幾篇

関根痴堂を哭す

訃を得て今宵　思い悄然たり
奇才　早《つと》に玉楼に延《ひ》かる
詩風一代　麗しくして体を為し
墨水十年　閑にして権を占《し》む
碧柳荘は存して　秋　雨を帯び
白鷗社は寂《せき》として　跡　煙の如し
冬郎　筆は巧みにして　時態を写し
涙は灑《そそ》ぐ　東京の詞の幾篇に

【訳】

関根痴堂の死を悼んで慟哭する

訃報を受けて今夜は深い憂いに沈んでいる。類まれなる才人が早くも天界の白玉楼に召されてしまった。あなたは一代にして独自の華麗なスタイルの詩風を確立し、十年の長きにわたって隅田川の美しい風光を享受し続けてきた。あなたの住んでいた碧柳荘だけがあとに残されて秋の雨に濡れそぼち、属していた白鷗吟社は寂寞として、あなたはもはや煙のように跡形もない。韓偓のごとき文筆の才は見事に時世を描きだしており、私は『東京新詠』の詩を数篇読んでは涙を雨のように流している。

【語釈】
○闕根癡堂‥関根録三郎（一八四一—一八九〇）。痴堂は号。明治中期の儒者、漢詩人。明治十五年（一八八二）より新聞「時事新報」で詩壇を担当。晩年、当時の風俗や人情を漢詩に詠み、『東京新詠』や『豊橋四時襍詠』等を著した。○悄然‥しょんぼりしている様子。唐・白居易「長恨歌」（『白氏長慶集』巻十二）に「夕殿螢飛思悄然、孤燈挑盡未成眠（夕殿蛍飛びて思い悄然たり、孤灯挑《かか》げ尽くして未だ眠りを成さず）」。○奇才‥逸材。○玉樓‥白玉楼。唐の詩人李賀（七九一—八一七）の臨終の際、緋色の衣を着た人が現れて「天帝が白玉楼を完成させたので、君を召して『白玉楼の記』を作らせようとしている」などと告げ、やがて李賀は息絶えたという故事（唐・李商隠「李賀小傳」『李義山文集』巻四）から、文人が夭折することを「白玉楼に召される」という。○延‥招く。召す。○墨水十年‥「墨水」は隅田川。本詩が作られる十年前の明治十三年（一八八〇）に刊行された『東京新詠』の奥付によると、関根痴堂の当時の住所は、隅田川に近い浅草須賀町（現在の台東区浅草橋から柳橋にかけての地区）であった。○占權‥「権」は「風月の権」。美しい風光を享受する権利を独り占めすること。○碧柳莊‥未詳。関根痴堂の生前の住居か。○白鷗社‥白鷗吟社を指すか。明治時代の詩社の一つ。成島柳北が発足させた。同人に、依田学海や瓜生梅村《うりゅうばいそん》らがいる。上一二六「乙酉六月十八日白鷗吟社清宴追弔成島柳北翁」詩に「白鷗吟社」の名が見え、上〇八〇「寄懷成島柳北在熱海」詩の『晩翠書屋詩稿』の自注にも「白鷗吟社席上分韻」とある所から見ると、梅潭は白鷗吟社とも関わりを持っていたようだ。なお、関根痴堂が白鷗吟社に所属していたかどうかは未詳。○冬郎‥韓偓《かんあく》の幼名。韓偓は晩唐の詩人。中央政府で兵部侍郎にまで昇進したが、時の権力者に憎まれて左遷され、晩年は不遇であった。官能的で艶麗な作風の詩を得意とする。○時態‥世情、時代の風潮、人々の様子。

（遠藤星希）

上二六二　初月樓沮雨＊　　［明治二十三年（一八九〇）六十五歳］

初月楼にて雨に沮《はば》まる

亭臺無客興偏幽　　亭台　客無く　興は偏《ひとえ》に幽なり
老眼迷離宮下秋　　老眼　迷離す　宮下の秋
山影乍疎雲影合　　山影　乍《たちま》ち疎にして　雲影合し
溪聲漸遠雨聲稠　　渓声　漸く遠くして　雨声稠《おお》し
只知探討伴仙侶　　只《た》だ知る　探討するに仙侶を伴うを
敢道滞留爲楚囚　　敢《あえ》て道《い》う　滞留して楚囚と為らんと
今夕四檐琴筑妙　　今夕　四檐《しえん》　琴筑《きんちく》妙なり
也勝老陸帶清愁　　也《ま》た勝《まさ》る　老陸の清愁を帯ぶるに

＊初月宮下奈良屋號（初月は宮下の奈良屋の号なり）

【訳】

初月楼で雨に外出を阻まれて＊

楼閣には他に客もおらず格別に幽玄な趣きを呈していて、宮ノ下の秋景色は我が老眼にかすんでいる。雲が集まってきて遠い山の輪郭がたちまち消えかかり、谷川の水の音はだんだんかすれていって雨音がしげく響いてきた。このたびの探訪には仙人のごとき友人と来ていることが分かっているのだから、異郷に囚われた者のようにしばらくここに逗留しようと思い切って言うのだ。軒先からしたたり落ちる雨の雫が琴や筑のような素晴らしき音色を響かせるこの夜は、清々しさに似た愁いを晩年の陸游に抱かせたあの夜にも劣っていない。

＊初月とは宮ノ下の奈良屋の号である。

【語釈】

○迷離：目がかすんではっきり見えないこと。○宮下：箱根七湯の一つとして名高い宮ノ下温泉郷。【補説】参照。○仙侶：仙人。仙人のような道連れ。後漢の郭太が李膺《りよう》とともに船に乗って河を渡る様子を見て、人々が神仙のようだと評した故事（『後漢書』巻六十八「郭太傳」）を踏まえる。○楚囚：他国で囚われの身となっている人。捕虜。『春秋左氏傳』成公九年の条にある、楚の鍾儀《しょうぎ》が晋に囚われてもなお祖国の冠をつけて祖国を忘れなかった故事による。のちには、故郷を離れて窮迫している人のことをも指すようになる。○四檐：ひさしの四方の端。○筑：楽器の名。琴の一種。竹の棒で弦をたたいて演奏する。南宋・陸游「冬夜聽雨戲作」詩（『劒南詩稿』巻十）に「遶簷點滴如琴筑、支枕幽齋聽始奇（簷《のき》を遶《めぐ》る点滴琴筑の如く、枕を支え幽斎にて聴けば始めて奇なり）」とある。○老陸：年老いた陸游。○清愁：しみ通るような寂しさ。南宋の陸游は「夜歩」詩（『劒南詩稿』巻十七）の「却掩船扉耿無寐、半窗落月照清愁（却《かえっ》て船扉を掩《おお》うも耿として寐《い》ぬる無く、半窓の落月清愁を照らす）」など、「清愁」の語を詩に多く用いる。

【補説】

宮ノ下には戦国時代から底倉湯、宮ノ下湯、堂ヶ島湯と呼ばれる三つの湯治場があった。安永七年（一七七八）に刊行された『關東所、温泉案内幷道程』には、宮ノ下温泉八軒の湯宿のなかに「奈らや兵治」の名が見える。梅潭が滞在したのはこの宿か。明治七年と十六年に大火にあい、明治二十年（一八八七）、木造の洋式ホテルが建てられた。梅潭の本詩が作られたのは、それから三年後のことである。

（遠藤星希）

上二六五　食糟筍

風味何甘美
氷姿何脆弱
開甕香撲鼻
軟滑堪咀嚼
憶起春夏間
猫頭手自鑿
玉版傳佳名
飽食愛善謔
一瞬廿餘旬
温暖烘如昨
童稚姿何在
耿介片片薄
五月君已醉
殘醉冬不惡
餔糟歠其醨
未能免束縛

糟筍《そうじゅん》を食す

風味　何ぞ甘美
氷姿　何ぞ脆弱
甕《かめ》を開けば　香　鼻を撲《う》ち
軟滑にして咀嚼《そしゃく》に堪《た》う
憶《おも》い起こす　春夏の間に
猫頭《びょうとう》　手自《てずか》ら鑿《うが》つ
玉版　佳名《かめい》を伝え
飽食して　善謔《ぜんぎゃく》を愛す
一瞬にして　廿余旬《じゅうよじゅん》なれど
温暖にして　烘《あぶ》れば昨《さく》の如し
童稚《どうち》　姿は何《いず》こにか在《あ》らん
耿介《こうかい》　片片《へんぺん》薄し
五月　君已《すで》に酔い
残酔《ざんすい》　冬も悪《あ》しからず
糟《かす》を餔《くら》い　其の醨《うわずみ》を歠《すす》り
未だ能く束縛《そくばく》を免《まぬが》れず

［明治二十三年（一八九〇）十二月　六十五歳］

我是在家僧
一飯爲至樂
肉食雖滋味
翫味讓澹泊
此味適饞口
安心以爲藥
堪笑老書生
嗜好甘糟粕

我《わ》れは是《こ》れ在家《ざいけ》の僧
一飯　至楽《しらく》と為《な》す
肉食　滋味なりと雖《いえど》も
翫味《がんみ》すれば　澹泊に譲る
此の味　饞口《さんこう》に適《かな》い
心を安んじて以て薬と為《な》す
笑うに堪う　老書生
嗜好《しこう》　糟粕《さけかす》に甘んず

【訳】

筍《たけのこ》の粕漬けを食べる

味わいはなんとすばらしく、透き通るような姿でなんとこわれやすいことか。かめを開くと良い香があふれ、柔らかくなめらかで歯触りがよい。思えば春から夏に移る時節に、私が自分の手でこの筍《たけのこ》を掘り出したのだ。筍には玉版《ぎょくばん》という美しい別名が伝えられており、腹一杯食べさらに玉版の名の面白い由来を楽しむ。瞬く間に半年あまりが経ったが、筍を火にあぶっているとぽかぽかと暖かくてまるでこの筍を掘った頃のようだ。掘り立ての幼い竹の子の姿はどこにあるかと捜せば、一片一片が薄く透き通って高潔な姿となっている。筍よ、五月にお前はもう酒に浸《つ》かっていたが、冬になってもその酔いが残っていてなかなか良い。漁父《ぎょふ》が屈原《くつげん》に勧めたように酒粕《さけかす》を食らい、さらにその上澄《うわず》みまですすって飲んで、まだ酒粕の束縛から逃れることはできない。わたしは出家していないが僧侶のようなもので、毎日の一回の食事がこの上ない楽しみである。肉を食べれば濃厚な味わいがあるが、十分に味わうには淡泊なものの方が良い。この筍の味は欲張りな私の口にあっており、心も安らいで体に良い薬ともなる。笑ってしまうよ、この年取った読書人の、愛するご馳走が酒粕だとは。

【語釈】

○糟筍：筍を酒粕《さけかす》に漬《つ》けた粕漬《かすづ》け。金・李俊民（『莊靖集』巻四）に「糟筍」詩がある。○冰姿：透き通るように清らかな姿。花の形容によく用いられる。○軟滑：なめらかで柔らかい。食物や鳥の鳴き声に用いられる。○貓頭：毛竹《もうちく》の筍《たけのこ》の別名。大きくて味が良いという。○玉版：筍の別名。北宋の劉器之が友人の蘇軾に「玉版和尚に会いに行こう」と誘われたので同行し、廉景寺に着いたが、そのような人物はおらず、実はそこで焼いて一緒に食べた筍のことを、人に禅悦の味を覚えさせることから、蘇軾が玉版和尚と呼んで戯れたのだった、という故事から（『冷齋夜話』巻七「東坡戯作偈語」）。○飽食：北宋・蘇軾「和黄魯直食筍次韻」詩（『東坡全集』巻十三）に「飽食有殘肉、飢食無餘菜（飽食に残肉有り、飢食に余菜無し）」とある。○善謔：巧みな冗談。○旬：十日。○烘：あぶる。○童稚：幼い子ども。また、筍の別名。唐・杜甫「絶句漫興九首」其七（『九家集注杜詩』巻二十二）に「筍根稚子無人見、沙際鳧雛傍母眠（筍《じゅん》根《こん》の稚子《ちし》人の見る無く、沙際《ささい》の鳧雛《ふすう》母に傍《そ》いて眠る）」とあるのによる。○耿介：廉潔で節を曲げない。前出の北宋・蘇軾「和黄魯直食筍次韻」詩に「君看霜雪姿、童稚已耿介（君看よ霜雪の姿、童稚《どうち》にして已《すで》に耿介なるを）」とある。○餔糟歠其醨：追放された屈原《くつげん》に対し漁父《ぎょふ》が述べる言葉として、『楚辞』「漁父」に「何不餔其糟、而歠其醨（何ぞ其の糟《かす》を餔《くら》わずして、其の醨《うわずみ》を啜《すす》らん）」とある。○「我是」二句：「在家」は、僧籍に入っていない人。前出の北宋・

蘇軾「和黄魯直食筍次韻」詩に「一飯在家僧、至樂甘不壞（一飯すれば在家の僧、至楽《しらく》甘くして壊れず）」とある。○滋味：深い味わい。栄養のある食べ物。○翫味：食物の味をあじわう。○澹泊：あっさりした味わい。○饞口：いやしい口。食べ物に欲張りなこと。唐・白居易「春寒」詩（『白氏長慶集』巻三十）に「豈唯厭饞口、亦可調病腹（豈に唯だ饞口を厭《いと》うのみならんや、亦た病腹を調《ととの》う可《べ》し）」とある。○書生：読書人。世間知らずの文人。○嗜好：好み。好きな食べ物や飲み物など。

（市川桃子）

◎十二月晩翠吟社課題

上二六六　彰義隊士墓前有感宮本君義擧卒然成詠　［明治二十三年（一八九〇）六十五歳］

彰義隊士《しょうぎたいし》の墓前にて宮本君の義挙に感有り、卒然として詠を成す

陰風吹雨凄
老梟嘯寒月
鬼火宵宵青
幽魂迷窀穸
當年荒凉眼底存
不堪揮涙子細說
憶起維歳戊辰五月望
巨礮震動山河裂
順逆雖誤道
勝於變其節
二百年恩以死報
甘爲主家埋俠骨
一從靈地稱公園
山中風趣今異昔
老櫻樹畔新樓臺
孤墳相接泣過客

陰風　雨を吹きて凄《すさま》じく
老梟《ろうきょう》　寒月に嘯《うそぶ》く
鬼火《きか》　宵宵《しょうしょう》に青く
幽魂　窀穸《ちゅんせき》に迷う
当年荒涼として眼底に存《そん》し
涙を揮《ふる》いて子細に説くに堪《た》えず
憶《おも》い起こす　維《こ》れ歳《とし》は戊辰《ぼしん》五月の望《ぼう》
巨礮《きょほう》震動し　山河裂《さ》く
順逆　道を誤ると雖《いえど》も
其の節を変ずるに勝《まさ》る
二百年の恩に死を以て報《むく》い
甘んじて主家《しゅか》の為に俠骨《きょうこつ》を埋《うず》む
一《ひと》たび霊地《れいち》を公園と称して従《よ》り
山中の風趣　今は昔に異なる
老桜樹畔《ろうおうじゅはん》の新楼台
孤墳《こふん》　相《あ》い接して過客《かきゃく》泣く

嗚呼宮君深仁能好施
水松含綠雙石白
從今歲歲風雨夜
明燈照暗長不滅

嗚呼《ああ》　宮君《きゆうくん》の深仁　好施《こうし》を能くし
水松《すいしよう》緑を含み　双石《そうせき》白し
今従《よ》り歳歳《さいさい》風雨の夜
明灯暗《めいとうやみ》を照らして長《とこし》えに滅びざらん

【訳】

彰義隊の烈士の墓前で宮本君の義侠心にあふれた行動に感銘を受け、思い立って詩を詠んだ
陰気な北風が雨を吹き付ける凄惨な夜に、老いたフクロウが冷たい光を放つ月に向かって鳴き声を上げる。鬼火《おにび》が夜ごとに青く輝き、死者の魂は墓場で行き迷う。あの当時の荒れ果てた様子が今も目に残り、涙をふるい詳しく語るに忍びない。思い起こせばそれは戊辰《ぼしん》の年の五月十五日、大砲の轟音《ごうおん》は山を崩し川を決壊させんばかりに凄絶だった。道理に合うかという点では彼らは道を誤ったわけだが、節操を曲げるよりも勝れていたと思う。二百年の幕府の恩に死をもって報い、主君のお家のために男らしく骨を埋めたのだ。神聖な地が公園と呼ばれるようになるや、上野の山の風情は昔と変わってしまった。桜の老木のかたわらに新たに高殿が立てられ、ひとつ残された墳墓がそれに隣り合っていて訪ねてきた者を泣かせる。ああ、宮本君は慈愛に満ちた心ですばらしい寄付をなさった。緑の葉をたたえたイチイの木に彼が建てた二つの石灯籠《いしどうろう》が白く映《は》えている。これから毎年、風の夜も雨の夜も、明るい灯《ひ》が永遠に暗闇を照らして消えることはないだろう。

【語釈】
○彰義隊：慶応四年（明治元年・一八六八）、徳川幕府を支持する武士が倒幕派に対抗するために結成した部隊。上野寛永寺にたてこもって官軍と戦い一日で敗れた。○宮本君：宮本小一《おいち》（一八三六—一九一六）。号は鴨北。上一一六の【語釈】参照。○陰風：秋や冬の風。また、陰気な風。○幽魂：死者の魂。○窀穸：墓穴。死後の世界。○維：助詞。これ。つぎの語をさし示して強調することば。○礮：いしゆみ。石をはじきとばす兵器。ここでは大砲のこと。○順逆：正と邪。道理にあったことと、道理にもとること。○俠骨：剛強で義勇を持つ気質。ここでは、そうした気質を持つ烈士の骨。○過客：訪ねて来た人。○好施：喜捨。自分から進んで寺に寄附したり人に施したりすること。○水松：スギ科の落葉高木。ただし日本では常緑針葉樹のイチイに当てることがある。

【補説】

江戸時代、上野の山には徳川家の菩提寺であった寛永寺を中心に末寺が三十六坊あり、一般の人は出入りできず、三十万坪の広さをもつ山を取り囲むように、東西南北八カ所に門が設けられ、出入りを取り締まっていた。

彰義隊は江戸幕府の最後の年、慶応四年（明治元年・一八六八）に倒幕派に抵抗するために結成された。初め本営は本願寺に置かれていたが、後に上野に移された。上野戦争で新政府軍に敗れて彰義隊は壊滅した。戦闘後、新政府を憚《はばか》り、しばらく彰義隊の遺体を埋葬する者がいなかったという。

明治二十三年（一八九〇）、上野公園内にある彰義隊の墓の両側に宮本小一《みやもとおいち》が石灯籠を建てた。灯籠には、「依亡父醇庵遺命寄附之　明治二十三庚寅年十月　男　宮本小一　孫　宮本得造（亡父醇庵《じゅんあん》の遺命に依《よ》り之《こ》れを寄附す。明治二十三庚寅年十月、男《むすこ》、宮本小一、孫、宮本得造）」の銘文がある。

上野公園内にある彰義隊の墓

灯籠側面の銘文

撮影：遠藤星希

（市川桃子）

『梅潭詩鈔』下巻

明治二十四年（一八九一）―明治三十三年（一九〇〇）

下〇〇一　一月四日山高紫山邀飲向山黄邨河田貫堂岩田緑堂中井敬所及余于不忍池之邸忻歡之餘賦呈主人兼似席上諸彦

［明治二十四年（一八九一）一月四日　六十六歳］

一月四日、山高紫山《やまたかしざん》の、向山黄村《むこうやまこうそん》、河田貫堂《かわだかんどう》、岩田緑堂《いわたりょくどう》、中井敬所《なかいけいしょ》及び余を不忍池の邸に邀飲《よういん》すれば、忻歓《きんかん》の余に賦して主人に呈し、兼ねて席上の諸彦に似《あた》う

湖水洗君耳　　湖水　君が耳を洗い
湖雨濕君屋＊　湖雨　君が屋を湿《うるお》す
登君百尺樓　　君が百尺の楼に登り
悠然騁我目　　悠然として我が目を騁《は》す
漢鼎煮芳茗　　漢鼎　芳茗を煮
壁挂元明幅　　壁には挂《か》く　元明《げんみん》の幅
一觀又一嘗　　一観　又た一嘗《いっしょう》
頓忘愁萬斛　　頓《にわ》かに忘る　愁い万斛《ばんこく》なるを
盍簪逢舊雨　　盍簪《こうしん》　旧雨に逢い
一笑白髪禿　　白髪の禿ぐるを一笑す
銜盃談笑溫　　盃《さかずき》を銜《ふく》みて　談笑温かく
饞口飽酒肉　　饞口《さんこう》　酒肉に飽く
甘酸六十年　　甘酸　六十年
世味老逾熟　　世味　老いて逾《いよいよ》、熟す

山雲信舒巻
人海慣翻覆
行藏各雖異
同覺三杯足
却勝廿年前
萍蓬夢境蹙
當追古賢遊
新年秉明燭
凍鳧如呼人
不令視聽俗

山雲　舒巻に信《まか》せ
人海　翻覆に慣る
行蔵　各《おのおの》、異なると雖も
同《とも》に覚ゆ　三杯もて足るを
却《かえっ》て勝《まさ》る　廿年《じゅうねん》前の
萍蓬　夢境蹙《せま》るに
当《まさ》に追うべし　古賢の遊びを
新年　明燭を秉《と》らん
凍鳧《とうふ》　人を呼び
俗なるを視聴せしめざるが如し

＊是日寒雨冥冥（是の日寒雨冥冥たり）

【訳】

一月四日、山高紫山《やまたかしざん》が、向山黄村《むこうやまこうそん》・河田貫堂《かわだかんどう》・岩田緑堂《いわたりょくどう》・中井敬所《なかいけいしょ》及び私を不忍池の邸宅に招待して宴席を設けてくれたので、宴席での楽しみの合間にこの詩を賦して主人の山高紫山に進呈し、あわせて席上の賢才たちにも贈った

この湖の水はあなたの耳を洗い清め、この湖に降りそそぐ雨はあなたの邸宅を潤している＊。あなたの立派な高殿に登り、私はゆったりと遥か彼方を眺めわたす。芳しい茶を煮立てるのに漢代の鼎が用いられ、

壁には元代や明代の古い書画が掛けられている。景色を眺めたり銘茶を味わったりしていると、心に積もり積もった愁いはたちまち忘れてしまった。このたびの集まりで古い友人と再会し、禿げあがった白髪頭を見て互いに笑いあう。盃《さかずき》を口に運んでは親しく談笑し、食い意地の張ったこの口も酒と肉ですっかり満足だ。酸いも甘いも経験したこの六十年、世情の味わいも年老いてますます深く感じられてきた。山にかかる雲が伸び縮みするように身の処し方を自然にまかせ、人の世の波瀾に慣れ過ごしてきた。出処進退は一人一人異なっているけれども、三杯の酒に満足を覚えるのは誰もが皆一緒だ。今の方が二十年前よりかえって良い、寄る辺ない身であったあの頃は夢の中さえも緊迫していたのだから。古《いにしえ》の賢人の遊びにならって、新年のこの夜、明るい灯火を絶やさず楽しもう。寒さに凍えるカモが人に呼びかけるように鳴き、俗なものを見たり聞いたりせぬよう戒めているかのようだ。

＊この日は冷たい雨が降りしきっていた。

【語釈】

○向山黄邨：向山黄村（一八二六―一八九七）。上〇一五の【補説】参照。○似：与える。贈る。森槐南にも「永井禾原徐園雅集偶抒胸臆兼似滬上諸名士（永井禾原《ながいかげん》の徐園の雅集にて偶《たまたま》、胸臆を抒《の》べ兼ねて滬上《こじょう》の諸名士に似《あた》う」という詩（『槐南集』巻十八）がある。○洗君耳：「洗耳」は、厭《いと》わしい話を聞いて汚《けが》れた耳を洗い清めること。○百尺楼：百尺の高さの楼閣。尺は長さの単位で約三十センチ。百尺は約三十メートル。ここでは山高紫山の邸宅のこと。○愁萬斛：心に積もり積もった愁い。斛は容量の単位で、十斗に等しい。一斗は約六リットル。万斛は、量の多さを極端に表現したもの。○盍簪：友人たちの集まり。『易經』豫卦に「朋盍簪」（友人たちが速やかに集まる）とあるのに基づく。

「盍」は集まること。「簪」は速いこと。〇舊雨…古いなじみの友人。唐・杜甫「秋述」（『杜詩詳註』巻二十五）に「常時車馬之客、舊雨來、今雨不來（常時車馬の客、旧雨来たりて、今雨来たらず）」とあるのに基づく。〇饞口…食い意地が張った口。唐・白居易「春寒」詩（『白氏長慶集』巻三十）に「豈唯厭饞口、亦可調病腹（豈に唯だに饞口に厭くのみならんや、亦た病腹を調す可し）」とある。〇甘酸…酸いも甘いも。楽しいことと苦しいこと。〇翻覆…波のように変化して定まらないこと。〇行藏…世に用いられれば道を実践し、世に用いられなければ身を隠す。出処進退のこと。『論語』述而に「用之則行、捨之則藏（之れを用いれば則ち行い、之れを捨つれば則ち蔵《かく》る）」とあるのに基づく。〇萍蓬…水に漂う萍（浮き草）と風に飛ばされる蓬（ムカシヨモギ）。寄る辺なき境遇の喩え。幕末の動乱期の自身を指す。〇夢境蹙…「夢境」は夢の中。「蹙」は緊迫する。差し迫る。南宋・陸游「和陳魯山十詩以孟夏草木長遶屋樹扶疎爲韻」詩（『劒南詩稿』巻一）に「匆匆過三十、夢境日已蹙（匆匆として過ぐること三十、夢境日《ひび》に已に蹙《せま》る）」とある。〇秉明燭…明るい灯火を手にとる。夜を徹して遊ぶ意。「古詩十九首」其十五（『文選』巻二十九）に「晝短苦夜長、何不秉燭遊（昼は短く夜の長きに苦しむ、何ぞ燭を秉りて遊ばざる）」とある。

【補説】

〇山高紫山…山高信離《やまたかのぶつら》（一八四二―一九〇七）。紫山は号。幕末から明治時代の幕臣、官吏。維新後はウィーン万博など、各地の万博に派遣された。後年は帝国博物館長、京都・奈良両帝国博物館長を歴任。また文人画をよくした。

〇河田貫堂…河《かわ》田《だ》熙《ひろむ》（一八三五―一九〇〇）。字は伯緝。貫堂は号。幕末明治期の幕臣・儒者・外交官。父は河田迪斎、母は佐藤一斎の娘。文久二年（一八六二）、外国奉行支配組頭となる。翌年、目付となり、横浜鎖港談判使節の一員としてフランスに渡る。帰国後に開港を提言して免職されるも、後に許されて陸軍奉行・開成所頭取等を歴任。維新後、徳川十六代当主の徳川家達が駿河に移ると、これに従って静岡藩少参事となる。明治四年（一八七一）の廃藩置県の後、徳川家達に従って東京に帰る。その後は徳川家の子女教育に尽力した。

○岩田緑堂：未詳。磐田市誌編纂執筆委員会編『磐田市誌』下巻（磐田市、一九五六）六五六頁に「今の静岡県は明治元年から行政組織が激しく変わりました。中泉だけをいえば、まず元年に民政役所が置かれ、翌二年一月奉行所となり、後に郵便事業の父といわれる前島密が着任します。しかし、九月には郡政役所と改称され、前島は転勤してしまいます。三年二月にまた、郡方役所と改称するのですが、この間のトップは掛川奉行から移ってきた少参事岩田緑堂という人物でした」としてその名が見えることから、明治三年（一八七〇）に静岡県郡方役所の長官であったことが分かる。

○中井敬所：中井兼之（一八三一—一九〇九）。字は資同。敬所は号。明治時代の篆刻家。日本印章学の基礎を築いた。外叔父の三世浜村蔵六や益田遇所に師事して篆刻を学び、また中国の篆刻も熱心に学んで、後に明治の印壇を代表する篆刻家となる。明治九年（一八七六）、篆刻会を結成。明治三十九年（一九〇六）、篆刻家として初めて帝室技芸員に選出された。

（遠藤星希）

下〇〇二　一月廿九日向山黄邨祭東坡于其寶蘇齋招飲南洋貫堂望南龍川游萍及余用女王城之韻賦卽興

［明治二十四年（一八九一）一月二十九日　六十六歳］

一月廿九日、向山黄村《むこうやまこうそん》東坡《とうば》を其の宝蘇斎に祭り、南洋《なんよう》、貫堂《かんどう》、望南《ぼうなん》、龍川《りゅうせん》、游萍《ゆうひょう》及び余を招飲す。女王城の韻を用いて即興を賦す

過橋穿徑到君門
半里離城似遠村
架上收來眞墨跡
壺中養得舊冰痕
詩盟人欠感歎集＊
酒令春生談笑溫
自喜吾曹陪此會
銜盃歳歳慰吟魂

橋を過ぎ　径《みち》を穿ちて　君が門に到る
半里　城を離るるに　遠村に似たり
架上　収め来たる　真墨の跡
壺中　養い得たり　旧氷の痕
詩盟　人欠けて感嘆集まるも
酒令　春生じて　談笑温かし
自《おのずか》ら喜ぶ　吾曹《ごそう》　此の会に陪し
盃を銜《ふく》みて　歳歳　吟魂を慰むを

＊客歳、新見竹蔭逝矣（客歳、新見竹蔭逝《ゆ》く）

【訳】

一月二十九日、向山黄村《むこうやまこうそん》が彼の宝蘇斎にて蘇東坡《そとうば》の御霊《みたま》を祭り、稲津南洋《いなづなんよう》・河田貫堂《かわだかんどう》・寺田望南《てらだぼうなん》・丸山《まるやま》龍川《りゅうせん》・淵辺游萍《ふちべゆうひょう》及び私を招待して宴席を設けてくれた。私は「女王城」の詩の韻を用いて即興の詩を賦した

橋を渡り小道を通り抜けて君の家の門に到着した。町からは半里しか離れていないが、まるで遠い村に来たかのようだ。壁に掛けられた額には真跡の書が収められており、壺の中には旧年に作った氷がまだ保存されている。このたびの詩会にはいつもいた同人の一人が欠けていて嘆きの声が湧きおこるも＊、酒令を楽しむうちに春の陽気が生じて温かい談笑の声が響きだす。自然と嬉しくなってくる、我々がこの会に同席できて、酒杯を口に運びつつ詩人である蘇東坡の魂を毎年慰めることができるのが。

＊去年、新見竹蔭が亡くなった。

【語釈】

○向山黄邨：向山黄村（一八二六―一八九七）。上〇一五の【補説】参照。○東坡：北宋の詩人である蘇軾（一〇三七―一一〇一）の号。○寶蘇齋：向山黄村の書斎の名。向山黄村『景蘇軒詩鈔』巻上に「胸裏經營寶蘇閣、眼前突兀未得見（胸裏に経営す宝蘇閣、眼前突兀として未だ見るを得ず）」とあり、原注に「余欲造高閣以寶蘇名久矣。有志未果（余《よ》高閣を造りて宝蘇を以て名づけんと欲すること久し。志有るも未だ果たせず）」とある。○貫堂：河田煕《かわだひろむ》（一八三五―一九〇〇）。貫堂は号。下〇〇一の【補説】参照。○女王城：北宋・蘇軾「正月廿日往岐亭郡人潘古郭三人送余於女王城東禪莊院」詩（『施注蘇詩』巻十八）「十日春寒不出門、不知江柳已搖村。稍聞決決流冰谷、盡放青青沒燒痕。數畝荒園留我住、半瓶濁酒待君溫。去年今日關山路、細雨梅花正斷魂（十日春寒門を出でず、知らず江柳の已に村に揺らぐを。稍《やや》聞く決決として氷谷に流るるを、尽《ことごと》く青青たるを放ちて焼痕を没せしむ。数畝の荒園は我れを留めて住せしめ、半瓶の濁酒は君を待ちて温む。去年の今日関山の路、細雨梅花正に魂を断てり）」を指す。梅潭の本詩は、この詩の韻字（門・村・痕・温・魂）と同じ字を同じ順番で用いた、いわゆる次韻詩である。○舊冰：旧年の氷。唐・杜甫「蘇端薛復筵簡薛華酔歌」詩（『杜詩詳註』巻四）に「千里猶殘舊冰雪、百壺且試開懷抱（千里猶お残る旧氷雪、百壺且つ試みて懐抱を開かん）」とある。○詩盟：詩人たちの集会。○酒令：酒宴に興を添えるため行われる遊戯。遊戯に負けた者は罰杯を飲まされる。○談笑：打ち解けた雰囲気で笑いながら話す。唐・杜甫「蘇端薛復筵簡薛華酔歌」詩（『杜詩詳註』巻四）に「少年努力縦談笑、看我形容已枯槁（少年努力して談笑を縦《ほしいまま》にす、看よ我が形容の已に枯槁するを）」とある。○吟魂：詩人の魂。ここでは蘇軾の魂。○客歳：去年のこと。

【補説】

○南洋：稲津済（一八三四―一八九八）。南洋は号。幕末明治期の幕臣・政治家・漢詩人。飫肥《おび》藩士。安井息軒に学び、後に藩校の振徳堂で教授を務める。維新後は飫肥藩の公議人となり、公議所での審議に参加。公議所が集議院と改称された後も、集議院議員として政治に参与した。明治十一年（一八七八）九月、杉浦梅潭・向山黄村と共に晩翠吟社を創立した。

○望南：寺田弘（生卒年未詳）。又の名を盛業。字は士弘。望南は号。薩摩出身。明治期の蔵書家として知られる。向山黄村・丸山龍川らと共に、旧雨社同人の一人。

○龍川：丸山龍川（生卒年未詳）。向山黄村・寺田望南らと共に、旧雨社同人の一人であったということ以外は未詳。

○游萍：淵辺徳蔵（生卒年未詳）。游萍は号。幕臣。文久二年（一八六二）、文久遣欧使節団の一員として、福澤諭吉らと共に渡欧。第二回ロンドン万国博覧会に合わせてロンドンにも滞在し、会場も訪れている。その著『欧行日記』は、日本史籍協会編『遺外使節日記纂輯』第三冊（東京大学出版会、一九八七）に所収。

○新見竹蔭：生卒年未詳。橋本蓉塘（一八四四―一八八四）「題亡友子襄書四首」（『蓉塘詩鈔』巻下）の序文に「是日會者、

新見竹陰、山高紫山、加部松園、藤波東閣、併余五人（是の日会する者、新見竹陰、山高紫山、加部松園、藤波東閣、余を併せて五人）」と見えるほか、向山黄村の『景蘇軒詩鈔』にも彼の名が三度見える。

（遠藤星希）

下〇〇八　四月廿五日永井介堂一色貫木村芥舟三老幹事同人集于八百松樓祭故岩瀬鷗所君之靈余亦與焉悵然賦一律呈三老及席上諸彦

〔明治二十四年（一八九一）四月二十五日　六十六歳〕

四月廿五日、永井介堂《ながいかいどう》、一色貫《いっしきかん》、木村芥舟《きむらかいしゅう》の三老、幹事と同人、八百松楼に集まり、故岩瀬鷗所《いわせおうしょ》君の霊を祭る。余も亦た焉《こ》れに与《あず》かり、悵然として一律を賦し、三老及び席上の諸彦に呈す

敢説功名一世揚
事如逝水去茫茫
天生英俊何無用
國際艱難不避殃
十里江風帆影白
卅年墓石蘚痕蒼
傷心最是招魂夕
涙濺隄邊舊墨莊

敢《あえ》て説かん　功名一世に揚がるも
事は逝く水の如く　去ること茫茫たりと
天　英俊を生ず　何ぞ用無からん
国　艱難に際するも　殃《わざわい》を避けず
十里の江風　帆影白く
卅年《そうねん》の墓石　蘚痕蒼《あお》し
傷心　最も是れ招魂の夕べ
涙は濺《そそ》ぐ　隄辺《ていへん》の旧墨荘

【訳】

四月二十五日、永井介堂《ながいかいどう》・一色貫《いっしきかん》・木村芥舟《きむらかいしゅう》ら三人の長老、および詩社の幹事や同人らが、八百松楼に集まり、故岩瀬鷗所氏の御霊《みたま》を弔った。私もこの集《つど》いに参加し、悲しみ嘆く気持ちで律詩を詠み、三人の長老及び席上の賢才たちに示した

あえて言わせて頂こう、彼は功績をあげ世にその名を轟かせたのに、その事跡はいまや遠く流れ去った川の水のようにぼんやり霞んでしまったと。天が彼のような英才を生み出したのだからどうして世の役に立たないはずがあろう。国が危難を迎えた際に、彼は身の危険を顧みず果敢に行動した。十里の彼方から吹きつける川風を受けて舟の帆は白くふくらみ、三十年前に建てられた墓石は青く苔むしている。悲しみ極まるのは夜のたまよばいの時であり、隅田川のほとりの古い建物にて涙がとめどなく流される。

【語釈】

○永井介堂（一八一六—一八九一）：幕末・明治初期の政治家。上〇〇三の【補説】参照。○一色貫：未詳。○木村芥舟：木村喜毅《よしたけ》（一八三〇—一九〇一）。字は天模。芥舟は号。幕末期の幕臣。軍艦奉行、咸臨丸の司令官などを歴任した。○八百松楼：隅田川のほとりにあった料亭の名。水神の森にあった八百松の支店として、明治三年（一八七〇）四月に開店。○逝水：流れる川の水。『論語』子罕の「子在川上曰、逝者如斯夫、不舍晝夜（子《し》川の上《ほとり》に在りて曰く、逝く者は斯《か》くの如きか、昼夜を舎《お》かずと）」を踏まえる。○天生英俊何無用：唐・李白「將進酒」詩（『李太白文集』巻三）に「天生我材必有用（天我が材を生ず必ず用有り）」とあるのを踏まえる。○國際艱難不避殃：大老井伊《いい》直弼《なおすけ》の意向に反した岩瀬鷗所が、安政の大獄の際に左遷されたことを指すか。【補説】参照。○招魂：死者の魂を招き、慰撫すること。永井介堂らが八百松楼で岩瀬鷗所を偲ぶ会を開いたことを指す。○隄邊：墨堤のほとり。墨堤は隅田川の土手。○墨莊：隅田川沿いの建物。ここでは八百松楼を指す。古くは隅田川のことを墨田川とも表記した。

【補説】

○岩瀬鷗所：岩瀬《いわせ》忠震《ただなり》（一八一八—一八六一）。鷗所は号。外国奉行として、日露和親条約の締結などに功があった。その後、勅許を得て調印しようとした大老井伊《いい》直弼《なおすけ》の意向に反し、勅許を待たずに、井上清直《きよなお》とともに日米修好通商条約の調印に踏み切ったため、安政の大獄の際に作事奉行に左遷され、安政六年（一八五九）には蟄居を命じられた。本詩の第四句「國際艱難不避殃」は、井伊直弼の怒りを買うことを恐れず、日米修好通商条約の調印に踏み切ったことを言うか。

（遠藤星希）

下〇一一　下函山　　［明治二十四年（一八九一）七月二十二日　六十六歳］

函山を下る

雨後淸陰絶點塵　　雨後の清陰　点塵絶え
山中宰相出山辰　　山中の宰相　山を出づる辰《とき》
馬頭只有溪雲白　　馬頭　只だ渓雲の白きのみ有り
何術攜歸贈故人　　何の術ありてか携え帰りて故人に贈らん

【訳】

箱根山を下る

雨上がりの涼やかな木陰には一点の塵さえなく、山中の宰相たる私が山を離れるにふさわしい時だ。下りていく馬の前にあるのはただ谷川からわく白い雲だけだ。どうにかしてこの白雲を持ち帰って旧友に贈りたいものだ。

【語釈】

○函山：箱根の山。○山中宰相：梁・陶弘景のこと。茅山《ぼうざん》に隠居していたが、梁の武帝がいつも国家の大事について尋ねに来たので「山中宰相」と呼ばれた（『南史』巻七十六「隱逸傳」）。○何術攜歸贈故人：前項の梁・陶弘景の故事による。『類説』巻五十一「陶隱居」項に「陶弘景隱居華山陽。梁高祖問曰、山中何所有。弘景答詩曰、山中何所有、嶺上多白雲。祇能自怡悅、不可持寄君（陶弘景華山の陽《みなみ》に隠居す。梁の高祖問いて曰く、山中に何の有する所ぞ、と。弘景答えて詩に曰く、山中に何の有する所ぞ、嶺上白雲多し。祇《た》だ能く自ら怡悦するのみ、持して君に寄す可からず、と）」を踏まえる。

【補説】

『晩翠書屋詩稿』に載る前後の作品によると、このとき梅潭は十四歳になる孫の倹一（下二八二【語釈】参照）と二人で七月十五日から一週間の予定で箱根に湯治に来ていた。十五日は塔ノ沢温泉の金泉楼（もとの福住楼）に泊まったが、夜、倹一が腹痛を起こし、医者を呼んで薬をもらったりして、たいそう心配した。十八日になってようやく回復し、喜んで次のような詩を作っている。

十八日倹一病癒将赴木賀欣然賦似

十八日、倹一の病い癒《い》え将に木賀《きが》に赴かんとして欣然として賦して似《あた》う

今朝活潑復雄姿　今朝活潑にして雄姿復す
撫背乃翁欣可知　背を撫する乃翁《だいおう》の欣び知る可し
急駕輕車溪上路　急に軽車を駕す　渓上の路
汝顔含笑與山宜　汝が顔　笑いを含みて　山と宜《よ》し

「十八日、倹一の病気が回復して木賀に出発しようとするとき喜んで詩を作って与えた」

今朝は生き生きとして本来の雄々しい姿を取り戻した。その背をさすってやるおまえの祖父がどれほど嬉しかったかわかるだろう。急いで車に乗って渓谷に沿って進んだ。おまえの顔はにこやかで、美しい山々に映えているよ。

そして神代楼（亀屋）に泊まり、滝を見たり月見をしたりしたのちに本詩を作った。

（高芝麻子・市川桃子）

下〇一九　哭枕山先生　［明治二十四年（一八九一）十月　六十六歳］

醉魂應是向仙班
華表何時化鶴還
久矣詩名鳴聖代
哀哉酒骨瘞荒山
桂花零處秋風冷
蟲響殘邊暮景慳
我亦卌年門下侍
追懷往事涙潸潸

枕山先生《ちんざんせんせい》を哭《こく》す
酔魂《すいこん》　応《まさ》に是《こ》れ仙班《せんぱん》に向かうべし
華表《かひょう》　何《いず》れの時にか鶴《つる》に化《か》して還《かえ》らん
久しきかな　詩名《しめい》の聖代《せいだい》に鳴るや
哀しきかな　酒骨《しゅこつ》の荒山《こうざん》に瘞《うず》むるや
桂花零《けいかお》つる処《ところ》　秋風冷《しゅうふうひ》ややかにして
虫響残《ちゅうきょうざん》する辺《あた》り　暮景慳《ぼけいお》しむ
我れも亦《ま》た卌年《しゅうねん》　門下に侍《じ》す
往事を追懐《ついかい》して涙潸潸《さんさん》たり

【訳】

大沼枕山先生を悼む

酒が好きな先生の魂は必ずや仙人の仲間のもとへと向かっていることでしょう。いつか鶴に身を変えて都にいる我々のもとに戻ってみえるでしょうか。先生の詩の名声は今の御代《みよ》に長らく鳴り響いてきました。酒を愛した先生の御体を寂しい山の墓地に埋葬するのは何とも哀しいことです。金木犀《きんもくせい》の花が散り落ちるところに秋風が冷たく吹き渡り、虫の声が消えかかる頃に夕陽が暮れなずんでおります。私も四十年もの間、先生の弟子として門下に控えていた者なので、様々なことを思いだしては涙をはらはらと流すばかりです。

【語釈】
○枕山先生…大沼枕山（一八一八―一八九一）。漢詩人。晩翠吟社の指導をした（上一〇六【補説】参照）。明治二十四年（一八九一）十月一日に没した。○酔魂…酔って見る夢。ここでは亡くなった大沼枕山の魂をいう。○仙班…仙人の仲間。南宋・陸游「道院偶述」詩（『劒南詩稿』巻七十六）に「憶在青城煉大丹、丹成垂欲上仙班（青城に在りて大丹を煉るを憶《おも》い、丹成りて仙班に上らんと垂《なんなん》とす）」とある。○華表何時化鶴還…「華表」は中国で墓の正面や宮殿、城門などに建てられる装飾のある柱。晋のころ丁令威という者が仙人の修行のため山に籠もり、後に鶴に変化《へんげ》して城門の華表の辺りに帰り来て、その後、天に昇ったという故事を踏まえる（『捜神後記』巻一）。○聖代…聖なる御代《みよ》。同時代を称えていう。○酒骨…酒粕。ここでは酒を心から愛した枕山のこと。○瘞…埋める。埋葬する。○追懐…回想する。過去のことを思い出す。○潸潸…涙が流れる様子。「潸」は潸の異体字。

【補説】
『杉浦家家系』によれば梅潭は小野湖山《おのこざん》（一八一四―一九一〇）に詩を学び、小野湖山が故郷に帰った安政六年（一八五九）以降は大沼枕山に師事して漢詩を学んだという。すなわちおよそ三十二年の間、門下にあったこととなる。一方、大沼枕山は漢詩人梁川星巌《やながわせいがん》を介して、星巌の門人である小野湖山、鱸松塘《すずきしょうとう》らとも早くから交流があった。もし梅潭が小野湖山を通じて早くから大沼枕山と知り合っていたとすれば、枕山の没年までの間には、詩に描かれている通り四十年に近い交流があったのかもしれない。

（高芝麻子）

下〇二三　新年偶成　［明治二十五年（一八九二）一月　六十七歳］

新年偶《たまたま》丶成る

依然白髮與蒼顏　　依然　白髪と蒼顔ともて
高臥圖書數卷間　　高臥す　図書数巻の間に
於世無求眞福慧　　世に於《おい》て求むる無《な》きは真の福慧《ふくけい》
向人唯詫是淸閒　　人に向かいて唯だ詫《ほこ》るは是れ清閑なるのみ
朝來釀雪竟成雨　　朝来　雪を醸《かも》して竟に雨と成り
歲始在家如住山　　歳始　家に在りて山に住むが如し
早有一枝吟友贈　　早《つと》に一枝の吟友の贈る有り
蠟梅瓶裏已黃斑＊　　蠟梅　瓶裏　已に黄斑

＊宮本鴨北見贈蠟梅數枝（宮本鴨北より蠟梅数枝を贈らる）

【訳】

新年に当たって

相変わらずの白髪とやつれた顔で、数巻の書物を左右に置いて横になっている。世間に求めがたいものは本当の幸福と叡智であるし、人に自慢できることといえばこの俗世を離れた静かでのんびりした暮らし位のものだ。朝から雪が降りそうだと思っていたが結局は雨になった。年の初めに家に籠もっていると、山の中に住んでいるようだ。早朝に詩の友が贈ってくれたひと枝の花がある。その蠟梅は花瓶の中でもう点々と花芽《はなめ》を黄色くふくらませている＊。

＊宮本鴨北から数枝の蠟梅を贈られた。

【語釈】

○福慧：福徳と智慧。仏教用語。○詫：誇る。『史記』巻百十七「司馬相如列傳」の「子虚過詫烏有先生（子虚過《よ》ぎりて烏有《うゆう》先生に詫《ほこ》る）」に『史記集解』が注を附して晋・郭璞の説を引き、「詫、誇也」（詫は、誇るという意味）という。○釀雪：今にも雪雲から雪が降りそうな様子。南宋・陸游「題齋壁」詩（『放翁詩選前集』巻三）に「山色蒼寒釀雪天、性懶杯盤常偶爾（山色蒼寒にして雪を釀す天あり、性は懶《らん》にして杯盤《はいばん》常に偶爾《ぐうじ》なり）」とある。○宮本鴨北：宮本小一《おいち》（一八三六―一九一六）。「小一」は「こいち」「おかず」とも読む。鴨北は号。幕府では神奈川奉行支配組頭。維新後、外国官御用掛。のちに外務大丞など要職を歴任した。樺太境界交渉にも尽力した。功労により元老院議官、のちに貴族院勅選議員となる。「晩翠吟社」に参加している。上一一六「客歳十二月宮本鴨北恵贈二大櫻樹」詩、上一三一「送宮本鴨北漫遊羽陸二州」詩（ＤＶＤ版参照）などに名が見える。

（市川桃子）

下〇二五　松永聽劒來訪細說函館近況感舊有作　［明治二十五年（一八九二）六十七歳］

松永聴剣来訪して細《こま》かに函館の近況を説く、旧に感じて作有り

巴字灣中泊萬船
水樓邀客綺羅鮮
銀山碧海宦遊邈
白髪蒼顏心迹圓
老信神仙非曠達
性耽詩賦有因緣
臥牛是異牛鳴地
一夢茫茫五十年＊

巴《は》字《じ》湾中　万船　泊《はく》し
水楼　客を邀《むか》え　綺羅鮮やかなり
銀山　碧海　宦遊邈《はる》かなり
白髪　蒼顔　心迹円《まる》し
老いて神仙を信ずるは曠達《こうたつ》に非《あら》ざれど
性として詩賦に耽《ふけ》るは　因縁有り
臥牛《がぎゅう》是れ牛鳴《ぎゅうめい》の地に異なる
一夢　茫茫　五十年

＊臥牛、函館之山名（臥牛は、函館の山名なり）

【訳】

松永聴剣が来訪し函館の近況を細々《こまごま》と話してくれたので、往事を思って詩を作った

巴《ともえ》の字形の函館湾にはおびただしい船が停泊しており、水辺の妓楼では客を迎える娘たちが美しく着飾っていた。白銀の山々と青い海に役職で滞在していたのは遥か昔のこととなり、いまや髪は白く顔はやつれているが気持ちは穏やかだ。年を取ってから神仙を信じることなどは度量のない人間のすることだと思っているし、詩作に没頭するこの私の天性には前世からの因縁があるのだろう。函館の地には臥牛山

があるがそこは牛の鳴き声も届かぬ遠い所である。はかない夢のように五十年が過ぎた＊。

＊臥牛とは、函館にある山の名である。

【語釈】

○松永聴劒：松永久邦（一八六七—？）。通称は彦右衛門、号が聴剣。丹後の国田辺で京極氏に仕え、京極氏転封と共に豊岡に移り、その後帰農した。家業の醤油醸造で財をなしたという。著書に『樺太及勘察加』（博文館、一九〇五）がある。○巴字灣：函館湾。「巴」字に似た地形であることから。函館港は「巴港《ともえみなと》」とも呼ばれる。○心迹：心情と行い。心持ち。○曠達：心が広々としていて伸びやかであること。○性：天性。晋・陶淵明「歸園田居六首」其一（『陶淵明集』巻二）に「少無適俗韻、性本愛丘山（少《わか》くして俗に適《かな》う韻無く、性本《もと》より丘山を愛す）」とある。○臥牛：函館山のこと。山容が、牛が寝そべるような形であることから。○牛鳴：距離の単位。牛の声が届く範囲が一牛鳴。また、一牛鳴は距離が近い意味となる。北宋・王安石「招呂望之使君」詩（『臨川文集』巻十七）に「潮溝直下兩牛鳴、十畒漣漪一草亭（潮溝《ちょうこう》の直下《ちょっか》両牛鳴、十畝《せ》の漣漪《れんき》に一草亭）」とある。○茫茫：あいまいでよく分からないこと。前漢・揚雄『法言』重黎に「神怪茫茫、若存若亡（神怪茫茫として、存《そん》するが若《ごと》く亡《な》きが若《ごと》し）」とある。

【補説】

第八句「一夢茫茫五十年」は、『晩翠書屋詩稿』では「五十年」ではなく「十五年」となっている。この作品が作られたのは明治二十五年（一八九二）なので、明治十年に開拓使判官を退官してからちょうど十五年となる。

（市川桃子）

下〇二七　寄題洗足軒＊　〔明治二十五年（一八九二）六十七歳〕

洗足軒に寄題す

竹窗茅檐結小廬　竹窓茅檐《ぼうえん》　小廬を結び
不築高閣銜雲衢　高閣の雲衢《うんく》を銜《つ》くを築かず
驪邱之東池上北　驪邱《りきゅう》の東　池上の北
梅坪莎徑百畝餘　梅坪《ばいへい》　莎径《さけい》　百畝の余
葺牆穿渠剪荆棘　牆《かき》を葺《ふ》き渠《みぞ》を穿ちて　荆棘《けいきょく》を剪《き》り
穉生叢植楓千株　稚生じ叢植わり　楓《かえで》千株
感慨最是戊辰歳　感慨　最も是れ戊辰の歳
親王督兵東下際　親王　兵を督《ひき》いて東下の際
萬軍三月抵品川　万軍三月　品川に抵《いた》り
假將古刹爲營衛　仮に古刹《こさつ》を将《もっ》て営衛と為す
鈴閣參謀天下傑　鈴閣《れいかく》の参謀　天下の傑
一戰大捷氣蓋世　一《ひと》たび戦えば大捷《たいしょう》し　気は世を蓋《おお》う
此時羣議翻狂瀾　此の時の群議　狂瀾を　翻《ひるがえ》し
天地慘憺風雲寒　天地惨憺として　風雲寒し
從容君獨秉大義　従容《しょうよう》として　君　独り大義を秉《と》り
捧書督府吐肺肝　書を督府に捧げ肺肝を吐く

報國至誠鬼神泣
誓挺一身抵大難
不啻主家存血食
大都百萬蒼生安
欽君平生大負抱
智勇一世獨推倒
高爵高位蒙恩榮
樞密院中稱遺老
當年鞍馬加一鞭
碧蹄踏破春草烟
此地經過知幾度
居諸忽忽廿五年
袈裟挂松千束水
淨光翠色共依然
主人今猶憶疇昔
新設別墅對深碧
千秋英氣不消磨
心血長比林楓赤

報国の至誠　鬼神泣き
一身を挺し大難に抵《あた》るを誓う
啻《た》だ主家の血食を存するのみならず
大都　百万　蒼生安んず
欽《つつし》む　君の平生の大いなる負抱もて
智勇　一世　独り推倒するを
高爵高位　恩栄を蒙《こうむ》り
枢密院中　遺老と称《たた》えらる
当年　鞍馬し　一鞭を加え
碧蹄　踏破す　春草の煙
此の地　経過すること　幾度なるかを知らん
居諸《きょしょ》　忽忽《そうそう》として廿五年
袈裟《けさ》　松に挂《か》く　千束の水
浄光　翠色　共に依然たり
主人　今猶お疇昔《ちゅうせき》を憶《おも》い
新たに別墅《べっしょ》を設けて深碧に対す
千秋　英気　消磨せず
心血　長《とこし》えに林楓の赤きに比べん

＊戊辰、王師東下總督王駐軍本門寺。海舟先生奉命屢往來、途出千束村小憩于古松樹下。後廿五年、先生憶舊事置別墅於此（戊辰のとき、王師東下し総督王軍を本門寺に駐《とど》む。海舟先生命を奉じて屢《しばしば》、往来し、途《みち》に千束《せんぞく》村に出で古松樹の下に小憩す。後廿五年、先生旧事を憶い別墅を此《こ》こに置く）

【訳】

洗足軒に詩を寄せる＊

竹の窓にかやぶきの屋根の小さな庵《いおり》を結び、天空をつくような楼閣《ろうかく》は築かなかった。大岡山の東、池上《いけがみ》の北に、梅が植えられ、ハマスゲの生えた道が続く百畝余りの平地があった。そこに垣根をつくろい水路を通してイバラを剪定すると、小さな草が生え、草むらが茂り、ついには楓《かえで》千株の林となった。最も深く感じ入るのは戊辰《ぼしん》の年、有栖川宮熾仁親王《ありすがわのみやたるひと》が兵を率いて江戸に下ってきた折のこと。大軍は三月に品川に到着し、仮に池上本門寺を本陣とした。総督府の参謀である西郷隆盛は天下の豪傑、戦《いくさ》のたびに大勝利を収め、その気概は世の中をおおうほど大きい。この時、幕府の人々が集まって議論したが大騒ぎとなるばかり、天地はひどいありさまで世の中は冷え切った状態となった。悠然と構えた勝海舟公はひとり大義を抱き、書状を総督府に捧げて心の内を吐露した。貴方の国に報いようとする真心に、鬼神のような西郷隆盛が泣き、身を挺し大いなる難事にあたることを誓った。将軍の家系を存続させるだけにとどまらず、大いなる都である江戸百万の民衆をも安泰にした。尊敬すべきは貴方がいつも心中に大きな決意を抱いていて、智力と勇敢さが世の人々を圧倒していたことだ。高い爵位という天子様よりの栄誉を賜り、枢密院では長老と称《たた》えられた。戊辰戦争の往時、馬にまたがり鞭をひとつ打ち、霞たつ春草の上を駆けていった。この地を何度行き来したことであろうか。月日はあわただしく過ぎて二十五年経った。日蓮上人は洗足池のほとりで松に袈裟《けさ》を掛けられたが、けがれなき光を放つ池と、みどりの葉をたたえた松は、どちらも以前のままである。庵の主人である勝海舟公は今も往時を懐かしみ、深い碧《みどり》の水をたたえた洗足池と向き合う場所に新たに別宅を建てられた。長い時が経っても英雄の気概が衰えることはない。その心血は楓の林と同じく永遠に赤いことだろう。

＊戊辰戦争の折、勅軍が江戸に下り総督である有栖川宮熾仁親王が池上本門寺に駐軍した。勝海舟先生は命を受けしばしば往来して、途中で千束村（大田区千束）までやってくると古い松の木（日蓮上人袈裟掛けの松）の下でしばし休憩をした。それから二十五年経ち、先生は往時のことを思い起こして別宅を千束に置いた。

【語釈】

○洗足軒：勝海舟（一八二三―一八九九）の別宅。【補説】参照。勝海舟は、名は義邦。海舟は号。咸臨丸の艦長となってアメリカに渡った。のちに軍艦奉行になり、安房守《あわのかみ》を名乗る。戊辰戦争の際には江戸城の無血開城に尽力した。維新後は伯爵に叙せられ、枢密顧問などの要職を歴任した。○驪邱：「洗足軒」の西にある大岡山を驪山《りざん》に見立てたと思われる。驪山は中国陝西省西安の東にある山で、唐の玄宗が楊貴妃のために華清宮を建てた。○戊辰歳：慶応四年（明治元年・一八六八）。○古刹：古い寺。池上本門寺のこと。【補説】参照。○鈴閣參謀：「鈴閣」は将校や郡の長官などが執務する場所。ここでは明治新政府によって設置された東征大総督府を指す。「參謀」は大総督府下参謀であり、勝海舟と池上本門寺で会見をした西郷隆盛を指す。○氣蓋世：『史記』巻七「項羽本紀」が引く、劉邦軍との最後の戦いを前に項羽が詠った「垓下歌」に「力拔山兮氣蓋世（力は山を抜き気は世を蓋う）」とある。○君：勝海舟のこと。

○鬼神‥西郷隆盛のこと。慶応二年（一八六六）十二月四日、坂本龍馬が兄の権平に宛てた手紙の中で、西郷隆盛のことを「薩州政府第一之人、當時國中に而《て》ハ鬼神と云《い》ハれる人なり」と評している。○血食‥ここでは主君である徳川家の血統を指す。○居諸‥太陽と月。日月。歳月。『詩經』邶風《はいふう》「柏舟」に「日居月諸、胡迭而微（日よ月よ、胡《なん》ぞ迭《こも》ゞ《ごも》にして微なる）」とあるのによる。○千束水‥洗足池を指す。○總督王‥新政府軍を率いた東征大総督、有栖川宮《ありすがわのみや》熾仁親王《たるひとしんのう》（一八三五―一八九五）を指す。○古松樹‥【補説】参照。

【補説】

○池上本門寺（大田区）は、慶応四年（明治元年・一八六八）三月に官軍の本陣が置かれた場所である。西郷隆盛と勝海舟が四月に会見したとされる松濤園は池上本門寺の中にあり、現在「西郷隆盛・勝海舟会見の地碑」が残っている。また千束村は大田区千束を指す。勝海舟は別宅「洗足軒」を明治二十四年（一八九一）に建築している。「洗足軒」は戦後まもなく焼失し、現在は洗足軒跡の碑が残っている。

○古松樹は、千束にある「日蓮上人袈裟掛けの松」を指す。弘安五年（一二八二）、日蓮上人が、池上本門寺を訪れる前に千束池で休息した。その際ほとりの松に袈裟を掛け、池の水で足を洗ったことにより、「千束池」は「洗足池」に改められ、袈裟が掛けられた松は「日蓮上人袈裟掛けの松」と呼ばれるようになったという。

○『續、冰川清話』に、本作品を載せた梅潭からの手紙が載っている。『冰川清話』はもとは海舟の談話を国民新聞の人見一太郎や東京朝日の池辺三山などが新聞に連載したものである。後に吉本襄が編集、加筆した上で、三巻に分けて刊行した。『冰川清話』の「詩は、壯年の時に、杉浦梅潭に習ひ」との記載によれば、梅潭と勝との間には密な交流があった。梅潭から吉本襄に宛てた手紙の中で次のようにいう。

拝啓、過日は御來過被下謝〻。其節御約束之勝伯へ關係之談話も若干あれども、舊夢茫〻、都て十の九を忘る。五六年前『洗足軒』へ題せし舊稿を見出し候間、別帋博粲。『冰川清話』へ御掲載も妨なき事と存候也。十月二十三日　杉浦誠　吉本襄様

要約は以下の通りである。

拝啓、先日はおいで下さりありがとうございます。その際にお約束した勝海舟伯爵に関係する話はわずかながらあるとはいえ、昔にみた夢のようにはっきりせず、九割ほどは忘れてしまいました。ただ、五、六年前に洗足軒に寄せて作った詩の古い原稿を見つけましたので、ご笑覧下さい。『氷川清話』に掲載して頂くのも問題ないと思います。十月二十三日　杉浦誠　吉本襄様

（山崎藍）

下〇二九　感懐＊

［明治二十五年（一八九二）三月　六十七歳］

鵬摶水撃動蒼穹
一代恩仇一夢中
回首卅年悲白雪
斷魂三月恨春風
須知獨力功雖大
或恐專權論未公
天道是非吾不議
挺身殉國卽英雄

感懐
鵬《おおとり》摶《の》り水に撃ちて　蒼穹を動かす
一代の恩仇　一夢の中
回首す　卅年《そうねん》　白雪に悲しみ
断魂す　三月　春風を恨む
須《すべから》く知るべし　独力にして功は大なりと雖も
或いは恐る　専権にして論は未だ公ならざるを
天道の是非　吾れは議せず
身を挺し国に殉ずるは即ち英雄なり

＊故井伊中將三十三年祭、岡本黄石囑（故井伊中将三十三年祭、岡本黄石囑《しょく》す）

【訳】

心に思うこと＊

鵬《おおとり》が羽ばたき舞い上がって水面を撃ち青空を動かしたように井伊公も天地を揺り動かした。一代の恩と仇も夢の中のように儚いもの。三十年前の桜田門外の変をふりかえれば白い雪にも悲しみがつのり、事件が起きた三月になれば深い恨みで春の風にも心が痛む。井伊公が独力で成し遂げた功績が偉大であることは人々に理解されてしかるべきだが、生前に権勢をふるっていたため、評価がまだ公正に下されていないのではないかと心配だ。天の処遇が正当か否かは私は論じようとは思わない。身を挺して国のために死んだ人こそが英雄なのだ。

＊亡き井伊直弼中将《いいなおすけちゅうじょう》の三十三回忌、岡本黄石《おかもとこうせき》に頼まれて詠む。

【語釈】

○鵬摶：鵬《おおとり》がつむじ風に乗って高く舞い飛び上がること。発憤して事を為すことの喩え。『莊子』逍遙游「鵬之徙於南冥也、水擊三千里、摶扶搖而上者九萬里（鵬の南冥に徙《うつ》るや、水に撃つこと三千里、扶揺に摶《の》りて上ること九万里）」が出典。ここでは井伊直弼を鵬にたとえる。○天道是非：「天道」は天。人の運命を掌る存在。『史記』巻六十一「伯夷列傳」の太史公自序に「余甚惑焉。儻所謂天道是邪非邪（余甚だ惑う。儻《も》しくは所謂《いわゆる》天道是か非か）」とある。○井伊中將：井伊直弼（一八一五―一八六〇）を指す。生前、左近衛権中将に任じられていた。【補説】参照。

【補説】

○井伊直弼（一八一五―一八六〇）は彦根藩の第十五代藩主。大老の職にあった安政五年（一八五八）、勅許を得ることができないうちに、幕府は日米修好通商条約の調印に踏み切った。その後、自身の反対勢力への弾圧（安政の大獄）を行ったが、これが反発を買い、安政七年（一八六〇）三月三日に江戸城桜田門外で殺された。三十三回忌は、彦根では明治二十五年（一八九二）三月二十八日に、東京では神田区錦町の錦輝館で四月十七日に行われた。

○岡本黄石（一八一一―一八九八）は彦根藩の家老。後に尊皇攘夷の影響により建白書を提出したため、井伊直弼から疎まれたが、井伊直弼が安政七年（一八六〇）三月に桜田門外の変で斃《たお》れると、岡本は藩政に復帰し彦根藩の混乱を収拾することに尽くした。なお梅譚は勝海舟の漢詩の師であり（勝海舟『氷川清話』に言及あり）、明治二十五年（一八九二）六月四日に、下〇二七で登場する勝海舟の別宅「洗足軒」で開催された小宴で岡本黄石と同席している。

（山崎藍）

下〇三〇　三月十一日長酡亭鱸松塘翁七十壽詩（二首其一）

［明治二十五年（一八九二）三月十一日　六十七歳］

劫來愈見性情眞
況又開筵占吉辰
到處看花長養老
隨身有筆自爲春
酒軍對壘元無敵
詩律成家果絶倫
世上滔滔足名利
襟懷君獨葛天民

三月十一日、長酡亭《ちようだてい》にて鱸《すずき》松塘翁《しようとう》の七十を寿《ことほ》ぐ詩（二首其の一）

劫来《ごうらい》　愈《いよいよ》、見《あら》わる　性情の真
況《いわん》や又た筵《えん》を開くに吉辰を占うをや
到る処　花を看て　長く老《おい》を養い
随身　筆有りて　自ら春を為《つく》る
酒軍　塁に対して　元より敵無く
詩律　家を成して　果たして絶倫なり
世上　滔滔として　名利足る
襟懐す　君独り葛天民なると

【訳】

三月十一日に、長酡亭で鱸《すずき》松塘翁《しようとう》の七十歳を祝う詩（二首その一）

長い時間をかけてますます貴方の真摯なお心が知れるようになりました。まして良き日取りを選んでこの喜ばしい宴会を開いてくださるとは。いたるところで咲く花をめでて長らく老いの身を養い、いつも筆を携えてみずから春の景を詩に描き出す。貴方は酒が強くて人と飲みくらべをすればもとより敵《かな》うものはおらず、詩を作り一家を成せば案の定比べるものがない程優れていらっしゃる。世間の人々は盛んに名声と富を追い求めて満足しているようです。西湖のほとりで悠々と詩作にふけっていた葛天民《かつてんみん》のような人物はあなただけだと胸の内で思っております。

【語釈】
○長酡亭：上二四八の【語釈】参照。○鱸松塘：鈴木元邦《もとくに》（一八一八—一八九八）。幕末から明治時代の漢詩人。梁川星巌《やながわせいがん》の弟子で、慶応元年（一八六五）、江戸浅草に私塾（のち七曲《ななまがり》吟社）を開いた。別号として東洋釣史、十髯叟堂。著作に『松塘詩鈔』『房山楼詩』などがある。○劫來：仏教語。長い間。○滔滔：盛んなさま。○葛天民：南宋の詩人。字は無懐。杭州の美しい西湖のほとりに住み、自然を主題にした牧歌的な作品を書いた。著作に『無懐小集』がある。

（山崎藍）

下〇三一　三月十一日長酡亭鱸松塘翁七十壽詩（二首其二）

［明治二十五年（一八九二）三月十一日　六十七歳］

三月十一日、長酡亭《ちょうだてい》にて鱸《すずき》松塘《しょうとう》翁の七十を寿《ことほ》ぐ詩（二首其の二）

不承佛劫與仙塵
不逐枯泉呴沫鱗
檻外風微水紋蹙
湖邊雨霽柳眉嚬
百年天地留詩卷
千里山河憶故人
屢出都門何足怪
逍遙自適是精神

仏劫と仙塵とを承《う》けず
枯泉に沫《まつ》を呴《ふ》く鱗《りん》を逐わず
檻外　風微かにして　水紋蹙《ちぢ》み
湖辺　雨霽れ　柳眉嚬《ひそ》む
百年の天地　詩巻を留め
千里の山河　故人を憶う
屢〻《しばしば》、都門を出づるは何ぞ怪しむに足らん
逍遥として自適するは是れ精神なり

【訳】

三月十一日に、長酡亭で鱸松塘翁の七十歳を祝う詩（二首その二）

貴方は長大なる時間の経過とそれがもたらす変化にも動じず、枯れた泉で泡を吹きかけ合い、生に執着する魚のような真似もされない。欄干の外ではそよ風に吹かれた水面に小さな波紋が起こり、雨あがりの湖畔では眉をひそめた美人のように柳がその葉を垂らしている。貴方は百年の後までもその素晴らしい詩集をこの世界にお残しになり、山河で隔てられた千里先の友人のことを憶い出されている。貴方がよく都

から出かけることは不思議ではない。悠々ときままに楽しむ、これこそが貴方の本質なのだ。

【語釈】

○佛劫與仙塵：「劫」は仏教用語で時間の単位。巨大な石が三年に一度布で拭かれ磨滅するまでにかかる時間とされる。「塵」は、ここでは道教でいう一世代の時間のこと。どちらも極めて長い時間を表す。○呴沫：苦境の中で生に執着し、あくせくすること。泉の水が枯れ、魚たちが干上がった陸に集まり、互いに息を吹きかけあい、泡でぬらしあっているのはいじらしいが、大海で互いに相手の存在を忘れてしまうのには及ばないとする『莊子』大宗師の記載が出典。

（山崎藍）

下〇四〇　悼姫人亡似原竹嶼　［明治二十五年（一八九二）五月　六十七歳］

姫人《きじん》の亡くなるを悼《いた》み原竹嶼《はらちくしょ》に似《あた》う

十歳悲歡一夕空
柔條畢竟不禁風
白頭最是傷心處
閒捲樓簾哭落紅

十歳の悲歓　一夕《いっせき》に空し
柔条　畢竟　風に禁《た》えず
白頭　最も是れ傷心の処
閑《かん》に楼簾を捲き　落紅に哭す

【訳】

その愛妾の逝去を悼んで原竹嶼に贈る

十年の間ともに喜んだり悲しんだりしていた日々も一夜で儚《はかな》いものとなってしまった。柔らかな枝はやはり風に耐えられなかったのだ。年老いた今このようなできごとこそが最も心痛むこと、静かに楼閣のすだれを巻き上げて散り落ちた紅《くれない》の花に泣く。

【語釈】

○姫人：妾《めかけ》。梁・王僧孺に「爲姫人自傷」（『玉臺新詠』巻六）と題する詩がある。○原竹嶼：原退蔵（一八三四―一八九六）。竹嶼は号。大沼枕山「書畫歌爲竹嶼老人」詩（『枕山詩鈔三編』巻之中）に見える人物かと思われる。下一九三の【補説】参照。○柔條：柔らくしなやかな枝。ここでは女性の肢体の比喩。○落紅：散り落ちる赤い花びら。ここでは原竹嶼の愛妾の比喩。

（市川桃子）

下〇四四　千倉雜詞題詞爲關鴨渚　［明治二十五年（一八九二）六十七歳］

千倉雑詞、詞を題して関鴨渚《せきおうしょ》の為にす

半歳優遊魚蟹村　半歳優遊す　魚蟹《ぎょかい》の村
養痾兼又養詩魂　痾《やまい》を養い兼ねて又た詩魂を養う
名篇堪續梁鱸沼＊　名篇　梁鱸沼を続《つ》ぐに堪え
佳調能翻趙蔣袁　佳調　能く趙蔣袁《ちょうしょうえん》を翻《ひるがえ》す
巖樹含煙山自濕　巌樹　煙を含みて山は自《おのずか》ら湿《うるお》い
鑛泉穿石氣常溫　鉱泉　石を穿ちて気は常に温《あたた》かし
欽君獨立三家外　欽《つつし》む　君の独り三家の外に立ちて
非古非今別闢門　古《いにしえ》に非ず今に非ず　別に門を闢《ひら》けるを

＊梁川星巖、大沼枕山、鱸松塘、各有房山題詠（梁川星巖、大沼枕山、鱸松塘、各《おのおの》、房山の題詠有り）

【訳】

千倉《ちくら》について詠んだくさぐさの詩、この詩は関鴨渚のために作った

半年漁村に閑居なさって、療養しさらにまた詩人の精神をも養われた。貴方のすばらしい作品は大家《たいか》の梁《やな》川星巌《がわせいがん》・鱸松塘《すずきしょうとう》・大沼枕山《おおぬまちんざん》の跡を継ぐことが出来るほどで＊、詩の美しい韻律は中国の文人である趙《ちょう》翼《よく》・蔣士銓《しょうしせん》・袁枚《えんばい》の作品をも凌駕する。千倉の岩や樹には霞が籠もって山は自然と潤い、わき水は石を削って気候はいつも温かい。尊敬すべきことは、貴方がただ一人、梁川星巌・鱸松塘・大沼枕山の三大家

とは別に、古人にも今人にも似ない新たな詩風を築いたことだ。

＊梁川星巌・大沼枕山・鱸松塘には、それぞれ安房の山の題詠詩がある。

【語釈】

○千倉：地名。現在の千葉県南房総市。○闞鴨渚：関三一（生卒年未詳）。鴨渚は号。鱸松塘（次項）が創設した詩社「七曲吟社」に参加していた同人。明治十二年（一八七九）に有馬龍斎とともに『七曲吟社絶句』を編んだ。○梁鱸沼：梁川星巌・鱸松塘・大沼枕山を指す。梁川星巌（一七八九―一八五八）は江戸後期の漢詩人。名は孟緯、字は公図。号が星巌。江戸で山本北山に学んだのち神田に玉池吟社を開き、岡本黄石・小野湖山らの人材を輩出した。大沼枕山は大沼厚（一八一八―一八九一）（上一〇六の【補説】参照）。鱸松塘は鈴木元邦《もとくに》（一八二八―一八九八）（下〇三〇の【語釈】参照）。○趙蔣袁：中国の清朝中期の詩人。江右三大家と称された趙翼（一七二七―一八一四）・蔣士銓（一七二五―一七八五）・袁枚（一七一六―一七九七）を指す。○鑛泉：鉱物質を含んだわき水。千倉は温泉郷としても有名。○欽：尊敬して慕う。○闢門：門を開くこと。ここでは関鴨渚が新たな詩風を切りひらいたことをいう。○房山：千葉県の房総半島のこと。○題詠：題をきめ、それに基づいて詩歌をつくること。

（山崎藍）

下〇四五　五龍館所見　［明治二十五年（一八九二）六十七歳］

轟耳奔雷聞不迷
夕陽已有碧山西
餘輝斜射水煙白
忽向深潭生彩霓

五龍館所見
耳に轟《とどろ》く奔雷　聞きて迷わず
夕陽《せきよう》　已に碧山の西に有り
余輝《よき》　水煙の白きに斜めに射せば
忽ち深潭《しんたん》に向かいて　彩霓《さいげい》を生ず

【訳】

五龍館で目にしたこと

雷のような轟音を立てて滝が流れ落ちるのが聞こえてきたので道に迷うことなく歩を進めると、夕陽《ゆうひ》はすでに山の西に沈みかかっていた。白くあがる水しぶきに残光が斜めに射しこむと、深い滝壺にむかってたちまち虹がかかった。

五龍滝（撮影：遠藤星希）

【語釈】

〇五龍館：静岡県裾野市に湯山柳雄によって明治二十三年（一八九〇）に開業された、五龍館ホテルを指す。〇深潭：静岡県裾野市中央公園内にある五龍の滝を指す。七月一日、梅潭は依田学海と共に佐野（現在の静岡県裾野市）に滝を見に出かけた。五龍館では偶然詩友の稲津南洋と出会い、三人で邂逅を喜んでいる。

（山崎藍）

下〇四六　過修善寺

［明治二十五年（一八九二）　六十七歳］

桂川聲咽寺邊村
想見伽藍模範存
猶有老僧諳舊跡
慇勤說去古東門

修善寺に過《よ》ぎる

桂川《けいせん》の声は咽《むせ》ぶ　寺辺の村
想見す　伽藍《がらん》の模範の存するを
猶お老僧の旧跡を諳《そら》んずる有り
慇勤に古き東門を説きて去《ゆ》く

【訳】

　修善寺に立ち寄って
桂川《かつらがわ》の流れる水音が修禅寺のまわりの村に響く中、ここに他の寺院の模範となるような壮麗な建物があったさまを思い浮かべる。いまなおかつての姿をよく知っている老僧がおり、古い東門について丁寧に語り続ける。

【語釈】
○修善寺‥静岡県伊豆市にある曹洞宗の寺、修禅寺を指す。【補説】参照。○桂川‥静岡県伊豆市を流れる川の名。修善寺川の通称。○伽藍‥寺院の建物。梵語《ぼんご》 saṃghārāma の音訳語「僧伽藍摩」の略。

【補説】

修禅寺は大同二年（八〇七）に弘法大師が創建したと伝えられる寺。当初は真言宗に属していた。諸国巡礼をしていた弘法大師の弟子、杲隣大徳《こうりんだいとく》が修禅寺に残って寺を建て、「福地山修禅万安禅寺」と名づけた。康安元年（一三六一）の戦火、応永九年（一四〇七）の火災により衰退したが、北条早雲が再興し今日に至る。現在の本堂は明治十六年（一八八三）に再建したものである。

（山崎藍）

現在の修善寺（撮影・・山崎藍）

下〇四七　自修善寺至沼津途中作　［明治二十五年（一八九二）六十七歳］

修善寺自《よ》り沼津に至る途中の作

若比孤雲儘自由＊　孤雲に比するが若《ごと》く　儘《ことごと》く自由
乗車有便可周游　車に乗る便有れば周游す可し
閒眠七日出山去　閑眠すること七日　山を出でて去り
又向滄波隨海鷗　又た滄波に向《おい》て海鷗に随わん

＊成句（成句）

【訳】

修善寺から沼津に行く途中での作

まるでぽつんと浮かぶ雲のように、まったく自由気儘なものだ＊。車に乗るという手だてがあるので色々な場所を旅行してまわることができる。七日間まどろんだ後、山を出発した。今度は海辺でかもめと一緒に遊ぼう。

＊成句。

【語釈】

○若比孤雲儘自由：南宋・真桂芳「自適」詩（『眞山民集』）に「年來心迹兩悠悠、若比孤雲儘自由（年来心迹両つながら悠悠たり、孤雲に比するが若く儘く自由）」とある。この句によるので、句注に「成句」という。

（山崎藍）

下〇四九　山齋聞蟲作

山斎にて虫を聞きて作る

［明治二十五年（一八九二）九月　六十七歳］

天地肅殺氣　天地に粛殺の気あり
蚤至蠹葉零　蚤《つと》に蠹葉《とよう》の零《お》つるに至る
松頂白露凝　松頂　白露凝り
鶴巣風泠泠　鶴巣　風泠泠たり
山齋如禪關　山斎は禅関の如し
可以養性靈　以て性霊を養う可し
山河同今古　山河　今古同じくも
曾遊舊夢醒　曾遊　旧夢醒む
四十年前昔　四十年前の昔
交友悉壯齡　交友悉く壮齢たり
草鞋披榛莽　草鞋《そうあい》　榛莽《しんぼう》を披《ひら》く
聞蟲叩夜扃　虫を聞きて夜扃《しょう》を叩く
同遊人何在　同遊の人　何《いず》くにか在る
北邙鬼火青　北邙《ほくぼう》に鬼火青し
寒蛩冰霜怨　寒蛩《かんきょう》　氷霜に怨む
有聲不見形　声有れども形を見ず

存者今獨我
形骸苦伶仃
耳聾有時好
悲悲不堪聽

存する者　今は独り我れのみ
形骸　伶仃《れいてい》に苦しむ
耳聾なるも時有りて好し
悲悲として聴くに堪えず

【訳】

山荘で虫が鳴くのを耳にして

天も地も厳しい秋の気配に満ち、早くも虫食《むしば》まれた葉が散り落ちる。松のてっぺんに白露《しらつゆ》がこおり、鶴の巣に冷たく清らかな風が吹く。この山荘はまるで禅寺のようだから、精神を養うにはふさわしい。山や川は今も昔も同じなのに、旧友たちと楽しんでいたかつての夢は覚めてしまった。四十年も前の昔、仲良くしていた友人はみな意気軒昂たる若者だった。わらじを履いて生い茂った草むらを踏み分け、虫の音を耳にしながら夜に門を叩いて訪ねたものだった。ともにここに来て楽しんでいた人々は今どこにいるのだろうか、墓地の鬼火が青々と輝いているばかりだ。こおろぎは冷たい霜の中で悲痛な鳴き声をあげているが、鳴き声はするものの姿は見えない。今残っているのは私ただ一人、抜け殻になっても孤独がつらい。耳が遠くなってきたがそれも時にはよいものだ、この悲しげな鳴き声を聞くのは堪えられない。

【語釈】

○肅殺‥秋の厳しい冷気が草木を枯らすこと。唐・杜甫「北征」詩（『杜詩詳註』巻五）に「昊天積霜露、正氣有肅殺（昊天に霜露積み、正気粛殺たる有り）」とある。〇蚤：はやく、つとに。〇泠泠：水や風のさわやかで清らかなさま。「泠」は「冷」と通じるので、冷たいという意味も含む。〇扃：門戸の扉に付けられた大きな鐶《わ》。案内を乞う者はこれを叩いて来意を告げる。〇北邙：山名。洛陽（河南省洛陽市）の北にあり、後漢以降、王族や貴族の墓が多く作られた。〇伶仃：孤独なさま。

（山崎藍）

◎九月晩翠吟社席上分韻

下〇五三　十一月二十二日與依田學海同瀧川觀楓以霜葉紅於二月花爲韻（七首其一）

［明治二十五年（一八九二）十一月二十二日　六十七歳］

十一月二十二日、依田学海と同《とも》に瀧川にて楓を観、霜葉は二月の花より紅《くれない》なりを以て韻と為す（七首其の一）

探勝楓陰坐
襟懷萬里長
滿山如蜀錦
吾鬢點吳霜

探勝　楓の陰に坐し
襟懐　万里長し
山に満つるは蜀錦の如きも
吾が鬢《びん》　呉霜を点ず

【訳】

十一月二十二日に、依田学海と一緒に瀧川で楓を見て、「霜葉は二月の花より紅なり」の七文字を韻字にして詩を作った（七首その一）

美しい景色を見ようと楓のもとに坐ると、心持ちがのびやかになり万里の彼方まで広がるようだ。まるで蜀の錦のように見事に紅葉した楓が山に満ちあふれているが、一方、私のびんの毛は呉の地の霜が降りたように真っ白だ。

【語釈】

〇依田學海：上一四二の【補説】参照。〇瀧川：滝野川のこと。今の東京都北区の地名。かつてはもみじの景勝地として知られた。○霜葉紅於二月花：唐・杜牧「山行」詩（『三體詩』巻一）に「停車坐愛楓林晩、霜葉紅於二月花（車を停めて坐《そぞ》ろに愛す楓林の晩《くれ》、霜葉は二月の花より紅《くれない》なり）」とある。本詩はこの句のうちの「霜」の字を韻字として作られた。○蜀錦：蜀を流れる錦江の水で糸をさらして作る錦。色が鮮やかなことで知られる。ここでは楓の葉の色を指す。○鬢：側頭部の耳ぎわの髪の毛。○呉霜：呉の地の霜。転じて白髪の喩え。梁・庾肩吾が避難先であった会稽（浙江省紹興市）から梁の都がある呉の地方（江蘇省一帯）に帰ると髪が真っ白になっていたという故事による。

（山崎藍）

【補説】

『學海日録』（第九巻）明治二十五年十一月二十二日の項に、「二十二日。晴。杉浦梅潭と瀧野川に至りて、楓をみる。車夫道をあやまりて街道をゆき、やうやくにして本路を得て川に至れり。紅葉錦を織るが如し。遊人羣集す。渡邊伯盈夫妻にあへり」とある。

下〇七五　送松永聽劒之北海道
［明治二十六年（一八九三）四月　六十八歳］
松永聴剣の北海道に之《ゆ》くを送る
男兒豈可老蓬蒿　男児　豈に蓬蒿に老ゆる可けんや
書劒單身駕浩濤　書剣　単身　浩濤《こうとう》に駕す
利口接人非我黨　利口　人に接するは　我が党に非ず
快心超世果誰豪　快心　世を超えて　果たして誰か豪なる
曉牽黄犬塞雲暗　暁に黄犬を牽《ひ》けば塞雲暗く
夜射老熊山月高　夜に老熊《ろうゆう》を射れば山月高し
聞說十州遊蹟遍　聞説《きくなら》く　十州に遊蹟遍《あまね》しと
滄溟何處釣神鼇　滄溟　何《いず》れの処か　神鼇《しんごう》を釣らん

【訳】

松永聴剣が北海道に赴くのを見送る

男児たるもの、どうして田舎で朽ち果ててよいだろうか。君はこれから書物と剣をたずさえて単身で大海に乗り出すのだ。口先だけで人と付き合うような者は私の仲間ではない。痛快に世俗を超越する君と比べたなら一体誰が豪傑といえようか。これから北海道に渡り、明け方に猟犬を引き連れて出れば最果ての地の雲は暗く、夜に年取った熊を弓で射るときには山の上に月が高く上っていることだろう。聞けば君は北海道をくまなく巡る計画だという。そのような君だから、大海原のどこかできっと仙界の大亀を釣りあげることだろう。

【語釈】

○松永聴劍：松永久邦（一八六七—？）。下〇二五の【語釈】参照。○蓬蒿：雑草が生い茂っているような田舎。唐・李白「南陵別兒童入京」詩（『李太白文集』巻十二）に「仰天大笑出門去、我輩豈是蓬蒿人（天を仰ぎ大いに笑いて門を出て去る、我が輩は豈に是れ蓬蒿の人ならんや）」。○利口：口さきがうまいこと。『論語』陽貨に「悪利口之覆邦家者（利口の邦家を覆す者を悪《にく》む）」。○黄犬：黄色い毛並みの猟犬。『史記』巻八十七「李斯列傳」「牽黄犬、倶出上蔡東門、逐狡兎（黄犬を牽《ひ》き、倶《とも》に上蔡《じょうさい》の東門を出て、狡兎《こうと》を逐《お》う）」。これは李斯が死刑になる前の言葉なので、官僚が禍にあう意味で使われることが多いが、本詩ではその意味は無く、黄犬は、兎を追うような猟犬の意味で使われている。
○十州：北海道のこと。かつて十州島と呼ばれていた。○神鼇：想像上のおおうみがめ。海中に住み、背に蓬萊山などの仙山を背負っていたが、巨人に釣り上げられたため、いくつかの仙山は流されてしまったという伝説を踏まえる（『列子』湯問）。

（市川桃子）

下〇七六　福島中佐遠征圖

［明治二十六年（一八九三）　六十八歳］

登高必自卑
行遠必自邇
行陸不厭遲
一騎絶萬里
人是博望馬是龍
人馬一致雙影駛
寒雲落日天地白
冰雪埋險山崔嵬
馬蹄凍裂鮮血殷
腰間白龍鱗甲紫
欽君決志不避艱
一身是膽古豪擬
不畏沍寒與溽熱
大漠七月炎如燬
午間秣馬夜則行
寝不解衣糒充餒

福島中佐遠征の図
高きに登るは必ず卑《ひく》き自《よ》りす
遠くに行くは必ず邇《ちか》き自《よ》りす
陸を行きて遅きを厭わず
一騎　万里絶つ
人は是れ博望《はくぼう》　馬は是れ龍
人馬一致して双影駛《はや》し
寒雲に日は落ちて　天地白く
氷雪は険《けん》を埋めて　山は崔嵬《さいかい》たり
馬蹄凍裂《とうれつ》して鮮血殷《あか》く
腰間《ようかん》の白龍　鱗甲《りんこう》紫なり
欽《つつし》む　君が志を決して　艱《かん》を避けず
一身　是れ胆《たん》にして　古豪に擬《なぞら》うを
沍寒《ごかん》と溽熱《じょくねつ》とを畏れず
大漠《たいばく》七月　炎は燬《や》くが如し
午間《ひるま》に馬に　秣《まぐさか》い　夜に則ち行く
寝《い》ぬるに衣を解かず　糒《ほしいい》　餒《う》えに充《あ》つ

従出獨都三百里
空前壯圖駭人耳
遠望東海天蒼蒼
下馬未飲崎陽水
君不見黑龍江水烏嶺雲
日本男兒一鞭塵

独都《どくと》を出でて従《よ》り三百里
空前の壮図《そうと》　人の耳を駭《おどろか》す
東海を遠望すれば天蒼蒼たり
馬より下《お》りるも　未だ崎陽《きよう》の水を飲まさず
君見ずや　黒龍江の水　烏嶺《うれい》の雲に
日本男児の一鞭の塵を

【訳】

福島中佐が遠征する図を見て

高く登るときも最初は必ず低いところから登り始め、遠くに行くときも最初は必ず近い所から歩き出すものである。中佐は遅々とした歩みを厭わずに大陸を進み、ただ一騎で万里を窮めた。それはあたかも黄河の源を尋ねた漢の張騫《ちょうけん》のごとく又その馬は龍のごとく、人馬一体となって二つの影がひた走った。寒空の雲に日が落ちて天も地も白く、氷雪に覆《おお》われて山々は険《けわ》しく切り立っている。馬の蹄《ひづめ》は凍《こご》えて裂け真っ赤な鮮血がほとばしり、中佐は腰に白龍の剣《つるぎ》を下げ、紫色の軍装を身に纏っている。決死の思いで艱難を避けず、一身全てに胆力が満ちあふれた古強者《ふるつわもの》の君に敬意を表しよう。君は凍るような寒さも蒸すような暑さも畏れることはない。ことに広大な砂漠の夏七月は炎が焼き尽くすようであった。昼には馬に秣《まぐさ》を与え夜になって進み、寝る間も衣を着たままで干《ほ》し飯《いい》で飢えを満たした。ドイツの都を出発してから千数百キロ、空前の壮大な計画は人々の耳を驚かせた。遠く東海を望めば天は青く、馬を下り旅を終えてもまだ日本には戻ってこない。さあ見てごらん、黒龍江を流れる水やウラル山脈に湧く雲に、日本男児が鞭をくれたあとの塵が見えるだろう。

【語釈】
○博望：前漢の張騫《ちょうけん》のこと。博望侯に封ぜられた。西域への探検を行い、大宛や大月氏など西方各地の情報を漢にもたらした。○腰間白龍：腰にあるところから、剣の意味で解釈した。○鱗甲：鎧《よろい》のこと。ここでは福島中佐の軍装の意。○冱寒：寒気が凝結する位の猛烈な寒さ。○溽熱：蒸し暑さ。○三百里：日本の一里は約四キロメートル。○崎陽：長崎の唐風の名称。ここでは、外国からの船が帰港する地を広く指す。○烏嶺：ウラル山脈。

【補説】
福島中佐は、福島安正《ふくしまやすまさ》（一八五二―一九一九）のこと。陸軍の軍人。明治二十五年（一八九二）、ドイツから日本に帰国する途上、シベリア単騎行を行った。梅潭のこの詩は、福島中佐のこのシベリア単騎横断を題材にしたものである。福島はこのとき一年四か月をかけてポーランドからロシアのペテルブルク、外蒙古、東シベリアまでの約一万八千キロを馬で横断した。この「シベリア単騎横断」の報は世界を驚かし、日本でも大いにもてはやされたという。福島は明治二十六年（一八九三）二月に陸軍中佐に進級した。

（市川桃子）

下〇八〇　五月二十八日海舟先生洗足軒雅集賦呈（五首其四）

［明治二十六年（一八九三）五月二十八日　六十八歳］

五月二十八日、海舟先生の洗足軒の雅集に賦して呈す（五首其の四）

未必逢君問宿縁
今吾非故髪皤然
居諸不異火輪轉
簸弄浩濤三十年＊

未だ必ずしも君に逢わずして宿縁を問う
今の吾れ　故に非ず　髪皤然《はぜん》たり
居諸《きょしょ》　火輪の転ずるに異《こと》ならず
浩濤に簸弄《はろう》せらるること　三十年

＊文久癸亥正月、余與先生同隨春嶽公駕順動丸航東洋（文久癸亥正月、余は先生と同《とも》に春嶽《しゅんがく》公に随い順動丸に駕《の》りて東洋を航《わた》る）

【訳】

五月二十八日、海舟先生の別邸洗足軒にて開かれた宴会の席で詩を賦して進呈した（五首その四）
あなたに会う前から前世からの縁があるのではないかと思っていました。今の私は昔とは異なり、髪の毛は真っ白になってしまいました。日月が目まぐるしく回る様子は蒸気船の火輪が回転する姿とそっくりで、時代の大きな波に翻弄されるうちに三十年が経ってしまいました＊。

＊文久三年正月に、私は勝海舟先生とともに松平春嶽公に随行して順動丸に乗って太平洋を航行した。

【語釈】
○海舟先生：勝海舟（一八二三―一八九九）。下〇二七の【語釈】参照。○洗足軒：勝海舟の別邸。下〇二七の【補説】参照。○皤然：髪が白い様子。○居諸：太陽と月。日月。歳月。『詩經』邶風《はいふう》「柏舟」に「日居月諸、胡迭而微（日よ月よ、胡《なん》ぞ迭《こもごも》にして微なる）」とあるのによる。○火輪：汽船の外輪。船側につけて車輪の回転によって船を推進させる。ここでは蒸気外輪船である順動丸を指す。○簸弄：もてあそぶ。原文は「簸弄」に作るが『大漢和辭典』にない字なので『晩翠書屋詩稿』によって改めた。唐・韓愈「別趙子」詩（『五百家注昌黎文集』巻六）に「婆娑海水南、簸弄明月珠（海水の南に婆娑し、明月の珠を簸弄す）」とある。

【補説】
田口英爾『最後の箱館奉行の日記』（新潮社、一九九五）によると、軍艦奉行であった勝海舟の指揮のもと、文久三年（一八六三）一月二十二日に杉浦梅潭は順動丸に乗り、二十三日、品川を出発、二十九日に大坂天保山沖に着いた。『海舟日記』（江藤淳、勝部真長編『勝海舟全集十八』勁草書房、一九七二）一月二十二日の条に、春嶽が順動丸に乗り、随行者として「監察杉浦正一郎（杉浦誠のこと。訳者注）、奥祐筆西尾金之助、松平太郎、奥醫師石川玄貞、松本良順」らがいたとある。なお、この時、勝の門下生であった坂本龍馬も順動丸に乗艦しており、杉浦の『經年紀畧』正月二十二日の項に「順動丸艦中ニ於テ坂本龍馬ニ初テ逢、歡話ヲ盡ス」という記載がある。

（山崎藍）

下〇八四　次韻川田甕江罷職二律（其一）　［明治二十六年（一八九三）六十八歳］

川田甕江《かわだおうこう》の職を罷《や》む二律に次韻す（其の一）

笑搔華髪忽捐簪
林下逍遙興更深
麗句到頭欺白雪
丹砂未必化黄金
身閒細寫洛神字
酒醒長哦天姥吟
勇退有終宜養老
欽君能不負初心

笑いて華髪を搔き　忽ち簪《しん》を捐《す》つ
林下の逍遥　興は更に深からん
麗句　到頭　白雪を欺くも
丹砂　未だ必ずしも黄金に化せざらん
身は閑にして細かに写す　洛神の字
酒醒めて長《つね》に哦《うた》う　天姥《てんぼ》の吟
勇退有終　宜しく老いを養うべし
欽《つつし》む　君の能く初心に負《そむ》かざるを

【訳】

川田甕江《かわだおうこう》の律詩「職を辞する」二首に次韻した（その一）

笑いながら白髪頭を掻いたかと思うと、貴方は突然官を辞めてしまった。隠退したあとで林を散歩すれば、興趣はいっそう深いものとなろう。貴方の美しい詩句はついに白銀の雪のごとき高雅な境地を獲得したが、丹砂のようなその詩句はまだこれから黄金のような素晴らしい作品に変わることだろう。君は静かな暮らしの中で「洛神の賦」をていねいに書き写し、酒の酔いが醒めたときにはいつも「天姥の吟」を朗詠している。官職を勇退して有終の美を飾った以上、これからは老身をいたわって過ごすがよい。君が初心に背かなかったことに私は敬意を表する。

【語釈】
○次韻：他人が作った詩の韻字と同じ字を同じ順番で用いて詩を作ること。○罷職：明治二十五年（一八九二）、川田甕江が貴族院議員を辞職したことを指すか。【補説】参照。○華髪：白髪。○捐簪：かんざしを捨てる。かんざしは、冠を頭に固定するためのもの。冠は官僚がかぶるものなので、「簪を捐つ」で官を辞めることを意味する。○林下：静かな林の中。転じて、官を辞めて静かに隠遁する場所。○到頭：ついには。つまるところ。○欺：みまがう。見まちがえる。唐・丘為「左掖梨花」詩（『唐詩選』巻六）に「冷豔全欺雪、餘香乍入衣（冷艶全く雪を欺き、余香乍《たちま》ち衣に入る）」とある。○白雪：高雅な詩のたとえ。唐・羅隠「寄前戸部陸郎中」詩（『羅昭諫集』巻三）に「近日篇章欺白雪、早年詞賦得黄金（近日の篇章白雪を欺き、早年の詞賦黄金を得ん）」とある。○丹砂：赤色の鉱物の名。金丹という仙薬の材料で、この薬を服用すれば不老長生を得られると考えられた。一句は、川田甕江の詩が今後更なる高みに到達するであろうことをいう。○洛神字：魏・曹植の「洛神賦」（『文選』巻十九）を指す。○天姥吟：唐・李白の「夢遊天姥吟留別」詩（『李太白文集』巻十二）を指す。

【補説】
○川田甕江（一八三〇―一八九六）：幕末・明治期の儒者、漢学者。名は剛。字は毅卿。甕江は号。明治三年（一八七〇）に新政府に出仕し、大学少博士・権大外史・太政官修史局（のちの修史館）の一等修撰などを歴任。明治十七年（一八八四）、東京帝国大学教授に就任。その後、華族女学院校長・帝室博物館理事を歴任し、明治二十三年（一八九〇）に貴族院議員となるが、わずか二年で辞職。明治二十六年（一八九三）には東宮（後の大正天皇）の侍講に任じられた。『文海指針』『楠氏考』『得閒瑣録』などの著書がある。

（遠藤星希）

下〇九〇　荷汀納涼（四首其四）

〔明治二十六年（一八九三）七月　六十八歳〕

荷汀《かてい》にて納涼す（四首其の四）

也是滄桑感有餘
樓樓新築傍淸渠
朗吟一卷蓮塘集
指點梁翁舊隱居

也《ま》た是れ滄桑の感に余り有り
楼楼　新築　清渠に傍《そ》う
朗吟　一巻　蓮塘集
指点す　梁翁の旧隠居

【訳】

蓮池の水際《みぎわ》で涼む（四首その四）

ここでもまた世の移り変わりに有り余る思いが迫る。清らかな水路に沿ってたくさんの家が新しく建てられている。梁川翁《やながわおう》の「蓮塘集《れんとうしゅう》」をくちずさみながら、翁が住んでいた隠居所はあそこだと指さす。

【語釈】

○滄桑：世の中の移り変わりの激しいこと。○蓮塘集：梁川星巌『星巌集』の「星巌閏集」巻一に「蓮塘集」が入っており、古今体の詩が六十三首収められている。○梁翁：梁川星巌《やながわせいがん》（一七八九—一八五八）。名は卯、後に名を孟緯と改めた。星巌は号。江戸時代後期の漢詩人。美濃国（現在の岐阜県）の郷士の子。山本北山に師事し、江戸で玉池吟社《ぎょくちぎんしゃ》を結成した。梅潭が最初に師事した小野湖山《おのこざん》（上〇三七の【語釈】参照）は梁川星巌の弟子。梅潭が次に師事した大沼枕《おおぬまちん》山《ざん》（上一〇六の【補説】参照）も梁川星巌と交流があった。安政の大獄で捕縛される直前に病死した。

◎七月晩翠吟社席上分韻

（市川桃子）

下〇九二　秋感

壯歳只愛秋
乘醉驅吟魄
老懷更堪悲
滄桑感今昔
蓬髮緣愁長
點著霜氣白
時序水滔滔
人鬼幽明隔
天道無是非
公廷互讒鬩
疑獄久不判
其災及窀穸
富貴不足榮
茂陵秋風客
人事驚異聞
吾亦堪悽惻

秋に感ず

壮歳　只だ秋を愛し
酔いに乗じて吟魄を駆るのみ
老懐　更に悲しみに堪え
滄桑　今昔《こんせき》に感ず
蓬髪　愁いに縁《よ》りて長く
霜気を点著して白し
時序　水は滔滔
人鬼　幽明隔つ
天道に是非無く
公廷　互いに讒鬩《ざんげき》す
疑獄　久しく判《わか》たず
其の災い　窀穸《ちゅんせき》に及ぶ
富貴　栄とするに足らず
茂陵　秋風の客
人事　異聞に驚き
吾れも亦た悽惻《せいそく》に堪う

［明治二十六年（一八九三）九月　六十八歳］

冤魂疑不消
青山土華碧

冤魂《えんこん》　消えざるかと疑う
青山　土華　碧《みどり》なり

【訳】

秋に感懐を抱く

壮年の頃はただ秋を愛《め》でて、酔っては気持ちにまかせて詩を作ったものだ。年老いてからの心持ちはもっと悲しく、今と昔の時代の移り変わりに胸迫るばかりである。ざんばら髪は愁いのために伸び、霜の気配を帯びて白くなってしまった。四季の移り変わりは水がとうとうと流れるように止《とど》まらず、生者と死者はこの世とあの世に隔てられてしまった。天の摂理は人の善悪には関わらぬようで、公開の裁判ではたがいに相手を誹《そし》り争うばかりだ。難しい案件の裁判は長い間決着が付かず、疑われた者の災難は墓場まで続く。金持ちになっても高い地位についても栄誉とするほどのことではなく、「秋風の辞」を詠った漢の武帝も茂陵《もりょう》の墓場に葬られてしまった。人の世ではおかしな出来事に驚くばかりで、私もまた悲しみに心ふさぐことがある。恨みをのんで死んだ者の魂は消えないのだろうか、鬱蒼とした山々は怨恨の苔で碧《みどり》に掩われている。

【語釈】

○滄桑‥「滄海変じて桑田と為る」の略語。世の中の移り変わりの激しいこと。○蓬髪縁愁長‥唐・李白「秋浦歌十七首」其十五（『李太白文集』巻六）の「白髪三千丈、縁愁似箇長（白髪三千丈、愁いに縁りて箇《か》くの似《ごと》く長し）」を踏まえる。○天道無是非：天は人間の正や不正に関わらない。前漢・司馬遷の「天道是か非か」という言葉を踏まえる。『史記』巻六十一「伯夷列傳」の太史公自序に「余甚惑焉、儻所謂天道是邪非邪（余甚だ惑《まど》う、儻《も》しくは所謂《いわゆる》天道は是か非か）」。○讒鬩：人の過失をあげつらって攻撃し、互いに争うこと。○窀穸：埋葬すること。転じて、墓穴。○茂陵：前漢の武帝の陵墓。唐・李賀「金銅仙人辭漢歌」（『李賀歌詩編』巻二）「茂陵劉郎秋風客、夜聞馬嘶曉無跡。畫欄桂樹懸秋香、三十六宮土花碧（茂陵の劉郎秋風の客、夜馬の嘶《いなな》くを聞くも暁に跡無し。画欄桂樹秋香を懸く、三十六宮土花碧なり）」。○秋風：前出の前漢の武帝が作った「秋風辭」のこと。老いてゆく生の嘆きを詠う。○土華：土花に同じ。苔のこと。

【補説】

本詩にいう「公廷」「疑獄」が何を指すのか不明だが、この頃親しくしていた依田学海の『學海日録』（第九巻）明治二十六年八月十五日の項に「去る十一日、相馬氏の事いよいよ家宅捜索の事ありて、家令青田綱三をはじめ四名及び醫士中井常次郎拘留せらる。これによりて新聞日〻その事のみのす」などと、旧佐倉藩の騒動が記されており、世情が騒がしい様が見られる。

（市川桃子）

◎九月晩翠吟社課題

下〇九八　哭吉田竹里　［明治二十六年（一八九三）　六十八歳］

吉田竹里《よしだちくり》を哭す

遊戯名場詩酒中
讀騒痛飲古賢風
九重雲闕魂何在
一去塵寰事竟空
白露如人泣殘蕙
青燈無語冷鳴蟲
社稱晩翠凋零甚
八月之間哭二翁＊

遊戯　名場　詩酒の中《うち》
騒を読みて痛飲すれば　古賢の風あり
九重《きゆうちよう》の雲闕《うんけつ》　魂何《いず》くにか在る
一《ひと》たび塵寰《じんかん》を去れば　事竟《つい》に空し
白露は人の残蕙《ざんけい》に泣くが如く
青灯　語無く　鳴虫冷《ひ》ややかなり
社は晩翠と称すれど　凋零甚だし
八月の間　二翁を哭す

＊三月、深江帆崖逝（三月、深江帆崖逝く）

【訳】

吉田竹里の死を悼む

名士が集う楽しい詩社で、詩を作ったり酒を飲んだりしていた。君は『楚辞《そじ》』を好み、とことん酒を飲んで古《いにしえ》の賢人のような風格があった。天の宮殿のどこに君の魂はあるのか、君が人の世を去ったので、あらゆる事が空しくなってしまった。白露は枯れかかった蕙草に落とされた涙のようで、青いともしびの炎は音もなく虫の音はもの寂しい。我らが詩社は冬枯れの中の緑と名乗ってはいるが、その緑は次々に枯れ落ちていく。この八ヶ月の間に二人の長老が亡くなってしまった＊。

＊三月には深江帆崖が逝去した。

【語釈】

○吉田竹里：【補説】参照。『晩翠書屋詩稿』の本詩の題下注に「十月十九日逝く」とある。○名場：名士が集まるところ。○騷：『楚《そ》辭《じ》』のこと。○塵寰：人の世。○「白露」二句：唐・李賀「秋涼詩寄正字十二兄」詩（『李賀歌詩編』巻三）に「露光泣残蕙、蟲響連夜發（露光りて残蕙に泣き、虫響きて連夜に発す）」とある。「青燈」は、青いともしび。金・元好問「寄荅趙宜之兼簡溪南詩老」詩（『遺山集』巻八）に「黄菊有情留小飲、青燈無語伴微吟（黄菊情有りて小飲を留め、青灯語無く微吟を伴う）」とある。○社稱晩翠凋零甚：「晩翠」は、晩翠吟社《ばんすいぎんしゃ》を指す。「凋零」は、草木がしぼむこと。また人が亡くなること。冬枯れの季節になっても色をかえない草木のみどりを意味する晩翠を名乗ってはいるが、草木が朽ちるように同人が亡くなっていくことをいう。○深江帆崖：深江順暢《よりのぶ》のこと。帆崖は号。佐賀多久《たく》領出身。明治二十六年（一八九三）三月二十四日に死去。編著に『丹邱《たんきゅう》遺芳《いほう》』がある。

【補説】

吉田竹里（一八三七—一八九三）は、本名は吉田賢輔。竹里は号。吉田俊男編『吉田竹里吉田太古遺文集』（一九四二、非売品）所収の田邊新之助「吉田竹里翁逸事」によると、杉浦梅潭の紹介で晩翠吟社に参加した。同書所収吉田彌平の「覺書」に、「明治三一年一二月杉浦梅潭先生を千駄木林町二二一に訪ふ。當時『御養父は實《まこと》に畸人《きじん》でした。傳ふべき者が多しです。……』」とある（ルビは訳者が加筆）。

（山崎藍）

下〇九九　洋玻璃燈

［明治二十六年（一八九三）十一月　六十八歳］

映雪聚螢照心膽
短檠焰冷影黯澹
精神一到無不成
寒窗破屋有燕頷
明時不啻用俊才
利器便用追年開
玻璃燈輝深夜白
昏明變換眞快哉
輪奐之美何人屋
門外車馬釵帽簇
華燈高懸燃徹宵
垂金曳紫驚人目
蝶戲鸞舞士女狂
美人衣交名士服
君不見短檠洋燈照不同
紅顏白面花映肉＊

洋玻璃灯

映雪聚蛍　心胆を照らす
短檠《たんけい》　焰《ほのお》は冷ややかにして　影黯澹《あんたん》たり
精神一到　成らざるは無し
寒窓破屋　燕頷《えんがん》有り
明時　啻《た》だに俊才を用いるのみならず
利器の便用　年を追いて開く
玻璃灯の輝き　深夜に白く
昏明の変換　真《まこと》に快なるかな
輪奐《りんかん》の美　何人の屋《おく》ぞ
門外の車馬　釵帽簇《さいぼうむら》がる
華灯　高く懸かりて　燃ゆること宵《よい》を徹し
金を垂れ紫を曳《ひ》きて　人目を驚かす
蝶は戯れ　鸞《らん》は舞いて　士女は狂い
美人の衣は名士の服に交わる
君見ずや　短檠洋灯　照らすこと同じからざるを
紅顔白面　花　肉に映ず

＊結用古句（結びは古句を用う）

【訳】

洋式ランプ

照り映える雪のような、あるいは群らがる蛍《ほたる》のような光が心の中まで照らしだす。短めの燭台に冷ややかな炎がともされて、その影の部分は薄暗い。精神を集中して事に当たればいかなる難事でも為し遂げられないことはないはずだと、あばら屋の寒々とした窓辺に将来の出世を予感させる貴相の者がいる。清明なる御世はこうした俊才の士を登用するのみならず、便利な器具をも採用し年を追うごとに開発が進められる。ランプの光は深夜に煌々《こうこう》と輝いており、暗から明への切り替わりは実に痛快だ。この立派な豪邸は一体誰のものだろう。門の外に馬車を乗りつけ、かんざしを挿した人々、帽子をかぶった人々が次々と集まってくる。華やかなランプが高くつりさげられ、その炎は夜通し輝きつづけて、黄金の光を垂らし紫の炎をたなびかせて人々の目を驚かせる。若い男女が蝶や鸞鳥のように踊り戯れ、美人の衣裳が名士の服と交錯する。君よ見たまえ、短めの燭台につけられたランプが毎年同じ顔を照らし出すわけではないことを。たとえ今は花の色が照り映えるような紅顔白皙の若者であったとしても＊。

＊結句は古い詩句を借用した。

【語釈】

○心膽…心臓と肝。転じて心の中。『白孔六帖』巻十三に引く『西京雑記』に「秦始皇有方鏡、照見心膽。女子有邪心者卽膽張心動。有然者始皇輙殺之（秦始皇に方鏡有り、心胆を照見す。女子の邪心有る者は即ち胆張り心動く。然る者有れば始皇輙《すなわ》ち之れを殺す）」とある。○短檠：短めの燭台。唐・韓愈「短燈檠歌」詩（『五百家注昌黎文集』巻五）に「長檠八尺空自長、短檠二尺便且光（長檠八尺空しく自《おのずか》ら長く、短檠二尺便にして且つ光る）」とある。○精神一到無不成：『朱子語類』巻八「學二」の「精神一到、何事不成（精神一到すれば、何事か成らざらん）」（精神を集中して事に当たれば、いかなる難事でも為し遂げられないことはない）を踏まえる。○燕頷：燕《つばめ》のようなあご。後漢の名将である班超は「燕頷虎頸」（燕のようなあご、虎のような首）をしており、人相見によって「萬里侯」の相があると言われた。後に果たして功績をあげ、侯に封ぜられた（『後漢書』巻七十七「班超傳」）。○追年：年を追うごとに。逐年。和製漢語。○輪奐：建物などが大きくて立派なさま。「輪」は壮大なさま。「奐」は華美で立派なさま。○垂金曳紫：黄金の光を垂らし紫の炎をたなびかせる。唐・李賀「榮華樂」詩（『李賀歌詩編』巻四）に「得明珠十斛白璧一雙、新詔垂金曳紫光煌煌（明珠十斛白璧一双を得て、新たに詔《みことのり》して金を垂れ紫を曳《ひ》き光煌煌たり）」（天子から十斛の真珠と一対の白璧の賜わり物があり、また新たな詔が下されて、金印を垂れ紫綬をひきずり、彼の行くところ煌々と輝く）とあるのを意識したか。北宋・石延年「詠燈」詩（『古今事文類聚』続集巻十八）に「燼垂金藕細、影透玉荷清（燼は金藕の細きを垂れ、影は玉荷の清きを透かす）」とある。○紅顏白面花映肉：唐・杜甫「暮秋枉裴道州手札率爾遣興寄遞呈蘇渙侍御」詩（『杜詩詳註』巻二十三）に「憶子初尉永嘉去、紅顏白面花映肉（憶う子《し》の初めて尉たりて永嘉に去るに、紅顔白面花は肉に映ぜしを）」とあるのを踏まえる。そこで句注に古句を用いたとある。「紅顔」は血色のよい顔。「白面」は色白の顔。どちらも若者の顔色をいう。

【補説】

○洋玻璃燈：西洋式のガス灯を指すか。日本で本格的な西洋式のガス灯が照明器具として用いられるようになったのは明治時代に入ってからである。明治四年（一八七一）に大阪府大阪市の造幣局において、局内の工場や宿舎周辺の街路の照明として使用されたのが、日本におけるガス灯の最初の使用例とされる。翌明治五年（一八七二）に、実業家の高島嘉右衛門がフランス人技師のプレグランを招いて、神奈川県横浜市に横浜瓦斯《ガス》会社を設立してからは、ガス灯が横浜市内に次々と設置されていった。その他、屋内用の照明としても利用されるようになったが、一般家庭においてはなおも石油ランプが主流であった。その後、白熱電球の発明により、換気に問題のあった屋内用のガス灯は、徐々に廃れていった。

○蝶戯鸞舞士女狂、美人衣交名士服：舞踏会における社交ダンスの模様を指すか。明治十六年（一八八三）十一月二十八日、鹿鳴館が落成し、上流階級の間で社交ダンスが行われるようになる。その後、鹿鳴館外交は非難の対象となり、井上馨は外務大臣を辞任、鹿鳴館時代が終わりを告げたとされるのが明治二十年（一八八七）のことであった。なお、日本で再び社交ダンスが上流階級の間で行われるようになるのは、大正七年（一九一八）に、神奈川県横浜市鶴見区にあった遊園地花月園の園内にダンスホールが開設されて以降とされる。すなわち、杉浦梅潭の在世当時はまだ社交ダンスは一般庶民層には広まっていなかった。森春濤「箸藏山新題二十四詠」詩（『春濤詩鈔』巻十九）に「城中舞踏會、寶燭光煜煌（城中の舞踏会、宝燭光煜煌たり）」とあるのは、あるいは鹿鳴館の舞踏会を指すか。なお、鹿鳴館は明治二十七年（一八九四）六月二十日に発生した明治東京地震で被災し、修復後、土地・建物は華族会館に払い下げられた。

（遠藤星希）

◎十一月晩翠吟社課題

下一〇〇　憶昨行

古來材大難爲用
此言壯年吾嘗誦
蒲柳質雖非棟梁
憂世激爲賈生慟
平世最惡祝鮀佞
季布一諾千金重
黃金擲買一醉懽
金鏤杯竝琉璃盤
行酒名妓新柳選
妖豔桃李春雲寬
玉山已頽金帳煖
不信樓外秋風寒
半生讀書却誤我
功名無成終轗軻
美人親朋蹤寂然
悲歡一夢五十年

憶昨行

古来　材は大なれば用を為し難し
此の言　壮年　吾れ嘗《つね》に誦す
蒲柳の質は棟梁に非ざると雖も
世を憂うること激しく　賈生《かせい》の慟を為す
平世　最も悪《にく》む　祝鮀《しゆくだ》の佞《ねい》
季布の一諾　千金より重し
黄金　擲《なげう》ちて買う　一酔の懽
金鏤の杯に玻璃の盤を並ぶ
酒を行う名妓は新柳を選び
妖艶たる桃李　春雲寛《ゆる》し
玉山已に頽《くず》れ　金帳煖《あたた》かく
信ぜず　楼外　秋風寒きを
半生の読書　却《かえつ》て我れを誤る
功名成る無く　終《つい》に轗軻《かんか》たり
美人親朋　蹤《あと》は寂然たり
悲歓一夢　五十年

［明治二十六年（一八九三）十二月　六十八歳］

餘生猶幸存俠骨
追憶昨遊思恍惚
堪笑壁間方鏡明
不照翠娥照白髮

余生　猶お幸いに俠骨存するも
昨遊を追憶すれば　思い恍惚《こうこつ》たり
笑うに堪えたり　壁間　方鏡明らかに
翠娥を照らさずして　白髪を照らす

【訳】

昔を追憶するうた

「昔から材木は大き過ぎれば役には立たぬものと決まっているのだ」、この杜甫の言葉は私が壮年期によく口ずさんだものである。川柳《かわやなぎ》のようにひ弱《よわ》なこの体は棟木《むなぎ》や梁《はり》となるような器ではなかったが、それでも世の中を憂えて感情を高ぶらせ、賈誼のように慟哭したものである。ふだんより祝鮀《しゆくだ》のような口先のうまい人間を最も忌み嫌い、一度の承諾が千金より重かったという季布のように、自分の言葉に責任を持っていた。大枚をはたいては芸者遊びに打ち興じ、黄金をちりばめた酒杯やガラスの皿を並べて料理や酒を楽しんだ。酒の酌をさせる妓女には若い娘を選んだものだが、桃李のように艶《なまめ》かしいその娘の髪は春の雲のようにゆったりとしていた。私は白玉の山が崩れるように酔いつぶれて暖かな黄金の帳の中に入り、妓楼の外に冷たい秋風が吹いていることなど信じられなかった。半生を学問に費やした結果、逆に自分の道を誤ってしまい、手柄を立てて名をあげることもできず、とうとう志を得ることができなかった。当時の妓楼の美人や親戚友人たちの足跡はすでになくなり、悲喜こもごもの五十年間はまるで夢を見ていたかのようだ。幸いなことにこの余生にはなおも男気が枯れずに残っているが、昔の交遊のことを思い出すと心がぼんやりして我れを忘れてしまう。まったく滑稽だ、壁にかけられた四角い鏡が映し出すのは、黒い眉の美人ではなく白髪頭のこの私なのである。

【語釈】

○憶昨：過去を追憶する。唐・杜甫「古柏行」詩（『杜詩詳註』巻十五）に「憶昨路繞錦亭東、先主武侯同閟宮（憶う昨《むかし》路は錦亭の東に繞《めぐ》り、先主武侯閟宮《ひきゅう》を同じくす）」とあるのを踏まえる。○古來材大難爲用：唐・杜甫「古柏行」詩（『杜詩詳註』巻十五）の詩句「志士幽人莫怨嗟、古來材大難爲用（志士幽人怨嗟する莫《な》かれ、古来材は大なれば用を為し難し）」を指す。○蒲柳質：川柳《かわやなぎ》のように、弱々しい身体。体が虚弱なことのたとえ。○賈生慟：賈生は前漢の賈誼。賈誼が文帝に「私がひそかに世の形勢を考えますに、慟哭すべきことが一つ、涙を流すべきことが二つ、大きなため息を漏らして嘆くべきことが六つございます」と上書したことを踏まえる（『漢書』巻四十八「賈誼傳」）。○平世：太平の世。ただし、前の句で「賈生の慟を為す」と言っている以上、世の形勢は憂えるべき状態のはずである。なのにここで「太平の世」というのは不自然。日頃・ふだんを意味する「平生」と混用したものとして解する。○祝鮀佞：『論語』雍也に「不有祝鮀之佞、而有宋朝之美、難乎、免於今之世矣（祝鮀《しゅくだ》の佞有らずして、宋朝の美有るは、難《かた》きかな、今の世に免れんこと）」とあるのを踏まえる。祝鮀は衛の国の人で、巧みな言葉で人におもねる人物の代表。○季布一諾千金重：季布は漢の初めの人物。楚漢戦争のさなかは項羽の武将であったが、後に漢に帰属した。季布は一度承諾したことは必ず遂行することで知られ、楚の地方には「得黄金百斤、不如得季布一諾（黄金百斤を得るとも、季布の一諾を得るに如《し》かず）」という諺《ことわざ》があった（『史記』巻一百「季布列傳」）。○買一醉懽：芸者や遊女を買い、酒に酔って楽しむこと。○行酒：酒を運んで客に酌をする。○柳：美女のたとえ。しばしば妓女や歌い女《め》を指す。○桃李：女性の美貌の比喩。『詩經』召南「何彼襛矣」に「何彼襛矣、華如桃李（何ぞ彼の襛《さかん》なる、華《はな》は桃李の如し）」。○春雲：春の雲。女性の美しくふんわりと結われたまげの比喩。○玉山已頽：立派な風貌の人物が酔いつぶれ、倒れることの形容。『世説新語』容止篇に「嵆叔夜之爲人也、巖巖若孤松之獨立。其醉也、傀俄若玉山之將崩（嵆叔夜の人と為《なり》や、巖巖として孤松の独り立つが若し。其の酔うや、傀俄《かいが》として玉山の将《まさ》に崩れんとするが若し）」とあるのを踏まえる。○轗軻：道がでこぼこなこと。転じて、挫折して志を得ないさま。○俠骨：剛毅で義に厚い性質。○翠娥：黒いまゆずみをひいた美女のこと。

（遠藤星希）

◎十二月晩翠吟社課題

下一〇四　感時事

［明治二十六年（一八九三）　六十八歳］

幕政末路何堪言
內訌外患眞艱難
鎭西大藩多英主
宮廷搢紱非無人
況又燕趙悲歌士
風雲際會氣益振
一倒武門復王政
摸擬歐米施法令
世態至此俄然變
海外文明漸可競
聞說三百議士舌如刀
湖海自許元龍豪
院中李牛多權畧
今年又是翻狂濤
詭激捧書大臣叱
爲政之難今古一

時事に感ず

幕政の末路　何ぞ言うに堪えん
内訌《ないこう》　外患《がいかん》　真《まこと》に艱難
鎮西《ちんぜい》の大藩　英主多く
宮廷の搢紱《しんふつ》　人無きに非ず
況《いわん》や又た　燕趙《えんちょう》悲歌の士
風雲際会して気は益ゝ《ますます》振う
一《ひと》たび武門を倒して　王政に復するや
欧米を摸擬して法令を施《ほどこ》す
世態　此《こ》こに至りて俄然変じ
海外の文明　漸《ようや》く競う可し
聞説《きくなら》く　三百の議士　舌は刀の如く
湖海　自ら許す　元龍の豪なるを
院中の李牛　権略多く
今年又た是れ　狂濤《きょうとう》翻る
詭激《きげき》　書を捧げ　大臣叱《しっ》し
為政の難きこと　今古《きんこ》一なり

傍人刮目堪慨歎
此際操縦有何術
國憲雖能保安寧
人心或莫異昔日

傍人《ぼうじん》　刮目《かつもく》して慨歎に堪う
此の際　操縦するに何の術か有らん
国憲　能く安寧を保つと雖も
人心　或いは昔日に異なる莫し

【訳】

時事に感慨をもって

徳川幕府の末路は口にするのも憚られるもので、国内の政争も外国からの圧力もまことに困難なことであった。九州の大きな藩には英明な藩主が多く、朝廷の官僚にも立派な人物がいなかったわけではない。ましてまた中国の戦国時代に燕や趙の国にいたような悲愴な歌を歌う豪傑の士は、優れた君主の下に集まってますます意気軒昂たるものであった。武家の総大将たる幕府を倒して王政を回復するや、欧米を真似て法令を施行した。世の中の様子はここに至ってにわかに変わり、海外の文明国とも次第に渡り合えるようになってきた。聞くところでは三百人の代議士は舌鋒が刃のように鋭く、天下に名だたる陳元龍のように豪気な人物であると自認しているとか。議院の中には歴史上名高い牛李の政争のように権謀術策がうずまき、今年はまたまた政界に激しい波が荒れ狂った。過激な上奏文が提出され大臣が叱り飛ばすようなことがあり、政治を行う困難さは今も昔も変わらない。私は傍でただ注視して慨嘆することしかできない。このような時に政治の舵を取る手立てがあるのだろうか。法律で国家の平和を保つことができるとはいっても、人々の気持ちが昔と異なるわけではなかろう。

【語釈】

○內訌：集団内部で争いが発生すること。内乱。○外患：外国との争いや衝突。外憂。○鎭西：九州の異称。天平十五年（七四三）に大宰府を一時「鎮西府《ちんぜいふ》」と称したことに由来する。○搢紱：印綬を身につなぐこと。転じて、印綬を帯びた官僚。○燕趙：戦国時代の燕と趙の国。壮士を多く輩出することで知られた。○風雲際會：優れた君主と優秀な臣下が出会って世の中を大きく動かそうとすること。○三百議士：衆議院議員選挙法（明治二十二年法律第三号）によれば、衆議院の議員定数は三百名であった。○湖海：江湖に同じ。天下。世の中。○元龍：後漢末期の武将である陳登の字《あざな》。豪気な人物であることで知られた。『三國志』巻七「陳登傳」に「陳元龍、湖海之士、豪氣不除（陳元龍、湖海の士にして、豪気除かず）」とある。○李牛：唐の牛僧孺《ぎゅうそうじゅ》と李徳裕。牛党と李党に分かれ、朝廷で激しい党派争いを繰り広げた。○權畧：権謀術数。謀略。巧みに人を欺く策略。○詭激：並外れて激しいこと。過激。○傍人：第三者。そばで見ている人。ここでは梅潭を指す。○刮目：「刮」はこする。目をこすりよく注意して見ること。

【補説】

本詩は、明治二十六年（一八九三）末の作と思われる。この年は際立って大きな出来事はない。しかし、翌明治二十七年に日清戦争が起こっているので、すでに政治的な緊張が高まっていたことであろう。

（市川桃子）

下一〇五　送議員歸郷次學海韻　［明治二十七年（一八九四）一月十六日　六十九歳］

議員の帰郷するを送り学海の韻に次す

陰晴天不定　陰晴　天は定まらず
風急暮雲飛　風急に　暮雲飛ぶ
前議互相執　前議　互いに相い執《と》るも
後圖何必非　後図　何ぞ必しも非ならんや
寒山馬蹄倦　寒山　馬蹄倦み
荒驛雪花霏　荒駅　雪花霏《ひ》たり
輿論吾曾信　輿論　吾れ曾《かつ》て信ず
莫嗟心事違　嗟《なげ》く莫《な》かれ　心事の違《たが》うを

【訳】

議員が帰郷するのを見送り学海の作品の韻を用いて詩を作る

晴れたり曇ったりして天気は定まらず、風が激しく吹き夕暮れの雲が飛んでいく。先の議論では互いに己《おのれ》の政策に固執したが、今後の企図が全く駄目だとは限らないではないか。寒々とした山を行く馬は長い道のりに疲れ、寂れた駅舎では雪が絶え間なく降っていることだろう。私もかつては世論《よろん》を信じていたものだが必ずしも当てにはなるまい、だから物事が君の思いに背《そむ》いたことを嘆くことはない。

【語釈】
○議員…帝国議会の議員。誰のことかは不明。依田学海『學海日錄』（第九巻）明治二十六年十二月三十日の項によれば、この日、詔勅が下されて衆議院が解散した。同書の明治二十六年十二月三十一日の項には「こは議員と政府の衝突の事によりて敕命を下されしより始れりと見えたり」とある。○次韻…他人が作った詩の韻字と同じ字を同じ順番で用いて詩を作ること。○學海…依田学海（一八三四―一九〇九）。上一四二の【補説】参照。○執…固執する。あくまで執着する。○後圖…今後の計画。これから先の企画。○輿論…世論。世間の人々の意見。○心事…心に思うことと実際のこと。

依田学海

（市川桃子）

下一〇七　過山岡鐵舟墓有感　［明治二十七年（一八九四）六十九歳］

山岡鉄舟の墓を過《よ》ぎりて感有り

轅門哀訴鬼神聽　轅門《えんもん》の哀訴　鬼神聴き
痛憤孤忠功可銘　痛憤の孤忠　功は銘す可し
一騎衝堅全社稷　一騎　堅を衝《つ》きて社稷《しゃしょく》を全うし
六軍止戰免雷霆　六軍《りくぐん》　戦いを止めて雷霆《らいてい》を免る
參禪妙悟心無念　禅に参じて妙悟　心に念無く
講武研精劒有靈　武を講じて研精　剣に霊有り
尙想夫君歲寒節　尚お想う　夫君の歳寒の節の
鬱蒼墓畔老松青　鬱蒼として墓畔の老松《ろうしょう》のごとく青きを

山岡鉄舟

【訳】

山岡鉄舟の墓を訪れて感慨を詠む

官軍の門前での哀訴は鬼神のごとき西郷に聞き届けられ、悲痛な思いで独り尽くした忠義の功績は大きく碑文に刻まれて後世に伝えられることだろう。ただ一騎で堅固な守りに突撃して国家を救い、官軍は戦うのを止めて激しい攻撃を免れた。禅に志して深く悟ったその心に雑念はなく、武を学んで研鑽を極めたその剣には霊が宿っていた。そして今なお思い返されるのは、君の固い節義が、今見る墓のそばで青々と茂っている老松《おいまつ》のように変わらなかったことだ。

【語釈】
○轅門：軍営の門。○鬼神：西郷隆盛のこと。下〇二七の【語釈】参照。○銘：功績を碑文などに刻む。○社稷：土地神と五穀の神。国家を守る神であることから、転じて国家を指す。○六軍：天子が統率する軍隊。ここでは官軍のこと。○雷霆：激しく轟く雷。ここでは軍隊の攻撃の激しさを比喩する。○妙悟：仏教用語。深い悟りの境地に達すること。○講武：武芸を習うこと。○夫君：友人。ここでは山岡鉄舟。唐・孟浩然「游精思觀回王白雲在後」詩（『全唐詩』巻一百六十）「衡門猶未掩、佇立望夫君（衡門《こうもん》猶お未だ掩わず、佇立《ちょりつ》して夫君を望む）」。○歳寒節：松柏が厳寒にも葉の色を変えないように固く節操を守ること。「節」は節義、節操。

【補説】
○山岡鉄舟（一八三六―一八八八）。名は高歩《たかゆき》。幕末の幕臣、明治初期の政治家、思想家。通称は鉄太郎で、鉄舟は号。武芸に秀で、剣の達人として知られる。慶応四年（明治元年・一八六八）、勝海舟と西郷隆盛の会談に先立ち、三月九日に官軍の駐留する駿府（現在の静岡市）に赴いて、単身で西郷隆盛と面会し、徳川慶喜が恭順の意を示していることを記した勝海舟の手紙を渡す。これによって、後に江戸城がすみやかに開城されることになり、旧幕府軍は官軍との無益な戦闘を避けることができた。幕臣時代から禅に関心を抱き、禅寺に足しげく参禅した。晩年の明治十六年（一八八三）には、維新に殉じた人々の菩提を弔うため、東京都台東区谷中に全生庵を建立した。山岡鉄舟自身の墓所も、全生庵にある。
○『晩翠書屋詩稿』の題下注に「千葉立造囑」（千葉立造に頼まれた）とある。千葉立造（一八四四―一九二六）は山岡鉄舟の侍医で、鉄舟の臨終を看取った人物。

（市川桃子）

下一一二　東台観花

［明治二十七年（一八九四）六十九歳］

　　東台にて花を観る

滄桑卅歳茫如昨　滄桑　卅歳《そうさい》　茫として昨の如し
曉望東台雲漠漠　暁に東台を望めば　雲　漠漠たり
金碧廻廊看幾人　金碧の廻廊　幾人か看る
白頭猶說吉祥閣　白頭　猶お吉祥閣を説く

【訳】

　寛永寺で花を観賞する

世の中が移り変わって三十年経ったが、はるか三十年前に見た東台の姿が昨日のことのように思われる。夜明けに上野寛永寺を眺めると雲がはるかかなたまで広がっている。金と緑青《ろくしょう》で色づけされた回廊では一体何人の人が花見をしただろうか。白髪の老人は今なお吉祥閣のことを語る。

【語釈】

○東台：東京都上野にあった東叡山寛永寺のこと。東叡山は寛永寺の山号で、中国の天台山になぞらえて関東の台嶺《たいれい》と言われた。【補説】参照。○滄桑：大海原がいつのまにか変じて桑畑になる。世の中の移り変わりが激しいたとえ。

○吉祥閣：焼失した寛永寺の文殊楼には吉祥閣と書かれた勅額が掲げられていた。

【補説】

江戸時代最盛期の東叡山寛永寺には、本坊（現在の国立博物館周辺）と根本中堂（現在の噴水広場周辺）があり、その前には吉祥閣と書かれた勅額を掲げた文殊楼などが建っていた。慶応四年（明治元年・一八六八）五月十五日に、官軍が寛永寺に立てこもる彰義隊を総攻撃した上野戦争があり、このとき文殊楼を含めた主要な堂宇が焼失した。明治十二年（一八七九）に復興が認められ、川越喜多院から本地堂を移築し、現在の地に根本中堂として再建されたが、文殊楼は復興されなかった。

（山崎藍）

下一一三　次韻本田種竹晩春台北閒居用綠陰幽艸勝花時句（七首其一）

［明治二十七年（一八九四）五月　六十九歳］

本田種竹の晩春台北に閑居すに次韻し、緑陰幽草花時に勝るの句を用う（七首其の一）

今朝非昨宵
時序分陰促
替換豈人間
花零垂柳綠

今朝　昨宵に非ず
時序　分陰を促す
替換するは豈《あ》に人間《じんかん》のみならんや
花零《お》ち　垂柳緑なり

【訳】

本田種竹の詩「晩春に上野の高台の北に閑居して」に次韻し、「緑陰幽草花時に勝る」句を各詩の韻字として用いる（七首その一）

今朝はもはや昨晩とは異なり、季節はあっという間に過ぎていく。変わっていくのは人の世だけではない、花はしおれ柳は緑の葉を揺らしている。

【語釈】

○次韻…他人が作った詩の韻字と同じ字を同じ順番で用いて詩を作ること。○台北…上野の高台の北。『學海日錄』（第十巻）明治二十九年十月十九日の項に「上野に散歩し、渡邊印南を訪ふ。（中略）本田種竹が藥師堂の境内なる寓居を訪ひしに、出て家にあらず」とある。薬師堂は台東区の浅草寺にある。○緑陰幽艸勝花時：この一句は、北宋・王安石「初夏即事」詩（『王荊公詩注』巻四十二）の結句。本田種竹がこの七字を韻字として、七首の連作を作り、梅潭もそれにならって同じ韻字で七首の詩を作った。本作はその第一首で、「緑」字の属す入声沃韻を韻字として用いている。
○分陰：非常に短い時間。『晉書』巻六十六「陶侃傳」に「大禹聖者、乃惜寸陰。至於衆人、當惜分陰（大禹は聖者にして、乃ち寸陰を惜しむ。衆人に至りては、当に分陰を惜しむべし）」とある。

【補説】

○本田種竹（一八六二―一九〇七）は、名は秀。字《あざな》は実卿。通称幸之助。若い頃京都で、江馬天江《えまてんこう》、頼支峰《らいしほう》などに詩を教わった。明治十七年（一八八四）東京に出て官途についたが、明治三十七年（一九〇四）に辞し、その後は作詩に専念した。詩人としての種竹は、大沼枕山《おおぬまちんざん》や森槐南《もりかいなん》らと交流し、国分青崖《こくぶせいがい》の後任として、新聞『日本』の漢詩欄の選者となった。
○『學海日錄』（第九巻）明治二十七年五月二十三日から二十五日の項に「梅潭翁を招き雅談す。翁、近日本田種竹の詩を次韻すとて示されたり。緑陰幽草勝花時をもて韻とす」とあり、杉浦梅潭の本作品を含む七首の連作、本田種竹の原作「晩春台北閒居」七首および依田学海が次韻した七首連作の本文、訓読が載せられている。三人の作品全て、「緑陰幽草勝花時（緑陰幽草花時に勝る）」の七字を、各詩の韻字に用いている。

（山崎藍）

下一二〇　六月五日櫻雲臺晩翠會席上賦示諸友＊　［明治二十七年（一八九四）六月五日　六十九歳］

六月五日、桜雲台《おううんだい》の晩翠会の席上にて賦し諸友に示す

坐看奔電閃林中　坐《そぞ》ろに看る　奔電の林中に閃《ひらめ》き
貫耳疾雷轟半空　耳を貫く疾雷　半空に轟《とどろ》くを
一笑詩翁徒煑酒　一笑す　詩翁　徒《いたずら》に酒を煮《に》
不論天下幾英雄　天下の幾英雄を論ぜざるを

＊此日大雷雨（此の日は大雷雨なり）

【訳】

六月五日、桜雲台で開かれた晩翠吟社の詩会の席上で詩を作り友人達に示した＊

稲妻が閃《ひらめ》いて林の木々を照らしだし、耳をつんざく雷鳴が空中に響きわたるのを何とはなしに眺めている。つい笑ってしまう、そんな雷など気にせず、詩名高き老人たちはただ酒の燗《かん》をつけるばかりで、天下の英雄たちについて議論などしようとはしないことを。

＊この日は激しい雷雨であった。

【語釈】

○櫻雲臺・東京の上野公園内にあった楼閣。昭和四年（一九二九）の作とされる錦絵「東京名所　上野公園櫻雲臺西郷銅像附近之賑ひ」で、その様子をうかがうことができる。向山黄村の詩「宮本鴨北招諸友於東台櫻雲臺設彰義隊戦沒

諸士追福之佛事率成一律」（『景蘇軒詩鈔』巻下）にも、その名が見える。○坐：何とはなしに。○半空：中空に同じ。空中。○煑酒：湯煎や直火で酒を温めること。「煑」は煮の異体字。○不論天下幾英雄：天下の英雄たちについて議論したりはしない。明代に成立した白話小説『三國志演義』第二十一回に、酒を温めながら曹操と劉備が英雄について議論する場面があるのを踏まえる。ただし、晋の陳寿の手になる正史の『三國志』にはこの場面はない。

【補説】

吉田俊男編『吉田竹里吉田太古遺文集』（一九四二）所収、田邊新之助「吉田竹里翁逸事」（二十二頁）によると、毎月五日に上野公園内の八百善（のちに桜雲台また酣春纓と改名）で午後一時から晩翠吟社詩会の例会が開かれていた。上野公園内の不忍池湖畔の湖心亭でも開かれていたという。下〇八二の「湖亭晩望」詩（DVD版参照）などにも湖心亭が出てくる。田口英爾著『最後の箱館奉行の日記』（新潮社、一九九五）参照。

（遠藤星希）

※錦絵「東京名所　上野公園櫻雲臺西郷銅像附近之賑ひ」

下一二二　六月十五日夜同學海翁茶溪觀月　［明治二十七年（一八九四）六月十五日　六十九歳］

六月十五日夜、学海翁と同《とも》に茶渓にて月を観る

山水夜色好
蒼茫烟靄沈
求奇不在遠
茶溪試出探
斷崖老樹影
倒蘸琉璃潭
磨鏡團團月
半空萬象含
斜入魚龍窟
蕩漾金波涵
光明多於晝
棲鳥驚出林
一笑君與我
悠悠林下談
結習未除去
漫作放浪吟

山水　夜色好《よ》く
蒼茫として　煙靄《えんあい》に沈む
奇を求むるは遠きに在らず
茶渓　試みに出でて探さん
断崖　老樹の影
倒《さかしま》に蘸《ひた》る　琉璃《るり》の潭《ふち》
磨鏡　団団たる月
半空　万象を含む
斜めに魚龍の窟に入《い》り
蕩漾《とうよう》として　金波涵《ひた》る
光明　昼より多く
棲鳥　驚きて林より出づ
一笑す　君と我れと
悠悠として林下に談ず
結習　未だ除き去らず
漫《みだ》りに作《な》す　放浪の吟

徘徊石橋上　　徘徊す　石橋の上
清風千古心　　清風　千古の心

【訳】

六月十五日の夜、依田学海と一緒に神田川で月を観賞した

山と川は夜の景色が美しく、霧に沈んでぼんやりとかすんでいる。素晴らしい景色を求めるのに遠出などは必要ないと、試しに神田川まで探しに出かけてみた。断崖に生えている年老いた樹の姿が、瑠璃《るり》色の淵にさかさまに映り水中に浸《ひた》っているかのようだ。磨かれた鏡のように真ん丸い月の光が、空に浮かんで万物を包みこむ。魚や龍のすむ洞窟にまで斜めに射しこみ、ゆらめく黄金の光が水中にたゆたっている。その輝きは昼よりも明るく、巣で休んでいた鳥たちも驚いて林から飛び出してきた。君と私は笑いながら、林の静寂の中でのんびりとおしゃべりに興じる。長年の習慣がいまだ抜けきらず、とりとめもなく気ままに詩を吟じてしまう。石橋の上を行ったり来たりしていると、清らかな風が吹き、わが心に悠久の思いをもよおさせる。

【語釈】

○學海翁‥依田学海（一八三四―一九〇九）。上一四二の【補説】参照。○茶溪‥神田川を指す。【補説】参照。○蒼茫‥ぼんやりとかすんで見えるさま。○蘸‥物体が水中に浸《ひた》ること。明・王皐「十六夜月」詩（『石倉歴代詩選』巻三百七十四）に「碧波倒蘸山河影、下上琉璃秋萬頃（碧波 倒《さかしま》に蘸《ひた》す山河の影、下上する琉璃秋の万頃）」とある。○團團‥真ん丸い様子。前漢・班婕妤「怨歌行」詩（『文選』巻二十七）に「裁爲合歡扇、團團似明月（裁ちて合歓の扇と為せば、

団団として明月に似たり)」とある。○魚龍‥魚と龍。あるいは魚の美称。唐・吉中孚「送歸中丞使新羅册立弔祭」詩(『全唐詩』巻二百九十五)に「島中分萬象、日處轉雙旌。氣積魚龍窟、濤翻水浪聲(島中万象を分かち、日処双旌を転ず。気は積む魚龍の窟、濤《なみ》は翻《ひるがえ》る水浪の声)」とある。○蕩漾‥水がゆらめく様子。○金波‥月光の美称。○涵‥水に浸《ひた》す。唐・無名氏「合水縣玉泉石崖刻」詩(『全唐詩』巻七百八十六)に「澄波涵萬象、明鏡瀉天色。有時乘月來、賞詠還自適(澄波万象を涵《ひた》し、明鏡天色に瀉《そそ》ぐ。時有りて月に乗じて来たり、賞詠すれば還《ま》た自《おのずか》ら適《かな》う)」とある。○林下‥山林の中。隠逸にふさわしい静かな地。下一二一「高士聽泉圖」詩(DVD版参照)にも「我亦悠悠林下客、久想山中宰相迹(我れも亦た悠悠たる林下の客なり、久しく想う山中宰相の迹)」という句が見える。○結習‥長年続いて抜けなくなった習慣。ここでは詩作の癖を指す。○放浪‥行動を慎まず、気ままにふるまう。○千古心‥懐古の情。あるいは、千年の昔から変わらぬ思い。「千古」は遠い昔。唐・杜甫「同李太守登歷下古城員外新亭」詩(『杜詩詳註』巻一)に「芳宴此時具、哀絲千古心(芳宴此の時具わり、哀糸千古の心)」とある。また、下一二一「高士聽泉圖」詩(DVD版参照)にも「響散天風雲亦遏、寥寥千古髯蘇心(響きは天風に散じて雲も亦た遏《とど》まる、寥寥たり千古髯蘇の心)」とある。

【補説】

茶渓は御茶ノ水の神田川のこと。安積艮斎《あさかごんさい》(一七九一―一八六〇)の『艮齋詩畧』にも「夏夜茶溪歩月有憶亡友旭陵山人」という詩題が見え、第一・二句に「涼風吹月天如水、清月印溪水如天(涼風月を吹きて天は水の如く、清月渓に印して水は天の如し)」とあるように、月が綺麗に水に映る川として当時知られていたようである。また、歌川広重の絵にも、昌平橋(今の聖橋)から「茶渓」を眺め渡したものがある。

(遠藤星希)

下一一二五　讀種竹山人話鬼怪詩傚顰用前韻（七首其三）　［明治二十七年（一八九四）六十九歳］

種竹山人の鬼怪を話す詩を読み、顰《ひそ》みに傚《なら》いて前韻を用う（七首其の三）

黯澹泣天色　黯澹《あんたん》として天色泣き
妖雲凝不流　妖雲　凝《こ》りて流れず
蒼顔垂恨鬢　蒼顔　恨鬢《こんびん》を垂れ
搖曳佛燈幽　揺曳して　仏灯に幽《かす》かなり

【訳】

種竹山人の「鬼怪を話す」という詩を読み、以前作った詩の韻を用いて下手な真似をしてみた（七首その三）

薄暗い空は今にも泣き出しそうな色合いで、不気味な雲は重く垂れこめて動こうとしない。青ざめた顔に髪の毛を垂らした怨めしげな女の霊が、かすかに灯《とも》る仏前の灯火の前で揺らめいている。

【語釈】

○種竹山人：本田種竹（一八六二―一九〇七）。下一一一三の【補説】参照。○話鬼怪詩：本田種竹の「夜同雨山六谷話鬼怪戯賦六疊」詩（『懐古田舎詩存』巻二）を指す。北宋・王安石の「初夏即事」詩（『王荊公詩注』巻四十一）の結句「緑陰幽草勝花時（緑陰幽草花時に勝《まさ》る）」の七字をそれぞれ韻字とした七首の連作詩。○傚顰：つたない模倣をすること。美女の西施《せいし》が眉をひそめた様子を見て、美しいと思った醜女《しこめ》がその真似をしてみたところ、それを目にした人が逃げ出したという故事（『荘子』天運）から。〇用前韻：下一一三—一一九の「次韻本田種竹晩春台北閒居用緑陰幽艸勝花時句」七首で用いた「緑陰幽草勝花時」の七字を、再び韻字として用いたことをいう。本詩は第三首なので、「幽」を韻字にしてある。〇天色：空の色。唐・李賀「夢天」詩（『李賀歌詩編』巻一）に「老兎寒蟾泣天色、雲楼半開壁斜白（老《ろう》兎《と》寒蟾《かんせん》天色に泣く、雲楼半ば開きて壁は斜めに白し）」とある。〇凝：凝集して固まる。唐・李賀「李憑箜篌引」詩（『李賀歌詩編』巻一）に「呉絲蜀桐張高秋、空白凝雲頽不流（呉《ご》糸《し》蜀桐《しょくとう》高秋に張られ、空は白く凝雲頽《くず》れて流れず）」とある。〇恨鬢：恨みを抱いた女性の髪の毛。唐・李賀「昌谷詩」詩（『李賀歌詩編』巻三）に「草髪垂恨鬢、光露泣幽涙（草髪恨鬢《こんびん》を垂れ、光露幽涙《ゆうるい》泣く）」とある。

（遠藤星希）

下一三二　安城渡

［明治二十七年（一八九四）六十九歳］

先登身死松大尉
凛凛日本男兒氣
拔劒亂河銃丸貫
笑而瞑矣何勇邁
成歡驛
牙山營
碎礮壘
鏖虜兵
叱咤三軍天爲動
黄龍旂裂屍縱横
將軍一死得其所
兵士三軍哭其靈
嗚呼丈夫可無報國勵
世乃知一死輕於鴻毛名千歳

安城《あんじょう》の渡し

先登して身は死す　松大尉
凛凛たり　日本男児の気
剣を抜き　河を乱し　銃丸貫く
笑いて瞑《つむ》る　何ぞ勇邁ならん
成歓《せいかん》の駅
牙山《がざん》の営
砲塁《ほうるい》を砕き
虜兵を　鏖《みなごろ》す
三軍を叱咤すれば　天為《ため》に動き
黄龍の旂《はた》は裂け　屍《しかばね》は縦横たり
将軍一死　其の所を得たり
兵士三軍　其の霊を哭す
嗚呼《ああ》　丈夫国に報いて励《はげ》むこと無かる可けん
世は乃ち知る　一死鴻毛《こうもう》より軽きも　名は千歳なるを

【訳】

安城の渡し

先陣を切って敵兵に向かい命を落とされた松崎大尉は、凛とした日本男児の気骨を示された。抜き身を引っさげて川を横断している時に銃弾に撃ち抜かれ、笑みを浮かべながら目を閉じて逝かれたが、何と勇猛果敢な前進であったことか。成歓の駅舎、そして牙山の軍営。砲台を打ち砕き、清兵を皆殺しにする。軍隊を叱咤激励すれば天もそれに感動して力を貸し、清朝の黄龍旗は裂けて清兵の死体が辺り一面にちらばっている。将軍はふさわしい死に場所を得て、全軍の兵士たちは彼の御霊《みたま》を悼んで慟哭する。ああ、男児たる者、お国の恩に報いるため力を尽くさなくてよいはずはなかろう。大尉の命はおおとりの毛よりも軽く失われてしまったけれども、その名が千年のちまで語り継がれることを世の誰もが分かっているのだ。

【語釈】

○安城渡：日清戦争の主要な戦場の一つ。【補説】参照。○先登：先鋒。先陣を切って敵兵に向かうこと。○松大尉：安城の渡しの戦いで戦死した歩兵大尉、松崎直臣（一八五六―一八九四）を指す。歩兵第二十一連隊第十二中隊長であった。日本側初の戦死者とされる。○凛凛：容貌や態度などが凛々《りり》しくて威厳のあるさま。○亂河：川を真っ直ぐ横断すること。『書經』禹貢に「亂于河（河を乱《みだ》す）」（〔禹は〕黄河を横断した）とあり、前漢・孔安国の伝に「正絶流曰亂（正に流れを絶するを乱と曰う）」とある。また、『爾雅』釋水にも「正絶流曰亂（正に流れを絶するを乱と曰う）」とあり、晋・郭璞の注に「直横渡也（直ちに横渡するなり）」とある。なお『書經』禹貢の文は、『佩文韻府』巻二十之二「亂河」の項にも引かれている。○勇邁：勇猛果敢に突進すること。○成歡：大韓民国忠清南道の地名。現在の天安《チョナン》市に当たる。日清戦争で戦場となった。〇牙山：大韓民国忠清南道の都市名。現在の牙山《アサン》市。成歓と隣接し、同じく日清戦争で戦場となった。〇礮壘：礮は砲の異体字。砲塁は砲台のこと。〇鏖：敵を皆殺しにするまで激しく戦う。〇虜兵：異民族の兵。ここでは清兵《しんぺい》のこと。〇三軍：軍隊の通称。周代の軍制では、諸侯の大国は上軍・中軍・下軍という三種の軍隊を有していたことから。〇黄龍旂：旂《き》は旗のこと。黄龍の旗は清朝の国旗である。一八六二年、清政府は国旗として黄龍旗を制定した。〇将軍：松崎大尉を指す。〇鴻毛：おおとりの毛。極めて軽いものの喩え。

【補説】

明治二十七年（一八九四）七月、日清戦争の火蓋が切られる。大日本帝国海軍は緒戦の豊島沖海戦（七月二十五日）で勝利を収め、続いて大日本帝国陸軍は成歓と牙山の戦い（七月二十八・二十九日）で勝利を収めた。梅潭の本詩はこの成歓と牙山の戦いの戦果について詠じたもの。

安城の渡しは、現在の大韓民国京畿道の南部（安城市）にあった。明治二十七年（一八九四）七月二十九日午前三時、日本軍は安城の渡しで清兵の攻撃に遭い、歩兵大尉の松崎直臣が戦死、ほか数名が死傷した。同日の午前八時、日本軍は成歓の敵陣地を制圧。同日午後三時には牙山を制圧した。なお、安城の渡しの戦いで、歩兵第二十一連隊の木口小平二等兵は死んでもラッパを離さずに吹き続けたという逸話で知られる。

（遠藤星希）

下一三四　贈依田學海　［明治二十七年（一八九四）六十九歳］

出師絕海事非輕
宜把文章推至誠
楊鐵崖才能咏史
杜樊川老尚論兵
掀天惡浪巨鯨吼
捲地疾風羣鳥驚
今日著書知有意
敢要草檄擅功名

依田学海に贈る
師を出だして海を絶《わた》るは事軽きに非ず
宜《よろ》しく文章を把《と》りて至誠を推すべし
楊鉄崖《ようてつがい》の才　能《よ》く史を咏じ
杜樊川《とはんせん》老いて　尚お兵を論ず
天に掀《あ》がる悪浪　巨鯨吼《ほ》え
地を捲《ま》く疾風　群鳥驚く
今日　書を著すは　意有るを知る
敢《あえ》て要《もと》めんや　檄を草して功名を擅《ほしいまま》にするを

【訳】
依田学海に贈る

出兵して海を渡るのは簡単なことではないのだから、我々は文章によって誠の心を広く知らしめなければならない。元の楊維楨《よういてい》は巧みに歴史を詠じる才能があり、唐の杜牧《とぼく》は老いてもなお兵法を論じていた。彼の地では、天に届くほどの荒波に巨大な鯨《くじら》が吼《ほ》え、土を巻き上げる疾風に鳥たちが驚く。今、あなたが文章を著したのは深い考えがあってのことだと分かっている。同志に呼びかける檄文を起草して名声をあげようなどと、あなたは決して考えてはいない。

【語釈】
○依田學海…上一四二の【補説】参照。○出師絶海…日清戦争の出兵を指す。○楊鐵崖…楊維禎《ようていい》（一二九六―一三七〇）。鉄崖は号。元末から明初の詩人。地方官だったが、元末に起こった兵乱に遭遇して流浪した後、松江（上海市松江区）に移り住み、明には仕えなかった。詠史詩を得意とした。○杜樊川…晩唐の杜牧（八〇三―八五二）。樊川は号。『孫子』に注釈を施した。○掀天…天にひるがえる。大きな音をたて、勢いが強いことの比喩。○悪浪…危険で恐ろしい荒波。様々な困難の比喩に用いられる。○著書…不明。『學海日録』（第九巻）明治二十七年十月三日の項に記載がある「征清意見一巻」を指すか。○敢要草檄擅功名…「草檄」は、檄文を起草する。檄文は、同志に行動や同意を求めて訴える文書。檄文を草して名を残した人物に後漢の陳琳《ちんりん》がいる。唐・戴叔倫《たいしゆくりん》「送崔融」詩（『全唐詩』巻二百七十三）に「陳琳能草檄、含笑出長平（陳琳能く檄を草し、笑みを含みて長平に出づ）」とある。この句は、学海にはそうした功名心はないことをいう。

【補説】

『學海日録』（第十巻）明治二十七年十月二十三日の項に、左に挙げるように、本詩に関する記載がある。

「廿三日。晴。兩三日以來鬱陶として心に樂まず。よりて海潭を訪ひ詩を話し、ともに小川町にかへり、今文に至りて牛肉を喫し午餐とし、又翁をともなひて家にかへり、午後三時まで談話す。岡崎壯太郎來る。翁余に贈られし詩あり。（訳者注…ここに本詩を引用）余これに次韻す。」

このあとに、学海の次韻詩が挙げられている。


（山崎藍）

下一三五　九月十三日恭承皇上親征賦七言八句　［明治二十七年（一八九四）九月十三日　六十九歳］

九月十三日、皇上の親征を恭承し、七言八句を賦す

山河満目六軍屯　山河　満目　六軍屯《とん》し
大纛今朝出國門　大纛《だいとう》　今朝　国門を出づ
豈啻民夷仰鴻烈　豈に啻《た》だ民夷の鴻烈を仰ぐのみならんや
應知將士泣殊恩　応に将士の殊恩に泣くを知るべし
金鞍白馬曉聲動　金鞍の白馬　暁声に動き
鐵爪皂雕秋氣翻　鉄爪の皁雕《そうちょう》　秋気に翻る
遙指鯨波三萬里　遥かに指す　鯨波　三万里
翠華先駐藝南村　翠華　先ず芸南の村に駐す

【訳】

九月十三日、天皇陛下が自ら出征なさることを拝聴し、七言律詩を詠む

山河に見渡す限り親軍が集《つど》い、本陣は今朝東京を出発した。民衆がその偉業を称えているばかりではなく、兵士達も陛下の恩寵にきっと涙しているであろう。金に輝く鞍をのせた白馬は夜明けの出発の合図で動き出し、鉄の爪を備えた黒い鷲《わし》は冷え冷えとした秋の空に飛び立っていく。陛下は巨大な波がさかまく三万里の彼方を目指してお進みになり、御車をまず安芸《あき》の南の村にお留めになった。

【語釈】
○恭承…つつしんで頂戴する。ここではつつしんで拝聴する。○皇上…皇帝に対する尊称。ここでは天皇陛下。○親征…皇帝自らが宮中を出て出征すること。ここでは明治天皇が広島に向かったことを指す。【補説】参照。○満目…見渡す限り。○六軍…天子が統率する軍隊。『周禮』夏官「序官」に「凡制軍、萬有二千五百人爲軍。王六軍、大國三軍、次國二軍、小國一軍（凡そ軍を制するに、万有二千五百人を軍と為す。王は六軍、大国は三軍、次国は二軍、小国は一軍なり）」。○大纛…棹の先にキジの尾などを飾った旗。軍旗や天子の馬車の飾りとして用いられた。ここでは、天皇を擁する本陣の意味。○國門…国都の城門。○民夷…民衆と同じ。○鴻烈…大いなる功業。○将士…もとは将帥と兵卒の意。転じて、広く軍中の人員を指す。○殊恩…格別の恩寵。『後漢書』巻六十一「杜詩傳」に「陛下殊恩、未許放退（陛下殊恩もて、未だ放退を許さず）」とある。○白馬…明治天皇は広島大本営に入った際白馬に乗っていた。その白馬を指すか。○曉聲…出発の合図か。○皂雕…「皂」は「皁」の俗字。「皁」は黒色、底本は「皀」に作るが意味によって改めた。「雕」は鷲《わし》のこと。ここでは武装した兵士たちの比喩か。○秋氣…秋の空に満ちた冷気。○鯨波…鯨《くじら》のように巨大な波濤《はとう》。○翠華…帝王の乗る御車の代称。唐・陳鴻「長恨歌傳」（『太平廣記』巻四百八十六）に「翠華南幸、出咸陽道（翠華南に幸《みゆき》し、咸陽の道に出づ）」とある。○藝南…安芸国《あきのくに》（現在の広島県西部）の南。

【補説】
日清戦争が勃発した明治二十七年（一八九四）、戦時中の九月十三日に、大本営を宮中から広島に移したことに伴って、明治天皇一行が東京を出発した。新橋駅から列車で移動をし、二日後の九月十五日には広島駅に到着、馬車で広島城に入った。

（山崎藍）

下一三七　十月一日河原左府公一千年忌辰爲裔孫松浦伯爵作

［明治二十七年（一八九四）十月一日　六十九歳］

十月一日、河原《かわらの》左府公《さふこう》の一千年忌の辰《とき》、裔孫松浦《まつら》伯爵の為に作る

池上噞喁魚鼈浮
王孫第宅最風流
四朝歴仕寵恩渥
一位極尊名望周
潮水焼鹽煙靄靄
竹風匝枕夢悠悠
螽斯遠裔千年後
膰肉均分五等侯

池上　噞喁《けんぐう》　魚鼈《ぎょべつ》浮く
王孫の第宅　最も風流なり
四朝歴仕して　寵恩渥《あつ》く
一位《いちい》極尊《きょくそん》　名望周《あまね》し
潮水塩を焼けば　煙は靄靄《あいあい》として
竹風枕を匝《めぐ》れば　夢は悠悠たり
螽斯《しゅうし》　遠裔　千年の後
膰肉《はんにく》均分す　五等侯

【訳】

十月一日、河原左府公　源　融《みなもとのとおる》の一千年忌に際し、子孫の松浦伯爵のために作る

池には水面に上がってきて口をぱくぱくさせている魚やすっぽんがいて、皇子であられた源融公の邸宅は最も風流な地であったという。源融公は四代の天皇に仕えて厚い恩寵を受け、位《くらい》人臣を極めて世間に名声を博した。かの邸宅では海水から塩をとる塩焼きの煙が立ち籠め、竹林に吹く風が枕のまわりをめぐれば心くつろいで夢をみられた。そして『詩経』で詠われたきりぎりすのように千年の後まで子孫は繁栄し、

伯爵である松浦《まつら》詮《あきら》公が祭祀の肉を均等に切りわけている。

【語釈】

○河原左府公：平安時代の貴族 源 融《みなもとのとおる》のこと。【補説】参照。○裔孫松浦伯爵：松浦詮《まつらあきら》（一八四〇―一九〇八）のこと。平戸藩（現在の長崎県平戸市）第十二代藩主。字は景武・義卿、別号は乾宇・稽詢斎。明治十七年（一八八四）伯爵に叙され、のち貴族院議員を務めた。○喚喁：魚などが水面で口をぱくぱくさせる様子。○王孫：王の子孫。貴公子。源融は嵯峨天皇の十二男なのでかく言う。○四朝：源融が左大臣となって以降仕えた天皇四代（清和・陽成・光孝・宇多）の王朝を指す。○一位極尊：極位。すなわち人臣最高の位。従一位を指す。源融は従一位の左大臣に就いていた。○潮水焼鹽煙靄靄：源融が河原院で毎日のように難波の浦から海水を運ばせ、塩を焼いてその風流を楽しんだ故事を指す。『宇治拾遺物語』巻十二「河原院融公の靈住む事」に「今は昔、河原院は、融の左大臣の家なり。陸奥の鹽釜の形を作りて、潮を汲み寄せて、鹽を焼かせなど、さまざまのをかしきことを盡くして、住みたまひける」とある。○靄靄：もやや煙が立ち籠める様子。○螽斯：きりぎりす。ここでは『詩經』の篇名。その詩から、きりぎりすのように子孫に恵まれ、家が繁栄することを寿《ことほ》ぐ。『詩經』周南「螽斯」の序に「螽斯、后妃子孫衆多也。言若螽斯不妒忌、則子孫衆多也（螽斯、后妃の子孫衆多なり。言うこころは螽斯の若く妒忌せずんば、則ち子孫衆多なり）」とある。○膰肉：祭祀で供えられる、火が通された肉。祭祀が終わると切り分けて参会者にふるまわれる。○五等侯：五等爵。公・侯・伯・子・男のこと。ここでは伯爵位である松浦詮を指す。

【補説】

○源融（八二二―八九五）は、嵯峨天皇の皇子。仁明天皇の養子となったのち、貞観十四年（八七二）左大臣に就いた。六条坊門小路南、万里小路東に、庭園に海水を引き入れ塩釜を模した豪奢な河原院《かわらのいん》を作ったことにより、河原左大臣とよばれた。左府は左大臣の別称。

○松浦伯爵家編修所編『松浦詮伯傳』（松浦伯爵家編修所、一九三〇）前編本伝第十四章第十七節「左相公の千年祭」には、「（明治二十七年（一八九四））九月二十一日、始祖河原左大臣源融公一千年祭を浅草邸内に行ふ。公の薨去は八月二十五日なれども、長暦を以て推算すれば、是日に該當するを以てなり……十月一日、左相公の一千年忌を嵯峨清涼寺、及び大覺寺に修す。……初め吟詠を四方に募り、歌二千二百八十七、詩四十九、俳句十五を得て、之を靈前に供せり」とある。梅潭の詩もこれに関連して作られた可能性がある。

（山崎藍）

下一四四　送國分青厓從軍赴遼東　［明治二十七年（一八九四）六十九歳］

国分青厓の従軍して遼東に赴くを送る

遠別詩留玉版箋　遠別　詩は留む　玉版の箋
軒昂仗劍朔雲邊　軒昂　剣を仗《つ》く　朔雲の辺《ほとり》
胡笳聲絶暮風冷　胡笳の声《せい》は絶えて　暮風冷ややかに
戰堡旗翻晨旭懸　戦堡《せんほう》の旗は　翻《ひるがえ》りて　晨旭《しんきょく》懸《か》く
摩盾帳中多意氣　摩盾の帳中　意気多し
將軍幕下見豪賢　将軍の幕下　豪賢を見る
高歌一曲長城窟　高歌一曲　長城の窟
飲馬寒江到九連　馬に寒江に飲《みずか》い　九連に到らん

【訳】

国分青厓君が従軍して遼東半島に行くのを見送る

君は遠い国へ旅立って行き美しい紙に詩が書き残された。いまは剣を杖として北国の雲の下で意気軒昂と過ごしていることだろう。そこでは葦笛《あしぶえ》の音が吹き絶えて夕暮れの風が冷たく、砦《とりで》に軍旗がはためいて朝日を示す日の丸が掲げられている。軍令を発する陣中では兵士たちが意気盛んに筆をふるい、将軍の幕下には勇ましく賢い者たちが揃っていることだろう。そして高らかに一曲「飲馬《いんば》長城窟行《ちょうじょうくつこう》」を歌い、冷たい河で馬に水を飲ませて九連城《くれんじょう》へと向かうことだろう。

【語釈】
○遼東：中国東北地区、遼寧省南部の半島。大連などの都市がある。○玉版箋：玉版紙のこと。光沢のある滑らかな紙で、宣紙とも呼ばれる。中国の安徽省宣州の特産品。書画に適する。○朔雲：北方の雲。ここでは遼東の地を指す。○胡笳：あしぶえ。中国の北方・西方で使われた楽器。哀しい音色という。○摩盾：磨盾鼻。軍中で文書を作成する。盾鼻は盾の取っ手部分。北魏の荀済は、軍中において盾の取っ手の上で墨を磨って檄文《げきぶん》（同志に行動や同意を求めて訴える文書）を起草したとされる（『北史』巻八十三「荀濟傳」）。そこから転じて、磨盾鼻または磨盾で、軍中において文書作成の仕事をすることを指す。○長城窟：楽府題に「飲馬長城窟行」があり、後漢・陳琳の同題の作品に「飲馬長城窟、水寒傷馬骨（馬に長城の窟に飲《みずか》う、水寒く馬骨傷む）」とある。○九連：九連城。日清戦争における清軍の防衛拠点の一つ。現在の遼寧省丹東市の辺り。自然の要害をなしていた。この詩が作られた明治二十七年（一八九四）十月の鴨《おう》緑江《りよくこう》作戦の折に戦場となった。

【補説】
○国分青厓《こくぶせいがい》（一八五七—一九四四）。名は高胤《たかたね》、字《あざな》は子美《しび》。青崖とも表記される。漢詩人。仙台出身。岡鹿門《おかろくもん》（一八三三—一九一四）に師事して詩を学び、明治十一年（一八七八）に司法省法学校に入学、その後は新聞『日本』で時事批評風の漢詩を掲載した。森槐南、本田種竹とともに三詩人と称され、昭和漢詩壇の中心人物となる。
○本詩が作られたのは、日清戦争の最中のことである。

（市川桃子）

下一五一　乙未新年

［明治二十八年（一八九五）一月　七十歳］

閲歴滄桑七十翁
生逢聖世氣猶雄
藝南大纛克懷遠
朔北三軍頻破戎
隴上寒梅星斗白
城頭霽日雪霜紅
恩威洽及新皇土
萬里燕山草偃風

乙未《いつび》新年
滄桑を閲歴す　七十の翁
生きて聖世に逢い　気は猶お雄なり
芸南《げいなん》の大纛《だいとう》　克《よ》く遠きを懐《おも》い
朔北の三軍　頻《しき》りに戎を破る
隴上の寒梅に星斗白く
城頭の霽日《せいじつ》に雪霜紅《せっそうくれない》なり
恩威　洽《あまね》く新皇土に及び
万里の燕山　草　風に偃《ふ》す

【訳】

乙未新年

世の激しい移り変わりをつぶさに経験して七十歳の老人となった。生きている内にすぐれた御代に出会えていまも意気盛んである。安芸《あき》の南にひるがえった天皇陛下の御旗は遥か遠い辺境の地を慰め、北地に出征した軍隊はそのおかげで幾度も夷狄《いてき》を打ち破った。彼の地では畑のそばに咲く寒梅の花に北斗星が白く輝き、城壁にのぼる朝日に雪や霜が紅《くれない》に染まったことだろう。天皇陛下の恩愛と威望は新しい国土にまであまねく行き渡り、万里につらなる燕山の草は風に吹かれてひれ伏している。

【語釈】

○閲歴：次々と経験する。○滄桑：滄海（大海原）がいつのまにか変じて桑田（桑畑）になる。世の中の移り変わりが激しいたとえ。『神仙傳』巻三「王遠」に「麻姑自説、接待以來、已見東海三爲桑田（麻姑《まこ》自ら説《と》きて云う、接待して以来、已に東海の三たび桑田と為《な》るを見る、と）」。○藝南：安芸国《あきのくに》（現在の広島県西部）の南。明治二十七年（一八九四）九月に、日清戦争大本営を宮中から広島に移すべく、明治天皇一行が東京を出発した。新橋駅から列車で移動をし、二日後には広島駅に到着、馬車で広島城内に移動した。○大纛：軍中で用いられた大旗。○懐遠：僻遠の地の人々を慰安する。○三軍：軍隊の総称。ここでは、日清戦争に出征している軍隊。○隴上：畑のそば。「隴」は畑のうね。北宋・蘇軾「呉中田婦歎」詩（『東坡詩集註』巻七）「茅苫一月隴上宿、天晴穫稲隨車歸（茅《かや》の苫《とま》もて一月《ひとつき》隴上に宿り、天晴れて稲を穫《か》り車に随いて帰る）」。○霽日：晴れた日の太陽。○燕山：河北省北部にある山脈。戦国時代の燕の地にある。ここでは、広く中国北方にある辺境地帯の山々のこと。

（市川桃子）

下一五四　對酒贈故人　　　［明治二十八年（一八九五）七十歳］

慨然投筆向遼東
飲別猶思大醉中
心抱隱憂歌更激
酒澆磊塊氣逾雄
健兒日齧燕山雪
騂馬晨嘶朔北風
待汝摩天嶺頭險
寶刀三尺奏奇功

酒に対して故人に贈る
慨然として筆《ふで》を投げて遼東に向かう
別れに飲みて猶お思う　大酔の中《うち》
心に隠憂を抱きて　歌は更に激し
酒は磊塊《らいかい》に澆《そそ》ぎ　気は逾《いよいよ》ゝ雄なり
健児　日《ひ》ゞ《び》に燕山の雪を齧《かじ》り
騂馬《かんば》　晨《あした》に朔北の風に嘶《いなな》く
待つ　汝《なんじ》が天を摩する嶺頭の険に
宝刀三尺もて奇功を奏するを

【訳】

酒を飲みながら友人に贈る

君は心乱れるままに詩文の道を捨てて遼東に行くと言い、別れの宴席で大いに酒に酔いながらもその思いは頻《しき》りである。心に深い憂いを抱いているからこそさらに歌声は高揚し、鬱屈した心中に酒を注ぎ込んで意気はますます盛んである。戦いに出れば兵《つわもの》たちは毎日燕山の雪をかじって喉の渇《かわ》きを凌《しの》ぐことだろう。荒ぶる馬は朝になると辺境の北から吹いてくる風に向かって嘶《いなな》くことだろう。君が天を突く山々の頂きで、美しい刀を振るって大いなる功績を挙げたよと知らせてくるのを待っていよう。

【語釈】

○故人：友人。具体的に誰を指すかは不明。日清戦争に際して遼東半島に赴いた友人に、下一四四の国分青厓がいた。
○慨然：嘆き悲しむ様子。○投筆：学問や文筆の仕事をやめて戦争に行くこと。『後漢書』巻七十七「班超傳」に、貧しくて代筆業をしていた班超が、あるとき仕事をやめ筆を投げて「立功異域以取封侯、安能久事筆研間乎（功を異域に立て以て封侯を取らん、安《いずくん》ぞ能く久しく筆研の間に事《つか》えんや）」と言ったという故事が載る。○遼東：今の遼寧省東部から南部にかけての、遼河以東の地域。日清戦争の戦場となった。○隠憂：深い憂慮。『楚辞』「哀時命」に「夜炯炯不寐兮、懐隠憂而歴茲（夜炯炯《けいけい》として寐《い》ねず、隠憂を懐きて茲《こ》こに歴《ふ》）」。○磊塊：ごろごろした石のかたまり。転じて、心中に不平をもっているさま。○燕山：河北省北部にある山脈。戦国時代の燕の地にある。ここでは、広く辺境地帯の山々のこと。○騂馬：気性の荒い馬。あばれ馬。○朔北：万里の長城以北の辺境地帯。○摩天：天をなでる。極めて高いことの形容。○奇功：すぐれた功労。勲功。

（市川桃子）

下一六三　五月上浣余患腦病眩暈頭痛不能讀書詩情亦從減爾來九十日無復一詩頃者稍覺輕快乃有此作

［明治二十八年（一八九五）八月　七十歳］

五月上浣、余脳病を患《わずら》いて眩暈《めまい》頭痛あり、書を読むこと能《あた》わず。詩情も亦た従《よ》りて減じ、爾来九十日復た一詩無し。頃者《このごろ》稍《ようや》く軽快を覚え、乃ち此の作有り

穠綠殘花夢杳茫
九旬困臥一書堂
讀陳琳檄搔頭笑
寫杜陵詩秉筆忙
久雨銜泥雛燕頷
新荷出水美人粧
梅天只道濛濛甚
與我沈痾孰短長

穠緑《のうりょく》残花　夢杳茫《ようぼう》たり
九旬困臥す　一書堂
陳琳の檄《げき》を読み　頭を掻きて笑い
杜陵の詩を写し　筆を秉《と》りて忙し
久雨　泥を銜《ふく》むは雛燕の頷《おとがい》
新荷　水より出づるは美人の粧《よそお》い
梅天　只《た》だ道《い》う　濛濛甚だしきは
我が沈痾《ちんあ》と　孰《いず》れか短長ならんと

【訳】

五月上旬、私は脳の病気をわずらい眩暈《めまい》と頭痛に悩まされて、読書ができなかった。作詩の意欲もそれに従って減退し、それ以後九十日間にわたって一首も作れなかった。この頃次第に症状がおさまってきたので、そこでこの詩を作った

濃緑の木々も散っていく花々も、その記憶は夢のようにおぼろげだ。九十日間にわたって書斎で病に苦し

み床《とこ》に臥せっていたのだから。今では頭を掻いて笑いながら陳琳の檄文を読み、筆を手にとって忙《せわ》しく杜甫の詩を書き写している。燕《つばめ》の雛鳥は長雨でぬかるんだ泥を口にくわえ、水面から顔を出している咲いたばかりのハスの花は化粧をした美人のようだ。梅雨《つゆ》の空に向かって私はただつぶやくばかりだ、「連日の霧雨と私の長患《ながわずら》いとでは、一体どちらの方が長く続くだろうか」と。

【語釈】
○上浣：月の初めの十日間。上旬。○詩情：詩を作りたいという気持ち。○書堂：書斎。南宋・陸游「戯詠閑適」詩（『劒南詩稿』巻二十三）に「暮秋風雨暗江津、不下書堂已過旬（暮秋の風雨江津《こうしん》暗し、書堂より下りずして已に旬《じゅん》を過ぐ）」とある。○陳琳檄：後漢・陳琳の「爲袁紹檄豫州」（『文選』巻三十七）を指す。曹操の悪行を並べ立て、彼を討伐するよう諸侯に訴えた檄文。檄文とは、相手側の非を述べ立てて、自分の側に正義があることを宣伝する文書。○杜陵：長安南郊の地名。唐の詩人杜甫の本籍地であることから、転じて杜甫を指す。西周の大夫である杜伯が封ぜられた土地であり、前漢の宣帝の陵墓があるので、杜陵と呼ばれる。○濛濛：霧のようにこまやかに降る雨。霧雨。「濛」は濛の異体字。○沈痾：長患《ながわずら》い。なかなか癒えない病気。

（遠藤星希）

下一六八　送須永輹齋遊朝鮮

須永輹斎《すながふくさい》の朝鮮に遊ぶを送る

［明治二十八年（一八九五）八月　七十歳］

碧空遠望水風腥
飲別高樓酒易醒
敢叱驊騮馳紫陌
固期鵬鶚破滄溟
孤帆日落茫音信
一劒光寒轉性靈
玄菟城頭胡角動
半天雲氣晝冥冥

碧空　遠望すれば　水風腥《なまぐさ》し
高楼に飲みて別る　酒醒め易し
敢て驊騮《かりゅう》の紫陌《しはく》を馳するを叱するは
固《もと》より鵬鶚《ほうがく》の滄溟を破るを期すればなり
孤帆　日落ちて　音信茫《ぼう》たるも
一剣　光寒く　転《うた》た性霊たらん
玄菟《げんと》の城頭　胡角動く
半天の雲気　昼も冥冥《めいめい》たり

須永輹斎　明治二十二年

【訳】

須永輹斎が朝鮮に旅するのを見送る

青空を遠く望めば彼の地の戦いで水も風も生臭《なまぐさ》く感じられる。高殿に酒を酌み交わしても別れを惜しめばなかなか酔えない。駿馬のような君を私があえて叱咤激励して都大路から旅立たせるのは、もとより君が鵬《おおとり》や鶚《みさご》のように高く彼の地へ羽ばたいて海を渡り活躍することを期待すればこそなのだ。君が乗った船の帆は落日のなかに消えて便りもままならないだろうが、冷たい光を放つ一本の剣には次第に精神が宿ってくるに違いない。朝鮮の玄菟の城郭には角笛が響き、空の半ばは雲に覆われて昼でも薄暗いことだろう。

【語釈】

○驊騮：古《いにしえ》の駿馬の名。西周の穆王が所有していた八頭の駿馬の一。ここでは借りて駿馬のように才能のある人物を指す。○鵬鶚：オオトリとミサゴ。「鵬」は想像上の鳥、「鶚」は猛禽類。いずれも空高く舞い上がる鳥で、二字で大業を成し遂げる傑物を喩える。『漢書』巻五十一「鄒陽傳」に「鷙鳥累百、不如一鶚（鷙鳥《しちょう》百を累《かさ》ぬるも、一鶚に如《し》かず）」（普通の鳥が百羽いても、一羽のみさごに及ばない）とある。○滄溟：大海。青海原《あおうなばら》。○轉：ますます。時がたつにつれて、次第に激しくなるさま。○性靈：精神。魂。ここでは、刀剣に精神が宿り霊妙な力が宿ることを意味する。○玄菟：漢の武帝が置いた郡の名。今の遼寧省東部から朝鮮咸鏡道一帯の地。唐・耿湋「入塞曲」（『樂府詩集』巻二十二）に「暮烽玄菟急、秋草紫騮肥（暮烽《ぼほう》玄菟に急に、秋草に紫騮《しりゅう》肥《こ》ゆ）」とある。

【補説】

須永輹斎は須永元《はじめ》（一八六八―一九四二）。輹斎は号。明治時代の漢学者、実業家。朝鮮独立運動を支援するため、明治二十八年（一八九五）に朝鮮に渡り、翌年に帰国後、朝鮮壮士を支援した。近代日朝関係史を集めた資料が『須永文庫』として佐野市郷土博物館と佐野市立図書館に残されている。

（市川桃子）

下一七二　早秋苦熱

［明治二十八年（一八九五）九月　七十歳］

灌園消殘熱
幾回擧桔槔
花綴珊瑚色
鮮鮮紫薇梢
去年此時節
萬里送同胞
涼州歌悲壯
馬上飲葡萄
功名生勤苦
身如百鍊刀
創痕猶未癒
歸來不言勞
將軍恩榮渥
先蒙華衮褒
天候異時事
依然火雲包

早秋熱に苦しむ

園に灌《そそ》ぎて　残熱を消さんと
幾回か　桔槹《けっこう》を挙ぐ
花は珊瑚《さんご》の色を綴《つづ》り
鮮鮮たり　紫薇《しび》の梢《こずえ》
去年の此の時節
万里に同胞を送る
涼州の歌は悲壮に
馬上に葡萄を飲む
功名　勤苦生じ
身は百錬の刀の如し
創痕　猶お未だ癒《い》えざるに
帰来して労を言わず
将軍　恩栄　渥《あつ》く
先《ま》ず華衮《かこん》の褒《ほう》を蒙《こうむ》る
天候　時事に異なり
依然　火雲包む

玲瓏玉堪碎　玲瓏《れいろう》として玉は砕かるるに堪え
賣氷蒯人號　氷を売りて蒯人《かいひとさけ》号ぶ
待看風露夕　待つ　風露の夕に
秋空圓月高　秋空に円月の高きを看るを

【訳】
早秋に暑さに苦しむ
庭に水をやって残暑をやわらげようと、何回釣瓶《つるべ》をあげて井戸の水を汲んだことか。珊瑚色の花が、鮮やかに百日紅《さるすべり》の梢に連なっている。去年のこの時節には、万里の彼方に出征する同胞を見送った。かの地では悲壮な涼州歌を歌い、馬上で葡萄酒を飲むだろうか。功名のためには厳しい勤めがあり、その体は百戦錬磨の刀のようだ。戦いの傷もまだ癒えないのに、帰国してもその苦労を口にはしない。将軍は光栄にも陛下から手厚い恩恵を受け、真っ先に最高の恩賞に与《あずか》った。戦いは止んだけれども今の空模様は、依然として灼熱の雲におおわれている。玉が砕け散るかと見ればそれは氷のかけらで、氷売りが氷を売り歩く呼び声がする。早く風が吹き露が降りる夜に、秋空に丸い月が高くかかるのを望む日が来ないかと待っている。

【語釈】
○桔槔・はねつるべ。井戸に設置してある水を汲み上げる道具。柱の上に横木をとりつけ、その一端につるべ、他の端に石をつけ、石の重みでつるべがはねあがって井戸水をくみ上げるようにしたもの。○紫薇：サルスベリ。夏に紅色または白色の花を咲かせる。○去年此時節：明治二十七年（一八九四）に清国に派兵したことを指す。○同胞：同じ国家や同じ民族の人。○涼州歌：曲名。辺境の風土や出征兵士の思いを詠《うた》う。唐・王翰「涼州詞」（『唐詩選』巻七）に「葡萄美酒夜光杯、欲飲琵琶馬上催。醉臥沙場君莫笑、古來征戰幾人回（葡萄の美酒夜光の杯、飲まんと欲すれば琵琶馬上に催《もよお》す。酔いて沙場に臥《ふ》すとも君笑う莫《な》かれ、古来征戦幾人か回《かえ》る）」とある。○華衮：古代の王侯貴族の礼服。最高の褒美を指す。晋・范甯による『春秋穀梁傳』の序に「一字之褒、寵踰華衮之贈（一字の褒、寵《ちょう》は華衮の贈を踰《こ》ゆ）」とある。○蒯人：氷売り。「蒯」は中国古代の地名。春秋時代の周の畿内、今の河南省洛陽市の西南にあった。「蒯人」は蒯出身の人。『唐摭言』巻十二「自負」に「昔蒯人賣冰。客有苦熱者、將買之。（昔蒯人氷を売る。客の熱に苦しむ者有りて、将に之《こ》れを買わんとす）」とある。ここから氷売りをいう。○玲瓏：宝玉や金属がふれあって鳴る透き通るような清らかな音の形容。

【補説】

『晩翠書屋詩稿』では本詩の後書きに次のようにある。

學海曰、本年殘炎如燬、殆不可堪。聞征臺諸將、尙轉戰蠻境、加以時疫。其苦可想也。吾輩安坐涼室、喫茶詠詩。豈堪慙愧。偶讀此篇、慨然書之。乙未九月（学海曰く、本年の残炎燬《や》かるるが如く、殆《ほとん》ど堪う可からず。征台の諸将、尚お蛮境に転戦し、加うるに時の疫を以てすと聞く。其の苦しみ想う可きなり。吾が輩涼室に安坐し、茶を喫《きっ》し詩を詠《よ》む。豈に慙愧に堪えんや。偶《たまたま》、此の篇を読み、慨然《がいぜん》として之《こ》れを書す。乙未九月）（今年の残暑は火に焼かれているようで、堪えられそうにもない。台湾に出征した諸将は、その中で今もなお異国の辺境で移動しながら戦っており、さらに流行病《はやりやまい》に苦しめられているという。その苦しみは想像に難くない。それなのに我々は涼しい部屋にのんびりと坐って、茶を飲み詩を詠んでいる。まことに恥じ入るばかりである。たまたまこの詩篇を読み、気持ちが激してきてこの文を書いた。乙未《いつび》の年九月）。

（市川桃子）

下一八二　十二月一日清樾書屋雅集賦呈主人此日當坡老後赤壁遊

［明治二十八年（一八九五）十二月一日　七十歳］

十二月一日、清樾書屋《せいえつしょおく》の雅集に賦して主人に呈す。此の日は坡老《はろう》の後赤壁の遊に当たる

風流雅集事佳哉
十月之望景慕催
投轄孟公金罍擧
飲醇程普玉山頽
壁間翰墨芳千歳
盤上魚肴美四腮
逸興古今其揆一
可無道士夢中來

風流なる雅集　事は佳《よ》きかな
十月の望　景慕催す
轄《かつ》を投じて　孟公　金罍《きんか》挙げ
醇《じゅん》を飲みて　程普《ていふ》　玉山頽《くず》る
壁間の翰墨　千歳芳《かんば》し
盤上の魚肴　四腮美《しさいうる》わし
逸興　古今　其の揆《き》は一なり
道士の夢中に来たること無かる可けんや

【訳】

十二月一日、清樾書屋の宴会の席上で詩を賦して主人に示す。この日は蘇軾が赤壁に遊んで「後赤壁の賦」を賦した日である

風流な集まりは何とも良いものだ。十月十五日という特別な日には、とりわけ東坡を慕う気持ちが湧いてくる。客の車のくさびを投げ捨てて帰れないようにした漢の陳遵《ちんじゅん》のように、主人は私たちを引き留めて

丁重に酒杯を勧めてくれる。そして周瑜に心酔した呉の程普のように、私たちは主人の人柄に酔いしれて倒れてしまった。壁に掛けられた書の墨痕は千年にわたって良いかおりをただよわせ、大皿にのった酒の肴《さかな》は美味しい四腮《しさい》の鱸魚《ろぎょ》である。かくも風雅な集まりは今も昔も変わらない。東坡が夢見たように、きっと今夜の夢には道士がやってくることだろう。

【語釈】

○十二月一日：北宋の蘇軾（号は東坡）は、元豊五年（一〇八二）十月十五日、赤壁に遊んで、「後赤壁賦」を作った。梅潭の本詩が作られた明治二十八年十二月一日（新暦）は、旧暦の十月十五日にあたる。○清樾書屋：【補説】参照。○坡老：蘇軾（東坡）をいう。○十月之望：十月十五日。北宋・蘇軾「後赤壁賦」（『東坡全集』巻三十三）に「是歳十月之望（是の歳十月の望）」とある。○景慕：仰ぎ慕うこと。○投轄孟公：「轄」は車軸の両端の留め金。「投轄」は主人が客を引き留める喩え。前漢の陳遵（字《あざな》は孟公）が客の車のくさびを抜いて井戸に投げ入れ、客を帰らせないようにした故事から。『漢書』巻九十二「游俠傳」に、「遵耆酒。毎大飲、賓客滿堂、輒關門、取客車轄投井中。雖有急、終不得去（遵酒を耆《たしな》む。大飲し、賓客堂に満つる毎《ごと》に、輒《すなわ》ち門を関《と》ざして、客の車轄を取りて井中に投ず。急有りと雖も、終《つい》に去るを得ず）」とある。ここでは宴席の主人を陳遵に喩えた。○金罍：古代に用いられた、三本足の青銅製の酒器。ここでは借りて酒杯を指す。○飲醇程普：「醇」は芳醇な酒。「飲醇」は手厚いもてなしに心酔することの喩え。『三國志』巻五十四「周瑜傳」裴松之注が引く晋・虞溥《ぐふ》『江表傳』に見える、三国呉の程普が周瑜《しゅうゆ》の礼を尽くした態度に敬服し、周瑜との交遊は芳醇な酒のようにいつの間にか酔いしれる、と述べた故事に基づく。○玉山頽：立派な風采の人物が酒に酔って倒れること。『世説新語』容止篇に「嵆叔夜之爲人也、巖巖若孤松之獨立。其醉也、傀俄若玉山之將崩（嵆叔夜の人と為《なり》や、巖巖として孤松の独り立つが若し。其の酔うや、傀俄《かいが》として玉山の将に崩れんとするが若し）」とあるのに基づく。○四腮‥四つの腮《えら》をもつ淡水魚の鱸魚《ろぎよ》のこと。日本の鱸《すずき》とは異なる。「後赤壁賦」にも「客曰、今者薄暮、擧網得魚。巨口細鱗、狀如松江之鱸（客曰く、今は薄暮、網を挙げて魚を得たり。巨口細鱗にして、状は松江の鱸の如し、と）」と、鱸に似た魚を食した描写がある。○逸興‥俗世間を超越した、雅やかな境地。○其揆一‥「揆」はやり方。「揆一」は、よる所の道が同じであること。『孟子』離婁下に「得志行乎中國、若合符節。先聖後聖、其揆一也（志を得て中国に行うは、符節を合するが若し。先聖後聖、其の揆は一《いつ》なり）」とある。○可無道士夢中來‥「後赤壁賦」に、「須臾客去、予亦就睡。夢一道士。羽衣翩躚、過臨皐之下、揖予而言曰……（須臾にして客去り、予も亦た睡《ねむ》りに就《つ》く。一道士を夢む。羽衣翩躚《へんせん》として、臨皐の下を過ぎ、予に揖《ゆう》して言いて曰く……）」とある。

【補説】

『晩翠書屋詩稿』所収の本詩の題「清樾書屋」四字の下に「城井錦原書屋號（城井錦原の書屋の号）」という自注がある。城井錦原は明治初期の漢詩人。名は国綱、字は公立。錦原は号。清樾書屋が出版したものとして『明治名家詩選』上中下巻（一八八〇）があり、封面には「城井錦原修纂」「清樾書屋藏版」と、奥付には「修纂者兼出版人　福岡縣平民　城井國綱　東京麴町區壹番町五番地寄留」とある。

（山崎藍）

下一八三　次韻種竹山人寄愚庵禪師作（二首其一）　［明治二十八年（一八九五）十二月　七十歳］

種竹山人の愚庵禅師に寄すの作に次韻す（二首其の一）

丈夫決志入禪壇　丈夫　志を決して禅壇に入る
閱歷多年象正闌＊　閲歴すること多年　象正　闌《たけなわ》なるを
想見淨心無罣礙　想見す　浄心　罣礙《けげ》無し
吹毛三尺劍光寒　吹毛《すいもう》の三尺　剣光寒し

＊頭陀碑文、象正雖闌希夷未缺。註、象正謂正法（頭陀碑文に、象正闌なりと雖も希夷は未だ欠けず。註に、象正は正法を謂う）

【訳】

本田種竹の「天田愚庵禅師に送る」という作品に次韻する（二首その一）

堂々たる男子が意を決して禅の道へと入り、長い年月をかけて、仏教の教えが正しく教なわれなくなった時代に修業に専心してこられた＊。想像するに、その清らかな心には解脱の妨げとなるものがなく、吹きつける毛すら切る程鋭い刀剣が放つ光のように冴え冴えとしていることだろう。

＊「頭陀寺碑文」に、「正法の時が過ぎても霊妙な仏法が失われてしまうことはない」とある。注に、「象正は正法のこと」とある。

【語釈】

○次韻：他人が作った詩の韻字と同じ字を同じ順番で用いて詩を作ること。○種竹山人：本田種竹のこと。下一一三の【補説】参照。○愚庵禪師：天田愚庵のこと。【補説】参照。○象正闌：仏教用語。「象正」は本来、像法と正法のこと。ここでは梅潭の自注にいうように、「象正」でもっぱら正法を指している。正法は釈迦の死後も正しい教えが守られていた時期を指す。「闌」は盛りが過ぎたこと。○想見：思い浮かべる。想像する。○淨心：仏教用語。清浄無垢な心。○罣礙：仏教用語。心に迷いが生じ、解脱出来ない状態。○吹毛：舞う毛も切ることが出来るほど鋭い。多く鋭利な刀剣に用いる。○三尺：剣のこと。一尺は約三十センチメートル。○頭陀碑文：南朝の斉・王巾の作。『文選』巻五十九に収められる。○希夷：深遠玄妙であること。仏法の奥深さ、霊妙さを表す。○註：『文選』に附された五臣注の一つ、李周翰の注を指す。

【補説】

愚庵禅師は天田愚庵《あまだぐあん》（一八五四―一九〇四）。歌人、禅僧。磐城国《いわき》（現在の福島県）平《たいら》藩士の子。姓は甘田、名は久五郎、天田五郎と称した。愚庵は法号。山岡鉄舟の紹介で明治十四年（一八八一）、清水次郎長の養子になり『東海遊侠傳』をまとめたが、同年八月、養子縁組を解消した。明治二十年（一八八七）、由利滴水《ゆりてきすい》のもとで出家し、明治二十五年（一八九二）には京都清水の産寧坂に庵を構えた。著作に『巡禮日記』がある。

（山崎藍）

下一八七　十二月十九日故井上石水二十年祭日詣天王寺墓前悵然賦一絶

［明治二十八年（一八九五）十二月十九日　七十歳］

十二月十九日、故井上石水の二十年祭の日に天王寺の墓前に詣《いた》り、悵然として一絶を賦す

玉砕瓦全人鬼分　玉は砕け瓦《かわら》は全くして　人鬼分かる
幽明途隔北邙雲　幽明　途《みち》は隔つ　北邙《ほくぼう》の雲
暮鐘撞破廿年夢　暮鐘　撞《つ》き破る　廿年《じゅうねん》の夢
落木西風才士墳　落木　西風　才士の墳《はか》

【訳】

十二月十九日、故井上石水の二十年祭に天王寺の墓前に参り、悲しみの中で絶句を一首作った

玉《ぎょく》のように貴重な才子は砕けて亡くなり、つまらない瓦のような人物は無傷で残り、生者と死者とに分れてしまった。現世と冥界の間の道は閉ざされて墓場の上には雲がたなびいているばかり。暮れの鐘が鳴って、君無くしてこの二十年間に見てきた夢は破られ、気付いてみれば、才能のあった君の墓には木の葉が舞い散り秋の風が吹きすさんでいるばかりだ。

【語釈】

○井上石水：生卒年未詳。『晩翠書屋詩稿』明治六年（一八七三）に「戯寄石水井上生拉内子留滞東京（戯《たわむ》れに石水井

上生の内子《ないし》を拉《つ》れて東京に留滞するに寄す）」詩があり、また明治九年（一八七六）に「哭井上石水（井上石水を哭す）」詩があり、題下に「十二月二十六日」と自注があることから、井上石水が明治九年に死去したことが分かる。○祭：神道で、決められた期間毎に死者を祀る祭礼。仏教の年忌に当たる。○天王寺：未詳。天王寺という寺は諸方にあるが、東京都台東区にある護国山尊重院天王寺が有名である。○玉砕瓦全：玉のように優れた人物が不幸に遭い、瓦のように無能な人物が無駄に生き長らえること。『北齊書』巻四十一「元景安傳」に「大丈夫寧可玉砕、不能瓦全（大丈夫寧《むし》ろ玉砕す可《べ》きも、瓦全《がぜん》すること能《あた》わず）」とあるのを踏まえる。○北邙：丘陵の名。今の河南省洛陽の東北にある。漢代から王侯の墓が多くつくられた。転じて、墓地。○才士：才能や徳があるすぐれた人物。

（市川桃子）

下一八八　冬至長華園招飲與岡崎西江朽木錦湖關澤霞菴同賦

［明治二十八年（一八九五）十二月二十二日　七十歳］

冬至に長華園に招飲せられ、岡崎西江《おかざきせいこう》、朽木錦湖《くちききんこ》、関沢霞菴《せきざわかあん》と同《とも》に賦す

消寒圖未畫　　消寒　図は未だ画《えが》かざるに
至日集君堂　　至日　君が堂に集《つど》う
杯酒味方烈　　杯酒　味は方《まさ》に烈《はげ》しく
園梅春已妝　　園梅　春は已に妝《よそお》う
芳池磨玉鏡　　芳池に玉鏡磨き
枯木見文章　　枯木に文章見《あらわ》る
談笑忘年暮　　談笑して年の暮るるを忘れ
老心生一陽　　老心に一陽生ず

【訳】

冬至の日に長華園での酒席に招かれ、岡崎西江・朽木錦湖・関沢霞菴と共に詩を作った

冬至の日に描き始めるという消寒図はまだ描いていないが、冬至のこの日に君の家に集まった。杯の酒の味はまことに強烈で、園の梅を見るともう春の準備が始まっている。美しい池は磨き上げた鏡のように澄んでいて、葉を落とした木々の幹には面白い模様が浮き出ている。談笑すれば年の暮れるのも忘れてしまい、老いた心にも春の陽気が動きはじめた。

【語釈】
○長華園：巣鴨にあった宮本鷗北の別邸の庭園。黄遵憲「續懷人」詩（『人境廬詩草箋注』巻七）に「長華園裏好亭樓、毎到花時載酒遊（長華園裏亭楼好く、花時に到る毎に酒を載せて遊ぶ）」とあり、黄遵憲の自注に「宮本小一。君官外部、有園曰長華、歳歳觴余於此（宮本小一。君は外部に官たり、園有り長華と曰い、歳歳余を此こに觴す）」とある。○招飲：酒席に招かれること。また、酒席に招くこと。梅潭には他に、上〇〇六「萬里小路公招飲有明樓席上賦呈兼博竹亭東久世公一粲」詩、下〇〇二「一月廿九日向山黄邨祭東坡于其寶蘇齋招飲（後略）」詩などの招飲の詩がある。○岡崎西江：岡崎規遵（一八三七―一八九八）。西江は号。別号は撫松、通称は藤左衛門。幕末に外国奉行並《なみ》、兵庫奉行を歴任し、明治時代には司法職に就いた。晩翠吟社の同人。漢詩人で『梅潭詩鈔』の編者である岡崎壮太郎の父。○朽木錦湖：生卒年未詳。駿河守であった都築峰輝の子。上一六四の【補説】参照。○關澤霞菴：関沢清修。号が霞菴。上〇八六の【語釈】参照。○消寒圖：九九消寒図。冬至から八十一日を数えて春の訪れを待つための絵。冬至は「交九」とも言い、冬至の日からの八十一日間を九つの九日間に分けて数え、この八十一日間が過ぎると、寒さが去って桃の花が咲くとされた。各家庭で、冬至の日に九枚の花びらを持つ九輪の梅の絵を描いて、毎日花弁の一枚ずつに色をつけてゆき、春が来るのを待つ。○枯木：冬枯れて葉を落とした木々。葉がないので木肌の模様が面白く見える。○文章：あや模様。ここでは幹の模様のこと。○一陽：冬至のこと。冬至の前は陰の気ばかりであるが、冬至になると陽の気が戻ってくることから。冬至を過ぎると、日が次第に長くなり、陽気が動きはじめる。

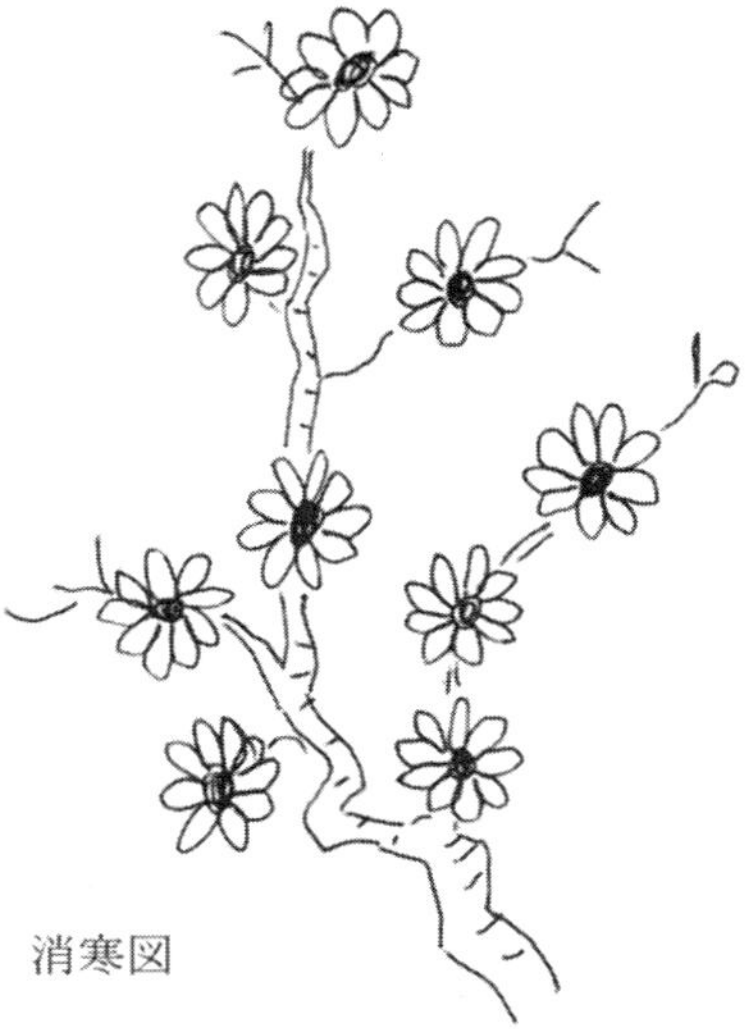

消寒図

（市川桃子）

下一八九　圈虎行

叱咤則吼揚鞭避
金毛白額爪牙利
貌雖勇猛心膽疲
從人頤使搖尾媚
汝不知古窟陰雲凝不平
睨天咆哮天亦驚
山嶽震動狐兎走
腥風千里獨横行
淋漓鮮血脣吻赤
何物不懼山君名
吁嗟乎今日氣力全已沮
受佗籠絡甘囹圄
低頭求食眞堪憐
圈中於菟劣于鼠

圏虎行《けんここう》　［明治二十八年（一八九五）十二月　七十歳］

叱咤すれば則ち吼《ほ》え　鞭を揚ぐれば避く
金の毛　白き額《ひたい》　爪牙《そうが》　利《するど》し
貌《ぼう》は勇猛なりと雖も心胆疲れ
人の頤使《いし》に従いて尾を揺すりて媚《こ》ぶ
汝《なんじ》知らずや　古窟の陰雲凝《こ》りて平らかならず
天を睨《にら》みて咆哮すれば　天も亦た驚くを
山岳震動し　狐兎走り
腥風《せいふう》千里　独り横行す
淋漓《りんり》たる鮮血　脣吻《しんぷん》赤し
何物か懼れざらんや　山君《さんくん》の名を
吁嗟乎《ああ》　今日《こんにち》　気力　全て已に沮《くじ》け
佗《た》の籠絡《ろうらく》を受けて囹圄《れいご》に甘んず
頭を低くして食を求むるは　真《まこと》に憐れむに堪えたり
圏《おり》の中の於菟《おと》は鼠よりも劣る

【訳】

檻《おり》にいる虎の歌

叱りつければ吼えるし鞭を振り挙げれば避けようとする。金の毛に覆われ額は白く爪や牙は鋭い。その様子は勇猛であるが心は疲れ、人間があごで指図すればそれに従って尾を振ってへつらう。お前は知らないのか。古巣の洞窟では立ち籠める黒雲も怯え、お前が天を睨《にら》んで咆哮すると天でさえも驚いたということを。山々は打ち震え狐や兎は走って逃げ、腥《なまぐさ》い風が千里の彼方まで吹いてお前独りだけが気ままに歩き回っていたのだ。口からはたらたらと鮮血がしたたって真っ赤に染まり、山の王者たる虎の名を恐れないものはいなかった。

ああ、今ではお前の気力はもうすっかりくじけてしまい、他のものに手懐《てなず》けられて檻の中の生活に甘んじている。頭を垂れて食事を乞うさまは実に憐れだ。檻の中の虎は鼠にも劣っている。

【語釈】

○頤使：あごで指図する。相手を思い通りに使うこと。○陰雲：黒雲。魏・曹植「仲雍哀辭」(『曹子建集』巻九)に「陰雲回於素蓋、悲風動其扶輪(陰雲素蓋《そがい》に回《めぐ》り、悲風其の扶輪を動かす)」とある。○山君：虎。または山の神。○佗：他の人や他の物。○籠絡：他人を巧みにいいくるめて、自分の思うとおりにあやつる。他人をまるめこむ。○囹圄：監獄。○於菟：虎の別称。

【補説】

○清・黄景仁(一七四九―一七八三)「圏虎行」詩(『兩當軒集』巻十四)に次のような詩句がある。

「何物市上遊手兒、役使山君作兒戯（何物ぞ市上の遊手《やくざ》な児《こ》、山君《さんくん》を役使して児戯を作《な》す）」「人呼虎吼聲如雷、牙爪叢中奮身入（人呼べば虎吼え声は雷の如く、牙爪もて叢中より身を奮いて入る）」「忽按虎脊叱使行、虎便逡巡繞闌走（忽ち虎脊を按《おさ》えて叱して行かしむれば、虎便ち逡巡して闌《かこ》いを繞《めぐ》りて走る）」「盤回舞勢學胡旋、似張虎威實媚人（盤回する舞勢は胡旋《こせん》を学ぶ、虎の威を張るに似て実に人に媚ぶ）」「少焉仰臥若佯死、投之以肉霍然起（少しくして仰臥して死ぬを佯《いつわ》るが若《ごと》し、之《こ》れに投ずるに肉を以てすれば霍然《かくぜん》として起《た》つ）」「觀者一笑爭醵錢、人既得錢虎搖尾（観る者一笑して争いて銭を醵《だ》す、人既に銭を得て虎は尾を揺らす」「舊山同伴倘相逢、笑爾行藏不如鼠（旧山の同伴倘《も》し相い逢えば、爾《なんじ》の行蔵《こうぞう》鼠に如かざるを笑わん）」。

○田辺蓮舟（一八三一—一九一五）「圏虎行」詩（『蓮舟遺稿』）の全文を以下に挙げる。「鈎爪鋸牙毛錦斑、猛虎蹲在鐵之欄。負嵎餘勇安在哉、銅鑼鳴處供人觀。一投塊肉一聲吼、豎尾還同搖尾醜。挐攫逞威威不威、兒童嬉嬉笑開口。在山則君市則奴、乍起乍仆隨指呼。區區徒戀豢養惠、可騎其背可捋鬚。于嗟乎、偶爲人用却爲鼠、使予欲怪古人語。（鈎爪鋸牙《こうそうきょが》毛は錦斑、猛虎蹲《うずくま》り鉄の欄《かこ》いに在り。嵎《くま》に負《そむ》き余勇安くにか在る、銅鑼《どら》の鳴る処《ところ》人の観るに供す。一たび塊肉を投ずれば一声吼え、尾を豎《た》て還《ま》た同《とも》に尾を揺らして醜し。挐攫《だかく》して威を逞《たくま》しくすれど威は威ならず、児童嬉嬉として笑いて口を開く。山に在《あ》れば則ち君なれど市では則ち奴《ぬ》、乍《たちま》ち起《た》ち乍《たちま》ち仆《たお》れ指呼に随《したが》う。区区として徒《いたずら》に豢養《かんよう》の恵みを恋い、其の背に騎《の》る可し鬚《ひげ》を捋《つま》む可し。于嗟乎《ああ》、偶《たまたま》ゝ人に用いられて却て鼠と為り、予をして古人の語を怪しまんと欲せしむ）」。

（市川桃子）

◎十二月晩翠吟社課題

下一九〇　丙申新年

［明治二十九年（一八九六）一月　七十一歳］

不沽酒美不求仙
顯晦人間任自然
晩翠社猶餘故老
古稀翁又遇新年
青松霜冷草堂曙
白鶴聲高瀛海天
五彩雲開晴旭影
曈曨照到野梅邊

丙申新年《へいしん》
酒の美《うま》きを沽《か》わず　仙を求めず
人間《じんかん》に顕晦《けんかい》して自然に任《まか》す
晩翠の社　猶《な》お故老を余し
古稀の翁　又た新年に遇う
青松　霜冷《ひ》ややかなり　草堂の曙
白鶴　声高し　瀛海《えいかい》の天
五彩　雲開き　晴旭の影
曈曨《とうろう》として　照らして野梅《やばい》の辺《あた》りに到る

【訳】
丙申の新年
うまい酒を買わず仙人になることも求めずに、人の世に浮いたり沈んだりして自然にまかせて身を処してきた。晩翠吟社には今でも故老が残っており、古稀の老体がまた新年を迎えた。草堂の夜明け、青い松に霜が冷たく降りている。大海原の空に白い鶴が声高く鳴いて飛んでいく。五色の雲が割《さ》けて晴れた曙の光が、明るく射し渡って野の梅のあたりを照らしている。

【語釈】
○顯晦：世の中に出て官職に就くことと引退して隠居すること。北宋・黄庭堅「贈秦少儀」詩（『山谷集』巻四）に「渠命有顯晦、非人作通塞（渠《か》の命《めい》に顯晦《けんかい》有り、人の通塞《つうそく》を作《な》すに非ず）」とある。○故老：古老に同じ。博識で見識のある老人。また、前王朝の遺老。ここでは両者の意を兼ねる。唐・杜甫「秦州雜詩二十首」其十九（『杜詩詳註』巻七）に「故老思飛將、何時議築壇（故老飛将を思う、何れの時か壇を築くを議せん）」とある。○古稀：七十歳のこと。唐・杜甫「曲江二首」其二（『杜詩詳註』巻六）の詩句「酒債尋常行處有、人生七十古來稀（酒債尋常行く処に有り、人生七十古来稀《まれ》なり）」による。○曈曨：朝日。朝日の光がさしわたる。唐・権徳輿「奉和韋曲莊言懷貽東曲外族諸弟」詩（『權文公集』巻二）に「騶馭出國門、晨曦正曈曨（騶馭《すうぎょ》国門より出で、晨曦《しんぎ》正に曈曨たり）」とある。

（市川桃子）

下一九一　櫻雲臺上送岡鹿門出遊［明治二十九年（一八九六）一月　七十一歳］

仰見五雲宮闕生
舟車載筆出東京
文章報國名譽重
杯酒接人肝膽傾
朝雨輕塵新柳色
板橋殘月早雞聲
春風明日山陽道
珠水洲前好濯纓
桜雲台上にて岡鹿門《おかろくもん》の出遊を送る
仰ぎ見る　五雲の宮闕に生ずるを
舟車に筆を載せて東京を出づ
文章もて国に報ゆるは名誉重し
杯酒もて人に接して肝胆傾く
朝雨の軽塵に　新柳の色
板橋《ばんきょう》の残月に　早鶏《そうけい》の声
春風　明日　山陽の道
珠水洲前《しゅすいしゅうぜん》　纓《えい》を濯《あら》うに好《よ》し

【訳】

上野の桜雲台にて岡鹿門の旅立ちを見送る

宮城にかかる五色の雲を仰ぎ見ながら、筆を持ち舟や車で旅をしようと君は東京を出立する。君は文章によって国家のために働くという大きな名誉を担い、酒盃を取って人と交歓するときには真心を傾ける。朝降った雨が塵をしずめて柳の芽吹きの色が美しい。板橋の上に有明の月が浮かび朝を知らせる鶏の声が聞こえる。明日には春風に吹かれながら山陽へ続く道を行くことだろう。珠水の中洲の前では冠のひもを洗って世俗の汚れを落とすに違いない。

【語釈】
○櫻雲臺：上野公園にある楼閣。下一二〇の【語釈】参照。○肝膽傾：真心を尽くすこと。北宋・曾鞏「送宣州杜都官」詩（『元豊類藁』巻四）に「江湖一見十年舊、談笑相逢肝膽傾（江湖に一たび見《まみ》ゆ十年の旧《きゅう》、談笑し相い逢いて肝胆傾く）」とある。○輕塵：塵。繁華な町に舞う塵。唐・王維「送元二使安西」詩（『王右丞集箋注』巻十四）に「渭城朝雨裛輕塵、客舎青青柳色新（渭城《いじょう》の朝雨軽塵を裛《うるお》し、客舎青青として柳色新たなり）」とある。○板橋殘月早雞聲：「板橋」は板で作った橋。石橋ではないところから、鄙《ひな》びたところの橋。「早雞」は、朝早く鳴く鶏。唐・温庭筠「商山早行」詩（『溫飛卿詩集箋注』巻七）の「雞聲茅店月、人迹板橋霜（鶏声茅店《ぼうてん》の月、人迹板橋《ばんきょう》の霜）」を踏まえる。○珠水洲：「珠水」は中華人民共和国南部にある川、珠江。香港とマカオの間を通って南シナ海に注ぎ、河口には三角洲が広がる。岡鹿門には、中国各地を遊歴した記録『觀光紀游』があるので、この時、珠水洲まで行ったか。あるいは、前句に「山陽道」とあることから、ここでは三角洲で知られる広島市を指すか。○濯纓：冠のひもを洗う。俗世間の汚れを払う。世俗を脱し高潔を守る。『孟子』離婁上の「滄浪之水清兮、可以濯我纓（滄浪《そうろう》の水清く、以《もっ》て我が纓《えい》を濯《あら》う可し）」による。

【補説】
岡鹿門（一八三三—一九一四）。名は千仞、修。字は振衣。鹿門は号。幕末から明治に活躍した儒学者。仙台藩士。江戸の昌平黌《しょうへいこう》で安積艮斎《あさかごんさい》に学ぶ。帰藩後は藩校の養賢堂で教えた。幕末の国事に奔走し、戊辰戦争に際しては奥羽越列藩同盟に反対した。明治時代、東京に私塾の綏猷堂《すいゆうどう》を開き、教育と著述に専念した。著書に『尊攘紀事』など。参考文献として、宇野量介著『鹿門岡千仞の生涯』（岡広出版、一九七五）がある。

（市川桃子）

◎一月晩翠吟社課題

下一九三　哭原竹嶼

原竹嶼《はらちくしょ》を哭す

［明治二十九年（一八九六）七十一歳］

一別廿日餘
相州未問病＊
忽驚接訃音
再思知天命
嘗顧君所爲
眞摯而方正
提攜四十年
峩洋琴音稱
宦遊北海雪
聯騎跨鐵鐙
退隱東都塵
駢策探幽勝
君今反其眞
我尚迷路暝
仰天搔白首
屋梁落月淨

一《ひと》たび別れて　廿日《じゅうじつ》の余
相州　未だ病《やまい》を問わず
忽ち驚く　訃音《ふいん》に接するを
再《さら》に思う　天命を知るを
嘗《つね》に顧みる　君の為す所
真摯にして方正なるを
提携すること四十年
峨洋《がよう》　琴音称《かな》う
北海の雪に宦遊《かんゆう》し
騎を聯《つら》ねて　鉄鐙《てっとう》を跨《また》ぐ
東都の塵に退隠し
策《むち》を駢《なら》べて　幽勝を探《たず》ぬ
君は今　其の真に反《かえ》るも
我れは尚お　路《みち》の暝《く》るるに迷う
天を仰ぎて白首を掻けば
屋梁《おくりょう》に落月浄《きよ》し

＊君客歳除日出東京、養病於鎌倉郡片瀬村（君は客歳の除日に東京を出で、病《やまい》を鎌倉郡片瀬《かたせ》村に養う）

【訳】

原竹嶼《はらちくしょ》の死を悼んで慟哭する

先に別れてから二十日余り、相模《さがみ》へまだ病気の見舞いにも行かないうちに＊、にわかに君の訃報に接して驚いたが、思い返してみるに君はすでに自分の死期をさとっていたのではあるまいか。つねづね思い出したものだ、君の行いが真摯で正しいものであったことを。手をとり合って生きてきたこの四十年の間、琴の名手の伯牙《はくが》とその音色を聴きわけた鍾子期《しょうしき》のように、私たちはお互いをよく理解し合っていた。かつて雪の降る北海道に官吏として赴任していた時は、私と連れ立って鉄のあぶみを踏みしめ馬に乗ったものである。退官後に繁華な東京に隠居してからは、くつわを並べて馬に鞭打ち一緒に静かな景勝の地を探訪したものだ。君は今大いなる自然に帰ったが、私はなおも暗い道で迷っている。白髪頭を掻きながら天を振り仰ぐと、落ちかかる月の清らかな光が部屋の梁《はり》の辺りに挿し込んで、今にも君の顔を照らしだしそうに思われる。

＊君は去年の大晦日《おおみそか》に東京を出て、鎌倉郡片瀬村で病気の療養をしていた。

【語釈】

○原竹嶼…原退蔵（一八三四―一八九六）。【補説】参照。○相州…相模国《さがみのくに》。第二句に附された自注によると、原竹嶼は鎌倉郡片瀬村で病気の療養中であった。鎌倉郡はかつて相模国に属した。○峩洋…峨峨洋洋。「峩峩」は山などが険しい様子。「洋洋」は海などが広々としてゆったりした様子。古《いにしえ》の琴の名手である伯牙《はくが》には、鍾子期《しょうしき》という友人がいたが、彼は琴の音を聴きわける名人であり、伯牙が高い山のことを思いながら演奏すると、鍾子期は「峨峨として泰山のごとし」と評し、伯牙が流れる川のことを思いながら演奏すると、鍾子期は「洋洋として江河のごとし」と的確に評したという（『列子』湯問）。転じて、互いの気持ちをよく理解しあう様子をいう。○鐙：鞍《くら》の両側にとりつけた、足を掛けるための鉄製の馬具。あぶみ。○反其眞：事物の根源に立ち返る。人が死んで自然に帰ることをいう。『荘子』大宗師に「嗟來桑戸乎、嗟來桑戸乎、而已反其眞、而我猶爲人猗（嗟来《ああ》桑戸よ、嗟来《ああ》桑戸よ、而《なんじ》は已に其の真に反《かえ》るに、而《しこう》して我れは猶お人為《た》り）」とある。○屋梁落月淨：落ちかかる月の清らかな光が部屋の梁《はり》を照らす。唐・杜甫「夢李白二首」其一（『杜詩詳註』巻七）に「落月滿屋梁、猶疑照顔色（落月屋梁《おくりょう》に満ち、猶お疑う顔色を照らすかと）」とあるのを踏まえる。

【補説】

原竹嶼は、原退蔵（一八三四―一八九六）。竹嶼は号。下〇四〇「悼姫人亡似原竹嶼」にもその名が見える。生前は杉浦梅潭と懇意にしていたようで、依田学海の『學海日錄』には、学海が梅潭の家を訪れた際に、原竹嶼と居合わせたという記述が散見する。また、『學海日錄』（第十巻）明治二十九年一月三十日の項に「又、杉浦翁の懇意なる原退藏は、かねて養生として鎌倉の片瀬ありしときゝつるが、死せるよし聞あり。此人は余と同甲子たり。（中略）梅潭翁來る。（中略）翁いふ、原退藏（割注：竹嶼と號す）去月廿八日をもて相州片瀬邨に卒す。肺病をやみしが、死する日まで飲食し、又性潔を好みしかば、床席を掃除せしめて身を潔くし、いまだ死するほどの重病たるを自ら知らざるものゝ如し。日に翁の來れるを待ち、この地魚蝦にともしからずとて、來り訪れなばかくして饗應せよなどいひけるとなり。この人、文學は淺けれども、狂詩といふものを好みて多く作れり。性廉介にして且才幹あり。翁いふ、正直なるものは才に乏し。才多きものは直ならず。退藏は才にして且直なりと」とあり、原竹嶼が依田学海と同年の生まれであること、明治二十九年一月二十八日に逝去したこと、その人となり等が分かる。

（遠藤星希）

下二〇一　三月廿二日隨詢齋松浦伯與向山黄邨三田葆光小杉榲邨諸子同遊水戸好文亭茲日好晴梅花盛開（二首其一）

［明治二十九年（一八九六）三月二十二日　七十一歳］

三月廿二日、詢斎松浦伯《じゅんさいまつらはく》に随いて、向山黄村《むこうやまこうそん》、三田葆光《さんだかねみつ》、小杉榲村《こすぎすぎむら》の諸子《しょし》と同《とも》に水戸好文亭《みとこうぶんてい》に遊ぶ。茲《こ》の日好《よ》く晴れ、梅花盛開《ばいかせいかい》なり（二首其の一）

一望眼中天地寛　　一望すれば眼中に天地寛《ひろ》し
翩綿雲墜古香壇　　翩綿《へんめん》たる雲は墜《お》つ　古《いにしえ》の香壇《こうだん》
仙波湖上洋洋水　　仙波《せんば》湖上　洋洋《ようよう》たる水
掩映梅花碧玉寒　　梅花《ばいか》を掩映《えんえい》して　碧玉《へきぎょく》寒し

【訳】

三月二十二日、詢斎松浦伯爵に連れられて、向山黄村・三田葆光・小杉榲村らと一緒に水戸の好文亭に遊んだ。その日はよく晴れていて、梅の花が満開であった（二首その一）

一望すれば視界一面に天地が果てしなく広がり、ひらひらと連なる雲のように白い梅の花が古びた物見台を取りまいている。満々と湛えられた仙波湖の水は、梅の花を映して碧玉のように冷え冷えと清らかだ。

【語釈】

○詢斎松浦伯：松浦詮《まつらあきら》（一八四〇―一九〇八）のこと。詢斎は号。下一三七の【語釈】参照。○向山黄邨：上〇一五の【補説】参照。○三田葆光（一八二四―一九〇七）：幕末から明治にかけての政治家、漢学者。三田喜六とも。号は櫨園。

箱館奉行所に勤務中の文久元年（一八六一）、向山黄村に随行して欧米の視察に赴いた。○小杉榲邨（一八三五―一九一〇）‥国学者で、幕末は勤王論を唱えて幽閉の憂き目を見たが、明治維新後は政府に仕えて『古事類苑』の編纂などに携わった。○好文亭‥偕楽園の中にある建物。「好文」とは梅のこと。水戸藩の人見卜幽軒『東見記』が引く晋の『起居注』によれば「晉武、好文則梅開、廢學則梅不開（晋武、文を好めば則ち梅開き、学を廃せば則ち梅開かず）」とあり、これを踏まえて梅を好文木（学問を愛好する木）と称す。○翩綿‥軽やかに連なっている様子。○香壇‥祭壇。偕楽園内の何を指すか未詳。仙奕台をいうか。○仙波湖‥千波湖のこと。当時は今よりも湖が広く、大町桂月（一八六九―一九二五）の「水戸観梅」（『桂月全集』第二巻）によれば、好文亭の三階からは眼下に千波湖が見渡せたという。○洋洋‥水がたっぷりある様子。『詩經』衞風「碩人」に「河水洋洋、北流活活（河水洋洋として、北に流れ活活たり）」とある。○碧玉‥偕楽園の湧き水は玉のように澄んでおり、「吐玉泉」と称された。

（高芝麻子）

下二〇四　咬菜園八勝（八首其二）　［明治二十九年（一八九六）七十一歳］

李白色不同
滿隝萬花潔
麑島一片雲
圓山千堆雪
天霽風日妍
繚亂飛玉屑＊

咬菜園八勝（八首其の二）
李《すもも》は白きも　色は同じからず
滿隝《まんお》に　万花潔し
麑島《げいとう》　一片の雲
円山《えんざん》　千堆《せんたい》の雪
天霽《は》れて　風日妍《うつく》し
繚乱として　玉屑《ぎょくせつ》飛ぶ

＊暖雪隝（暖雪《だんせつ》の塢《お》）

【訳】
咬菜園の八つの景勝（八首その二）
ここの李《すもも》の花は白いけれど色合いは様々で、清らかな花が無数に土手に満ちている。鹿児島にたなびく花の雲が、円山《まるやま》に来て千もの花の雪山を作った。空は晴れて風光がきらめき、玉《ぎょく》の屑《くず》かと花びらが舞い散る＊。

＊暖かい雪のような李《すもも》の花に覆われた隄《つつみ》

咬菜園跡（撮影：市川桃子）

【語釈】

○咬菜園：安政四年（一八五七）に、箱館の名主である堺屋新三郎が作った庭園。千坪余の敷地に各地から名花や名木を取り寄せて移植してあり、箱館で一番の名園として親しまれたという。咬菜とは粗食のこと。今は分譲されて個人の家が建っているが、残されている大きな木々に当時の面影が見られる。○麑島：鹿児島。【補説】に載せる本田種竹（一八六二―一九〇七）「暖雪隝」詩（『懐古田舎詩存』巻三）の題下注に「多栽米桃者、麑島所産云（多く栽《う》う米桃は、麑島に産する所と云う）」とある。米桃は李《すもも》の別名。ここから、咬菜園の暖雪隝《だんせつお》には鹿児島から移植された李があったことがわかる。○圓山：下二〇三「咬菜園八勝（八首其一）」（DVD版参照）の題下注に「岩村男爵圓山山莊（岩村男爵の円山山荘）」とある。岩村男爵とは、岩村通俊《いわむらみちとし》（一八四〇―一九一五）のこと。北海道庁長官などを務めた。このとき咬菜園はその別荘になっていたのであろう。ここでは円山は咬菜園のある場所をいう。○暖雪隝：咬菜園の八勝の一つに付けられた名。

【補説】

咬菜園八勝　暖雪隝　　本田種竹（『懐古田舎詩存』巻三所収）

咬菜園八勝　暖雪隝

聞言鶴城種　移之圓嶠隈　　聞言《きくなら》く　鶴城の種　之《こ》れを円嶠《えんきょう》の隈《すみ》に移すと
皎潔欺古雪　清芬比寒梅　　皎潔なること古雪を欺《あざむ》き　清芬《せいふん》なること寒梅に比す
明月白雲夕　令人思瑤臺　　明月　白雲の夕に　人をして瑤台を思わしむ

（市川桃子）

下二一二　祝野村藤陰翁七十壽　［明治二十九年（一八九六）七十一歳］

野村藤陰翁の七十の寿を祝う

誨人不倦暮年過　人を誨《おし》えて倦《う》まず　暮年過ぎ
馬史麟經心鏡磨　馬史麟経もて　心鏡磨く
學士官途名望重　学士　官途に名望重く
書生門下俊英多　書生　門下に俊英多し
半生野鶴閒雲志　半生　野鶴閑雲の志
一醉陽春白雪歌　一酔　陽春白雪の歌
祝壽詞章客爭獻　寿を祝う詞章　客　争いて献じ
滿堂珠玉韻瑳瑳　満堂　珠玉　韻瑳瑳《ささ》たり

【訳】

野村藤陰翁の七十歳の寿をことほぐ

人々を教え諭《さと》して飽くことなく晩年を過ごし、『史記』や『春秋』を読んでは鏡のように澄んだ心をさらに磨いておられる。学者であるあなたは官界において高い名声を博し、その門下の書生たちにも傑出した才人が大勢いらっしゃる。その半生は林野の鶴や悠然と浮かぶ雲のように高潔な志を抱いて世間から離れて静かに暮らしておられ、ひとたび酔うと「陽春」や「白雪」のように高雅な歌を歌われた。客人たちは七十の寿をことほぐ作品を争うように献呈し、座敷いっぱいに珠玉のような詩篇が輝きを放っている。

【語釈】

○野村藤陰：野村煥《かん》（一八二七―一八九九）。字は士章。藤陰は号。江戸後期から明治にかけて活躍した儒学者。後藤松陰や斎藤拙堂らに師事し、後学の育成に努めた。○誨人不倦：人々を教え諭《さと》して飽くことがない。『論語』述而に「默而識之、學而不厭、誨人不倦（黙して之れを識《しる》し、学びて厭《いと》わず、人を誨《おし》えて倦《う》まず）」とあるのを踏まえる。○馬史：前漢・司馬遷の著した歴史書『史記』のこと。○麟經：孔子が編纂したと伝えられる儒教の経典『春秋』のこと。瑞獣である麒麟が捕獲されたことに衝撃を受け、孔子がその年までの記述で『春秋』の執筆を断念したとされる故事による。○心鏡：鏡のように曇りがなく澄み切った心。仏教用語。○野鶴：林野に棲む鶴。高潔な隠士の喩え。唐・韋応物「贈王侍御」詩（『韋蘇州集』巻二）に「心同野鶴與塵遠、詩似氷壺見底清（心は野鶴に同じくして塵と遠く、詩は氷壺に似て底を見れば清し）」とある。○陽春白雪：戦国時代の楚の国で歌われた高雅な歌曲。○珠玉韻：他人の詩文に対する美称。○瑳瑳：玉などが鮮やかに白く輝くさま。

（遠藤星希）

下二一三　送信夫恕軒赴和歌山學校

信夫恕軒《しのぶじょけん》の和歌山の学校に赴くを送る

［明治二十九年（一八九六）七十一歳］

關河驛路望悠悠
飮別葡萄酒一籌
品海水波通記海
武州鐵軌到泉州
雲開那智山中瀑
鶴過和歌浦上舟
白髪馬融元任達
且須絳帳許淹留

関河駅路　望めば悠悠たり
飲みて別れん　葡萄の酒一籌《いっちゅう》
品海の水波　記海に通じ
武州の鉄軌　泉州に到る
雲は開く　那智《なち》山中の瀑《たき》
鶴は過ぐ　和歌浦上《わかほじょう》の舟
白髪の馬融《ばゆう》　元《もと》より任達《にんたつ》
且《しばら》く須《すべから》く絳帳《こうちょう》もて淹留を許すべし

【訳】

信夫恕軒《しのぶじょけん》が和歌山の学校に赴任するのを見送る

関所や山河を越えていく旅路を眺めると遠くはるばると続いている。この一杯の葡萄酒を飲み干して別れよう。品川の海の水は紀州まで通じており、武蔵国《むさしのくに》からは鉄道が和泉国《いずみのくに》まで伸びている。那智山《なちさん》の大滝は雲を押し開いて落ちかかり、和歌浦《わかのうら》に浮かぶ舟のそばを鶴が飛びすぎてゆく。白髪頭の馬融《ばゆう》はもともと物事にこだわらぬ闊達な性格であったというが、君もとりあえずは彼にならい赤い垂れ幕を講堂に張ってもらって講義をしつつ彼の地へ留まったらどうだろうか。

【語釈】
○驛路：宿駅と宿駅とをつなぐ街道。転じて旅路。○一籌：未詳。「籌」は竹で作ったくじ。また、勝負で取った数を数える棒。あるいは、誰が酒を飲むかをくじ引きや勝負で決めたか。○記海：紀州の海。「記」は紀に通じる。紀州は紀伊国（今の和歌山県および三重県南部）の別称。○武州：武蔵国の別称。今の東京都、埼玉県および神奈川県の一部を含む。ここでは東京を指す。○鐵軌：鉄道のこと。【補説】参照。○泉州：和泉国の別称。今の大阪府南西部。○那智山中瀑：那智の滝。【補説】参照。○和歌浦：和歌山県和歌山市の南西部に位置する景勝地。【補説】参照。○馬融：後漢の儒学者。博学多識で知られ、また千人を越える学生に学問を教授し、盧植《ろしょく》・鄭玄《じょうげん》といった大学者を輩出した。○絳帳：赤い垂れ幕。後漢の馬融は、赤い垂れ幕を講堂に張り巡らせて学生に講義をした（『後漢書』巻六十上「馬融傳」）。

【補説】
○信夫恕軒（一八三五—一九一〇）：名は粲《あきら》、字は文則。恕軒は号。幕末・明治期の漢学者。鳥取藩の藩医であった父と幼くして死別。貧しい中でも学問に励み、大槻磐渓《おおつきばんけい》らに師事して漢学を修めた。明治十三年（一八八〇）、東京大学に出講。その後、三重県や和歌山県の中学校教官を経て東京に戻った。梅潭の本詩によると、信夫恕軒が和歌山に赴任したのは明治二十九年（一八九六）ということになる。梅潭とも親しい依田学海や大沼枕山、川田甕江らと交流があった。
○武州鐵軌到泉州：明治二年（一八六九）、明治新政府は鉄道建設の廟議を行い、その鉄道敷設計画に基づいて明治五年（一八七二）、新橋（現在は廃止された汐留貨物駅）から横浜（現在の桜木町）の間に、日本初の鉄道が開通した。明治二十二年（一八八九）には、新橋・神戸間が鉄路でつながり、本詩が書かれた明治二十九年（一八九六）には急行列車も運行されるようになった。

○那智山中瀑：和歌山県東牟婁郡那智勝浦町《ひがしむろなちかつうらちょう》の那智川にかかる滝。那智山は、和歌山県那智勝浦町北東部の内陸一帯にそびえる山々の総称。「那智の滝」は本来、那智山にある四十八の滝（那智四十八滝）の総称であったが、現在一般に「那智の滝」として知られているのは、那智四十八滝の一つである一の滝である。華厳滝・袋田の滝とともに「日本三名瀑」の一つに数えられる。

○鶴過和歌浦上舟：和歌浦は、和歌山県和歌山市の南西部に位置する景勝地の総称。古くより風光明媚の地として知られる。もともとは「若の浦」と呼ばれていた。聖武天皇が当地を行幸した折に、お供をしていた山部赤人が、「若の浦に潮滿ち來れば潟《かた》をなみ葦邊をさして鶴《たづ》鳴き渡る」（『萬葉集』巻六・九百十九番歌）という和歌を詠んでいる。梅潭の本詩にいう「鶴過」は、この和歌の表現を踏まえる。

（遠藤星希）

下二一五　観棋

白登圍漸解
黑子再生時
虎攫仍龍戰
乾坤賭者誰

〔明治二十九年（一八九六）六月　七十一歳〕

棋《き》を観る

白登《はくと》　囲みは漸《ようや》く解け
黒子《こくし》　再生の時
虎攫《つか》めば　仍《な》お龍戦う
乾坤《けんこん》　賭《と》する者は誰ぞ

【訳】

囲碁を観戦する

漢の高祖が白登山《はくとさん》で体験したような包囲はしだいに解けてゆき、黒の碁石は息を吹き返した。虎が爪でさらいとれば龍がなおも応戦する。天地を賭けての大勝負、勝利するのはどちらであろう。

【語釈】

○白登圍漸解：白登山《はくとさん》の戦いを踏まえる。【補説】参照。○黑子：黒色の碁石。この語から、詩題の「棋」が囲碁を指すことが分かる。○虎攫仍龍戰：この句は清・銭謙益「観棋」詩（『牧齋有學集』巻二）に「黑白相持守壁門、龍拏虎攫賭侵分（黒白相い持して壁門を守り、龍は拏《つか》み虎は攫《つか》み侵分を賭《と》す）」とあるのを踏まえる。「攫」は、鳥や獣などが爪でさらいとること。○乾坤：天地。唐・韓愈「過鴻溝」詩（『五百家注昌黎文集』巻十）に「龍疲虎困割川原、億萬蒼生性命存。誰勸君王迴馬首、眞成一擲賭乾坤（龍は疲れ虎は困じ川原を割《さ》く、億万の蒼生《そうせい》性命存す。誰か君王に勧めて馬首を迴《めぐ》らし、真成一擲《しんせいいってき》し乾坤を賭《と》せしめん）」とある。

【補説】

白登山《はくとさん》（今の山西省大同市）の戦いは、紀元前二〇〇年に勃発した漢と匈奴との戦い。馬邑城を守る韓王信を攻撃して降伏させた匈奴は太原に侵入し、晋陽（今の山西省太原市）に迫った。そこへ漢の高祖劉邦が軍を率いて到着したので、冒頓単于《ぼくとつぜんう》はわざと敗北して撤退し、漢軍を北の白登山へ誘い込み、高祖たちを包囲した。包囲は七日間も続いたが、高祖は冒頓単于の閼氏《えんし》に命乞いをすることで何とか包囲を抜け出し、長安に帰ることができた（『史記』巻九十三「韓信盧綰列傳」）。

（遠藤星希）

◎六月晩翠吟社課題

下二一七　送須永輹齋歸山

須永輹斎《すながふくさい》の山に帰るを送る

［明治二十九年（一八九六）六月　七十一歳］

天生我才必有用＊　天　我が才を生ず　必ず用有り
男兒出處要愼重　男児の出処　慎重を要す
雄圖一蹶何爲憂　雄図　一《ひと》たび蹶《つまづ》くも　何為《なんす》れぞ憂えん
孤舟無策泝急流　孤舟　策無くして急流を　泝《さかのぼ》る
南山之麓射乳虎　南山の麓《ふもと》にて　乳虎を射るも
留皮未賣西州賈　皮を留め　未だ西州の賈《こ》に売らず
噩夢半夜醒猶驚　噩夢《がくむ》　半夜　醒めて猶お驚き
旅亭空聞多風雨　旅亭　空しく聞く　風雨の多きを
寵辱行藏皆有因　寵辱行蔵　皆　因有り
故山歸臥何逡巡　故山に帰臥するに　何ぞ逡巡せん
一粒金丹養仙骨　一粒の金丹もて　仙骨を養え
風雲佗日如何人　風雲　佗日　如何の人ぞ

＊成句（成句）

【訳】
須永輹斎《すながふくさい》が故郷の山に帰るのを見送る

「天が私という人材を生み出したのは、必ず役立つ道があるからだ」という言葉があるが＊、男児たる者、出処進退はよくよく慎重にしなくてはならぬ。遠大な計画が一度挫折したからとて、どうして憂えることがあろう。今回の計画は、小さな舟で棹も持たずに急流をさかのぼるような難しいものだったのだから。君は南の山の麓で子連れの虎を射ち殺したけれど、その毛皮を手元に留めて西方の商人に売ってはいない。君だって真夜中に悪い夢を見て、目が覚めてもなお心が波立ち、旅の宿で激しい風雨の音を空しく聞くことがあるだろう。栄誉を受けるも恥辱を受けるも、世に出るも身を隠すも、いずれも理由あってのもの、故郷の山に帰るのにどうしてためらうことがあろう。今は仙薬の粒でも服用し、神仙の気骨を養うことだ。いつの日か時機が訪れて世に現れた時、君はどのような人物となっているであろうか、楽しみだ。

＊成句。

【語釈】

○須永輶齋：須永元《はじめ》（一八六八―一九四二）。生まれは現在の栃木県佐野市。下一六八の【補説】参照。○天生我才必有用：唐・李白「將進酒」詩（『李太白文集』巻三）に「天生我材必有用（天我が材を生ず必ず用有り）」とあるのを踏まえる。そこで句の自注に「成句」という。○南山之麓射乳虎：敗戦の罪を問われて庶人に身分を落とされた前漢の将軍李広が、藍田県（今の陝西省藍田県）の南の山の中で隠棲していた時期に、しばしば虎を射た故事を踏まえる（『史記』巻百九「李將軍列傳」）。山にこもった失意の人として、須永輶斎を李広にたとえた。「乳虎」は子連れの凶暴な虎。○西州：西域の国々。ここは寓意がありそうだが未詳。○噩夢：恐ろしい夢、不吉な夢。○寵辱：栄誉と恥辱。○行藏：世に出て活躍することと、身を隠して時機を待つこと。出処進退。『論語』述而に「用之則行、捨之則藏（之れを用いれば則ち行い、之れを捨つれば則ち蔵《かく》る）」とあるのが出典。〇金丹：道士が金石を調合して作るという不老長生の薬。〇風雲：英雄が時機を得て活躍すること。

【補説】

須永韓斎は明治二十八年（一八九五）八月に朝鮮に渡り、翌明治二十九年（一八九六）六月に帰国したが、この詩全体の雰囲気から判断するに、このたびの帰郷は不本意な結果であったようだ。第五句から八句まで（南山之麓射乳虎、留皮未賣西州賈。噩夢半夜醒猶驚、旅亭空聞多風雨）が難解だが、朝鮮で遭遇した何らかの事件がかくも韜晦した表現をとらせたか。『晩翠書屋詩稿』では、本詩の眉上に依田学海の評「此一段、意想自天外來、妙極。蓋基劍南射虎南山詩（此の一段、意想は天外自《よ》り来たりて、妙なること極まれり。蓋し剣南の射虎南山詩に基づく）」とある。「劍南」は南宋の詩人陸游のこと。「射虎南山」のフレーズを含む陸游の詩は複数あり、学海がどの詩を指して言っているのかは特定できなかった。待考。

（遠藤星希）

下二一八　海嘯行

［明治二十九年（一八九六）七十一歳］

天沆寥兮海渺漫
夜黒煙水不見端
忽然有響怒潮立
混沌天地鯢鯨奔
排山析岸天宇駭
但見滔滔浩浩水
疾於颶風激於雷
高岡喬木不足恃
喚夫喚父狂濤間
屋宇如葉人如螘
可憫三陸無辜民
二萬餘人同時死
吁嗟乎人罹災害心洶洶
生者無食奈厥躬
彷徨無遑制急涙
冤魂不返恨満腔

海嘯行

天　沆寥《けつりょう》にして　海　渺漫《びょうまん》たり
夜黒く　煙水　端見えず
忽然として響き有りて怒潮立ち
混沌たる天地　鯢鯨奔《げいげいはし》る
山を排し　岸を析《さ》き　天宇　駭《おどろ》く
但だ滔滔浩浩たる水を見るのみ
颶風《ぐふう》より疾《はや》く　雷より激し
高岡　喬木　恃《たの》むに足らず
夫を喚び父を喚ぶ　狂濤の間
屋宇は葉の如く　人は螘《あり》の如し
憫《あわ》れむ可し　三陸の辜《つみ》無き民
二万余人　同時に死す
吁嗟乎《ああ》　人　災害に罹《かか》りて　心洶洶《きょうきょう》たり
生者　食無し　厥《そ》の躬《み》を奈《いかん》せん
彷徨して急涙を制するに遑《いとま》無し
冤魂返らず　恨みは腔に満つ

潮退風收月落夜
啾啾鬼哭天濛濛

潮退き　風収まりて　月落つる夜
啾《しゅう》啾《しゅう》として鬼哭き　天　濛《もう》濛《もう》たり

【訳】

津波のうた

空はからりと晴れわたり海は果てしなく、夜の闇に水面にはもやが立ち籠め水平線は見えない。すると突然地響きが起きて怒濤が天高くそそり立ち、天地の境目を無くして混沌とさせるほどに巨大な津波が襲いかかってきた。山を押しのけ岸を裂き天空を驚かせ、見えるのはただ荒れ狂って流れる水だけとなった。強烈な台風よりも速く雷よりも激しい。高い丘や立派な大木さえも頼りにならない。荒れ狂う波間に夫や父の名を呼んで叫ぶが、家は木の葉のように人々は蟻のように流されるばかり。可哀想に三陸の罪無き人々が、二万余りも一時に亡くなってしまった。ああ、人々は災害にみまわれて心は落ち着かず、生き残った者は食べる物もなくてその身をどうしたらよいか分からない。さまよい歩いて込み上げる涙をおさえる間もなく、罪なくして亡くなった人の魂は戻ることなくその恨みが心に満ちあふれる。潮が引き風が収まって月が夜の闇に沈むと、しくしくと亡霊が泣いて空には雲が低くたれ込めている。

【語釈】

○海嘯・・津波。本作品は、明治二十九年（一八九六）六月十五日に起きた「明治三陸地震」とそれによって生じた津波被害を題材にした。「明治三陸地震」は午後七時三十二分頃発生し、地震そのものは震度三ほどの小さな揺れであったが、地震発生の三十分後、最大三十八・二メートルもの大津波が起き、死者二万千九百十五名、行方不明者四十四名、家屋流失九千八百七十八戸等の被害が出た。【補説】参照。○泬寥・・空に雲が無くからりとしている様子。『楚辞』「九辯」に「泬寥兮天高而氣清（泬寥たり天高くして気清し）」とあり、後漢・王逸注に「泬寥、曠蕩空虛也。或曰、泬寥猶蕭條。蕭條、無雲貌（泬寥は、曠蕩空虚なり。或いは曰う、泬寥は猶お蕭条のごとしと。蕭条は、雲無き貌なり）」とある。○渺漫・・果てしないさま。○煙水・・もやがかかった水面。○鯢鯨・・くじら。転じて巨大で凶悪なもの。ここでは津波のこと。○天宇・・天空。晋・左思「魏都賦」（『文選』巻六）に「傮響起、疑震霆。天宇駭、地廬驚（傮響《そうきょう》起りて、震霆《しんてい》を疑う。天宇駭《おどろ》き、地廬《ちろ》驚く）」とある。○滔滔・・大水が流れるさま。○浩浩・・水が多い様子。『書經』堯典に「浩浩滔天（浩浩として天に滔《はびこ》る）」とあり、孔安国の伝に「浩浩、盛大若漫天（浩浩、盛大にして天を漫《ひた》すが若し）」とある。○喬木・・高い木。○狂濤・・荒れ狂う大波。○洶洶・・どよめき騒ぐさま。○急淚・・思わず流れ落ちる涙。○滿腔・・心に満ちあふれる。○啾啾・・亡霊などが細い声でなくさま。唐・杜甫「兵車行」詩（『杜詩詳註』巻二）に「新鬼煩冤舊鬼哭、天陰雨濕聲啾啾（新鬼は煩冤し旧鬼は哭し、天は陰り雨は湿いて声啾啾たり）」とある。○濛濛・・雲がたれ込めているさま。「濛」は濛の異体字。

【補説】

「明治三陸地震」については以下のような記録がある。

『宮城縣海嘯誌』（宮城県、一九〇三）「海嘯數日前ヨリ天氣一般ニ陰鬱ニシテ風ナク溫度概子平均ヲ占メ、十四日ニ降雨アリシノミニテ別ニ著ルシキ異狀ヲミトメサリキ」

『岩手縣陸中國南閉伊郡海嘯記事』（岩手県南・西閉伊郡役所、一八九七）「明治二十九年六月十五日朝來、曇天にして午

後より降雨ありたれども、海波靜穩なりしが、午後第八時を過ぎ大雨となり、前後十二回の震動あるも、微弱にして知覺せざる者多きが如し」

『風俗畫報』臨時增刊第百十九号（東陽堂、一八九六）、海嘯被害録中巻「合計十三回の地震ありしも孰も微弱震に過ぎざりし然れども七時五十分頃海潮は異常たる速力を以て干退し同時に遠雷の如き洪響を聞くや八時頃に至り海嘯襲來し一旦引退せしが八時〇七分再び畏るべき海嘯は一丈四五尺の高さを以て捲き來り人畜家屋を一掃し去り爾後六回の海嘯襲來したるを見たり而して波動は翌日正午頃まで續きしもそは左まで強勢にあらざりしと云ふ」

参考文献　津波ディジタルライブラリィ　http://tsunami-dl.jp/
「災害教訓の継承に関する専門調査会報告書」平成十七年三月

（山崎藍）

下二二五　破屋歎贈依田學海翁　［明治二十九年（一八九六）十月五日　七十一歳］

破屋《はおく》の歎《たん》、依田学海翁《よだがっかいおう》に贈る

秋天漠漠風凄凄
不辨牛馬江煙低
黒雲横天天候悪
前川後川浪拍隄
陰風夜撼江南柳
柳僵隄壊龍蛇走
倒捲濁浪如疾風
田家逃避人不守
夫負父老婦負孩
援嫂何顧以其手
丙午之水吾曾知
今歳暴溢倍當時
老木枝裂雲根動
小樓柱存四壁危
荒涼最是茂陵宅
著書有樂莫歎息

秋天漠漠《ばくばく》　風凄凄《せいせい》
牛馬を弁ぜず　江煙低し
黒雲　天に横たわり　天候悪《わる》し
前川《ぜんせん》　後川《こうせん》　浪《なみ》　隄《つつみ》を拍《う》つ
陰風　夜　撼《うごか》す　江南の柳を
柳僵《たお》れ　隄《つつみ》壊れ　龍蛇《りゅうだ》走る
濁浪　倒《さかしま》に捲《ま》き　疾風の如し
田家《でんか》　逃避して　人守らず
夫は父老を負い婦は孩を負う
嫂《あによめ》を援《ひ》くに何ぞ其の手を以てするを顧みん
丙午《へいご》の水　吾れ曾《かつ》て知るも
今歳《こんさい》の暴溢《ぼういつ》　当時に倍す
老木　枝裂け　雲根動き
小楼　柱《はしら》存するも　四壁危うし
荒涼たるは　最も是れ　茂陵《もりょう》の宅
著書に楽しみ有り　歎息する莫《な》かれ

我讀老杜秋風歌　我れ読む　老杜《ろうと》の秋風の歌
憶君襟懐堪悽惻　君を憶い　襟懐《きんかい》　悽惻《せいそく》に堪えん
風冷雲晴留碧空　風冷ややかに　雲晴れ　碧空を留《とど》む
桂花香動圓月白　桂花　香動きて　円月《えんげつ》白し

【訳】

被災した家の歎きを詠い、依田学海翁に贈る

秋の空は薄暗く風が吹きすさび、河の上には煙霧がたちこめ牛か馬かも見分けられない。黒雲が天をおおって天候が悪くなり、前の川も後の川も堤に波が打ちつけるようになった。夜になると陰気な風が墨田川南岸の柳を揺るがし、そして柳は倒れ堤防は決壊しまるで龍蛇が通り抜けた跡のような光景が広がっている。濁流は逆巻いて疾風《はやて》のように流れ、農村の人々は避難し家を守る者はいない。夫は老人を背負い妻は子を背負い、兄嫁を助けるのにも遠慮せずに手で引き上げる。丙午《ひのえうま》の大水《おおみず》については私も知っているが、今年の洪水はその時の倍もひどかった。老木の枝は裂け、大きな岩も動かされ、小さな二階家では柱は立っているものの四方の壁はくずれそうだ。最も荒れ果ててしまったのは壁しかなかった漢の文人司《し》馬《ば》相如《しょうじょ》の家のような君の家である。しかし文人には書を著すという楽しみがあるのだからため息ばかりついていてはいけない。私は唐の杜甫が大風にみまわれて屋根が飛んだことを詠う「秋風の歌」を読み、君の災難を思い出して胸中が悲しみでふさがれている。いまは風が冷たく吹き雲は晴れ青空が広がって、木犀《もくせい》の香りがそよいで満月が皎《こう》々と輝いている。

【語釈】
○破屋：あばらや。壊れかけた家。ここでは洪水で被災した家の意。【補説】参照。○依田學海：依田百川《ひやくせん》（一八三四―一九〇九）。上一四二の【補説】参照。○淒淒：風が冷たく吹きすさぶ様子。○不辨牛馬：牛か馬かの区別がつかない。『莊子』秋水の「秋水時至、百川灌河、涇流之大、兩涘渚崖之間、不辨牛馬（秋水時《とき》に至り、百川《ひやくせん》河に灌《そそ》ぐ、涇流之《こ》れ大にして、兩《りょう》涘《し》渚崖《しょがい》の間、牛馬を弁ぜず）」に基づく。○援嫂：「嫂」とは兄の嫁、転じて広く既婚の女性を言う。天下の人々が溺れそうなときには、儒教の礼法を無視し、兄嫁の手を摑んででも救わなくてはならないという、『孟子』離婁上の記述に基づく。○丙午：弘化三年（一八四六）、利根川の堤防が決壊し、大水害（丙午の水）が発生した。○雲根：深山の雲が湧くところ。転じて山の岩。○樓：二階以上の建物。○茂陵宅：前漢・司馬相如の家。茂陵は司馬相如の家があった所の地名。司馬相如は貧しく家には壁しかなかったとされる。○老杜秋風歌：強風に煽《あお》られて自宅の屋根が吹き飛ばされた顚末を描いた、唐・杜甫「茅屋爲秋風所破歌」詩（『杜詩詳註』巻十）に「八月秋高風怒號、卷我屋上三重茅。茅飛度江灑江郊、高者掛罥長林梢（八月秋高く風怒号し、我が屋上の三重の茅を巻く。茅飛び江《こう》を渡り江郊に灑《そそ》ぎ、高きは長林の梢に挂罥《かいけん》す）」とあるのを踏まえる。「老杜」は盛唐の詩人杜甫のこと。晩唐の詩人杜牧が「小杜」と呼ばれるのに対して、このように呼ぶ。

【補説】
○この年九月十六日に、隅田川の大洪水が起こった。この水害は、東京の明治三大水害の一つで明治四十三年（一九一〇）の大水災に次ぐものといわれる。この詩は晩翠吟社の課題詩であるが、あわせて依田学海への見舞いを兼ねる。
○『學海日錄』（第十巻）明治二十九年九月十六日の項に次のようにある。

（頭欄）「墨水別墅、水に浸さる」。

十六日。雨。朝、新聞をよむに、葛西金町のあたり出水にて、人家の床上に升れりとありしかば、墨水の別墅心もとなく、いそぎてゆきしに、墨田川は大に減水して日頃にかはること無く、別墅の前の溝やゝ滿ちたれども、これもさまでに見えず。さらば常の地水といふものなるべし。大なる災あらじといひいたりしに、十時頃に至りて、中川の水大に漲りて、これを防ぐにすべなく、十五日の十二時花畑村大字六ツ木の堤崩れしとの報あり。つゞきて同日の五時二十分奥戸村の字鹽入の堤崩れたりと聞ゆ。薄暮に至り、總武鐵道の線路にて防ぎ止めむとせしが、かなはず、はや隅田村は水滿〳〵たりといふ。日ともす頃、水かさやうやく増しけるが、十二時に至り、果し水聲轟々として吾須崎村に襲ひ來ぬ。かねて山崎豊吉と婢の弟留吉及び正太郎といふもの來りて救助せしかば、家財は盡く樓上にのぼせ、疊・建具は四斗樽桶を床上にならべ、そのうへに置きぬ。かゝれば憂無きやうなれども、夜は暗黒にして雨さへそぼ降るにぞ、かくてあらば、なほ水まして門前一歩も出づ可らずといふにぞ、

（頭欄）「余が去るとき金五圓を豊吉にさづけおきにき」

余は留吉に負はれ、婢は正太郎に、比狹古は豊吉に負はれて家を立ち出でゝ、須崎町より牛御前の前より堤にのぼり、堤上にて車を得たりければ、これを雇ふ。（二十五錢、のちに五錢をます。）婢と比狹古とをのせて、まづ小川町にかへしやり、余なほゆきて吾妻橋をわたりしに、一人の車夫ありければ、呼びとめてこれにのる。（二十錢、のちに三錢をます。）この車夫よからぬやつにて、足の痛にことよせて、向より來る車夫に客をうりて、他に去りぬ。いそぎけるに、余は婢と兒に先ちて夜一時にして家にかへる。婢等もつゞきてかへり來れり。

十七日。晴。墨水より留吉來れり。きくに、水聲ます〳〵はげしく、床上の積置きし疊を浸すに及べり。庭園すべて海の如く、やむことを得ず巡吏の舟にのりて來れるよしを告ぐ。よて、飯を炊き、又金壱圓を與えて菜を買はしめ、

又やき豆腐、きざみするめなど煮たるをつかはしき。婢は例の狂を發してかへらんといひしを、さまぐ\にさだめてこれを止む。

十九日。晴。梅翁みづから來りて水災を慰問せらる。

（市川桃子）

◎十月五日晩翠吟社課題

下二二八　妙義山（五首其一）　［明治二十九年（一八九六）十月二十七日　七十一歳］

毛山西北望
莽莽鬼門關
古廟松杉出
白雲巖岫閒
天寒霜隕後
人在翠微間
金洞神仙約
高歌采藥還

妙義山《みようぎさん》（五首其の一）

毛山《もうざん》　西北より望めば
莽莽《ぼうぼう》たり　鬼門関《きもんかん》
古廟　松杉《しょうさん》より出で
白雲　巌岫《がんしゅう》に閑たり
天は寒し　霜隕《お》つるの後
人は在り　翠微の間
金洞にて　神仙約《まね》き
高歌し　薬を采りて還らん

【訳】
妙義山《みようぎさん》（五首その一）
上毛野《かみつけの》の山を西北の方角から眺めわたすと、累々と連なっていて、かの鬼門関のごとく険しい。古びた廟が松や杉の林から姿をのぞかせ、白い雲がゆったりと山の峰にかかっている。霜が降りはじめる時節を過ぎて天候は寒い。緑色にかすむ山の中腹に人がいるのが見える。金洞山にて神仙をお招きし、高らかに詩を吟じ、薬草を採集してから帰途につこう。

【語釈】
○妙義山：群馬県甘楽《かんら》郡下仁田町《しもにたまち》・富岡市・安中《あんなか》市の境界に位置する山の名。上毛三山《じょうもうさんざん》の一つであり、日本三大奇勝にも数えられるほどの景観の素晴らしさで知られる。○毛山：上毛三山。上毛野《かみつけの》（上野国《こうずけのくに》のこと。ほぼ現在の群馬県に当たる）にそびえる赤城山《あかぎさん》・榛名山《はるなさん》・妙義山の三つの山の総称。ただしここでは、もっぱら詩題にいう妙義山を指す。○莽莽：山や野原が遠くまで連なっている様子。○鬼門關：中国の広西壮族自治区の玉林市玉州区と北流市の間にある天然の要害の名。険しい山と山に挟まれた交通の難所として知られた。『舊唐書』巻四十一「地理志」に「去者罕得生還。諺曰、鬼門關、十人九不還（去《ゆ》く者は罕《まれ》に生還するを得たり。諺《ことわざ》に曰く、鬼門関、十人に九は還《かえ》らずと）」とある。○古廟：妙義山の東の中腹にある妙義神社を指すか。○巖岫：険しい山の峰。一説に、山にある洞穴。○霜隕：霜が降りる。『禮記』月令に「季秋之月、……是月也、霜始降（季秋の月、……是の月や、霜始めて降る）」とあることから、時節が旧暦の九月を過ぎたことを指す。○翠微：もやに包まれた緑の山の中腹。○金洞：妙義山を構成する峰の一つである金洞山を指す。中之嶽とも呼ばれ、数々の奇岩で有名。「金洞」という言葉は、しばしば神仙と結びつくため、ここでは数ある妙義山の峰の中から金洞山が選びとられたものと思われる。たとえば、唐・孫逖「尋龍湍」詩（『文苑英華』巻百六十四）には「仙穴尋遺迹、輕舟愛水郷。漁父歌金洞、江妃舞翠房（仙穴遺迹を尋ね、軽舟水郷を愛す。漁父は金洞に歌い、江妃は翠房に舞う）」とある。○約：招く。招待する。南宋・陸游「謝池春」詞（『渭南文集』巻五十）に「約羣僊同醉、洞天寒露桃開未（群僊を約《まね》きて同《とも》に酔わん、洞天の寒露に桃は開くや未だしや）」とある。

【補説】
○この下一二八を含む「妙義山」五首の連作（下一二八―一三二）および下一三三「自松井田到輕井澤汽車中作」の以上

六首には、次のような総題がつけられている。

「十月二十七日隨詢齋松浦伯鸞洲公子雲海長岡子爵登妙義山更遊輕井澤賞紅葉翌日還與向山黄邨三田葆光鈴木弘恭同賦（十月二十七日、詢斎松浦《じゅんさいまつら》伯、鸞洲《らんしゅう》公子、雲海長岡子爵に随いて妙義山に登り、更に軽井沢に遊びて紅葉を賞す。翌日還《かえ》りて、向山黄村《むこうやまこうそん》、三田葆光《さんだかねみつ》、鈴木弘恭《ひろやす》と同《とも》に賦す）」（十月二十七日、詢斎松浦《じゅんさいまつら》伯爵・鸞洲《らんしゅう》公子・雲海長岡子爵三氏のお供をして妙義山に登り、さらに軽井沢に遊んで紅葉を観賞した。翌日東京に帰り、向山黄村・三田葆光《さんだかねみつ》・鈴木弘恭《ひろやす》三氏とともに詩を賦した）。

○詢齋松浦伯：松浦詮《まつらあきら》（一八四〇—一九〇八）。詢斎は号。下一三七の【語釈】参照。

○鸞洲公子：松浦厚《まつらあつし》（一八六四—一九三四）。松浦詮の長男。鸞洲は号。茶道家、漢詩人。明治四十一年（一九〇八）に父が亡くなると、松浦家の当主を継ぎ、貴族院議員となった。伯爵の子であることからここで梅潭は「公子」の尊称を用いた。

○雲海長岡子爵：長岡護美《ながおかもりよし》（一八四二—一九〇六）。雲海は号。熊本藩主細川斉護の子。明治三年（一八七〇）、熊本藩の大参事に就任し、藩政改革を行う。明治十三年（一八八〇）、外務省に入省。明治十七年（一八八四）男爵。明治二十四年（一八九一）には子爵に昇爵した。

○向山黄邨：向山黄村（一八二六—一八九七）。上〇一五の【補説】参照。

○三田葆光（一八二四—一九〇七）：幕末から明治にかけての政治家、漢学者。下二〇一の【語釈】参照。

○鈴木弘恭（一八四四—一八九七）：明治時代の国文学者。もとは水戸藩士。維新後は女子高等師範学校（現在のお茶の水女子大学）や華族女学校（現在の学習院大学）などで国文学を教授した。

（遠藤星希）

下一三三三　自松井田到輕井澤汽車中作　［明治二十九年（一八九六）十月二十七日　七十一歳］
松井田自《よ》り軽井沢に到る汽車の中にて作る

峭壁懸崖萬仭山
白雲紅葉亂流間
東天遙望路千里
寂寞秋風過故關

峭壁　懸崖　万仭の山
白雲　紅葉　乱流の間
東天　遥かに望めば　路　千里
寂寞たる秋風　故関を過ぐ

【訳】
松井田から軽井沢に向かう汽車の中にて詩を詠む
険しい断崖が迫り、高くそそり立つ山々がそびえている。幾筋もの急流の間に白い雲と紅葉が映えている。東の空を遠く眺めやれば道が千里も続き、秋風がもの寂しく碓氷《うすい》の関所を吹き抜けていく。

【語釈】
○松井田：かつて群馬県の西部にあった町の名。碓氷峠《うすいとうげ》に抜ける街道沿いにあった。平成十八年（二〇〇六）に安中市と合併した。○峭壁懸崖：険しく切り立った山を指す。○萬仭：「仭」は古代中国の高さ深さを表す単位。「萬仭」は極めて高いこと。○故關：古《いにしえ》の関所。ここでは碓氷《うすい》の関所。現在の群馬県安中市にあり、昌泰二年（八九九）に盗賊を取り締まるために碓氷坂に設けられた。江戸時代には、箱根の関所とともに要所とされた。

（山崎藍）

下二三六　悼一葉女史

一葉女史を悼む

［明治二十九年（一八九六）十一月二十八日　七十一歳］

硯海才毫捲紫瀾
妙媛名字徧長安
悄繙遺稿空齋夕
秋雨梧桐一葉寒

硯海の才毫　紫瀾を捲《ま》き
妙媛の名字　長安に遍《あまね》し
悄《うれ》いて遺稿を繙《ひもと》く　空斎の夕《ゆう》
秋雨　梧桐　一葉　寒し

樋口一葉

【訳】

一葉女史を追悼する

硯《すずり》にたたえられた紫色の墨に波紋を巻き起こして才能あふれる文をつづり、美しい才媛の名は都《みやこ》中に広まった。悲しみの中で遺《のこ》された書を読めば、がらんとした書斎で過ごす夜に、秋の雨に打たれて散った梧《あお》桐《ぎり》の葉が一枚寒さにふるえている。

【語釈】

○一葉女史：樋口一葉《ひぐちいちよう》（一八七二―一八九六）のこと。明治時代の文学者。半井《なからい》桃水《とうすい》に入門。代表作は『たけくらべ』『にごりえ』『十三夜』など。二十四歳で肺結核により死去。○硯海：硯のくぼんだところ。墨を溜める。○才毫：「毫」はふでの意。ここでは借りて文の意と取り、才毫を才能ある文章と解釈した。○長安：唐の都。今の陝西《せんせい》省西安市。ここでは借りて東京府を指す。○秋雨梧桐一葉寒：唐・白居易「長恨歌」（『白氏長慶集』巻十二）に「春風桃李花開夜、秋雨梧桐葉落時（春風桃李花開くの夜、秋雨梧桐葉落つるの時）」とあるのを踏まえる。

（山崎藍）

下二四〇　臘月十五日招同田邊蓮舟依田學海國分青崖本田種竹田邊松坡松平破天荒松永聽劒集草堂席上賦示

［明治二十九年（一八九六）十二月十五日　七十一歳］

臘月十五日、招きて田辺蓮舟《たなべれんしゅう》、依田学海《よだがっかい》、国分青崖《こくぶせいがい》、本田種竹《ほんだしゅちく》、田邊松坡《たなべしょうは》、松平《まつだいら》破天荒《はてんこう》、松永聴剣《まつながちょうけん》と同《とも》に草堂に集まり、席上に賦して示す

六笏草堂塵不侵
案頭緗帙壁間琴
樽開瀲灩鵞兒色
座見高華彩筆吟
卅歳得喪蕉鹿夢
一宵談笑玉壺心
峨洋靜聽忘賓主
流水高山有賞音

六笏《ろくこつ》の草堂　塵《ちり》侵さず
案頭の緗帙《しょうちつ》　壁間の琴
樽開けば瀲灩《れんえん》たり　鵞児《がじ》の色
座に見る　高華彩筆の吟
卅歳《そうさい》の得喪《とくそう》　蕉鹿《しょうろく》の夢
一宵《いっしょう》の談笑　玉壺《ぎょくこ》の心
峨洋《がよう》静かに聴き賓主を忘る
流水高山　賞音有り

【訳】

十二月十五日に、田辺蓮舟・依田学海・国分青崖・本田種竹・田邊松坡・松平破天荒・松永聴剣を招いて我が家に集まり、その席上で詩を作って示す

我が六尺の草堂に世俗の塵は入ってこず、机の上の書籍と壁に掛けた琴があるばかり。酒樽を開くと満々とあふれるばかりの卵色の酒が現われ、席上には才気あふれる貴人のすぐれた吟詠がある。三十年間に得

たものも失ったものも全ては夢幻のように思われ、今宵一夜の談笑は玉《ぎょく》の壺《つぼ》にある仙界にいるように夢心地だ。高く舞い上がりまたゆったりと流れる楽の音を静かに聞けば主人と客の区別も忘れて、ただ大河を見たり高山を眺めたりするような気持ちで音楽を楽しむばかりである。

【語釈】

○六笏草堂…六尺の幅の小さな草堂。「笏《こつ》」は、天子に拝謁するとき臣下が手に持った板。長さがほぼ一尺（約三十センチメートル）だったので、日本では「しゃく」と読み、意味も尺に通じた。上一六三「一疊敷歌」にも「六笏室始成（六笏室始めて成る）」とある。○緗帙…本を包むための青白色のおおい。転じて書籍。○瀲灩…水が満ちるさま。南宋・陸游「一壺歌」（『劍南詩稿』巻三十四）に「傾倒欲空還瀲灩（傾倒して空《あ》けんと欲すれば還《ま》た瀲灩たり）」。○鵞兒…卵色の酒。南宋・陸游「立秋後四日雨」詩（『劍南詩稿』巻三十三）に「杯泛鵞兒供小歠（杯《さかずき》に鵝児泛《う》かび小歠《しょうせつ》に供《きょう》す）」とある。○高華…才能が優れ人望があること。○彩筆…五彩の筆。ここでは、美しい詩文を作る才能。梁の江淹が若い時、夢に晋の郭璞《かくはく》を名乗る男が現れ、江淹に長年預けてきた自分の筆を返してほしいと言ったので、江淹は懐《ふところ》にあった五色の筆を彼に返したところ、それ以来詩が作れなくなり、世間の人々は江淹の才が尽きたと言うようになった、という故事に基づく（『南史』巻五十九「江淹傳」）。○蕉鹿夢…成功や失敗が夢のように儚《はかな》く感じられること。その昔、鄭《てい》の国の人が鹿を撃ち殺した後、獲物を横取りされないように、鹿に薪《まき》をかぶせて隠して帰ったが、その隠し場所を忘れてしまったので、あれは夢であったと考えるようになったという故事による（『列子』周穆王）。「蕉」は「樵」に通じ、薪のこと。○一宵談笑玉壺心…「玉壺」は壺の中の仙界。後漢の費長房は薬売りの老人が壺の中に入るのを見かけ、自分もその壺に入ると、その中は壮麗な玉堂があり酒肴が備えられていた（『後漢書』巻八十「費長房傳」）。

一句は、三十年間の得失も忘れて今はただこの宴会のひとときを楽しむことを言う。○峨洋・峨峨洋洋。音楽が高く舞い上がり、また果てしなく広がりゆくように演奏されるさま。『列子』湯問に「伯牙《はくが》は琴が得意で、鍾子期《しょうしき》はその楽《がく》を善く理解した。伯牙が高山を思って演奏すると、鍾子期は、いいなあ、峨峨《がが》として泰山のようだ、と言い、流水を思って演奏すると、鍾子期は、いいなあ、洋洋として江河《こうが》のようだ、と言った」とあるのを踏まえる。

【補説】

○田辺蓮舟は、田辺太一《たなべたいち》（一八三一—一九一五）。太一はやすかずとも読む。蓮舟は号。江戸幕府の幕臣、後に明治政府の外交官。甲府徽典館教授を経て外国方に属し訪欧した。維新後は外務少丞となり、岩倉遣外使節に随行した。『幕末外交談』（冨山房、一八九八）を出版。維新史料編纂委員となった。従三位・勲三等。

田辺蓮舟

○依田学海（一八三四—一九〇九）。上一四二の【補説】参照。

○国分青崖《こくぶせいがい》（一八五七—一九四四）。国分青厓とも表記される。下一四四の【補説】参照。

○田邊松坡《たなべしょうは》は、田邊新之助（一八六二—一九四四）。字は子愼、号は松坡。唐津藩（佐賀県唐津市）の藩士。昌平黌《しょうへいこう》で岡本黄石に漢詩を学び、漢詩人として活躍。また唐津藩史の編集にも関わった。東京府開成尋常中学校長、第二開成中学校長を歴任。鎌倉女学校の創立者。

田邊松坡

○松平破天荒は、松平康国《まつだいらやすくに》（一八六三—一九四五）。字は子寛、号は破天荒、天行。長崎出身の漢学者。旧幕府旗本の名族である大久保家に生まれ、松平家の養子となった。若い頃から国家について考え、米国ミシガン大学で政治学を学び、帰国してから読売新聞記者、次いで東京専門学校、さらに早稲田大学の教授となった。大正十年（一九二一）に東洋文化学会の創設、大正十三年（一九二四）には大東文化学院の創立に、中心的存在として尽力。著書に、『天行文鈔』など。

○松永聴剣は、松永久邦（一八六七―?）。下〇二五の【語釈】参照。

○『學海日録』（第十巻）明治二十九年十二月十五日の項に、以下の記述がある。

十五日。晴。風甚寒し。

（頭欄）「杉浦梅潭招飲」。

午後、かねて約せしごとく、杉浦梅潭翁の招に應じてかの宅におもむく。會するものは、田邊蓮舟、田邊松坡、國府青崖、本田種竹、松平康國、松永聽劍及び余なりき。晩餐の供あり、雞肉・薩摩汁及び東坡肉尤も美味なりき。詩文の談あり。興に入ること限なし。

松平康国と『天行文鈔』

（市川桃子）

下二四一　丁酉新年　［明治三十年（一八九七）一月一日　七十二歳］

喔喔雞聲萬戸聞
晨光天色共氤氳
金城肥馬龍蛇氣
絳帳華箋錦繡文
鶴髪新添富峯雪
雁書猶帶豫州雲＊
今朝七十還加二
笑酌屠蘇酒一醺
＊兒書、自豫州至

丁酉新年
喔喔《あくあく》　鶏声　万戸聞き
晨光　天色　共に氤氳《いんうん》
金城の肥馬　龍蛇《りゅうだ》の気
絳帳《こうちょう》の華箋　錦繡の文
鶴髪　新たに添う　富峰の雪
雁書　猶お帯ぶ　予州の雲
今朝《こんちょう》　七十に還《ま》た二を加う
笑いて屠蘇《とそ》を酌む　酒に一醺《ひとよ》い
（児の書、予州自《よ》り至る）

【訳】
丁酉の正月
鶏の鳴き声がコケコッコーと全ての家々に聞こえてきた。新年の夜明けは朝の光と天の色がひとつに融け合って爽やかな気がみなぎっている。都《みやこ》には龍の気骨を持つ立派な馬が歩んでいて、家々の書斎では美しい紙に新年をことほぐ詩文が書かれていることだろう。鶴のように白くなってきた私の髪に富士の白雪がまた増えた。雁がもたらした息子の手紙は伊予の和紙ならではの雲のような風合いを帯びている＊。今朝は七十歳にまた二歳が加わった。笑いながら屠蘇を酌んで酒にひと酔いしよう。

＊息子の手紙が伊予から来た。

【語釈】

○喔喔：鶏の鳴き声。○氤氳：気が天地にみなぎるさま。○金城：みやこ、首都。○絳帳：赤いとばり。また後漢の馬融が講壇に赤いとばりをたれて生徒に教えた故事（『後漢書』巻九十「馬融傳」）から、先生の席や学者の書斎のことを意味する。○華箋：詩文を書くための美しい紙。○錦繡：模様や色彩の美しい織物。転じて、美しい詩文の比喩。○鶴髪：白髪。○豫州：伊予国《いよのくに》。ほぼ現在の愛媛県に相当する。伊予は明治期に和紙の生産が盛んだった。○醺：酔う。ほろよいかげんになる。○兒：梅潭の婿養子である杉浦讓三を指す。『學海日錄』（第十巻）明治三十年十月一日の項に「散歩して杉浦梅翁を訪ふ。翁の義子讓三、伊豫の新濱より來れり」とあり、この頃、讓三が伊予の新浜（愛媛県新居浜市）にいたことが分かる。

（市川桃子）

下二四四　題銀盃詩＊　　［明治三十年（一八九七）七十二歳］

銀盃に題するの詩

廿七年十月、征清役駐蹕于廣島、詔開議會。君爲貴族院議員。議終後所賞賜。

廿七年十月、征清の役《えき》に広島に駐蹕《ちゅうひつ》し、詔ありて議会を開く。君は貴族院議員為《た》り。議終わりて後賞賜する所なり。

開匣光煸燦　　匣《はこ》を開けば　光煸燦《はんさん》たり
菊花彫鏤鮮　　菊花の彫鏤《ちょうろう》鮮やかなり
鑾輿移蹕日　　鑾輿《らんよ》　移蹕《いひつ》の日
星使講和年　　星使　講和の年
杯裏瑞香泛　　杯裏に　瑞香泛《うか》び
掌中恩露圓　　掌中に　恩露円《まる》し
只當爲大寶　　只だ当に大宝と為し
永世子孫傳　　永世　子孫に伝うべし

＊爲宮本鴨北（宮本鴨北の為にす）

【訳】

銀杯に書き付けた詩＊

明治二十七年十月、陛下は日清戦争の大本営がある広島に臨御され、詔《みことのり》を発せられて帝国議会が開かれた。君はこの時貴族院議員であった。銀杯は議会が終わった後賜ったものである。箱を開ければ光まばゆく、あざやかに菊の花が彫刻された杯が収められていた。それは陛下が行幸なさっていた日、陛下の使者が講和条約を結んだ年のことだった。銀杯の中にはめでたい酒の香がただよい、掌《てのひら》に持てばその中で陛下の恵みの露が丸く輝きを放ったことだろう。この杯は大いなる宝として、子々孫々永遠に伝えていかなければならない。

＊宮本鴨北のために詠む。

【語釈】

○廿七年十月征清役：明治二十七年（一八九四）に起こった日清戦争を指す。○駐蹕：天子が行幸の途中、乗り物を止めてそこにしばらく滞在すること。○于廣島詔開議會：明治二十七年（一八九四）九月十三日に、日清戦争大本営が宮中から広島に移り、同年十月十四日に竣工した広島臨時仮議事堂にて、臨時帝国議会第七議会が開かれた。議員召集時の会期は本来十月十五日から七日間の予定だったが、十八日からの四日間に変更された。下一三五の【補説】参照。○君：題下の自注にその名が見える宮本鴨北を指す。○議終：議会が終わる。第七回帝国議会は戦時真っ最中の開会であることから、この「議」は明治二十八年（一八九五）三月に閉会した第八回帝国議会を指すものと思われる。同月に講和会議はすでに始まっており、日本の勝利は確定的であった。○彫鏤：金属に模様を刻むこと。刻鏤。○鑾輿：天子が乗る車。ここでは借りて天皇陛下のこと。○移蹕：行幸する。天皇の広島入りを指す。○星使：天子の使者。勅使。○講和：明治二十八年（一八九五）四月に、清側と締結した下関講和条約のこと。○瑞香：杯に入れるめでたい酒の香り。○恩露：酒と天皇の恵みの二重の意味。○宮本鴨北：宮本《みやもと》小一《おいち》（一八三六—一九一六）のこと。「小一」は「こいち」「おかず」とも読む。鴨北は号。上一一六の【語釈】参照。

（山崎藍）

下二四六　慟哭（三首其二）

慟哭（三首其の二）

陰雲愁不散
漠漠掩峯巒
玉輅廻風響
金鋪泫露寒
當年修典禮
此日盛衣冠
天下蒼生涙
瀟瀟雨雪闌

陰雲　愁いて散ぜず
漠漠として峰巒《ほうらん》を掩う
玉輅《ぎょくろ》に廻風響き
金鋪《きんぽ》に泫露《げんろ》寒し
当年　典礼を修め
此の日　衣冠を盛んにす
天下　蒼生　涙し
瀟瀟《しょうしょう》として　雪雨《ふ》ること闌《たけなわ》なり

［明治三十年（一八九七）二月二日　七十二歳］

『英照皇太后陛下御大葬寫眞帖』（玄鹿館、一八九七）より、英照皇太后の棺を載せた御車

【訳】

慟哭（三首その二）

空をおおう雲は愁いを帯びてじっと動かず、薄暗く山々の峰に垂れこめる。皇太后陛下の御車《おくるま》につむじ風がうなりを上げて吹きつけ、扉の黄金の飾りからは露がしたたって寒々《さむざむ》しい。先年大葬の典礼が神式に改められ、今日は大勢の人々がその典礼にふさわしい正装をしてお見送りをする。天下の民草《たみぐさ》は涙を流し、天も涙しているのか、激しく雪が降りしきる。

【語釈】
○陰雲：空をおおう黒雲。○不散：晴れない。ここでは「雲が晴れない」と「愁いが晴れない」の二重の意味。○漠漠：薄暗いさま。○玉輅：天皇の乗る車。ここでは崩御した皇太后の棺を載せた車を指す。○廻風：つむじ風。○金鋪：門の扉につけられる、環《わ》のついた金具。ここでは皇太后の棺を載せた車の、扉につけられた黄金の飾りを指す。前頁の写真を参照。○泫露：したたる露。○典禮：規範として定められた儀式作法。ここでは大葬の儀のことをいう。大葬の儀は古来仏式で執り行なわれていたが、明治天皇の父である孝明天皇の三年祭の際に神式に戻され、それ以降は神道式で執り行われるようになった。○衣冠：衣服と冠。ここでは神式の大葬にふさわしい正装を指す。○蒼生：民衆。国民。○瀟瀟：風が吹き雨や雪が降りしきるさま。○雨雪：雪が降る。『詩經』邶風「北風」に「北風其涼、雨雪其雱（北風其れ涼たり、雪雨《ふ》ること其れ雱《ほう》たり）」とある。

【補説】
○『晩翠書屋詩稿』では本詩題下の自注に「二月二日日本新聞掲載」とある。
○梅潭の本詩は、明治三十年（一八九七）一月十一日に崩御した英照皇太后（一八三五―一八九七）を悼んで作られたものである。『英照皇太后陛下御大葬寫眞帖』（玄鹿館、一八九七）に当時の大葬の様子を写した写真が載せられている。
○英照皇太后は孝明天皇の女御《にょうご》。旧名は九条夙子《くじょうあさこ》。万延元年（一八六〇）に祐宮《さちのみや》（のちの明治天皇）が皇太子に立てられると、勅令により祐宮は九条夙子の実子とみなされることになった。慶応四年（明治元年・一八六八）、明治天皇の即位に伴って皇太后に冊立されると大宮の敬称で呼ばれることになった。
○なお、英照皇太后の大葬の時から、喪服に黒を用いるようになった（宮本馨太郎「喪服」『平凡社大百科事典』十四巻、平凡社、一九八五）。

（遠藤星希）

下二五九　愚庵十二勝採菊籬　［明治三十年（一八九七）七十二歳］

愚庵十二勝、菊を採る籬《まがき》

淵明蹤寂寞　淵明の蹤《あと》　寂寞たるも
方外得傳燈　方外に伝灯を得
採菊東籬下　菊を採る　東籬の下《もと》
此心千古澄　此の心　千古に澄む

【訳】

愚庵十二勝、菊を摘む垣根

陶淵明の後を継いだ者はほとんどいないが、俗世の外にある愚庵でその精神は継承されてきた。東の垣根の下に咲く菊を摘む時、その心境は千年の昔と変わらずに澄みきっている。

【語釈】

○蹤：人の行い。行状。○方外：俗世を離れた世界。『楚辞』「遠游」に「覽方外之荒忽兮、沛罔象而自浮（方外の荒忽たるを覧て、沛として罔象として自ら浮かぶ）」とある。○傳燈：仏法を師から門弟へと伝えること。仏法が世の中を明るくするところから、仏法を灯にたとえる。ここでは陶淵明の精神が後世に継承されることをいう。○採菊東籬下：晋・陶淵明「飲酒二十首」其五（『陶淵明集』巻三）「採菊東籬下、悠然見南山（菊を採る東籬の下、悠然として南山を見る）」をそのまま用いた。○千古：太古。大昔。また、永遠。

【補説】

明治二十八年（一八九五）、天田愚庵《あまだぐあん》（下一八三の【補説】参照）が、京都東山にある自らの草庵の庭の植物や石といった十二の景色に、「帰雲巌」「梅花渓」などの漢詩調の名前をつけて詠んだのが「愚庵十二勝」である。愚庵はこれを新聞『日本』（明治二十二年創刊）に掲載し、広く唱和を求めた。呼びかけに応じたのは詩人四十名、歌人二十名、俳人十三名で、集まった作品は九百篇程になったという（西村和子『虚子の京都』角川書店、二〇〇四）。本詩もこれに唱和したものである。正岡子規、高浜虚子は次のように述べている。

「愚庵は東山清水のほとりに在り。ある夜虚子を攜へて門を叩きしに庵主折節内に居たまひてねもごろにもてなさる。庵は方丈に過ぎず、片隅に佛壇を設け片側に二疊をしきりて爐を切りたり。廬は絶壁に倚りたれば窗の下直ちに谷に臨み谷を隔てゝ靈山手に取るが如し。窗は東に向つて開き机は山に對して安んず。主客三人僅かに膝を容るゝに過ぎざれど境、靜かに人、俗を離れたればたゞ此世の外の心地して氣高き香ひの室内に滿ちたるを覺ゆ。三人爐を圍んで談興に入る時茶を煎て一服を分たる。攜へ來りし柚味噌を出だせば庵主手を拍つて善哉と呼ぶ。老僧や掌に柚味噌の味噌を點ず」（正岡子規『松蘿玉液』明治二十九年十二月二十三日）

「十二勝といふと大變なもの、やうに聞えるが、歸雲巌といふのは、ちつぽけな庭石にすぎず、梅花谿と云ふのは粗末な梅の下が少し窪んで居るに過ぎなかつた。又た嘯月壇といふのは狭い屋根の上に出來て居るちつぽけな物干であつた。何でもないのに大層な名前を附けて喜んで居るのが可笑しくもなつた。其後「愚庵十二勝」は詩に和歌に俳句に日本新聞の文苑をにぎはしたものである」（高浜虚子「俳諧今昔（八）愚庵」『ホトトギス』昭和八年四月号）

愚庵が作った「採菊籬」は、「御佛に手向くる菊を白妙の衣の使待つと思ふな」。

（山崎藍）

下二六四　次韻岡崎西江六十自述以贈　［明治三十年（一八九七）七十二歳］

岡崎西江《おかざきせいこう》の六十自述に次韻して以て贈る

一笑殘雲忙往還　一笑す　残雲　忙しく往還するを
春陰老鶴護松關　春陰　老鶴　松関を護る
卅年湖海夢頻駭　卅年《そうねん》の湖海　夢　頻りに駭《おどろ》く
半世風塵心自閒　半世の風塵　心　自《おのずか》ら閑《しず》かなり
敢道縁愁多白髮　敢《あえ》て道《い》わんや　愁いに縁《よ》りて白髪多しと
秖當酣醉對青山　秖《た》だ当《まさ》に酣酔《かんすい》して青山に対すべきのみ
北邙古墓皆詩友　北邙《ほくぼう》の古墓　皆　詩友なり
不怪倶非昔日顏　怪しまず　倶に昔日の顔に非ざるを

【訳】

岡崎西江の「六十歳を迎えて自分について述べる」詩に次韻して贈った

ちぎれ雲が空を慌ただしく行き来する様子に少し笑いがこぼれる。我々は花曇りの空の下で年取った鶴が松に止まって動かないように粗末な家にこもっている。夢のように過ごした後半生のこの三十年は、しばしば世間の出来事に驚かされたものだ。前半生は幕末の混乱の中で過ごしたが、心は自然と落ち着いていたというのに。愁いのために白髪がこんなに多くなったとは言わずにおこう。ただ酒に酔って青々とした山に向かい合っていればよい。北邙山の古い墓に葬られているのは皆詩を詠みあった友人だ。我々がともに往年の顔でなくなったのも不思議ではない。

【語釈】

○次韻：他人が作った詩の韻字と同じ字を同じ順番で用いて詩を作ること。○岡崎西江：下一八八の【語釈】参照。○春陰：春霞。花曇り。○松關：柴門に同じ。柴で作った粗末な門。転じて、粗末な家を指す。○卅年：三十年。明治維新からこの詩が作られた年までの三十年間を指す。○湖海：江湖に同じ。世間。世の中。○半世：半生。○風塵：乱れた世の中。幕末の混乱期を指すか。○縁愁多白髪：唐・李白「秋浦歌十七首」其十五（『李太白文集』巻六）に「白髪三千丈、縁愁似箇長（白髪三千丈、愁いに縁りて箇《か》くの似《ごと》く長し）」による。○酣酔對青山：「酣酔」は酒に酔うこと。唐・劉禹錫「湖州崔郎中曾長寄三癖詩（後略）」詩（『劉夢得文集』巻二十五）に「酒對青山月、琴韻白蘋風（酒は青山の月に対し、琴は白蘋の風に韻《ひび》く）」とあるのを踏まえるか。○北邙：山名。洛陽（河南省洛陽市）の北にあり、特に後漢から晋代にかけて、王族の墓が多く作られた。ここでは、墓の縁語として用いられた。

（山崎藍）

下二七一　五月十三日松本十郎翁見訪草堂話舊　［明治三十年（一八九七）五月十三日　七十二歳］

五月十三日、松本十郎翁に草堂を訪《と》われ旧を話す

瓢酒擔肩短帽欹　　瓢酒《ひょうしゅ》肩に担い　短帽　欹《そばだ》つ
草鞋竹杖鬢絲絲　　草鞋《そうあい》　竹杖　鬢《びん》は糸糸《しし》たり
欽君意氣尚如昔　　欽《つつし》む　君の意気　尚お昔の如くなるを
憶起寒溪徒渉時　　憶い起こす　寒渓を徒渉する時を

【訳】

五月十三日、松本十郎翁が私の草堂を訪ねてきて昔話をした君は瓢箪《ひょうたん》に入れた酒を肩に担ぎ小さな帽子を阿弥陀にかぶって、足には草鞋《わらじ》を履き竹の杖をつき、鬢の毛は糸のようにそそけだっている。尊敬するのは君の心意気が昔と変わらないこと。寒々とした冬の谷川を一緒に歩いて渡った時のことが思い出された。

【語釈】

○松本十郎…一八三九―一九一六。出羽《でわ》鶴岡藩（山形県）藩士。前名は戸田惣十郎。戊辰戦争に敗れたのち松本十郎を名のった。明治二年（一八六九）、黒田清隆の推薦で開拓使判官に任ぜられ、その後大判官になったが、明治八年（一八七五）樺太・千島交換条約締結に伴って生じた樺太アイヌの移住問題をめぐって黒田と対立し、辞職した。○短帽…手軽にかぶれる小さな帽子。○鬢…側頭部の毛髪。○欽…尊敬し慕う。

（山崎藍）

下二七二　送相良忠齋赴任于鳳山縣

相良忠斎の鳳山県に赴任するを送る

［明治三十年（一八九七）六月　七十二歳］

宦遊羨汝破天荒
萬里南洋望杳茫
王道唯當思所本
人情畢竟怕無常
潮濤月落老鯨吼
瘴癘氣蒸喬木蒼
使我廿年齡尙少
提攜酌酒嚼檳榔

宦遊　汝の破天荒を羨む
万里の南洋　望めば杳茫たり
王道　唯だ当に本《もと》とする所を思うべし
人情　畢竟　無常を怕《おそ》る
潮濤　月落ち　老鯨吼ゆ
瘴癘《しょうれい》　気蒸し　喬木《きょうぼく》蒼《あお》し
我れをして廿年《じゅうねん》　齢《よわい》の尚お少《わか》からしめば
提携して酒を酌み　檳榔《びんろう》を嚼《か》まん

【訳】

相良忠斎が台湾の鳳山県に赴任するのを見送る

官命によって遥か遠くの台湾で仕事をしようとする君の思い切った志が羨ましく、万里に広がる南の海をながめやれば遠くかすんでいる。統治における理想的な方法としては根本となることのみをしっかり考えればよいのだ。どこであれ、人々の気持ちはやはり変化を恐れるものなのだから。彼の地では波頭のかなたに月が沈み老いた鯨が吼えるような大きな波がたち、南方の毒気がただよって湿気が多く高い木々は青々としていることだろう。私もあと二十歳若かったら、彼の地に赴いて互いに手を取り合って酒を酌み交わし檳榔《びんろう》を噛むのだが。

【語釈】

○鳳山縣：かつて台湾にあった県。現在の高雄県。○宦遊：官僚の仕事で地方に赴くこと。○破天荒：今まで誰も成し得なかったことを行うこと。○杳茫：果てしなく広々としていること。○本：もと。物事の中心。○瘴癘：南方の湿気の多い地に生じる、病気をおこす毒気。○檳榔：熱帯地方で育てられるヤシ科の常緑高木。果実は鶏卵ぐらいの大きさで、薄く切ったものをキンマの葉で包んで一緒に噛み、嗜好品とする習慣が台湾にある。

（山崎藍）

【補説】

○相良忠斎は相良長綱（一八四七―一九〇四）のこと。鹿児島県出身。農商務省御用掛を経て、明治二十八年（一八九五）陸軍省雇、台湾総督府雇になった。明治三十年（一八九七）台東庁長となり、台東国語伝習所長を兼任したが、明治三十六年（一九〇三）、部下の汚職により職務からはずれた。

○明治二十八年（一八九五）下関条約により台湾は日本の統治下に置かれていた。この詩が作成された明治三十年（一八九七）には、台東国語伝習所が鳳山県にあった。

◎六月晩翠席上題

下二七五　鵠沼館偶成（二首其二）　［明治三十年（一八九七）七十二歳］

縹緲滄波白浪間
水天一髪總房山
佗年須記涼樓好
此日尤欣釣渚閒
風動萬松翻遠海
雲生大嶽擁重關
老人樂在攜雞犬
莫怪淹留尚未還

鵠沼館《こうしょうかん》にて偶《たまたま》、成る（二首其の二）
縹緲《ひょうびょう》たる滄波　白浪の間
水天一髪　総房の山
佗年《たねん》　須《すべから》く記すべし　涼楼の好《よ》きを
此の日　尤《もっと》も欣《よろこ》ぶ　釣渚の閒《しず》かなるを
風は万松を動かして　遠海を翻《ひるがえ》し
雲は大岳に生じて　重関を擁す
老人の楽しみは鶏犬を携うるに在り
怪しむ莫《な》かれ　淹留して尚お未だ還らざるを

【訳】
鵠沼館《こうしょうかん》にて偶然できた詩（二首その二）
はるか遠く青い波がうねり白く砕けるあたり、水平線の彼方に髪の毛のように細く見えるのは房総半島の山である。いつになってもこの涼しい楼閣の素晴らしさはきっと忘れないであろう。この日とりわけ嬉しかったのは釣りをした渚が静かだったことだ。風は数多くの松を吹き動かして遥かな海上を波立たせ、雲は富士山から湧き出て箱根の関のあたりを包み込んでいる。鶏《にわとり》や犬を引き連れてのんびり過ごすことこそが老いた私の楽しみ。この地に長く留まってまだ帰ってこないからといって不思議に思わないでおくれ。

【語釈】
○縹緲‥遠くかすかに見える様子。○水天一髪總房山‥北宋・蘇軾「澄邁驛通潮閣二首」其二（『東坡詩集註』巻一）に「杳杳天低鶻沒處、青山一髪是中原（杳杳として天は低く鶻《はやぶさ》の没する処、青山一髪是れ中原）」とあるのを踏まえる。
○佗年‥後日。将来。いつの日か。○重關‥幾重にも連なる関所。ここでは箱根の関を指すか。大原観山「函關」詩（『蕉鹿窩遺稿』）に「虎倒龍顚迹已陳、重關千古尚嶙峋（虎は倒れ龍は顚《たお》れ迹《あと》は已に陳《ふる》し、重関千古尚お嶙峋《りんしゅん》たり）」とある。○雞犬‥鶏《にわとり》と犬。理想郷の象徴。晋・陶淵明「桃花源記」（『陶淵明集』巻五）に「有良田美池桑竹之屬、阡陌交通、雞犬相聞（良田美池桑竹の属有り、阡陌《せんぱくこもごも》交〻通じ、鶏犬相《あ》い聞こゆ）」とある。

【補説】
○鵠沼館は、神奈川県藤沢市鵠沼《くげぬま》海岸にかつて存在した旅館の名。明治二十年（一八八七）に開館。前年の明治十九年（一八八六）には鵠沼海岸海水浴場が開設されたが、その海水浴客受け入れのため、藤沢宿大鋸《ふじさわしゅくだいぎり》の旅籠《はたご》「大鈴木」を移築し、鵠沼館として開業した。
○第五句に「萬松」とあるように、別荘地の開発に伴い、鵠沼海岸にはクロマツが植栽された。以後、鵠沼海岸は松で有名な地として知られるようになる。龍文館編輯局『日本の風俗』（東京龍文館、一九〇六）「鵠沼」の項には「距藤澤二十町、足之所履、無不白砂、目之所覩、無不靑松、白砂靑松之字句、唯可施於此地而已（藤沢を距《へだ》つること二十町、足の履《ふ》む所、白砂ならざる無し、目の覩《み》る所、青松ならざる無し、白砂青松の字句、唯だ此の地に施す可きのみ）」とある。

（遠藤星希）

下二七七　海水浴

一隊牽纒白紵袍
朝昏幾度浴秋濤
波間游戯偕魚鼈
沙上馳驅捕蟹螯
螺髻女簪紅瑪瑙
藤床人嚼紫葡萄
海陬此處無炎熱
落日奔潮拍岸高

海水浴
一隊牽纒《けんてん》す　白紵《はくちょ》の袍《ほう》
朝昏　幾度か　秋濤を浴びん
波間《はかん》に游戯して魚鼈《ぎょべつ》と偕《とも》にし
沙上に馳駆《ちく》して蟹螯《かいごう》を捕る
螺髻《らけい》の女《むすめ》は紅《くれない》の瑪瑙《めのう》を簪《かざ》し
藤床の人は紫の葡萄を嚼《か》む
海陬《かいすう》　此の処　炎熱無し
落日　奔潮　岸を拍《う》ちて高し

〔明治三十年（一八九七）七十二歳〕

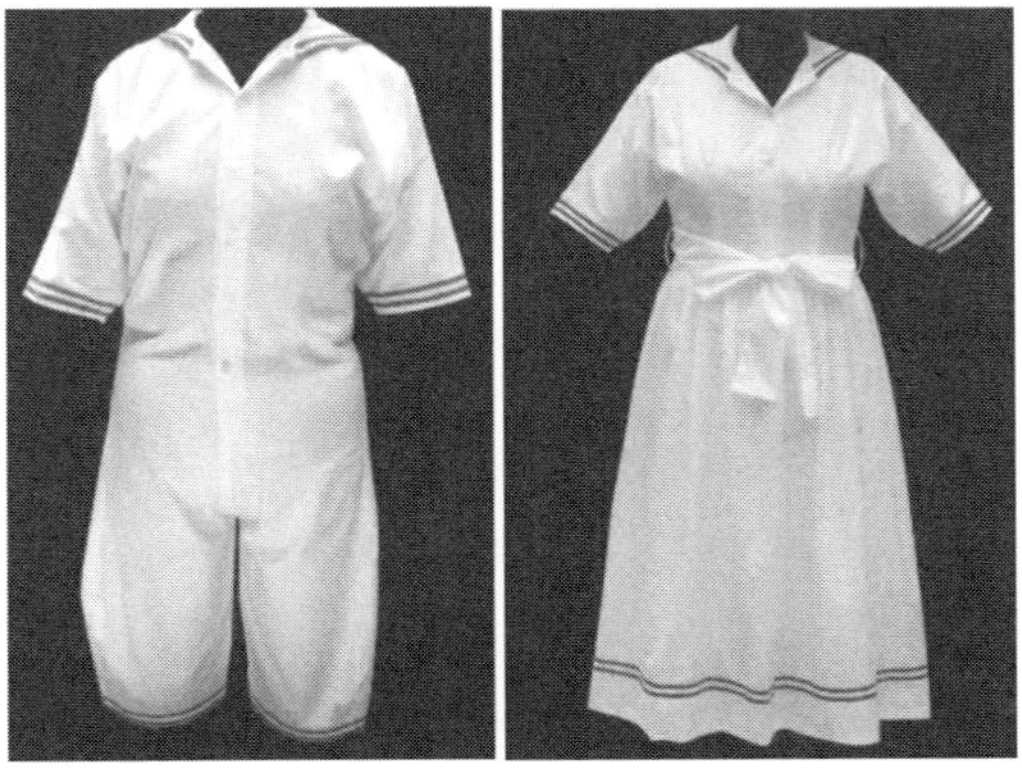

「明治時代の水着の復元を通してみた校祖・渡邉辰五郎の洋装教育」（山田民子・寺田恭子・柏原智恵子・富澤亜里沙著『東京家政大学博物館紀要』第16集、2011）より。

【訳】

海水浴

海水浴客の一団が白い麻製の水着を体にまとわせている。朝から晩までいったい何回秋の波を身体《からだ》に浴びるつもりだろうか。波間《なみま》で魚たちと一緒に遊び戯れたり、砂浜を駆けまわってカニを捕まえたりしている。巻き貝の形にまげを結った女性は赤い瑪瑙《めのう》のかんざしを髪に挿し、藤の寝椅子に横たわった人は紫色の葡萄を食べている。ここのように都会の喧騒から離れた海辺では炎暑に悩まされることがない。日が沈んで潮の流れが速くなり、岸辺に波が高く打ち寄せてきた。

【語釈】
○牽纏：まといつく。まとわりつく。○白紵：白い麻の布。「紵」は麻の一種で、カラムシ。風通しがよく、夏服の素材となる。森春濤「新暑舟行看山」詩（『春濤詩鈔』巻五）に「初暑催人穿白紵、扁舟載酒見青山（初暑人を催して白紵を穿たしめ、扁舟酒を載せて青山を見る）」。○袍：すそがくるぶしまで届く長い上着。また下着を指すこともある。ここでは当時の水着を言うのだろう。○魚鼈：魚とスッポン。また、広く水生動物のこと。ここでは「鼈」はウミガメを指すか。○蟹螯：カニのはさみ。転じて、カニのこと。○螺髻：巻き貝のように束ねた髪型。○簪：かんざし。また、かんざしを髪に挿すこと。○瑪瑙：めのう。石英・玉髄・蛋白石などが混合してできた鉱物の一種。美しい光沢としま模様があり、宝石として利用される。○海陬：都会から遠く離れた海辺。海隅。

【補説】
○海水浴：この詩が作られた頃、梅潭は鵠沼の旅館「鵠沼館《こうしょうかん》」に逗留しており、同時期に下二七四・二七五「鵠沼館偶成二首」、下二七六「鵠沼館観月作」、下二七八「八月十日夜鵠沼海濱所見」を詠んでいる。このことから、この詩は神奈川県藤沢市の鵠沼海岸海水浴場の様子を描いたものと思われる。鵠沼海岸海水浴場は、明治十九年（一八八六）に開設された。なお明治時代の海水浴は、レジャーというよりは、医療行為の一環としての側面がまだ大きかったとされる。
○一隊牽纏白紵袍：当時の水着は、男女ともにほとんど皮膚を露出しないような作りになっていたようである（前頁の図を参照）。とても泳ぐのに適した衣服には見えない。このような水着を着用して水に入れば、体に布がまとわりついてしまうだろう。あるいは梅潭のいう「牽纏」という語は、それを表現したものか。

（遠藤星希）

下二七九　八月十四日繪島恵比須樓作　［明治三十年（一八九七）八月十四日　七十二歳］

八月十四日、絵島の恵比須楼《えびすろう》にて作る

蓬島先登第一樓　蓬島《ほうとう》　先《ま》ず登る　第一の楼
白沙蒼海望悠悠　白沙蒼海　望めば悠悠たり
龍光寺屹前山頂　龍光寺は前山の頂きに屹《そび》ゆ
開祖傳燈七百秋　開祖の伝灯　七百秋

【訳】

八月十四日、江の島の恵比須楼《えびすろう》にて作った詩

蓬萊のような仙島に着いて、まずはこの島で一番名高い恵比寿楼に登った。楼上からは白い砂浜や青い海をはるかに眺め渡すことができる。前方に見える山の頂きには龍光寺がそびえている。開祖である日蓮上人の仏法は、七百年を隔てた今日まで伝えられているのだ。

【語釈】

○恵比須樓：江の島にある旅館の名。江戸時代の初期に創業された老舗。その後、名を恵比寿屋と変え、現在でも経営されている。○蓬島：蓬萊山。中国の東海にあるという伝説上の神山。仙人が住むとされた。ここでは江の島を指す。○開祖：日蓮宗の開祖である日蓮上人（一二二二―一二八二）を指す。○傳燈：仏教の法を伝えること。仏教では、仏法が全てのものを照らし出し、迷いと蒙昧を取り除くとして、仏法のことを「灯」にたとえる。

【補説】

○繪島：江の島。神奈川県藤沢市にある陸繋島の名。古くから観光名所となっていた。江の島を「繪島」と表記する早い例としては、江戸時代初期の石川丈山に「泊繪島記所観（絵島に泊して観る所を記す）」（『新編覆醤集』巻之一）と題する詩がある。また、江戸時代中期の石島筑波「送公謙孟堂叔龍子友遊繪島」詩（『芰荷園文集』巻五）に「僊島飄颻入畫圖、壯遊何羨問方壺（僊島飄颻《ひょうよう》として画図に入る、壮遊何ぞ羨まん方壺《ほうこ》を問うを）」とあるように、古くから仙島（仙人の住む島）としてのイメージが浸透していたようである。

○龍光寺：龍口寺のこと。神奈川県藤沢市片瀬の龍口《たつのくち》刑場跡に建つ日蓮宗の寺。ここでは平仄の関係で「口」を「光」に改めたか。文永八年（一二七一）、この地にかつてあった刑場で、日蓮が処刑されそうになった際に不思議な光が飛来し、畏れた役人たちは刑の執行を中止したという（龍ノ口法難）。その後、延元二年（一三三七）に日蓮の弟子である日法が、この地を龍ノ口法難霊蹟とし、敷皮堂《しきかわどう》という御堂を建立したのが龍口寺の始まりと伝えられる。

（遠藤星希）

※古い絵葉書に写された恵比須楼

下二八一　八月十四日夜接向山黄邨訃音悵然賦　［明治三十年（一八九七）八月十四日　七十二歳］

八月十四日夜、向山黄村《むこうやまこうそん》の訃音《ふいん》に接し悵然として賦す

呻吟詩賦不知休　詩賦を呻吟して　休《や》むを知らず
痛哭同庚舊侶儔　痛哭す　同庚《どうこう》の旧侶儔《きゅうりょちゅう》
松柏影凄山角月　松柏　影は凄《すさ》まじ　山角の月
魚龍夜泣海邊樓　魚龍　夜に泣く　海辺の楼
研磨唐宋三千首　研磨す　唐宋の三千首
閲歴滄桑四十秋　閲歴す　滄桑の四十秋
今日嗟君先我逝　今日　君の我れに先んじて逝くを嗟《なげ》く
佗年天上合同遊　佗年《たねん》　天上に合《まさ》に同《とも》に遊ぶべし

【訳】

八月十四日夜、向山黄村《むこうやまこうそん》逝去の報を受け悲しみに浸りながら詩を作る

いつまでも詩をうめくように詠じながら、昔から仲が良かった同年の友を亡くして悼《いた》み悲しむ。山の峰にかかった月に照らされて松や檜《ひのき》の影は寒々しく、海辺の高殿では夜になると魚や龍の泣く声が聞こえてくる。君とともに唐宋の詩三千首を読んで研鑽を積んだし、激しく移り変わる世の中を四十年の間一緒に見てきた。私に先んじて君が逝くのを今日は嘆いているが、いつか天上で君と出会ってまた一緒に遊ぶときが来るだろう。

【語釈】
○向山黄邨：向山黄村（一八二六—一八九七）。上〇一五の【補説】参照。○呻吟：低い声で声をのばして詩を吟唱する。
○同庚：同じ年齢。「庚」は年回り。○松柏：松と檜《ひのき》。中国では墓場によく植えられる。○山角：山の突き出た部分。山の尖った峰。○魚龍：魚と龍。水に棲む生き物。北宋・蘇轍「中秋夜八絶」其七（『欒城集』巻三）に「猿狖號枯木、魚龍泣夜潭（猿狖《えんゆう》枯木に号《さけ》び、魚龍夜潭《やたん》に泣く）」。○海邊樓：江の島の恵比須楼を指すか。下二七九の【語釈】参照。この日梅潭は江の島に滞在していた。○閲歴：経験してきた事がら。またさまざまな事件や変化を見たり聞いたりする。○滄桑：滄《あお》い海が桑の畑に変化する。世の中の移り変わりの大きいこと。

（市川桃子）

下二八二 代簡與嫡孫儉一 〔明治三十年（一八九七） 七十二歳〕

簡《かん》に代えて嫡孫《ちやくそん》倹一に与う

未除湖海氣猶遒 未だ湖海の気の猶お遒《つよ》きを除かず
匹似元龍百尺樓 元龍の百尺《ひやくせき》の楼《ろう》に匹似《ひきじ》す
欣汝儉勤能任事 欣《よろこ》ぶ 汝《なんじ》 倹勤して能く事に任じ
令吾隨意恣閒遊 吾《わ》れをして随意に閑遊を 恣《ほしいまま》 にせしむるを

【訳】

手紙の代わりに跡取りの孫の倹一に送る

わたしはいまだに豪気な気分が強くてぬけないが、『三国志』の陳元龍《ちんげんりゆう》のように立派な楼閣に休んでいる。おまえが勤勉によく自分の務めを果たして、わたしを気ままに思う存分遊ばせてくれるのがまことに嬉しい。

【語釈】

○儉一：杉浦倹一（一八七七―一九七二）。梅潭の嫡孫。第一高等学校から東大法学部卒。明治三十四年（一九〇一）、文官高等試験行政科合格。明治三十五年（一九〇二）、大蔵省理財局配属。大正九年（一九二〇）、大蔵省専売局事業部長で退官。その後、満鉄理事、勧業銀行理事。この作品の年には東大法学部に在学中。○湖海氣：傲岸不羈の気質。『三國志』巻七「陳登傳」による。【補説】参照。○元龍：陳登（生没年不詳）。元龍は字《あざな》。後漢末期の武将で豪気の人として知られた。〇百尺樓‥非常に高い楼閣。立派な建物。『三國志』巻七「陳登傳」による。【補説】参照。この頃梅潭は江ノ島の恵比寿楼や鵠沼館に泊まっていた（下二七九、下二八三DVD版参照）。この「百尺樓」は、これらの旅館を指すか。

【補説】

〇ある時、許汜《きょし》が陳元龍を評して「湖海の士、豪気除かず」（粗野な人間で、傲慢な気質が抜けていない）と言った。劉備がその理由を聞くと、許汜は「私が訪ねて行っても話しもせずに、自分は寝台の上に寝て、私を寝台の下に寝かせた」と言った。劉備はそれを聞いて許汜に「あなたは世を救済する気持ちを忘れて、話にも取り柄がない。陳元龍が嫌うところです。私だったら、自分は百尺の楼に寝てあなたを地面に寝かせるでしょう」と言って笑った（『三國志』巻七「陳登傳」）。

〇「陳登傳」によれば、許汜は陳元龍を批判して傲慢で礼儀知らずと言っている。しかし、のちに、「湖海の士、豪気除かず」という句は、藤田東湖（一八〇六―一八五五）の「癸丑孟春野口君儀見訪（後略）」詩（『藤田東湖遺稿』）に「卅歳相逢驚二毛、尚存湖海舊時豪（卅歳相い逢いて二毛に驚くも、尚お存す湖海旧時の豪）」というように、傲慢なほどに自分に誇りを持ち拘束されない自由な精神の持ち主、というような意味で使われるようになる。

（市川桃子）

下二八四　題江府年中行事後　［明治三十年（一八九七）十一月二十五日　七十二歳］

江府《こうふ》の年中行事の後に題す

霸府新開日　霸府《はふ》　新たに開く日
鴻圖威德施　鴻図《こうと》　威徳　施す
藩屛列侯服　藩屛《はんぺい》　列侯服し
冠蓋大城欹　冠蓋《かんがい》　大城《たいじょう》　欹《そばだ》つ
禮樂逐時變　礼楽《れいがく》は時を逐《お》いて変わり
文詞傳世奇　文詞は世に伝えて奇なり
舊儀皆具載　旧儀　皆　具《つぶ》さに載る
讀罷淚空垂　読み罷《お》わりて涙空しく垂《た》る

【訳】

江戸幕府の年中行事を記した文書の後に書き付ける

幕府が新たに開かれた日には、国家の大計が始まり権威と恩徳が広く行き渡った。将軍を守る諸藩の大名たちが従っていて、正装して身を正した役人がつめかけて大江戸城が傾かんばかりであった。幕府のしきたりは時が経つにつれて変わっていったが、それを記録した文章は今の世にまで伝えられて素晴らしいものだ。古い儀礼はすべて具体的に書かれており、読み終われば涙が空しく流れるばかりである。

【語釈】

○霸府：強大な勢力を持った藩王や藩臣の府署。ここでは徳川幕府。○鴻圖：国家の太平をめざす壮大な計画。○藩屛：かきね。転じて、王室の外側をとりまき守りとなるべき諸侯。ここでは徳川幕府下の諸藩の大名のこと。○列侯：諸侯。江戸時代の諸大名たち。○冠蓋：冠と車のおおい。ここでは登城する役人のこと。○禮樂：礼儀と音楽。儒教で人々を教化する要目となる概念。「禮」は、行いをつつしんで社会の秩序を保ち、「樂」は、人の心をやわらげる。ここでは、儒教の概念に従った文化やしきたり。

（市川桃子）

下二八六　戊戌新年　［明治三十一年（一八九八）一月　七十三歳］

寒村荒郭暁烟籠
比舊廛居事不同
七十三年新日月
一千餘里夢西東＊
嚴霜封圃野蔬白
晨旭放光林葉紅
天地有情娯我老
人間到處又春風

戊戌《ぼじゅつ》新年
寒村　荒郭　暁煙籠《こ》む
旧の廛居《てんきょ》に比べて事《こと》は同じからず
七十三年　日月新たなるも
一千余里　西東に夢む
厳霜圃《げんそうほ》を封じ　野蔬《やそ》白く
晨旭光を放ち　林葉　紅《くれない》なり
天地　情有りて　我が老いを娯《たの》しましめ
人間《じんかん》　到る処　又た春風

＊兒、攜家在豫州（児、家を携えて予州に在り）

【訳】

戊戌の新年

寂《さび》れた村里に夜明けの霧がたちこめる。前に住んでいた家とは様子が色々と変わった。また年が改まり七十三歳となって、息子達家族とは西と東に一千里余りも離れて夢で会うほかはない＊。霜が厚く畑に降りて青物《あおもの》の葉は白くおおわれ、朝日が光を放って林の葉は赤く染まる。天地は老いた私を楽しませようという気持ちを抱いているかのようで、この世のどこにいても新年になれば必ずまた春風が吹いてくる。

＊息子は、家族を連れて伊予にいる。

【語釈】

○「寒村」二句‥梅潭が去年の冬に千駄木に引っ越しをした事実を踏まえる。『晩翠書屋詩稿』所収の本詩の題下には「去冬、移居于千駄木（去冬、居を千駄木に移す）」とある。「廛居」は、平民の家。住まい。○嚴霜‥寒さが厳しいときに降りた濃い霜。○圃‥畑。菜園。○人間到處‥この世のどこにあっても。幕末の詩僧・月性《げっしょう》の作として知られる「將東遊題壁二首」其二（『清狂遺稿』巻上）の「埋骨何期墳墓地、人間到處有青山（骨を埋《うず》むるに何ぞ墳墓の地を期せん、人間《じんかん》到る処に青山有り）」を踏まえる。○春風‥旧暦だと一月は初春なので、「春風」といった。○児‥梅潭の婿養子である杉浦譲三を指す。下二四一の【語釈】参照。○豫州‥伊予国《いよのくに》。現在の愛媛県。

（遠藤星希）

下二九六　輓黄石岡本翁

［明治三十一年（一八九八）五月二十日　七十三歳］

黄石岡本翁を輓《いた》む

一夜文星墜
我心尤悄然
玉樓逢聘召
鐵硯半磨穿
逝水跡難止
落花香可憐
魂兮何處在
暮雨怨啼鵑

一夜　文星墜《お》ち
我が心　尤《もつと》も悄然《しようぜん》たり
玉楼　聘召《へいしよう》に逢い
鉄硯《てつけん》　磨穿《ません》を半《なか》ばす
逝水　跡は止め難く
落花　香は憐れむ可し
魂よ　何《いず》れの処に在りや
暮雨　啼鵑《ていけん》を怨む

【訳】

岡本黄石翁を追悼して

ある夜、文才をつかさどっていた文昌星が流れ星となって落ちていきました。そのとき私の心は言いようもない悲しみに満たされたのです。仙界の白玉楼から招かれたとみえて、鉄の硯《すずり》に穴を穿《うが》つほど研鑽なさっていた志《こころざし》も半ばであなたは逝去なさいました。流れゆく川の水を引きとどめるのは難しいもの。散り落ちた花から漂う香りが人の心を強く引きます。ああ、あなたの魂はどこに行ってしまわれたのでしょうか。夕暮れの雨の中、ホトトギスの鳴き声が悲しく聞こえるばかりです。

【語釈】
○黄石岡本翁‥岡本黄石（一八一一—一八九八）。下〇二九の【補説】参照。○文星‥星の名。文昌星。文才をつかさどる。また文才のある人の喩え。ここでは岡本黄石を指す。○悄然‥憂え悲しむさま。元気を無くしてしょんぼりした様子。○玉樓‥白玉楼。唐の詩人李賀の臨終の際、緋色の衣を着た人が現れて「天帝が白玉楼を完成されたので、あなたを召して『白玉楼の記』を作らせようとしている」などと告げ、やがて李賀は息絶えたという故事（唐・李商隠「李賀小傳」『李義山文集』巻四）から、文人が亡くなることを「白玉楼に召される」という。○鐵硯半磨穿‥この句は「磨穿鐵硯」という四字熟語を踏まえる。鉄で作られた硯で墨を何度もすって硯に穴をあけること。根気よく文章の技量を磨くことの形容。○逝水‥流れる川の水。流れる時間を象徴する。『論語』子罕の「子在川上曰、逝者如斯夫、不舍晝夜（子《し》川の上《ほとり》に在りて曰く、逝く者は斯《か》くの如きか、昼夜を舍《お》かず、と）」を踏まえる。○落花香‥散り落ちた花の余香。ここでは、岡本黄石が生前に残した業績の喩え。○啼鵑‥鳴いているホトトギス。蜀の望帝杜宇《とう》の魂が化してホトトギスになったという伝説がある。また、血を吐きながら啼くといわれるほど、その鳴き声は凄絶なものとされる。

（遠藤星希）

下三〇二　望燈臺＊

［明治三十一年（一八九八）九月四日　七十三歳］

地脈邊陬盡
蒼厓石路懸
高臺燈影爛
遠海火光鮮
昔我非今我
東天異北天
邈焉當日事
舊夢尙纏綿

灯台を望む

地脈　辺陬《へんすう》に尽き
蒼厓《そうがい》に石路懸《かか》る
高台《こうだい》に灯影爛《あふ》れ
遠海に火光鮮《あざや》かなり
昔の我れは今の我れに非ず
東天は北天に異なる
邈《はる》かなるかな　当日の事
旧夢　尚《な》お　纏綿《てんめん》たり

＊余昔年、屢航北海道、望犬吠燈臺。七八故及（余昔年、屢《しばしば》、北海道に航し、犬吠《いぬぼう》の灯台を望む。七八故《ゆえ》に及ぶ）

犬吠崎灯台

【訳】

灯台を望む＊

大地のつらなりは関東の東のはずれにあるこの地で終わり、蒼《あお》い崖に石段が刻まれている。高台《たかだい》に灯台の灯影《ほかげ》がかがやき、海の遠くに漁船の火がくっきりと浮かんでいる。昔の私は今の私の境遇とは違い、東にある犬吠崎のこの空は北にある函館の空とは違っている。ここを船で通った当時の出来事ははるか昔のこととなったが、そのころの夢はいまもなおまとわりついてやまない。

＊私は昔、しばしば船で北海道に行き、その途中で犬吠崎《いぬぼうざき》を通り灯台を眺めた。七、八句はそのことに言及する。

【語釈】

○燈臺：犬吠崎にある灯台。犬吠崎は、千葉県銚子市にある岬で、太平洋に突き出しており、関東平野の最東端にあたる。犬吠埼の灯台は、明治七年（一八七四）に完成した。日本製の煉瓦で作られており、螺旋階段の数は九十九里海岸にちなんで九十九段となっている。灯台の上からは太平洋を眺めることができる。○邊陬：僻地《へきち》。かたいなか。○纏綿：いつまでも心にまとわりついて、離れないさま。

【補説】

下二九九から下三〇四までは六首の連作になっており、「戊戌八月廿七日攜家眷遊銚子港宿犬吠岬洗心樓散策海濱遊眺幾遍九月四日還家得詩六首（戊戌八月廿七日、家眷《かけん》を携えて銚子港に遊び、犬吠岬《いぬぼうざき》の洗心楼に宿し、海浜を散策し遊眺すること幾遍、九月四日家に還る。詩六首を得）」（戊戌（一八九八）八月二十七日、家族を連れて銚子港に遊び、犬吠岬の洗心楼に宿泊し、海辺を散策し幾たびか遊覧して、九月四日に家に帰る。詩六首を作った）という総題がついている。本詩はその第四首。

（市川桃子）

下三〇三　犬若

［明治三十一年（一八九八）九月四日　七十三歳］

杳茫還漭滉
極目望非凡
草瘦雨痕冷
樹枯潮氣鹹
秋風吹短髮
落日帶孤帆
絕壁劈濤立
難攀千騎巖

犬若

杳茫《ようぼう》　還《ま》た漭滉《もうこう》
極目　非凡を望む
草瘦せて雨痕《うこん》冷ややかに
樹枯れて潮《ちょう》気《き》鹹《から》し
秋風　短髪を吹き
落日　孤帆を帯ぶ
絶壁　濤《なみ》を劈《さ》きて立ち
攀《よ》じ難し　千騎の巌《いわお》

犬岩

【訳】

犬若浦

はるばると果てしなく又ひろびろと広がり、見渡す限り素晴らしい光景が広がっている。冷たい雨のあとが萎れた草に残り、塩を含んだ海風に吹かれて木々は枯れている。秋風がわたしの短かい髪を吹き、夕日が一艘の帆船を赤く染めている。絶壁が波濤を切り裂くように聳えており、この千騎の岩礁に登ることは難しい。

【語釈】
○犬若：犬若浦。犬吠埼の外川の港近辺。海水浴場となる砂浜がある。浦の北の海上に犬岩があり、二つの耳を立てた犬の形をしている。源頼朝に追われた義経が、奥州に逃れる際、海岸に残された愛犬の若丸が主人を慕って七日七晩鳴き続けて岩になったという言い伝えがある。○杳茫：果てがなく遥かなさま。○漭滉：水が広大で果てしないさま。○千騎巖：千騎ケ岩。犬若浦にある岩礁の名。義経が千騎の兵をもって立てこもったという言い伝えがある。硬質砂岩からなり千葉県最古の地質時代の岩石。

【補説】
下二九九から下三〇四までは六首の連作になっており、「戊戌八月廿七日攜家眷遊銚子港宿犬吠岬洗心樓散策海濱遊眺幾遍九月四日還家得詩六首（戊戌八月廿七日、家眷《かけん》を携えて銚子港に遊び、犬吠岬《いぬぼうざき》の洗心楼に宿し、海浜を散策し遊眺すること幾遍、九月四日家に還る。詩六首を得）」（戊戌（一八九八）八月二十七日、家族を連れて銚子港に遊び、犬吠岬の洗心楼に宿泊し、海辺を散策し幾たびか遊覧して、九月四日に家に帰る。詩六首を作った）という総題がついている。本詩はその第五首。

（市川桃子）

下三〇五　頃日鴨北宮本君樹石於園中刻其眞照賦一律以呈

頃日《けいじつ》、鴨北宮本《おうほくみやもと》君、石を園中に樹《た》て、其の真照を刻す。一律を賦して以て呈す

［明治三十一年（一八九八）十一月八日　七十三歳］

道義君原樂
養生能得方
庭園千畆闊
名姓卅年揚
水繞清渠白
秋澄古木蒼
刻成松下石
仙骨傲風霜

道義　君は原《もと》より楽しみ
養生　能く方を得《う》
庭園　千畝《せんせ》　闊《ひろ》し
名姓　卅年《そうねん》　揚《あ》ぐ
水は清渠《せいきょ》を繞《めぐ》りて白く
秋は古木に澄みて蒼し
刻は松下の石に成り
仙骨　風霜に傲《おご》る

【訳】

先日、宮本鴨北君が、石碑を庭園の中に立て、自分の肖像を刻んだ。律詩一首を作って進呈する

君は元来《がんらい》道徳や正義を好む性質《たち》で、体を健やかに保つ術《すべ》も手に入れている。庭園は三万坪もの広さがあり、その名声はすでに三十年も鳴り響いている。水は清らかな水路をめぐって白く澄み、秋空は老木の向こうに青く広がっている。松の下には石碑の彫刻が完成し、世俗を超えた君の肖像が風霜をしのいで傲然《ごうぜん》と立っている。

【語釈】
○鴨北宮本：宮本《みやもと》小一《おいち》（一八三六—一九一六）。小一は「こいち」「おかず」とも読む。号が鴨北。明治初期の外交官。上一一六の【語釈】参照。○園：宮本鴨北の別邸にあった長華園のことを指すと思われる。下一八八【語釈】参照。宮本小一の邸は、巣鴨に置かれた福井藩下屋敷の跡地にあった。大正二年（一九一三）の「田中芳男君七六講演会」講演録に「（リンゴの）樹は巣鴨の越前家の邸にある、其邸は今の宮本小一君の邸であった」（柳沢芙美子「福井巣鴨下屋敷のリンゴをめぐって」『福井文書館研究紀要』第七号、二〇一〇）とある。本詩にあるような肖像ではないが、宮本は函館山にある、箱館戦争における旧幕府軍の戦死者を悼む碧血碑のそばに石碑を建て、漢詩を刻んでいる。また、東京・上野にある彰義隊烈士の墓の両側にも石灯籠を立てている（上二六六の【補説】参照）。○原：もともと。元来。○養生：健康に注意して身体を丈夫に保つ。○方：方法。やりかた。『論語』雍也に「可謂仁之方也已（仁の方と謂う可《べ》きのみ）」。
○千畝：約三万坪。日本では、一畝は三十坪、約一アール。○傲風霜：風や霜に屈しないこと。また、強暴なものにも屈しない人のたとえ。

（市川桃子）

下三一一 哭海舟先生 〔明治三十二年（一八九九）一月 七十四歳〕

海舟先生を哭す

意氣軒昂衝九天　　意気 軒昂として 九天を衝《つ》き
聲譽內外卅餘年　　声誉 内外 卅《そう》余年
劒經磨礪刄逾鋭　　剣は磨礪《まれい》を経て 刄《やいば》は逾〻《いよいよ》鋭く
身處艱難名竟全　　身は艱難《かんなん》に処《お》りて 名は竟《つい》に全《まつた》し
寒壑老松僵有響　　寒壑《かんがく》の老松 僵《たお》れて響き有り
碧雲仙鶴去無邊　　碧雲の仙鶴 去りて辺《はて》無し
哭君空拂千行淚　　君を哭して空しく千行《せんこう》の涙を払い
悵望空山一朶烟　　空山を悵望すれば一朶《いちだ》の煙《けむり》あり

【訳】

勝海舟先生の死を悼む

先生の意気込みは天に届くほどに盛んで、その名声と栄誉は三十年余りにわたって国内外に鳴り響いていました。先生の精神は剣のごとく磨き上げられてますます研《と》ぎ澄まされ、困難な状況下にあってもついにその名を汚すことはありませんでした。凍える谷にそびえていた老松《おいまつ》は音を立てて倒れ、青空に浮かぶ雲とともに仙人を乗せた鶴は遥か彼方へと飛び去ってしまいました。あなたの死を嘆き悲しんでとめどなく流れる涙を拭ってもやるせなく、ひと気のない山を悲しい気持ちで眺めやれば、そこには一筋のもやがたなびいているばかりです。

【語釈】
○意氣軒昂：意気込みが盛んで、威勢の良いさま。○磨礪：刀を磨いて研ぐこと。また、精神を鍛錬し研ぎ澄ますことの比喩。○老松：年を経た松。ここでは勝海舟の比喩。松は常緑樹で冬の寒さにも負けないため、堅い忠節を象徴する。○仙鶴：仙人が乗り物とした鶴。ここでは勝海舟を仙人に喩える。唐・王勃「還冀州別洛下知己序」（『文苑英華』巻七百三十四）に「仙鶴隨雲、直去千年之後（仙鶴雲に随い、直ちに千年の後に去る）」とある。

【補説】
勝海舟（一八二三―一八九九）は、幕末から明治期にかけて活躍した幕臣、政治家。下〇二七の【語釈】参照。明治三十二年（一八九九）一月十九日、風呂上がりに脳溢血によって意識不明となり、二十一日に逝去した。

（遠藤星希）

下三一五　送本田種竹遊清國

本田種竹の清国《しんこく》に遊ぶを送る

渺茫蒼海送仙舟
不問歸期不說愁
倦脚十年嗟我老
雄才萬里羨君遊
滿天星斗檣頭動
遠水魚龍掌上浮
指顧山川千古跡
六朝烟月舊風流

渺茫《びょうぼう》たる蒼海《そうかい》に仙舟を送る
帰期を問わず　愁いを説かず
倦脚　十年　我れの老ゆるを嗟《なげ》き
雄才　万里　君の遊ぶを羨む
満天の星斗　檣頭《しょうとう》に動き
遠水の魚龍　掌上に浮かばん
指顧す　山川千古の跡
六朝の煙月　旧風流

［明治三十二年（一八九九）三月下旬　七十四歳］

本田種竹

【訳】

本田種竹が中国に旅をするのを見送る

はるかな青海原のかなたに旅立つ船を見送る。いつ帰ってくるかとは尋ねないし別れの悲しみも口にするまい。すっかり足が弱って十年になる、自分の老いたことが全く残念だ。雄々しい才能を振るって万里を行く、君の旅がうらやましい。空いっぱいの星が帆柱《ほばしら》の上を運行していくことだろう。遠い海の魚も手のひらで掬《すく》えるほど間近に見ることができるだろう。山や川や遠い昔の歴史の跡を指さして眺めれば、六朝《りくちょう》時代に浮かんでいたおぼろ月は昔のままに今も風流であろう。

【語釈】
○本田種竹：本田幸之助（一八六二―一九〇七）。下一一三の【補説】参照。明治三十二年（一八九九）中国旅行に出発した。○仙舟：船の美称。○檣：船の帆柱。○六朝：中国の三国時代の呉と、南朝の東晋、宋、斉、梁、陳のこと、またその時代（二二二―五八九）。華やかな貴族文化が花開いた。

（市川桃子）

下三一六　山高紫山自西京來相攜泛舟墨江看花賦似　［明治三十二年（一八九九）四月三日　七十四歳］

山高紫山西京自《よ》り来《き》たり、相い携《たずさ》えて舟を墨江に泛かべ花を看《み》、賦して似《あた》う

去來潮滿碧於油　去来する潮は満ちて油より碧《あお》し
一鏡光搖十里流　一鏡　光揺れて　十里流る
暖日微風花氣曀　暖日　微風　花気曀《かげ》り
輕烟細雨蝶情愁　軽煙《けいえん》　細雨　蝶情愁う
櫓聲微響新歌舫　櫓声　微かに響く　新歌舫《しんかほう》
帘影輕飄舊酒樓　帘影《れんえい》　軽く飄《ひるがえ》る　旧酒楼
追憶曾遊魂欲斷　曾遊を追憶すれば魂断たれんと欲す
青衫破帽幾春秋　青衫　破帽　幾春秋

歌川広重「隅田川水神の森真崎」

【訳】

山高紫山が京都から来たので、一緒に隅田川で舟に乗って花見をし、詩を作って贈った

寄せてはかえす潮が川に満ちて油よりも碧《あお》くたゆたっている。鏡のようにおだやかな川面《かわも》に陽《ひ》の光が揺らめく中を十里の間舟で下っていった。暖かい日差しに微かに風が吹いて花の香りに満たされた一帯が暗くなり、軽いもやがたち細かな雨が降ってきて蝶がとまどっている。新しい屋形船をこぐ櫓《ろ》の音がかすかに響き、古くからある酒楼にすだれの影が軽やかに舞っている。若いころ共に遊んだことを思い出すと心が痛む。無頼の青春からどれだけの年月が経ったことか。

【語釈】
○山高紫山：山高信離《やまたかのぶつら》（一八四二―一九〇七）。号は紫山。下〇〇一の【補説】参照。○西京：京都の異称。○一鏡：鏡のように平らな水面。○花氣：花の香り。○曀：日がかげって暗い。『詩經』邶風「終風」の「終風且曀、不日有曀（終風且《か》つ曀《かげ》り、日ならずして有《ま》た曀《かげ》る）」による。○舫：もやいぶね。また、広くふねのこと。○青衫：青色のひとえの着物。書生や身分の低い官吏が着た。ここでは若者。○破帽：弊衣破帽。傷んだ衣服と破れた帽子。風采に構わない若者たちの姿を指す。前の「青衫」と併せて、ここでは梅潭らの若い頃の姿を述べる。

（市川桃子）

下三二九　十一月五日與諸同人集洗足軒賦秋懐　［明治三十二年（一八九九）十一月五日　七十四歳］

十一月五日、諸同人と洗足軒に集まり秋懐を賦す

清池水接緑苔牆　　清池の水は緑苔の牆《かき》に接し
蕭殺西風雁幾行　　蕭殺たり　西風　雁幾行
遺墨痕香紅葉句　　遺墨　痕《あと》は香る　紅葉の句
豊碑涙灑白雲荘　　豊碑　涙は灑《そそ》ぐ　白雲の荘
高名偉業千秋大　　高名偉業　千秋に大きく
黄巻青琴萬恨長　　黄巻青琴　万恨長し
恍想音容在吾目　　恍として想う　音容は吾《わ》が目に在り
錦楓猶照古心腸　　錦の楓　猶《な》お照らす　古《いにしえ》の心腸

【訳】

十一月五日、同好の士たちと勝海舟先生の洗足軒に集まって秋の感慨を詩にする

清らかな池の水は、緑に苔むした塀《へい》まで満ちており、空には雁が幾列か寂しく秋風に吹かれて飛んでいきます。先生が遺《のこ》した紅葉の句にはまだ墨の香りがただよっており、白雲に包まれる別荘の墓碑を見れば涙を流さずにはいられません。その高い名声と偉大な功績は千年の後まで残る大きなもので、残された書物や琴を目にするに付けて先生を失った悲しみが押し寄せてきます。ここではまるで先生の声や姿を目のあたりにしているようで心を奪われます。洗足軒の錦《にしき》と染まった楓が今なお古《いにしえ》の聖賢のような先生の

心を明るく照らし出しているのです。

【語釈】
○洗足軒：勝海舟（下〇二七の【語釈】参照）の別邸。海舟はこの年（明治三十二年）一月二十一日に亡くなっている。下三一一【補説】参照。海舟は生前に洗足池のほとりに墓を作り、周囲に松とモミジの木を植えた。勝海舟の歌に「うえおかばよしや人こそ訪《と》はずとも秋は錦を織り出だすらむ」「染め出づる此の山かげにつみし葉は殘す心のにしきとも見よ」とある（『晩翠書屋詩稿』本詩自注によって訳者整理）。下〇八〇には、勝海舟の生前の、洗足軒での集まりが書かれている。○紅葉句：前注に載せた勝海舟の和歌を指す。○豊碑：功徳を称《たた》えて立てた大きな石碑。ここでは墓に建てられた碑。○黄巻：書物。中国では昔、虫に食われるのを防ぐために、黄檗《おうばく》の汁で黄色く染めた紙を書物に用いたことから。○青琴：琴。「青」は青桐《あおぎり》のことで、これで作られた琴が最上とされた。○恍：恍惚とする。気持ちが奪われて周囲に注意がいかない様子。○心腸：心情。心緒。

（市川桃子）

勝海舟

勝海舟の墓　撮影：市川桃子

下三三四　哭河田貫堂翁　［明治三十三年（一九〇〇）三月十六日　七十五歳］

河田貫堂翁《かわだかんどうおう》を哭す

儒嗣箕裘夙擅名　儒嗣《じゅし》　箕裘《ききゅう》　夙《つと》に名を　擅《ほしいまま》にす
果看才學秀羣英　果たして看る　才学　群英に秀《ひい》づるを
天涯風浪當年夢　天涯の風浪　当年の夢
机上文章故舊情＊　机上の文章　故旧の情
長病憐君身竟逝　長病　君の身の竟《つい》に逝《い》くを憐れむ
餘生笑我眼猶明　余生　我が眼の猶お明《あき》らかなるを笑う
北邙瘞玉鐘聲寂　北邙《ほくぼう》の瘞玉《えいぎょく》　鐘声寂し
落日寒林老鶴鳴　落日　寒林　老鶴鳴く

＊病中撰向山黃邨碑文、尙在机上（病中に向山黄村の碑文を撰し、尚お机上に在り）

天王寺墓地　河田貫堂墓
撮影：市川桃子

【訳】
河田貫堂翁を悼む
あなたは儒学の継承者として学問を学び若いときから評判が高く、果たして多くの優秀な者たちの中から才能学問ともに頭角をあらわしたのでした。若いころは夢を抱いて天のかなたの外国まで波をしのいで向かいました。また厚い友情を持っていて旧友への文章を机の上に残して逝きました＊。長く病んだのちに君がついに亡くなったのがほんとうに残念です。私がまだ生きていてこの世がはっきり見えていることが可笑しなことに思われます。君が埋葬された墓地には鐘の音が寂しく響き、夕日に染まった寒々しい林には老いた鶴が鳴いています。

＊病床にあっても君は向山黄村《むこうやまこうそん》の碑文を書き、その文章がまだ机の上に残っていた。

【語釈】

○河田貫堂：河田熙《かわだひろむ》（一八三五—一九〇〇）。号が貫堂。下〇〇一の【補説】参照。○箕裘：代々続く仕事や学問を受けつぐこと。『禮記』學記の記事による。河田貫堂の祖父である佐藤一斎と、父である河田迪斎は、ともに高名な儒者であった。○風浪：水上の風と波。ここでは貫堂が船でフランスやイギリスにおもむいたことを言う。○故舊：旧友。○北邙：山名。洛陽の北にあり、漢代から歴代皇帝や貴族の墓が多くつくられた。転じて、墓地をいう。○瘞玉：故人を葬ること。ここでは故人を葬った墓。○向山黄邨：向山栄（一八二六—一八九七）。上〇一五の【補説】参照。

【補説】

『晩翠書屋詩稿』本詩題下注に「三月十二日歿、十六日贈詩」（三月十二日に逝去、十六日に詩を贈る）とある。

（市川桃子）

下三三五　對花有感　［明治三十三年（一九〇〇）四月五日　七十五歳］

人間難駐轉曦車
回想曾遊感更加
歎息年年吟友減
春風獨見滿園花

花に対して感有り
人間《じんかん》　駐《とど》め難し　曦車《ぎしゃ》の転ずるを
曾遊を回想すれば　感　更に加わる
歎息す　年年　吟友の減ずるを
春風に独り見る　満園の花

【訳】
花を見て感慨あり
時間を進める車の輪が回るのを止めることは、この人間世界では難しい。若い頃の友人たちとの愉快な付き合いを思い返せばいっそう切なく思われる。共に詩を吟ずる友が年々少なくなっていくのにため息をつきながら、春風の中、独り、庭園に咲き乱れる花を眺める。

【語釈】
○曦車・・義和《ぎか》が御者となって走らせる、太陽を乗せた車。太陽の運行を車の動きになぞらえた。転じて流れていく時間。

（市川桃子）

第二章　論考篇

幕臣の明治維新

市川桃子

明治維新を迎えたとき、代々幕府に仕えてここが天下の全てだと思ってきた幕臣は、幕府が崩壊する音を聞いてどのように感じ、行動したのか。ここではその一例として杉浦梅潭の場合を追ってみたい。これはあくまで一個人の生き様で、多くの幕臣を代表するものではない。しかし、そこから江戸幕府の幕臣たちが幕末をどのように過ごし、明治維新をどのように迎え、この動乱の時期を深刻な混乱を来たすことなく乗り切ったのか、その時代の様相を垣間見ることができるだろう。

文久三年（一八六三）一月二十三日（旧暦）から始めよう。この日、梅潭は松平慶永《よしなが》（号は春嶽《しゅんがく》）に従って船で品川を出発し京都に向かった。このとき梅潭はかぞえで三十八歳、役職は目付であった[1]。江戸幕府の目付は、定員は十名、役高は一千石。若年寄の管轄下で、旗本、御家人の監視や、諸役人の勤怠などをはじめとする政務全般を監察した。

次に挙げるのは航海中の作品である。

發浦賀恭奉呈春岳上公[2]　［文久三年（一八六三）三十八歳］

浦賀を発して恭《つつし》みて春岳上公に呈し奉《たてまつ》る

眼界蒼茫豆遠間　　眼界蒼茫たり　豆遠《とうえん》の間

衝天激浪大於山　天を衝《つ》く激浪　山よりも大なり
驚君神色如平日　驚く　君の神色　平日の如く
數首詩成筆自閒　数首の詩成りて　筆自《おのずか》ら閑《しず》かなり

(「浦賀港を出発して春岳上公に謹んでお見せ申し上げる」目に入るのは遠州(遠江《とおとうみ》)と豆州《ずしゅう》(伊豆)の間に悠々と広がる海で、天を突く大波は山よりも大きかった。ところが春嶽公は普段通りの態度で、自若とした筆遣いで詩を何首かお作りになった。)

浦賀を出発すると天を突くような大波が荒れており、幕府の今後の艱難を示すようであった。それなのに春嶽公は泰然としていつもと変わりなく、静かな筆遣いでたちまち数首の詩篇を書き上げたのであった。

嘉永六年(一八五三)の黒船来航以来、幕府は海外からの圧力と攘夷派に押される朝廷との間にあって政治の舵取りに苦慮していた。この詩が書かれた前の年、文久二年に、島津久光が入京して、公武合体推進のために朝廷と幕府に三事策を求めた。三事策とは、徳川家茂の上洛、五大老の設置、一橋慶喜の将軍後見職と前福井藩主である松平春嶽の大老職就任を要求するものであった。朝廷と幕府はこの提案を呑み、文久三年一月二十三日、松平春嶽は京都に向かい、三月四日には将軍徳川家茂《いえもち》が上洛した。春嶽は号で、諱は慶永、第十二代将軍徳川家慶の従弟に当たる。

發田子浦渉遠州洋　田子の浦を発し遠州洋を渉《わた》る
何處是夷何處蠻　何《いず》れの処か是れ夷《い》　何《いず》れの処か蛮《ばん》
遠洋始覺隔人寰　遠洋　始《ようや》く覚ゆ　人寰より隔《へだ》たると

回首一髪青如黛　首《こうべ》を回《めぐ》らせば　一髪　青きこと黛《まゆずみ》の如し
即我今朝解纜灣　即ち我れ　今朝　纜《ともづな》を解く湾

（「田子の浦を出発し遠州灘《えんしゅうなだ》を航行する」どの方角が蕃夷の外国に当たるのか、海の彼方を見てようやく人の住む世界から離れたことを実感した。振り返れば髪のひとすじのようにかすかに、又眉ずみのように青く見える、そこは我々が今朝出航してきた湾である。）

田子の浦を出て太平洋を眺めれば、茫茫たる海原であった。日本を脅かす外国は、この海のどこにも見えない。遠くにひとすじ見えるのは出港してきた湾の姿である。

このときの船は順動丸で、梅潭にとって汽船に乗るのは初めてのことだった。軍艦奉行は勝海舟で、梅潭と海舟の交流はこの頃から始まった。またこの船上で初めて坂本龍馬に会い、歓談したのであった。

夜航遠州洋　　夜に遠州洋を航す

海霧腥腥衝斗高　海霧《かいむ》腥腥　斗を衝《つ》きて高し
風聲撼枕響嗷嗷　風声　枕を撼《ゆる》がして響きて嗷嗷《ごうごう》たり
夢中不識火輪轉　夢中に識らず　火輪の転ずると
似聽奔雷激怒濤　奔雷　怒濤に激するを聴くに似たり

（「夜に遠州灘を航行する」なまぐさい海霧《うみぎり》が北斗星に触れんばかりに高くのぼり、風の音がごうごうと枕もとにひびく。夢の中では外輪の回る音とは思わず、荒れる波に天がける雷の音を聞くように思った。）

夜は枕元に風の音が吹きすさび、夢の中にも雷が走り怒濤がくずれる音が聞こえるように思われた。それは蒸気船の火輪が回る音であろうか。それとも、時代が激しく回転していく音であろうか。火輪には、汽船の意味と、太陽の運行という意味とがある。

二月四日、京都に入り、政治の折衝が始まった。しかし京都では長州藩など尊王攘夷派の勢力が強かった。徳川慶喜が尊王攘夷派と妥協しようとするのに反対して、結局、春嶽は職を辞して帰藩する。

有感　　感有り
擧官自愧曠其員　　官に挙げらるるも自ら愧づ　其の員を曠《むな》しくするを
日進數言無所全　　日〻《ひび》に数言を進むるも全うする所無し
始信拙誠難作用　　始《ようや》く信ず　拙誠は用を作《な》し難しと
被他黄口著先鞭　　他の黄口に先鞭を著けらる

（「感慨を述べる」官に任命されても役に立たないことが恥ずかしい。毎日数々の進言をしても通ることがない。愚直な誠実さは役に立たないことがようやく分かってきた。よそからきた経験の少ない未熟な者どもに先を超されてしまった。）

くちばしの黄色い者どもに先鞭を付けられて、いかに誠実に国家のために意見を述べても朝廷に通じない。『韓非子』説林上に「巧詐不如拙誠」（巧みな詐術は愚鈍な誠意にはおよばない）というが、現実には、己の愚鈍な誠実さは、巧みな弁舌と、うるさく騒ぎ立てる者たちとにはかなわないのだと、くやしい思いをするのであった。

三月二十一日、春嶽は越前に向けて出立、梅潭は二十二日七つ半に、八軒屋から順動丸に乗り込み、二十三日に出帆して京都をあとにした。将軍家茂がやはり順動丸に乗って江戸に帰ったのは六月十六日のことである。

そして九か月後の十二月二十八日、将軍家茂は再び京都へ向かうために品川を出発した。このとき、全部で八艘の船が京都に向かい、梅潭も目付筆頭として将軍の乗る翔鶴丸に同乗した。この年の大晦日は船中で迎えることとなった。

除日扈従公駕碇泊下田港賦示艦中同床諸子

除日公駕に扈従《こじゅう》して下田港に碇泊す。賦して艦中の同床の諸子に示す

莫道狭棚容膝難　狭棚《きょうほう》　膝を容《い》れ難しと道《い》う莫《な》かれ
海程萬里水雲寛　海程万里　水雲寛《ひろ》し
旅情只管風濤険　旅情　只だ風濤の険しきを管《かん》し
不省人間歳巳殘　人間《じんかん》の歳《とし》巳に残《ざん》するを省《かえりみ》ず

（「大晦日に将軍の船に随行して下田港に碇泊した。詩を作って船で寝起きを共にする方々に示す」寝棚はようやく膝を入れられるほどの狭さだなどと不平は言うまい。海路《かいろ》ははるか万里につらなり空も海も広々としている。旅で気に掛かるのはただ風や波の具合ばかりで、人の世の一年が暮れようとしていることなど考えることもない。）

また船に乗って大海に乗り出せば、空も水も果てしなく広がり、気分は人の世から離れて、思うに任せぬ政事の艱難もしばらくは考えないこととする。

翌日より文久四年（一八六四）となった。正月の祝いも船の上ではままならなかったと思われるが、このとき軍艦から祝砲が放たれ、梅潭の胸中は勇ましく高揚していた。

正月扈従大駕航遠州洋乃作長歌（部分）　［文久四年（一八六四）三十九歳］

正月、大駕に扈従《こじゆう》して遠州洋を航し乃ち長歌を作る

我立艦頭告海神　　我れ　艦頭に立ちて海神に告ぐ
我君英武四海冠　　我が君の英武四海に冠たり
欲再入京洛定事業　　再び京洛に入りて事業を定めんと欲す
海神風伯盍奉君歡　　海神風伯　盍《なん》ぞ君が歓を奉らざらんやと
此時風濤俄然罷　　此の時　風濤《ふうとう》　俄然として罷《や》む
七十五里如淺灘　　七十五里《り》　浅灘《せんたん》の如し

（「正月、徳川将軍に付き従って遠州灘を航行しそこで長歌を作る」私は戦艦の先頭に立って海神に申し上げる。わが君は天下に並びない英傑である。これからまた京都に入り国政を安定させようとしておられる。海神よ、風伯よ、どうしてわが君の意にかなうようにして差し上げないのか、と。するとこのとき、風と波がにわかに静まり、遠州灘の七十五里はまるで浅瀬のように隠やかになったのであった。）

正月八日、将軍が大坂城に入り、十四日には伏見城に入るという連絡があり、梅潭は先に伏見城に赴いてその準備をし、その後、昨年八月十八日の政変、いわゆる七卿落ちの事件の後始末など、様々な案件に関わっている。二月二

十日に改元して元治元年となった。二月には江戸に使者として赴くよう命じられ、二十二日出発、陸路を馬で行き、二十八日昼に江戸の田安殿に入った。その時の作品は次のようである。

甲子春扈従大駕在京師三月有奉使於江都之命以廿二日暁發京馳東道而廿八日午時達田安大殿矣吁我有此行而始知此艱苦人世百事皆不可勉也

［元治元年（一八六四）三十九歳］

甲子の春、大駕に扈従して京師に在り。三月江都に使いを奉《たてまつ》るの命あり。廿二日の暁を以て京を発し、東道を馳せ、廿八日午時田安大殿に達す。吁《ああ》、我れ此の行有りて始《よう》く此の艱苦を知る。人世百事、皆勉む可からざらんや

輿坐轉顚如擊毬　　輿坐《よざ》　転顚《てんてん》として　毬を撃つが如し
低昂漸慣意初優　　低昂漸く慣れて　意初めて優なり
轎夫鐵脚健於馬　　轎夫の鉄脚　馬よりも健にして
直自三州到遠州　　直《ただ》ちに三州自《よ》り遠州に到る

（「甲子の年（一八六四）の春、将軍の御一行に随行して京の都にいた。三月に江戸に使いをするようにとの命令が下った。二十二日の明け方に京を出発し、東海道を駕籠で走って、二十八日の昼に江戸の田安大殿についた。ああ、私はこの旅によってようやくこうした苦労がわかった。人の世の多くの事は、すべて励まなければならないものではないか」駕籠《かご》はまりをつくように大いに揺れていたが、上がったり下がったりするのにようやく慣れて気持も落ち着いた。駕籠かきの鉄のような足は馬よりも丈夫で、三河から遠江《とおとうみ》まであっというまにやってきた。）

この作品によれば、三月二十七日、四つ時に品川に着き、七つ時を過ぎたころに登城とある。しかし、このときの日記には、「元治元年二月二十二日朝六時出発、二十八日朝九時に品川駅に着き、家来が馬を用意して迎えに来ていたので、馬で十二時過ぎに登城」とある。恐らく詩題にある「三月」は「二月」の誤りだろう。

品川の駅舎に着いたときに、幼いころ叔父を出迎えたことを思い出して父と叔父に当てた作品がある。

憩品川驛舎追懷往事潸然走筆兼呈家君及翠窗老叔

品川の駅舎に憩い、往事を追懐し潸然《さんぜん》として筆を走らせ、兼ねて家君及び翠窓の老叔に呈す

回憶伯兮東下時　　回憶す　伯や東下の時

此樓迎駕共開眉　　此の楼に駕を迎えて共に眉を開くを

坐中主客皆歸土　　坐中の主客　皆土《つち》に帰す

小姪獨添秋草悲　　小姪《しょうてつ》独り秋草を添えて悲し

（「品川の駅家《うまや》で休憩をとり、昔のことを思い出して涙を落としながら筆を走らせて詩を作り、あわせて父君及び翠窓の老叔父《おじ》に示す」叔父上が東の江戸にいらっしゃったとき、この建物にその駕籠《かご》を迎えて互いにほっとしたのを思い出します。その座にいた主人も客も皆死んで土に還りました。ひとり残った小さな甥《おい》の頭にも白髪がまじるのが悲しいです。）

江戸に帰り着いて感傷を覚えたか。当時の人々はみな土に帰り、幼かった自分も白髪が混じるようになったという。城から下がって家に帰り着いたところ、友人が待っていて京都の様子などをたずねた。それには、次のように答え

るしかなかった。

還家夜答友人問（二首其一）　家に還《かえ》りて夜に友人の問うに答う（二首其の一）

世事紛紜不可談　世事紛紜《ふんうん》として談ず可からず
身如浮藻漾江潭　身は浮藻の江潭に漾《ただよ》うが如し
旅程和夢瞢騰過　旅程は夢に和して瞢騰《ぼうとう》として過ぐれども
枉道山川仔細諳　枉道の山川　仔細に諳んず

同（二首其二）　同（二首其の二）

朝呑滄海水　朝《あした》に滄海の水を呑み
夕臥翠峯雲　夕に翠峰の雲に臥す
登仙吾無術　登仙　吾れに術無く
于今逐俗紛　今に俗の紛たるを逐う

（「家に帰って夜に友人の質問に答える」（二首その一）世の中のことは乱れに乱れて話にならない。我が身は川の淵にただよう浮き草のようだ。旅路は夢を見ているように茫然としているうちに終わったが、道中の景色は細かに覚えている。（二首その二）朝には大海の水を飲み、夕には鬱蒼とした峰にかかる雲の中で寝る。そのような暮らしにあこがれても私は仙人になる術《すべ》を持っていないから、いまだに紛糾する俗事を追っている。）

友人には「不可談」と述べたが、この江戸滞在の時期については、「東下備忘」として『杉浦梅潭目付日記』に詳しく書かれている。まさに事態は紛糾していた。そしてまたすぐに京都に取って返さなければならなかった。そこで次のような詩を書斎に書き付けた。

還家夜題齋壁不日又欲發京師句中故及

家に還りて夜斎壁《さいへき》に題し、不日《ふじつ》又た京師《けいし》に発せんと欲す。句中故に及ぶ

倥偬行李路三百　　倥偬《こうそう》　行李《こうり》　路《みち》三百
塵滿吟鞍羇思長　　塵は吟鞍に満ち羇思《きし》長し
今日還家明日發　　今日家に還り明日発す
故園亦自似他鄕　　故園亦た自《おのずか》ら他郷に似たり

（「家に帰って夜書斎の壁に詩を書き、何日も経たずにまた京の都に出発しようとしている。そこでそのことを句中にも述べている」あわただしく使いをして三百里の道のりを駆けてきた。馬上で詩を作りながらも埃《ほこり》にまみれて旅愁に駆られる。今日家に帰ってきたと思うと明日には出立しなければならない。我が家の庭もまた異郷のようなものだ。）

このとき、京都へは、三月七日の朝五時前に出発し、風邪に悩まされながら、十三日の昼に京の大宮口に到着し、そのまま登城している。そして初夏の陰暦四月、こんどは京の宿舎の壁に詩を書き付けている。

初夏有感題客舎壁上
　初夏感有り、客舎の壁上に題す
九十春光如轉輪　九十の春光　転輪の如し
因循何事趁風塵　因循《いんじゅん》　何事ぞ　風塵を趁《お》う
清明寒食夢中過　清明　寒食　夢中に過ぎて
又作緑陰消暑人　又た緑陰消暑の人と作る
(「初夏に感慨を覚えて、仮住まいの部屋の壁に詩を書く」春の九十日は車輪を転がして空中を飛びすぎるという転輪聖王のように飛び去った。ぐずぐずしていると言われるとは何事か、世の混乱を追いかけて過ごしてきた。清明節も寒食の期間も夢のように過ぎて、また緑の木陰に暑さを避けるような季節となった。)

この年の春は慌ただしく世俗の案件を処理しているうちに過ぎ去り、いつか初夏の四月となっていたのである。将軍もまだ京都にいた。次の作品は旧暦四月五日に書かれた。

甲子歳扈從大駕在京師一日召諸有司於内廷賜酒及玉巵靜不肖亦厠筵末不堪感激敬賦小詩以記殊恩時孟夏初五也
　甲子の歳、大駕に扈従《こじゅう》して京師《けいし》に在り。一日、諸有司を内廷に召《め》し酒及び玉巵を賜う。静、不肖にして亦た筵末《えんまつ》に厠《まじ》わり、感激に堪えず、敬《つつし》みて小詩を賦し以て殊恩を記す。時は孟夏初五なり
三盃美酒入仙鄕　三盃の美酒　仙郷に入る

満酌狂吟亦不妨　満酌　狂吟　亦た妨げず
一箇玉巵以為寶　一箇の玉巵《ぎょくし》　以て宝と為し
長傳孫子奉恩光　長く孫子に伝えて恩光を奉らん

(「元治元年（一八六四）、将軍の御一行に随行して京にいた。ある日、役人たちを内廷にお呼びになり酒と玉盃を下さった。私、勝静[3]はふつつか者ではあるがまた宴の末席に加わり、大いに感激し、敬《つつし》んでささやかな詩をつくりこの御恩について述べた。この時は四月五日であった」美酒三杯をいただき仙界にいる心地である。酒をなみなみついで詩をやたらに吟じてもこの心地は変わらない。わが君から賜った玉《ぎょく》のさかずきは家宝とし、長く子孫に伝えて恩愛に感謝をささげよう。)

朝廷では攘夷論が激しく訴えられ、夷狄を排して四港を鎖《とざ》すようにとの要求が将軍に提出されていた。国際情勢を掌握していた幕府にはそれが不可能なことだとわかっていた。将軍は、横浜の一港を閉鎖することで了解を取り、江戸に帰ってきた。しかし、このときの日本には横浜を鎖す力もなかった。

元治元年（一八六四）六月三日、松平春嶽に代わって政事総裁職となっていた大和守松平直克《まつだいらなおかつ》が早朝に幕府に登営し、将軍の前で次のようなことを言ってただちに立ち去った。

「横浜鎖港のことを任せられて江戸にお戻りになられたのに、上様は今に至ってもご因循《いんじゅん》なさって、ひとつも実施しておられません。それは結局、老中の板倉勝静殿、老中の酒井忠績殿、若年寄の諏訪忠誠殿、若年寄の松平乗謨殿が因循であることから生じたことで、この四人を速やかにお咎めになるべきです。また、役人についても、大久保康豊、木村甲斐、菊池伊予、杉浦誠、星野金吾等はよくないので早々に辞めさせるべきです。もしこれらのことをなさらなければ、横浜鎖港については見込みがないということなので、今日で手をお引きになり、その次第を京都にお伝えになりますように。」

因循とは、ぐずぐずして進退を明確にせず引き延ばすことである。松平直克は、横浜港を鎖す施策を取っていない責任を責めて、老中二名、若年寄二名、そして中心として働いていた梅澤ら役人四名を名指しで罷免するように要求したのである。こののち、御前会議で一日中議論が紛糾し、このまま何もしないわけにはいかないということで、ひとまず老中二名、若年寄二名の罷免が決まったという。

六月十六日に板倉勝静から「このような情勢となりいたし方がない、また力を尽くす時も来よう」という文面の手紙が来て、梅澤は罷免された。板倉はさらに手紙の中で、「昨年は今日にも（上様が）江戸にお帰りになると思っていましたが、一年間ご心労が重なり、ひとつも良いことがなく、一歩一歩と危険の淵にお進みになり、恐れ入りため息をつくばかりで、不覚にも涙を落とすのみです」と述べている。

六月十七日罷職　　六月十七日職を罷《や》む
宦海風波不可驚　宦海　風波　驚く可からず
渥恩今日喜全生　渥《あつ》き恩に　今日　生を全うするを喜ぶ
幾多勤苦成何事　幾多の勤苦　何事をか成す
贏得因循一例名　贏《か》ち得たり　因循一例の名

（「六月十七日に免職された」官界での波乱に驚くことはない。主君から深い恩をいただいて生命を全うしていることは嬉しいことだ。様々な困難を経てきたが何も成果をあげられなかった。ただしきたり通りで因循な人間だという評判を手に入れただけだ。）

京都での強硬な攘夷論に対して、何もせずに時を過ごした所から因循との評判を得た。外国の武力を追い払う、という攘夷の説がいかに現実離れしたものであることか、よく弁《わきま》えていた。しかし、朝廷に対して幕府が攘夷について表立って抗弁することは、当時の情勢にあっては危険なことであった。因循は、やむを得なかった手段なのであった。この翌日、板倉勝静も職を辞した。このとき松平直克も政事総裁職を罷免され、以後は幕政から退いている。横浜鎖港問題は結局進展を見ないまま放置された。

さて、梅潭はこのときにわかに罷免されたとはいえ、これまで幕府のために身を粉にして奔走してきたのだから、この風雲急を告げる時に、のんびりと釣りをして過ごすような気持ちにはなれなかった。まだ三十九歳である。

書懐　　懐《おも》いを書す

未甘冷澹作漁翁　　未だ甘んぜず　冷澹　漁翁と作《な》るを
倹素攻身氣尙雄　　倹素にして　身を攻《おさ》め　気は尚お雄なり
新焠光芒三尺劍　　新たに焠《や》く　光芒三尺の剣
此中飽貯寸心忠　　此の中　飽貯す　寸心の忠を

（「思っていることを述べる」気持ちを鎮めて釣り三昧の日を送る気持ちにはまだなれない。質素を旨とし心身を鍛えて意気込みはなお勇ましい。新たに焼きを入れて光を放つ三尺の剣、その中に我が心の忠義を飽くほど込めて。）

翌年、元治二年（慶応元年・一八六五）は、役目が無く家にいたので、焦燥の気持ちが目立つ。

［元治二年（慶応元年・一八六五）四十歳］

詠南朝諸臣　　南朝の諸臣を詠ず
宿雲纔駁拜陽光　　宿雲　纔《わず》かに駁して　陽光を拝す
誰識蕭牆養虎狼　　誰か識らん　蕭牆に虎狼を養うを
當日因循豈無恨　　当日の因循　豈に恨み無からんや
空令名士表忠良　　空しく名士をして忠良を表せしむ

（「南朝の臣下たちについて詠《うた》う」長く垂れこめていた雲をようやく押しのけて太陽の光を拝むことができた。囲いの中に虎や狼を飼っていたと誰が知っていただろうか。当時ぐずぐずと決断を伸ばしていたことを残念に思わないわけではない。立派な人材が忠義の心を表してもそれは空しいばかりであった。）

ここでは、南北朝という時代のできごとに仮託して、懸命の努力が酬われなかった自分の心情を述べている。ここでいう蕭牆に養われていた虎狼とは、浪士組のことか、攘夷派のことか、あるいは将軍を因循だと非難し、名指しで梅潭を罷免した当時の政事総裁職であった松平直克のことだろうか。

罷免されてから一年半、慶応二年（一八六六）正月十八日に、老中の水野《みずの》忠精《ただきよ》から箱館奉行を命じられた(4)。三月二十六日朝八時に出発、陸路を任地に向かう。このとき、思いは悲壮であったが、道中の光景は和やかであった。

［慶応二年（一八六六）四十一歳］

三月廿六日發江都將赴函館乃賦此詩

三月廿六日、江都を発して将に函館に赴かんとし、乃ち此の詩を賦す

君恩海嶽一身持　　君恩の海岳　一身に持《じ》す
豈共女兒悲別離　　豈に女児と共に別離を悲しまんや
但有微臣深恨切　　但だ微臣の深き恨みの切なる有り
拜觀大駕復何時　　大駕を拝観するは復《ま》た何れの時ならん

（「三月二十六日に、江戸を出発して函館に向かおうとする時に、この詩を作った」我が君の海よりも山よりも大きな恩命を一身に受けているのだから、女子供と一緒になって別れを悲しむことはない。ただ幕臣として深い無念の思いがあるばかりだ。このつぎ我が君にお目にかかるのはいつのことだろうか。）

箱館奉行在任中は、南下するロシアへの対策に苦慮する。そしていよいよ大政奉還の年、慶応三年（一八六七）がやってきた。

元旦賦此詩寄江都諸友　　［慶応三年（一八六七）四十二歳］

元旦、此の詩を賦し江都の諸友に寄す

去年心事日凄酸　　去年の心事　日ゞ《ひび》に凄酸
物候一新心自寛　　物候一新して心　自《おのずか》ら寛《ひろ》し
遙憶今朝登殿士　　遥かに憶う　今朝　登殿の士
堂堂皇國舊衣冠　　堂堂たり　皇国の旧衣冠

（「元旦に、此の詩を作って江戸の友人たちに送る」昨年は心にかかる事柄が多く日ごとに辛いものがあった。季節が新しくなり心のわだかまりが自然に解けた。今朝江戸城に出仕する幕臣たちの様子をはるかに思い浮かべる。彼らは堂々と我が国の伝統の衣冠に身を包んでいることだろう。）

前年は、諸外国から狙われる日本にとって、政治のかじ取りに苦慮する江戸幕府にとって、実父の死を迎えた梅潭個人にとって、さまざまに辛い思いで過ごした年であった。この新しい年に、良い展開はあるだろうか。このささやかな思いはかなえられず、正月三日に、年末の二十八日に生まれたばかりの幼い娘が亡くなった。このため、この年は奉行所のひな祭りの行事が取りやめになったという。娘は箱館の大円寺に葬られ、今もその片隅に眠っている。

そしてこの年十月十四日に大政奉還が行われた。しかし、その知らせが箱館に届くのはまだずっと後のことである。

この大政奉還が行われた十月十四日の日記には「例刻に出庁」、「退庁の後、組頭以下、元締め代理など、全て十九人を招いて飲む。夜の五《いつ》つ時ころに終わる」とある。通常の業務の一日であった。梅潭が大政奉還について知ったのは、十一月二十八日になってからであった。

大政奉還に関わる消息は、まず、十一月六日の夕刻に、織田信重、新藤鉦蔵による十月二十日付けの内状によって早便で届けられた。その中に、「十月以来、京都の様子が思いのほか良くない。土佐、安芸のあたりから王政復古論が湧き出し、その他の種々の紛擾があった。いよいよ王政のご決心につき、直接お達しになる趣きもあったが、江戸の役人たちが騒いだ」とある。十日には織田と新藤に内状を出したという記載があるが、十二日の記述には「同僚に内状を遣わさず」とあり、箱館の役人には幕府の状況を知らせていない。しかし、梅潭自身への衝撃は大きかったと見え、八日から十五日まで風邪で欠勤をしている。

十一月二十八日の夕刻になって、十月二十四日付けと、十一月六日付けの二通の正式の書状が届いた。十一月二十四日付けの書状には、徳川慶喜が大政奉還をしたときの文言が記されており、また、遠国奉行への指図なども書かれていた。

この後の日記には、淡々と普段の業務が行われている様子が書かれているのみである。やがて慶応四年（明治元年・一八六八）となった。前年大政奉還は行われたが、なお徳川家は勢力を持っていた。


［慶応四年（明治元年・一八六八）四十三歳］

元旦

鼕鼕樓皷報元正
山海雲晴曙色清
舊夢已消星斗影
新詩先頌旭光明
老松傲雪衆臣志
稚竹悩風孤客情
整頓衣冠東向立
慇懃遙拜二條城

元旦

鼕鼕《とうとう》　楼鼓《ろうこ》　元正《げんせい》を報ず
山海　雲晴れて曙色清し
旧夢　已に消ゆ　星斗の影
新詩　先ず頌す　旭光の明らかなるを
老松　雪に傲《おご》るは　衆臣の志
稚竹《ちちく》　風に悩むは　孤客の情
衣冠を整頓して東に向かいて立つ
慇懃に遥かに拝す　二条城

（「元旦」 鼓楼から元日を知らせる太鼓の音がどーんどーんと鳴り響き、山も海も雲一つなく晴れて曙の色が清らかに広がっている。古い夢は北斗星の影とともにすでに消え、新たに詩を作ってまず朝日の明るい光を称《たた》える。あまたの臣下の志のように老い松は雪の中で傲然と立っている。孤独なはぐれ者のように若竹は風に悩んでしなっている。衣冠を整え東に向かって立ち、はるか二条城に向かって丁寧に拝礼をする。）

二条城はいまの京都市中京区二条通にある城である。ここではその昔、慶長八年（一六〇三）に、徳川家康の将軍宣下に伴う賀儀があり、そして今、慶応三年（一八六七）十月十四日に徳川慶喜の大政奉還が行われた。江戸幕府の始まりと終焉の場所でもあった。

この日の日記には、「正月朔日、晴、例年の通り、装束にて役職者の挨拶を受ける。十二時過ぎ、外国人、年賀として入り来る。例年の通り、料理を出す」とある。

一月二十四日になって、ご用状が届き、さまざまな情報に接することとなった。また、翌二十五日の日記には、「島屋へ到来の書状の写し」「上方大変」として、戊辰戦争のことなどが書かれている。次に挙げるのはこのころの詩である。

無題

此憂何以遣
所負此壺中
怪却忘憂物
三杯不奏功

無題

此の憂い　何を以てか遣《や》らん
負う所は此の壺中
怪却す　忘憂の物
三杯にして功を奏せざるを

（「無題」この憂いを何によって晴らそうか。この壺の中の酒に頼もう。しかし憂いを忘れさせると言われるこの飲み物を、三杯飲んでも効き目がないのはなぜだろうか。）

奉行所を新政府が新たに設置した裁判所に引き渡すための種々の仕事で忙殺されていたせいであろう、この後しばらく作品は残っていない。閏四月十一日には五稜郭を出てその近くの組頭の官舎に移り、新政府から派遣された総督清水谷公考《しみずだにきんなる》の到着を待った。政務の引き渡しの手続きは難行したが、五月一日に目録を取り交わし、奉行所を新政府の率いる裁判所に引き渡すことになった。五月一日の五ッ時過ぎに梅潭は五稜郭に赴いた。清水谷総督は一の間に着座し、梅潭から目録十三冊を渡され、目録を一覧したのち受け取った旨を述べて退座した。

五月四日夕、軍艦の回天丸と開陽丸が江戸から奥州の小名浜を回って箱館港に入ってきた。新政府から派遣された役人たちが警戒するのに対し決して粗暴な挙動は無いと申し聞かせた。夕方、帰宅後に軍艦頭の荒木郁之助が訪ねてきて、江戸からの書状が届けられた。ここで江戸の状況が少し分かった。上野の戦争のこと、近郊で脱走兵と官軍の小競り合いはあるが、江戸表の人々はいたって落ち着いていること、徳川家の相続は田安亀之助殿になるだろうとのことなど、新しい情報を得た。回天丸は七日に出港。このとき奉行所にいた者の内二十二名が回天丸に乗り込んで江戸に帰った。

五月二十三日に亀田の官舎から高龍寺に移った。五月は雨が多かった。二十日から三十日まで、ほとんど雨の日が続いている。

五月の下旬になると、奥州と出羽のあたりが不穏な状況であるという報告が入ってきた。奥羽の諸侯が同盟して独立の形勢があるという。二十六日の日記には、「奥羽越が反旗を翻した場合、当然、箱館も混乱することが明らかである。その隙に乗じてロシアが南下して来るならば、国家の一大事である。何とか鎮撫しなければならない。このたび奉行所を滞りなく引き渡したが、万一そのような事態になったならば、自分のこれまでの尽力も画に描いた餅になってしまう」と記し、「亡国の小臣」が力を尽くしても収まるとは思わないが、それでも何とかしたいという思いが書かれている。さらに、旧奉行所の者を江戸に連れて帰るためには、来たときと違って奥州や出羽を通る陸路を取ることができなくなっていた。ノシロ（今の秋田県能代市）まで船で行って陸路を取る案も考えられたが、ノシロは津軽（弘前藩。今の青森県弘前市）から三里と近く、敵軍かと疑われるに違いない。

五月三十日にイギリスの蒸気船二艘が箱館港に入港した。そのうちの一艘には新潟からの奉行一行とその家族が乗っていた。もう一艘のフ井ル《ママ》ヘートル号は二日後の六月二日の夕刻に横浜に向けて出帆するという。この船は箱館在勤のポルトガル領事ハウル（A.Howell）が引き受けた船なので、便乗の相談ができるということで申し出たところ、総勢九十名と馬一匹を千両の運賃で引き受けてくれるという相談がまとまった。千両の内三百両は梅潭が渡し、七百両は前もって打ち合わせてあったとおり裁判所から出すということで話がつき、六月二日に出港の予定となった。次に書かれるのは、およその準備が終わって箱館に別れを告げるころのことである。

戊辰六月航海將歸江都乃辭龜田官舍寓箱館高龍寺待異舶來港而舶不來悵然賦一絕

戊辰六月、航海して将に江都に帰らんとす。乃ち亀田の官舎を辞して箱館の高龍寺に寓し、異舶の来港を待つも舶来たらず。悵然として一絶を賦す

九分了事一身輕　　九分《きゅうぶ》事を了《お》え　一身軽し
空撫刀鐶奈此情　　空しく刀鐶を撫《ぶ》して此の情を奈《いかん》せん
爲待火輪船入港　　火輪の船の入港を待つ為に

要聞號砲砲臺轟　号砲の砲台に轟くを聞くを要《もと》む

（「慶応四年（明治元年）六月、船で江戸に帰ることになった。そこで亀田の官舎を引き上げ箱館の高龍寺に寓居し、外国船が来港するのを待っているのだが一向にやってくる気配がない。気分が沈むままに絶句を一首作る」やるべきことは九割がた成し終えたので肩の荷が下りたが、それでも刀の柄《つか》に手をかけてどうしようもない気持ちを持てあます。江戸に帰る蒸気船の入港を待っているので、砲台から船が来たという合図の号砲がいつとどろくかと耳を傾けている。）

作品の最後に「港則毎外國艦入港砲臺發號砲。結句故及（港則に外国艦の入港する毎《ごと》に砲台より号砲を発す。結句故に及ぶ）」と自注がある。外国船に乗って帰ろうとしていたので、港の規則で外国船が入ってきたときに鳴らされる号砲が待たれたのである。

六月一日、裁判所に挨拶に行き、清水谷総督から予定より多い金千両の目録を手渡しされた。政務の引き継ぎが滞りなく行われたことへの感謝だという。六月二日、家族と馬が乗船した。家族は妻のきみと、娘のとみで、家来と合わせて十八人、他に役人が十九人で、その家族と合わせて乗船する総勢は九十三人となった。六月三日朝の六時に出港、七日の夜十二時前に横浜港に着いた。ここで風のために足止めされ、十三日の夕刻、ようやく小舟で本所大川端の埋堀《うめぼり》にある自邸に帰り着いた。

こうして梅潭の一行は江戸に帰り、この年の内に徳川慶喜の居る駿河に向かうこととなる。次の作品は、明治元年の暮れに、これまでのことを振り返って書いた作品である。

次忍齋兄排悶之韻却寄兼書懷　［明治元年（一八六八）四十三歳］

忍斎兄の排悶の韻に次《じ》し、却《かえっ》て寄せ兼ねて懐《おも》いを書す

四十年來涉險路　四十年来　険路を渉《わた》り
狂言自戒呑又吐　狂言　自《みずか》ら戒めて呑み又た吐く
函館殘夢未全醒　函館の残夢　未だ全ては醒めざるに
東京時序將迫暮　東京の時序　将に暮れに迫らんとす

（「忍斎兄の憂いを払う詩に次韻し、さらにこの詩を送って自分の思いを表す」四十年来厳しい世の中を乗り切り、むやみな言葉を吐かないように注意しながら息を継いできた。函館の夢の名残りもまだ醒めないのに、東京の季節はもう歳末に近くなっている。）

箱館の夢は未だ醒めきらず、険しい道を歩んで四十年、気づけば明治元年も暮れようとし自らも四十歳を過ぎていた。このとき梅潭は一つの時代が終わると共に、自分の生涯も一段落したと思ったのではないだろうか。

中国では革命が起こって王朝が倒れると、遺臣は前の王朝に殉じて、新しい王朝には激しく抵抗することが多い。しかし、このときの梅潭の心にはそのような激しい昂揚はない。いま、梅潭は幕府が倒れると共に幕府から与えられた自分の使命を終えた。後に残るのは、亡国の小臣としての諦念であっただろうか。

この後まだ残る梅潭の長い人生は、どのようなものであったか。幕府の遺臣は新しい世の中とどのように折り合いを付けていくのだろうか。

注

（1）本論は『杉浦梅潭目付日記』及び同書所収の『經年紀畧』、『杉浦梅潭箱館奉行日記』（共に、杉浦梅潭日記刊行会、一九九一）による。文中では、上記二種の日記を「日記」という。また、日記からの引用を「　」内に入れたが、原文そのままの引用ではなく、筆者が現代文に改めている。本論で引く梅潭の漢詩は『晩翠書屋詩稿』（手写本、国文学研究資料館蔵）による。

（2）松平春嶽を原文で「春岳」と異体字を使っているときは、原文に従った。

（3）杉浦梅潭の初名。

（4）「箱館」の名称は明治二年九月に「函館」に改称されたと言われている。それ以前の表記は、「箱館」に統一する。ただし、原詩に「函館」とある場合は、原詩の表記に従う。

函館・大円寺　梅潭の娘の墓
撮影：市川桃子

遺臣のゆれる心——杉浦梅潭における主君の交代

遠藤星希

序章

明治維新によって江戸幕府が崩壊したとき、旧幕臣たちは様々な選択肢——それが主体的な選択か受動的な選択かを問わず——を迫られた。幕府と命運を共にすること、幕府崩壊後も最期まで新政府に抵抗すること、生きながらえるも節を全うして新政府には仕えないこと、生きながらえて新政府に仕えること。そして最後の選択肢をとった者たちは、新政府に仕えるに当たって、自身の中に疑う余地なく存在していた「主君＝江戸幕府の将軍」という自明の公式から脱却し、「主君＝明治天皇」という新たなる価値観を否応なく受け入れざるを得なかった。本論で取り上げる杉《すぎ》浦梅潭《うらばいたん》（一八二六—一九〇〇）は、最後の選択肢をとった旧幕臣の一人である。

杉浦梅潭、名は誠。梅潭は号。最後の箱館[1]奉行として知られる。文久二年（一八六二）に三十七歳で目付《めつけ》に登用され、文久三年（一八六三）春、松平春嶽に随行して上洛。三月に江戸に戻るも、同年の暮れから翌年にかけて、今度は十四代将軍の徳川家茂に従って再び船で上洛した。その折の船中における心境を詠んだ漢詩が、梅潭の『晩翠書屋詩稿[2]』に収められている。一部を以下に引こう。

正月扈従大駕航遠州洋乃作長歌　［文久四年（一八六四）三十九歳］(3)

正月、大駕に扈従《こじゅう》して遠州洋を航し、乃ち長歌を作る

護駕丹心一段酸　駕を護る丹心　一段と酸たり
諸臣垢面鬢如蓬　諸臣　垢面《こうめん》　鬢は蓬の如く
……（中略）……
我立艦頭告海神　我れ　艦頭に立ちて海神に告ぐ
我君英武四海冠　我が君《きみ》の英武四海に冠たり
欲再入京洛定事業　再び京洛に入りて事業を定めんと欲す
海神風伯盍奉君歡　海神風伯　盍《なん》ぞ君《きみ》が歓を奉ぜざらんやと

（「正月、徳川将軍に付き従って遠州灘を航行し、そこで長詩を作った」家臣たちは垢じみた顔をし髪はぼさぼさで、上様《うえさま》を護らんとする誠心には一段と悲壮感がこもっている。（中略）私は船のへさきに立って海神に告げた。「わが君《きみ》の英明さと武勇は天下にとどろき、再び上洛して天下国家の安定を図ろうとなさっている。それなのに海神よ風神よ、どうしてわが君《きみ》の意にかなうようにしてさしあげないのか」と。）

この詩の二か所に見える「君」は、言うまでもなく将軍徳川家茂を指す。そして幕臣の「我」は、その「君」に対して揺るぎない忠誠心を示し、その心は使命感に満ち溢れている。

一方、次に挙げるのは、幕府崩壊後の明治二年、梅潭が駿府藩の公議人であった時期に詠んだ律詩の後半部である。

次依田學海議院口占之韻　［明治二年（一八六九）四十四歳］

依田《よだ》学海《がっかい》の議院口占の韻に次す

已有君王稱聖武　已に君王の聖武と称《たた》えらるる有り
寧無士庶副英雄　寧《いずくん》ぞ士庶の英雄に副《そ》うこと無からん
昇平在近旋呈象　昇平　近くに在り　旋《つい》で象を呈し
五色祥雲壓彩虹　五色の祥雲　彩虹を圧せん

（「依田学海の詩『議院口占（議院での即興詩）』に次韻して」英明さと武勇を称えられる陛下がすでにあらせられる以上、どうして士族と庶民が英雄たちを補佐しないでいられよう。太平の世はそう遠くはなく、まもなくめでたいしるしが現れ、瑞祥を示す五色の雲が不祥の虹を押しつぶすであろう。）

この詩における「君王」は、明らかに明治天皇のことを指している。そして天皇のことを梅潭が詩の中で「君」と呼んだのは、これが初めてであった。前に挙げた「正月扈従大駕航遠州洋乃作長歌」詩においては将軍家茂のことを「英武」と称え、本詩においては明治天皇のことを「聖武」と称えている。末尾の二句で太平の世が近いことを述べている以上、「已に君王の聖武と称《たた》えらるる有り」が皮肉であるとは考えにくい。それでは梅潭の内部において、主君の交代はさしたる葛藤も生まずスムーズに行われたのであろうか。本論文は、梅潭の『晩翠書屋詩稿』に収められた漢詩のうち、幕末・明治初期の作品の読解を通して、この問題について考察することを試みる。

第一章

先ほど見た詩「正月扈従大駕航遠州洋乃作長歌」においてそうであったように、幕臣時代の杉浦梅潭は、将軍に対する揺るぎない忠誠心と、将軍を輔佐せんとする強い使命感とを抱いていた。次に挙げるのは、梅潭が鉄砲玉薬奉行であった万延二年（一八六一）、元旦の作である。

元旦登營恭賦　　［万延二年（一八六一）三十六歳］

元旦に登営し恭《つつし》みて賦す

萬壽無疆昭代光　　万寿《ばんじゅ》無《む》疆《きよう》　昭代の光
衣冠仰拜聖恩長　　衣冠もて仰拝すれば　聖恩長《とこし》えなり
一滴御盃春露遍　　一滴の御盃　春露遍《あまね》く
暖涵臣庶舊枯腸　　暖かく涵《ひた》す　臣庶の旧《ふる》き枯腸を

（「元旦に幕府に参内し謹んで賦す」太平の世を照らす光なる我が主君が永遠《とわ》に長生きなさいますように。礼服を整えてお姿を拝したてまつれば主君の恩恵は永遠のものに感じられる。賜った御酒をひとしずく口に含めば春の露がすみずみまで行き渡るように、臣民の乾いた旧年の心に温かく染《し》みわたる。）

第二句の「聖恩」は、将軍の恩恵を指す。元旦の慶賀の詩であることは差し引いて考える必要があるが、それでも将軍の治世がいつまでも続くことに対する梅潭の信頼の情は十分に看てとることができるだろう。次に、二年後の文久三年（一八六三）元旦の作の前半二句を見てみると、

元旦　［文久三年（一八六三）三十八歳］

微言自擬補經綸
況是春來羇旅人

元旦

微言もて自《みずか》ら経綸を補わんと擬《はか》る
況《いわん》や是れ春より来《このかた》　羇旅の人たるをや

（「元旦」諫言によって上様《うえさま》の政治を輔佐しようと思っている。ましてや私はこの春からは役目として京都に向かうのだからなおさらだ。）

第二句の「春來羇旅人」というのは、『晩翠書屋詩稿』に附された自注によると、松平春嶽に随行して上洛する役目を帯びたことを意味する。この時、梅潭は目付であったことから、政務に関わり、将軍を輔佐したいという積極的な意志が強く示されている。

その後、梅潭は元治元年（一八六四）六月に目付を解任され、無官となるが、二年後の慶応二年（一八六六）一月には箱館奉行に任命され、同年三月二十六日に江戸を発つ。次の詩は、その出発当日の作である。

三月廿六日發江都將赴函館乃賦此詩　［慶応二年（一八六六）四十一歳］

君恩海嶽一身持

三月廿六日、江都を発して将に函館に赴かんとし、乃ち此の詩を賦す

君恩の海岳　一身に持す

豈共女兒悲別離　豈に女児と共に別離を悲しまんや
但有微臣深恨切　但《た》だ微臣の深恨の切なる有り
拝観大駕復何時　大駕を拝観するは復た何れの時ならん
（「三月二十六日、江戸を発《た》って函館に赴任する旅路につき、そこでこの詩を詠んだ」海より深く山より高い主君の恩命をこの身に帯びているのだから、女子供との別れを悲しむことなどどうしてあろう。ただ卑賤の私が深く恨みに思うのは、次に上様《うえさま》に拝謁できるのは一体いつになるかということだけだ。）

江戸幕府の将軍を指す「君」が梅潭の詩の中で用いられるのは、これが最後である。そして、明治天皇のことを梅潭が詩の中で初めて「君」と呼んだのは、序章で挙げた明治二年の詩「次依田學海議院口占之韻」においてであった。その間には三年強の月日が流れている。

ところで、この詩における「君恩海嶽」は、自らの精神を奮い立たせるものとしての将軍の恩命を指していた。一方、維新後の次の作に見える「海嶽聖恩」は、ほぼ同じ表現でありながら、全く別の様相を呈している。

偶成　偶《たまたま》成る　［明治二年（一八六九）四十四歳］

萬死一生遭政新　万死一生　政《まつりごと》の新たなるに遭い
老官却似晩成人　老官　却て晩成の人に似たり
只依海嶽聖恩渥　只だ海岳聖恩の渥《あつ》きに依り
未忍挂冠全此身　未だ冠を挂けて此の身を全うするに忍びず

(「偶然にできた詩」九死に一生を得て新しい政体の世を迎え、年老いて官に就いた私はかえって晩年に大成したかのようだ。これもただ海より深く山より高い主君の恩によるものであり、私は官吏の証《あかし》である冠をかぶってこの身を全うするに忍びない心地がするばかりだ。)

梅潭は明治二年(一八六九)八月二十九日、開拓使権判官に任命され、同年の十一月三十日に東京を発った。この詩は、同年十月の作である。

第三句に見える「海嶽聖恩」は、幕府の旧臣である梅潭を取り立て、開拓使権判官に任命した、明治天皇の厚い恩寵を指している。しかし、それは「三月廿六日發江都將赴函館乃賦此詩」詩における「君恩海嶽」のごとく積極的に「一身に持して」自己の精神を奮い立たせるものではなく、あくまでも「依る」対象に過ぎなかった。旧幕臣の自分にはそのような高官につく資格など無いのに、ひとえに天皇の恩寵に依存する形で任命され、出世してしまったことに対する、ある種の後ろめたさが結句に示されているのである。

第二章

この種の後ろめたさは、維新前の梅潭の詩には無縁である。たとえば、目付時代の次の詩にはこのようにある。

有感　　感有り　　[文久三年(一八六三)三十八歳]

擧官自愧曠其員　　官に挙げらるるも自ら愧づ　其の員を曠《むな》しくするを

日進數言無所全　日ゞ《ひび》に数言を進むるも全うする所無し
始信拙誠難作用　始《ようや》く信ず　拙誠は用を作《な》し難しと
被他黄口著先鞭　他の黄口に先鞭を著けらる
（「感慨を述べる」官に任命されてもお役目を果たせていないことが恥ずかしい。毎日たびたび進言をしても聞き入れられることはない。やっと分かったのは愚直な誠実さはほとんど役に立たないということ。おかげで他所《よそ》から来た未熟な者どもに先を越されてしまった。）

この詩で表明されている「愧《はじ》」の意識は、せっかく任命された目付という官にあって職責を果たせていないこと、結果を出せていないことに対する慚愧の念である。「偶成」詩において示されたような、任官そのものに対する後ろめたさとは、明確に区別して考える必要があるだろう。「有感」詩と同種の恥の意識は、無官時代の次の詩からも見出せる。

次永井介堂韻却寄兼報近況（十首其十）　［慶応元年（一八六五）四十歳］
永井介堂の韻に次し却《かえっ》て寄せ、兼ねて近況を報ず（十首其の十）

身甘陋巷耐悲辛　身は陋巷《ろうこう》に甘んじて　悲辛に耐え
心似子陵思富春　心は子陵に似て　富春を思う
海嶽君恩無所報　海岳の君恩　報ゆる所無し
恥言清世一閒人　言うを恥づ　清世の一閑人なりと

（「永井介堂の詩に次韻して返礼の詩を送り返し、あわせて近況を報告した（十首その十）」陋巷に身を置く境遇に甘んじて悲しく辛い日々に耐え、心境は富春を思う厳子陵のように退隠の志を抱いている。しかし、海より深く山より高い主君の御恩にお報いしておらず、太平の世の暇人と名乗るのを恥ずかしく思っている。）

松平春嶽の後任として政事総裁職に就任した松平直克の進言により、元治元年（一八六四）の六月十七日、梅潭は目付の任を解かれた。これ以後、慶応二年（一八六六）一月、箱館奉行に任命されるまで無官であった。この詩の結句で表明された「恥」の意識は、自身が無官の「閑人」であって「海岳の君恩」に何ら報いることができていない現実から生じている。

それに対して、幕府崩壊後の梅潭は、逆に官僚の一員になることを恥じるようになる。

元旦口號（二首其一）　［明治三年（一八七〇）四十五歳］

蓬髪星星已作斑
無能自愧列朝班
衣冠拝受王正月
一笑新年換舊顔

元旦の口号（二首其の一）

蓬髪《ほうはつ》星星として　已に斑《まだら》と作《な》る
無能　自《みずか》ら愧《は》づ　朝班に列するを
衣冠　拝受す　王の正月
一笑す　新年に旧顔を換うるを

（「元旦に即興で作った詩（二首その一）」乱れた髪にはもうぽつぽつと白髪がまじっている。無能な自分が政府の官吏の一員として連なっていることが我れながら恥ずかしい。天皇陛下の正月となって官服を頂戴し、幕臣の顔を新政府の顔に改めて新たな年を迎えるのが面はゆい。）

開拓使権判官として函館に着任したての元旦の作。第一章で引いた「元旦」詩に見られたような、職務に対する前向きな抱負や使命感は一切示されていない。ここに表れているのは、「偶成」詩に見られたような、任官そのものに対する「愧《はじ》」の意識である。この後ろめたさは、自身が「無能」であるという認識のみならず、自嘲をまじえつつ結句で語られているように、自身が他でもない旧幕臣であるという事実とも切り離して考えることはできないだろう。「なぜか新政府の官に任じられてしまった無能な旧幕臣」という自画像は、次の七言律詩の中でも描かれている。前半部のみを引く。

将赴函館賦長律留別同人　　［明治二年（一八六九）四十四歳］

将に函館に赴かんとして、長律を賦し、同人に留別す

人世浮雲原不期　　人世　浮雲　原《もと》より期せず
客中爲客事尤奇　　客中　客と為らんとして　事は尤《もつと》も奇なり
新官才拙畏異選　　新官　才は拙にして　選に異なるかと畏れ
舊吏身全欣遇時　　旧吏　身は全うして　時に遇うを欣《よろこ》ぶ

（「函館への赴任が近づいたので、律詩を賦し、志を同じくする友人に贈る」わが人生は浮雲《うきぐも》のように定まりなく、もとより先のことは予期できない。旅に旅を重ねてきた私がさらに函館へと向かう旅人になろうとしているのは、とりわけ思いもつかないことであった。才能に乏しい私がこのような官に新しく任命されたのは身に余る人選であり、身

を全うできたこの旧幕臣は良い時代にめぐりあえたことを喜んでいる。）

明治二年（一八六九）十一月の作。すなわち第一章で引いた「偶成」詩と同じく、開拓使権判官に任じられてから、赴任の途につく間の作である。ここでも詩中の「旧吏（＝旧幕臣）」は、才能が「拙」であることが強調されており、新しく受けた官命に対する気負いや使命感は一切表明されていない。

ただ奇妙なのは、結句で「身は全うして時に遇うを欣《よろこ》ぶ」と述べられていることだ。梅潭はこの詩のわずか一か月前の作である「偶成」詩の結句で「未だ冠を挂けて此の身を全うするに忍びず」（私は官吏の証である冠をかぶってこの身を全うするに忍びない心地がするばかりだ）と言っている。一方では身を全うして良い時代にめぐりあえたことを素直に喜び、もう一方では身を全うすることに負い目を感じている。「偶成」がふと心に浮かんだ感興を綴った即興詩であり、「将赴函館賦長律留別同人」が友人に贈った社交的な詩であるという違いはあれど、この心理の振幅はあまりにも大き過ぎはしないか。次章では、梅潭のこうした心の揺らぎを、彼の漢詩を通して読み取っていきたい。

第三章

維新後の梅潭が、必ずしも官職につくことに消極的だったわけではない。たとえば次の七言絶句では、「全身（身を全うす）」とほぼ同義の語「了身（身を了《お》うる）」を用いて、職務に励みたいという積極的な意志が表明されている。前半部を引こう。

答設樂春山次其韻却寄　［明治元年（一八六九）四十三歳］
設楽《したら》春山《しゅんざん》に答えて其の韻に次し、却《かえっ》て寄す

未甘辭職脱風塵　未だ甘んぜず　職を辞して風塵を脱するを
勤苦唯期了此身　勤苦　唯《た》だ期す　此の身を了《お》うるを

（「設楽春山に答えてその詩に次韻し、返礼の詩を送り返す」私はまだ官職をやめて俗世から脱けだす気分にはなっていない。刻苦精励してこの生涯を全うしたいと考えているのだ。）

慶応四年（明治元年・一八六八）五月一日、梅潭は箱館奉行所を新政府に引き渡し、六月に江戸に戻ってきた。この詩は同年の晩冬、駿府藩の公議人に任命されて以後の作である。公議人は、各藩の対外的な折衝役を主な任務とする。翌明治二年（一八六九）春に公議所（同年七月に集議院と改称）が開設されてからは、駿府藩の代表として公議所での定例会議にも出席し、国政に参与した。この詩における「職」は公議人のことを指す。

梅潭が公議人に対しては、後の開拓使権判官就任時とは異なり、職務に精励したいという積極的な意志を抱いているのは、徳川本家の家督を継いだ徳川家達《いえさと》が駿府藩の藩主であり、公議人がその藩の代表としての職責を担っていたからであろう。次の詩もまた、梅潭が公議人であった時期の作である。

四月二十七日梅川樓席上次梅津南洋之韻(4)　［明治二年（一八六九）四十四歳］
四月二十七日、梅川楼の席上にて梅津南洋の韻に次す

奔走十年西與東　奔走すること十年　西と東

辛勤恥不衆兄同　　辛勤　衆兄に同じからざるを恥づ
餘生列席君休怪　　余生　列席するも　君　怪しむこと休《な》かれ
畢竟頑翁是塞翁　　畢竟　頑翁是れ塞翁《さいおう》

（「四月二十七日に、梅川楼の宴席にて梅津南洋の詩に次韻して」十年もの間、西へ東へと奔走し続けたが、先輩方のように一生懸命お勤めしなかったことが恥ずかしい。幸いにも生き長らえた私が宴席に列なっていることを、君よ、どうか怪しまないでおくれ、結局のところ、頑固なこの爺《じじい》はあの塞翁のようなものなのだから。）

西へ東へと奔走した幕末の激動期を切り抜け、生き長らえて今では宴席に列なっている自分自身のことを、梅潭は「塞翁《さいおう》」と称している。「塞翁」は『淮南子』人間訓に見える有名な故事――辺塞地方に住む翁の馬が逃げたが、別の駿馬を連れて戻ってきた。その馬に乗った息子が落馬して足を骨折したが、そのおかげで戦争に徴用されず、生き長らえることができたという話――を踏まえる。人生の禍福や吉凶は予測不能なことを示すこの故事を喚起させることによって、自身が生き長らえたのは決して意図したことではなく、偶然の結果であることを梅潭は示したかったのだと思われる。次の七言絶句もまた同年の作。後半部のみを挙げる。

八月十日淹滞静岡大久保檉軒席上走筆題綠堂畫山水　　［明治二年（一八六九）四十四歳］
八月十日、静岡に淹滞し、大久保檉軒の席上にて筆を走らせ、緑堂の山水を画《えが》くに題す

十年未了平生願　　十年　未だ了《お》わらず　平生の願い
不在青雲在白雲　　青雲に在らずして白雲に在り

（「八月十日、静岡に滞留中に、大久保樫軒の宴席にて筆を走らせ、岩田緑堂の描いた山水画に書きつけた」十年経ったが未だに平生の願いは遂げられていない、それは青雲の志ではなく白雲の志である。）

公議人の職にあった梅潭は、明治二年（一八六九）八月二日、新政府から外務省に出仕するよう命じられ、三日後の八月五日、「唐太地取調御用掛」を拝命する。この詩はそのさらに五日後の作。本詩において梅潭は、「平生の願い」が「青雲の志（＝立身出世をしようとする心）」にあらず、「白雲の志（＝隠遁願望）」にあることを突如として表明する。それは詩を書きつけた山水画に触発された面も当然あろうが、やはり中央政府からの出仕を命じられたことが大きく作用しているだろう。

この「平生の願い」が表明されてより僅かに十九日後、梅潭はさらに開拓使権判官を拝命する。次の七言絶句はその時の作である。

八月廿九日拝命開拓権判官卒然走筆　　［明治二年（一八六九）四十四歳］

八月廿九日、開拓権判官を拝命し、卒然として筆を走らす

堪嗤身世似雲烟　　嗤《わら》うに堪う　身世《しんせい》　雲煙に似るを
但把行藏任自然　　但だ行蔵を把《と》りて自然に任《まか》さん
蠻霧京塵蹤不定　　蛮霧と京塵　蹤《あと》定まらず
佗年埋骨果何邊　　佗年骨を埋むるは　果たして何《いず》れの辺りぞ

（「八月二十九日、開拓使権判官を拝命し、にわかに筆を走らせてこの詩を書いた」わが人生が雲や霞《かすみ》のように流れて

落ち着かないのには失笑してしまう。出処進退はただ自然にまかせるしかないのだろう。霧のわく僻地と土ぼこりの舞う都とを行ったり来たりして行方も定まらず、いつの日か骨を埋めるのは一体どこになることやら。）

梅潭は「平生の願い」とは裏腹に、開拓使権判官の命をなすがままに受け入れる。詩の中で自嘲気味に述べられるのは、「身世雲煙に似る」ということ。これは第二章で挙げた「將赴函館賦長律留別同人」詩の句「人世浮雲原不期」（わが人生は浮雲のように定まりなく、もとより先のことは予期できない）と同趣旨であろう。

幕臣時代の梅潭は、慶応三年（一八六七）の作「答佐佐木支陰次其見示之韻却寄」という詩の中で「點檢世波翻、行藏迷斷決（世波の翻《ひるがえ》るを点検し、行蔵断決に迷う）」と述べている。世の荒波の様子をしっかりと見定め、出処進退の決断を下すのに逡巡している梅潭の姿が、そこにはある。しかし、開拓使権判官を拝命した維新後の梅潭は、「行藏（出処進退）」を「自然に任せ」、流されるままに生きることを選んだ。それは、自分の人生が「浮雲」のように捉えどころがなく、「塞翁」のごとく禍福や吉凶が予測不能であるという諦観を動機とした、いわば主体的な選択というべきではないだろうか。

おわりに

以上、本論では、幕府の崩壊および将軍から天皇への主君の転換が、一人の幕臣にもたらした内的葛藤と恥の意識の諸相、およびそれを受け入れていった彼の心的態度について若干の考察を試みた。改めて浮き彫りになったのは、自身の中に疑う余地なく存在していた主君が、突然別の誰かに置き換えられた時にもたらされる衝撃の大きさである。

明治九年（一八七六）七月十六日、明治天皇が函館に行幸した際、臨御の先導役をつとめたのは、当時開拓使判官であった杉浦梅潭である。さらに翌日、梅潭は天皇の御下問に陳述し、その後は天皇と陪食までしている。(5) それにも関わらず、梅潭はその光栄に浴した喜びを一切漢詩には詠じていない。本論の序章で最初に挙げた詩がそうであるが、将軍の行幸に随行した喜びが長大な漢詩に詠じられているのとは対照的である。詩の中では明治天皇のことを「君」と呼ぶようにはなっていたものの、梅潭の中では最後まで、真なる主君は記憶の中だけに存在する将軍だったのかもしれない。

注

（1）「箱館」の名称は明治二年（一八六九）九月に「函館」に改称されたと言われる。本論における表記は、改称前は「箱館」、改称後は「函館」とする。ただし、原詩に「函館」とある場合は、たとえ改称前であってもその表記に従う。
（2）国文学研究資料館蔵。安政五年（一八五八）から明治三十三年（一九〇〇）の間に作られた杉浦梅潭の漢詩二三七〇余首を浄書したもの。以下、本論で引く梅潭の漢詩はこの『晩翠書屋詩稿』による。
（3）杉浦梅潭の漢詩を引用する際は、制作年（旧暦）と数え年の年齢を詩題の下に附す。以下、同じ。
（4）梅津は稲津の誤りか。稲津南洋は飫肥《おび》藩の公議人であり、後に梅潭と共に晩翠吟社を設立した。
（5）田口英爾著『最後の箱館奉行の日記』（新潮社、一九九五）二〇七頁参照。

箱館道中（一）――箱館奉行赴任への旅

市川桃子

本論は、杉浦梅潭（誠）が江戸時代の末に箱館[1]奉行として赴任する際の、江戸から箱館までの道中を、本人の著作である『杉浦梅潭箱館奉行日記』[2]と『晩翠書屋詩稿』[3]とによって記したものである。

慶応二年（一八六六）、梅潭は箱館奉行として赴任することとなった。その沙汰は、この年の元旦にはまだ届いていない。次の作品はその元旦の作である。梅潭は元治元年（一八六四）六月、朝廷からの攘夷の要求に関連して目付を罷免されてのち、一年半ほど無職であった。

元旦　［慶応二年（一八六六）四十一歳］

紅閃東方春色浮
扶桑六十太平周
只希我武如朝日
赫赫餘光照五洲

元旦

紅《くれない》　東方に閃き　春色浮く
扶桑六十　太平周《あまね》し
只だ希《ねが》う　我が武の朝日の如くにして
赫赫《かくかく》たる余光　五洲を照らさんことを

（「元旦」東の空に赤く光が射し春の景色が浮かび上がった。日本の六十国に天下太平の気運があまねく行き渡る。我が日本の武力が朝日のように、盛んに輝く有り余る光となって世界を照らすことを願うばかりである。）

罷免されるまで、幕府のために身を粉にして奔走してきたのだから、この一年半、のんびりと生活を楽しむ気持ちにはなれなかった。思いは常に天下国家に向かっていた。

正月十八日五つ半（今の午前九時頃）、江戸城西の丸芙蓉の間で、老中の水野《みずの》忠精《ただきよ》（一八三二―一八八四）から箱館奉行赴任を命じられた。箱館奉行並（奉行補佐）は、新藤《しんどう》鉦蔵《しょうぞう》という人物で、二十一日に共に江戸城に出仕した。梅潭は箱館奉行に任じられてから、ほぼ毎日のように江戸城に出仕している。二十七日に、老中松平康直《やすなお》から「蝦夷地諸侯領分願」などの書類が渡された。それには、「西海岸は、佐竹、酒井。東海岸は仙台、会津両家で隔年。北蝦夷は、陸奥守、会津、佐竹、酒井。東は、南部、津軽、松前」と、蝦夷地を諸藩で分割して警衛する計画が述べられていた。それについては二月二日に返答した。

二月に入ると、箱館から英国軍艦入港などの御用状（実務上の報告や意見を伝える手紙）が届き始めた。併せて、箱館赴任に要する手付け金の手配、通訳の手配などが行われる。通訳として、英語に名村五八郎、塩田三郎、英語とフランス語に立広作、また武田《たけだ》斐三郎《あやさぶろう》（五稜郭の設計者）の名が見える。御用繁多である。六日に、梅潭は出立を二日遅らせるように御用状を提出したのに、また催促が来たので、七日に、若年寄りの田沼意尊《たぬまおきたか》に対し、新藤鉦蔵を通じて説明をしている。二月十二日、今後の予定を記す。それは次の通りである。

三月下旬、杉浦兵庫頭《ひょうごのかみ》（杉浦誠）江戸出立。箱館への渡海を含めて約三十日の予定。

四月下旬　同人、箱館着。

同時に、（現）箱館奉行、小出大和守《こいでやまとのかみ》（秀実《ほずみ》）樺太調査のため箱館を出立。渡海を含めて四十五、六日から五十日ほど。

六月中旬　同人、蝦夷地久春内《くしゅんない》着。約二十日ほど。

七月中旬　同人、蝦夷地ホロコタン着。

九月下旬から十月初旬までのうちに箱館に帰着の予定。

このころ、北海道ではロシアが南下して日本の領分が侵されており、箱館奉行所では国境の確定が急がれていた。国境を当初幕府が想定していた北緯五十度に確定することは難しく、樺太の久春内《くしゅんない》付近が現実的であった。しかしこのとき、現地の状況を知る箱館奉行所と、観念的な国境論に固執する幕府とで、見解が食い違っていた。このことについて、梅潭は二月十四日に、箱館奉行所の立場から小出秀実の久春内巡視を幕府に上申し、分界（国境確定）の早期決着を促している。(4)

その後の流れを箇条書きで示せば、

二月十八日、拝借金五百両、御役金取越し（前渡し）七百両を受け取る。

二月二十七日、英国公使との会見に出席。

三月八日、船で送る荷物を発送。

三月十六日、長男正一郎《しょういちろう》の御目見え（将軍に拝謁する資格）、御番入り（家督相続前に御番方に加わり役職を得る制度）の願いを出す。また、幸次郎を老中水野忠精のもとに出仕させる。(5)

三月二十六日朝八時出立、陸路で任地に向かう。これからの道中記、時刻は全て現在と同じ、西洋式の時刻で記されている。江戸に残るのは、養父、倅《せがれ》、娘一人、とある。後事は叔父の久須美祐利（実父の弟）に託した。十時前に千住《せんじゅ》に到着、養父及び長男の正一郎や親類の久須美と豊田の使いを含めて十人余りがここまで見送りに来た。ロシア南下の問題に向かって、覚悟を固めての赴任であった。(6)(7)

三月廿六日發江都將赴函館乃賦此詩
三月廿六日、江都を発し将に函館に赴かんとし、乃ち此の詩を賦す

君恩海嶽一身持　君恩の海岳　一身に持す
豈共女兒悲別離　豈に女児と共に別離を悲しまんや
但有微臣深恨切　但だ微臣の深き恨みの切なる有り
拜觀大駕復何時　大駕を拝観するは復た何《いず》れの時ならん

(「三月二十六日、江戸を出発し函館に向かおうとして、この詩を作る」海より深く山より高い主君の恩命をこの身に帯びているのだから、女子供と一緒になって別離を悲しむことがあろうか。ただ臣下としていつまた将軍にお目にかかることができるのだろうかと思うと、切に深い悲しみを覚える。)

右の詩では、ただ徳川将軍のことを思うと記しているが、見送りに来た父に向かっては、やはり胸迫る思いがあった。

仝呈家君
仝《おな》じく家君《かくん》に呈す

驛馬牽來門外喧　駅馬《えきば》牽《ひ》き来たりて門外喧《かまびす》し
別離情切涙痕繁　別離　情は切にして　涙痕繁し
匆匆辭去君休怪　匆匆《そうそう》にして辞し去るも君怪《あや》しむを休《や》めよ
此際無言勝有言　此の際　無言は有言に勝《まさ》る

（「同じく父君に示す」駅に置かれている馬を引いてくると、門前はにわかに騒がしくなりました。父上とお別れする悲しみは切実で、幾筋もの涙の痕が残ります。慌ただしく立ち去るのをいぶかしく思わないでください。この別れ際ですから、饒舌にお話しするよりも無言でいる方が気持を分かっていただけると思うのです。）

別離の思いは悲壮であったが、詩に描かれる箱館までの道中での気持ちはのびやかであった。

初日は朝八時に出発、午後四時に草加（今の埼玉県草加市）に着いて宿泊した。翌二十七日は朝の三時に起きて五時二十分に出立、午後二時二十五分、幸手《さって》（今の埼玉県幸手市）着。二十八日は雨が降っていた。朝五時に出発して七時四十分に栗橋の宿に着き、関所を越え、船で利根川を渡った。中田宿から牡丹を眺めながらさらに古河《こが》宿、野木《のぎ》、友沼《ともぬま》、間々田《ままだ》を経て夕方四時十分に小山《おやま》宿に至り、宿泊した。

自栗橋到中田途中賦所見
栗橋《くりはし》自り中田《なかた》に到る途中に見る所を賦す

纔出栗關江水横　　纔《わず》かに栗関《くりのせき》を出づれば江水横たう
刀寧渉了道寛平　　刀《とう》は寧《やす》らかに渉《わた》り了《お》え道は寛平《かんぺい》
喬松蓊鬱夾官道　　喬松　蓊鬱《おううつ》として　官道を　夾《さしはさ》み
人向翠雲堆裏行　　人は翠雲堆裏《すいうんたいり》に向《あ》りて行く

（「栗橋から中田に至る途中で見たことを詩にする」栗橋（今の埼玉県久喜市）の関所を出るとすぐに大河が横たわっていた。舠《こぶね》は安定していて何事もなく渡り終え、その先の道も広く平らで進みやすい。公道の両側には松が高く鬱蒼と茂っていて、私たちは緑の雲のような松の並木の中を旅をしていく。）

二十九日に、箱館の小出秀実から、久春内《くしゅんない》（樺太の大泊郡《おおとまりぐん》にあった村）で幕吏八名がロシアに捕えられたという事件についての書状が届いた。このとき、小出秀実は梅潭の着任を待って樺太視察をするべく用意を始めていると述べている。この書状を見て、すぐに幕府に回送するように手附（地方役人《じがたやくにん》）二名に申しつけた。北海道の状勢は不穏である。こののち旅は順調に進み、三月三十日、宇都宮《うつのみや》（今の栃木県宇都宮市）を出て喜連川《きつれがわ》（下野国、現在の栃木県さくら市の喜連川）を通った。このあたり、荷物を運ぶ馬の多くは牝馬《めすうま》で、馬夫が一人で何頭もの馬を引き、さらに馬夫がだいたい女性であるのが珍しかった。四月一日、白川（今の福島県白河市）着。いよいよ奥州《おうしゅう》陸奥国《むつのくに》に入った。

入奥州
總山野水路悠悠
二國全過是奥州
應識養蠶敷四海
新畦茁麥稺桑稠

奥州《おうしゅう》に入る
総山　野水《やすい》　路《みち》悠悠
二国《にこく》全て過ぎて是《こ》れ奥州
応に識《し》るべし　養蚕　四海《しかい》に敷《し》くを
新畦《しんけい》に麦茁《い》で　稚《わか》き桑稠《おお》し

（「奥州に入る」まわりは全て山で草原や小川のほとりを道がはるばると続く。国をふたつ通り越えてここは奥州だ。この地が養蚕で有名で特産の絹が世界に行き渡っているのは周知のことだ。耕したばかりの畑には麦の穂が勢いよく伸び、若葉をつけた桑の木がたくさんある。）

四月三日、須賀川（今の福島県須賀川市）の駅を出発すると、西の方に出羽の連山が見えた。まだ雪を冠っていて、言いようのない美しさであった。

四月三日拂曉發須賀川遙望連山問之土人乃奥州界也山頂殘雪承朝輝奇景不可狀乃賦二十八字（二首其一）

四月三日、払暁《ふつぎょう》に須賀川《すかがわ》を発し、遥かに連山を望む。之《こ》れを土人《どじん》に問えば、乃ち奥州の界《さかい》なり。山頂の残雪朝輝《ちょうき》を承けて、奇景状《じょう》す可からず。乃ち二十八字を賦す（二首其の一）

透迤翠黛淡交濃
奥羽分疆山九重
遠近一般如著色
曉光五彩好儀容

透迤《いい》たる翠黛《すいたい》　淡きは濃きに交《まじ》う
奥羽《おうう》の分疆《ぶんきょう》　山　九重《きゅうちょう》
遠近　一般　色を著《つ》くが如し
暁光《ぎょうこう》五彩　儀容《ぎよう》好《よ》し

同（二首其二）

好是青郊四月天
奇觀極目正何邊
連山尚剩去年雪
遍帶朝暾更麗娟

好《よ》し是《こ》れ青郊《せいこう》　四月の天
奇観　極目　正に何ぞ辺《は》てん
連山尚お剰《あま》す　去年の雪
遍《あまね》く朝暾《ちょうとん》を帯《お》びて更に麗娟《れいえん》

（「四月三日、夜明けに須賀川を出ると、遠くに連山が見えた。この山について土地の者に尋ねると、それが出羽《でわ》と陸《む》奥《つ》の境界となる山々だという。山頂には雪が残り朝日を承けていて、その美しさは形容しがたいほどであった。そこで七言絶句を作った（二首）」（二首その一）うねうねと続く緑の尾根には薄い緑と濃い緑が入り交じっている。陸奥と出羽の境には山々が幾重にも連なっている。遠くも近くも同じく朝日に染められているようで、五色の暁光のなかで美しく姿を整えている。（二首その二）初夏四月の空のもと、緑の野は素晴らしい。見渡す限り美しい景色が広がっていてまさに果てしがない。連山には去年の雪がまだ残っており、すべて朝日に染められていっそうつややかでうるわしい。）

四月四日、福島駅着。福島藩主板倉勝顕《いたくらかつあき》から見舞いの使者が来る。この日は桑折（今の福島県伊達郡）に泊まった。翌五日には大河原駅（今の宮城県大河原町）についた。いよいよ仙台領である。伊達家の家来、伊藤喜膳という者が付き添いとしてやってきた。仙台領内の道中を付き添うという。七日、国分ヶ町（今の仙台市青葉区）を出立《しゅったつ》、このあたりは酴醾《とび》（トキンイバラ）と藤の花が満開であった。吉岡（今の宮城県黒川郡）に来るとアンキナコ（餡と黄粉《きなこ》か）の餅を売っていた。江戸に比べれば大変に安い。仙台領では、米は一両で五斗四、五升くらいに相当する（一斗は十升、約十八リットル）。ここから駒場（今の宮城県黒川郡）まではほとんどが山道で、景観がとても良かった。

仙臺道中（二首其一）　仙台道中（二首其の一）

寸餘穉稲似鋪氈　寸余の穉稲《ちとう》　氈《せん》を鋪《し》くに似て
鋤了田田未引泉　田田《でんでん》を鋤《す》き了《お》わりて未だ泉を引かず
俯仰併奇春夏景　俯仰《ふぎょう》すれば奇を併《あわ》す　春夏の景
菜花香裏聽新鵑　菜花《さいか》香る裏《うち》に新鵑《しんけん》を聴く

同（二首其二）

籃輿困坐睡頻生
恍惚時知耳底清
松影倒懸山蓊鬱
杜鵑一叫未分明

籃輿《らんよ》に困坐《こんざ》して睡り頻《しき》りに生ず
恍惚として時に知る　耳底の清きを
松影　倒《さかしま》に懸《かか》り　山蓊鬱《おううつ》
杜鵑一叫《とけんいっきょう》　未だ分明《ぶんめい》ならず

（「仙台の道中」（二首その一）苗代に三センチあまりの幼い稲の苗が毛氈《もうせん》を敷いたように広がり、田ごとに鋤《す》き終わっていてまだ水が入っていない。上や下を眺めれば春と夏の景色の美しさがひとつとなっており、春の菜の花が香る中に夏のホトトギスの幼い鳴き声が聞こえてきた。（二首その二）輿《こし》に揺られて疲れ果ててしきりに眠たくなり、ぼんやりしているとちょうど耳に清らかな音が聞こえてきた。松の木が影を逆さに落としている鬱蒼とした山の中から、若いホトトギスのまだはっきりしない鳴き声がひと声聞こえてきた。）

四月九日、中尊寺を観光してのち、夜の八時に、水沢駅（今の岩手県奥州市）についた。ここで付き添ってきた仙台藩の伊藤喜膳が帰るので、ねぎらい、菓子料として二百疋を贈る。供の者たちは疲労困憊の様子である。翌十日、岩目坂に仙台藩の番所があった。ここまでが仙台領である。その先の鬼柳《おにやなぎ》（今の北上市）に南部藩の番所があり、ここからは南部領である。南部（盛岡）藩の家来福田勇という者がこの日から付き添いとなる。花巻（今の岩手県花巻市）で双眼鏡などを修理した。

十一日、盛岡駅着。盛岡藩主南部利剛《なんぶとしひさ》から旅中見舞いの使者が来て、地元のかたくりの他、落雁、鞍をもらった。

十二日、渋民《しぶたみ》駅（今の岩手県盛岡市）あたりの村の女性は頭を風呂敷のようなもので包んでいる。付き添っている南部の先払いの足軽は、村人に笠は取れと言うが、女性の頭の風呂敷は気にしない。変わった風習である。

十三日、沼宮内《ぬまくない》（今の岩手県岩手郡）を出ると、モモ、スモモ、サクラが満開であった。サクラは少なくナシが多い。小繋《こつなぎ》（今の岩手県二戸郡《にのへぐん》）で昼食にした。山道が渓流にそって続き、木曾の山中を行くような趣である。

過古茶屋賦所見　　古茶屋《ふるちゃや》を過《よ》ぎりて見る所を賦す

莫言陋巷難容轍　　陋巷《ろうこう》に轍《てつ》を容《い》れ難《がた》しと言う莫かれ

幾樹玉梨吾欲折　　幾樹の玉梨《ぎょくり》か　吾れ折らんと欲す

想見宵宵月上時　　想見《そうけん》す　宵宵《よよ》　月の上《のぼ》る時

満村花影鋪如雪　　満村の花影　鋪《し》きて雪の如くならん

（「古びた茶屋に立ち寄って見た景色を詠う」せまい村の道は馬車が通りにくいなどと文句を言うことはない。ここには幾本もの梨の木が玉《ぎょく》のような白い花を咲かせており、私はどれほど折って持って帰りたいと思ったことか。きっと毎夜、月の昇るときには、村いっぱいの梨の花影《はなかげ》が雪を敷き詰めたように輝いて見えることだろう。）

十四日、一戸駅《いちのへ》（今の岩手県一戸町）を出て、並打峠《なみうちとうげ》（浪打峠）から福岡（今の岩手県北上市）まで歩いた。道は険しく、石壁《せきへき》が数十丈（一丈は三メートル余り）も、削って作ったように切り立っている。美濃ケ坂《みのがさか》（蓑ケ坂）の山頂からの眺望は絶景であった。

南部道中　　南部《なんぶ》道中

十里出山還入山　　十里　山を出《い》でて　還《ま》た山に入る
二旬跋渉幾重山　　二旬《にじゅん》　跋渉《ばっしょう》す　幾重《いくえ》の山
此行初慰愛山癖　　此の行《こう》　初めて慰む　愛山《あいざん》の癖《へき》
身在山中尚看山　　身は山中に在りて　尚お山を看る
（「南部を旅して」十里旅し続けた山を脱け出てまた山に入る。この二十日間、幾重の山を越えてきたことか。今回の旅で初めて、かねてから持っていた山を愛する思いを満足させることができた。山の中に身を置いているのにさらに山を眺めているのだから。）

十五日、五戸《ごのへ》（今の青森県三戸郡）の駅に着くと、去る七日に箱館を出て江戸に向かうという現奉行小出秀実の家族と遇う。二人の父（実父と養父か）に手紙を書き、小出家の江戸行きに託す。

十六日、三本木（三本木《さんぼんぎ》か。今の青森県青森市三本木）というところまで来た。七年前までは人家があったというが、いまは荒涼として、四方を眺めるとすべて広原で所々に牧場がある。このあたりの田畑には全て囲いがあり、野飼いの馬が入り込まないようになっている。仙台領には田が多いこと、南部領には広原がはてしなく広がっていること、いずれも驚くばかりである。南部領の田の面積が小さいのを見て、ここの領主がさほど富裕ではないことも分かった。

十七日、野辺地《のへじ》駅（今の青森県上北郡野辺地）に到着。豊かな土地柄である。ここで、南部家の家来で当地の代官の横川俊蔵と、付き添ってきた福田勇を呼んで、先例により菓子料三百疋を贈った。

十八日、朝三時半に出立。海岸沿いに行く。ここからは津軽に入る。途中の浅蒸村（今の青森県青森市浅虫）には温泉があり、更に漁を体験してみた。たいへん愉快であった。ここに大津軽番所（大番所《おおばんしょ》は警備の詰め所）がある。夕方の五時半に青森に到着した。青森駅は聞きしに勝る豊かなところで、本陣（公用の宿屋）は立派で食事は江戸風であった。

到青森（二首其一）　青森に到る（二首其の一）

波上函山已作鄰　波上《はじょう》の函山《かんざん》　已《すで》に隣《となり》と作《な》る
海湄殊覺峭寒新　海浜《かいひん》　殊《こと》に覚ゆ　峭寒《しょうかん》の新たなるを
江城三月觀花去　江城《こうじょう》三月　花を観《み》て去り
也看櫻桃此占春　也《ま》た看る　桜桃《おうとう》の此《こ》こに春を占《し》むるを

同（二首其二）

李白桃紅又海棠　李《すもも》は白く桃は紅《あか》く又た海棠《かいどう》
山村列錦白花場　山村　錦を列ねて白花《はくか》の場《じょう》
武州春盡奥州未　武州《ぶしゅう》　春尽くれども　奥州　未だし
畢竟天公有抑揚　畢竟　天公《てんこう》に抑揚《よくよう》有り

（「青森に到着する」（二首その一）波のかなたに函館山《はこだてやま》が見え、そこはもうすぐだ。海辺ではことさらに、新たに襲う寒さが厳しいことを実感する。江戸で晩春の三月に花見をして出てきたのに、また桜桃が春を謳歌しているさまを見ている。（二首その二）スモモの花が白く、モモの花があかく、さらに海棠も咲いていて、山村は錦《にしき》をつづったように真っ白な花の世界だ。江戸のある武州では春は終わってしまったが青森のある奥州ではまだ終わっていない。結局、天の神さまは春の進み具合にも緩急を付けていらっしゃるのだ。）

十九日午前十一時、箱館からの迎えの船、箱館丸が青森港に到着し、箱館奉行の定役《じょうやく》（役所の勘定係などの雑事をする下役）横関新八郎等が面会に来た。ここで、これまで付いてきた雇方《やといかた》に祝い金五両を渡して暇を出した。

二十日、快晴。天気がよいので夕刻には船に乗ることができるという。そこで朝から荷物を船に積み込んだ。弘前藩主津軽承昭《つがるつぐあきら》から旅中見舞いの使者が菓子折を持って来た。埠頭から艀《はしけ》に乗り、夜六時に箱館丸に乗船。箱館丸はスクー子《ね》ル形二本柱の帆船で、居間は板敷きで六畳ほど。外には四方に廊下のようなものがあり棚がある。ここに家来、手付、家内と共に居る。七時三十五分に出帆。天気は良かったが、風が充分にないので、日本船だったら出航できなかっただろうという。帆船には初めて乗るが、蒸気船に比べて動揺がなくてその航海技術に感心した。乗組員は全部で二十人。荷物と三挺《さんちょう》の駕籠《かご》は本船に積み、その他の駕籠や竹馬（竹製の荷運び台か）は雇い船二艘に載せた。馬は日本船の方が便利だというので、別に一艘を雇った。

二十一日も晴。船は昨夜からずっと航行している。風がなく、船足が遅いが、揺れも少なく、ふだん座敷に坐っているときと同じようであった。昼からは風が出てきた。船足が進むにつれて船が揺れて、妻がひどく船酔いをした。夜八時四十五分、無事に箱館についた。調役《しらべやく》（公文書の調査などをする役職）高木予惣左衛門《たかぎよそうざえもん》等が来て、船中で面会した。

二十二日、九時、屋形船の海平丸に乗り移り、沖の口御番所（港湾に置かれた番所）に上陸し、少し休んでから休憩所の高龍寺に行った。家内たちは自分から上陸して先に高龍寺にいた。ここで昼食を取り、入浴をした。午後一時に亀田の役所に移り、奉行交代の儀式などについての書面を受け取った。

二十三日から、早速詰所《つめしょ》に出仕する。毎日、四つの太鼓（午前十時頃）で詰め所へ出て、八つ半（午後三時頃）過ぎに、組頭から用事がないと告げられると、それを合図に引き上げるのが通例だという。

こうして、江戸から箱館まで、ひと月近くの旅は終わった。奉行交代の儀式などがあり、こののち、近郊の村の些事から外国との交渉まで、さまざまな政務に追われていく。ご用繁多で、しばらくの間、詩を詠む余裕もなかったようである。

秋になって、次の絶句を作った。ようやくひと息ついて、風景を詠むゆとりができたのだろうか。

雨中山水圖
高樹低檐接水灣
翠崖黃葉色斑斑
乾坤忽被雲將蔽
看失前山復後山

雨中山水図
高樹《こうじゅ》 低檐《ていえん》 水湾《すいわん》に接《せっ》し
翠崖《すいがい》 黄葉《こうよう》 色 斑斑《はんはん》
乾坤《けんこん》 忽《たちま》ち雲を 被《こうむ》りて将《まさ》に蔽《おお》われんとす
看《み》るみる前山《ぜんざん》を失い復《ま》た後山《こうざん》

（「雨中山水画」高くそびえる木々と家並みの低い軒端《のきば》が水をたたえた湾に迫っていて、崖《がけ》の緑に黄葉が入り交じって見える。天地はあっというまに雲におおわれて、見る間に前の山が無くなりまた後ろの山も消えていった。）

『杉浦海潭箱館奉行日記』は、主に奉行としての様々な公務を書き付けたものであり、当時の北海道の政治について知る上で興味深い本である。しかし、江戸から箱館までの道中記は紀行文を見ているようで、折々に各地で得た見聞が書かれている。そして、同じ時期に書かれた漢詩の中には、社会情勢の記述とはまた異なって、著者の好奇心に満ちた目に映った、新鮮な感慨やのびのびとした風景が広がっていたのである。

昭和六十三年（一九八八）に復元された箱館丸

注

（1）「箱館」の名称は明治二年九月に「函館」に改称された。本論の表記は、「箱館」に統一する。ただし、原詩に「函館」とある場合は、原詩の表記に従う。

（2）杉浦梅潭日記刊行会、一九九一年。

（3）国文学研究資料館蔵。安政五年（一八五八）から明治三十三年（一九〇〇）の間に作られた杉浦梅潭の漢詩二三七〇余首を浄書したもの。以下、本論で引く梅潭の漢詩はこの『晩翠書屋詩稿』による。

（4）檜皮瑞樹著「一九世紀樺太をめぐる『国境』の発見　久春内幕吏捕囚事件と小出秀実の検討から」（『早稲田大学文学研究科

紀要』五十四巻、二〇〇九）。

（5）『杉浦海潭箱館奉行日記』一四頁の十六日の項に「正一郎御目見御番入願、幸次郎を和泉守殿へ上ル」とある。正一郎は長男であるから、ここの書き方では幸次郎は次男と考えられるが、この人物についてはほかに情報がなく、梅潭とどのような関係か明らかではない。

（6）梅潭の実家。

（7）梅潭の叔父で妻の父である豊田友直（一八〇五―一八七〇）の家。

箱館道中（二）――開拓使権判官赴任への旅

市川桃子

本論は、杉浦梅潭（誠）が明治の初めに函館[1]の開拓使に赴任する際の、江戸から函館までの道中を、主に『杉浦梅潭目付日記』及び同書所収の『經年紀畧』、『杉浦梅潭箱館奉行日記』[2]、『晩翠書屋詩稿』[3]によって記したものである。

徳川幕府の治政で最後の箱館奉行であった杉浦梅潭は、箱館奉行所を新政府から派遣されてきた清水谷《しみずだに》公考《きんなる》総督に無事に引き渡して、慶応四年（明治元年・一八六八）六月十三日、家族を連れて函館から本所大川端埋堀《うめぼり》（現在の東京都墨田区）にあった自宅に帰ってきた。同年一月に鳥羽伏見の戦いが始まって以来、各地に戦火が広がり、世は混迷を極めていた。帰宅後間もない六月十五日になって、新たな情報が入ってきた。六月の四日から七日までの四日間、「奥州大戦争」があり、友軍が大敗したという[4]。

このころ幕臣たちは江戸幕府の徳川本家が駿府藩[5]の藩主となったために、続々と駿府に移っていた。その数は流動的であったが、一万二千人から一万五千人と言われている。徳川慶喜は七月二十三日に、新たに駿府藩の藩主となった徳川亀之助（家達）は八月十五日に駿府に入った[6]。一方、梅潭は七月三日に大目付に任命され、同日に、本所南割下水の今井帯刀屋敷内の家屋に引っ越した。

函館では十月下旬に榎本武揚らが率いる旧幕府軍と箱館府とで箱館戦争が起こり、各地での敗戦を受けて清水谷《しみずだに》公《きん》孝《なる》総督が函館を脱出し、十月二十六日に旧幕府軍が五稜郭を占拠した。

十二月四日、梅潭は駿府藩公議人に任命され、御役金七百両を受けることとなった。十二月十三日、東京を引き払って長男とともに駿府に赴く。そのころの作品に「余近日将《まさ》に駿州に移住せんとし、勉《つと》めて軽く行李を装い、故に家什の過半を他人に分与す。悵然として此れを賦す」、「設楽《したら》春山《しゅんざん》に答えて其の韻に次し、却《かえっ》て寄す」（いずれも『晩翠書屋詩稿』明治元年（一八六八）の項に収録）、「忍斎兄の排悶の韻に次《じ》し、却《かえっ》て寄せ兼ねて懐《おも》いを書す（五首）」（第一首は論文「幕臣の明治維新」（市川桃子）に収録）などの詩がある。駿府に大勢の幕臣が移住するのだから、広い家屋は望めない。できるだけ家財を処分するために、大事にしていた書物も手放さなければならなかった。明けて明治二年（一八六九）、数えで四十四歳の元旦を迎えた。幕府が倒れたことを実感してから初めての正月である。

「己巳元旦（己巳の元旦）」健如黄犢髪如麻、椒酒傾時顔帯霞。莫道今朝春服故、園梅不改去年花。（健《すこ》やかなること黄犢の如く髪は麻の如し、椒酒傾くる時顔は霞を帯ぶ。道《い》う莫《な》かれ今朝《こんちょう》の春服の故《ふる》きを、園梅も去年の花を改めず。）

（「己巳の年の元旦」私の身体は牛のように頑健で髪は麻のように乱れている。屠蘇を飲んだので顔は朝焼けのように赤らんでいる。今朝《けさ》着ている正月のための服が新しくないと批判しないでくれないか。庭の梅だって去年のままの花を付けているではないか。）

これは駿府の新居での作品だろう。ところが赤心隊事件[7]の後始末をするために、駿府藩の命令によって一月九日には東京に戻ってきた。次の詩は帰京後の作品である。

「聴紅児歌有感（紅児の歌を聴きて感有り）」條條銀燭映華簪、酔凭欄時月欲沈。始信如今皇化洽、一聲新曲又京音。

（条条たる銀燭華簪に映じ、酔いて欄に凭《よ》る時月は沈まんと欲す。始《ようや》く信ず如今《じょこん》皇化の洽《あまね》きを、一声の新曲又た京音。）

（「娼妓の歌を聴いて感慨を催した」並んだ銀の燭台に芸者の華やかな簪《かんざし》がきらめき、酔って欄干にもたれて空を眺めれば月が沈んでいく。今や天皇陛下の教化が全国に行き渡っていることをようやく実感した。芸者が歌う新しい曲は京都の音調なのだった。）

題下注に「松源樓」とある。松源楼は上野不忍池の畔にあった料亭である。東京に帰ってきて、酒席で娼妓が歌ったのは以前と異なり京風の歌であった。隔世の感を覚えたに違いない。

同年二月十五日に公議所が開所された。公議所は明治政府の立法機関である。梅潭は公議人として公議所の議場に参席し、日本の今後に意識を向け、国政に関心を持った。もっとも公議所での議論は意に適うものではなかったようだ。

「四月廿二日聽諸員之讀國策於議員（二首其二）（四月廿二日、諸員の国策を議員に読むを聴く（二首其の二））」議鎖論開分是非、紛紛衆説適時稀。憂心無策持皇國、空使英雄涙濕衣。（鎖を議し開を論じ是非を分かつも、紛紛たる衆説時に適《かな》うは稀なり。心に憂うるも皇国を持する策無く、空しく英雄をして涙衣を湿《うるお》さしむ。）

（「四月二十二日、諸員が議場で国策を読み上げるのを聴く（二首その一）」鎖国だ開国だと賛成反対に分かれて論じあっているが、様々に乱れ飛ぶ説に時宜《じぎ》に適うものはほとんどない。憂国の情はあるものの天皇陛下の国家を支える良い方策は思いつかず、ただ陛下の側近を悲しませるばかりだ。）

五月十八日には榎本武揚以下の旧幕府軍が函館で降伏し、一年半に亙る戊辰戦争が終結した。この頃に書かれた作品には、次のように現状を肯定的に捉えようとする姿勢が見られる詩もある。

「次依田學海議院口占之韻（依田学海の議院口占の韻に次す）」（部分）已有君王稱聖武、寧無士庶副英雄。（已に君王の聖武と称《たた》えらるる有り、寧《いずくん》ぞ士庶の英雄に副《そ》うこと無からん。）

（「依田学海の議院で口述した詩に次韻する」今はもう天皇陛下の英明さと武勇を称える時代になったのだから、士人も庶民も英雄たる陛下の側近に従わないことがあろうか。）

一方では友人との酒宴の席上での作がとても多い。五月には宴席での詩が六首にのぼる。ひと月で六回以上も酒席に出かけていたことになる。いくら肯定的に捉えようとしても、現状を直ちに受け入れるのはやはり難しく、その気持ちを友人たちとの語らいの場にぶつけていたのかもしれない。

「五月十五日酒間賦此示海老原庫小林長二子（五月十五日、酒間に此れを賦して、海老原庫小林長の二子に示す）」不談往事不言冤、相見衣襟帶涙痕。今夕諸君須盡醉、大觥連酌酹雄魂。（往事を談ぜず冤を言わざれど、相い見れば衣襟涙痕《るいこん》を帯ぶ。今夕の諸君須く酔いを尽くすべし、大觥もて酌を連ねて雄魂に酹《らい》せよ。）

（「五月十五日、酒を飲みながらこの詩を作って、海老原庫と小林長の二人に示す」かつてのことは語り合わず怨み言も口にしないが、顔を見合わせれば衣《ころも》に涙の痕が付く。今夜は皆大いに飲もう、大盃に幾度も酒を酌《く》んで英雄たちの魂を祭ろうよ。）

前二首の「英雄」の語が明治政府の高官を指すのに対し、ここの「雄魂」は、幕府に殉じた遺臣たちを指すと考えられる。この時期、梅潭は、国政の未来への憂慮と幕府という過去への哀惜の間で揺れていたのであろう。

『經年紀畧』によれば明治二年（一八六九）一月二十六日に神田に家を買って引っ越しているので、家族と共に再び東京に住まいを定めたと思われる。この時期の酒宴続きは、やり場のない鬱屈した思いを些かなりとも晴らす目的があっただろう。だが一方で、次の妻とのやりとりに見えるように、ユーモアを忘れず心の余裕を保っていた。

「戲答内子國歌（戯れに内子の国歌に答う）」浮萍何敢許情眞、偶把歡娯養此身。假寐由來難作夢、休言衣服帶香塵。

（浮萍何ぞ敢て情の真を許さんや、偶《たまたま》、歓娯を把《と》りて此の身を養う。仮寐《かりね》は由来夢を作《な》し難し、言うを休《や》めよ衣服に香塵を帯ぶと。）

（「戯れに妻の和歌に答える」浮き草には真実の愛情を持たないのですよ、たまに歓楽にふけることでこの身を保養しているだけです。仮の寝床では夢も見られません。衣服に落花の香りがするなどということは言わないでください。）

この詩には妻の原歌も付いていて、その歌に言う。

「誰袖能奈古理乃露也、掛奴覽。志女理勝奈流、君加面影。（誰《た》そのなごりの露やかけぬらん。しめりがちなる、君が面影《おもかげ》。）」

（どなたがこぼした涙が衣にかかって残っているのでしょう。あなたはなんだか悲しそうですね。）

妻が酒宴続きの梅潭に向かって「どなたかと別れてきて悲しいのでしょう」と謎かけをすると、「あなたにこそ真実の情があるのですよ」とふざけて答える。七月末までは、家に友人を呼んだり隅田川で船遊びをしたりして詩を作る生活が続いていた。

八月二日に外務省に呼び出されて函館や樺太の情勢について質問をされ、八月六日から二十日まで外務省の要請で静岡に行き、樺太についての聞き取り調査を行った。静岡では久しぶりに叔父の豊田友直や親族、知人に会い、久闊を叙している。

「中秋尚在静岡明日將赴東京向山氏招飲觀月席上賦似主人（二首其一）（中秋尚お静岡に在《あ》り。明日将《まさ》に東京に赴かんとして、向山氏に招かれて飲む。観月の席上に賦して主人に似《あた》う（二首其の一））」豈堪拂袖向函關、盃裡金波生薄寒。涙垂今夜團團月、明歳今宵何處看。（豈に袖を払いて函関に向かうに堪えんや、盃裏の金波に薄寒生ず。涙垂る今夜の団団の月、明歳の今宵《こんしょう》何れの処にか看ん。）

（「中秋節にまだ静岡にいる。明日は東京に向かうこととなり、向山氏に酒宴に招かれた。月見の宴席で詩を作って向山氏に贈る（二首その一）」袖を振り払って箱根の関所に向かうことなど耐えられない。盃の酒が月光を受けて冷ややかに輝いている。今夜はまん丸の月を見て泣こう、来年の今宵《こよい》はどこで月を見ているのだろうか。）

二十日に帰京し、二十九日には開拓使権判官に任じられている。そこで「八月廿九日拜命開拓權判官卒然走筆」詩（論文「遺臣のゆれる心」（遠藤星希）に収録）を詠んでいる。果たして翌年の十五夜は函館で見ることとなったのである。この時の開拓使長官は東《ひがし》久世《くぜ》通禧《みちとみ》、判官は岩村通俊《みちとし》、松本十郎等であった。

新政府の官僚となるべきか否か、逡巡がなかったわけではない。この間に勝海舟にも相談したと見えて、勝海舟から任官を勧める手紙が残っている（ＤＶＤ版資料参照）。こののち、ことに十月に入ると、別れの宴と言ってはまた酒宴続きである。

「將赴函館賦長律留別同人（四首）（将に函館に赴かんとして、長律を賦し同人に留別す（四首））」、この内の其の三と其の四を記そう（其の一は前半部のみ、論文「遺臣のゆれる心」〔遠藤星希〕に収録）。

（四首其三）「臨岐誇老健、不損舊精神。一去途千里、於吾若比鄰。（岐に臨みて老いて健なるを誇る、旧《もと》の精神を損ぜず。一去途《みち》千里なるも、吾れに於《おい》ては比隣の若《ごと》し。）」（人生の岐路に立って自分が年老いていても壮健なのが誇らしい。かねて培《つちか》った精神はまだ失ってはいない。ここから千里の道を行くことになったが、それも私にとっては近所に行くようなものだ。）

（四首其四）「一劒飄然出旅栖、奥山雪積客情迷。此行行李無長物、只有歙州孤硯攜。（一剣もて飄然と出《い》でて旅に棲《す》む、奥山に雪積もりて客情迷わん。此の行の行李に長物無し、只だ歙州《きゅうしゅう》の孤硯の携《たずさ》うる有るのみ。）」（私は一振《ひとふ》りの剣を頼りにふらりと旅に出ようとしている。旅に出ればきっと奥深い雪山で行き悩み我が心は彷徨《さまよ》うことだろう。このたびの荷物に無用の長物はない。ただ中国は歙州《きゅうしゅう》名産の硯《すずり》をひとつ持って行くだけだ。）

なかなかに勇ましい。次のような詩もある。

「席上賦似同盟（席上に賦して同盟に似《あた》う）」留滞東京已匝年、酒醒遊倦思凄然。駕風鵬翼傳無處、不向南天向北天。（東京に留滞して已《すで》に年を匝《めぐ》り、酒醒め遊びに倦《う》みて思いは凄然たり。風に駕す鵬翼も傳《の》るに処無く、南天に向かわずして北天に向かう。）

（「酒宴の席上で詩を作って同志たちに贈る」東京に滞在してすでに一年が経った。酒にも遊びにも飽きて冷ややかな思いが胸をひたす。鵬《おおとり》となって風に乗って飛び立とうとしても羽ばたく処がなかった。かつて鵬は南冥《なんめい》を目指して飛び去ったが、今私は北の空に向かって飛び立とうとしている。）

　こうして十月から頻りに宴会を開いては別れの詩を作っていたが、やがて出立の日の十一月三十日が近づいてくる。その出立の前日、妻が男子を産んだ。父が北の地に赴くのに因《ちな》んで北二と名付けられた。

「仲冬念九內子擧男兒余明朝將赴函館名兒曰北二乃賦一絕似內子（仲冬念九、內子《ないし》男児を挙ぐ。余、明朝将に函館に赴かんとす。児に名づけて北二と曰う。乃ち一絶を賦して内子に似《あた》う）」豈料今朝此弄璋、羇人欣喜意如狂。名兒北二君須記、明歳攜來天北方。（豈に料《はか》らんや今朝の此の弄璋《ろうしょう》、羇人《きじん》欣喜して意は狂うが如し。児に北二と名づく君 須《すべから》く記すべし、明歳携えて来たれ天の北方に。）

（「十一月二十九日、妻が男子を産んだ。私は、明朝函館に向かおうとしている。この子に北二という名前を付けた。そこで絶句を一首作り妻に贈った」思いがけなく今朝この男子を授かった。これから旅に出る私は狂ったように大喜びだ。この子に北二と名付けたから、お前は必ず覚えていて、来年になったら天の北方の地までこの子を連れてきてほしい。）

翌朝は出立の時である。それなのに前の晩は別れの宴会もなく寂しいものであった。

「其夜内子分娩之後雖穏坐蓐上而受傍人看護某娘有微恙不來又無諸友之來會者僅列兒及三宅叔姪中井生於坐間耳悵然得二十八字（其の夜、内子分娩の後、蓐上に穏坐すると雖も、傍人の看護を受く。某《それがし》の娘微恙有りて来たらず。又た諸友の来たる無し。会する者は僅かに児及び三宅の叔姪《しゅくてつ》中井生を坐間に列ぬるのみ。悵然として二十八字を得）」懶浮太白掃愁魔、此夕寥寥客恨多。病鶴在籠憔悴甚、爲吾誰奏別離歌。（懶《ものう》く太白浮きて愁魔を掃う、此の夕寥寥として客恨多し。病鶴籠に在りて憔悴甚だし、吾が為に誰か奏《かな》でん別離の歌を。）

（「この晩、妻は分娩の後で、ふとんに安らかに坐っているといっても、まだ付き人の看護を受けている。私の娘は少々障《さわ》りがあって来なかった。また友人も誰も来なかった。集まった者はわずかに息子と三宅の親戚筋の中井君がいるだけだ。寂しく思って七言絶句を作った」金星が空にぼんやりと浮かんで愁いを消してくれる。今夜は寂しく、旅に出る悲しみが湧いてくる。妻は籠の中の病んだ鶴のようにやつれ衰えているし、私のために別離の歌を歌ってくれる者はいないのだろうか。）

幕末に箱館奉行の任に出発したときの威勢の良さとは大違いである。寂しい旅立ちであった。次は、旅立ちの朝の作である。

「仲冬晦拂曉上道卽事（仲冬晦、暁を払いて道に上る。即事）」整頓行装屢誤期、期來今曉出門時。誰憐一滴別離涙、化作冰霜數路歧。（行装を整頓するも屢《しばしば》ゝ期を誤る、期来たりて今暁門を出づる時なり。誰か憐《あわ》れまん一滴の別離の涙、化して氷霜と作《な》りて路岐に数うるを。）

（「十一月三十日、夜明けに出発する。そのことを歌う」旅支度をしていたのに幾度も期日を延ばしてしまった。いよいよ出発の日が来て今朝は門を出る時である。一滴の別離の涙が、氷となり道にこぼれて幾つも数えられるほどなのを哀れに思ってくれる者はいるだろうか。）

そして翌日はすでに十二月である。出発してから、十二月一、二、三、四日と毎日詩を作っている。十二月三日、下野《しもつけ》と磐城《いわき》のふたつの国の境《さかい》、黒羽《くろばね》と白川《しらかわ》の二藩の管轄の標柱があるあたりで、雪が降り始めた。次の詩は、十二月四日の三作目である。

「又得一絶（又た一絶を得《う》）」我是北陲権判官、禦寒具備不嫌寒。徐行到處吟情富、駐杖雪中看雪巒。（我れは是れ北の陲《ほとり》の権判官、寒を禦《ふせ》ぐに具備して寒を嫌《いと》わず。徐《おもむ》ろに行けば到る処に吟情富み、杖を駐め雪中に雪巒を看る。）

（「また絶句を一首作る」私は北の辺境の地に赴任する権判官である。寒さを防ぐために細々《こまごま》と準備をしてきたので寒いのも平気だ。ゆっくり旅をすればいたる所の景色が詩情豊かだ。杖を止めて雪の中で雪化粧の山々を見る。）

十二月六日、戊辰戦争の戦禍を被った地を通る。

「六日宿二本松自宇都宮到此驛三十里餘無不悉罹兵燹慨然賦此（六日、二本松に宿す。宇都宮自《よ》り此の駅に到る、三十里余り、悉《ことごと》く兵燹《へいせん》に罹《かか》らざる無し。慨然として此《こ》れを賦す）」四年前夏一經過、流水行雲歳似梭。邑里荒涼兵燹後、忍看卅里廢家多。（四年前の夏一たび経過し、流水行雲歳は梭《さ》に似る。邑里荒涼たり兵燹《へいせん》の後、忍びて看る卅里《そうり》廃家《はいか》の多きを。）

（「六日、二本松に泊まる。宇都宮からこの駅に来るまでの、三十里余りが、全て兵火に晒《さら》されていた。心乱れるままにこの詩を作る」四年前の夏にここを通ったことがある。流れる水や行く雲のようにまた機織《はたお》りの梭《ひ》に似て歳月は素早く過ぎた。兵火に晒されたあとの村里は荒れ果てて、三十里の間に廃屋が多いのを気持ちを抑えながら見た。）

そのあと、雪に悩まされ風邪に悩まされながら福島まで来た。

「到福島途中作（福島に到る途中の作）」風光也異採桑時、四野雪充寒透肌。唯有民家似春夏、店頭紅列幾條絲。（風光也《ま》た採桑の時に異なり、四野に雪充ちて寒は肌に透る。唯だ民家の春夏に似る有りて、店頭に紅《あか》く列《つら》ぬ幾条の糸。）

（「福島への道中での作」景色は桑を収穫していた前回とはやはり違っていて、四方の野には雪が満ちており寒さが肌まで通ってくる。ただ民家は春夏の頃に似ていて、店頭には幾筋もの紅《あか》い絹糸が並んでいる。）

季節は全く異なっていても、前回通ったときと変わらず生糸の生産が行われていることがわかり、心慰められた。そして、ようやく仙台まで来ると、雪がほとんど無くなってほっとする。

「九日入仙臺途中偶成（九日、仙台に入る途中に偶ゝ《たまたま》成る）」衝寒漸過白川城、途入仙臺暖却生。田有薄冰禽索餌、畆無深雪麥抽莖。眼中萬頃天涯遠、胸裡一般詩思淸。投宿今宵吾已定、國分街近日西傾。（寒《かん》を衝《つ》き漸《ようや》く過ぐ白川城《しらかわじょう》、

途《みち》は仙台に入《い》りて暖却《かえっ》て生ず。田に薄氷有り禽《とり》は餌《え》を索《もと》め、畝《うね》に深雪無く麦は茎を抽《ぬ》く。眼中万頃《ばんけい》天涯遠く、胸裏一般詩思清し。投ずる宿は今宵《こんしょう》吾れ已に定む、国分街《こくぶがい》近く日は西に傾く。）

（「九日、仙台に入る途中でふとできた作」寒さの中、ようやく福島の白川城を通り過ぎた。仙台に入ってから道中はかえって暖かくなってきた。田に薄く氷が張って水鳥が餌をついばんでおり、畝《うね》も雪が深く無く麦が茎をのぞかせている。眼に入る広々とした景色は天の涯《はて》まで遠く続き、胸の中はすべて清らかな詩情に満ちている。今夜泊まる宿はもう決めている。宿のある国分街《こくぶがい》に近づくころ日は西に傾いていた。）

　国分街は江戸時代から仙台城下の商業の中心地として栄えたところで、今でも飲食店が多くにぎやかな町である。前回の旅でもここに泊まった。旅程は遅々として進まないが、旅を楽しんでいる様子も見られる。

「十四日發黒澤尻到石鳥谷途中賦此（十四日、黒沢尻《くろさわじり》を発し石鳥谷《いしどりや》に到る。途中に此れを賦す）」陸有肩輿水有舟、人間到處合周遊。寒郷能具寒郷物、雪裡乗橇儘自由。（陸には肩輿《けんよ》有り水には舟有り、人間《じんかん》到る処合《まさ》に周遊すべし。寒郷には能く寒郷の物を具え、雪裏に橇《そり》に乗れば儘《ことごと》く自由。）

（「十四日、黒沢尻を出発し石鳥谷に到る。途中でこの詩を作る」陸には肩にかついで運んでくれる輿《こし》があるし川を渡るには船がある。この世のいたる所を回って旅を楽しむのがよい。寒い地方には寒い地方のためのものが備えられている。雪の中で橇《そり》に乗れば思いのままに動き回ることができる。）

「十五日宿盛岡醉中得二十字（十五日、盛岡に宿《しゅく》し、酔中に二十字を得）」村醪稍適口、聊足養精神。風雪深三尺、胸

堂別有春。（村醪稍《やや》口に適《かな》い、聊《いささ》か精神を養うに足る。風雪深きこと三尺なるも、胸堂別に春有り。）

（「十五日、盛岡に泊まり、酒を飲んで五言絶句を作る」村の濁り酒はまあ口に合い、しばし気力を蓄えることができた。三尺も積もった雪と風の中でも、我が胸の中には春がやってきたようであった。）

しかし、ここから雪は次第に激しく深くなり、楽しむどころではなくなってくる。とにかく気持ちを奮い立たせて先に進むより外ない。十六日の作である。

「是日終日風雪甚密不辨咫尺困憊口號成二十字」買醉東京巷、泣寒三陸歧。屢嘗甘苦味、吾亦一男兒。（是の日終日《しゅうじつ》風雪甚だ密にして、咫尺《しせき》も弁ぜず。困憊《こんぱい》して口号し二十字を成す）」買醉東京巷、泣寒三陸歧。屢嘗甘苦味、吾亦一男兒。（酔いを買う東京の巷《こう》、寒に泣く三陸の歧《き》。屢〻《しばしば》嘗《な》む甘苦の味、吾れも亦た一男児。）

（「この日は一日中風雪が激しくて、目の前も見えない。疲れ切ってしまい口をついて五言絶句ができた」東京の巷《ちまた》では金を払って酔っ払い、三陸の小道では寒さに泣く。甘い味も苦い味もたびたびなめてきた。私もまた一人の男児である。）

ついに道が通れなくなり、しばらく進むことができなくなった。

「十七日沼宮內阻雪（十七日、沼宮内《ぬまくない》にて雪に阻《はば》まる）」蕭蕭風雪鎖層穹、尙聽前山路未通。天地寒暄東北異、人間哀樂古今同。時如奔馬挽難駐、事似犧牛動易窮。村叟不知淹滯恨、漫期明歲得年豐。（蕭蕭《しょうしょう》たる風雪層穹を鎖《と》ぢ、尚お聴く前山の路《みち》未だ通《つう》ぜずと。天地の寒暄《かんけん》東北異なるも、人間《じんかん》の哀楽古今同じ。時は奔馬の如く挽《ひ》きて駐《とど》め難し、事は犠牛に似て動けば窮《きゅう》し易し。村叟淹滞の恨みを知らず、漫《そぞろ》に期す明歳は年豊を得ると。）
（「十七日、沼宮内《ぬまくない》で雪に進路を阻《はば》まれる」音をたてて吹きすさぶ風に舞い上がる雪が空をおおって、先へ続く山道はまだ通れないという。天地の寒さと暖かさは東と北では違うけれど、人の世の哀楽は今も昔も同じだ。時は駆け去る馬のようで引っ張っても止めるのは難しく、事はいけにえの牛に似て動こうにもすぐに動きが取れなくなる。村の翁は足止めされている我らの気持ちも知らずに、何気なく、この雪では来年は豊作だな、などと言っている。）

あまりの寒気に滝まで凍る、北国ならではの珍しい光景を見た。

「十九日過福岡賦所見（十九日、福岡を過ぎて、見る所を賦す）」山頭十丈列危檐、一道渓流凝欲淹。聯瀑成冰堅似石、瓊崖挂得水晶簾。（山頭の十丈危檐《きえん》を列ね、一道の渓流凝りて淹《おお》われんと欲す。聯《つら》ぬる瀑《たき》は氷と成りて堅きこと石の似《ごと》し、瓊崖《けいがい》に挂《か》け得たり水晶の簾《れん》。）
（「十九日、福岡を過ぎたあたりで、見た景色を詩にする」山頂の十丈付近には高い崖の上に家が並んでいて、一本の谷川が凍りはじめて氷に覆われそうになっている。幾つもある滝は凍って岩のように硬くなっており、真っ白な崖《がけ》に水晶のすだれがかかっているようだ。）

そしてなんと遭難しそうになる。

「二十二日自七戸到野邊地終日風雪大作賦此（二十二日、七戸《しちのへ》自り野辺地《のへじ》に到るに、終日風雪大いに作《おこ》る。此れを賦す）」巻銀沙兮飛玉塵、風尖尖兮刺客身。踏嶮冒寒廿餘日、今日就中多苦辛。四面有雪無道路、不辨田畝與荊榛。奇寒無物可抵敵、荒陬況是欠芳醇。所恃豪俠一片氣、激此冱寒却如伸。山腰峭坂滑於鏡、歩歩易顚幾逡巡。此際豈顧馮河戒、奮起要到大澗濱。龜手把笻示餘勇、枉道一望眼界新。（銀沙《ぎんさ》巻きて玉塵《ぎょくじん》飛び、風尖尖《せんせん》として客身を刺す。嶮《けん》を踏み寒を冒《おか》して廿余日、今日就中《なかんずく》苦辛多し。四面に雪有りて道路無く、田畝《でんぽ》と荊榛《けいしん》とを弁ぜず。奇寒物として抵敵す可き無く、荒陬《こうすう》況《いわん》や是れ芳醇《ほうじゅん》を欠くをや。恃《たの》む所は豪俠一片の気、此《こ》の冱寒《ごかん》に激して却て伸ぶるが如し。山腰の峭坂《しょうはん》は鏡より滑らかにして、歩歩顚《ころ》び易く幾たび逡巡す。此の際豈《あ》に馮河《ひょうが》の戒めを顧《かえりみ》んや、奮起して大澗《おおま》の浜に到るを要《もと》む。亀手《きんしゅ》に笻《きょう》を把《と》りて余勇を示し、道を枉《ま》げて一望すれば眼界新たなり。）

（「二十二日、七戸《しちのへ》から野辺地《のへじ》までの道中は、一日中大吹雪だった。そこでこの詩を作った」銀の砂が巻き上がり玉《ぎょく》の粉が舞い飛び、風が尖った刃物のように旅人の身を突き刺す。険しい山道を踏みしめ寒さのなかを二十日余り、今日はとりわけ苦労が多かった。四面は雪ばかりで道は無く、田畑と荒れ地の区別もつかない。この寒さには敵《かな》うものはなく、まして僻地では体を温めてくれる酒もないのだから。頼りにするものは強い精神力しかなく、この凍り付くような寒さに奮発してかえって気力が増したようだった。山腹の険しい斜面は鏡より滑りやすく、足を踏み出すたびに転びやすく幾度も立ちすくんだ。このような状況では無謀なことはするなという『論語』の戒《いまし》めを守ってなどはいられない、奮起して下北半島の大澗浜《おおまはま》にたどり着かなければならないのだから。ひびわれた手に杖を握って残った勇気をふりしぼり、回り道をしてあたりを眺めれば新たな景色が開けていた。）

この日、天間館《てんまだて》から野辺地までのおよそ四キロは橇《そり》も使えず膝まで没する雪道を歩くしかなかった。梅潭は遭難した者が多いことを知っていたので、杖を振り上げて人夫《にんぷ》たちを励まし、とにかく歩き続け、夜の六時過ぎになってようやく野辺地駅に着いた。ぐずぐずしていれば本当に遭難するところだった。翌二十三日に野辺地を出発、大湊《おおま》の港を目指すが、風が強く波打ち際の道は通行できないので、途中の有戸《ありと》村というところで農家に泊めてもらった。十五、六戸の家があるだけの寒村で、風が吹き込む貧しい農家だった。(8)

「念四念五兩日風激雪密前途海濱波高不能進投宿有戸村農家（念四念五の両日、風激《げき》し雪密にして、前途の海浜《かいひん》波高く進むこと能《あた》わず。有戸《ありと》村の農家に投宿す）」人世原如滄海舟、天涯到處寄悠悠。浮沈行止皆天耳、一任洋波激路頭。（人世原《じんせいもと》より滄海の舟の如く、天涯到る処悠悠たるに寄す。浮沈行止《ふちんこうし》皆天のみ、一任す洋波路頭に激するに。）

（「二十四日と二十五日の二日間、風が激しく雪が降り続いて、海岸沿いの道は波が高くて通行できなかった。有戸《ありと》村の農家に泊まった」人の世はもともと大海を行く小舟のようなもので、私は天が果てる所まではるばるとやってきたのだ。浮くも沈むも、行くも止《とど》まるも、みな天の意思のままなのだから、大海の波が道に激しく打ちつけるのならそれに任せよう。）

横浜、田名部、下風呂《しもふろ》を経て、ようやく大湊《おおま》の港に着き、ここから船に乗って函館に向かう。

「二十九日發大澗航海舟中卒賦（二十九日、大澗を発して航海す。舟中卒《にわか》に賦す）」征帆高挂渺茫中、也比山行意不同。廿日函山消息絶、今朝領得好東風。（征帆高く挂《か》く渺茫の中、也《ま》た山行に比《くら》ぶれば意は同じからず。廿日《じゅうじつ》函山消息絶え、今朝領し得たり好東風。）

（二十九日、大澗を出発して海を渡る。船の中で突然詩ができた」はるばるとした海の中に帆を高く上げて行くのは、山道を歩くのとはまた気分が違う。二十日間函館からの便りが無かったが、今朝は良い東風を受け取ることができた。）

題下注に「大澗から函館に渡るには東の風が吹かないとたどり着けない。二十日ぶりに今日この東風が吹いた。天の恵みと言ってよい」とある。

こうして一ヶ月かけての旅がようやく終わり、十二月二十九日、函館の旅館に落ち着いた。

「是日達函館寓辨天街客舎酒間得長律（是の日函館に達し弁天街の客舎に寓す。酒間に長律を得）」風饕雪虐幾寒酸、函館今宵容膝安。舊識山殊添佩玉、新來客已解征鞍。六人主僕皆無恙、千里妻兒定有歡。燈下孤斟三盞酒、誰憐此際欠團欒。（風は饕《むさぼ》り雪は虐《しいた》げ幾たびの寒酸、函館に今宵《こんしょう》膝を容《い》れて安んず。旧識の山殊《こと》に佩玉を添え、新来の客已《すで》に征鞍を解く。六人の主僕皆恙《つつが》無し、千里の妻児定めて歓有らん。灯下に孤《ひと》り斟《く》む三盞《さん》の酒、誰か憐れまん此の際団《だん》欒《らん》を欠くを。）

（「この日函館に到着して弁天街の旅館に泊まる。酒を飲みながら律詩を作る」風雪に苛《さいな》まれて何度辛い思いをしたことか、今宵《こよい》ようやく函館に到着して落ち着いた。旧《もと》から見知っている函館山は帯《お》び玉《だま》のような雪を戴《いただ》いてことに美しく、新たに来たばかりの私はもう旅装を解いた。合わせて六人の主従は皆無事で、千里のかなたにいる妻子はきっと喜んでくれているだろう。灯火の下で一人で酒を三杯ほど飲んでいるが、ここに家族の団らんがないことを誰も気の毒には思ってくれない。）

二日経つと明治三年（一八七〇）の元旦である。梅潭は、数えで四十五歳となった。

「元旦口號（二首其二）（元旦の口号（二首其の二））」自笑再來新判官、屠蘇隨例醉顏寬。今朝胸宇春和洽、客舍何妨風雪寒。（自ら笑う再来の新判官、屠蘇《とそ》例に随いて酔顔寛《ゆる》くするを。今朝の胸宇春和《しゅんわ》洽《あまね》し、客舎何ぞ妨げん風雪の寒きを。）

（「元旦に口ずさんだ詩（二首その二）」我ながら可笑《おか》しいのは、新たに判官として再びこの地にやって来て、屠蘇《とそ》酒をしきたり通りに飲み顔を赤らめてのんびりしていることだ。今朝の胸の内には暖かな春の気配が満ちている。旅館にいれば、風雪の寒さに邪魔されることがあろうか。）

そして春の暮れになると、函館もようやく暖かくなってきた。

「出遊（出でて遊ぶ）」東風送暖氣初伸、快馬聯鑣三四人。經過山村有花處、一鞭直到七重濵。（東風暖を送り気は初《ようや》く伸ぶ、快馬鑣《くつばみ》を聯《つら》ぬ三四人。山村を経過すれば花処有り、一鞭直《ただ》ちに到る七重浜《ななえはま》。）

（「遊びに出る」春風が吹いて暖かくなり気分がようやく伸びやかになって、足の速い馬に乗り轡《くつわ》を列ねて三、四人で出かけた。山村を通ると花が咲いているところがあり、ひと鞭《むち》当てるとすぐに七重浜《ななえはま》までやってきた。）

函館に着くとすぐに、開拓使判官の岩村通俊《いわむらみちとし》（一八四〇—一九一五）と出会った。岩村は漢詩をたしなみ、号を貫堂といい、吟友としてこれから長く付き合っていくこととなる。暮れには妻が幼い息子を抱いて函館にやってきた。前回の箱館奉行としての滞在は短かったが、今回の開拓使判官としての滞在は明治十年（一八七七）までの長い期間となる。その間に、数多くの詩を作っている。仕事では難しい局面が多かったようだが、函館の暮らしを楽しむ作品がたくさんある。

注

（1）「箱館」の名称は明治二年（一八六九）九月に「函館」に改称されたと言われる。本論の表記は、江戸時代は「箱館」とし、明治時代は「函館」と表記する。ただし、題名は前論とそろえるために「箱館」とした。また、原文に「箱館」または「函館」とある場合には、原文の表記に従う。
（2）『杉浦梅潭目付日記』『杉浦梅潭箱館奉行日記』はいずれも杉浦梅潭日記刊行会（一九九一）。
（3）国文学研究資料館蔵。安政五年（一八五八）から明治三十三年（一九〇〇）の間に作られた杉浦梅潭の漢詩一三七〇余首を浄書したもの。
（4）「杉浦誠氏日記寫」（正木永之助手抄、一九二九、北海道立文書館蔵）。
（5）明治二年六月に駿府から静岡に改称された。
（6）『徳川慶喜と幕臣たち　十万人静岡移住その後』（田村貞雄編、静岡新聞社、一九九八）。
（7）明治元年十二月十八日と二十二日、駿府で、天皇を尊崇して幕府に対立していた赤心隊に幕府の遺臣が報復した事件。
（8）『最後の箱館奉行の日記』（田口英爾著、新潮社、一九九五）。

箱館道中（二）

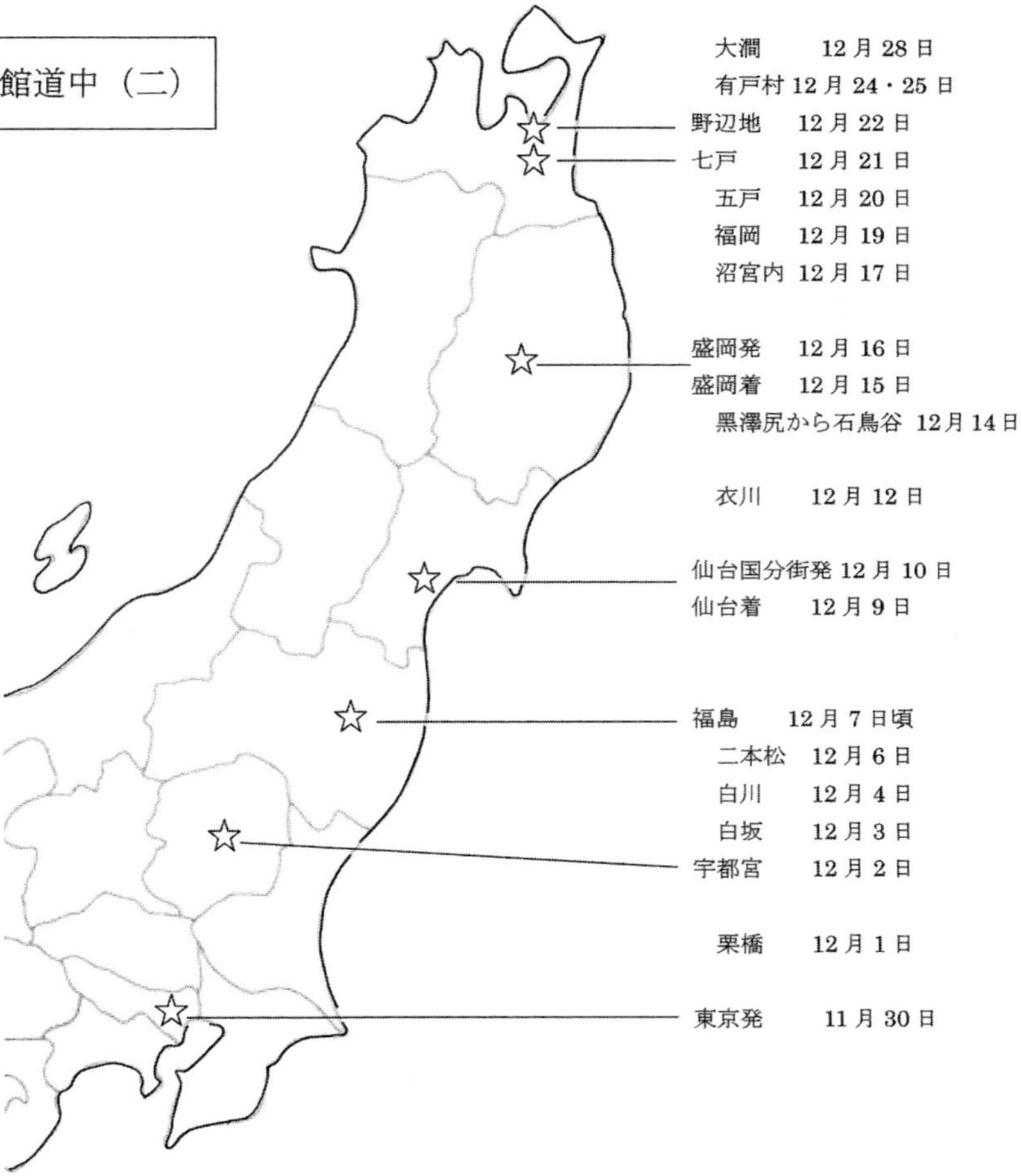
大澗　12月28日
有戸村 12月24・25日
野辺地　12月22日
七戸　12月21日
五戸　12月20日
福岡　12月19日
沼宮内 12月17日
盛岡発　12月16日
盛岡着　12月15日
黒澤尻から石鳥谷 12月14日
衣川　12月12日
仙台国分街発 12月10日
仙台着　12月9日
福島　12月7日頃
二本松　12月6日
白川　12月4日
白坂　12月3日
宇都宮　12月2日
栗橋　12月1日
東京発　11月30日

箱館奉行時代の杉浦梅潭

三上英司

はじめに

杉浦梅潭（名は誠、梅潭は号）は幕末から明治にかけての激動期に、一度目は幕臣として、二度目は新政府の官僚として箱館へ赴任した。(1) 本稿では一度目の箱館赴任、すなわち慶応年間の箱館奉行時代に着目し、当時の心境をその詩から探る。

箱館奉行時代の事跡については、『杉浦梅潭箱館奉行日記』（以下『奉行日記』と略す）(2)、『經年紀畧』(3) 等によって詳細に知ることができる。しかしながら、それらの梅潭自身の手による文章は、公職にあった者としての記録であるゆえに、個人的な感情が余り記されていない。日本という国の在り方が大きく問われた時代の中で、一人の官吏として杉浦梅潭が何を感じたのかを、彼の詩を通して考えたい。

一　箱館への出立

慶応二年（一八六六）正月十八日、江戸城に召し出された梅潭は、西の丸にて老中の水野《みずの》忠精《ただきよ》より箱館奉行に赴任するよう申し渡された。当時の梅潭は公職から離れた身であった。それは、元治元年（一八六四）六月、幕府政事総裁職にあった松平直克《なおかつ》の要求によって目付の任を解かれたことに因る。松平直克は、横浜港の鎖港（外国船の入港・交易を禁止すること）を推し進めようと、反対勢力を要職から退けたのだった。

辞令を受けて直ちに赴任の準備を始めた梅潭のもとには、次々と現地の情報が報告された。中には、イギリス人によるアイヌ墓地盗掘事件や、蝦夷地警護諸藩の領分問題など、現地の混乱を知らせるものも含まれ、今後の任務の困難さを予測させた。かくして約一年半にわたる不遇の期間と僅かな準備期間を経て、慶応二年（一八六六）三月二十六日、梅潭はついに出立の日を迎える。当日の心境を、次のように詠っている。

〔慶応二年（一八六六）四十一歳〕

三月廿六日發江都將赴函館乃賦此詩

三月廿六日、江都を発して将に函館に赴かんとし、乃ち此の詩を賦す

君恩海嶽一身持　　君恩の海岳　一身に持す
豈共女兒悲別離　　豈に女児と共に別離を悲しまんや
但有微臣深恨切　　但だ微臣の深恨の切なる有り
拜觀大駕復何時　　大駕を拝観するは復た何れの時ならん

大国ロシアとの緊張感が高まる中、大恩ある主君の命を帯びて箱館奉行の重役を担うことへの高揚感と、「上様《うえさま》に再び拝謁できるのは一体いつになるか」分からぬまま、江戸を離れねばならない悲壮感とを、対照的に詠いあげる。遠く離れた地に赴任するがゆえに、いつ帰還できるか、無事に帰還できるのか不安を抱えていた。

一見、梅潭の幕府への切なる忠心に満ちた作品のように思われる。しかし「豈に女児と共に別離を悲しまんや」と表現した点に、梅潭の抱いた悲しみの深さが見て取れる。梅潭の「深恨」とは、将軍の側を離れて遠方に旅立つことだけを指したのではない。それを明らかにするのが、私的な別れを詠った詩、「仝《おな》じく家君に呈す」である。「仝」とは「同じ」の意で、先の「三月廿六日發江都……」詩に続けて詠まれたことを表す。

仝呈家君　　　　［慶応二年（一八六六）四十一歳］

驛馬牽來門外喧
別離情切涙痕繁
匆匆辭去君休怪
此際無言勝有言

仝《おな》じく家君《かくん》に呈す
駅馬　牽《ひ》き来たりて門外　喧《かまびす》し
別離　情は切にして涙痕《るいこん》繁《しげ》し
匆匆《そうそう》にして辞し去るも君《きみ》怪しむを休めよ
此《こ》の際　無言は有言に勝る

家君《かくん》とは自分の父のこと。ここでは、梅潭の出立を見送りに来た杉浦の養父のことと考えられる。父ら家族との別れに際して、梅潭は切実な思いに駆られて幾筋もの涙を流した。だが残る家族への思いが募る余り、かえって言葉で表現することができない。故に「無言勝有言」なのである。梅潭は、言葉でなく態度で家族への思いの深さを表した。

『奉行日記』に記すところによれば、約四ヶ月後の慶応二年（一八六六）七月二十一日、実父の久須美祐義の容体が悪化し、三日後の二十四日に亡くなっている。梅潭は遥かに離れた北の地で八月十八日にその訃報を聞いた。この時期の心境を、後に梅潭は「呈此君軒丈人」詩（『晩翠書屋詩稿』慶応三年）の中で、「養親情切途全絶、報國力微志尙存（親を養う情は切なれども途《みち》全く絶え、国に報ゆる力は微なれども　志《こころざし》尚お存す）」と回想している。

二　在勤時代の梅潭

『晩翠書屋詩稿』には、江戸から箱館に赴任するまでの道中で詠まれた詩が九題（十二首）、更に箱館奉行在職中の慶応二年（一八六六）四月から同四年（明治元年・一八六八）六月までのおよそ二年間に詠まれた詩が二十七題（二十九首）収められている。そこには、此君軒と号した叔父の豊田友直や昌平黌で学んだ儒者の佐々木支陰《ささきしいん》ら、江戸にいる人達へ贈った詩が多く含まれる。また、江戸と箱館の風景とを比較してその差異に驚く、という表現が少なくない。箱館奉行として日々雑務に追われる多忙な身では、現地の様子をスケッチするに留まり、じっくりと思索に耽ることも難しかったのだろう。

江戸の友人たちの他、梅潭は箱館奉行所に勤める部下の鈴木陸治（陸二とも）にも詩を贈った。慶応三年（一八六七）、当時二十六歳であった鈴木陸治は、箱館奉行支配調役の酒井弥次右衛門の邸宅に寄宿する書生だった。だがその才を見込まれ、酒井の推薦を得て特別にその才能を試す機会が与えられる。『奉行日記』の同年一月七日の条に、「表坐敷ニ於而、左之通學問試有之（表坐敷に於いて、左の通り学問試すこと之れ有り）」とあり、またその時に出された問題が「孟子告子篇食色性也之章」だったと記されている。さらに同条には、鈴木に対して両三日中に「蝦夷地開拓論」という課題論文を提出すること、また当日の席上で「函館春雪」と題する詩を詠ませたと見える。その結果、鈴木は試験に合格し、同月二十五日には「漢學教授掛御雇」の職を得る。(4)

翌慶応四年（明治元年・一八六八）四月、鈴木陸治は明治新政府の命を受けてカラフト巡察に赴くこととなった。先の試験で蝦夷地について論じた鈴木の知識に、新政府としても期するところがあったのだろう。カラフト巡察に出立する前日の閏四月九日、鈴木は梅潭のもとへ暇乞いに参上している。『奉行日記』には、その時に梅潭は餞別として「羽織壱ツ」「金五百疋」「席上七絶之一扇」「鞭」等を贈ったとある。併せて次の詩を送った。

閏四月九日別書生鈴木陸治賦似　　　［慶応四年（明治元年・一八六八）四十三歳］

閏四月九日、書生鈴木陸治に別れ、賦して似《あた》う

多情轉覺別離難　　多情　転《うたた》覚ゆ　別離の難きを
對坐無言意更酸　　対坐して言無く　意　更に酸なり
我去此州應屈指　　我れ　此の州を去るは　応に指を屈すべし
有緣何地再相看　　縁有らば何れの地にて再び相看ん

当時、梅潭は間もなく到着する新政府の使者との会談を控えていた。新政府は新たに箱館裁判所の設置を決定し、箱館奉行所及びその資産の譲渡を求めていたのである。梅潭は、引き継ぎを終えれば、遥か南の江戸への帰還を待つ身であった。第三句の「私がこの地を去るまで、指で数えられるほどの日数しかない」というのはそうした理由に因る。鈴木と対面した翌日の十日、梅潭は新政府の使者らと会談して引き継ぎの詳細を確認し、五月一日には五稜郭の引き継ぎを完了している。(5)

注目すべき点は、先に挙げた「仝呈家君」詩と同様に、離別の哀しみを「無言」の二字で表現していることである。かつて「無言勝有言」と詠った梅潭は、ここでまた、新政府の命を帯びた鈴木の旅立ちに際して「對坐無言意更酸」と詠った。新政府に命じられて北辺のカラフトに赴く若い鈴木陸治、奉行所を明け渡してから江戸へと戻る自分。両

者の道が今後大きく隔たることを思い、惜別の念をこの七字に込めたのだった。『奉行日記』の記述によれば、上記の雑務に追われていた梅潭には、翌日出立する鈴木を見送る余裕がなかったが、それでもいつかどこかで再会する日が来ることを願いつつ、最後の句「有綠何地再相看」を綴った。そこには、困難な任務を担った鈴木への気遣いと任務成功への期待が込められている。後日談となるが、鈴木は任務を終えて箱館に帰還を果たし、酒井弥次右衛門に巡察の報告書『蝦夷唐太巡回報告書』（北海道大学北方資料館蔵）を提出している。鈴木は梅潭からの期待に応えた。

広い視野に立って大局を見ていた梅潭は、激しい時代の波濤に翻弄されつつも、我が国の行く末を深く憂えていた。奉行の職から離れ、江戸へ出立する日を待つ最中《さなか》に作られた幾つかの作品より、そのことが見て取れる。代表的な作品を一首挙げたい。

戊辰事變起越五月官置裁判所於五稜廓余時爲函館奉行交付事務於清水谷總督將歸江戸去龜田官舍寓高龍寺霖雨不止書感

［慶応四年（明治元年・一八六八）四十三歳］

戊辰の事変起こり、五月《いつつき》を越えて、官は裁判所を五稜廓に置く。余は時に函館奉行たり。事務を清水谷総督に交付し、将に江戸に帰らんとして、亀田の官舍を去り高龍寺に寓す。霖雨止《や》まず、感を書す

鬱鬱又昏昏
何時拜天日
梵宇徒滯留
恨無生翅術

鬱鬱　又《ま》た　昏昏たり
何れの時か天日を拝せん
梵宇　徒《いたずら》に滞留し
翅《つばさ》を生やす術無きを恨む

歸程遥難認
髣髴雲中峯
誰憐孤臣憂國涙
濃於函山烟雨濃

帰程　遥《はる》かにして認め難く
髣髴《ほうふつ》たり　雲中の峰
誰か憐れまん　孤臣憂国の涙
函山の煙雨の濃《こま》やかなるより濃やかなるを

詩題にいう「戊辰事変」とは、戊辰戦争のこと。慶応三年（一八六七）十月に将軍徳川慶喜は大政奉還を行ったが、幕府と薩長側の間で対立が深まり、翌年正月、鳥羽・伏見にて旧幕府軍と新政府軍が衝突した（鳥羽・伏見の戦い）。その後徳川慶喜が新政府側に恭順の意を示し、そして勝海舟と西郷隆盛の会談を経て、四月に江戸城の明け渡しが実現する。だが梅潭が詩を詠んだ五月の時点では、まだ旧幕府に連なった勢力の新政府への抵抗と反発が各地で繰り広げられており、その不穏な気配は箱館にも迫りつつあった。

新政府の箱館裁判所の総督となる清水谷公考《しみずだにきんなる》は、閏四月十四日京都を出立し、二十日敦賀から長州の汽船華陽丸で出港、二十四日江差に着岸、同二十六日に五稜郭に入った(6)。梅潭は、五月一日に箱館の事務一切を正式に清水谷総督へ引き渡している。その後、梅潭は亀田（現在の五稜郭外堀北側、函館市本通町から中道町にかけての地区）にあった奉行所に勤務する者たちの役宅を引き払い、函館山の西側、現在の船見町にある高龍寺に身を寄せて江戸行きの船の手配を進めていた。奉行所の長として、江戸への帰還を望む部下達の世話に腐心したのである。翻って、鳥羽・伏見の戦いで旧幕府軍が敗走した時、例えば兵庫奉行所は新政府側に引き継ぎをすることなく総退去をしている。或いは長崎奉行所は、長である奉行が部下の組頭に後事を託し、長崎港からイギリス船で脱出している。梅潭は、幕府より奉行職に命じられた者として、最後まで職務を全うしたのだった。江戸に帰る方策を捜していた梅潭は、箱館在勤ポルトガル領事であるA・ハウルの紹介によって横浜行きのフ井ルヘートル号に乗船する算段を付け、その家族及び部下百名弱を連れて無事に帰還を果たしている。

さて、五月末日に同船の手配が済み、六月二日には出港する予定であったが、実際は六月三日に出港、一路横浜に向かった。しかし先の詩は、船を待つ不安や江戸幕府の瓦解、または政体の変革を歎いているのではない。詩題にいう「霖雨休《や》ま」ない天気は、五月二十三日から三十日まで続いた。中でも『奉行日記』の五月二十七日の条には、「終日雨」と記されている。さらに同条には、奥羽列藩同盟が新政府軍と戦闘状態に入った旨の連絡があったと記されている。そもそも梅潭は、ロシア帝国がカラフトに南下することを、以前から深く心配しており、北方警護の重要性を説く建白書を、幕府に対して数度にわたって提出してきた。この日の日記にも「此度無滞引渡しも右邊よりの議論萬一右様相成候而は自分是迠之盡力も畫餠相成候」（このたび遅滞なく箱館奉行所を引き渡したが、万が一にも奥羽諸藩と新政府軍との戦いが起こった場合、ロシアの南下政策を巡る件について、私のこれまでの尽力も絵に描いた餅のように無意味になってしまう）と苦衷を吐露している。列強の脅威を前に、内乱に明け暮れることの愚かさを心の底から歎き、だが自己の非力さを強く自覚していたのだった。

本詩末尾の二句「誰か憐れまん孤臣憂国の涙、函山の煙雨の濃やかなるより濃やかなるを」（寄る辺ない私が国の行く末を憂えて流す涙が、函館山に降りこめる濃やかな霧雨よりも濃やかなことを誰が知って憐れんでくれるものか）は、この時の梅潭の悲憤をそのままに写し取った表現だといえよう。「孤臣」とは、過度の自己憐憫でも自己陶酔でもなく、最後の箱館奉行であった杉浦梅潭の誠真な心を託した言葉であった。

明治期に入ってからの漢詩人杉浦梅潭が、急速な変貌を遂げる日本を愁いながらシニカルな姿勢を保ち、自らを世捨て人であるかのように詠う態度は、箱館奉行在任時の激動の中から生まれたのだといえよう。

注

（1）「箱館」の名称は明治二年（一八六九）九月に「函館」に改称される。本論で扱う時代では、まだ「箱館」の名称であった故、これを用いることにする。ただし、原詩に「函館」とある場合は、原詩の表記に従う。

（2）『杉浦梅潭箱館奉行日記』（杉浦梅潭日記刊行会、一九九一）所収。

（3）国文学研究資料館蔵。

（4）『奉行日記』慶応三年二月二十五日の条及び『箱館奉行所文書』「簿書（九三）」（北海道文書館蔵）を参照。

（5）『函館市史』デジタル版、通説編第二巻第四編「箱館から近代都市函館へ」参照。

（6）『函館市史』デジタル版による。

参考資料

『杉浦梅潭目付日記』（杉浦梅潭日記刊行会、一九九一）

『杉浦梅潭箱館奉行日記』（杉浦梅潭日記刊行会、一九九一）

「杉浦誠文書」（杉浦梅潭、北海道立文書館所蔵）

『最後の箱館奉行の日記』（田口英爾著、新潮社、一九九五）

『幕末昌平校官学派の詩人たち』（儒者の時代　第四巻）（坂口筑母著幕末維新儒者文人小伝刊行会、一九九三）

梅潭の交流関係——依田学海・松浦詮

山崎　藍

はじめに

『梅潭詩鈔』所収の詩には杉浦梅潭と交流があった様々な人物の名が見受けられる。その中で数多く登場するのが漢学者で劇作家の依田学海《よだがっかい》と、元《もと》平戸藩主の松浦詮《まつらあきら》である。

依田学海の生卒年は、天保四年（一八三三）―明治四十二年（一九〇九）。幼名は幸造・信造。名は百川、号は学海・柳蔭。佐倉藩の中小姓を経て、儒官・代官・江戸留守居役になった。維新後は、佐倉藩権大参事・新政府の集議院幹事・地方官会議書記官などを歴任、明治十八年（一八八五）以降は著述に専念しつつ、明治十九年（一八八六）に演劇改良会をおこし、運動の促進者として名を残した。また学海は、『學海日録』と『墨水別墅雜録《ぼくすいべつしょざつろく》』の二種類の日記を書いたことでも知られ、共に活字本が出版されている。[1] これらは、山口昌男氏が『墨水別墅雜録』を評して「あきれるほどおもしろい」、谷沢永一氏が「日記文学というジャンルがあるとすれば、永井荷風の『断腸亭日乗』がトップと決まってたけど、その座を譲りますな。記録性とおもしろさ、において」[2] と述べるなど、高い評価を得ている。

松浦詮は天保十一年（一八四〇）に生まれ、明治四十一年（一九〇八）に亡くなった。字《あざな》は景武・義卿、通称は朝五郎・源三郎、別号は乾宇・稽詢斎。第十二代、最後の平戸藩主であり、石州流家元として茶道にも造詣が深かった。

維新後は、宮内省御用掛を経て、明治十七年（一八八四）伯爵に叙され、のち貴族院議員を務めた。松浦詮については、伝記『松浦詮伯傳』（松浦伯爵家編修所編、松浦伯爵家編修所、一九二七）があり、彼の人物像や交流関係をうかがい知ることが出来る。

依田学海と松浦詮に関しては多くの論著があるが、(3) 本稿では『學海日錄』、『墨水別墅雜錄』、『松浦詮伯傳』に見える杉浦梅潭に関する記載に焦点をしぼり、梅潭と依田学海・松浦詮との交流関係の一端を明らかにしたい。

一　依田学海と梅潭

『學海日錄』は、安政三年（一八五六）から明治三十四年（一九〇一）までの出来事を日本語文で記した日記である。梅潭が最初に登場するのは明治二年（一八六九）三月十八日だが、梅潭に関する記載が増えるのは明治十八年（一八八五）以降で、その後梅潭の追悼会に学海が参加した明治三十三年（一九〇〇）七月十五日まで五百箇所以上でその名が見える。(4) 一方『墨水別墅雜錄』は明治十六年（一八八三）から明治三十二年（一八九九）に学海の別宅で起きた事柄を中心に、漢文体で記載されている。『墨水別墅雜錄』には九百名程の人物が登場するが、その中でも梅潭の登場回数は最も多い六十二箇所を数える。(5)

『梅潭詩鈔』には学海にまつわる作品が数多く見られる。そのうち詩題や総題に学海の名前が含まれる作品としては以下の十二作品がある。(6)

一　金洞山次韻依田學海（金洞山にて依田学海に次韻す）（上一四二）

二　鹽原道中次韻依田學海（塩原道中にて依田学海に次韻す）（上一八〇）

三　回顧瀑（回顧《みかえり》の瀑《たき》）（上一八一）(7)

四　塔澤洗心樓次韻依田學海（塔の沢洗心楼にて依田学海に次韻す）（上二〇五―上二〇六）

五　十一月二十二日與依田學海同瀧川觀楓以霜葉紅於二月花爲韻（十一月二十二日、依田学海と同《とも》に瀧川に楓を観、霜葉は二月の花より紅なりを以て韻と為す）（下〇五三―下〇五九）

六　三月二十二日同學海恕軒二翁看梅江東以疎影横斜水清淺爲韻作七首（三月二十二日、学海、恕軒二翁と同《とも》に梅を江東に看る。疎影横斜水清浅を以て韻と為し七首を作る）（下〇六七―下〇七三）

七　送議員歸鄉次學海韻（議員の帰郷を送り学海の韻に次す）（下一〇五）

八　六月十五日夜同學海翁茶溪觀月（六月十五日夜、学海翁と同《とも》に茶渓にて月を観る）（下一一二）

九　贈依田學海（依田学海に贈る）（下一三四）

十　破屋歎贈依田學海翁（破屋の歎、依田学海翁に贈る）（下二二五）

十一　臘月十五日招同田邊蓮舟依田學海國分青崖本田種竹田邊松坡松平破天荒松永聽劒集草堂席上賦示（臘月十五日、招きて田辺蓮舟、依田学海、国分青崖、本田種竹、田邊松坡、松平破天荒、松永聴剣と同《とも》に草堂に集まり席上に賦して示す）（下二四〇）

十二　二月十三日杉山三郊長酡亭招飲次韻永井禾原卽興同湖山學海古梅鳴鶴雨谷諸老及小蘋女史（二月十三日、杉山三郊に長酡亭にて招飲せられ、永井禾原の即興に次韻し、湖山、学海、古梅、鳴鶴、雨谷の諸老及び小蘋女史に同ず）（下三一二）

『梅潭詩鈔』に依田学海が最初に登場するのは、「金洞山次韻依田學海」（上一四二）である。この作品は、ちょうど『學海日錄』に梅潭に関する記載が増えたのと同じ年である明治十八年（一八八五）に制作されている。

上一四二　金洞山次韻依田學海

樹上霜華濕未乾
山中黄葉八分殘
雷椎鬼斧劈何易
鯤化鵬飛登未難
鑿石重門城勢合
衝天連嶽劒鋩寒
笑吾結束似僧侶
恰作打包行脚看

金洞山にて依田学海《よだがっかい》に次韻す

樹上の霜華　湿《うるお》いて未だ乾かず
山中の黄葉　八分残《ざん》す
雷椎《らいう》ちて　鬼斧《きき》れども　劈《さ》くこと何ぞ易《やす》からん
鯤《こん》化して　鵬《ほう》飛べば　登ること未だ難《かた》からず
石を鑿《うが》ち門を重ねて　城勢《じょうせい》合し
天を衝《つ》き岳を連《つら》ねて剣鋩《けんぼう》寒し
吾《わ》が結束《けっそく》の僧侶に似て
恰《あたか》も打包《だほう》の行脚《あんぎゃ》の看を作《な》すがごとしと笑う

（現代語訳は作品篇の上一四二参照）

この作品に関連し、『學海日錄』（第六巻）明治十八年十一月には、

「十三日。晴。杉浦梅潭を訪ひ、あす金洞山に遊ばんことをすゝむ。梅潭これを諾す。午餐の饗をうけてかへる。」

「廿一日。晴。杉浦梅潭きたる。金洞山の詩を示されて余に評を請はる。」

「廿九日……。杉浦梅潭の書來りて、余が金洞五古の跋《ばつ》を示さる。」

などの記載がみえ、学海と梅潭が一緒に旅行をし、次韻詩（他人が作った詩の韻字と同じ字を同じ順番で用いて作った詩）を

作っていたことがわかる。

『學海日錄』に梅潭が登場する際、

「十四日。晴。墨水に至る。杉浦梅潭、余を墨水に訪はれたり。」（『學海日錄』（第六巻）明治十八年九月）

「十一日。雨。梅潭と墨水に會する約ありしかど、雨なれば得ゆかず……十二日。……終て杉浦梅潭と墨水に至り閒話す。」（『學海日錄』（第六巻）明治十八年十二月）

などのように墨水、すなわち隅田川のほとりにある学海の別宅をしばしば訪れている様子が描かれる。『墨水別墅雜錄』に梅潭が初めて登場するのは明治十八年（一八八五）九月で、以下に引用するように、この時も二人は別宅で仲良く語らい、次韻詩を作っている。明治十八年は、『學海日錄』に梅潭に関する記載が増え、『梅潭詩鈔』に依田学海が最初に登場した年でもある。この頃、梅潭と学海の仲は急速に深まったのであろう。

「十五日　晴。杉浦梅潭見過。余昨日寄一詩云、

垂柳深掩讀書樓、墨水波澄雨始收。幽紫澹紅風露濕、野人籬落最宜秋。

梅潭次韻云、

雨後新涼百翠樓、白頭情似火雲收。入門一誦前賢句、淡薄閒花繞金秋。

余亦別迎韻云、

占得風光在小樓、當年稾氣既全收。恍然想起遨遊處、銀燭珠簾醉月秋。

梅潭不飲酒、供鰻鱺飯。至晩、相攜至淺草、別去。」

（十五日　晴れ。杉浦梅潭過《よ》ぎらる。余昨日一詩を寄せて云う、

垂柳深く掩う読書の楼、墨水波澄み雨始めて収まる。幽紫澹紅風露湿《うるお》い、野人の籬落最も秋に宜し。

梅潭次韻して云う、

雨後の新涼百翠の楼、白頭の情は火雲の収まるに似る。門に入りて一誦す前賢の句、淡薄閑花金秋を繞《めぐ》る。

余も亦た別に韻を迎えて云う、

風光を占め得て小楼に在り、当年の稟気《ひんき》既に全て収まる。恍然として想起す遨遊の処、銀燭珠簾月に酔う秋。

梅潭酒を飲まず、鰻鱺飯を供す。晩に至り、相い携えて浅草に至り、別去す。（8）

また梅潭は本宅と別宅どちらにも、しばしば千代という名の女性を伴って訪問している。千代は梅潭の身の回りの世話をした妾で、後に息子の良を産んだ。『晩翠書屋詩稿』に収録されている明治十九年（一八八六）の作品に「依田學海戯名余小婢爲仙蝶有詩次韻以答（依田学海戯れに余の小婢に名づけて仙蝶と為す。詩有り、次韻して以て答う）」があり、学海が千代を「仙蝶」と名付けて詩を詠んでいることや、明治二十年（一八八七）七月に学海と梅潭が塩原に旅行した折に千代も同行していることなどからも（『學海日錄』第七巻）、学海と千代は互いによく知る間柄であったと思われる。

この千代以外にも、『學海日錄』には梅潭の親族に関する記載が多数見受けられる。

「九日……杉浦梅潭翁を久しく家にまねかざりければ、使して、明日暇あらば來臨あらまほしといひやりしに、養子譲三の姪高橋雄一郎、京師におきて不慮の横死をとげしかば來られずといふ。余、大に驚き、此人、余一面の識あり。法學を卒業して今司法の裁判官なり。いかなるゆへに俄に横死せしにやと、此夕暮に梅潭の家に至りて問ひしに……この日は他に客無りしに、この人（筆者注・梅潭の養子の甥である高橋雄一郎）のみや、久しく下り來らざりければ、樓丁不審に思ひてゆきてみけるに、高橋は樓欄を背にして扇を搖がし居たりけるが、いかにしけん、忽ち身を翻へして三層樓より地上に墜ちたり。」（『學海日錄』（第十巻）明治二十九年八月）

「十四日。晴。杉浦梅翁を訪ふて、午餐の供にあふてかへる。（頭欄）『催眠術の話』この日梅潭の娘に、その先夫蔭山某が催眠術を行ひしを問ひけるに、いかにもこれを研究して行ひしとなり。己もこれを試みられし事いくたびも有りき。これをかけらる丶ときは、體中麻痺を覺えて、やうやく睡眠を催せり。癪氣などにて痛苦に堪へぬとき行はれば、忽ち痛をわすれて眠につく。……（頭欄）『蔭山氏は醫師にして、去るとし獨乙國に遊學せしが、かの地にて病死せり。よてこの婦人は、今父翁のもとに在り。』」（『學海日録』（第十巻）明治二十九年十月）

梅潭や千代が学海の本宅・別宅どちらにも行き来していることや、ここで挙げたように梅潭の養子や実娘に関する相当踏み込んだ内容が『學海日録』に見受けられること、時には三日と空けず梅潭と学海が会っている様子が記されていることからもわかるように、梅潭と学海は、単なる詩を贈答しあう仲を超えた、私的なことがらを共有し、家族ぐるみの交流があった親友であったと言えよう。

二　松浦詮と梅潭

『松浦詮伯傳』にも杉浦梅潭の名前が散見する。最初に梅潭の名が登場するのは第十一章第十三節「明宮勤務の解職」項で、「（明治二十年）四月十一日、詩會を詠歸亭に催す。川田甕江、大沼枕山、杉浦梅潭、向山黄村、淺田栗園、森春濤等、都下の名流來り會する者十餘名なり。時に庭櫻滿開し、加ふるに伶人豐新秋、同喜秋、東秀芳、芝葛鎭、山中景連の雅樂を奏するあり。佳興言ふべからず」とある。会場となった詠帰亭は、東京都台東区の平戸藩松浦氏邸内にある庭園、「蓬萊園」の中に建てられていた。(9) この蓬萊園ではしばしば歌会が催され、『松浦詮伯傳』（第二巻）第十四章第三節「蓬萊園の園遊會」に、「（明治二十四年四月）十七日、又文士を招き、雅會を開き、池上の船中にて明樂を合奏す。來り會するもの杉聽雨、向山黃村、巖谷一六、中村敬宇、杉浦梅潭、河田貫堂、鱸松塘等十餘名なりき」

とあるように、梅潭も参加している。

『梅潭詩鈔』に松浦詮が最初に登場するのは、明治二十五年（一八九二）に制作された次の詩である。

下〇六〇　曩詢齋君松浦伯爵囑余以松島詩余以未遊辭伯乃寄贍松島勝記時序流水忽過半歳頃日長宵最宜讀書詩情頓動乃賦古體一篇以呈

［明治二十五年（一八九二）六十七歳］

曩《さき》に詢斎君《じゅんさいくん》松浦伯爵余に囑するに松島の詩を以てす。余未だ遊ばざるを以て辞す。伯乃ち松島勝記を寄贈す。時序流水のごとく、忽として半歳を過ぐ。頃日《けいじつ》長宵なれば、最も讀書するに宜し。詩情頓《とみ》に動き、乃ち古体一篇を賦して以て呈す

聞之不見雖博必謬　　之れを聞きて見ざれば博《ひろ》しと雖も必ず謬《あやま》り
見之不知雖識必妄　　之れを見て知らざれば識《しる》すと雖も必ず妄《みだ》る
暗中摸索胡爲乎　　暗中摸索は　胡為《なんす》れぞ
荀卿之言非孟浪　　荀卿の言は　孟浪に非ず
松島之勝神爲馳　　松島の勝　神は為に馳す
古來名匠爭所推　　古来の名匠　争いて推す所
烟波萬頃開別境　　煙波万頃　別境を開き
宛然一幅畫圖奇　　宛然《えんぜん》として一幅の画図奇なり
早潮晩汐腥海氣　　早潮晩汐　海気　腥《なまぐさ》し

七十洲嶼布如棊　　七十洲嶼《しゅうしょ》　布《し》くこと棊の如し
千株萬株松生石　　千株万株　松は石に生じ
點點星列雲烟隔　　点点として星列《つら》なり　雲煙隔つ
海門之外唯茫茫　　海門の外　唯《た》だ茫茫たるのみ
水天一髪金華碧　　水天一髪　金華碧《あお》し
我昔嚴冬過陸前　　我れ昔厳冬に　陸前を過ぐ
迂途不暇探風煙　　迂途して風煙を探すに暇《いとま》あらず
婆娑飛雪天地白　　婆娑として雪飛び　天地白し
馬頭氷玉鐵連錢　　馬頭の氷玉　鉄連銭
竭來廿年逃世久　　竭来《けつらい》廿年　逃世すること久し
水竹占得僅數畝　　水竹占め得るは　僅かに数畝のみなるに
畫圖翻展何强顔　　画図　翻展するは　何ぞ強顔なる
漫然揮筆試生手　　漫然として筆を揮い　生手を試む
扣槃捫燭將毋同　　槃を扣《たた》き燭を捫《な》づるは　将《は》た同じき毋《な》からんや
問日眇者眞吾友　　日を問う眇者《びょうしゃ》は真《まこと》に吾が友なり
詩成一笑慚前賢　　詩成るも一笑し　前賢に慚づ
誤謬虚妄吾甘受　　誤謬　虚妄　吾れ甘んじて受けん

(「以前詢斎君松浦詮伯爵が私に松島の詩を作るように頼んできた。私はまだ松島に足を運んだことはないので辞退した。すると、伯爵は『松島勝記』を寄贈してくださった。時は流れ、あっという間に半年が過ぎた。近頃は夜が長くなり、この上もなく読書をするのによい。詩を作ろうとする思いが急にわき上がったので、古体詩一篇を詠んで進呈した」耳にしただけで実際に目にしていなければ博学な者でも必ず誤りを犯し、目にしただけで熟知していなければ記憶力の良い者でも必ずでたらめを言ってしまうものだと荀子は言う。なぜ暗中模索をしなければならないのか、『荀子』儒効篇に載っているこれらの言葉は根拠のないものではないのに。松島の景勝は精神を高ぶらせ、いにしえより著名な芸術家が競って薦める場所である。もやがかかった水面は広々として別天地が開け、そっくりそのまま一幅の素晴らしい絵のようだ。朝潮や夕汐は海のにおいがする霧を生じさせ、七十の島は碁石のように広がる。千株万株もの松が岩に生え、星座のように並んで、雲や霧に隔てられる。松島の海峡の外は広々としており、水と天があわさるところに青い金華山が髪のように細く見える。私は以前寒い冬の時期に陸前を通り過ぎたことがあったが、回り道をして松島の景勝をたずねる暇がなかった。雪が舞い散り天地は真っ白、馬の頭に丸い氷の塊がついてまるで良馬を意味する鉄連銭のようだった。あれから二十年、隠居して長い間が経った。自分のものとして所有している水竹は僅かに数畝《せ》の広さしかないのに、松島の画巻をめくりながら広大な水竹を詩に描くのは何と厚顔な振る舞いであろう。それなのに私は取りとめもなく筆をふるって慣れないことをしようとしている。まあ、目の見えない人が太陽を知りたいと思って銅盤をたたいたり燭をつかんだりしたという故事と同じようなもので、私は見たことのない太陽についてて尋ねたあの盲人の同類だ。詩は完成したものの自分でも笑ってしまうような出来であり、いにしえの賢人に恥じ入る。誤りやでたらめとの評価を、甘んじて受けよう。）

松浦詮は明治二十年（一八八七）五月に松島を訪れている。『松浦詮伯傳』（第二巻）第十一章第十三節「明宮勤務の解職」には、「(明治二十年)五月十一日、松島遊覧の途に上り、鹽竈、雄島を經て観瀾亭、瑞巌寺等の名勝古跡を巡覧し、後仙臺に還り、市内を一觀す。伊達宗基伯は、伯の女都子の婿なり。厚く伯を款待しぬ。十五日、歸京す。『松島日記』は其の紀行なり」とある。また明治二十五年(一八九二)七月に北海道を遊覧した際、仙台に立ち寄り、伊達宗基と昼食を共にしている(『松浦詮伯傳』(第二巻)第十四章第七節「北海道の遊歴」)。

『梅潭詩鈔』において松浦詮が登場する詩は、以下の九作品である。

一　曩詢齋君松浦伯爵囑余以松島詩余以未遊辭伯乃寄贈松島勝記時序流水忽過半歳頃日長宵最宜讀書詩情頓動乃賦古體一篇以呈(曩《さき》に詢斎君《じゅんさいくん》松浦伯爵余に囑するに松島の詩を以てす。余未だ遊ばざるを以て辞す。伯乃ち松島勝記を寄贈す。時序流水のごとく、忽として半歳を過ぐ。頃日《けいじつ》長宵なれば、最も読書するに宜し。詩情頓《とみ》に動き、乃ち古体一篇を賦して以て呈す)(下〇六〇)

二　十月一日河原左府公一千年忌辰爲裔孫松浦伯爵作(十月一日、河原左府公の一千年忌の辰、裔孫松浦伯爵の為に作る)(下一三七)[10]

三　梅花先春(梅花春に先んず)(下一五三)[11]

四　松浦伯爵公子鸞洲君得北海道產良馬見徵詩乃賦呈(松浦伯爵の公子鸞洲君、北海道産の良馬を得、詩を徴せられ乃ち賦して呈す)(下一六六)[12]

五　十一月十六日松浦伯高田別邸雅集席上賦呈(十一月十六日、松浦伯の高田別邸にて雅集し、席上にて賦して呈す)(下一七六—下一八〇)

六　三月廿二日隨詢齋松浦伯與向山黄邨三田葆光小杉榲邨諸子同遊水戸好文亭茲日好晴梅花盛開(三月廿二日、詢《じゅん》斎松浦伯《さいまつらはく》に随いて、向山黄村《むこうやまこうそん》、三田葆光《さんだかねみつ》、小杉榲邨《こすぎすぎむら》の諸子《しょし》と同《とも》に水戸好文亭《みとこうぶんてい》に遊ぶ。茲《こ》の日好《よ》く晴れ、梅花盛《ばいかせい》

開《かい》なり）（下二〇一―下二〇二）(13)

七　十月二十七日隨詢齋松浦伯鸞洲公子雲海長岡子爵登妙義山更遊輕井澤賞紅葉翌日還與向山黄邨三田葆光鈴木弘恭同賦（十月二十七日、詢斎松浦伯、鸞洲公子、雲海長岡子爵に随いて妙義山に登り、更に軽井沢に遊びて紅葉を賞す。翌日還りて向山黄村、三田葆光、鈴木弘恭と同《とも》に賦す）（下二二八―二三二）(14)

八　五月九日松浦伯高田別業雅筵賦呈（五月九日、松浦伯の高田別業にて雅筵あり、賦して呈す）（下二六九）

九　十一月十九日松浦伯含雪齋雅集望富峯作（十一月十九日、松浦伯の含雪斎にて雅集し、富峰を望みて作る）（下三〇六）(15)

『松浦詮伯傳』によると、梅潭は明治三十一年（一八九八）三月二十四日に松浦詮が催した旧暦上巳の節句会に招待されている。『松浦詮伯傳』（第二巻）第十五章第八節「舊暦上巳の節句會」には、

「（明治三十一年）三月二十四日、始めて五節句會を催す。維新前所レ謂五節句に遭遇せし古老を會し、舊事を談ずるなり。永續して明治三十四年に至れり。是日、舊暦上巳に當る。來り會するもの、松井康英、立花種恭の兩卿、杉浦誠、松波遊山、鈴木重嶺、三田葆光、大槻如電の諸氏なり。

會者小傳……杉浦誠　鉦一郎　兵庫頭、御目付、箱館奉行。維新後ハ公儀人、開拓使判官等を歴仕せり。本年七十三歳」

とある。梅潭は、同年十月に開かれた「重陽節句会」(16)や、同年十一月に落成した巣鴨別邸での歌会(17)、明治三十二年（一八九九）二月十六日に催された「人日節句会」にも招かれている(18)。梅潭が亡くなったのは明治三十三年（一九〇〇）であり、松浦詮と杉浦梅潭との交流は梅潭が亡くなる直前まで続いたことになる。

松浦詮が催す歌会で梅潭とともに招待された人物のうち、大沼枕山・河田貫堂・巌谷一六は晩翠吟社の創立時のメ

ンバーであり、川田甕江・向山黄村・森春濤・鱸松塘・三田葆光らは『梅潭詩鈔』にも登場している。『松浦詮伯傳』に記される梅潭と松浦詮との交流からは、旧幕臣を中心とした吟友達との人間関係を垣間見ることが出来るのである。

三　おわりに――依田学海と松浦詮の関係

最後に、依田学海と松浦詮との関係がどのようなものであったかを附しておく。

『學海日錄』には松浦詮に関する記載が散見する。例えば、

「廿五日。くもる。風あらし。杉浦梅潭翁とかねての約によりて、松浦侯詮の向柳原の蓬莱園に遊ぶ。園は市中にあれども極めてひろし。」（『學海日錄』（第八巻）明治二十四年五月）

「十三日。晴。杉浦梅翁來訪。詩を談ぜらる。松浦伯、近日都下の名流をその邸に招かる、よしにて、余もそのうちに在り。余は貴人に招かる、はさまでに喜ぶ事にはあらねども、辭す可きにも非ず。謙良公の記を艸す。」（『學海日錄』（第九巻）明治二十七年六月）

「十二日。墨水にゆき、十四日、かへる。……。不在の時、杉梅翁來りて、松浦伯が嫡子靖の文を刪潤せしめらる。本人の托によらずしてこれをみるべきならねど、翁のたのみもだしがたくて、これを改正してかへす。」（『學海日錄』（第十巻）明治二十八年六月）

などが見受けられ、松浦詮と依田学海とが交流する際にはほぼ梅潭が仲立ちしている様子が記されている。

『學海日錄』の中で梅潭に関する最後の記述は、明治三十三年（一九〇〇）七月、

「十五日……終りて荆婦とわかれて、余は不忍の湖心亭に至り、梅潭翁の追悼會におもむく。（頭欄）『梅潭翁追悼

會』松浦伯・東久世伯・三島中洲・西岡逾晴・小野湖山・岡千仞・龜谷省軒・大槻如電・森槐南・鄉純造・熊谷武五郎・大江敬香・杉山三郊・松永聽劍・田邊松坡・岡崎春石、その外なほ多し。薄暮に至りてかへる。」（『學海日錄』（第十一巻）明治三十三年七月）

である。梅潭の追悼会に学海が参加し、その席に松浦詮もいた。しかしこの記載以後、松浦詮は『學海日錄』には登場しなくなる。『墨水別墅雜錄』に松浦詮が登場するのは一箇所、柴浦伯兄の話として名前が挙げられているだけで、学海と松浦詮二人の間には親密な関係は築かれなかったと思われる。学海と松浦詮との関係は梅潭の存在が大きく関わっており、梅潭亡き後に稀薄になったのは致し方のないことだったのかもしれない。

注

（1）『學海日錄』（全十二巻（別巻を含む）、岩波書店、一九九〇―一九九三）、『墨水別墅雜録』（全一巻、吉川弘文館、一九八七）。

（2）「日本近代を読む［日記大全］」（山口昌男、谷沢永一）（『月刊 Asahi』一・二合併号、朝日新聞社、一九九三）。

（3）白石良夫『幕末インテリジェンス――江戸留守居役日記を読む――』（新潮社、二〇〇七）、今井源衛「依田学海の家族と妾瑞香」（『国語と国文学』七〇（十二）、一九九三）、島崎佐智代・鈴木賢次「茶人・松浦詮とその茶室について」（『学術講演梗概集、F―二、建築歴史・意匠』一九九七）など。

（4）注一別巻索引によると、巻一から巻五（安政三年二月一日―明治十七年四月二十四日）には、梅潭に関する記載が六箇所しかないが、巻六（明治十七年四月二十七日―明治十九年十月二十四日）になると四十九箇所に増える。なお二七〇頁―二七三頁などのように複数頁にまたがって登場する場合は四箇所と数え、一頁に複数回登場する場合も一箇所とした。以下、巻七（明治十九年十月二十五日―明治二十二年十月十四日）は百七箇所、巻八（明治二十二年十月十五日―明治二十五年四月六日）は七十八箇所、巻九（明治二十五年四月七日―明治二十七年十月二十一日）は九十九箇所、巻十（明治二十七年十月二十二日

―明治三十一年八月二十八日）は百五十七箇所、巻十一（明治三十一年八月二十九日―明治三十四年二月十七日）は二十箇所である。

（5）注一『墨水別墅雑録』解題による。

（6）『晩翠書屋詩稿』には、「柳蔭精廬席上次韻主人之近作（九月十五日、柳蔭精廬依田學海墨沱別墅也）」や「次韻學海墨沱別墅雑吟（四月廿日）」など、学海にまつわる作品が他にも多数見られる。（　）内は題下の原注。

（7）「回顧瀑」以下五首は、依田学海の「鹽原五觀」という五首の詩を翻案した連作詩で、「余同學海翁、浴餘探討古蹟。翁有五古五篇、名云鹽原五觀。余乃繇作樂府」という総題がつけられている。

（8）訓読は底本に記載されているものではなく筆者による。

（9）平井参撰『蓬萊園』（松浦伯爵家蔵版、一九一〇）には、「園に一大池あり。紺碧湖の如し。西岸に水榭あり。『詠歸亭』と曰ふ……池畔の亭を詠歸と曰ふ。亭の門内に古梅二株あり。蓋此亭創造の當時植ゑたる者。老松一株あり。又楓樹二三章あり。亦皆多く年所を經たる者。左方に五葉松樹あり。蒼老愛すべし」とある。

（10）『松浦詮伯傳』（第二巻）第十四章第十七節「左相公の千年祭」には、「（明治二十七年（一八九四））十月一日、左相公の一千年忌を嵯峨清涼寺、及び大覚寺に修す。……初め吟詠を四方に募り、歌二千二百八十七、詩四十九、俳句十五を得て、之を靈前に供せり」とある。梅潭のこの詩もこれに関連して作られた可能性がある。

（11）題下の原注に「松浦伯席上」とある。『松浦詮伯年譜』（松浦伯爵家編修所、一九二七）に、「（明治二十八年四月）廿一日、風月樓に於て、千首題詠歌會を開く」とあり、関連がある可能性がある。

（12）松浦鸞洲（本名は松浦厚）は松浦詮の長男。妙義山への観楓の際にも梅潭は松浦鸞洲と行動を共にしている。

（13）『松浦詮伯年譜』に、「（明治二十九年三月）廿二日、雅友を誘ひて、梅を水戸に觀る」とある。

（14）『松浦詮伯年譜』に、「（明治二十九年十月）廿七日、厚、及び雅友を誘ひて、妙義山に觀楓し、廿八日、夜、歸京す」とある。

（15）『晩翠書屋詩稿』には、これらの九作品以外にも、「蓬萊園卽事（六月六日松浦伯席上）」「寄題蓬萊園（爲松浦伯六月六日）」「四月十一日松浦伯蓬萊園雅集與諸彦同賦」「四月十七日松浦伯蓬萊園雅集賦一律以呈」「田若葉（和歌題三月十一日松浦伯席上）」「梅雨（六月十二日松浦伯和歌會席上）」「四海清（一月十五日松浦伯和歌題）」「題綠毛龜圖（松浦伯囑）」「四月廿日松浦伯蓬園雅集賦呈」「古宮（五月九日松浦伯高田別業和歌題）」「含雪齋在松浦伯巢鴨別墅頃者新築落成蓋取窗舍西嶺千秋雪句以名云」がある。（　）内は題下の原注。

(16)『松浦詮伯傳』（第二巻）第十五章第十節「重陽の節句會」に、「(明治三十一年）十月二十三日、舊重陽節句會を催す。酒井忠惇、松井康英、立花種恭の三卿、及び杉浦誠、三田葆光、松波遊山、山科元行、松浦正駿、大槻如電の諸氏來り會す。事故の爲、缺席せしは鈴木重嶺なりき」とある。

(17)『松浦詮伯傳』（第二巻）第十五章第七節「巢鴨別邸の新館落成」に「(明治三十一年）十一月十六日、始めて上棟式を擧ぐ。是に至りて、工事竣るを告げ、祝宴を兼ね、詩歌の雅會を催す。來り會するもの久我老卿、井上正直、三田葆光、鈴木重嶺、杉浦梅潭、宮本小一、梅村宣雄の諸氏なり」とある。

(18)『松浦詮伯傳』（第二巻）第十五章第十二節「人日の節句會」に、「(明治三十二年）二月十六日、人日節句會を催す。來り會するもの立花種恭、大槻如電、松波遊山、山科元行、杉浦誠、松浦正駿、大久保客《たかし》の諸氏にして、不參せしものは松井康英、酒井忠惇の兩卿、及び三田葆光なり」とある。

跋

本書は、二〇〇九年度から二〇一三年度にかけて、毎週行ってきた研究会の成果である。研究会に参加したのは、主に、博士論文を執筆しながら明海大学で教え始めた、新進の中国古典文学研究者であった。四年の間には、博士論文を書き上げて博士号を取得した者、他大学に専任教員として就職した者、また、新たに研究会に参加した者もいて、毎年参加者に変動があった。

『梅潭詩鈔』の六百首余りを四年間で読み切る計画だった。『梅潭詩鈔』は上巻が四十八葉、下巻が五十六葉からなる。毎週各自が一葉ずつ読解をしてきて、研究会で検討をする、という形を取った。それぞれの講義が終わった夕方から始め、夜遅くまで議論をした。一度に読む分量はかなり多かった。参加したメンバーは次の通りである。

二〇〇九年度は、市川桃子、遠藤星希、土谷彰男、山崎藍、張延瑞。この年は市川桃子、遠藤星希、山崎藍で国文学研究資料館に行き、『晩翠書屋詩稿』の復印などの資料を収集した。

二〇一〇年度は、市川桃子、遠藤星希、張延瑞、山崎藍。この年は、市川桃子、遠藤星希、張延瑞、山崎藍で、伊豆で、作品に描かれている事跡の調査を行った。

二〇一一年度は、市川桃子、遠藤星希、張延瑞。

二〇一二年度は、市川桃子、遠藤星希。三上英司、高芝麻子がメールで参加した。この年は、東北大学で、晩翠吟社の詩稿を調査した。

二〇一三年度は、市川桃子、遠藤星希、加納留美子。また、科研費の研究成果公開促進費に応募するために、三上英司、高芝麻子、山崎藍に助力を仰いだ。この年は、市川桃子、三上英司、遠藤星希、加納留美子、高芝麻子の五人で、函館に再建された箱館奉行所を見学し、北海道立文書館、北海道立図書館で資料収集を行った。

二〇一四年度には、市川桃子、遠藤星希、加納留美子、高芝麻子、山崎藍の体制で本を作る作業を行った。この五年間、一貫して参加したのは遠藤星希で、本書の制作に大きな力となった。また、二〇一三年度と二〇一四年度は、原稿の見直しに、参加者全員が大いに貢献した。

本書制作の契機は、二〇〇七年に、杉浦誠の曾孫にあたる杉浦欣介氏の夫人杉浦洋子氏から、『梅潭詩鈔』を一緒に読んで欲しいという依頼を受けたことであった。読み進めるにつれて、作品の内容が充実していて、本格的に取り組まないと難しいということが分かってきた。そこで、科学研究費に応募し、研究会を立ち上げて読むこととなった。得難い機会を与えてくださった杉浦洋子夫人に心からの感謝の意を申し上げる。

本書の執筆に当たっては、先人の研究におおいに助けられた。目付時代の日記と箱館奉行時代の日記を解読した小野正雄氏、稲垣敏子氏、『最後の箱館奉行の日記』（新潮社、一九九五）を執筆した田口英爾氏ほか、研究にたずさわってきた多くの先賢に感謝する。

内容が大部となり時間の制約に追われた本書の出版に、多大なご尽力をいただいた汲古書院の石坂叡志社長と編集の小林詔子氏にお礼を申し上げる。

そして、幕末の動乱期を乗り越え、現在の日本の礎を築いた、本書に現れる全ての人々に、この本を捧げたいと思う。

本書は、独立行政法人日本学術振興会より、二〇〇九年度から二〇一三年度の基盤研究（C）『幕末漢詩人杉浦誠著『梅潭詩鈔』の研究』（22520189）による研究助成を受け、二〇一四年度の研究成果公開促進費（学術図書）（265028）を受けている。

執筆者一同

詩題一覧

『晩翠書屋詩稿』

『梅潭詩鈔』巻上

『梅潭詩鈔』巻下

［明治三十三年（一九〇〇）七十五歲］

執筆者一覧

市川　桃子（いちかわ　ももこ）
1949年生。明海大学教授。博士（文学）（東京大学）。『李白の文――序・表の訳注考証――』（汲古書院，1999，共著），『新編李白の文――書・頌の訳注考証――』（汲古書院，2003，共著），『中国古典詩における植物描写の研究――蓮の文化史――』（汲古書院，2007），『新井白石『陶情詩集』の研究』（汲古書院，2012，共著），『柳宗元古文注釈――説・伝・騒・弔――』（新典社，2014，共著），『蓮与荷的文化史――古典詩歌中的植物名研究』（中華書局，2014）。

遠藤　星希（えんどう　せいき）
1977年生。明海大学非常勤講師。博士（文学）（東京大学）。『新井白石『陶情詩集』の研究』（汲古書院，2012，共著），『柳宗元古文注釈――説・伝・騒・弔――』（新典社，2014，共著），「李賀の詩における時間認識についての一考察――太陽の停止から破壊へ――」（『東方学』第120輯，2010），「李賀の詩にみる循環する時間と神仙の死」（『日本中国学会報』第65集，2013）。

加納　留美子（かのう　るみこ）
1983年生。東京大学大学院博士課程在籍。明海大学非常勤講師。修士（文学）（東京大学）。「夜雨対牀――蘇軾兄弟を繋いだもの――」（『日本中国学会報』第61集，2009），「蘇軾詠梅詩考――梅花の魂――」（『日本中国学会報』第63集，2011），「「水仙」の変遷と「水仙花」の受容」（『橄欖』19号，2012年）。

高芝　麻子（たかしば　あさこ）
1977年生。横浜国立大学専任講師。博士（文学）（東京大学）。『新井白石『陶情詩集』の研究』（汲古書院，2012，共著），『柳宗元古文注釈――説・伝・騒・弔――』

（新典社，2014，共著），「暑さへの恐怖――『楚辭』「招魂」及び漢魏の詩賦に見える暑さと涼しさ――」（『日本中国学会報』第60集，2008）。

三上　英司（みかみ　えいじ）
1961年生。山形大学教授。修士（教育学）（筑波大学）。『新井白石『陶情詩集』の研究』（汲古書院，2012，共著），「唐代「軽薄」考」（『日本中国学会報』第59集，2007），「唐代の国子祭酒について」（『中唐文学会報』第19号，2013）。

山崎　藍（やまざき　あい）
1977年生。明星大学准教授。博士（文学）（東京大学）。『中国古典小説選（１）』（明治書院，2007，共著），『柳宗元古文注釈――説・伝・騒・弔――』（新典社，2014，共著），「死者を悼んで旋回する――元稹「夢井」における「遶井」の意味――」（『東方学』第123輯，2012）。「「遶牀」について――李白「長干行二首」其一の解釈と旋回儀礼――」（『中唐文学会報』第19号，2013）。

主要人名索引

【凡例】

人物への言及箇所ではなく、各作品の詩題が掲載されているページを挙げた。

作品篇の詩題、詩本文、自注、補説に見える、実在の人物を対象とし、現代仮名遣いの五十音順で配列した。

同一人物が複数の異なる呼称で記されている場合は、最も一般的な通称を見出し語とした。

旧字など表記は適宜改めた。

ア行

幕末漢詩人杉浦誠『梅潭詩鈔』の研究

平成二十七年二月二十七日　発行

編著者　（代表）市川桃子
発行者　石坂叡志
製版印刷　中台整版
日本フィニッシュ
モリモト印刷

発行所　汲古書院
〒102-0072 東京都千代田区飯田橋二―五―四
電　話〇三（三二六五）九七六四
ＦＡＸ〇三（三二二二）一八四五

ISBN978－4－7629－3617－3　C3095